Odyssé

*

Gorm Gallionn

© Gorm Gallionn 2025
Omslag: Ingela Karlsson
Förlag: BoD · Books on Demand, Östermalmstorg 1,
114 42 Stockholm, bod@bod.se
Tryck: Libri Plureos GmbH, Friedensallee 273,
22763 Hamburg, Tyskland
ISBN: 978-91-8080-790-6

Odyssé

*

Sagan om Gein

*

Nittonde boken

Innehåll

Sagan om Gein

Odyssé

Inledning

Den här berättelsen handlar om Gein, en borg i området Glochnessin som är en mycket vacker och bördig del av landet Andomin. Dess mytomspunna herre heter Dannviw. Han är född på Gein, men en envist omhuldad sägen berättar om att han är född längst inne i den djupa sagoskogen Glochnia, som täcker en stor del av Glochnessin. Han blev lämnad till sina föräldrar av tacksamhet för något, som varierar med vem som berättar. Han har tagit sin vän Dinah till hustru och de har välsignats med tre barn. Borgherren inser redan tidigt fredens värde och arbetar för den. Dock är Gein en stridsenhet och har alltid så varit. Men Dannviw har egna idéer för sin borg och folket där. När han börjar ta emot fångar som landets kung Claudin I har dömt till straff, blir hans strategier än mer kontroversiella. Men han fortsätter att bygga upp organisationen i borgen på sitt eget sätt, med hjälp av sina kloka rådgivare och de ledande männen i borgen.

Den förste fången, Etienne, fanns redan inlåst på Gein, så Dannviw behövde bara släppa ut honom. Han fick hjälpa till att pröva ut det system de skulle använda.

Sedan anländer fångar i en ojämn ström. Det händer att någon inte kan stanna och skickas tillbaka för att ta sitt utdömda straff. Då resonerade borgens råd sig fram till hur många fångar de kan ta emot åt gången för att det ska fungera. De skapar ett system där en handledare tar hand om fången och detta faller väl ut. En annan sak som borgens herre infört är områdesspanare, vars uppgift är att röra sig i Glochnessin för att se vad folk behöver och önskar. Det visar sig åter att han har stor nytta av det sätt Geins män arbetar på.

Men den här gången börjar det med att Dannviw, Ham, Laurence och Maxwell följer Pasqall till båten, när det är dags för honom att fara hem efter en vistelse i borgen. Det innebar alltid en viss anspänning att ha honom på Gein, så nu kunde allt återgå till det normala. Åtminstone är det vad de fyra männen tror när de tar farväl av honom i hamnen. Men riktigt så blir det inte.

1 Tävling

e tittade efter båten som försvann till havs med Pasqall ombord.

- Ruggigt väder, sa Laurence tankfullt.

- Det är skönt att han inte är rädd längre nu, sa Ham.

- Kanske kan han komma lite oftare då, sa Maxwell.

- Du saknar honom, sa Dannviw.

- Ja, jag gör det. Kanske som han var en gång, men han är nästan samma nu.

- Vad är skillnaden?

- Han har blivit mindre.

- Eventuellt kan det vara en misstolkning av verkligheten.

- Måste det vara, sa Ham. Han har alltid varit liten.

- Hoppas överfarten går bra, sa Laurence. Även om vädret inte är idealiskt. Nu tar vi snabbaste vägen hem.

- Vi tar vägen på andra sidan floden, sa Dannviw.

- Den är mycket längre.

- Det går precis lika snabbt, tro mig.

- Det kan man inte, för du har fel där.

- Det är du som har fel. Därför vill du inte pröva.

- Den vägen tar längre tid, hävdade Laurence envist.

- Ta du den kortare vägen då, så får vi se.

Laurence var tveksam, men det var inte Ham och Maxwell.

- Ja, nu måste vi se vem som har rätt, sa Maxwell.

- Ni två tar Laurences längre väg, sa Ham. Så tar Dannviw och jag den korta.

- Du är alldeles ute och reser, sa Laurence. Det ska du
få se.
- Vi ses på Gein, sa Dannviw.
- Vi kommer att välkomna er, fastslog Laurence.
Och så for de iväg åt var sitt håll, för nu gällde det att
bevisa att man hade rätt.

- Ska vi inte skynda oss? undrade Ham när Dannviw
höll in hästen.
- Det behövs inte. De hinner först ändå.
- Är inte den här vägen kortast då?
- Förmodligen. Lite kortare är den, men det har ingen
betydelse. Laurence kommer att göra allt för att be-
visa att han inte har fel, om jag känner honom rätt.
Låt oss bara hoppas att deras hästar inte stupar.
- Maxwell kan kanske hålla igen lite, om han törs dra
på sig Laurences vrede.
- Annars får jag väl läsa lusen av honom när vi kom-
mer hem. Med all rätt, eftersom jag kan vara förtre-
tad över att ha haft fel
Ham skrattade.
- Han skulle hört dig resonera nu!
- Han vet det, om han stannar upp så länge att han
hinner tänka efter.
- Blir du aldrig riktigt arg på honom?
- Jodå. Det har hänt många gånger. Men det är ofta
när jag vill att han ska förstå mer än jag har förklarat.
Sådant händer vänner emellan. Man måste ju accep-
tera att de inte är en förlängning av en själv, utan se-
parata personer med egna tankar. Det är liksom det
som är vitsen med vänner. Tycker de exakt likadant
som en själv alltid, så är man illa ute.
- Vem vågar säga emot dig?

9

- Ni verkar ju hemskt kuvade.

De färdades lagom fort för att kunna njuta av naturen, utan att för den skull söla. När de passerat över floden Marni och kommit ett stycke uppströms, stördes naturens fridfullhet av förtvivlade skrik. Först långt borta, men sedan allt närmare.

- Från floden, sa Ham.

- Den brukar inte ropa på hjälp, mumlade Dannviw.

Men de red fram till stranden där de kunde se floden en bit uppströms. Ropen kom från en kvinna, som tycktes fara fram på en flotte, förmodligen ofrivilligt eftersom hon helt klart inte tyckte om det. Dannviw såg sig hastigt omkring.

- Det är alltför strömt, sa Ham fundersamt.

- Skulle man kunna böja ner det smala trädet, tror du? sa Dannviw.

Ham förstod hur han menade och försökte.

- Hon borde komma närmare stranden här, sa han.

Dannviw gick så långt ut han kunde och ropade till kvinnan att ta tag i trädets grenar. Han förklarade lugnt och tydligt. Kvinnan insåg att det var den enda chansen hon skulle få. Hon satsade allt och klängde sig fast i grenarna. Några lugnande ord till, även om hon gick in för att hålla sig kvar och inte för att lyssna. Ham släppte efter på trädet och tog tag i kvinnan, för att försiktigt hala in henne till stranden. Hon nådde marken samtidigt som det hördes rop och skrik längre bort. En av hästarna gnäggade oroligt. Ham ledde bort kvinnan från vattnet och svepte en filt om henne. Hon skakade som ett asplöv.

Samtidigt dök fler kvinnor upp längre bort. De sprang och skrek. När de fick syn på Ham och kvinnan, rusade de fram och kramade henne, så lättade var de. Ham fick också en kram.

- Vi höll på att tvätta, förklarade en av dem med andan i halsen, när bryggan bröts loss och for iväg.

- Den var murken. Det har jag sagt länge, sa en annan.

- Hur kunde ni få tag på henne? sa den tredje. Ni är inte blöt.

Ham skulle till att berätta hur de hört ropen från floden, men kom av sig när han inte såg Dannviw.

- Var är er vän? undrade den räddade kvinnan darrande inifrån filten.

Först nu noterade Ham ett plums som han hört tidigare. Han rusade ner till floden. Där låg Dannviws ena handske och flöt på vattnet. Ingen syntes till. Ham for upp igen. Där syntes ingen Dannviw heller. Kvinnorna stod tysta runt sin räddade kamrat, som ängsligt undrade:

- Plasket? Var det som han ramlade i?

Hon var ännu blekare nu.

Ham dröjde inte. Han fick fatt på sin häst och for iväg nedåt floden. Nu gällde det livet!

På Gein

- Var är far?

Derrinn satte sig yrvaket upp i sängen.

- Han har följt er gäst Pasqall till hamnen, sa Sasha. Kommer du inte ihåg det?

- Jo... Jo det gör jag, sa Derrinn och satte sig tillrätta mot kuddarna.

11

Han hade blivit ordentligt förkyld och fått hög feber. Sasha hade bestämt sig för att vaka hos honom. Han var orolig, även om han inte skulle erkänna det.

– Kan du förklara varför du vill sova här i barnkammaren, istället för i ditt rum? frågade Sasha.

– För att jag vill vara nära mor.

Sasha hade försökt föreställa sig hur det var att finna sin älskade död på golvet, men hela hans själ uppreste sig mot en sådan scen. Han förstod att det måste sätta djupa spår hos den som råkade ut för det. Det var tydligt att Derrinn var rädd att förlora fler av dem som stod honom nära. Så var det inte förr...

– Du borde göra färdig din utbildning, sa han lågt. Han tänkte på Gwendoline, vilken näpen liten flicka hon var när Derrinn stolt visade upp henne för honom. Hon var lite mer allvarlig när de möttes i hennes hus i Lilla Villes. Varför stannade de inte där? Derrinn var väl orolig för nedkomsten... Det kändes lite overkligt att hon var mor till två barn, när han hälsade på i deras hus här. Tjänstefolk hade de och snälla grannar, men varför skulle de tvunget bo i ett hus i byn?

– Ni borde ha stannat här, du och din familj. På Gein, sa han.

Derrinn såg länge på honom, bedömde om han skulle kunna förstå. Sasha var smart, så det var nog egentligen inget problem med det. Det var det skamliga...

– Det gick inte, sa Derrinn lågt och såg på täcket när han rättade till det. Hon fick syn på Dannviw.

Det tog en stund innan informationen sjönk in. Så undrade han lågt:

– Lade han an på henne?

- Han behöver inte göra det. När jag trodde det, höll vi på att bli ovänner. Men jag vet att det inte var så. Derrinn såg inte upp på honom. Sasha blev varse en sak som han aldrig förr hade tänkt på. Derrinn var *mycket* lik sin far. På något sätt hörde ju Dannviw ofrånkomligen ihop med Dinah och han kunde inte tänka sig något annat. Han hade tagit för givet att ingen kunde det. Så var det naturligtvis inte...

- Vilken tur att ni inte blev det, sa han. För det hade varit katastrof. För båda, det insåg Sasha klart.

- Känner du dig bättre nu? frågade han sedan. Derrinn såg upp på honom och log.

- Hemskt matt, men annars är nog förkylningen på väg bort.

- Vad anser du egentligen om Pasqall? Visst är han kufisk?

- Jag har aldrig tänkt på honom så, sa Derrinn. Han har en hjärna som är lika knivskarp som din.

- Kan den inte vara. Min är unik.

Han fick ett menande leende till svar.

- Följder du med till universitetet om jag reser dit? frågade Derrinn.

- Klart jag gör. Någon måste se efter dig så du brukar allvar.

På väg hem

Laurence och Maxwell unnade sig inte längre vilopauser än vad som absolut behövdes. Eftersom Maxwell insisterade fick hästarna vila ibland, även om ryttarna var uthålliga. Laurence blev lite irriterad, men innerst inne visste han att Maxwell hade rätt.

13

Deras herre skulle inte uppskatta om hästarna stupade.

– Vi kommer först ändå, eller hur? sa Maxwell.

– Jo, det är klart. Den här vägen är kortare. Nej jag vill inte ha.

– Ät nu. Vi rastar ju ändå.

Laurence lät sig övertalas med en suck. Mest för att slippa det tjat han befarade annars skulle komma.

– Vet du, sa Maxwell mellan tuggorna. Man får misslyckas också. Skulle du ha fel, så är det inte så farligt.

– Du tror inte på det vi gör!

Maxwell sneglade försiktigt på honom. Menade han allvar eller skojade han?

– Visst, sa Maxwell, men det hela var en lustig idé. Det får inte bli blodigt allvar.

Budskapet gick fram, även om Laurence på inga villkor tänkte medge det.

– Blodigt? Jag förstår inte vad du menar. Vi ska bli först, men de kommer att göra allt de kan för att vinna, fast de har fel. Visst kan vi ta det lite lugnare om du vill. Vi kommer först ändå.

– Du förstår nog, muttrade Maxwell.

De hade vilat färdigt och stigit upp på hästarna. Maxwell frågade:

– Är det för att det är Dannviw du tävlar mot?

– Trams. Kom nu!

Det var en envis känsla av att de inte borde ha skilts åt som störde Laurence. De for iväg och de kom först hem till Gein. De möttes av Gudmund som undrade:

– Hå! Vad håller ni på med? Tror ni det är någon sorts tävling ni är med i?

– Det är just vad det är, sa Maxwell.

– Har Dannviw och Ham kommit? frågade Laurence.

- Nej, det har de inte. Vad jag minns så var de med er.

Han ledde in hästarna.

- Du hade rätt, sa Maxwell.

- Jag vet, sa Laurence. Nu tar vi något att dricka.

Vilket de gjorde. Sedan var det bara att vänta på förlorarna.

Men ingen mer kom. Garreth sa att Dannviw visste att Laurence hade rätt - om det nu var så - och tävlade alltså inte. De skulle lugnt komma inridande innan portarna stängdes. När han sa det gick Ryan.

Kvällen kom men Ham och Dannviw förblev borta. Slutsatsen blev att de tagit in för natten någonstans. Men segerruset avtog när tiden gick och ingen anlände, som de kunde stoltsera med sin seger för. Nästa dag ansåg Creig det bäst att sända ut någon för att möta dem.

2 Ett äventyr

Marni flöt stilla bärande på en flotte med tre äventyrslystna barn.
- Vad är det som flyter där? undrade flickan på flotten.
- En farlig sjöorm, som bara väntar på att få en jungfru offrad till sig, sa Hugo.
- Vad du är löjlig, fnös Alienor.
- Förmodligen en trädgren, sa Egeus som var äldre och visare. Han styrde flotten. Han visste vägen och förstod farorna.
- En påklädd stock då, sa Alienor likgiltigt.
- Vad?
Egeus var tvungen att titta.
- En man, sa han lågt.
Han fick fatt i en trädgren och lyckades dra in den flytande mannen till flotten.
- Hjälp mig att dra upp honom, sa han.
- Då sjunker flotten, trodde Hugo.
- Det gör den inte. Hjälp till.
Med gemensamma krafter fick de ombord mannen. Sedan visste de inte riktigt vad de skulle göra.
- Var kommer han ifrån? undrade Hugo.
- Vet inte, sa Egeus. Ingen som jag känner.
- Han ser ut som han sover, sa Alienor lågt.
- Tss. Du är så romantisk, sa Hugo föraktfullt.
- Är han sårad? frågade hon.

16

- Hm. Vattnet kan ha sköljt av blodet, sa Egeus. Det syns ingenting.

- Han är nog död, sa Hugo förhoppningsfullt.

- Nä, då är de stela.

- Undrar hur han hamnat i vattnet, sa Alienor. Kanske kämpade han mot någon annan.

- Om en flicka, vad? sa Hugo med avsmak.

- Det kan ha varit en större skärmytsling, sa Egeus. Så de inte märkte när han föll.

- Om de märkte det då, sa systern.

- Då skulle de väl komma efter...

Han spanade mot stranden.

- Om inte alla hans kompisar blev dödade.

- Det blev de nog, trodde Hugo.

- Tyst nu, sa storebror irriterat. Om hans vänner hittar honom här, kan vi råka illa ut.

- Om hans fiender tror att han lever kan vi också råka illa ut, sa flickan.

- Vi får fråga när han vaknar.

De flöt vidare med god fart på den breda, tysta floden. Hela tiden betraktade de den nye passageraren, men han låg stilla och rörde sig inte. Flickan önskade att han skulle vakna och visa sig vara en drömprins, fast hon visste att sådant inte hände. Lillebror önskade att han skulle vara en hårdför hjälte, som kunde ta dem med på spännande äventyr. Då skulle de få uppleva saker som de andra barnen i byn aldrig skulle få vara med om! Fast det räckte långt med flottfärden också.

Storebror letade i minnet efter någon storman i närheten som låg i fejd med någon annan. De fanns, men den här var ingen av dem han kände till. En storman var det. Man kunde se det på kläderna. Bäst vore väl att ta med honom hem. Men då skulle de få berätta var de varit och vad de gjort. Inte så bra.

- Han är nog död, trodde Hugo.

- Hur ser man om han lever eller inte? undrade Alienor.

- Man ser ifall han andas, sa Egeus.

De stirrade på mannen.

- Han andas nog inte, trodde Hugo.

- Vi kanske inte borde ha honom här, sa Egeus lågt.

- Vi kan inte kasta i honom! Nej det vill jag inte vara med om, protesterade Alienor.

- Kvittar ju egentligen om han ändå är död, sa Egeus men han kände ett visst obehag.

- Mor tycker inte om ifall vi släpar hem en död, sa Hugo tvärsäkert. Hon gillade inte katten jag hittade. Alienor förstod sin mor mycket bra i det fallet. Det var emellertid skillnad på en katt och en människa.

- Vi kan inte ta hem honom, sa Egeus. Då får vi berätta om allt det här och det *ska* vi inte. Inte med ett enda ord! Precis som vi kommit överens om. Nej, just det! Så var det ju. Vad var då att göra?

- Vi lägger honom på stranden, sa Alienor. Det är lätt att paddla dit och bära iland honom. Sedan blir det någon annan som hittar honom.

- Du har rätt, sa Egeus. Man ska inte lägga sig i det man inte har med att göra. Det här kan bli för mycket.

Sagt och gjort. De paddlade mot stranden och landade där strandbanken var låg och det var lätt att lägga till med flotten.

- Han är fortfarande inte stel, sa Alienor när de konkade iland mannen.

18

- Kommer väl sedan, sa Egeus. Här blir bra. Här sveps han inte ut igen.

De lade honom försiktigt på den mjuka sanden där gräset började. Tittade en stund på honom, för de ville hemskt gärna veta vem han var. Sedan såg de sig omkring, hoppade ombord på sin flotte och stakade sig ut på floden igen.

Ham var alldeles förtvivlad. Kanske hade Dannviw drunknat. Han kunde simma och borde ha *försökt* att ta sig i land. Om det var omöjligt, fanns det bara ett annat alternativ. Hur skulle han få veta?

Nere vid stranden stod en grupp män och samtalade. Han gick fram till dem och frågade om de hade sett något – någon flyta förbi.

- Nej, sa en man i grå luva, men det låg en man här på stranden för ett tag sedan. Han kan stämma in på din beskrivning.

- Har du sett honom här? undrade Ham.

- Ja, han låg här på stranden och jag gick för att hämta hjälp. Min arm är lam, så jag kan inte göra mycket själv. Men när jag kom tillbaka så var han borta.

- Levde han?

- Jo, det tror jag nog. Han var kall som en frusen, men inte som en död och jag tyckte nog att han andades.

- Kan han ha gått härifrån?

- Nja, jag tror snarare att han sveptes med av vattnet igen. Annars hade han nog tagit handsken med sig.

Mannen sträckte fram ett föremål, som utan tvekan var Dannviws andra handske. Ham tog den och jämförde den sorgset med den han redan hade. Hans hjärta blev tungt.

- Ledsen, sa mannen med luvan. Det är inte mycket att göra. Vi skyndade oss så fort vi kunde.

- Var... var tror ni man kan finna honom?

- Han kan spolas iland någon annanstans nedåt floden, eller följa med ut i havet. Det är om han inte fastnar i någon rot under vattnet. Somliga hittar man aldrig igen. - Så är det bara.

Han såg ner i marken och ritade med foten i sanden.

- Kom med hem och värm dig lite, sa en av de andra männen. Jag äger krogen, så jag bjuder på öl och mat.

- Tack. Ni är vänliga men jag måste leta vidare, sa Ham.

- Det är meningslöst, sa luvmannen lågt. Snart blir det mörkt också. Du hittar honom inte.

- Jag vill försöka.

De skakade på huvudena när de såg Ham fortsätta nedåt floden.

Varenda liten bit av flodens strand undersökte Ham, ända ut till havet. Han hade gått över till den andra sidan och nu tänkte han finkamma den på tillbakavägen. Kanske levde hans älskade herre inte mer, men han tänkte inte låta honom ligga obegravd här ute. Det om något skulle sätta igång rykten. Men det var inte för det. Han ville hitta sin vän och veta säkert. Mörkret hade fallit. Natten var stilla. Månen sken tyst över floden. Långt borta hördes sång - någon klagade ljudligt i natten. Ham gick närmare stranden. Ljudet kom från andra sidan. Det gick inte att se vad det var och han kunde inte ta sig över och undersöka saken nu. Han såg ner i vattnet. Varje gång kände han samma isande fruktan att se sin vän där nere.

20

- Precis som Tyr, viskade han till det porlande vattnet. Du bara försvann liksom han. Det vore bättre att hitta dig med en gång, vad som än har hänt. Han satte sig på en sten och lät tankarna löpa. Så småningom måste han till Gein igen och tala om vad som hänt. Hur skulle det gå? Det var ingenting han såg fram emot. Så länge månen gav ljus, satt han och tittade ner i vattnet, med en vild förhoppning om att kunna rädda sin vän i sista ögonblicket. Han visste redan att det ögonblicket passerat för länge sedan. Han sov en stund och väcktes av att folk rörde sig i buskarna omkring honom. "Man skulle sova i träd, som somliga gör" tänkte han och klev ut ur sitt gömsle.

- Ham! Där är du ju!

Det var Carlot som fick syn på honom.

- Carlot..., började Ham.

- Vi letar just efter er. Var har du Dannviw?

- Han föll i vattnet. - Gud hjälpe oss... Jag hittar honom inte.

Carlot bara såg på honom. Han svalde ett par gånger och kämpade emot iskylan som spred sig inom honom. Till det yttre verkade han lugn.

- Har han drunknat? frågade han lågt.

- Troligen. Han drev iland en bit upp på andra sidan, men sveptes med igen innan folk hann ingripa. Allt jag har är hans handskar.

- Å, Ham...

Men vad kunde han säga? För detta fanns inga tröstande ord.

- Du är trött. Det är bättre du beger dig hem, sa Carlot i ett desperat försök att hindra upprepningar.

- Nej. Jag måste leta vidare. Jag måste finna honom.

21

Det här hade Carlot upplevt tidigare.

- Det är meningslöst, Ham, försökte han.

- Han får inte bara ligga där...

Carlot kände hela sitt väsen protestera mot detta, som verkade tas om efter ett givet manuskript. Repeteras orubbligt, utan förnuft. Men han behärskade sig.

- Vi måste organisera sökandet om det ska bli effektivt. Du vet det, Ham.

Han såg på Carlot, men hann inte svara förrän Laurence dök upp. Carlot slöt ögonen och bet ihop käkarna.

- Hallå, Ham. Vart tog ni vägen? undrade Laurence hurtigt.

Han såg sig omkring, uppfattade Carlots sorgtyngda behärskning och Hams ledsna ögon. Någonting saknades!

- Var är Dannviw?

Ham släppte inte honom med blicken när han förklarade:

- Vi är riktiga förlorare. Särskilt jag. Jag har förlorat Dannviw.

- Vad?

- Han föll i vattnet. Han kan inte ha klarat sig.

- Skulle Dannviw ha drunknat? viskade Laurence. Det är inte sant! *Det kan inte vara sant.* NEJ!!

Det sista var ett illtjut som borde ha hörts ända till Gein. Sedan for han på Ham och bankade med knytnävarna mot hans bröst, som en liten unge när han inte får som han vill. Tårarna rann utför hans kinder.

- Sluta, sa Ham.

Men det hjälpte inte, så han slog armarna om Laurence, som slutade kämpa och viskade mot hans bröst:

- Jag visste att något gått galet. Vi skulle aldrig ha lämnat er.

- Det har nog ingen betydelse, min vän. Det hade hänt ändå. Vi behöver många män, så vi kan gå igenom stränderna en gång till. Mer kan vi inte göra.

- Och du?

- Jag fortsätter upp till bron. Vi ses där.

Nu hade fler män dykt upp, men Ham såg dem inte ens. De insåg att de stod inför en katastrof. Carlot sträckte handen mot Laurence och lade armen om hans axlar. De mötte sina kamrater.

- Dannviw har ramlat i floden. Vi måste dela upp oss och leta effektivt, sa Laurence.

Nu lät han lugn och samlad, men han brydde sig inte om att torka bort tårarna som fortsatte att strömma från hans ögon. Det var det som fick männen att inse allvaret i situationen.

Creig gick efter Ham, tog tag om hans arm och stoppade honom. Han blev irriterad, för han ville fortsätta och tyckte sig inte ha någon tid att förlora. Men Creig sa:

- Ham stanna. Vi kan inte bara rusa iväg.

- Jag måste leta tills jag finner honom.

- Ja, vi måste hitta honom. I vilket fall som helst. Jag förstår att du är förtvivlad. Du är inte ensam om det. Men är det något mer vi vet?

- Du har hans handskar, sa Carlot lågt.

Ham tog fram dem och visade Creig. Han förklarade att den ena hittade männen på stranden där Dannviw flutit i land.

- Varför var han inte där när de kom tillbaka? frågade Creig.

- De trodde han spolats ut i floden igen, mumlade Ham.

- Skulle den mannen kunna vara Dannviw? Laurence kom försiktigt fram till dem. Ham höll båda handskarna i sina händer. De hörde ihop och tillhörde definitivt deras älskade herre.

- Den här låg där han föll i, sa Ham. Den andra låg kvar efter mannen på stranden.

Laurence tog handskarna och undersökte dem noga. Creig iakttog honom. Så sa han:

- Vi går till stranden där han hittades.

Laurence såg upp på honom. Ja, där borde finnas mer att se. Men Ham var inte av samma mening:

- Där finns ingenting mer. Ingenting alls.

- Vi har delat upp oss och går igenom varje bit av stränderna ner till havet. De ser med nya ögon, de som inte har undersökt platsen förut och då inte funnit något. Kan vi hitta något mer spår så kanske det blir lättare.

Då följde han med och visade dem platsen. Laurence tog sig en överblick av stranden, tittade på växtlighet och spåren efter Marnis rörelser. Här gjorde floden en skarp krök och man kunde se hur långt upp den brukade nå.

- Jag vet inte ens var han kan ha legat, mumlade Ham. Här trodde de.

Han pekade på den plats som männen visat honom. Där fanns inte ens några tydliga avtryck av hans kropp...

- Eller snarare här, sa Laurence.

Han hade stannat en bit längre bort och högre upp, där gräset började. Han satte sig ner på huk medan han fortsatte:

- Det är ganska långt ifrån floden. En vagn har varit här.

- Vägen går förbi här, sa Carlot lågt.

- Ibland sveper vattnet högre upp, sa Ham sorgset.

- Inte så högt, mumlade Laurence. Inte nyligen. Han hittade något i gräset, en liten glasbit som han höll upp mot ljuset och undersökte. Sedan fortsatte han att leta spår. Ham betraktade honom en stund innan han sa:

- Här är inte mer att se. Jag går ner till floden. Creig följde med honom medan Laurence stannade kvar för att se om han kunde hitta mer. Det var ungefär det Creig hade tänkt sig, men Ham var otröstlig. Dannviw förblev borta hur de än resonerade. Det var honom Ham ville hitta, inte något eventuellt spår - hur duktig Laurence än var på att hitta sådana. Det gick inte att övertyga Ham om att avbryta sitt sökande.

Connell kommer hem

Connell hade följt Pasqall ända till hans hus, nu återvände han till Gein i kvällningen. Han fick alltid samma förväntansfulla känsla när han kom tillbaka hem. Gudmund var inte där, så han stallade in sin häst själv. Det var ovanligt ont om folk på borggården. Han gick in för att söka upp sin herre och rapportera hur det hade gått.

Men det var Dinah som mötte honom. Orolig?

– Välkommen hem, sa hon. Hur gick ditt uppdrag.

– Bara bra, frun. Följ med till Dannviw och hör alltihop, sa Connell.

– Dannviw är inte hemma, sa hon.

Så han fick berätta för henne:

– Överfarten gick bra. Det var lugnt. Sebastian och Mercedes mådde bra, men hans mor tyckte de skulle stanna hos henne. I alla fall Mercedes... Menar du att de inte har kommit hem ännu?

– Ja.

Han märkte att hon var mycket orolig.

– Pasqall blev arg, fortsatte han. Men kvinnan envisades med att säga sanningar, som hon tyckte. Han fick med sig Divina och hennes tjänare, som han uttryckte det... Men de borde ha kommit hem vid det här laget?

– Ja, det borde de.

Han såg länge på henne innan han fortsatte:

– Sebastian blev stött, så de höll på att bli ovänner. Det skapar ju förväntningar när man äntligen ses igen efter så lång tid. Jag förklarade att de måste lyssna på varandra och inte låta någon fördärva deras relation. Särskilt någon som inte vet om den. Sebastians mor vill att han ska gifta sig och skaffa henne barnbarn. Det går ju inte, men det vet inte hon.

– Så de var på god fot när du lämnade dem?

– Jadå. Mercedes satt i ett berg av saker.

– Du har som vanligt skött din uppgift bra.

– Vet du varför han inte har kommit hem?

– Ham och han kom inte tillbaka. De är ute och letar.

– Maxwell och Laurence var ju också med.

– De delade upp sig för att tävla om vilken väg som gick fortast hem, suckade Dinah. Laurence och Maxwell kom hem, men inte Ham och Dannviw. Så

Creig gav sig ut med en grupp män för att möta dem.

Vi vet inte vad som har hänt.

Det var ju inte bra. Inte alls bra. Han tittade lite förstulet på henne igen. Så sa han:

– De hittar säkert dem, ska du se. Han kommer hem igen.

Fast så himla säker på det var han inte. Hon förstod att han inte var det.

3 En egendomlig man

Jag tycker att vi gör det, sa den kortare av de två.

- Det är lite äckligt, sa den andre.
- Men han är i alla fall död.
- Det är ändå äckligt. - Förresten rör han på ögonen.
- Det är nog bara kylan av spetsen.
- Nej. På riktigt.

Den korte tittade efter ordentligt. Jo, ögonlocken på deras offer fladdrade en aning, som när man drömmer. Då gällde det att handla snabbt, eller låta bli helt. Det var han som höll i det hemmagjorda spjutet som de hittat. Det var upp till honom.

- Jag tror inte det går igenom benet ändå, sa hans kompis. Då får du ta genom ögat.
- Usch. Nej inte *i*.

I samma ögonblick slog deras offer upp ögonen och allt stannade av. Spjutet vilade med spetsen mellan hans ögonbryn. Så viskade den långe:

- Så vackra ögon...

Ett svagt ljud, som av en flöjt, fick dem att besluta sig. Snabbt lämnade de platsen.

- Det finns säkert fler vi kan pröva på, sa den korte. Där ingen ser.

Dannviw slöt ögonen igen. Långt bortom tröttheten och smärtan hördes ljudet av en flöjt, eller var det bara inbillning?

När han vaknade rörde sig marken. En jordbävning! Han försökte resa sig, men det gick inte alls. När han lugnat sig lite, märkte han att han låg i en vagn. Den var överbyggd. Det var inte natt - inte nödvändigtvis. Han var våt och kall och kände sig allmänt dålig. Ena benet dunkade av smärta. En bruten fot! Kunde det vara så illa? Han *måste* se efter. Beslutsamhet och hård kamp gav resultat, på fler sätt än han räknat med. Vagnen stannade. Förhänget slets undan.

- Jaså, du har vakant nu?

En manlig siluett mot en sjunkande sol som slog gnistor i hans hår. Han fortsatte:

- Det var på tiden. Jag behöver hjälp när vi ska slå läger.

- Så gärna så, om jag bara kan stå på min fot, sa Dannviw.

Mannen stelnade till, teg en stund, men sa sedan:

- Ah. - Vi får väl se hur den ser ut.

Han lyfte på täcket, som Dannviw först nu lade märke till att han hade över sig, och kände på foten med sina behandskade händer. Det gjorde djävulskt ont, för mannen var inte särskilt försiktig.

- Stukad men inte bruten, sa han. Men det ser inte bra ut. Vad gör vi nu då?

Han funderade. Dannviw betraktade honom. Det såg ut som om hans hår var fullt av vattendroppar. Lite skrämmande med tanke på vad han just varit med om. Ett kort ögonblick tyckte han att profilen var Tyrs, men den tanken slog han bort. Den mannen hade två gravar, så man behövde inte tveka.

- Jaha, sa karlen och svepte ner förhänget igen.

Vagnen sattes i gång. En vemodig sång fick snart Dannviws fantasi i rörelse, tills han kom på sig själv med att försöka lösa problemet med hur Tyr hamnat i vattnet. Han mindes en konversation de haft framför brasan på Gein. Det började med ett brev som han fått...

– *Vad är det du läser? Du ser alldeles konfunderad ut, sa Tyr och slog sig ner på bordskanten framför Dannviws stol.*

Det en gudagåva att få ha honom på Gein, när han som nu var i balans. Dannviw såg upp och log.

– *Ett förbryllande brev, sa han.*

Han snodde brevet och läste igenom det. Dannviw iakttog honom. Tyr verkade helt försjunken i brevet. Han märkte inte ens att Laurence kom in, hejdade sig och stängde dörren tyst om sig, för att stanna lutad mot den och iaktta.

– *Har ni två blivit ovänner?*

Det var ingen bra fråga. Tyr sänkte blicken som talade om mer än han ville säga. Laurence lämnade dörren och gick lugnt och stilla fram till dem. Han sjönk ner på golvet för att komma i jämnhöjd med Tyr, när han nu satt sig där.

– *Vi har pratat om kvinnor, sa Laurence. Vi har inte samma åsikter.*

– *Hoppas jag verkligen, sa Dannviw.*

Laurence gav honom en irriterad blick, medan Tyr försökte hålla tillbaka ett leende.

– *Frågan är varför ni diskuterar dem? fortsatte Dannviw.*

Han fick en hastig blick av Laurence, som verkade vilja iaktta Tyr oavbrutet. Han förklarade:

– *Vi kom bara in på det. Jag visste inte ens att våra åsikter var så skilda.*

– *Då måste du övertyga andra om att du har rätt, sa Tyr.*

– *Det var inte meningen att du skulle ta det så. Jag trodde faktiskt...*

– *Vad trodde du? Att dina åsikter är universella?*

Tyr lämnade tillbaka brevet. Hans hand darrade. Omärkligt gav Dannviw Ham ett tecken, medan han fångade upp

30

Tyrs hand och lade på sitt knä. Laurence sa mycket försiktigt:

– Jag vill inte göra dig mer upprörd, men jag vill inte heller dölja saker. Jag vill stötta dig, men jag tror inte att du tar det så. Jag trodde alltså inte att du hade några åsikter om kvinnor alls.

– Varför skulle jag inte ha det?

– Du uttalar dem inte.

– Kanske kan det bero på att min inställning till det motsatta könet är så naturlig, att jag inte behöver snacka om dem jämt!

Han ville resa sig, men Dannviw sa lågt:

– Gå inte ännu. Förklara vad du tycker. Jag misstänker att det kan bli en helt ny erfarenhet, men främst vill jag höra dina åsikter.

Handen darrade våldsamt nu. Laurence var minst lika upprörd för att han hade orsakat detta och inte kunde lugna sin vän.

– Jag vill också höra, sa han lågt.

Han tyckte det var skönt att Dannviw fanns där. Tyr tog god tid på sig, som om han försökte avgöra om de kunde förstå, om det var lönt att förklara. Han ändrade ställning och lutade sig mot Dannviws ben. Så sa han lågt:

– Det är inget konstigt alls. Vi är alla människor. Skillnaderna är mellan olika personer. Möter man en med vilken man är andligen lika, så kan man dela livet med henne eller honom. Ni kräver underkastelse. Ni jagar kvinnor för att förföra dem. Somliga tar med våld och tycker det är som det ska. Som om mannen vore överställd kvinnan. Som om hon vore någon sorts boskap!

– Nu är du orättvis, mumlade Laurence.

– Är jag!? Inte alls. Jag bara iakttar och kommenterar. Måste jag bo här, är det enklast att ingenting säga heller.

– Fortsätt förklara istället, uppmanade Dannviw.

31

– För att få klander.

– Ignorera det just nu.

Tyr gav Laurence en svidande blick, men han såg inte upp, så Tyr fortsatte:

– I andra fall uppför sig kvinnorna som förförerskor. De gör allt för att fånga en karl, som om han var ett lovligt villebråd. Somliga aktar inte på äktenskapliga löften inför en Gud de tror på ens. Varken ifall de avgivit dem själv, eller i respekt för att andra gjort det. Somliga bryr sig inte ens om ålder.

– Här inne gör vi, sa Laurence bestämt.

– Ja, även om här snackas mer, så verkar respekten för andra vara större här, medgav Tyr.

– Då har jag lyckats med något i alla fall, sa Dannviw.

– Det är Keeth som bär skulden, mumlade Laurence.

Dannviw förstod inte varför, men det fick redas ut sedan.

– För det kan väl inte vara du! snäste Tyr. Keeth har varit tvungen att lära sig behärskningens svåra konst. När han är sitt normala jag – vilket tog lång tid innan han hittade tillbaka till igen – så visar han väldigt stor respekt för andras integritet.

– Det är alldeles rätt, sa Dannviw. Han har fått uppleva saker som inte vi kan föreställa oss. Det är skönt att höra att du förstår hans situation.

– Den vars drifter inte är accepterade ute i samhället, kan inte leva ut dem hämningslöst, förklarade Tyr. Av dem krävs hänsyn, även om de inte visas hänsyn. Vill de vara med får de kunna spelreglerna.

– Man kan inte glorifiera avvikande drifter, sa Laurence. Då fungerar inte världen.

– Acceptera, inte glorifiera. Då kan effekterna bli bra, sa Tyr. Naturligtvis är det naturligast om kvinna och man älskar varandra, för att barn ska födas. Det är avlandebiten. Men får älskandebiten se ut hur som helst för det? Ska

32

drifterna följas oavsett konsekvenserna, bara för att man tillhör gruppen där driverna är allmänt accepterade?

– Hur menar du nu?

Samtalet hade blivit normalt. Blickarna sökte förståelse. Tyr hade slutat darra och Laurences foglighet började avta.

– Jag menar en högre form av kärlek, sa Tyr och såg prövande på sin vän. Att älska någon med hjärtat. Inte vara förälskad, utan djupare än så. Att känna en inre samhörighet bortom utseende och älskog. Att acceptera och godta någons fel och förtjänster, alltid finnas där beredd att hjälpa och stötta. På något sätt är det som om själarna älskar varandra. Som du och Dinah.

– Tack, sa Dannviw förvånat. Det var en fin komplimang. På något sätt var det rätt. Deras kärlek var djupare än det gick att förklara. Dannviw förstod vad Tyr menade, men något störde Laurence:

– Drifterna då? Ska de bara förnekas? Hållas tillbaka?

– Skulle inte skada i somliga fall, kommenterade Tyr. Det är inte frågan om att förneka dem. Däremot tror jag det är meningen att utlevelsen av dem ska komma med den enda kvinna man känner denna högre kärlek till. Som en naturlig del och för att avla barn till en trygg och sund uppväxt, med en man och en kvinna som kan vårda dem, älska dem och vara deras förebilder.

– Det finns många barn som av någon anledning bara har en förälder.

– Men det är inte idealiskt. Inte för barnet och inte för föräldern.

– Skulle de skaffa en ny make fördömer du dem ju. Bara en får man ha.

– Du förstår ju ingenting!

Dannviw lade sin hand på Tyrs axel. Det var onödigt att han blev upprörd igen.

– Förklara då, sa Laurence.

– Är det lönt?

– Som jag ser det fördömer du mig och det jag gör, medan jag måste förstå din inställning – gärna utan förklaringar. Laurence visste mycket väl, att det kunde krävas av honom att han accepterade en sådan situation. Men Tyr borde inte ha några svårigheter att förstå honom heller. Han fick vad han bad om:

– Kanske är det så att du inte kan känna denna högre kärlek, utan är hänvisad till dina drifter. Hur ska jag då förklara?

Laurence svalde en vass kommentar.

– Försök, sa han lågt.

Dannviw såg på honom. Han såg också den flyktiga oron i Tyrs ögon. Nu testade han gränserna och det var bättre om det skedde här. Tyr ville inte ha Laurence som ovän, men han ville vara säker på att han var en vän.

– Finns det någon du tycker om utan att vilja älska med? undrade Tyr.

– De flesta karlar jag tycker om vill jag inte älska med – faktiskt alla.

– Finns det någon kvinna du känner samma för?

– Jodå.

Laurences snabba blick på Dannviw undgick honom, men inte Tyr.

– Som det inte finns några hinder ifall ni skulle vilja älska?

– Det finns det med, suckade Laurence. Det har funnits. Men ibland märks man av livet, så man inte tycker det är lönt att försöka igen.

Här fanns något Laurence inte ville berätta och Tyr respekterade det. Han sa:

– Att älska på detta högre plan är aldrig bortkastat. Det går aldrig att ersätta med tillfälliga förälskelser.

– Vad vet du om det?

34

– Det kan jag väl också veta, eller hur?

– Jo, det kan du. Naturligtvis har du rätt. Men jag respekterar de kvinnor jag är med. Vi är överens om att det inte är den högre kärleken vi är ute efter. Bara en riktigt skön stund tillsammans. Ibland har någon fått för sig, att det efteråt kan leda till den högre kärleken – eller snarare ett varaktigt band. Det har aldrig varit min mening att förespegla något sådant. Jag varken kan eller vill sätta en kvinna i den sitsen, att hon ska vara gift med en som kommer lite då och då till henne.

– Barnen då?

– Alltså – det finns kvinnor som vet precis vad de gör i det fallet också. Man kan vara försiktig, men barn blir till ändå. Det vet alla kvinnor. De tar risken ändå.

– Hm. Det behövs mycket mera kunskap...

Tyr såg fundersam ut.

– Om vad?

– För att återgå till brevet, sa Tyr och började prata om det igen.

Laurence såg forskande på honom. Det var något med Tyr som gjorde honom ovanlig. Mer än en sak. Dessutom verkade han vara fullt medveten om att skillnaderna fanns. Som om han kommit längre och var irriterad på dem som blivit efter. Han skylde över det, men var superkänslig. Ett ord fel och det kunde gå galet.

De hade alltså fått veta Tyrs åsikter om kvinnor... Men det här var ju inte Tyr. Det var inte lätt att behålla det logiska tänkandet i utmattat tillstånd. Rytmen ändrades och blev till en munter, lite skälmsk sång. Med en trött suck konstaterade Dannviw att rösten inte heller var Tyrs. Det här var en helt annan karl. Vem?

Med den frågan slumrade Dannviw till.

Han vaknade av värken i foten. Kall och olustig märkte han, att det inte bara var foten som gjorde ont. Hela kroppen värkte. Huvudet med och magen inte minst. Men vagnen stod stilla. Förhänget drogs undan. Mannen stirrade in, fortfarande utan ansikte, med månen högt uppe bakom sig. När håret glittrade så kusligt av vatten, låg det nära till hands att dra absurda slutsatser. Det måste emellertid finnas en naturlig förklaring, ty Dannviw var alltför realistisk för att tro något annat.

- Du är vaken?

- Ja.

- Vet du hur man sköter en stukad fot?

Dannviw förklarade och mannen lyssnade.

- Är du trött? undrade han.

- Det är slitsamt att simma i floden.

- Det är alldeles för strömt. Det kan man inte.

- Jag hade inget val.

- Vila dig då.

- Det går inte. Det gör ont överallt.

- Svårt att få träet mjukare. Då får man trolla.

Han gick. Dannviw betraktade stjärnorna. Vart var de på väg med vagnen? Hade han slagit läger? Skulle det bli något som stillade den glupande hungern? Mannen kom tillbaka och började ordna med hans skadade fot. När han var klar sa han:

- Du kan gå på den nu.

- Nej, det går inte.

- Du kan försöka.

Han hjälpte resolut Dannviw ur vagnen. Han var ganska stark, men inte som om han sysslade med kroppsarbete. Kanske var det beslutsamhet.

36

Naturligtvis kunde Dannviw inte stödja på foten. Han skrek av smärta och sjönk ihop på marken.

- Du kunde ju åtminstone försöka, tyckte mannen.

Dannviw skakade av frossa.

- Jag blir här nu. Har du bråtr så är det bättre att du far ensam.

Mannen funderade.

- Nej. Du kan inte stanna här. Kanske kan man göra upp eld?

- Har du inte slagit läger?

- Vi stannade just.

- Är du på flykt?

- Precis som om du har med det att göra.

- Jag kände mig bara lite inblandad.

- Det är du inte. Tycker du det är mjukare här ute kan du stanna här, så får du kliva tillbaka i vagnen i morgon. Då är väl foten bättre.

Han gick.

Det var *inte* bekvämare på marken lutad mot vagnshjulet. Han försökte resa sig, men det gick inte utan resulterade i en frossbrytning. En flik av täcket stack ut. Han fick tag i det och ryckte det till sig. Insvept i det så gott det gick, försökte han återfå värmen. Han betraktade omgivningarna, men det var ingen plats han kände igen. Långt borta hörde han svagt klagan. Det lät som om någon grät förtvivlat. I vanliga fall skulle det väckt Dannviws intresse, men nu konstaterade han det bara. Han kände sig yr och matt. Framför honom glimmade floden i månljuset. De måste ha följt den hela tiden. Nedströms? Varför det? Just som han höll på att domna bort igen väcktes han av en röst:

- Har du dragit ner täcket på marken?

Mannen var tillbaka.

- Jag fryser, muttrade Dannviw.

Efter att ha känt på hans kläder sa mannen:

- Du är ju fortfarande våt.

Det var ingen nyhet för Dannviw.

- Men kroppen är varm, sa främlingen som nu lagt handen på hans panna.

Han undersökte vidare och funderade över detta fenomen, tills Dannviw drog till sig sin arm och kröp ihop under täcket.

- Livet är bra konstigt, funderade mannen.

- Mhm.

Dannviw slöt ögonen och lutade huvudet mot vagnshjulet.

- Man har många behov, helt av naturen. Men ändå tvingas man undertrycka dem. Vad är det för mening med att man föds med sådant som man inte får använda? Varför tillåts man inte tillfredsställa sin längtan?

- Som att äta till exempel?

- Vad då?

- Hunger. Man behöver äta.

- Är du fortfarande hungrig? - Javisst, det hade jag så när glömt.

Han letade fram en bit bröd ur sin jacka. Den glittrade också av vatten...

- Här. Det är vad du kan få, sa han.

Dannviw var just nu inte kräsen. Han undrade:

- Äter aldrig du?

- Inte just nu.

- Finns det något att dricka?

- Hade du inte simmat? Kunde du inte passat på då?

Dannviw log. Men mannen satt kvar, som om han menade allvar med vad han sa.

- Jag hade nog att göra med att ta mig till stranden, förklarade Dannviw.

- Det fick du nog hjälp med. Annars hade du inte hamnat så högt upp på land. Floden sveper inte upp folk så.

- Jag vet faktiskt inte, sa Dannviw tankfullt.

- Du vill inte berätta varför dina kompisar slängde av dig. Skulle visa vad du kunde men det gick snett, eller hur? De blev sura.

- Inte riktigt. Jag föll i vattnet sedan vi räddat en dam i sjönöd. Du har rätt. Strömmen är för stark för att man ska kunna simma.

- Hur kom du upp på stranden då?

- Det är det jag inte vet.

Mannen reste sig och försvann. Han kom tillbaka med ett krus.

- Drick då, sa han.

Dannviw drack. Han antog att det var vatten, men det var mycket starkt vin och det sved i hans tomma mage.

- Ta allt bara. Bry dig inte om andra, sa mannen buttert.

- Varför gör du inte upp eld? frågade Dannviw.

- Jag kan det inte.

- Hm. Allt jag har i den vägen är vått.

- Det tar för lång tid. Drick en klunk till.

Själv drack han tappert.

- Det här var ett fynd, konstaterade han och betraktade kärleksfullt kruset.

- Vem är du? undrade Dannviw.

- Kan man undra om dig med.

- Det vet jag redan, men du är en gåta.
- En handelsman och artist inom många områden.
Före min tid, antar jag.
- Vad är ditt namn?
- Låt se... Zellind är mitt namn för dig.
- Vill du att jag ska kalla dig så?
- Ja. Det är bara något man är överens om. Annars
har det ingen betydelse.
- Vart är du på väg?
- Mot kusten.
- Jag bor åt andra hållet.
- Inåt land?
- Känner du till Glochnessin?
- Det gör väl alla. Med den stora skogen Glochnia,
som *varelser* kommer vandrande ut ifrån.
Han gjorde rörelser som om han tänkte kasta sig över
Dannviw förvandlad till ett odjur. På höger hand
hade han fortfarande en handske utan fingrar. Den
glittrade också när han rörde handen.
- Är du en sådan varelse? avslutade han.
- Nej. Känner du till Gein?
- Dit ska vi inte. I närheten av det stället går inte jag,
för de ska inte ha chansen att låsa in mig. Förresten
är det för långt. Vi fortsätter mot kusten och du följer
med.
- Men jag måste hem. Det är viktigt.
- Har du något val?

Det ljusnade över skogen när Dannviw slog upp ögonen igen. Han hade drömt om Tyr och nu tänkte han
på hur känslig den mannen var. En incident kom för
honom:

40

En för Laurence helt vanlig diskussion kunde vända i något helt annat. Han och Tyr kom gående ut på gården, Laurence med en mugg i sina händer. Han tvärstannade och frågade:

– Vad är det nu då?

Men han behärskade sig genom att ta muggen han höll i båda händerna istället, så var de upptagna. Så fortsatte han:

– Vad menar du med att det skulle vara tanklöst? Om han trodde att Tyr inte hade lagt märke till hans häftiga reaktion, så hade han fel. Dessutom verkade det som om behärskningen störde mer än lugnade. Han svarade kallt:

– Ibland resonerar du klart och förståndigt, men så plötsligt verkar du börja tänka med det andra huvudet. Det blev för mycket. Laurence slängde muggen i marken med full kraft, så den gick i tusen bitar och innehållet stänkte åt alla håll. Sedan gick han därifrån. Tyr såg efter honom. Efter en stund fick han syn på Creig, som blivit vittne till hela incidenten. Han stod och lutade sig mot väggen i närheten. Nu såg han stadigt på Tyr och sa:

– Du är inte rädd om livhanken.

– Laurence slår inte, sa Tyr lågt.

– Hade det varit någon annan så hade han gjort det. Du kan få honom till det, om du provocerar honom tillräckligt. Är det vad du vill?

– Jag vill inte diskutera detta...

Just då kom Dannviw gående. Creig gav honom ett omärkligt tecken. Det verkade för Tyr som om borgherren bara råkade komma fram till dem.

– Vad är det som har hänt? undrade han.

Han hade hört kraschen och såg muggens skärvor på marken.

– Laurence och jag hade bara en vanlig diskussion, sa Tyr lågt.

Men Creig talade obarmhärtigt om precis vad som hänt och det syntes att det retade Tyr, som sa:

– Jag vill inte gå in och diskutera saken med dig i lugn och ro.

Dannviw ryckte på axlarna och slog ut med händerna när han sa:

– Som du vill, då reder vi ut det här, för reda ut det måste vi och det vet du.

Creig gick och de var till synes ensamma.

– Det retar mig när folk har tankeresurser men inte använder dem, sa Tyr i ett försök att få till en slutgiltig förklaring med en gång.

– Vad diskuterade ni? undrade Dannviw.

– Kärlek – på olika nivåer.

– Ett ämne som du vet att ni inte har samma åsikter om. Hur kom ni in på det?

– Det är väl inte lönt att diskutera det man är överens om?

– Ibland. För att utveckla ämnet. Men det var inte det du ville.

– Jag vill få honom att förstå!

– Övertyga honom?

Tyr såg på Dannviw. Kunde man det?

– Det kan du inte, om inte dina argument är väldigt starka och sakliga, sa Dannviw.

– För han lyssnar inte.

– Visst gör han det. Det märkte du väl. Men han är lika övertygad som du, om att hans sätt att se på saker är rätt. Du vet det också, alltså ville du provocera. Vart ville du komma?

Tyr såg på allt utom Dannviw, så han ändrade sin fråga:

– Vad pratade ni om innan ni kom in på detta kontroversiella ämne?

42

Nu såg Tyr på honom med lite undrande ögon.

– Bara allmänna saker. Vi var några stycken och Leon pratade om när han var liten. Guy jämförde också hur man ser på saker som liten och hur det blir sedan. Det är erfarenheter som jag inte kan berätta om. Laurence vill inte, så då går han istället.

– Tyckte du det var dumt?

– Han sa att han hade arbete att utföra.

– Hur reagerade de andra?

– Å, Laurence åtnjuter stor respekt. Han kan göra som han vill. De ifrågasätter inte det.

– Men det gör du.

– Nej. Jag följde med honom. Det var faktiskt han som kommenterade någon dam och det var så vi kom in på det. Alltså var det inte jag som valde ämnet.

– Men du visste mycket väl att din kommentar skulle få honom att reagera.

– Visste jag kanske, men det var precis så jag tyckte att det var. Han kan inte ta för givet att jag ska hålla med honom i hans inställning.

– Tyr, det är en sak jag vill att du ska veta, sa Dannviw efter att ha funderat en stund, något som gjorde Tyr lite nervös. Det finns fler här som precis som du, av olika anledningar, inte kan berätta om allt som de varit med om. Det betyder inte att de inte vill och inte alltid att de väljer det själv. Bäst är att respektera det. Att insistera på att få veta, kan förstöra mer än man vill.

– Jag har inte bett att få veta något, sa Tyr tyst.

– Förvänta dig inte att det blir så. Hans vänskap har du ändå.

Tyr bara såg på honom.

– Fast du får själv ordna upp det här med honom, om du vill fortsätta som hans vän, sa Dannviw.

Tyr höll om sig själv som om han frös.

– Jag vet inte om det är lönt, sa han och gick.

Laurence var sensibel han också. Händelsen fick honom att tvivla på sin förmåga. Detta visste Dannviw, så han sökte upp honom för att höra hans version:

Eftersom Laurence kände igen knackningen, och visste hur rutinerna brukade vara, så bad han Dannviw stiga in. Det kunde vara skönt att prata med honom, så som han kände just nu.

– *Jag kan inte fortsätta som handledare längre, sa Laurence när Dannviw stängt dörren om sig.*

– *Är det Tyr du tänker på?*

– *Ja. Jag kommer att klippa till honom en dag.*

– *Han vet precis hur han ska provocera dig.*

– *Men varför? Han vill testa mig, ja, men om han går för långt, om jag inte klarar hans prov, vad händer sedan? Blir han nöjd då?*

– *Nej han blir inte nöjd...*

– *Vet du vad han sa, Dannviw?*

– *Jag vet...*

– *Och du kan inte säga att han inte menade det, för det gjorde han.*

– *Försök lugna dig och lyssna.*

Dannviw satte sig halvt på knä framför den upprörde mannen och tog hans händer.

– *Jag kan naturligtvis strunta i det..., sa Laurence.*

– *Istället ska vi reda ut varför. Jag har en teori och du får säga om den verkar bra.*

– *Jag kan inte ta vad som helst hur länge som helst. Du kan inte begära det, mumlade Laurence.*

– *Det vill jag inte att du ska. Vad tror du att han blev upprörd för?*

– För att jag är intresserad av fruntimmer på ett annat sätt än han. Det framgick tydligt.

– Han vet ju det.

– Ja, och han vill att jag ska tycka likadant som han. Men jag vill inte det. Jag ser ingen mening med att dyrka kvinnan på avstånd, när det är så trevligt att – lära känna dem närmare... Karlar behöver sådant... Dannviw log.

– Ändå tror jag inte att det var anledningen till att han ville provocera dig. Det var bara ett väldigt bra sätt, när han ändå var irriterad på dig.

– Vad har jag gjort??

– Eller vad är det du inte har gjort. Det verkar som om han tycker, att en riktig vän inte har några hemligheter. Du berättar inte vem du är och var du kommer ifrån.

– Det gör inte han heller, fast jag tror att han vet mycket mer än han vill tala om.

– I hans fall kan han bara säga att han var för liten när han kom till familjen där han växte upp. Men du vet, men håller tyst.

– Det är för hans egen skull... Får jag fråga en sak?

– Visst.

– Det är inte ett sätt att genom andra stilla din nyfikenhet?

– Men Laurence! Det var det värsta. Jag vet vad jag behöver veta om ditt förflutna, i alla fall nu. Jag menar inte att du ska tala om det för honom heller, men jag känner på mig att han tycker att du ska det.

– Du har nog rätt. Vi satt och diskuterade barndomsminnen strax innan. Men han sa ingenting om sin barndom, inte heller bad han mig berätta. Men han kan ha kommit att tänka på det då. Varför frågar han inte istället?

– Kanske känner han på sig att han inte ska göra det.

– Kanske är det så han gör själv. Då kan han inte begära att andra ska berätta.

45

– Tror du verkligen att han vet?

– Jag tror att han vet både vem han är och vilken plats i samhället han skulle intagit. I alla fall anar han det.

Dannviw mindes en del uttalanden som Tyr gjort, vilka pekade på att Laurence hade rätt.

– Men jag kan ju inte bara för vänskaps skull berätta saker, som kommer att slå tillbaka på honom själv, sa Laurence. Han berättar inte vidare, men han ska inte heller veta. Då kunde du fått veta från början. Det går inte. Jag kan det inte.

– Du ska inte låta honom driva dig till att göra något som du anser fel. Du markerar gränserna och Tyr får acceptera dem.

– Även om det bryter förtroendet mellan oss?

– Det tror jag inte att det gör, men skulle han inte behöva dig längre, så har du nått längre än vi vågat hoppas på. Då klarar han sig själv.

Laurence satt tyst, så lutade han huvudet i händerna ett tag, för att sedan se upp på Dannviw och säga:

– Men inte jag.

Dannviw lade huvudet på sned. Laurence fortsatte:

– Jag älskar den mannen som en bror. Du kanske tycker det är fel, men det har blivit så att jag måste veta att han har det bra.

– Det är inte alls fel. Det går kanske inte att undvika och kanske ska man inte det. Jag hoppas att han känner igen denna högre kärlek, som han själv så gärna talar om.

– Ja, jag tänker inte bekänna den för honom för att han ska bli nöjd och jag förutsätter att du inte pratar om det.

– Du vet att ni själv väljer vad ni vill att andra ska veta. Det är bara jag som behöver veta mycket mer, i alla fall i somliga sammanhang, men definitivt inte för att skryta om det för alla andra.

– Ibland talar man om saker som man kanske borde tigit med.

– Hm, sa Dannviw och reste sig. Det är inte fel att älska andra människor, Laurence. Det är ett av våra uppdrag på jorden.

Laurence såg på honom och Dannviw mötte stadigt blicken. Till slut lutade sig Laurence bakåt och sa:

– Men vad gör jag nu? Han är sur.

– Han har sagt saker till dig som du inte behöver acceptera. Låt honom ta initiativet den här gången, så ser han att det han gör får konsekvenser. Vänskap måste vara ömsesidig.

– Om han inte gör något.

– Det gör han. Tro mig.

– Jag blir bara så förbannad. Lyckas man sedan behärska sig ska han driva på.

– Du får bli arg. Han tåler det. Men du får vara så snäll att plocka upp skärvorna efter muggen, så ingen skär sig på dem.

– Hm. Javisst. Det var inte meningen...

Dannviw väcktes ur sina tankar av den där klagolåten, men han orkade inte bry sig om den. Nu kände han sig verkligen dålig. Hela benet värkte. Kroppen gjorde vad den kunde för att kännas värre. Huvudet var tungt, halsen sved och ögonen var svullna. Det var skönare att driva bort bland minnen. Han försökte ta sig ur täcket. Kanske skulle han kunna ta sig in i vagnen eller något sådant.

En glad melodi på flöjt hade tagit klagolåtens plats och plötsligt stod främlingen vid hans sida, pigg och glad. Men hans min förvandlades och blev brydd.

– Naturligtvis vill du inte vara så smutsig, sa han. Det är därför du inte trivs.

47

Han försvann bakom vagnen, där han visslande höll
på med något. Så dök han upp igen.

- Kom, sa han och hjälpte sin reskamrat upp. Du ska
få pröva en uppfinning.

Det tyckte Dannviw inte var nödvändigt. Eftersom
det var sent på året och det var mycket kyligt ute, så
var det inte så behagligt att bli avklädd. Men Zellind
var obeveklig.

- Så fina, sa han om Dannviws underkläder. Du kan
ha dem på om du vill.

Sedan placerade han Dannviw bakom en skärm. Där
kunde han stående hålla sig i ett handtag som satt på
vagnen. Zellind gned in honom med oljor, som dof-
tade gott och som han trodde skulle vara botande.

- Som du ser ut, mumlade han medan han arbetade.
Du har ju blåmärken överallt. - Och sår. Usch.

Han gned lite extra där det gjorde som mest ont, som
om man kunde gnida bort blåmärkena.

- Jag vill inte, muttrade Dannviw. Vad är det du gör?

- Man kan nog ha varmt vatten i den här också.

Men nu var det inte varmt, utan hämtat direkt ur flo-
den. Det tog nästan andan ur Dannviw när Zellind
drog i en spak och vatten strilade ner över honom.
Zellind gned och skrubbade medan hans offer för-
sökte hämta sig.

- Mycket praktiskt, sa han och drog i spaken en gång
till.

Själv hoppade han undan när vattnet kom nerfa-
rande. Det skulle Dannviw också ha gjort om han
hade kunnat, för det var allt annat än behagligt. Se-
dan slog Zellind in Dannviw i en filt. Han darrade av
köld.

- Nu får du kliva in i vagnen igen.

48

I försöken att kliva in i vagnen gled filten ner och Zellind kom på något.

- De här kan du ta av nu. Vad kallar du dem?

- Underkläder.

- Kan säkert vara praktiskt. Ovanligt tror jag. Hm. Men de är våta.

Vilket ju inte var att undra över, tyckte Dannviw, när han precis dränkt dem i vatten. Han blev inslagen i filten och täcket. Zellind knölade ihop en filt till kudde och lade en över håret som var vått.

- Det luktar gott med de där oljorna i, mumlade han.

Det blev så mjukt och fint.

Han strök över Dannviws arm med handen, sedan över kinden. Dannviw vände bort ansiktet. Han gillade inte att vara ett hjälplöst offer i någons händer. Dessutom verkade den här människan underlig.

- Är du sur? undrade Zellind.

- Efter den behandlingen? Vilken fråga!

- Du blev ren i alla fall.

- Jag skulle blivit vilket djur som helst, bara det hade päls, mumlade Dannviw fruset.

- Va'? - Kläder är det värre med. Det var... har jag inga extra. Jag ska lägga om din fot igen.

Medan han sysslade med det frågade Dannviw:

- Varför plockade du upp mig egentligen?

- Jag antar att det är för... Jag är trakterad av det vackra. Allt i min omgivning ska vara behagligt att se på. Det är mitt dilemma.

Ingen som låg och skräpade i naturen alltså. En annan fråga:

- Men om du är på väg åt ett håll och jag behöver komma åt ett annat. Varför inte bara lämna mig?

- Naken i skogen? Skojar du?
Nej det var klart. Han hade inte tänkt sig det så omedelbart.

- Nä-du. Du blir här, fastslog Zellind tvärsäkert.

Han försvann. Dannviw kunde höra honom sjunga och vissla. Om han var på flykt, så var han i alla fall inte försiktig. Så dök han upp och släppte ner förhänget medan han meddelade:

- Nu åker vi.

Vagnen krängde och hoppade ett tag innan den satte sig igång i sakta mak.

Först visste han inte var han var. Han hade sovit hårt och vaknade av något missljud, som han inte kunde identifiera. När han slog upp ögonen var det borta. Fortfarande befann han sig i vagnen och den var i rörelse. En stund funderade han över den egendomlige Zellind. Med all säkerhet var det inte hans namn. Vem var han? Var kom han ifrån och varför var han på väg någon annanstans? Och vart? Det måste finnas mer information, som undgått Dannviw hittills på grund av det luddiga tillstånd han befann sig i. Tankarna gled åter över på Tyr, som Zellind i alla fall *inte* var:

Han såg för sitt inre öga hur Laurence plockade upp skärvorna, som låg spridda på och mellan stenarna på borggården. En stor böjd skärva fångade hans intresse. Den hade en konstig färg ytterst.
– Jaså det var du som tappade muggen här, sa Hannes.
Han kom med en kvast och hjälpte Laurence, som erkände att det var han.

– Tyr skar sig på en skärva, fortsatte Hannes, så det är bäst att få bort dem så fort som möjligt.

– Var är han då? undrade Laurence.

– Hos Johannes.

– Var et så illa?

– Det blödde mycket, men det är nog inte så farligt.

Nu såg Laurence fler fläckar på marken och de ledde mot Johannes, rum. Han plockade snabbt upp alla skärvor han kunde hitta och begav sig till Johannes' mottagningsrum. Egentligen skulle han strunta i hur det gick för Tyr, men han kunde inte det, för det var inte meningen att han skulle bli skadad. Johannes hade tvättat rent och lade på något för att stoppa blodflödet. Tyr såg upp som hastigast. Han ville inte prata med Laurence just nu.

– Hur illa är det? frågade Laurence.

– Det blev ganska djupt, svarade Johannes. Sådana skärvor kan bli väldigt vassa. Men det är inte så farligt. Sår på fötterna blöder alltid mycket.

– Det var inte meningen att det skulle bli så, sa Laurence. Förlåt.

Tyr såg på honom. Kunde Laurence be om ursäkt så kunde han det också:

– Jag har mig själv att skylla, sa han. Det var jag som retade upp dig. Det var inte min mening.

– Det var det helt klart.

– Jo, men det var dumt att vara elak mot dig. Förlåt för vad jag sa.

– Det är bra igen nu.

Johannes lade om foten medan han konstaterade:

– Det är hopp om världen när krigarna börjar be varandra om ursäkt.

Plötsligt avbröt klagolåten åter Dannviws tankar. Den hade han varit glad att slippa. Nu följde den med dem istället. Ljudet kom framifrån vagnen. Den stannade. Dannviw försökte urskilja orden, men det blev bara några få. Vad i hela friden kunde få en människa att klaga på det viset? Det tystnade. Istället hördes uppgivna snyftningar. Klagolåt igen. Snyftningar, sedan blev det alldeles tyst. Han lyssnade spänt utåt, men inget mer hördes. Flodens brus långt borta. Fåglar som sjöng. Vinden i träden. Annars var allt tyst och stilla. Hade något hänt Zellind? Kanske behövde han hjälp.

Men Dannviw kunde inte resa sig. Han kände sig bättre så där omedelbart när han vaknade, men det var han nog inte. Så han fortsatte att lyssna efter ljud och fundera över vad hans färdkamrat sagt. Vad var det för längtan han inte tilläts tillfredsställa? Hängde det samman med hans fäbless för skönhet? Kunde det vara en orsak till hans flykt? Men sångare och musiker var han i alla fall. Bristen på insikter i hur man överlevde ute i naturen, pekade på att han växt upp bland fint folk, kanske i någon stad. Han hade tydligen bråttom, men verkade inte klara av att skynda sig.

Längre hann Dannviw inte fundera. Förhänget rycktes undan på ett välbekant sätt.

– Du bara sover, sa Zellind glatt.

– Det är svårt när du ylar så där.

Han fick en hastig blick.

– Jag har fått dina kläder torra. Vi stannar här ett tag för mulan behöver vila och äta. Stanna här, jag ska ordna en sak.

– Jag kan inte lova något.

- Hm. Då måste jag binda dig.
- Jag skojade bara. Klart jag stannar.
- Säkert?
- Jag *kan* ju inte gå någonstans.
- Nävisst. Det tänkte jag inte på.

Det blev en tråkig väntan, där allt som var obehagligt gjorde sig påmint. Dannviw försökte sätta sig upp, men han frös och det kändes konstigt, så han lade sig igen och drog täcket och filtarna omkring sig. Hela situationen var svårfattlig.

Ham skulle leta efter honom. Kanske hade han hämtat fler. Snart skulle de hitta honom.

Zellind dök upp igen.

- Du får komma ut.

Han tog ingen notis om Dannviws protester, utan baxade ner honom på marken. Där fick han ta på sig sina kläder igen. De var ordentligt rengjorda. Zellind var mycket stolt över det. Klädvård klarade han tydligen. När Dannviw inte klarade det själv, fick han hjälp. Då fick Zellind syn på monogrammet på hans skjorta och betraktade det tankfullt en lång stund innan han lämnade över den. När deras blickar möttes, såg Dannviw att hans ögon var rödkantade. Det var alltså han som klagade och grät?

- Vad är ditt namn? undrade Zellind.

Medan Dannviw övervägde vad han skulle svara, ändrade sig Zellind och sa:

- Nej förresten. Jag ska tänka ut det själv.

Han satte fingrarna mot tinningarna och slöt ögonen, som om han försökte fånga upp någon annans tankar.

- Det kan du aldrig, konstaterade Dannviw.
- Zenner. Det är ditt namn.

När Dannviw försökte säga något, lade han handen lätt över hans mun och sa:

- Det är bara för den skull att jag behöver ropa på dig. En överenskommelse. Inget av betydelse.

Han tog bort handen.

- Brukar inte båda parter få säga sin mening i en överenskommelse? frågade Dannviw oskyldigt.

Zellind hjälpte honom att sätta sig ner lutad mot hjulet. Han sa:

- Det känns bättre nu, eller hur?

- Jo. Något.

Zellind tycktes fascinerad över Dannviws hår och hud. Han lät handen lätt glida över hans arm och kände på håret.

- Kan jag kamma det till dig?

- Gör du det.

- Vet du, sa han medan han kammade. Det vi kallar namn borde vara en privat överenskommelse mellan två människor. För varje man eller kvinna borde man ha ett nytt namn. Obelastat, inget förrädiskt som förföljer en.

- Ganska opraktiskt ändå.

- Det är en vanesak. Ju mer man försöker att minnas, desto bättre blir man på att komma ihåg saker. Du minns mig som Zellind och andras minnen av mig kommer inte att störa dig. För mig är du Zenner. Min upplevelse av dig kan ingen ta ifrån mig. Dessutom vet jag inte hur länge jag behåller dig.

Han satte sig ner och började ordna med en måltid. Dannviw betraktade honom. Han använde mest sin vänstra hand, den som han inte hade någon handske på. Kanske hade han skadat den andra. Han hade fullt av tunna flätor i sitt ljusa hår. Dem hade han prytt med små genomskinliga pärlor. Det var de som såg ut som vattendroppar. Även hans kläder var prydda med samma sorts pärlor. Det verkade som att han var noga med sin klädsel. - Ja, han tyckte om det som var vackert. Man kunde ana det, även om han verkade befinna sig i fel sammanhang.

- Men vagnen, sa Dannviw. Den kan du inte ha valt för dess skönhet.

Zellind sträckte honom bröd och korv.

- Det är en nödlösning.

Han tog ingenting själv, drack bara små klunkar ur ett krus.

- När man reser runt med nya idéer, så kan man inte ta hänsyn till hur vagnen ser ut, förklarade han vidare.

- Man kan ju göra vagnen vacker. Den väcker mer uppseende då.

Zellind blev sur. Han reste sig och gick ner till floden. Dannviw åt sakta och betraktade honom. Han rörde sig lite underligt också, men det verkade inte vara något direkt handikapp. Kanske var det bara som han inte använde sin högra arm. Så hämtade han upp vatten ur floden och kom tillbaka.

- Du kan lika gärna vara våt och smutsig, sa han och ämnade hälla vattnet över Dannviw.

Han kröp ihop för han tyckte det räckte med plågor nu. En kalldusch till behövdes inte. Den kom aldrig och han kikade försiktigt upp. Zellind stod fortfarande beredd och tittade allvarligt på honom.

- Jag är faktiskt tacksam för att vara torr och ren, och för att du har gjort dig besväret att ordna mat, sa Dannviw.

55

Vattnet slogs över den skadade foten, så den blev alldeles kall.

- Det var inget besvär, sa han. Det var bara roligt.

Vem var med dig och räddade damen då?

Han slog sig ner igen utan att bry sig om vad han just gjort.

- Kommer du att göra sådana saker så fort du retar dig på något jag säger?

- Har du känt hur det är att bli grundligt sviken och misstrodd?

- Nej. Det är första gången. Men jag kan förklara vad jag menade. Om du är ute för att sälja något, kan du piffa upp vagnen, så att folk *ser* att det är något nytt. Zellind tittade på honom flera gånger, som om han ville ta reda på ifall det var ett uppriktigt förslag. Så mumlade han:

- Ja. Jag ska kanske göra det sedan.

- Vad är det du säljer?

- Jag visar den där snitsiga grejen som du fick pröva. Stannar man vid flodstranden, kan folk komma dit och ta ett bad bakom skärmen. Så kan de faktiskt välja någon väldoft de föredrar. Kanske köpa med sig hem en liten flaska.

- Ifall de uppskattar idén och vill ha en sådan grej hemma?

- Ja, då ordnar jag det.

- Du tar upp beställningar?

- Ja. Jag kan inte ha dem med mig direkt. De tar för stor plats.

- Går affärerna bra?

- Hyfsat.

Dannviw såg på honom medan han drack en djup klunk ur kruset. Nu var han på gott humör och log brett.

- Nu ska jag spela för dig, sa han.

Han letade fram en harpa, slog ett par ackord och började sjunga en vacker sång. Fortfarande använde han mest en hand och satt mycket stelt. Nu verkade han emellertid glad och lycklig, men glädjen nådde aldrig hans ögon. De var allvarliga, ibland sorgsna, ibland jagade. Men musiken var det inget fel på och pärlorna glittrade i kvällsljuset. Han hade passat utmärkt som underhållare i ett finare hus, reflekterade Dannviw.

När han slutat sa han:

- Är dina vänner hemliga, eftersom du undviker att berätta om dem?

- Inte alls. Vi kom bara in på andra saker. De som benämner mig annorlunda söker säkert redan efter mig.

- Innebär det ett hot?

- För dig? Nej, men de vill säkert ta mig med sig hem. Zellind log.

- Om jag inte vill det då?

- Då ligger det nära till hands att de innebär ett hot.

Ett tankfullt ögonblick såg Zellind bort.

- Vi behöver ju inte gå till ytterligheter, sa Dannviw. Varför inte låta mig erbjuda dig en fristad, som tack för vad du har gjort för mig?

- Blir dina vänner mina vänner då?

- De är inte nödvändigtvis dina fiender. Om du inte medvetet gör illa, behövs fiendskap inte.

- Men du vet inte om jag har gjort medvetet illa.

- Zellind har inte det.

Han log.

57

- Du kan nog inte göra det ändå. Jag föredrar att styra mitt eget liv.

- Men inte dina lidelser?

Han fick en egendomlig blick.

- Jag försöker ju det, sa han lågt. - Vi fortsätter till kusten.

- Nu är jag inte naken längre.

- Du följer med.

- Men varför?

- För att jag inte vill lämna dig, sa Zellind självklart.

Sedan hjälpte han Dannviw in i vagnen.

Havet låg blankt och nästan stilla. Dannviw satt uppallad mot ett träd på det mjuka gräset i lä bakom en sten. Det var skönt att höra vågornas kluckande mot stranden och känna brisen mot sitt heta ansikte. Fridfullt mitt i hopplösheten.

- Du säger ingenting mer, sa Zellind.

Han hade precis dykt upp igen och lekte med ett par mynt. Nyss försvann han, men Dannviw orkade inte ta reda på vart eller vad han gjorde.

- Vad ska jag säga, mumlade Dannviw. Jag vill hem.

- Nu är du otacksam. Jag har räddat ditt liv. Lite sällskap kan man begära.

- Jag orkar inte.

Zellind satte sig ner. Kände på hans panna och arm. Strök honom över håret.

- Du är så underligt varm. Är du sur för att jag hällde vatten på din fot?

Han hade ängsligt skött om den, när han kom på att det kunde behövas mitt i natten. Som om han ångrade sitt tilltag.

Dannviw skakade på huvudet.

- Jag är inte sur. Det är feber.

- Men du blir bara varmare.

- Blir den för hög dör man.

- Du ska få se att det ordnar sig. Du ska få se.

Han lade Dannviws arm om sin hals och reste honom upp. Det var inte många steg ner till stranden. Där låg en båt och i den skulle Zellind ha ner Dannviw.

- Snälla Zellind. Lämna mig här.

- Inte unnar vi vargarna en så fin middag.

- Mina vänner hittar mig.

- Nu är du så där otacksam igen. *Jag* är din vän.

- Jag försinkar dig bara.

- Vattnet bär två lika bra som en.

- Varför lyssnar du inte? viskade Dannviw.

- Jag gör ju inget annat.

Han lade Dannviw i båten och funderade ett tag på om han kunde hjälpa till att ro, men kom till slutsatsen att det nog inte gick. Då lade han filtar under honom, så det skulle bli bekvämt.

- Du vill ju ha det mjukt, mumlade han.

Så lade han en filt över. Vid det laget hade Dannviw tuppat av. Zellind satte sig vid årorna. Han såg bekymrat på sitt resesällskap.

- Du är kanske hungrig igen, sa han.

Ömsint strök han Dannviw över hans mjuka hår.

- De är så långa, dina ögonfransar. Eller täta. Du får inte dö av din feber.

Sedan tog han årorna och stack ut båten med den ena, så att hon flöt fritt. Den ena handen var det lite bekymmer med, men sedan gav de sig iväg, med kraftiga årtag mot ett bestämt mål.

4 Klostret Darbar

Det kändes motigt att andas, men luften var stilla. De kunde inte vara på havet, eftersom det inte kändes några vågor. Han låg länge med slutna ögon. Luften var sval men inte kall. Det doftade inte hav, mer... lavendel och mynta. Utan att röra sig kände han ett täcke eller en filt och han hade något på sig, som en skjorta möjligtvis. Foten gjorde inte ont så mycket längre, men han var otroligt matt. Det krävdes en kraftansträngning för att få upp ögonlocken.

Han befann sig i ett rum. Enkelt, vitmenat och sparsamt möblerat. Ett rejält kors på väggen tydde på att det kunde vara i ett kloster han hamnat. Han konstaterade bara, att så kunde det vara.

Slutsatsen bekräftades lite senare, när dörren öppnades och en nunna trädde in.

- Har du äntligen vaknat, sa hon.

Hon öppnade dörren igen och spanade utanför. Så stängde hon försiktigt. Han visste att han hade frågor att ställa till henne. Det skulle inte vara något problem, han förstod hennes språk. Men han fick varken rätt på tankar eller ord. Orkade bara inte. Helt ointresserat såg han hur hon började ta av sig. Lugnt och metodiskt, tills hon stod där i en lång vid särk, med ett lystet leende på läpparna. Hon närmade sig och drog förföriskt upp särken.

Förvånat konstaterade han, att det nog var de största bröst han någonsin sett. Han fick inte bort ögonen från dessa enorma, runda utväxter, som hotfullt gungande kom närmare. Han slöt ögonen, för om detta betydde vad han trodde att det förebådade, så orkade han inte fly. Och han ville inte vara med.

- Somna inte nu igen, viskade hon ömt.

- Vad är detta!!

Rösten var manlig, myndig och mycket förtretad. Särken släpptes ner i en hast och hon vände sig om.

- Det här kan jag inte tolerera! fortsatte mannen med i vrede darrande röst. Syster Josanna! Detta ger påföljder.

Dannviw hade vänt bort huvudet för han visste inte vad han skulle tro. Ifall han blev anklagad just nu, hur orimligt det än var, skulle han ha svårt att försvara sig. Han såg inte hur mannen slet tag i kvinnans arm och drog henne med sig ut.

Lugnet och tystnaden var välkomna. Försiktigt tittade Dannviw ut i rummet igen. Ingen var kvar. Bara högen med kläder innanför dörren och en svag doft av någon blomma, vittnade om att det verkligen hänt något. Han försökte röra sig lite. Om han var vid medvetande kunde han inte bara stanna och vänta på nästa osannolika händelse. Det kändes som om han varit orörlig i månader. Men tårna på den skadade foten kunde han vicka på.

En stund senare kom mannen tillbaka. Han var någon sorts munk. Nu satte han sig på sängkanten och kände på Dannviws panna.

- Ni måste förlåta denna förvirrade kvinna, sa han. Hon faller lätt i frestarens snaror.

- Vad hände med henne?

- Botgöring, min son. Det är det enda. Man kan inte ha överseende med vad som helst. Men oroa er inte för det. - Febern har givit med sig. Jag har ordnat så att ni kan flytta upp till mina egna kvarter. Där är ni inte en frestelse för systrarna mer.

- Det var inte min mening...

- *Alla* karlar är frestelser för dem, tycks det mig. Jag vet inte vad jag ska göra med de där kvinnorna. De söker sig till klostret undan världen, men väl här inne...

Han suckade djupt. Det knackade försiktigt. På hans uppmaning kom två unga munkar in med böjda huvuden.

- Ja, sätt igång bara, sa den äldre munken.

Han reste sig och de två andra flyttade över Dannviw, insvept i sängkläderna, på en bår. Sedan bar det snabbt iväg genom byggnaden, uppför ett stort antal trappor. Den äldre mannen gled bredvid och såg till att instruktionerna blev ordentligt utförda.

Det nya rummet var ungefär som det gamla, förutom att det fanns fler och betydligt dyrbarare möbler. Sängen utrustades snabbt med ett tjockt bolster fyllt av dun. Filtarna var av mjuk ull och hopsydda till ansenlig tjocklek. Nu fick Dannviw mat också. En ung, tyst munk matade honom tålmodigt med en god soppa, precis lagom varm. Han fick uppblandat, kryddat vin att dricka.

- Efter vad jag har förstått är ni en ädel herre från vårt grannland. Mannen som lämnade er här sa det, men han talade inte om *vem* ni är eller ens ert namn.

- Vad sa han då?

- Att han funnit er på stranden här nedanför och känt igen er, även om han inte kunde minnas ert namn. Ni hade besökt kungen samtidigt som honom och där varit en välsedd gäst. Hur mycket av detta är sanning.

- Det är svårt att avgöra vem mannen som fann mig är. Man träffar så många på sådana ställen. Fann han mig bara på stranden?

- Ja, han sa det. Ni måste ha legat där länge eftersom era kläder var torra.

- Hade han inte tid att vänta?

- Han stannade länge här och skötte om er. Det verkade som han var mycket orolig för er hälsa. Han hade skadat ena handen, så vi fick se till att den läktes också. Misskött var den. Liksom ett konstigt sticksår han hade...

- Sa han inte sitt namn heller?

- Jovisst. Han heter Zenner.

Nu blev det rörigt. Mannen måste ju vara Zellind. Hade han nu bytt namn igen?

- Kommer ni ihåg honom nu?

- Jag minns ett sådant namn, svarade Dannviw sanningsenligt.

- Han gick nog härifrån samtidigt som ni vaknade. - Hon borde ha kallat honom tillbaka istället. Dannviws tankar var långt borta, vid stranden där de stigit i båten.

- Minns ni hur ni hamnade i vattnet? undrade munken.

- Ja. Jag och en av mina män skulle rädda en kvinna som drev iväg på floden. Henne fick vi iland, men jag ramlade i. Resten är mycket luddigt.

- Jag förstår det. Ni måste vara trött. Men ni minns vem ni är?

- Javisst. Mitt namn är Dannviw. Jag bor i Andomin. Var är jag nu?

- Jag förstod att ni inte kommer härifrån, när jag hörde er prata. En lätt - mycket förtjusande -

63

brytning. Det är nog bara jag som lägger märke till den. Nu befinner ni er på andra sidan havet i klostret Darbar, som jag själv har grundat till ära för vår Jungfru Maria. Jag heter Innocentio. Tillåt mig hälsa er välkommen.

- Tack, sa Dannviw och log.

Det märktes att den runde mannen var mycket stolt över detta sitt verk.

- Nu ska ni få vila.

Han försvann därifrån och snart sov Dannviw igen.

Det kom en tid av konvalescens. Det betydde god mat och dryck, som började med soppor men sedan blev allt mer fast och fantasifull. Örtbad och ångbad, som Innocentio gärna själv deltog i. Han hade lite krassliga lungor, påstod han, så aromatisk ånga var bra för hans hälsa. Långa samtal framför brasan i Innocentios stora, vackra rum. Det var bara med honom Dannviw kunde tala. De andra var alltid tysta. Han fick veta att klostret hade en kvinnlig och en manlig del, isolerade från varandra. Delarna hade var sin prior och priorinna, medan han som abbot hade den högsta ställningen.

- Hur är det med din fot nu? frågade Innocentio och slog sig ner vid fönstret.

- Den känns helt bra, svarade Dannviw. Visserligen har jag inte ansträngt den så mycket ännu. Vilan här har varit läkande.

Innocentio log. Det ville han höra. Han nickade och lutade sig bakåt.

- Jag kan väl säga att det är en glädje att visa just dig min gästfrihet.

- Men plikterna kallar. Jag måste återvända hem.

- Inte ännu. Du har varit mycket dålig. Här, i vila, kan du känna dig återställd, men om du anstränger dig för mycket för tidigt, kan det gå riktigt galet. Lyd mitt råd. Ta det försiktigt, min vän.

Dannviw misstänkte att det kunde ligga andra motiv bakom. Den pratsamme abboten tillbringade nästan all sin tid med sin gäst.

- Nåja, det räcker kanske att skriva hem och tala om var jag är.

- Nja, det kan också stöta på problem. Vi lever under stor oro i vårt land just nu. Finge någon nys om att det finns en celeber gäst här, så vore du omedelbart i fara.

Dannviw såg allvarligt på honom. Han slog ut med händerna och sa:

- Jag vågar helt enkelt inte skicka iväg något skrivet härifrån, på grund av risken att någon snappar det åt sig, så det kommer i fel händer.

Försiktigt tittade han på Dannviw, som såg ner i bägaren han snurrade i sina händer. Han förklarade:

- Jag trodde att din vän - Zenner - skulle komma tillbaka. Honom skulle man kunna skicka ett meddelande med. Men han har inte synts till

Han reste sig och gick omkring i rummet. Så stannade han och klappade Dannviw på benet.

- Vi ska nog komma på något, ska du se. Nu har jag en del att utföra. Vi ses till middagen.

Dannviw satt kvar och försökte komma på en lösning. Det gick inte. Att hoppa i båten och försöka ro tillbaka innebar för stora risker. Dessutom visste han inte var den var. Han reste sig och försökte leta upp någon intressant bok. Tankarna letade sig tillbaka över havet och han kunde inte koncentrera sig. Han satte sig vid fönstret och såg ut. Det kom fler gäster. Den här gången landvägen till häst. Det var en lång man i en lång kappa, som satt av och lämnade sin häst till en av munkarna som arbetade i stallet. Sedan skyndade han in.

Dannviw lät blicken vandra långt bort i fjärran. Det var mörkt där borta. Mörka moln tornade upp sig och förebådade oväder. Dannviw kände sig inte särskilt svag. Enligt hans erfarenhet var han det förmodligen inte heller. Vad det gällde skrivna brev, så kunde han inte tänka sig att hans person var så betydelsefull här, att det skulle skapa problem. - Kunde försiktigheten vara berättigad? Här kunde han i alla fall inte bida sin tid, medan de vankade fram och tillbaka i oro där hemma. Visserligen var det trevligt och stillheten här var precis vad han behövde för att bli frisk, men han tyckte inte om att han inte kunde meddela sig med Gein.

- Varför i hela friden tog du mg hit? frågade han sin räddare – var han nu var någonstans.

Men Dannviw trodde inte alls att han tänkte komma tillbaka.

Först vid middagen fick Dannviw träffa den nye gästen. Innocentio kom emot honom med ett förbindligt leende.

- Vi har fått ännu en gäst. Han heter Cavanagh och vägrar ändra det. En mycket upptagen man, som den höga kyrkliga dignitär han är.

Innocentio ledde honom in i rummet, men han kunde inte se någon annan gäst. Innocentio fortsatte:

- Han kommer alldeles strax. Skulle bara skriva ett brev. Han har alltid så mycket att hålla i huvudet. Tänk på att inte prata om för mycket med honom. När han sa det sänkte han rösten, men just då kom Cavanagh in och undrade:

- Och varför skulle han inte det?

Han skärskådade Dannviw med sina skarpa, grå ögon.

- Åh - får jag presentera Dannviw, en herre från vårt grannland.

Cavanagh och Dannviw hälsade artigt på varandra. Innocentio fortsatte:

- Han har kommit hit över vattnet, men vi vet inte riktigt hur.

- Är det för att du ska få prata oavbrutet själv? undrade Cavanagh obarmhärtigt.

Han hade en trevlig, lite knarrig röst.

- I så fall kan du i alla fall försöka koppla in tankeverksamheten, fortsatte han. Naturligtvis kom han med båt. Folk *går* inte ofta på vattnet numera.

- Bli nu inte irriterad, fjäskade Innocentio. Jag menade bara att han har varit mycket sjuk och därför tappat minnet.

- Så illa är det ändå inte, sa Dannviw. Det gläder mig att få träffa er, herr Cavanagh.

- Nöjet är helt på min sida, herr Dannviw.

De gick till bordet. Dannviw sa till Innocentio:

- Efter måltiden hoppas jag få möjlighet att skriva ett brev hem.

- Jag ska se vad jag kan göra, sa abboten och intresserade sig snabbt för maten.

Cavanagh iakttog dem ingående hela tiden. Hans blickar verkade se genom folk. Det gjorde inte

67

Dannviw något. Han hade inget att dölja, men han undrade lite varför.

Innocentio var den som pratade mest. De kunde höra hur stormen blåste upp utanför. Det blev allt mörkare, fast dagen inte var så långt liden. Tysta munkar kom in och tände ljusen. De tog ut rätterna och bar in nya. Tände brasan igen när den höll på att falna.

– Det ser ut som om ni skulle få stanna här över natten, sa Innocentio till Cavanagh.

– Vi behöver inte uttala oss om det ännu. Bor ni här i klostret? frågade han Dannviw.

– Ja. De har haft vänligheten att ta hand om mig medan jag tillfrisknande. Tidsbegreppet är mycket luddigt.

– Hm. Vänligheten..., mumlade Cavanagh.

– Å, ja. Inte hade vi tänkt att begära något för det, eftersom han ingenting har.

– Ändå tog ni er an honom?

– Hans vän bad så snällt och försäkrade att det inte var någon smittsam sjukdom han bar på och dessutom...

– Lovade han komma tillbaka, eller hur? Vilken uppoffring! Du lär dig aldrig.

– Ni kan mycket väl få lön för mödan, sa Dannviw. Men jag måste komma hem i så fall.

– Ingen hindrar dig, sa Innocentio och han lät lite stött.

Han reste sig för att titta på vädret genom fönstret. Dannviw höjde ett förvånat ögonbryn. När han såg på Cavanagh hade denne för ovanlighetens skull ett roat leende på läpparna. Innocentio kom tillbaka med orden:

- Ni måste stanna. Det blir inte tal om att ge sig ut i det här vädret. Jag säger till att ert rum ska ställas i ordning.

Efter maten blev Dannviw visad in i en arbetssal.

- Jag ska se om någon av skrivarna är ledig, sa Innocentio och försvann.

Medan han väntade gick Dannviw runt i rummet och tittade närmare på vad som fanns där. Skrivpulpeter och böcker. Dokument i olika stadier av fullbordan. Skrivdon och tomma ark fanns också. Att vänta på en skrivare var onödigt. Dannviw skrev ner sitt meddelande på ett tomt ark, så kunde skrivaren skicka iväg det när han kom. När han var klar hann han titta närmare på böckerna också. Det var intressant. Så dök Innocentio upp igen. Han beklagade att alla skrivarna var upptagna för tillfället. Kanske lite senare. Dannviw nickade. Han stod med brevet i handen bakom ryggen, för att lämna det för vidarebefordran. När Innocentio vände sig om, stoppade han det istället på sig. De gick till den stora salen där de suttit och pratat många kvällar nu. Cavanagh kom lite senare. Han hade installerat sig på sitt rum, efter att ha insett hur dåligt vädret var. Innocentio var bekymrad. Han vred sina händer och gick ofta fram till en liten glugg i väggen, eftersom fönstren hade satts för med stora luckor.

- Vad du irrar, sa Cavanagh. Man kan tro att det här inte alls är något säkert ställe att rida ut stormen. Är det kanske en fälla?

- Nej, nej. Jag försäkrar. Det är bara våra odlingar jag är orolig för. Det här är den värsta stormen i mannaminne.

- Odlingarna är på andra sidan.

- Det stormar på båda.

- Sätt din tillit till Vår Herre, eller har du kanske anledning att frukta?

- Din tunga är ovanligt elak idag! Jag hoppas det beror på att du tvingades ändra dina planer. Då kan jag förstå. Men jag tror jag drar mig tillbaka för kvällen, om ni ursäktar.

Cavanagh gjorde en gest med den hand han inte höll ett vinglas i. Innocentio gick. Dannviw satt tyst. Fundersamt såg han in i brasans lekande lågor.

- Ni undrar varför jag är elak mot abboten? sa Cavanagh lågt.

Dannviw flyttade sin blick, log och sa:

- Berätta om ni vill.

Cavanagh konsulterade elden innan han började:

- Ert välbefinnande idag beror med all sannolikhet på ert tilltalande yttre. Det är ingen komplimang, utan ett kallt konstaterande. Han brukar inte göra något utom mot betalning. Det kommer förr eller senare på något sätt. Hans namn är missvisande.

- Men det är knappast för min skull ni är irriterad.

- Det är onödigt att skaffa sig fiender.

- Skulle jag kunna bli farlig som fiende?

Cavanagh såg ingående på honom.

- Ja, skulle ni det? Vem är ni egentligen?

- Vem? Tja, hur ska jag förklara det? Mitt namn vet ni.

- Stämmer det då?

- Ja. Jag bor på Gein som överhuvud för området Glochnessin. Vad kan man mer säga... Vem är ni?

- Ärkebiskop. Det är enkelt. Kyrkan erbjuder ett bra sätt att ta vara på höga ambitioner.

- Även om de inte är rent kyrkliga?

- Även då. Har ni liknande ambitioner?

- Fred är min strävan. Bildning, kunskap, psykisk och fysisk rehabilitering av framför allt män.

- Det låter som ett sjukhus.

- Ibland ter det sig så. Det är frågan om att leda från misär tillbaka till livet. Begränsat ibland, men meningen är att de vi tar hand om ska kunna leva ett för dem tillfredsställande liv, utan men för omgivningen.

Länge såg Cavanagh på honom. Han kunde inte påstå att han hängde med precis i vad karlen menade, men syftet verkade ju gott. Förmodligen en ädling som ömmade för de utslagna, en fix idé som han hade råd att leva ut. Det fanns många i det här landet som rentvådde sitt samvete på samma sätt. Han kunde ha inflytelserika släktingar och vänner - de kunde till och med behöva hans tjänster.

- När stormen bedarrat föreslår jag att ni följer mig, sa han.

- Vad säger Innocentio om det?

- Om ni får samvetskval, kan ni senare skicka honom en lagom summa pengar. Det blidkar honom alltid.

- Kanske sårar det hans känslor.

- Det är jag inte säker på att han har några.

En tyst munk dök upp och bjöd dem att följa med. De reste sig.

- God natt, sa Cavanagh. Bed för bättre väder.

- Jag litar helt och fullt på Vår Herre i det. God Natt.

Cavanagh såg långt efter honom. Det var något som inte stämde.

Mitt i natten när stormen tjöt som värst, vaknade Dannviw till av det obetydliga ljudet när hans dörr öppnades. Han kikade dit utan att röra sig.

Innocentio kom in i rummet och gick fram till sängen. Där stod han en stund bara helt stilla. Sedan vände han och gick ut igen och stängde dörren tyst efter sig.

Det rådde kaos när de gav sig av. Stormen hade bedarrat, efter att ha ställt till med stora skador på byggnader och växter. Innocentio skällde, klagade och härjade med sina munkar och nunnor. Han vred sina händer:

- Hur det ska gå nu vet jag inte, ojade han sig för Cavanagh. Och med detta sista...

- Du klarar det nog, om jag ska gå efter den information jag har fått, sa Cavanagh och klev till häst.

Abboten skakade på huvudet. Han sa ingenting om att Dannviw följde med, såg bara på honom som en bannad hund.

- Vad ska jag hälsa din vän när han dyker upp? frågade han till slut.

- Jag tror inte att han dyker upp, sa Dannviw. Vill han träffa mig, vet han var han ska söka. Jag måste få se mer av landet nu när jag är här.

Innocentio muttrade bara. När han gick fick han syn på ett par munkar, som han började gräla på.

Cavanagh red iväg med Dannviw vid sin sida.

- Stackare. De får ta hans missräkning, sa Cavanagh. Vem är er vän?

- En man som anser att namnet man bär ska bestämmas mellan två personer, som ett vänskapsband. Med nästa person bestämmer man ett annat namn.

- Så ni vet inte vad han heter?

- Han heter inte det han kallade sig i alla fall. Trevlig, egendomlig och utan inlevelseförmåga.

72

- Var det han som förde er över vattnet?
- Ja. Anledningen till det är fortfarande en gåta.
- Det är svårare att spåra honom om han inte kommer härifrån. Han kan vara var som helst.
- Kanske är det så han vill ha det. Min åstundan är att återvända hem, inte särskilt att möta honom igen, även om det vore trevligt.
- Fick ni låna en skrivare?
- Nej. Alla var upptagna just då.

Cavanagh mumlade något ohörbart.

- Det kan ordnas när vi når min borg, sa han. Jag har skrivare i min tjänst.
- Det behövs inte. Finns det skrivdon så kan man ta tillfället i akt.

Cavanagh saktade in ett ögonblick i förvåningen över detta. Kanske hade den här mannen inte den ställning han hade trott. Men hans aningar brukade inte vara fel. Cavanagh kände människorna. - Men här var mycket som inte stämde. Han sa:

- Vad uppgav han för anledning till att ni inte skulle skriva något brev?
- Att det kunde komma i fel händer.
- Ni hade kommit i fel händer. Jag ska ordna en kurir så fort det blir möjligt.
- Var hamnar vi nu?
- I min borg. Där är ni trygg tills vidare. Innocentio har rätt så till vida att landet är osäkert för alla just nu.

5 Berthas Irmelden

Mörkret hade fallit när de nådde fram till Cavanaghs borg Irmelden. Det var inga svårigheter att komma in, men när fallgallret åkte ner bakom dem, fick Dannviw en vision av hur fångarna som kom till Gein kunde känna sig. En tjänare med fackla lyste dem in. Flera tjänare kom framskyndande och bytte Cavanaghs utekläder mot innekläder. Det var inte mycket varmare inne än ute, men Cavanagh bar ringbrynja under sin kappa och hjälmen byttes mot en stilig toppig hatt med ett vackert band runtom. Han stannade upp bara en kort stund för att byta om och pratade bara kortfattat, men vänligt, med tjänarna. Sedan fortsatte de.

I den stora jaktsalen var det betydligt varmare. En kvinna i medelåldern kom emot dem. Att det var Cavanaghs syster rådde det inget tvivel om.

- Det här är Bertha, presenterade Cavanagh. Ni kommer att få stanna under hennes beskydd, medan jag utför en del plikter jag har.

Dannviw hälsade artigt på kvinnan och hon hälsade tillbaka.

- Du kan gå och ordna nattkvarter för vår gäst, sa Cavanagh.

Kvinnan försvann.

- Er syster, eller hur? sa Dannviw.

- Ja. Vi har samma mor. När min far dog gifte sig min mor med hans bror och födde Bertha i det äktenskapet. Det blev fler, både äktenskap och barn. Bertha

74

tar hand om det här godset och sköter ekonomin. Det är viktigt att sådant fungerar.

- Ni har fler gods?

- Ja. Jag kommer inte att vara här i morgon. Hur lång tid det tar vet jag inte riktigt, men när jag kommer tillbaka, kommer jag att föra er till kungen, för att den vägen ordna er återfärd hem.

- Jag är djupt tacksam.

- Var inte det. Åtminstone inte förrän våra planer har gått i lås. En kurir ska avgå i gryningen i morgon med ert brev.

Bertha dök upp igen. Cavanagh sa:

- Nu får jag önska er god natt och be er följa Bertha till ert rum. Jag har en del att uträtta innan jag kan vila.

- Jag önskar er sköna drömmar när ni äntligen törnar in, sa Dannviw och avlägsnade sig med en artig bugning.

Cavanagh log och skakade på huvudet när dörren stängdes bakom dem.

När Bertha kom tillbaka satt han försjunken i tankar.

- Vad är detta för ny skyddsling du hittat? undrade hon och satte sig bredvid honom.

- Jag vet inte, men jag anar att han är en betydelsefull person. Jag kunde inte lämna honom där borta i klostret.

- Nej Gud bevare oss väl! Vad ämnar du göra med honom?

- Han ska hem till sitt. Jag tar med honom till kungen och ser till att han ordnar eskort till honom.

- Vore det inte bättre att sätta honom på en båt, när du ändå var så nära hamnarna?

75

Han rynkade ögonbrynen och gav henne en sned blick.

– Inte vågar jag släppa honom alldeles ensam.

– Du tror inte han klarar sig?

– Inte ett ögonblick. Rika och bortskämda adelssöner kan vara mycket trevliga också, men ändå är de helt aningslösa och tror inte sin omgivning om att lägga ut fällor.

Hon nickade.

– Du gör som du anser bäst. Hur gick det i klostret?

– Som beräknat, men jag blev fördröjd på grund av stormen, så nu är det bråttom. Medlen måste vara i rätta händer senast i morgon kväll.

– Hinner du det?

– Om jag tar den biten först. Jag befinner mig i Amradal i övermorgon, om du behöver sända något bud.

När morgonen grydde var Cavanagh långt därifrån. Dannviw hade gott om tid att undersöka borgen Irmelden. Bertha blev orolig när hon fann honom i köket i samspråk med kockarna, som inte dolde sin förtjusning över besöket. Gästen förklarade att man lär sig mycket av yrkesmän i arbete, som till exempel om det finns något bra recept att ta med hem till sin kock. Bertha lade märke till att han inte hade några problem med att göra sig förstådd ens av deras utländska kockar, och de hade inte särskilt lätt att förstå andra. Så hon lät honom hållas. Favoritplatsen blev snabbt biblioteket, som inte var stort, men innehöll ett par verkligt rara böcker. Han försjönk gärna i dem. Bertha märkte att den här gästen inte behövde någon som underhöll honom. Han klarade sig på egen hand. Hon undrade så smått om han inte hade gjort det utan hennes brors bistånd också. Ändå såg hon inte fram emot den dag då han skulle ge sig av, ty när hon hade tid hade de långa intressanta samtal. Det var länge sedan hon mött någon, med vilken hon kunde diskutera allt som intresserade henne på detta sätt. Trevlig, artig, intelligent och dessutom behaglig att titta på. Hon ansåg att hans uppfostran lyckats så väl, att man kunde överse med all eventuell bortskämdhet. Han verkade inte besitta något högmod eller översitteri. Det kunde hon se när han språkade med tjänstefolket i borgen. Han verkade sorglöst nyfiken på allting, men han såg mer än hon någonsin anade och drog slutsatser om det hem han vistades i och dess värdfolk. Men han skulle inte stanna på Irmelden.

Dannviw fick besöka ett av Cavanaghs andra gods, Amradal. Det låg relativt nära huvudstaden och hovet. Cavanagh hämtade honom och placerade honom där, i väntan på att kungen skulle anlända till sitt slott. I Amradal var prakten större, som om detta var det han officiellt visade upp. Inte heller här stannade Cavanagh, utan överlät sin gäst till en man vid namn Augustin. Det var en av hans halvbröder. Han förestod det här godset. Han var också svåger till kungen. Snart dök det upp en man som verkade vara välbekant i detta hus. Han var mycket lik Oberon, men det var inte han, för han bar namnet Abelard. Hans besök fick Dannviw att börja fundera. Med ögon och öron vidöppna lät han sig presenteras för mannen. Det han fick reda på då var inte precis lugnande. Abelard togs väl emot och han umgicks flitigt i huset, välsedd av ärkebiskopen själv, men det fanns andra som tänkte på annat sätt.

Dannviw tyckte inte om att befinna sig i en situation där han fick höra saker, men var förhindrad att göra något. Augustin arbetade hårt på att förvränga Abelards handlingar och uttalanden. Först tolkade Dannviw det som ett misstag, sedan övervägde han om det kunde vara ett egendomligt sätt att skämta. Slutsatsen blev att Augustin verkligen försökte svärta ner Abelards rykte. Det var ingen trevlig upptäckt, men inte förvånande när han nu befann sig i kretsarna kring hovet.

Nästa överraskning kom snabbt. Istället för Abelard, som tvingats iväg ett ärende åt ett annat håll, dök Immanuel upp, hans brorson. Han hade blivit vuxnare, säkrare och hans hållning hade blivit stoltare. Han hade bråttom och lade inte märke till Dannviw, som han inte väntade sig skulle vara där, lutad mot en pelare betraktande livet på gården. Abelards och Oberons kusin Launce var med honom och blev kvar där ute medan hans vän pratade med Augustin. Han tittade sig lite omkring innan han slog sig ner på en bänk invid elden som brann i ett fyrfat på gården. Han rös och värmde händerna. Dannviw slank ner bredvid och Launce tittade upp.

- Ruggigt kallt idag, sa Dannviw helt lugnt.

Launce gapade. Utseendet var rätt. Rösten var rätt. Men platsen var fel. - Platsen kunde ju ändras. Vad borde han göra? Han sa:

- Man blir lite förvånad över att se dig här.

- Det märks.

Launce log lite generat.

- Gör det?

- Tur det inte är vår, med alla fåglar som letar efter boplats.

Launce fnissade roat. Dannviw tittade på det idoga arbetet runt omkring dem. En butter man kom fram med en stor kittel till elden.

- Nu får ni flytta er, sa han. Det här kommer att skvätta.

Han och Dannviw hade pratat förut och hans snäsiga tilltal nu, kunde betraktas som vänligt när det gällde honom. Dannviw och Launce åtlydde uppmaningen.

- Vad ska de göra? undrade Launce och såg sig om.

- Det vet jag inte, men jag behöver prata med dig.

- Visst. Om du förklarar varför du är här.

- Sedan.

De hade lämnat gården och promenerade in i trädgården, som stod i höstskrud. Trädgårdsarbetare skördade grönsaker och klippte blommor. Flitiga, upptagna. Dannviw undrade:

- Är Augustin samme kungens svåger som Oberon kom ihop sig med?

- Den samme. Fast nu har de ingått avtal som säkrar samarbetet mellan dem.

- Abelard är släkt till er eller hur?

- En bror till Oberon.

- Han verkar trevlig.

- Det *är* han. Väldigt trevlig. En bestämd man som håller sitt ord. Men han kan vara mycket sällskaplig också.

- Lika envis som Oberon?

- Ingen är lika envis som han. - Fast egentligen är det inte det. Han tänker över ett problem, drar slutsatser och kommer fram till vad han ska göra. Från hans sida ser det ut som det enda rätta. Aspekter som han inte fått med kan få det att se annorlunda ut från en annan synvinkel, men det kan ta tid innan han bryr

79

sig om - eller upptäcker att han bör sätta sig in i det. Han är bra. Alltid hederlig. Det ligger i släkten. Har du träffat Abelard?

- Jag har sett honom här. Vi har bara hunnit utbyta artighetsfraser.

- Var det honom du ville prata om?

- Ja. Det pågår ett dubbelspel gentemot honom. Kanske gäller avtalet inte honom?

- Han är här för Oberons räkning, liksom Immanuel nu. Han märker om något är fel. Tilliten var stor hos Launce, men Dannviw tvivlade.

- Det är du säker på?

- Hans skarpa hjärna registrerar allt. Det är inte samme pojke som du träffade.

- Å, han var inte dum då heller.

- Nu får du berätta.

- Tja, det började med att jag ramlade i vattnet i floden Marni där hemma, när vi räddade en kvinna i sjönöd. På något sätt hamnade jag på stranden, där en man med många namn plockade upp mig. När jag vaknade igen hade han lämnat in mig i ett kloster vid kusten. Där fann Cavanagh mig.

- Ärkebiskopen?

- Ja, och han tog mig hit. Vilka planer han har vet jag inte i detalj, men det ska resultera i att jag kan åka hem.

- Ja, här är inte precis som hemma hos dig. Mycket för ögat men lite för själen.

- Det är mycket intressant att se hur andra människor lever.

- Vet de dina om att du är här?

- Jag har sänt bud till dem.

- Annars kan jag tänka att de vore väldigt oroliga för din skull.

En tjänare kom fram till dem, bugade och sa:

- Herr Immanuel ska just ge sig av.

- Då får jag skynda mig, sa Launce. Farväl. Jag hoppas att vi ses igen.

- Det gör vi nog.

Han tyckte det var lite synd att han inte fick prata med Immanuel också. Han gick in och slog sig ner framför brasan. Tankarna letade sig tillbaka i tiden och hans andra möte med tvillingarna Colin och Francis som hade bott hos Oberon för att studera vid lärosätet i närheten. De kom inte att stanna i Lilla-Villes.

6 Duvalls tvillingar

Det var alltså detta Duvalls tvillingar flydde ifrån den där gången. Trätor och oroligheter som gjorde att de inte kände sig trygga. Men det fanns betydligt mer under ytan som ställde till bekymmer för dem när de återvände till Gein.

En solig septembermorgon kom två unga män marscherande över vindbryggan. Först kom en med bestämda steg, stannade på borggården och frågade efter Keeth. Sedan kom en till exakt likadan och ställde sig alldeles innanför porten. Keeth kom ut och gick fram till den förste.
– Colin! sa han. Kommer du? Har du inte din bror med dig?
– Jodå, suckade Colin irriterat. Han är där.
En hafsig gest visade på Francis, som motvilligt kom fram till dem. Han hälsade artigt, men hans ögon var mörka av vrede.
– Försök nu att hålla truten här åtminstone, sa Colin till honom.
Han fick inget svar men det syntes att Francis tänkte ett.
– Jaså det har blivit en fnurra, sa Keeth lätt. Vi hälsar på vår herre.
– Det kan vänta lite, sa Colin.
– Vi måste ha hans tillåtelse att stanna, sa Francis.
– Alldeles riktigt, sa Keeth. Kom nu.
– Jag skulle behöva tala med dig först, väste Colin till sin bror medan de gick. Det är det du vill undvika.
– Du har sagt allt redan, muttrade Francis

Dannviw och Ham satt och berättade roliga historier för varandra när Keeth kom in med de båda besökarna. Ham tyckte att de såg underliga ut, då de klätt sig och klippt sig efter modet i LillaVilles. Dannviw fann det underligt att de kom.

– Francis och Colin, hälsade han.

Det blev alldeles rätt, för på deras ansiktsuttryck såg man tydligt vem som var vem. Kläderna hade blivit exakt lika igen. Pojkarna hälsade artigt.

– Jag hade inte väntat er på något år ännu, sa Dannviw. Hur kommer det sig att ni är här?

– Det är hans fel, förklarade Colin med en gest åt brodern. Han kan aldrig hålla tyst.

– Vi måste be om beskydd nu på grund av vad som hänt, sa Francis.

Colin tog sig för pannan.

– Hör själv, sa han till sig själv. Nu är han där igen! Varför måste jag dras med denne?

– Om något har hänt som hotar er, vill jag veta det om ni ska vara här, sa Dannviw. Francis gör rätt i att berätta.

– Ja, kanske det, sa Colin. – Men då berättar jag.

Han lade inte märke till borgherrens rynkade ögonbryn, eller hur han såg på Francis, som buttert glodde i golvet.

– Vi har troligen folk efter oss, förklarade Colin. Vår mecenat där borta kom ihop sig med kungens svåger. Det var mycket pinsamt. Vi hade inget med det att göra och kunde stannat, om inte mitt ljushuvud till bror öppet hade deklarerat hos vem vi huserade. Så vi fick fly för våra liv.

Francis försökte se ut som om han tänkte på annat, men han hade hört anklagelserna alltför många gånger redan. Dessutom tänkte Colin inte låta honom undkomma den här gången heller. Han fortsatte hätskt:

– På så sätt har vi alltså förlorat möjligheten att fullfölja vår utbildning. Kan ni sedan undra över att jag är irriterad på – den?

Colin kastade ett litet knyte han hade i handen med full kraft i golvet mot Francis' fötter. Det hördes som något gick sönder däri. Francis såg äntligen upp på sin bror. Colin vände honom snabbt ryggen.

– Nu får du minsann lugna dig, sa Dannviw skarpt. Vad ska det här hackandet vara bra för? Blir saker bättre för att ni är osams?

– Nej, det blir det väl inte, erkände Colin. Men han borde lära sig att hålla tyst.

– Det hade kommit fram ändå, sa Francis och böjde sig efter knytet vid sina fötter. Kanske hade det blivit värre då.

– Värre än att bli förföljd och hotad till livet?

– Vem förföljer er? undrade Dannviw.

– Kungens svågers män. De vill döda alla som varit vänner till hertig Oberon.

– Nåja, vi får reda ut det där sedan – när ni lugnat ner er. Keeth vill du ta hand om dem?

– Visst, sa Keeth. Kom med.

Francis dröjde sig kvar när Colin följde Keeth ut.

– Herr Dannviw, sa han lågt.

– Ja?

– Jag skulle vilja ha ett rum för mig själv, om det inte är för mycket besvär.

– Det kan du väl få.

– Tack, – för att ni tar emot oss, sa Francis tyst och klämde på knytet.

– Det är mitt nöje. Vad var det i påsen?

– Ett skrin som jag fick av mor. – Colin är inte elak. Han bara – förstår inte.

– Det är inte alltid så lätt att veta det heller.

Francis bugade och lämnade rummet.

Det blev Keeth som tog hand om dem igen. Det var tydligt att något inte var som det skulle. Man kunde tänka att de bara hade blivit för gamla för att alltid vara i varandras sällskap. Då skulle de här bråken tona ut så småningom, när de insåg att det fanns fördelar med en nära vän. Men istället hade det blivit värre.

Keeth slängde sig framför sin herres fötter, där han satt på fällen framför brasan. Det var inte av underkastelse vilket tydligt framgick.

– Har de rykt ihop igen? undrade Dannviw mjukt.

– Om de gjorde det ändå, suckade Keeth. Colin skäller och Francis tar emot. Man lider av att höra det.

– De kanske lugnar sig nu när de blir skilda åt en natt och får tänka igenom saker.

– Tror du, ja! Du skulle hört vilket liv det blev på Colin när Francis flyttade till sitt rum. Han blev som vansinnig.

– När de är sådana ovänner? sa Ham.

– Fast de är det kan Colin inte tänka sig att vara skild från sin bror.

– Vad säger Francis? undrade Dannviw.

– Han ändrar sig inte en tum. Helt obeveklig.

– Han är väl trött på att bli hackad på, sa Ham.

– Undrar vad som har hänt, sa Laurence. Hertig Oberon verkade vara en trevlig herre när vi var där. Vänlig och rättfram.

– Det där sista kan leda till trubbel, sa Creig stillsamt.

– Det är ändå svårt att se de här pojkarna som jagade för något, sa Keeth.

– De har liksom inte rätt betydelse, sa Laurence. Två studenter från utlandet.

– Tyngden måste ligga hos deras beskyddare och vad han har gjort i kungens svågers ögon. Men om någon söker dem här, kan vi också få reda på orsaken till att de gör det, sa Dannviw.

– Men de är förändrade, sa Keeth tankfullt.

– De har väl fått uppleva en del nu, sa Ham. De små lammen har sett världen.

– Och känt vargen nafsa dem i hasorna, sa Creig.

– Ja. De är vuxnare på ett sätt, men det är något annat också, sa Keeth. Francis försöker göra sig fri, men Colin vill binda honom fastare till sig.

– Tror du inte det kan vara en effekt av bråket mellan dem, sa Laurence. Om Colin skäller vill Francis inte höra på. Det är klart att man går undan när man får bära skulden för allt som har gått snett.

– Kanske är det så.

Dannviw ville ändå ge Keeth rätt på ett vis. Pojkarna hade gett sig ut oskyldiga, men med stora förväntningar. Det var tydligt att något blivit fel och gett dem dåliga erfarenheter. Kanske var det så enkelt som att de förväntat sig fel saker. Somliga människor tog mycket illa vid sig när det inte blev som de tänkt. Dannviw hade sett tecknen förr. De här pojkarna skulle behöva hjälp igenom något som de upplevt. Så långt hade Keeth rätt.

Då fick Dannviw för första gången träffa Oberons son Immanuel och hans vän Launce.

Dörren öppnades och Elm stack in huvudet.

– Två sändebud söker borgens herre, sa han.

– Redan, sa Dannviw.

Han reste sig och satte sig mera värdigt i en stol.

– Då får du meddela dem att han är hittad, sa han.

86

Elm gick för att hämta dem, medan männen i rummet placerade sig strategiskt för att skydda sin herre. De var just färdiga när Elm lät de båda männen träda inför borgens herre. De var lite konfunderade över att den de mötte inte var den störste och kraftfullaste de sett på Gein. Inte heller kunde han äga ålderns vishet, men det hade ingen betydelse. De hälsade artigt och den ene sa:

– Ni är borgens herre?

– Det stämmer, sa Dannviw. Med vilka har jag den äran att tala?

– Vilka vi är har inte så stor betydelse. Vi kommer för att ta med oss tvillingarna Colin och Francis tillbaka.

– Hur kommer det sig att ni söker dem här?

– Det var härifrån de kom till vårt land. Män härifrån följde dem. De är här, eller hur?

– Ni menar att jag skulle, utan att veta vem ni är, bara utlämna dem till er?

– Ni är klokare än att göra svårigheter gentemot en utländsk ädling. Han har tagit på sig ett ansvar och han håller sitt ord.

– Namnet på er herre?

De båda sändebuden såg på varandra, konfererade lågt på sitt språk, då de trodde att ingen förstod dem. Till sist sade talesmannen:

– Det är för tillfället inte riskfritt för oss att säga vem vi lyder.

– Här inne är det.

– Eftersom det verkar vara det villkor ni ställer ska ni få veta att vi tjänar hertig Oberon.

– Så? Varför jagar ni då efter pojkarna?

– Varför vi gör det? Vem skulle annars ha anledning till det? Oberon har tagit på sig ansvaret för deras utbildning, men en liten incident fick dem att ta till benen. Hertigen är ingen man som bara rycker på axlarna och låter sådant bero.

– En "liten incident" som gör det farligt för er att nämna er herres namn, kan innebära risker även för dem.

– De har inget med den saken att göra. Vem skulle ge sig på ett par oskyldiga studentynglingar? Är det vad de har sagt till er?

– De har nog inte klart för sig vem som jagar dem.

– Jagar är väl inte rätta ordet. Vi ska bara hämta dem tillbaka.

– Fortfarande vet jag inte vilka ni är och hur pass trovärdig er historia är.

– Jag är Oberons son Immanuel. Det här är Oberons kusin Launce. Pojkarna känner oss båda.

Dannviw gav ett tecken till Elm att tvillingarna skulle hämtas. Till främlingarna sa han:

– Ni ska få berätta lite mer om hertig Oberons meningsskiljaktigheter med sin kungs svåger innan jag lägger pojkarnas öde i hans händer igen.

– Ja, skilda meningar är just vad det är, sa Immanuel och satte sig äntligen på den stol som ställts fram till honom. Launce följde hans exempel. Immanuel fortsatte:

– Felet är att far inte kan hålla tyst om vad han tänker, fast han vet vad resultatet blir.

– Tycker ni att han skulle hålla tyst?

– Egentligen inte. Jag är vid det här laget van vid att gunsten skiftar. Ibland är allt hur bra som helst och kungen ger min far förläningar för okuvligt mod i hans tjänst. Så plötsligt får vi gå under jorden för att inte bli dödade av någon, som lyder order från samme kung.

– Just nu lever ni undangömt?

– Alldeles riktigt. Tills kungens nåd vänder.

– Det gör den alltid?

– Det brukar vara så...

– Men inte den här gången?

– De är extra hårdnackade båda antagonisterna.

– Till det vill ni att jag ska släppa de här två unga männen? Colin och Francis kom just in. När de såg att två utländska sändebud satt där inne blev de tveksamma. Tänkte verkligen Dannviw överlämna dem till fienden? Kunde han kanske inte skydda dem? En av utlänningarna vände sig om och pojkarna kände igen honom.

– Immanuel, sa Francis lågt.

– Och Launce, sa Colin. Vad gör ni här?

– Vi har kommit för att hämta er, men ni löper iväg som skrämda harar genom landet, sa Immanuel. Vem trodde ni att vi var?

Francis rodnade. Colin svarade:

– Vad skulle vi tro efter vad som hände i din fars hus? Jag hade i alla fall ingen lust att vänta på dem som tog sig in där.

– Nej, vad skulle ni tro, sa Immanuel lågt.

– Vad tänkte ni er nu då?

– Ta med er tillbaka för att fortsätta er utbildning.

– Men ni är inte kvar i huset. Hertig Oberon och hans hustru är döda och flera andra. Alla vet vart vi hör.

– Oberon är inte död och inte mor heller. De undkom oskadda, till skillnad från många av våra trogna. Gud vare med dem. Far vill att ni ska bli färdiga med utbildningen, som han har lovat er far.

– Men hur?

– Du är inte säker på att det går? sa Dannviw. Är ni beredda att ta riskerna och fara dit igen?

– Inte som läget är nu, sa Francis.

– Jag vill inte dö på det sättet, mumlade Colin.

– Ni kommer inte att dö, sa Immanuel självklart. Far kan skydda er. Er far vill att ni fullföljer er utbildning.

– Det har inte så stor betydelse om Colin och Francis inte vill, sa Dannviw.

– Har ni makt att upphäva faderns ord angående hans söner?

– Duvall är inte omöjlig om man lägger fram saken rätt för honom. Han vill nog hellre ha sina söner i livet med avbruten utbildning, än välutbildade och döda. Vad jag vill ha för att låta dem gå är, förutom deras medgivande, en garanti för att de inte är i fara.

Launce talade lågt med sin frände. Colin slog sig ner, medan Francis stödde sig mot stolens rygg. Immanuel såg tankfull ut. Han sa:

– Alldeles som Launce påpekar, så blir det svårt att garantera något. Men det ord Oberon har gett håller han till varje pris.

Dannviw studerade dem ingående. Genom arvet som sonen uppbar, kunde borgherren se hertig Oberons envishet. Det var inte svårt att tänka sig vilka konflikter det kunde skapa med de av landets ledande herrar, som Dannviw kände till lite bättre. Samtidigt irriterade det honom att Immanuel var så envis i en sak som denna, om det inte kom sig av att han skulle få stå till svars inför sin far och fruktade det. Dannviw förstod mycket väl vad Launce sa. Om Colin och Francis följde med var faran för deras liv uppenbar. Men dessa varningar från Launce ignorerade Immanuel. Kunde han vara så okänslig inför sin fars skyddslingar?

– Ni har inte mycket till övers för dem som er far väljer att beskydda, eller hur? da Dannviw vänligt.

Reaktionen kom omedelbart. Immanuel rodnade och skruvade på sig.

– Det är min skyldighet att skydda dem som han skyddar, sa han. Någon avund bor inte i mitt hjärta, det svär jag!

– Det var ju bra, för då blir det inte svårt att övertyga er om att de har det bäst här den närmaste tiden.

Immanuel funderade. Han hade lite svårt att inse att fara var något man borde undvika. Launce såg lite annorlunda på saken. Han rådde sin frände att beakta det Dannviw sa. Även om Oberon gett ett löfte, kunde det bli trubbel om pojkarna kom till skada. Kungens svågers hätskhet kunde leda just till detta.

Francis tittade på Launce och sedan på Dannviw. Han fick en känsla av att borgherren förstod vad Launce sa. Colin blev allt mer irriterad över hur Immanuel sorterade vad Launce sa, när han sedan pratade med Dannviw. Riskerna var betydligt större än den orädde Immanuel ville påskina. Inte kunde man heller visa rädsla i hans sällskap, eftersom han inte förstod sig på sådant. Ändå ville Colin inte tro att Dannviw bara skulle låta dem råka illa ut.

– Ni tror det, sa Immanuel eftertänksamt. Ja, kanske har ni rätt. Vi vill ju inte att de ska fara illa. – Men eftersom det är ni som insisterar på det, så får ni förklara saken för Duvall.

– Det ska jag göra, sa Dannviw. Låt mig bjuda er att stanna över natten.

– Vi tackar ödmjukt och stannar gärna.

Så här efteråt kunde Dannviw se en hel del som han inte kunde då. Agustin verkade inte vara så hatisk som det framstod vid det tillfället. Kunde det handla om något annat redan den gången? Vad mer hade han fått veta? Han sökte bland brasans lågor.

Under samtalen den kvällen kom det fram att Immanuels lugn inför den situation som rådde i hans hemtrakter, var mycket malplacerat. När Launce märkte att han kunde göra sig förstådd av Dannviw, var han inte sen att berätta hur allt låg till.

91

– Om vi ska klara det här, måste vi ha hjälp, förklarade han för Dannviw. Immanuel är inte alls hård och okänslig, som ni kanske lockats att tro. Han är bara orädd. Säkert hade han skyddat pojkarna med sitt liv, men just nu räcker inte det är jag rädd. Låsningen mellan Oberon och kungens svåger är mycket allvarlig. Kungen, som skulle kunna medla, lyssnar inte på vem som helst och det gör inte Oberon heller.

– Vem skulle de lyssna på? undrade Dannviw.

– Vi hade tänkt söka företräde hos kung Claudin. Han känner kung Fagiel väl och de är goda vänner. Problemet är att det kommer att ta tid innan han tar emot.

– Ja, det kan vara vissa problem med det, men det går att lösa.

– Vi är tacksamma för alla förslag.

– Jag ska prata med honom om ett par saker ändå, så jag följer er dit.

– Å, det är en ära vi inte kunde drömma om, sa Launce lågt.

– Bara en praktisk lösning. Ingen kan vinna särskilt mycket på de stridigheter som råder, eller hur?

– Ju längre tiden går desto svårare blir det att skönja meningen.

Så Dannviw följde de två unga männen till kung Claudin och det var bra, för då blev han också insatt i vad som skedde i LillaVilles. Det var lite mer invecklat än att bara två envisa män hade kommit ihop sig. Claudin var också beredd att göra vad han kunde för att lugna ner situationen.

Men det betydde att Keeth inte kunde gå till Dannviw med en gång med ett förtroende han fick av Francis. Han var inte hemma.

Ett bra tag hade han sett att något var fel, men Francis gömde sina problem och blev mer inåtvänd istället. Keeth hade försökt förklara för honom att bekymmer kunde lösas om man berättade om dem och att det fanns folk beredda att lyssna, men pojken drog sig undan och Keeth gav för tillfället upp hoppet om att kunna hjälpa honom.

Den här dagen satt Keeth i lugn och ro i biblioteket och läste, efter att ha diskuterat borgens ekonomi med Antonius och Elm. Francis såg honom och gav honom en mörk blick, men gick ändå in. Keeth motstod frestelsen att inleda ett samtal och försöka få honom att tala om vad som var fel. Han såg bara upp och konstaterade att det var Francis innan han fortsatte att läsa, till synes oberörd. Men oberörd kunde han inte vara, för pojken vankade som en osalig ande i rummet. Till sist sa Keeth med en suck:

– Snälla Francis. Sätt dig ner stilla.

Senare undrade han om det varit smartare att hålla tyst.

– Jag vill inte vara stilla, sa Francis. Du måste hjälpa mig. Få honom att låta bli – för det är inte rätt.

Han talade lågt men mycket tydligt, fast det verkade inte vara till Keeth för han såg ut genom fönstret.

– Vad har hänt? undrade Keeth.

– Hänt? – Tro inte att jag inte tycker om honom för det gör jag. Han vill inte illa. Han är snäll och god och jag vill inte skada honom. Ingen får skada honom. Men det är fel.

– Vad är fel, Francis?

– Han suger av mig så ofta han kan.

– Vem sa du gör vad?

Francis vände sig häftigt om och fräste:

– Jag har sagt det en gång och det behövs inte mer! Det är vad Colin gör.

Men han såg inte upp och när han väl gjorde det, fanns det en skrämd bön i hans ögon.

– Det är fel? sa han frågande.

93

– Jo, ni är lite väl nära för det. Kom och sätt dig nu och förklara varför.

Ett evighetslångt ögonblick, som Keeth hoppades inte skulle ta slut, stod Francis orörlig. Men så gick han tveksamt fram till stolen framför Keeth och gled ner i den.

– Varför? sa han lågt och letade i minnet. Jag vet inte riktigt. En gång, efter den stora jakten när vi hade många jägare där och de festade långt ut på nätterna, då sa han att far hade sagt att det skulle vara så. Jag skulle ta hand om den biten. Det var för att jag tagit hans mor ifrån honom.

Keeth funderade en lång stund på hur Francis kunde mena. Pojken avbröt:

– Jag vill inte berätta mer, Keeth. Du måste förstå. Det måste sluta.

– Jag förstår, Francis.

– Men Colin får inte bli skadad.

– Menar du att han inte vet vad han gör?

– Det är inte av elakhet.

– Hm. Låt mig tänka.

Francis iakttog honom oroligt. Han var rädd för den här mannens reaktion, men han kunde inte valt en bättre person för sitt förtroende. Keeth blev inte chockad, bara konfunderad. Det stod helt klart för honom att han på något sätt måste hjälpa Francis med en gång. Vad som hänt under den där jakten, fick han försöka reda ut sedan. Högt tänkte han:

– Om det skulle vara istället för bröstet han fick av mor, så borde det vara tid för avvänjning – eller hur?

Francis ögonbryn höjdes.

– Vi lägger upp det så, fortsatte Keeth. Då har ingen gjort fel. Han behöver bara avvänjas nu. Blir det bra?

Francis nickade.

– Det blir bra. Om du lyckas med det.

– Folk säger att jag har talets gåva. Det måste gå att använda den till något.

– Kan du få honom att sluta? viskade Francis.

– Vi försöker på det sättet.

Francis föll på knä och lade huvudet mot Keeths ben.

– Det måste lyckas, viskade han, för jag orkar inte längre.

Keeth tvekade. Sedan strök han honom tröstande över håret. Tusen frågor trängdes i hans huvud, men tillfället var inte det rätta att ställa dem. Han var mycket orolig inför den uppgift han tagit på sig och skulle gärna velat diskutera med Dannviw. Det kunde emellertid inte anstå tills borgherren återvände. Om Francis talade var det hög tid att göra något och Keeth insåg att han var den som pojken hade förtroende för. Då var det han som kunde hjälpa också och då skulle han göra det.

Keeth försökte verkligen ordna upp problemet utan att någon av pojkarna skulle bli skadade. På så sätt var det nog deras smala lycka att det var just han som tog hand om dem.

– Hej Keeth!

Det var Colin som skuttade upp bakom honom.

– Du ser tankfull ut, fortsatte han. Det ska du inte. Du är underhållare, du ska le och skratta.

– Tycker du? sa Keeth med huvudet på sned.

– Ja, du brukar vara glad.

– Just nu letar jag efter dig.

– Ytterligare en anledning till glädje. Du har hittat mig.

– Jag vill ha ett allvarligt samtal med dig.

– Å, det låter rysligt.

Han försökte få det att låta som ett skämt, men fick en bekymrad rynka i pannan.

– Nu blev du allt betänksam, sa Keeth leende.

Colin log tillbaka.

– Jätterädd. Faktum är att jag vill prata med dig om en sak också.

De gick in i en fönsternisch, som de passerade. Colin hade redan börjat dryfta sitt problem. Det gällde Francis och hans ovilja att dela rum.

– Jag behöver honom, förklarade Colin och slog sig ner vid bordet på ena bänken. Det är hans plikt att ge mig den styrka jag behöver.

– Det är just det jag ville prata med dig om.

– Han har kommit på bättre tankar, eller hur. Han har varit sur bara för att jag skällde på honom och ville ge igen, men nu är det över. Är det inte så?

– Inte riktigt. Det är ett tungt ansvar för honom att ha hand om ditt välbefinnande och om du ska bli vuxen måste du lära dig att klara den biten själv.

– Det går väl inte? sa Colin förvånat.

– Det vill säga att du måste klara dig utan Francis.

– Vem har skickat dig? Det kan inte vara herr Dannviw, för han är bortrest. Finns det fler som inte tål att vi är lyckliga?

Colins ögon glimmade olycksbådande, men Keeth var inte lättskrämd.

– Vad det gäller Dannviw vill han er bara väl. Nej, jag har diskuterat saken med Francis och vad jag kan se är det på tiden att du blir avvand.

Colins mungipor drogs nedåt.

– Det går inte, muttrade han. Jag behöver styrkan och det är hans plikt.

– Varför?

– För att han tog modersmjölken från mig.

– När?

– När han kom. Efter mig. Det blev inte plats för oss båda vid mors bröst.

– Hade hon inte två?

– Han var glupsk. Det märks för han är något större. Det märktes mer när vi var små.

– Hur kan du tro att han ger dig styrka?

– Tro? Det vet jag. Far tog mors plats när han såg hur det var fatt och Francis inte gav plats till mig. Fadersmjölk är fetare och svårare att få. När Francis blev stor nog fick han rycka in istället och nu är vi lika stora. Det är hans plikt.

Keeths hjärta var alldeles kallt. Det kändes som om allt omkring honom med ens var overkligt. Han hade hoppats att det rådde någon sorts missförstånd från Francis sida, men så var det nog inte. Colins historia var mycket diffus, men linjerna var klara. Nu gällde det att rädda vad som räddas kunde. Han hade velat prata med Duvall, för att få mer klarhet i vad som hänt, men det fanns inte tid till det. Han svalde och sa med så normal röst som det gick att få:

– Så har det kanske varit hittills. Men nu är det dags att du – som den äldste – blir oberoende. Han hänger inte vid sin mors bröst längre. Han är avvand.

På något sätt gick det ihop för Colin. Det var inte roligt att behöva bli vuxen, men antagligen var det tvunget. Det vore ju pinsamt om det kom ut att han var senare med det än Francis, sin lillebror.

– Ja, sa han. Du har nog rätt. Men det blir svårt. Han är på något sätt tryggheten, när allt brakar åt skogen. Gör det något om man får återfall?

– Försök att låta bli. Det går så småningom. Det kan jag lova dig.

– Då får jag väl sova i mitt eget rum i fortsättningen också.

– Ja, det är lättare då.

De pratade lite till, men Colin fann Keeth disträ och antog att samtalet väckt barndomsminnen eller något sådant. Han funderade på om Keeth kunde ha varit i samma situation som han en gång, när han gick därifrån. Kanske hade även denne glade man en gång varit den äldste, bortschasade.

Keeth slöt ögonen när Colin gick och drog ett djupt andetag. Han ville ropa Dannviws namn tills han kom och kunde reda ut denna otroliga historia. Han skulle veta vad som borde göras. Johannes skulle bara fördöma, om man anförtrodde honom något som det här. Rätt var det, men det var absolut inte vad Colin behövde. Colin kunde gå genom livet i tron att fadersmjölk var nyttigt, om han bara kom ifrån sitt nuvarande beteende. Då kunde han ändå bli lycklig och Francis också, när han slapp det som egentligen var övergrepp. – Men om de fick egna barn...? Han tänkte länge på detta, fram och tillbaka. Frågor skulle väl uppstå, men tiden kunde ha blekt minnena. Den saken kunde han åtminstone diskutera med Dannviw. Varför i hela friden skulle han vara bortrest just nu???
Med dunkande huvudvärk gick han till sitt rum.

Keeth övervägde om han borde ta kontakt med pojkarnas far, men han behövde inte det för Duvall kom till Gein. Så här i efterhand insåg Dannviw, att det var tur att det inte var Keeth som tog upp sönernas problem med honom. Det innebar emellertid att en tragisk hemlighet avslöjades och att den som hjälpt pojkarna så mycket fråntogs möjligheten att fortsätta med det. Det var nog inte menat så, tänkte Dannviw nu. Inget av det där var egentligen meningen. Men en liten oplanerad handling kan få oanade konsekvenser resten av livet.

Duvall anlände till Gein samtidigt som Dannviw kom hem. Han hade fått meddelande om att hans söner nu fanns *i borgen. Av Dannviw fick han förklaringen varför och han var mycket tacksam för att borgherren behållit dem hos sig, istället för att sända dem tillbaka.*

– Ja, hertig Oberon är ingen man som ändrar åsikter stup i ett, sa Duvall. Inte ens när det behövs gör han det.

– Han verkar vara en envis man, sa Dannviw. Sonen tar efter honom.

– Immanuel är sin far upp i dagen. Bra pojke, faktiskt. Jag tänkte egentligen att han kunde vara lite av en förebild för mina tvillingar. De är lite veka.

– De är inte så gamla ännu. De har mycket att lära i livet.

– Ja, ni har väl rätt. Jag uppskattar verkligen att ni engagerar er så mycket för dem.

– Det gör jag gärna, för de är väldigt trevliga, dina pojkar.

Keeth mötte dem. Han ville hemskt gärna prata med Dannviw, men det fick vara till ett lägligare tillfälle. Han hälsade dem artigt välkomna. Diskuterade ett par saker som hänt medan borgherren var hemifrån. Duvall tittade och lyssnade. När Keeth gått sa han:

– Är han här?

– Borde han inte det? undrade Dannviw.

– Efter vad han ställde till med vid hovet?

– Han råkade nog mera ut än ställde till. Sedan sändes han hit som straff.

– Inte verkade han straffad precis.

– Det är inte meningen heller. Jag vill ha användning för männen som kommer hit. Det är ingen nytta eller glädje med en man inlåst i en cell.

– Hm. Går alla – alla som kommit hit alldeles lösa här inne?

– Ja. Och det händer inte ofta att de går härifrån.

Duvall var en intresserad lyssnare när Dannviw förklarade idéerna bakom behandlingen av fångarna i borgen. Han hade hört mycket om Gein och det mesta var

99

skrämmande, även om det verkade som om borgherren hade allt under kontroll. *Däremot hade han aldrig närmare reflekterat över hur det verkligen förhöll sig med det som sades.* Han blev inte helt lugn när han insåg att hans pojkar gick omkring bland banditer. Det var inte de föredömen han planerat att de skulle ha. Därför ville han veta mera, för att se om han skulle ta hem pojkarna eller inte. Dannviw avslutade med:

– Jag hoppas att du låter dem stanna om de vill.

– Ja, det verkar ju inte farligt för dem. Fantastisk idé det där. Och det fungerar?

– Ja det gör det.

– De flesta blir nog konfunderade över era idéer, för att de inte förstår dem. Det måste vara på det motståndet beror.

– Oftast är det okunskap. Här kommer pojkarna.

Båda kramade sin far. Colin vildare än Francis, som väntat. De pratade ivrigt och bytte nyheter om hemmet och universitetet. Lika ivrigt ville pojkarna visa sin far denna plats, som de fann så fantastisk. Det passade bra, för Dannviw skulle prata med Antonius.

– Och här kan man ta sig en mugg gott öl, sa Colin när de kommit till ölstugan.

– Vi kan sätta oss här, sa Francis.

Colin var på väg att hämta öl. Keeth kom fram till dem och växlade några ord, glad och vänlig som alltid. Han övervägde om en diskussion kunde tas här, men det kändes inte rätt. Han hade att göra så han försvann snart igen, när han hade konstaterat att de hade vad de önskade.

– Ölet är fantastiskt här, sa Colin. Liksom vinet. Liksom maten. Liksom allt annat.

– Ni trivs alltså? sa Duvall.

– Ja, vi trivs, sa Francis lågt.

– Du verkar tystare än vanligt.

– Jag är bara lite trött. Sov dåligt i natt.

– Det är för att du envisas med att sova för dig själv, förklarade Colin.

– Du ska inte klaga på det.

– Så! Inget kiv nu, sa Duvall. Har de skilt på er?

– Vi har var sitt rum.

– Ja, ni är ju stora nu. Det är väl så herr Dannviw menar.

Francis tänkte att den gode herren nog inte brydde sig om vilket. De fick som de ville i det. Men han rättade inte sin far.

– Vad är er förbindelse med Keeth? undrade Duvall.

– Han har tagit hand om oss här, sa Colin.

– Bli bara inte för nära bekanta med honom.

– Varför det? Han är trevlig.

– Det har blivit andras fall.

– Vad menar du far?

– Minns ni skandalen med Baltzar, kungens betrodde rådgivare? Det visade sig att han var otillbörligt tillsammans med en annan man. Denne man hade förlett honom till allt möjligt ont och när de kom på honom, stod han naken, alldeles ogenerad, inför kungen.

– Ja. Det var mycket snack om det. Vad har det med Keeth att göra?

– Denne man var Keeth.

– Han har nog inget att skämmas för naken, mumlade Francis i ett svagt försök till försvar.

Colin bara gapade.

– Förstår du inte, sa Duvall. Han var en av de mest omtyckta unga männen vid hovet. Ingen misstänkte vilket dubbelspel han höll på med. Det är det som är så skrämmande.

– Menar du att Keeth är den... en sådan? sa Colin.

Duvall böjde på huvudet.

- Har han störtat Baltzar i fördärvet, så kan det hända fler. – Men herr Dannviw skulle inte låta honom gå lös om han var farlig, så han har säkert allt under kontroll. Duvall ville prata om annat och bytte samtalsämne. Francis och Colin glömde för tillfället vad han hade berättat.

Men denna kunskap ändrade deras attityd gentemot den som tagit så väl hand om dem. Om Duvall menat att det skulle bli så är ovisst.

Dannviw och Ham stod och pratade med Antonius, när Keeth kom inrusande och slog igen dörren. Att något var fel stod klart, för han såg alldeles vild ut.
– Vad är det Keeth? undrade Dannviw och ignorerade Antonius' irriterade fnysning.
– Jag måste prata med dig, sa Keeth.
– Vi kan fortsätta senare? frågade Dannviw Antonius som höjde händerna avvärjande och sa:
– Jag går. Ni kan stanna här och prata, så ses vi senare. Dannviw nickade och slog sig ner på bordskanten framför Keeth. Antonius stängde tyst dörren om sig.
– Vad har gjort dig så upprörd? frågade Dannviw. Keeth tycktes inte höra frågan.
– Jag kan bara inte inse vad jag har gjort dem, sa han. Särskilt som jag inte valde deras sällskap. De kom till mig! Så jag behöver inte ta det från dem. Om man sedan betänker vad de håller på med själv.
– Lugna dig, Keeth. Berätta vad som hänt och vem det gäller.
– Jag pratar om de där tvillingarna. Så mycket som jag har hjälpt dem och tagit hand om dem! Jag kräver inte tacksamhet, men vanlig hyfs skulle inte skada.
– De har alltså upptäckt vem du är och vad du gjort?
– Har du talat om det för dem?

102

– Nepp. Deras far visste det. Han har med all sannolikhet varnat dem för otillbörlig påverkan av lem–riktning.

– Det är inte roligt, Dannviw!

– Nej, inte roligt men väntat.

– Hur kan du vänta dig något som detta?

– Att de skulle reagera mot dig när de fick veta mer om dig ute ifrån är lätt att inse, även om det är svårt att förstå för den som känner dig. De är konventionellt uppfostrade och har till och med sett ovanligt lite av världen. Deras far välkomnar inte det som är annorlunda. Att hans pojkar är här, är tillräckligt vågat bara det. Han tyckte inte om att fångarna gick lösa i fängelseborgen. Hans version av vad du gjorde, är nog inte sådan, att vi skulle känna igen den utan eftertanke.

– Har han berättat den för dig?

– Nej. Han ser när saker inte faller i god jord. Jag försökte få honom att förstå. Ibland har jag stött på folk som inte vill förstå just den historien, den om Baltzar och dig. De vill inte veta eller få något förklarat, för de är trygga med den förklaring de har tagit till sig. Han hör till dem, är jag rädd.

– Hu så hemskt, sa Ham från sitt hörn.

– Ja det är det, för det betyder att det inte har någon betydelse vad som verkligen har hänt. Det är populärversionen som gäller.

– Hans förflutna är minsann inte så fläckfritt som det verkar, sa Keeth.

Så berättade han vad de båda pojkarna anförtrott honom och hur han hade agerat i väntan på samråd med Dannviw. Borgherren lyssnade noga på vad han hade att säga. På Keeths buttra men ängsliga fråga om han hade gjort fel, svarade Dannviw:

103

– Inte fel. Det var ett bra försök och väldigt hänsynsfullt tänkt, men jag tror det är dags att prata med de två små lammen nu.

– Det knackade försiktigt på dörren. Lynnett stack in huvudet och undrade hur det var med Keeth.

– Det är bra med honom, sa Ham som öppnade. Varför undrar du det?

– Jag har aldrig sett honom så ilsken förr, men han måste ju ha blivit ledsen också, när han har lagt ner så mycket arbete för deras skull.

– Det blev han, men Dannviw har tagit hand om saken.

– Bra. Då är allt i goda händer.

Han gick igen.

Just att de miste Keeths stöd, innebar en försämring för dem. Francis såg mer klart vad som hände och kunde också försöka göra det gott igen. Colin verkade helt ovetande om vad han hållit på med och fördömde mycket hårdare. Eller insåg han att han inte hade något att fördöma och så ville han inte ha det?

Francis hade strövat iväg från grälet med Keeth och sin upprörde bror. Visst ville han veta om det stämde det som hans far sa, men det var onödigt att ställa Keeth till svars inför andra och på ett sådant sätt som Colin gjorde. Det var otäckt att veta hur dubbel Keeths natur kunde vara. Francis ville tro att han var bättre nu i alla fall. Men hur kunde denne trevlige man vara tillsammans med en sådan som Baltzar. Francis hade mött honom en gång och fann honom definitivt obehaglig. Kunde det verkligen vara sant att Keeth och han...? I så fall var det nog Baltzar som bar skulden. Kanske var det därför Keeth kunde förstå.

Han hade kommit ut på gården och mötte Laurence, som just kom hem och steg av sin häst. Han lämnade den till Gudmund och fick syn på Francis i fackelskenet.

– Vad du ser hängig ut, sa han eftersom pojken verkade söka kontakt.

– Vi har sårat Keeth, sa Francis lågt.

Laurence lyfte upp ett par tunga påsar han hade med sig. Han blev lite förvirrad av detta plötsliga förtroende.

– Det var illa gjort, sa han.

– Tar du hand om oss nu, fast du inte tycker om barn?

– Om jag tycker om eller inte tycker om barn, vad har det med saken att göra?

– Lynnett sa att du inte är så förtjust i barn, därför ville du inte hjälpa oss. Men nu är vi inga barn och Keeth har vänt oss ryggen, nu när vi vet vad han har gjort.

Han kunde inte se Laurences ögon glimma till irriterat, när han kastade upp bördan över axeln.

– Barn har jag inget emot, sa Laurence, men jag kan inte med ungtuppar, som tar sig rätten att sprätta på andras gårdar. Har ni sårat Keeth så får ni be honom om ursäkt innan jag gör något för er.

Han gick. Francis stod kavar och såg efter honom. Det gjorde ont i hans hjärta, för han förstod att de gjort något oförlåtligt. Männen här inne accepterade inte att någon kom ute ifrån och fördömde. Det gjorde de naturligtvis rätt i. Nu saknade han Keeths mjuka "så kan man inte göra" med vidhängande förklaringar. På något sätt måste han göra allt bra igen. Han hann inte tänka ut hur, innan Colin dök upp vid hans sida.

– Förbannade översittare är vad de är, sa han. Var inte ledsen. Vi har ju varandra. De kan inte göra oss något, för då får de stå till svars inför far.

– Far har förstört så mycket.

– Det vet jag inte. Nog är det väl bra att veta vilka man har att göra med. Han gör det i all välmening.

– Far tänker inte alltid så långt.

Francis hade stannat framför sin bror för att förklara sig närmare, men han tvekade och Colin hann före:

– Det är bara bra att veta vad man ska passa sig för, Francis. Du är lite tjurig och ändrar dig inte gärna när du fått något för dig, men jag älskar dig ändå. Vi har varandra och det ska vi inte kasta bort, även om andra försöker gå emellan. Kom så glömmer vi bort dem och gör det skönt för oss på mitt rum. Jag behöver dig fortfarande.

Francis blev tvärförbannad. Han hade trott att allt det där var över nu. Chockad backade han och ögonen försökte mörda.

– Nä-ä! Det vill jag inte! fräste han. Vad har du att klandra andra för, när du är likadan själv? För det är vad det är, även om du tror något annat. Tvi!

Colins ögon blev stora och runda. Gapande backade han från sin bror, vände och rusade in.

Francis ångrade genast utbrottet. Han förstod att han gjort Colin mer illa än han ville. Sakta gick han in och mötte Laurence igen. Francis stannade med sänkt huvud framför honom. Han visste inte riktigt hur han skulle göra nu och Laurence såg inte nådig ut, men det var onödigt att blanda in fler. Lågt sa han:

– Nu har jag sårat Colin också.

Laurence såg ingående på honom, så skakade han på huvudet och sa:

– Du var mig en hopplös unge. Nu går vi till Dannviw och förklarar det här, innan det händer mer.

Han tog helt enkelt med sig Francis och sökte upp sin herre. Deras ärende förklarade han:

– Den här går omkring och sårar folk.

Keeth fanns också i rummet och Francis ville inte titta på honom. Dannviw blev inte arg. Han sa mycket mjukt:

– Vi har något som vi måste diskutera, eller hur?

Francis nickade. Det var inte alls besvärligt att berätta för Dannviw. Annars brukade Francis ha svårt att formulera det han ville ha fram. Han fann alltid det han stod i begrepp att berätta ovidkommande. Det var svårt för honom att föreställa sig att hans berättelse skulle intressera någon annan. Dessutom visste han att något var galet med det han hade att berätta nu, vilket gjorde honom än mer förtegen.

Keeth hade insett att den här pojken inte lätt anförtrodde sig och hoppades att Dannviw inte skulle gå för hårt fram. Hans farhågor var onödiga. Förvånad såg han hur lätt Dannviw fick svar på alla sina frågor och hur obesvärad av berättandet Francis verkade. Han slutade:

– Jag trodde att det där var över nu, men Colin kom till mig i kväll med ett förslag, som fick mig att tappa fattningen. Jag insåg att han bara fogat sig en tid och blev så arg – han blev nog ganska sårad.

– Vad sa du till honom? undrade Dannviw.

– Att han inte kunde klandra Keeth för hans böjelser, för han hade samma, sa Francis lågt.

– Å Herre Gud! utbrast Keeth kvävt.

Fast egentligen ville han inte engagera sig. Dannviws frågande blick krävde honom på en förklaring och han gav den:

– Han har nog inte förstått att det var något sådant han sysslade med. Ifall han nu insåg handlingarnas natur måste han ha blivit chockad.

– Det blev han nog, mumlade Francis med sänkt huvud.

– Vi får se hur han tog det, sa Dannviw och reste sig.

Han gav Laurence tecken att ta hand om Francis så länge,
till de fick veta om hans onda aningar besannades eller inte.
Detta var emellertid inte i enlighet med pojkens vilja.

När allt ställdes på sin spets, utan att Keeth fanns där
att ta hand om tvillingarna, var Dannviw mycket
orolig för hur det skulle gå. Han mindes hur Ham
gick fram till fönstret och han kunde höra för sitt inre
öra vad han sa:

– *Det här blir bara vansinnigare och vansinnigare.*
Han stödde armbågarna i fönsterkarmen.
– *Fel, sa Dannviw. Vansinnigt var det från början. Det är*
nu de förklarliga reaktionerna kommer.
– *Tycker du de är sunda?*
– *Nja, det kan kanske diskuteras, men det är en lögn som*
uppenbaras. En bubbla av vantro spricker och det gör ont
att se sanningen. Den mer grubblande är också mer beredd
än den sorglöse, som inget anat.
– *Kan han verkligen ha varit så blåögd.*
– *Det är inget adekvat uttryck. Vad han trodde var ett*
försvar mot en sanning, som han inte kunde acceptera.
– *Om det nu är sant. Duvall verkar helt normal och ingen*
som skulle tvinga sina barn till något sådant.
– *Efter vad jag kan förstå hände det bara en gång och då*
var han ordentligt full.
– *Colin säger att han inte var det.*
– *Colins berättelse är nog den minst trovärdiga av dem.*
– *Det var ju han som råkade ut för det.*
– *Ja, och därför skadades han mest också. Han vill inte att*
det ska vara ett övergrepp. Därför denna otroliga historia
om fadersmjölken.
– *Men Dannviw...*

– Jag menar inte att han ljuger. Den är otrolig för att en upplyst ung man inte borde kunna tro på den. Dessutom skedde alltihop ganska sent. Francis säger att de måste ha varit i tio–årsåldern. Inte den mest energiska kvinna ammar så länge.

– Varför hittar han på hela den här historien då?

– För att skydda sig och sin familj, eller bilden av sin familj.

– Raseras inte den när något sådant händer?

– Inte alltid. Förmodligen var deras familj lycklig och kärleksfull för pojkarna. Tills den dag fadern blev alldeles för berusad tillsammans med jägarkompisarna och tvingade ena sonen under bordet för att dricka fadersmjölk. Colin måste ha varit så gammal, att han hade en känsla av att det var fel. Han försvarar sin fars handling med den här historien och skjuter skulden på Francis, som också sedan får gottgöra sitt brott, genom att ersätta både far och mor.

– Borde inte Colin undvikit det istället för att upprepa det?

– Upprepning kan vara ett sätt att legitimera något man innerst inne känner är fel. Det behöver inte vara medvetet.

– Du tror att det är sant?

– Ja. Då tänker jag på något Duvall sa när han var här. Han sa "Man kan göra saker som är helt galna och inte ens minnas dem ordentligt, men ändå kan allt gå bra". I sammanhanget då verkade det inte så konstigt, men nu när jag vet mer, tror jag att han tänkte på just den händelsen, som har skadat Colin så. Fast Duvall tror inte att den fått några följder. Därför tror jag också att det bara skedde en gång och att det inte var något som Duvall menade att göra.

– Då blir han helt oskyldig plötsligt. Colin får bära skulden.

– Vilket han helt tydligt inte kan. Det är inte frågan om att hitta en skyldig. Alltihop är en stor tragedi, som har fått sorgliga konsekvenser. Det vi nu måste göra är att få båda pojkarna att förstå vad som har hänt och att de i grund och botten inte bär någon skuld. Det gäller att bota, inte att straffa.

– Fast det blir väl svårt nu efter Colins senaste utspel.

– Det komplicerar onekligen det hela.

Båda tänkte på vad som hade skett när de nådde Colins rum efter Francis' bekännelse. Pojken satt och höll i bladet på en kniv. De befarade att han tänkte skada sig själv, vilket han också gjorde när han grep hårdare om knivbladet. Kanske för att han blev skrämd när de kom in. I alla fall skar han sig ordentligt. Francis hade slitit sig från Laurence och fylld av onda aningar, rusade han in till sin bror. Han blev förtvivlad när han såg att Colin var skadad och försökte övertala honom att inte göra sig själv mer illa. Då fräste Colin att det var Francis han ville döda. Förvirrat backade denne från sin ilskne och blödande bror, rakt i famnen på Laurence, som utan minsta besvär kunde leda honom tillbaka till hans rum. Francis var alldeles ifrån sig. Dannviw kom in en stund senare för att prata med honom, men fick inte fram något vettigt, för pojken grät ut sin sorg som ett större vattenfall. Dannviw höll om honom och talade lugnande, medan tårarna blötte hans axel. Laurence kände inte alls för att ta på sig en sådan roll. De ville kallas män, men bar sig åt som småungar. Laurence hade inget emot ungar, men han ville inte ta hand om några. I så fall kunde han ta någon av sina egna. Hade det sedan hänt en massa underliga saker, så ville han inte bli inblandad.

– Tror du att han verkligen tänkte döda Francis? undrade Ham.

– Det hade han med all sannolikhet föresatt sig, sa Dannviw lågt och tankfullt.

– För att han skulle få hela skulden?

110

– För att Colin skulle slippa den själv. Det är som en fruktansvärd börda som ingen vill bära. Duvall har utan att inse det, gett den till Colin, som vill lägga den på någon annan. Problemet är bara att alla som kan komma i fråga är personer han tycker om. Colin är inte ond. Han vill inte göra illa.

– Kanske förstår han inte varför andra vill honom illa. Francis gjorde det när han visade bort honom. Han måste också ha tagit illa vid sig när du gav dem separata rum.

– Det var därför han var så ilsken.

Laurence dök upp och meddelade att Francis nu sov och Colin med, efter vad som meddelats honom. Han fortsatte:

– Dannviw... Jag kan inte ta på mig ansvaret för dem. Inte efter att de har ratat Keeth på det sättet.

– Vem begär det av dig?

– Francis bad mig, men jag sade nej.

– Undrar varför de valde dig.

– Hm. Jag undrar om inte Francis var på väg att anförtro sig en gång, innan de gav sig av för att studera. Allt han sa var att han inte ville följa med, men ju mer jag tänker på det nu, desto säkrare blir jag på att han redan då ville ändra på tingens ordning.

– Det ville han troligen. Vad rådde du honom till?

– Att ta chansen han fick och följa med. Jag trodde bara att han var rädd. Han är inte lika företagsam som sin bror.

– Det blir nog jag själv som får reda ut det här innan vi gör något annat, sa Dannviw lågt.

111

7 Colin och Francis stannade

Deras försök att byta från Keeth till Laurence gick alltså inte så bra. På Gein gör man sig inte ovän med någon och får någon annan på sin sida. Dessutom hade Laurence redan mycket att göra. Dannviw mindes eviga samtal med förtvivlade eller arga pojkar, som bara såg saker från sin egen synvinkel. De hade förlorat varandras stöd, något som de kunnat luta sig mot hela livet, ett liv som de inte ännu riktigt visste hur det fungerade när andra var inblandade. Men Francis försökte.

När Francis hämtat sig lite fick Dannviw emellertid hjälp, för den unge mannen gick till Keeth och bad om ursäkt.
– Jag menade inte att såra dig, sa han.
Keeth gav honom en sned blick där han satt uppkrupen i fönsterkarmen. Francis fortsatte:
– Det var verkligen ohyfsat av oss, men vi hade inte anat något innan och du verkade så trevlig.
– Varför skulle jag inte kunna vara trevlig?
Francis visste inte vad han skulle svara. När han försökte blev det bara värre.
– Vi tänkte väl att det skulle ha visat sig – att – att du inte var pålitlig.
– Så det är jag inte nu?
– Jag menade bara att vi inte visste.
– Ändras saker beroende på om ni vet eller inte vet?
– För oss gör det.

– Du vill att jag ska förlåta dig för att du nu anser mig som opålitlig?

Keeths blick var vass.

– Det var inte så jag menade.

– Vad är det du menar då? Att jag är en sämre människa för att jag har andra böjelser än du?

– Vi reagerade så häftigt för att vi inget visste.

– Synd att okunnighet inte är straffbart, mumlade Keeth till fönstret. Högt tillade han:

– Tycker du att du borde fått veta något, som du egentligen inte alls har med att göra?

– Vi trodde bara att där inte var något fel på dig.

– Det är där inte! sa Keeth iskallt.

Francis såg upp på honom. Varför ville han inte förstå? Allt Francis menade var ju att be om ursäkt och så dum var inte Keeth att han inte förstod det, vad han än sa.

– Du vill ju inte lyssna, sa han. Vi har väl haft förutfattade meningar om sådana som dig. Det har nog alla. Men jag ber om ursäkt för att jag hade det och att vi därför var ohövliga mot dig.

Keeth såg på honom över axeln. Han insåg att den här argumentationen inte var rättvis. Francis var bara en fumlig pojke på området, medan Keeth hade orden i sin hand. Han suckade och klev ner från fönsterkarmen.

– Din ursäkt är accepterad, sa han. Jag vet inte vad du tror att "sådana som jag" är egentligen, men jag råder dig att lära känna folk innan du dömer dem. Bara för att någon tillhör en viss kategori på ett område, betyder det inte att du vet allt om honom, när du vet det. Bara för att en sak skrämmer dig, behöver den inte vara dålig. Som tur är så är människor olika. Det finns säkert många sidor av dig som är dåliga i andras ögon, men trivs du med dem ska du inte villkorslöst ändra dig.

– Det är inte allt man trivs med heller.

– I sådana fall gör du rätt i att ändra dig.

– Om det aldrig går? Om vi bara inte kan?

– Vi? Känner du dig kluven på något sätt?

– Jag är ju inte ensam i det här.

– Om du ber om ursäkt även för Colin så accepterar jag inte den. Du sårade inte så mycket som han.

– Vad han gör, gör jag.

– Varför det? Ni är ju två personer. Lika till utseendet och kanske lika i mycket, men fortfarande två. Du behöver inte göra och tycka samma som han. Du kan inte tala för honom och du behöver inte låta honom tala för dig.

– Jag tycker ju om honom.

– Det är en annan sak.

– Men jag har visat honom från mig.

– Och det var rätt.

– Nu vill han ta mitt liv.

– Det är nog som han är rädd för att ändra sig.

– Du har pratat med Dannviw om det, eller hur?

– Vi har pratat mycket. Alla förtroenden ni gav mig innan ni fördömde mig, gör mig till en viktig person i sammanhanget, vare sig ni vill det eller inte.

– Du hjälpte mig mycket.

– Fast det gick inte i längden.

– Det hade gått om inte Colin hade varit så hårdnackad. Han bara spelade med tills rätt tillfälle uppdagade sig.

– Är du besviken?

– Ja det är jag verkligen.

– Tänk dig in i hans situation. Han gör något som ingen av er är lagd för. Om han ger upp erkänner han att det är fel.

– Visst! Försök förstå honom och hans situation! Än jag då? Ingen bryr sig om vad jag känner efter år av förnedring!

Keeth stod tyst en stund. Så sa han:

114

– Man kommer ingen vart utan förståelse. – Var det verkligen förnedra dig han ville?

– Kanske ville han det inte. Det vet jag inte.

– Men Francis, hur kunde det fungera?

– Du vill ha det till mitt fel! Din... din...

– Det skulle vi ju inte säga, sa Keeth lugnt. Jag säger inte att det är ditt fel. Förmodligen var det trevligt, eller hur? Du vet att du inte ska känna så. Det får dig att känna skuld och bli mer oförsonlig gentemot Colin. Jag har stött på fenomenet många gånger under min karriär vid hovet.

– Hur kan du kalla det karriär!! fräste Francis med avsmak.

– Det beror på vad man menar. Fixera dig inte vid det som stöter dig. Trots allt gjorde jag karriär vid hovet och kom ganska högt också. Men det var inte det vi skulle dryfta. Sätt dig ner och lyssna.

Francis gjorde så. Keeth sa:

– Det är illa av dig att fräsa åt mig och jag tycker inte alls om det. Men jag vet att det är så du är uppfostrad. I samma spår som din far och mor, på det de anser är den rätta vägen och med skygglappar mot omvärlden. Därför tar det desto hårdare när du trampar utanför. Jag har sett världen och känt dess styng, därför behöver jag inte bli chockad. Du har din uppfostran, din bror, er alltför nära vänskap, er likhet och er hemlighet. Vart och ett av dessa är inte nödvändigtvis något dåligt, men nu samverkar de på ett sätt som inte är bra för dig. Vi måste bryta här, för att se vilka delar som ska sparas.

– Men Keeth, jag vill inte bryta med min bror och min familj.

– Jag förstår det, men eftersom det har gått så här långt, så kommer det att göra ont. Tankarna kommer inte att lämna dig, så du måste vänja dig vid dem. Det bästa är att

prata om allt du undrar över – men inte med din familj. Jag
finns här och hjälper dig gärna.
– Du är inte arg på mig längre?
– Nej, jag är inte arg.

De fortsatte att prata. Francis frågade mycket om Keeth, men han lyckades alltid återföra samtalet till Francis' problem. Ibland var pojken ledsen, ibland arg. Han skällde och klagade och vädjade om vart annat. Keeth lät honom hållas. Nästa dag skulle pojken förmodligen inte kännas vid honom längre. Så brukade det vara. Men Keeth hade gett Dannviw lite hjälp i alla fall.

Det var mycket värre för den förut så sturske Colin. Han stannade på sitt rum som försvar mot en bedräglig värld. Han hävdade att han hatade Francis och avskydde Keeth. Dannviw ville bara manipulera honom och Johannes var föraktfull. Han längtade hem, och ville aldrig mer dit. Den sårade handen hade gett honom en anledning att hålla sig till sängs, men fast den läktes fint stannade han nerbäddad. Dannviw och Ham försökte fundera ut hur de skulle få honom att stiga upp och ge sig ut igen. Ibland trodde de sig ha lyckats, men då hände alltid något som utgjorde ett hinder för Colin att lämna rummet. Chansen hade flytt.

En olycka ville till för att få Colin att glömma sig själv ett ögonblick.

Francis vimsade omkring, allt mer nedslagen för varje dag
som gick utan Colin. Han kom i vägen för en stegrande
häst och föll i marken. Carlot bar honom på sina starka
armar in till Johannes, som undersökte hur det hade gått.

116

Lite skrapsår och en stukad handled, annars kunde han inte se något fel. Men pojken ville inte vakna igen.

– Ärligt talat vet jag inte vad det beror på, sa Johannes när Dannviw frågade. Han borde ha vaknat nu. Han kan ha slagit huvudet, men de vaknar igen även om de inte mår bra.

– Ska du tala om det för Colin? undrade Carlot. Du vill kanske inte höra hans skadeglädje.

– Om jag har bedömt saken rätt, så blir han inte alls glad, sa borgherren. Vi måste tala om det för honom.

Colin väntade oroligt och hade gjort det länge. Det berodde inte på övernaturliga band mellan bröderna, även om han tänkte hävda det. Den egentliga orsaken var att han sett vad som skett. När ingen fanns i närheten gick han nämligen ut i korridoren och tittade på vad som hände på borggården genom fönstret. Detta i all hemlighet, för så fort någon var på väg till honom, slank han in på sitt rum och intog en lagom medtagen pose. Den här dagen såg han Francis gå över borggården. Egentligen ville han att brodern skulle titta upp, så han fick se hans ansikte. Istället gick han rakt mot det ställe där Gudmund höll på med en bångstyrig häst. På ett ögonblick låg Francis på marken och både Gudmund och Cheer hängde i hästens tyglar för att den inte skulle trampa ner pojken. Den skrämmande Carlot var snabbt där och lyfte undan Francis. Han bar in den skadade – döde? – och blodige pojken. Colins hjärta slog vilt. Han var alldeles kall och tyckte sig avskärmad från allt omkring honom. Han glömde att lyssna efter om någon kom. En lång stund stod han stel och väntade på skriken och sorgegråten. Så vaknade han till liv, skred in på sitt rum och damp ner på sängen. Han hade ingen bror mer.

– Han får inte vara död, viskade han hest.

Han reste sig och gick till sitt fönster, men han såg inget genom det.

– Francis... Francis... O, Herre! Låt honom inte dö.
Han ville lova vad som helst bara Francis fick leva, men
han visste inte riktigt vad han skulle säga. Kanske blev
Herren vred om han bad om något, när han nu visste vad
de hållit på med tillsammans. Detta var straffet! Han
skulle bli kvarlämnad – ensam – hur mycket han än bad.
Darrande kröp han ner bland fällar och filtar. Det hjälpte
inte. Han var fortfarande kall och kylan kom inifrån.
Folk kom med mat till honom. De sa inget. Kanske hade
alltihop inte hänt. Men sent på kvällen kom Dannviw in
och satte sig på sängkanten.
– Hur är det med dig idag? frågade han vänligt.
– Som – som förut, sa Colin. Har det hänt något med Francis?
– Varför tror du det?
– Det känns så.
Dannviw gav honom en outgrundlig blick.
– Ja, han är dålig.
– Vad har hänt? Säg vad som har hänt!
– Han kom under en häst och slog sig rejält...
Dannviw tystnade. Han kunde inte förstå varför pojken
inte vaknade igen.
– Är han död? undrade Colin andlöst.
– Nej han är inte död, men han vaknar inte.
– Vaknar inte?? Kommer han att dö?
– Jag vet inte, Colin. Allt jag vet är att han ligger avsvimmad i sjukrummet och att han inte vaknar, fast Johannes
säger att han borde. Kanske har han skador som vi inte ser.
– Jag vill träffa honom.
Colin steg upp.
– Det är ingen mening med det. Du kan inte prata med
honom ändå nu.
– Jag vill se honom. Det kan ni inte neka mig.
– Orkar du det?

118

– Ja, jag orkar, sa Colin och det lät skamset.

Så de begav sig till sjukrummet. På vägen dit sa Ham lågt till Dannviw:

– Kan han verkligen ha känt på sig att något hänt?

– Eller sett, sa Dannviw.

Han visade ett läderarmband och förklarade:

– Det låg i fönstret i korridoren. Det är hans.

– Vilka inbilska ungar!

– Han kan ha fått sig en tankeställare. Bara det nu inte är för sent.

– Det kan bli ett hårt slag. – Ska han inte få tillbaka armbandet?

– Jodå. Men det är inte så bråttom med det.

Han stoppade armbandet innanför västen.

Colin gick sakta fram till sin bror. Hans händer rörde sig oroligt medan han såg på Francis. Han lyfte den ena över sin brors huvud, som om han tänkte klappa honom, men rörelsen stannade i luften.

– Har han ont? frågade han oroligt.

– Det vet vi inte ännu, sa Johannes. Annars ska det inte vara mer än där han har skrapat sig.

Då strök Colin försiktigt undan Francis' hår gång på gång.

– Francis, viskade han. Francis du måste vakna.

Men det gjorde han inte. Colin fortsatte att prata med honom länge. Johannes tyckte att det var dags att de gick, för kvällen var sen. Då blev Colin alldeles vild. Han ville på inga villkor lämna Francis.

– Kors då, sa Ham. Vad den tar i. Ska jag bära ut honom.

– Det ska ni inte alls! fräste Colin. Jag stannar här.

Dannviw såg på Johannes, som ryckte på axlarna och sa:

– Vi kan inte låta dig göra det, eftersom det finns risk för att du gör honom illa.

Då rann Colins tårar över.

119

– Tror ni det? sa han. Tror ni verkligen det? Jag vill inte göra honom illa. Jag vill att han ska leva och vara hos mig. Kan ni inte förstå det? Jag lämnar honom inte igen. Dör han så dör jag också.

– Stanna du, men gör som Johannes säger, rådde Dannviw. Sedan tog han Colin i sin famn och tröstade:

– Det finns ingen anledning till att han inte skulle vakna. Var inte ledsen. Det blir nog bra, ska du se.

Så Colin stannade hos sin bror och pratade och pratade. Johannes höll ett öga på dem. Han ansåg det viktigt att Francis låg stilla.

Fram emot morgonen, när Colins tirader började tunnas ut, slog Francis äntligen upp ögonen. Colin tog genast hans hand i sina.

– Å, Francis. Har du äntligen vaknat?

– Vad gör du här? undrade Francis matt.

Han fick syn på Johannes bakom brodern och frågade:

– Varför är jag här? Det gör så ont i huvudet.

– Håll dig stilla bara, sa Johannes. Du hamnade under en häst och slog i huvudet.

– Francis förlåt mig, sa Colin. Jag vill dig inte illa. Allt ska bli som förr. – Inte riktigt alltså, utan mycket bättre. Du får inte dö nu.

– Jag tänker inte dö. Gråt inte Colin. Det är inget fel på mig, utom lite huvudvärk.

– Nja, sa Johannes. Man kan nog vara lite försiktig ändå. Jag vill att du håller dig så stilla som möjligt.

– Du ska göra som Johannes säger, snörvlade Colin förnumstigt.

Det blev Elm som tog hand om dem sedan. Han hade tålamod nog och de upplevde förmodligen honom som ganska ung...

120

Det var en varm sensommardag. Skogen stod djupgrön och några gula blad här och där varslade om höstens ankomst. Att promenera i skogen tillsammans med Elm var betydligt mer givande än att gå själv. Han berättade så mycket och gjorde dem uppmärksamma på vad som fanns omkring dem.

– Ät inte av de bären, Colin, sa han lugnt. De är giftiga.

– Varför skulle det finnas bär i naturen om de inte går att äta? undrade Colin och vägde dem i handen.

– För att växterna ska kunna föröka sig. De faller ner på marken och gror.

Colin släppte bären.

– Vet du allt om naturen?

– Inte precis. Man måste ändå kunna en hel del om man ska röra sig här ute.

– Finns de djupa skogarna nära? undrade Francis.

– Hur menar du?

– Dannviw sa att vi var på väg mot skogens hjärta. Där skulle vi inte klara oss.

Elm tyckte att det var ett under att de klarade sig ens i skogsbrynet. Han förklarade:

– Om skogens hjärta vet vi inget. Ingen har varit där och kommit tillbaka igen. Med andra ord är det okänd mark, där man lätt far vill. Även de mest skogsvana aktar sig för att gå för långt in. Man måste alltid hålla reda på riktningen i skogen och det kan vara svårt. Det är alltså inte en fråga om hur nära det okända befinner sig, utan om hur pass väl man känner skogen.

– Jag vet varför man inte ska gå in där, sa Colin hos vilken en hågkomst av gamla sagor väckts. Där inne bor älvfolket, som bara låter vissa utvalda komma dit.

– Var har du hört det? undrade Elm.

– Det vet alla, sa Francis.

121

– Älvfolket skyddar sitt, sa Colin. Men de sänder ut några av de sina att ordna i världen. De ser ut alldeles som oss, fast det lyser om dem. De är sköna, otroligt rika och hemskt gamla.

Elm sneglade på dem. Han erfor en otäck känsla av vanmakt.

– Struntprat, sa han. Anledningen till att man inte ska gå för djupt in i någon skog är att man kan gå vilse.

Han ville inte ha någon djupare diskussion i ämnet.

Men han tyckte det var roligt att ta hand om de två pojkarna. Det fanns dock ett problem som måste lösas innan de kunde stanna på Gein, det visste han. Blev det inte löst, skulle de få välja hemmet eller skolan vare sig de ville eller ej. De var inte medvetna om det.

Colin slog sig ner på en trädstam.

– Jag tycker att det blir mer otäckt ju mer man lär sig om skogen, sa han. Första gången vi gav oss ut var jag inte ett dugg rädd. Bara när trädet föll över vägvisaren.

– Det är bara nyttigt med respekt för naturen, sa Elm. Men rädd behöver man inte vara.

– Jag tänker undvika förolyckade vägvisare i fortsättningen, genom att inte fara genom skogen fler gånger, sa Francis.

– Tänker ni ta en annan väg när ni far till skolan den här gången?

– Vi hade inte tänkt fara, sa Colin.

– Ska ni hem istället?

– Tror du inte att vi kan få stanna på Gein? undrade Francis.

– Hur hade ni tänkt lösa frågan om utbildning då?

122

– Du är lärare, sa Colin. Det sa Antonius. Du kunde undervisa oss också.

– Jag är lärare till barnen på Gein. Ni kan väl knappast räknas dit.

– Du är rådgivare också, sa Francis. Och här finns fler böcker än i skolan.

– Hm. Även om det kunde ordnas, så måste ni ordna upp era misshälligheter med Keeth innan ni kan vara kvar. Är det inte gott mellan er, blir det svårt att göra något alls.

– Ni tycker mycket om honom allihop, eller hur? sa Francis.

– Han är en älskvärd person.

– Jag tänker då inte be en sådan där om ursäkt! utbrast Colin.

– "Sådan där". Vad menar du med det?

– Vet du inte att han är mer flicka än pojke? En sådan ber i alla fall inte jag om ursäkt!

– Ni ska nog vara betydligt försiktigare med vad ni säger om honom.

Colin rodnade och skämdes. Francis iakttog honom, där han satt och lekte med ett löv. Båda tänkte på alla insinuationer Keeth kunde ha kommit med, med tanke på vad han visste om dem. Han måste ha kommit på dem alla, men aldrig hade han använt dem. Det var emellertid inte det Elm tänkte på i första hand. Han fortsatte:

– Han har gjort mycket för er och på Gein är han synnerligen uppskattad, som sig bör, eftersom han är en oerhört duktig och klipsk person.

Francis gled ner i liggande ställning i gräset och sa:

– Jag har redan bett honom om ursäkt. Det var aldrig min mening att såra honom, även om jag blev överraskad.

– Det gläder mig att höra. Då kan du stanna.

Tanken att dela på de två så drastiskt var så främmande, att det där bara var ett lustigt skämt. Francis tog det så, men Colin kände övergivenhetens kyla sprida sig inom honom.

– Vem tar hand om oss då? undrade Francis.

– Ja, säg det. Vem skulle du vilja gjorde det?

– Keeth går bra om han vill. Laurence ville inte det sa han.

– Frågade du honom?

– Ja, när vi blivit osams med Keeth.

– Jaså?

– Han sa att vi fick bli sams igen först.

– Om han visste hur det låg till är det inte så konstigt att du fick det svaret.

– Han verkar så sur, sa Colin lågt.

– Sur? Laurence?

– Ja, första gången vi var här var han inte så vänlig av sig. Fast i slutet pratade jag med honom och då var han trevlig, sa Francis.

– Förra gången ni var här, funderade Elm. Det var innan...

Hans ofullbordade mening fick dem att genast känna sig träffade, men Elm försökte bara rekapitulera händelserna den gången. Han förklarade:

– Det var kanske inte så konstigt, för hans son hade precis farit iväg. Han var ledsen över det.

– Har han en son? undrade Colin.

– Annars kunde han inte gärna bli ledsen över att han for, sa Francis som om han redan visste.

Colin gjorde en ful min åt honom och sa sedan:

– Jag visste inte att han var gift.

– Nej, han har ingen hustru.

– Vart for hans pojke då? frågade Francis.

– Han skulle få sin utbildning.

– Ville inte Laurence det? frågade Colin.

– Jo, visst ville han det.

– Om man sänder iväg någon för att han ska bli utbildad, skulle han väl vara glad, om det var det han ville.

124

– Man kan ju sakna ändå.

– Inte tror jag att far saknar oss.

– Det gör han nog, men ni är lite större.

– Hur gammal var Laurences son? undrade Francis.

– Fem år.

– Är det inte lite tidigt att börja studera, sa Colin som såg framför sig en liten Laurence i den skola där de gått i Lilla-Villes.

– Det är tradition där Laurence kommer ifrån.

– Har inte han samma traditioner som vi?

– Många på Gein har inte alldeles ordinära traditioner.

– Vet kungen om det?

– Kungen vet, Colin. Vad ni bör hålla i minnet är att Gein inte är något vanligt adelshus. De flesta som bor här är udda och många av dem har stängts ute av det vanliga folket i samhället utanför. Gein är deras fristad. Deras väl går före allt annat här och man behöver inte kontrollera med kungen vad han tycker. Dannviw garanterar att det fungerar och det med Claudins goda minne. Detaljerna är det bäst att ni bara glömmer när ni lämnar Gein och accepterar när ni är här.

– Jag tycker att det är spännande, sa Francis. Männen här är så rysligt duktiga.

– Det är lite svårt att veta hur man ska reagera, sa Colin.

– Det kan jag förstå, sa Elm.

– Till exempel varför Tyr inte är vid hovet när han är så bra.

Elm ryste.

– Han kom därifrån med bojor om händer och fötter. Ni anar inte hur illa folk kan bli behandlade och hur stor skada de kan ta av det.

Jo, Colin tyckte att han visste. Världen omkring var bedräglig. Människorna inte att lita på. Elm fortsatte:

125

– Ni anar inte heller hur stor skada aningslöst prat kan ställa till med. Egentligen hade det varit bättre om ni inte fått veta, men om ni ska stanna, vill jag att ni ska förstå. Det är ett stort ansvar, så överväg noga om ni vill det.

– Jag vill gärna förstå, sa Francis lågt.

– Det är i alla fall en bra början. Nu är det dags att röra på sig, ifall vi ska hinna se det jag har tänkt.

– Vad är det vi ska se? undrade Colin genast och skakade av sig den obehagliga sinnesstämningen. Den kom genast tillbaka när han hjälpsamt sträckte sin bror handen och denne tog det på fel sätt.

– Du rör inte mig! morrade Francis lågt.

– Jag ville bara hjälpa honom upp, förklarade Colin för Elm, som om han anklagades av honom med.

Elm såg på dem under lugg.

– Ni har nog en del att reda ut mellan er också, eller hur? sa han. Kom nu.

Men de hann inte långt förrän de mötte Keeth i sällskap med Taupin. Han hälsade glatt på Elm och sa:

– Är du ute och vallar Francis idag?

– Jag tyckte att de behövde luftas. Har du lyckats dra Taupin bort från böckerna för en liten stund?

Taupin stod en bit ifrån bekvämt lutad mot ett träd.

– Ja, han behöver se mer än bokstäver när han är här. Vad tycker du om skogen, när du får uppleva den under Elms ledning? frågade han Francis.

– Den är betydligt tryggare så här, sa Francis.

– Ska du snart ge dig av igen?

– Jag skulle hellre vilja stanna, ifall det gick.

Keeths sätt att ignorera Colin fick denne att känna en växande skräck. Helst ville han springa därifrån. Men han visste hur bedräglig skogen kunde vara, för den som inte kände till den. Desperat sökte han en utväg ur ensamheten. Francis klarade sig bättre nu, trots att det inte borde vara

126

så. *Vad skulle han göra? Han tuggade på läppen och händerna rörde sig rastlöst. Keeth visade inte att han lade märke till det. Han sa:*

– Du får diskutera saken med Dannviw helt enkelt. Hans råd är de bästa du kan få.

Plötsligt rusade Colin fram, tog Keeths hand mellan sina och föll på knä.

– Förlåt mig Keeth för det onda jag gjort dig, bad han.

– Colin..., *sa Keeth som om han sett honom först nu.*

– Jag menade inte att göra dig illa...

Elm ryste när han såg kylan i Keeths ögon och hörde hur kall hans röst blivit, när han sa:

– Visst menade du det, lille vän.

– Då – men jag ångrar det nu.

– Du borde lyssna mer på din bror istället för att lägga åsikter i hans mun, ty han är betydligt äldre än du. Eftersom din ungdom gör dig fåvitsk, kan jag inte döma dig så hårt som dina handlingar förtjänar.

Tårarna rann i hjälplöshet och ilska över pojkens kinder. Keeth var inte hård nog att stå emot det, även om han tedde sig så just nu.

– Du är förlåten, sa han. Res dig upp och lär dig tänka, nu när du är i så gott sällskap.

Elm skakade på huvudet bakom pojkarnas ryggar. Keeth gav honom ett hastigt leende.

– Nu ska vi gå hem, sa Keeth och sträckte handen mot Taupin. Att hålla honom från böckerna för länge, är att hålla honom från hovet onödigt länge.

– Det vore kanske inte så bra, sa Elm kryptiskt.

Taupin reste sig från sitt bekväma lutande, gav dem en vänlig nick och följde med Keeth mot Gein. Elm försökte trösta Colin.

– Hur kan han vara så elak? snyftade pojken mot hans axel.

– Du har gjort honom mycket illa och han har ingen anledning att låta sådant passera, förklarade Elm. Keeth är inte helt ofarlig att ha och göra med.

– Han är otäck.

– All vrede är otäck.

– Förlät han honom? undrade Francis.

– Det gjorde han. Keeth är inte så hård som det verkar. Han har ett alltför gott hjärta, när allt kommer omkring.

– Hårda män med veka hjärtan, reflekterade Francis.

– Jag tycker bara han är elak, muttrade Colin.

– Nej, han är inte det, men han är inte osårbar. Det är dessutom inte tillåtet att såra andra, bara för att de inte är som man själv är. Det var bra att du bad om ursäkt. Nu är du förlåten. Torka dina tårar och var glad.

Colin försökte, men han fick inte riktigt rätt på den förlåtelse han fått. De gick hemåt, för nu hade det hänt så mycket att naturscenerier inte skulle fastna i minnet. För att trösta klappade Francis sin bror på axeln. Han förmådde inte mer, men det räckte långt för Colin.

Så var vägen fri för att de två pojkarna skulle kunna stanna, om Dannviw tillät det. Han hade fått allt berättat för sig, så fort tillfälle gavs, av Elm då han befarade att de redan visste för mycket och förstod för lite för att lämna Gein. Men det fanns fler som hade åsikter i det här och det skulle de få erfara med en gång.

Väl hemma möttes de av budet att Oberon anlänt. Pojkarna frågade ängsligt Elm vad de skulle göra. Han talade lugnt och tryggt om för dem att de skulle överväga vad de bestämt och sedan tala om det för Dannviw. Han skulle sedan stödja dem i deras beslut. Därefter föste han dem före sig till borgens herre och hans gäst.

128

Oberon reste sig och gick emot pojkarna.

– Colin. Francis. Det är trevligt att se er igen, sa han och tog deras händer. Som jag just berättat för herr Dannviw, är alla misshälligheter uppordnade och nu är det lugnt i min provins igen. Jag har kommit för att hämta er.

– Det var vänligt av er hertig Oberon, sa Francis, men vi har beslutat att inte fortsätta studierna i ert land.

– Så? Är det något som misshagat er, Colin?

– Nej, inte alls, sa Francis. Vi har tänkt över vår framtid och kommit fram till vad vi vill göra.

– Har ni då också tänkt på att er far redan stakat ut er framtid åt er? Enligt överenskommelsen ska jag se till att ni fullföljer er utbildning och det är precis vad jag tänker göra.

Francis suckade och såg på Dannviw. Han kunde inte gärna säga att de tänkte stanna på Gein innan de frågat om det gick bra. Dannviw lade märke till att Francis inte rättade Oberon, när han tog miste på de två. Han såg också Colins rödkantade ögon och hur han höll på att ta till lipen igen inför denna spirande konflikt. Han reste sig och sa till Oberon:

– Jag tror att jag måste tala med pojkarna i enrum, om du ursäktar oss.

– Visst, sa han. Om någon kan tala dem tillrätta så är det du.

Dannviw gick ut med tvillingarna och Elm. Han lade armen om Colin och undrade varför han var ledsen. Det räckte för att tårarna skulle börja rinna igen och Francis fick förklara:

– Vi mötte Keeth ute i skogen. Colin bad om förlåtelse och fick den.

– Då är ju allt bra, sa Dannviw till Colin som grät mot hans axel.

– Keeth är elak, sa Colin.

129

– Han gjorde inget, förklarade Elm. Jag kan berätta sedan.

– Det ska du inte alls! for Colin ut. Jag kan berätta själv. Han låtsades som om jag inte fanns alls. Pratade bara med Elm och Francis. När jag bad om ursäkt var han mallig och överlägsen. Han är dum och elak.

– Men han förlät dig? frågade Dannviw.

– I ord, ja! För att andra hörde på.

– Han skulle aldrig säga något sådant om det inte var så, oavsett vem som lyssnade.

– Jag ångrar att jag förnedrade mig inför honom!

Keeths vassa tunga skymtade bakom Colins reaktioner. Dannviw log, sköt pojken ifrån sig och försökte fånga hans tårdränkta blick.

– Det gör du inte alls, sa han. Att du bad om ursäkt var bra och det ligger ingen förnedring i det. Nu vill jag veta vad ni har kommit fram till att ni vill göra med er framtid.

Det var Francis som förklarade:

– Vi tänkte be dig låta oss stanna kvar här. Elm kan ta hand om vår utbildning.

Dannviw såg på Elm, som gjorde allt för att se alldeles oskyldig ut.

– Allt planerat redan hör jag, sa borgherren. Tror ni verkligen att han är kompetent till det?

Det var särskilt roligt att se Elms min, men den missade pojkarna. Francis sa lågt:

– Han vet ju hur man lär ut saker och här finns böcker om allting.

Dannviw lyfte hans haka.

– Är ni helt säkra på att det är det ni vill?

Francis, som trott att han skulle bli arg för deras fräckhet att bestämma något sådant utan att fråga först, blev förvånad över att det inte fanns någon vrede i rösten. Lite malplacerat lade han märke till hur vackra ögon Dannviw hade och höll på att glömma frågan som ställts.

130

– Ja... Ja det är vad vi vill. Båda har fått Keeths förlåtelse
nu. Om vi får för dig, så stannar vi gärna kvar. Vi får
förstås prata med far om det också, men han förstår säkert
och hertig Oberon kommer utan tvivel ihop sig med någon
annan snart igen.

Förbryllad undrade Dannviw varför pojken pladdrade på
så där. Det var inte precis likt Francis. Men han hade fått
svar på sin fråga. Colin tittade upp från Dannviws axel på
sin bror med undran i blicken. Han sa:

– Jag vill inte dit och inte hem heller.

Att Duvall skulle förstå var väl inte självklart och inte hel-
ler att Oberon skulle råka i nya konflikter – även om det
var troligt. Däremot misstänkte Dannviw att pojkarna be-
hövde ännu en tid på sig, för att läka de själsliga sår de
fått. Så han sa:

– Om det är så ni vill ha det, så ska jag prata med Oberon.

– Tror du han går med på det? frågade Francis.

– Det gör han nog, men vad tror du han säger när han mär-
ker att du inte är den han tror?

– Han ser ingen skillnad ändå. Det har han aldrig ens för-
sökt.

– Jag tror att du underskattar honom. Det är onödigt att
såra. Ni behöver inte följa med in igen om ni inte vill.

Han tänkte på Colin som inte var i form för fler pröv-
ningar, men de ville vara med, så de gick alla in till Oberon
igen.

Dannviw hade rätt när det gällde Oberon. Han försökte
verkligen finna någon skillnad på tvillingarna. Den mest
pratsamme hade dittills varit Colin. Då antog han att den
som förde talan var Colin, för han kunde ju inte veta att
detta förhållande hade ändrats sedan han sist träffade poj-
karna. De hade också fel, när de trodde att han sökte strid.
Det gjorde han inte, men han var van vid att få igenom det

131

han planerat. När de kom in satt han och diskuterade med Gabriel.

– Så, sa han. Har du fått dem att ta reson nu?

– Det gick inte, sa Dannviw. Pojkarna har fattat ett eget beslut och det måste respekteras.

– Nej, hör nu här! Jag har ett avtal med de här pojkarnas far. Det lär vara han som har bestämmanderätten över och ansvaret för dem. Alltså inget som du eller de kan upphäva. Jag kan hålla med om att läget där hemma var hotfullt ett tag och det var bra att du behöll pojkarna här tills allt hade rett ut sig. Men nu är det ordnat och jag ämnar fullfölja mitt kontrakt. Jag vill inte att du hindrar mig.

– Det är, precis som du säger, inte min sak att bestämma vad de ska göra, men när de ber mig framföra deras beslut, kan jag inte neka dem det.

– Deras fars ord gäller!

– Nekar du dem rätten att bestämma över sitt eget liv?

– De har inte erfarenhet nog att göra det.

– Kanske har de erfarenheter som du inte anar. Jag har goda skäl att stå på deras sida i det här och naturligtvis blir det jag som får förklara för Duvall.

– Står på deras sida gör du ju inte. Att låta dem avbryta sin utbildning är inte något som gagnar dem.

– Deras utbildning kan ändå fortsätta. Det är bara inte bra att de flyttar på sig just nu.

Colin tappade tålamodet:

– Vi vill inte tillbaka till era bråk och mord! Vi har bestämt oss, kan ni inte förstå det? Vad ni sedan har lovat har ingen som helst betydelse!

Sedan rusade han ut från rummet och smällde igen dörren så gott det gick. Elm bytte en blick med sin herre och följde sedan efter tillsammans med Francis.

– Vad i hela friden är det med dem? undrade Oberon.

– De är lite ur balans, sa Dannviw. Därför tror jag inte att de kan koncentrera sig på studier som de borde nu.

– Vad har du gjort med dem?

– De har lyckats röra till allt själva. Min uppgift blir att hjälpa dem att reda ut det igen.

– Jaha. Vi kommer visst ingen vart. Det här var ett streck i räkningen.

– Jag beklagar att du har kommit hela vägen helt i onödan, men det medför i alla fall fördelen att jag fick träffa dig.

Oberons bistra min sprack ut i ett leende.

– Du har en viss förmåga att få folk att ha överseende med vad du gör.

– Så är det inte. Det är ingen manipulation från min sida, utan en insikt från din. Du ser tydligt att de inte är riktigt sig själva. Det är ingen idé att försöka få dem att lära sig något med huvudet fullt av oroliga tankar.

– Du har väl rätt. Immanuel var också sådär orolig en tid. Antar att det hör till åldern.

– Är han hemma nu?

– Han håller ställningarna när jag är borta. Vi har allt under kontroll nu. Han är till och med strängare än jag.

– Han verkar vara en trevlig ung man.

– Ja, men jag är rädd att han har blivit bortskämd, vårt enda barn som han är. Mors ögonsten. Både mor– och farbröder som favoriserar honom. Launce där som god vän och skyddsängel. Det är bara jag som verkligen försöker hålla lite strama tyglar. Det måste ju bli fason på pojken.

– Det har du verkligen lyckats bra med.

Fast Dannviw trodde inte att Immanuel var bortskämd eller att Oberons tyglar var så strama. Fadern var mäkta stolt över sin son. Det lyste igenom hans ord.

– Jag vill också passa på att tacka dig för att du hjälpte honom när han var här, sa Oberon.

– Det var det minsta jag kunde göra.

De fortsatte att prata och Oberon verkade inte ha särskilt bråttom hem. Nu visade han sig som en trevlig sällskapsmänniska, även om han hade mycket bestämda åsikter.

Så hade pojkarna bestämt sig för att inte återvända till LillaVilles. Ett beslut som Dannviw kunde både förstå och ställa sig bakom. Efter vad de upplevt, behövde de annat än konflikter och oro. Men i balans var de fortfarande inte. Hur illa det var hade Elm nog inte insett.

Colin hade rusat ut och stod vid fönstret när de kom. Han var alldeles ifrån sig inför tanken att fara tillbaka till Oberons hus och de bråk han upplevt där.
– Colin, sa Elm försiktigt.
– Jag vill inte dit! utbrast pojken upprört. Man måste vara modig och stark hela tiden. Man måste vara klipsk och kunna allt. De ser ner på en. Tvinga oss inte dit. Jag vill inte.
– Jag tror att du har missuppfattat dem lite, men...
– Du tror mig inte! Du känner dem inte ett dugg! Det blir alltid som hertig Oberon vill!
Colin arbetade upp sig till hysteri och Elm kunde inte prata för honom. Till slut beslöt han att ta Colin till hans rum, men då ville han inte det heller. Francis ingrep. Han tog sin bror i famnen och då lugnade han sig äntligen så pass att de kunde prata med honom.
– Francis..., sa han tyst. Du sviker mig väl inte i alla fall?
– Lugna dig nu och kom med, sa Francis.
– Låt dem inte skicka iväg mig när du stannar kvar.
– Tror du verkligen att vi skulle det? undrade Elm.
Plötsligt insåg han att Colin tagit händelserna i skogen på ett annat sätt än de andra.
– Ni vill skilja på oss. Låt dem inte, Francis. Låt dem inte...

– Det var bara ett skämt, Colin, sa Francis.

Med armen om hans rygg ledde Francis och Elm Colin till hans rum, där de bäddade ner honom.

De hade stannat på Gein, studerande under ledning av Elm. Båda hade mycket de behövde prata om, men det var huvudsakligen Colin som behövde förstå vad han utsatts för och hur han hade handlat. Det innebar att han med tiden helt tog avstånd från sin far och såg till att inte träffa honom. Detta kunde Duvall inte alls förstå, förrän Dannviw förklarade att de berättat vad som hänt och vilka följderna hade blivit. Duvall tog det mycket hårt. Han hade ingen aning om hur han skulle kunna gottgöra detta.

Nej, det var inget roligt att berätta för Duvall. Han hade inte anat vilka konsekvenserna blivit...

8 Hos Oberon

beron dök upp i egen hög person. Han ville träffa Dannviw och denne hämtades från ett djupgående och intressant samtal om planeternas inverkan på varandra, med en astronom, Tinson, som bodde hos Augustin sedan en tid tillbaka. Mannen suckade när Dannviw kallades bort. Han ville gärna fortsätta diskussionen, men det kunde bli senare. Dannviw följde med tjänaren till ett av paradrummen. Det fanns fullt av tysta tjänare här, som det hade funnits fullt av tysta munkar i klostret.

Augustin reste sig upp och sträckte handen välkomnande mot honom.

- Det har kommit en man hit, som säger sig känna er, sa han.

Vid spisen stod Oberon med ryggen emot. Han vände sig snabbt om.

- Oberon, sa Dannviw.

- Jag hörde av min son att du var här. Du måste helt enkelt hälsa på hos mig.

- Oberon, herr Dannviw är min gäst, eller snarare Cavanaghs, sa Augustin. Vi väntar på att han ska få företräde hos kungen.

- Han tar verkligen god tid på sig, sa Oberon.

- Cavanagh har mycket att göra.

- Nå, då kan han göra det lite till. Jag insisterar på att ni gör mig äran av ett besök, herr Dannviw.

- Det gör jag gärna, om ni inte misstycker, sa Dannviw och vände sig mot Augustin.

Augustin slog ut med händerna och skakade på huvudet.

- Ni gör som ni vill, sa han. Cavanagh kan söka er där när han kommer tillbaka?

- Det kan han göra, sa Oberon.

- Jag hoppas att du låter din gäst tala själv också, sa Augustin aningen vasst.

- Han får ju det när han inte har någon som talar för honom, eller hur?

Dannviw såg sig nödgad att ingripa, ifall de inte skulle starta ett gräl. Han förklarade väldigt övertygande för Augustin, att han trivts bra som hans gäst och det var sant. Han kunde inte låta bli att ta tillfället i akt att hälsa på sin bekant Oberon, när han nu befann sig så nära. Han hoppades att Augustin inte skulle ta illa upp. Det gjorde han inte. Han blev både blidkad och förtjust, för han trodde inte att den diskrete mannen kunde utveckla en sådan charm och vältalighet. Vem kunde han vara? Cavanagh ville utverka audiens för honom hos kungen. Och Oberon kände honom tydligen väl...

Så kom det sig att Dannviw den kvällen satt vid Oberons bord med hans hustru, son och en del andra släktingar. Abelard hade nu kommit tillbaka. Han blev förvånad över att finna Dannviw hos sin frände. De talade om Duvall och hans tvillingsöner. Oberon hade vid det här laget kommit över sitt misslyckade försök att vaka över deras utbildning. Men han ville veta hur det hade gått för dem och om de mådde bättre nu. Dannviw berättade allt de ville veta, men det var något annat Oberon gärna ville prata med sin gäst om. Han tog inte upp det förrän de sent på kvällen satt ensamma i salen.

- Din hustru väntar barn, eller hur? sa Dannviw och bröt en tankfull tystnad.

- Hm, ja. Lade du märke till det? Det är därför hon vilar så mycket som möjligt.

Han skärskådade Dannviw, som undersökte bägaren i sin hand.

- Du borde blivit diplomat, sa Oberon.

- Det är jag väl till stor del. Min dagliga gärning kräver det.

- Men att säga att du trivts hos Augustin var väl ändå en lögn?

- Inte alls, men att du hört av din son att jag var i landet är det.

- Tja, det var Launce som sa det. Han hade mer att förtälja.

- Så? Något intressant?

- Det är klart det är intressant om Augustin spelar bakom min rygg!

- Vad säger Immanuel?

- Han är bara en pojke. Inte har han erfarenhet av sådant.

- Launce var säker på att han skulle märka om något var fel.

- Launce nära på *dyrkar* Immanuel. Blev du stött för att han inte lyssnade på dig?

- Det gjorde han om han har framfört det. Egentligen var det inte mer än så. Det är inget som jag bör blanda mig i...

- Men för Guds skull, människa. Sker det något så vill jag veta!

138

- Lugn i stormen och lyssna. Augustin *är* verkligen en gästfri och vänlig man. Det förbryllande är, att det Abelard sa vände han till oigenkännlighet. Det kan vara en ren aversion mot honom. Jag vet inte tillräckligt mycket i den här saken, varken om Abelard eller Augustin.

- Han vände på det?

- Efter vad jag har förstått har ni avgett löften mellan er som skulle säkra samarbetet.

- Ja. Självaste Cavanagh övervakade det. Hur i hela friden träffade du honom?

- Han besökte Innocentio i klostret och tog mig med därifrån.

- Har du varit där? Klok man som tog dig därifrån. Du kan vara glad att du är oskadd. Fast han vet väl...

Oberon såg djupt ner i sin bägare, sedan drack han en stor klunk.

- Vad är det som händer där? undrade Dannviw.

- Somliga saker är bättre att inte prata om. Vem var mannen med många namn?

- Ingen aning. En trubadur och underhållare. Han kallade sig Zellind och mig Zenner, för att ha bytt till Zenner själv när han lämnade mig i klostret. Antagligen är hans namn något helt annat.

- Kommer han härifrån?

- Förmodligen inte. Jag träffade honom i Andomin. Men å andra sidan var han målmedvetet på väg hit. Han talade andominion utan brytning.

- Har inte hört talas om honom, sa Oberon och skakade på huvudet. Nå, i alla fall så stannar du här tills vi har ordnat hemfärden. Det ska snart vara gjort. Jag har kontakter som jag kan använda mig av.

- Landet verkar splittrat och oroligt. Stämmer det.

Han kom att tänka på att Oberons uppfattning om oro inte stämde helt överens med andras.

– Jo, nog kan man väl säga det. Jag tror inte vi ska blanda in kungen i din hemresa. Det är onödigt.

– Du litar inte på honom?

– Låt oss säga att han har sina sympatier på annat håll.

9 Brevet

Det hade gått några dagar sedan Laurence och Maxwell kom instormande på borggården, vissa om att de valt den kortaste vägen. Creig sände ut folk för att möta de två som blev efter. De fann bara Ham och borgherrens häst. De fick veta att Dannviw ramlat i Marnis vatten. Nu stod han ingenstans att finna.

Mitt i oron som uppstod, spekulationerna och teorierna kom det gäster till Gein. Det var det äkta paret Ulrika och Rodriguez, gamla vänner till borgherreparet. De brukade regelbundet besöka Gein för att äta gott och diskutera de mest skiftande ämnen med sina värdar. De var inte alltid överens, så diskussionerna var ofta livliga. När de nu kom var de välkomna. Dinah behövde något som tog hennes tankar från det som hänt, det som hon ändå inte kunde göra något åt. Hon ville gärna berätta alltihop för vännerna, men när hon skulle göra det så tvekade hon. Ulrika var oerhört lysten på sensationer. Vad skulle hon läsa in i det som hänt? Så det blev att Dinah bara sa att hennes man var bortrest, när de frågade var borgherren höll hus. Det var inget underligt. Paret beslöt att stanna ändå.

Både Keeth och Gabriel gjorde vad de kunde för att ersätta borgens herre i konversationerna framför brasan. Keeth var fena på att ändra riktning på samtal, om han kände att de berörde Dinah illa. Gabriel var alltid diplomatisk. Även den här gången var Ulrika inne på att diskutera borgens speciella regler i förhållande till omvärlden. Landets lagar gällde alla, ansåg hon. De gällde alltså även för folket i borgen. Kanske drevs hon av att Dannviw inte var närvarande och kunde bemöta det hon lade fram. Hon skulle lättare få rätt då. Rodriguez försökte hålla sig neutral, men stod naturligtvis på sin hustrus sida. Gabriel visade en ängels tålamod, när han om och om igen förklarade varför Gein hade egna lagar. Men det var som att stånga huvudet i väggen, för Ulrika hade bestämt sig - och då var det *hon* sa sanningen. Efter en av dessa diskussioner följde Gabriel och Dinah gästerna till deras rum. När besökarna stängt dörren om sig, andades Gabriel ut, som om han hållit andan hela tiden. Han betraktade Dinah en lång stund innan de började gå mot hennes rum. Då sa han:

- Om du vill att de ska ge sig av, så kan det ordnas.

Dinah log.

- Vi brukar ha relativt vilda diskussioner. Det är bara intressant. De har aldrig varit av samma åsikt som vi och meningen är ju inte att övertyga.

- Det ter sig ändå omöjligt. Likväl tycker jag att de borde *förstå* att det här inte är någon vanlig plats. Då menar jag inte att Ulrika har rätt, när hon tror att alla karlar här inne är fixerade vid sin egen tillfredsställelse. Så är det ju inte. På det området är det väl mer önsketänkande från hennes sida. Jag menar att de borde inse att Dannviw inte skulle komma någon vart med de här människorna, om han inte tillrättalade miljön, samt tog hänsyn till vars och ens egenheter.

- Vem de vill tillfredsställa sig med?

- Inte precis, sa Gabriel med rynkade ögonbryn.

Han upptäckte att hon skojade och log när han fortsatte:

- Mer höja sig till ett annat plan än alla andra tycks döma dem efter. Om de straffas ytterligare här inne, verkar det osannolikt att de skulle uppleva det som en ny chans.

- Ulrika och Rodriguez har fått för sig att Gein är ett adelshus som alla andra, sa Dinah. Det är väl bra på ett sätt, men de förmår inte se verkligheten för sina egna föreställningar.

- Som de försöker applicera på hela Guds skapelse. Kanske rubbar det hela deras världsbild, om de försöker förstå något annat.

- Det är faktiskt inte omöjligt. Jag tror inte Ulrika har tänkt på, att det är med en fängelsechef hon fraterniserar.

- Dannviw står över alla sådana tolkningar. Samtidigt har han inte de adliga fasoner som så höga herrar brukar ha, så det är lätt att missta sig på vem han är. Det är lätt att missförstå hela Geins idé.

Dinah stannade, gick fram till fönstret och såg ut. Lågt sa hon:

- Det känns som om vi har umgåtts alltid. Vi har ätit tillsammans, diskuterat - promenerat...

- Fast?

Hon vände sig mot honom och förklarade:

- Det känns just nu obehagligt med alla insinuationer om vad Dannviw kan hitta på.

- Kanske dömer hon alla efter vad hon misstänker att hennes man skulle vilja göra. Det märks i alla fall att Ulrika inte känner vår herre så väl.

- Och det kan ju hända att han inte finns mer.

143

Hennes röst var knappt hörbar, men Gabriel uppfattade vad hon sa och rös.

- Det ska vi väl ändå inte tro, sa han och lade armen om hennes axlar. Då hade de ju hittat honom. Fast han lyckades inte övertyga sig själv ens. Det kändes bara som ett enda långt förnekande av vad som snart skulle stå klart.

- Nu ska du sova, sa han tröstande.

- Det känns så ensamt...

- Ja, jag följer inte med in, även om hon där borta gärna vill tro att vi turas om. Den sensationen lever bara i hennes egen perversa fantasi.

- Där rök den chansen. - Fast jag får väl stå mitt kast som säger sådana saker.

Han kramade henne och öppnade dörren till deras rum för att släppa in henne.

- Sov gott, viskade han.

Hon gled tankfull in i det vackra rummet. Brasan brann stilla i spisen. Allt här inne andades frid och ro. Hon kunde inuti sitt huvud höra Dannviws lågmälda, vänliga frågor om hur dagen varit, eller om vad som hänt när de inte varit tillsammans. Hur han berättade något, eller frågade om hennes åsikt. Här inne började hon dagen tryggt i hans famn. Avslutade den genom att knyta ihop alla trådar och krypa in i hans famn igen. Rummet var det samma, men han var inte där...

Medan hon klädde av sig och kröp ner under filtarna, återvände hennes tankar till samtalen med Ulrika och Rodriguez. Vad de hade sagt och hur tankarna bakom dessa uttalanden kunde se ut. Det fanns inget nytt eller främmande i deras utsagor. Det var precis

vad man kunde vänta sig. Men nu hade allt blivit annorlunda.
Dinah undrade över sin ovilja att berätta vad som hänt för gästerna. Om de nu var så goda vänner borde hon inte tveka.

Men det gjorde hon.

Dinah gick ut på borggården. Det var skönt att andas in den kyliga luften. Hon svepte sin schal tätare omkring sig och strövade ut djupt försjunken i sina tankar. Snart var arbetsdagen slut för männen här inne. Ytterligare en dag av väntan och ovisshet. Allt fungerade som det skulle, även om borgherren inte var här. Geins män visste vad de hade att göra. För henne hade det blivit ännu en dag av diskussioner, om den speciella miljön i borgen och förtäckt kritik mot dess specifika regler. Det kändes egendomligt att vänner, som besökt dem regelbundet sedan så lång tid tillbaka, ändå inte kunde acceptera att det fanns olika sätt att förstå saker. Men hon längtade inte till kvällen, som sakta närmade sig och ensamheten i deras trygga, varma rum, fast hon var trött. Underligt att hon blev så irriterad på sina gäster, eller mest på Ulrika. Egentligen hade inget uppseendeväckande sagts idag heller. Det var bara upprepade frågor om var Dannviw var, varför han rest iväg och vad han egentligen höll på med. Ulrika antydde att Dinah inte kunde veta vad hennes man gjorde. Det var väl menat som skoj, ytterligare en insinuation om otrohet, en sensation som den här damen var så lysten efter. Men det var inget roligt när maken var borta och hon inte hade en aning om vad som hänt honom. Han trillade i vattnet, men vad hände sedan? Hon vågade inte tänka på hur det kunde ha gått. Det började bli svårt att hålla skenet uppe och behålla en lugn fasad. Oron kröp allt närmare. Det var olustigt.

Där framme satt Laurence på en bänk och deppade. Då var åtminstone han tillbaka för kvällen från letandet. - Hon insåg motvilligt att det inte kunde vara till mycket nytta nu. För lång tid hade gått. Det var alltför kallt... Hon gick fram till honom och lade händerna på hans axlar. Han såg upp, såg att det var hon och lade sina händer över hennes.

- Så kall du är, sa hon. Det är inte bra att du sitter här och fryser.

- Jag känner inte kylan, sa han frånvarande.

Hon försökte värma hans händer mellan sina. Han betraktade hennes förehavanden en stund. Så sa han lågt:

- Om vi bara inte hade skiljts åt. Det var så dumt. Det har ju ingen betydelse vilken väg som är längst. Vilken jag tror är kortast. Jag ska följa honom.

- Tror du ödet sett annorlunda ut om du gjort det?

Hon satte sig bredvid honom.

- Vi hade varit fler som hade kunnat hjälpas åt. Han hade inte varit obevakad.

- Jag tror inte Ham brast i uppmärksamhet.

Det vore lätt att bara ge honom skulden, men Laurence förstod alltför väl hans förtvivlan nu. Nej, han hade inte brustit i uppmärksamhet.

- Det båtar föga att ge någon skulden, sa han lågt. Ham letar förtvivlat...

Ja, han hade skickat bud genom andra, men själv hade han inte återvänt till Gein.

- Men om han - är... död, så skulle Ham ha funnit honom. Tror du inte?

Han såg på henne och tog hennes hand istället. Det var om han inte följt med floden ut i havet, men det ville han inte säga till Dinah. Dock var hans sätt att ta hennes hand och se på henne tydliga nog och hoppet sjönk i hennes bröst. Hon *ville inte* mista sin älskade make. Aldrig! Aldrig någonsin...

- Jo, viskade han. Något borde Ham ha funnit. Som ett par handskar till exempel...

Dinah satt och pratade med sina gäster när Nicolas kom in med ett brev.

- Att han vågar lämna dig alldeles ensam här inne, sa fru Ulrika.

- Alldeles ensam är jag väl inte precis, sa Dinah och tog emot brevet.

Hon lade märke till att Nicolas rev sig på armen.

- Jag menar inte så, log Ulrika. Ensam med alla de här karlarna.

Hon såg på sin man, men han lade sig inte i samtalet. Han hade hittat en intressant bok.

- Jag får väl hålla fingrarna i styr, svarade Dinah.

- Du ska inte riva om det kliar, sa hon till Nicolas.

- Jag vet. Jag tycker att jag känner igen handstilen på brevet, viskade han.

Då registrerade hon istället otålighet hos honom. Hon tittade på brevet. Han hade rätt. Det såg ut som om hon var alldeles lugn, när hon öppnade brevet och pratade med gästerna samtidigt. Men det var hon inte. Nicolas hade all möda i världen att hålla sig ifrån att läsa över hennes axel. Snabbt ögnade hon igenom brevet. Hennes hjärta jublade.

- Du har rätt, sa hon till Nicolas.

- Vem är det som skriver? undrade Ulrika.

147

- Det är väl inget som du har med att göra, sa hennes man.

- Tyst nu. Jag vill veta.

- Ulrika!

- Det är Dannviw som talar om hur hans resa har gått.

- Så hemskt gulligt av honom att skriva. Så gör aldrig du, sa Ulrika till sin man.

- Jag lyckas aldrig ta mig så långt ifrån dig att det är lönt, svarade han.

- Jag är hemskt svartsjuk, skröt hon.

- Ni kan få låna var sitt torn om ni vill, föreslog Dinah. Så kan ni skriva till varandra därifrån.

Ulrika skrattade. Maken log. Dinah nickade åt Nicolas att han kunde meddela männen.

- Skrev han när han återvänder? undrade Rodriguez.

- Det beror på hur affärerna går, sa Dinah. Han blir inte borta längre än han behöver.

- Vem vet, sa Ulrika konspiratoriskt. Det är kanske affärer han inte *vill* lämna. Många vackra kvinnor finns...

- Nu är du indiskret igen, sa maken.

- Så gör ju ni karlar.

- Litar han på mig så litar jag på honom, sa Dinah.

Hon hade fortfarande inte talat om för dem, att när de kom befarade de att borgherren drunknat. Ifall sanningen måste fram så småningom, hade hon gjort det svårt för sig. Hon skulle inte tala om det nu heller. Hon sjöd av lycka när äntligen ett brev kom, men Ulrikas insinuationer kallade fram en dröm hon haft för en tid sedan. Dannviw tillsammans med en yppig kvinna. Hon ville inte se, vände bara bort blicken. Hon vaknade djupt sorgsen den gången. Det var

148

sådant som Ulrika bara väntade på att få vältra sig i,
genom slippriga förslag och insinuationer.

Dinah sa att hon var tvungen att prata med Creig.
Keeth tog hand om gästerna efter ett mycket diskret
tecken från Dinah. När hon blev ensam tog hon fram
brevet igen. Med darrande händer vecklade hon för-
väntansfullt ut det. Brevet löd:

"Älskade Dinah.
Jag befinner mig på andra sidan havet. Varför och hur jag
kom hit kan vi reda ut när jag kommer hem, vilket mitt
hjärta ber skall ske snart. Omständigheterna verkar emel-
lertid i motsatt riktning. Ni får ha tålamod, liksom jag i
min längtan. Ni ska veta att jag mår bra. Ängslas inte äls-
kade hustru och kära vänner. Mina tankar är hos er.

Din innerligt tillgivne
Dannviw"

Handstilen och namnteckningen var inte att ta miste
på. Visserligen var brevet ovanligt kort, men otvivel-
aktigt skrivet av hennes man. Hon kysste det, läste
det om och om igen och tryckte det mot sitt bröst.
Jublande kunde hon konstatera att han levde! Längre
kom hon inte, för det knackade mycket försiktigt på
dörren.
- Stig in. - Gabriel, kommer du?
- Stör jag?
- Vad? Nej, inte alls.
- Man vet ju inte med dig och ett brev.
Hon skrattade. Allt hade med ens blivit ljust igen.
- Nej, man vet inte det. Vad ville du då, som är så
viktigt?

- Vi undrar om du är beredd att delge oss andra inne-
hållet?
- Nähä. Det är *mitt* brev.
Gabriels ögon blev stora och runda. Han visste inte
vad han skulle säga.
Dinah reste sig och sträckte honom handen.
- Kom så berättar vi, sa hon nöjd med effekten av sina
ord.
Han tog hennes hand och ledde henne artigt dit där
männen samlats. De var alldeles tysta, så tysta som
de aldrig förut varit och förväntansfulla, det kunde
man känna i luften. Hon läste upp brevet för dem och
kunde förnimma en ljudlös suck av lättnad. Hela
stämningen förändrades. Upplevelsen var mycket
egendomlig, som om sorgen lyft från alla där inne
och flugit bort...
- Han lever, sa Creig stilla.
- Tack Gode Gud, mumlade flera stycken.
- Vi måste kalla tillbaka dem som är ute och söker, sa
Dinah. Han finns i varje fall inte i floden.
- Ska vi skicka folk till hans hjälp? frågade Vince.
- Vi får diskutera det. Han nämner inte var han be-
finner sig. Kanske är det bäst om han får ordna det
här själv.
Geins ledning samlades med en gång för att diskutera
hur de skulle göra, vilket som var lämpligt ur olika
aspekter, medan bud sändes ut till de som fortfarande
sökte vid floden. Keeth kom in och undrade vad som
stod på. Han fick läsa brevet, sedan kramade och
kysste han Dinah.
- Ett under kan omvända vem som helst, kommente-
rade Ola torrt.

- Vad är det som händer i det här huset? undrade Ulrika misstänksamt. Någonting har förändrat sig.
Rodriguez var böjd att hålla med sin hustru. Fru Dinah hade tagit emot dem som sina gäster, men gällde hennes ord såsom borgherrens? Det var otroligt att *han* kunde kuva Geins vilda män, men han hade något speciellt. Detta speciella ägde inte borgfrun. Dessutom var hon kvinna. Inte särskilt troligt att de här männen skulle lyda hennes kommando. Så det gällde att vara vaksam.
- Inget speciellt, sa Dinah lugnt. De blir alltid glada när Dannviw hör av sig.
- Ja, jag tycker inte om det, sa Ulrika bestämt.
- Skulle du känna igen ett uppror om det rörde sig om det? undrade Rodriguez.
- Jag har varit med om det också, sa Dinah lugnt.
- Ett uppror? Ett riktigt uppror här inne?
Ulrika var imponerad.
Dinah log. Ulrika var snäll, även om hennes begär efter uppseendeväckande händelser störde. Hon ville gärna ändra på historien, så den sporrande hennes osedliga fantasi. Det var nog mycket därför Dinah tvekade när hon skulle berätta var Dannviw var. Damen i fråga kunde mycket väl kasta sig över skrivdonen för att vara först med nyheten. Vilka konsekvenser det kunde få, hade hon inte minsta tanke på.
- Det är inte något uppror, sa Dinah. Säg mig, Rodriguez, du har varit på andra sidan havet, eller hur?
- *Vi* har varit där. Ställ mig inte i något tvivelaktigt ljus.
- Jag menade ju det.
Ulrika log lite och gick till fönstret. Därifrån kunde hon bevaka borggården, för säkerhets skull.

151

- Här har vi en karta. Skulle du kunna berätta lite om var platser ligger?

- Vi tittar, sa han. Den är detaljerad. Har ni haft spioner där?

Han var nämligen mycket intresserad av Dannviws karta över Glochnessin och hur den utvecklades. Det fanns alltså fler.

- Vi känner folk därifrån också, svarade Dinah.

Rodriguez berättade om städer och platser i Lilla Villes, händelser han varit med om, och folk han kände. Dinah lyssnade och lade på minnet.

- Hur kan man ta sig över havet dit? frågade hon.

- Bara med båt. Det är visserligen nästan ett sund där länderna är som närmast varandra, men simma över går inte. Varför undrar du det?

- Var skulle man landa - ifall man rodde härifrån?

Hon pekade på stranden vid flodens mynning.

- Teoretiskt alltså, tillade hon. Kortaste vägen.

- Hm. Lite besvärligt att ro över därifrån också... Det borde bli här någonstans. I närheten av abbot Innocentios kloster. Det är en hal typ. Vi träffade honom en gång. En kyrkans man, men han klädde av Ulrika med blicken.

- Tja, det är kanske det enda som är tillåtet i ett kloster.

- Inte sådana tankar. Det lovar jag. Klostret har dåligt rykte, men samtidigt är det känt för sin örtagård och de liniment de kokar. Abboten är en driftig karl, men han behöver nog ha ärkebiskop Cavanaghs varnande finger framför sina ögon. Ärkebiskopen är en hård och helt skoningslös man.

- Verkar som om kyrkan valt konstiga representanter där borta.

- Valt är det väl inte frågan om. Inte i Cavanaghs fall. Är det något han vill så blir det så. Han är främst en fältherre. Kyrkan ger honom de medel han behöver. Kronan har insett hans makt och håller sig väl med honom.

De avbröts av ett tjut av smärta och vände sig om. Keeth låg på golvet hopkrupen till en boll. Ulrika rättade till håret och lade sjalen kring sina axlar igen. Dinah skyndade fram till Keeth just som någon kom in.

- Vad gör du? frågade Rodriguez skrämt.

- Han antastade mig, sa Ulrika. Men här ser ni en som kan försvara sig.

Keeth skakade på huvudet i Dinahs famn, men kunde inte säga något. Småsvärande mellan sammanbitna tänder försökte han bekämpa smärtan.

- Det är ju bra om du kan det, sa Dinah. Men inte här inne.

- Skulle jag bara låta honom antasta mig?

- Det har han absolut inte gjort.

- Hur kan du vara så säker på det när du ingenting såg?

- Jag känner Keeth. Möjligtvis försökte han hjälpa dig.

Hon strök Keeth över håret och kinden mycket varsamt. Ulrika tyckte det var ett mycket opassande sätt att ta hand om förövaren. Hennes man erinrade sig skandalen som förvisade Keeth från hovet och sa:

- Hon har rätt, Ulrika.

- Jaså! Du tycker hon har rätt.

Keeth kröp ihop som inför ett nytt anfall. Rodriguez insåg att han måste hindra en äktenskaplig konflikt och berättade lågt för sin hustru vad han visste.

153

Dinah frågade Keeth om han trodde att han kunde gå. Det gjorde han och han ville gärna lämna rummet, även om Dinahs ömsinta behandling var behaglig. Nicolas fick följa honom ut.

- Du måste ha någon hos dig, viskade Keeth.

- Guy stannar, sa Dinah.

Det var han som hade kommit in tillsammans med Nicolas.

- Nåja, kommenterade Ulrika. Då använder han ju inte den ändå.

Guy ville rent instinktivt protestera, men Dinah lade handen på hans arm, så han teg och såg en stund på henne. Sedan gav han Ulrika en ogillande blick.

- Nu är du oförnuftig, Ulrika, sa hon. Varför skulle han inte använda den och ifall så vore har du väl ingen rätt att knäa honom för det?

- Leder den honom i fördärvet så...

- Att du inte förstår ger dig inte rätt att fördöma.

- Tror du att han känner något då? frågade Rodriguez.

Han hade en egen teori om karlar med Keeths böjelse.

- Tydligen, sa Dinah avmätt. Han är inte så bra på att spela teater.

- Kanske försökte han bara hjälpa mig med schalen, sa Ulrika. Då var det dumt att attackera just honom. Men jag kunde ju inte veta hans syften. Man vet ju hur karlar tar varje chans. Nu är stämningen så konstig här inne också. Gjorde jag fel, ska jag be honom om ursäkt. Men jag har en generell rätt att försvara mig! Eller hur?

- Utanför Gein stämmer det, men här inne gäller inte samma regler. Det du gjorde var definitivt fel.

154

Hade inte Guy tornat upp sig bredvid Dinahs stol, hade nog Ulrika gett sig på henne. Det här kunde hon inte tolerera! Men det var hennes man som sa:

- Nu har du väl ändå fel, kära Dinah. Så kan inte Dannviw vilja ha det.

- Det har inte med hans vilja att göra, utan ligger på ett helt annat plan.

- Skulle Ulrika bara finna sig i att de tafsar?

- Glöm det! sa Ulrika indignerat.

- Låt mig förklara, sa Dinah tålmodigt. Här på Gein sätter sig en kvinna aldrig i den situationen att hon kan bli "tafsad" på. Lugn Ulrika, det var ju inte det som hände. Här inne har nämligen de här männen sin fristad. Det är deras hem, deras enda plats på jorden. För att livet här inne ska fungera, vill det till *speciella regler*. Som mina gäster lyfts ni tillfälligt över reglerna. Det är därför gäster får en muntlig bekräftelse på borgherrens eller borgfruns beskydd. Detta betyder att ingen får göra er illa, men också att ni inte får skada någon. Om gästernas uppträdande är sådant att det provocerar innevånarna i borgen, kan inte beskyddet fortlöpa.

- Menar du att vi ska ge oss av? undrade Rodriguez.

- Nej, jag förklarar våra regler. Jag tror inte att ni har för avsikt att bryta dem.

- Men om *de* gör något, sa Ulrika. De *är* ju våldsamma.

Dinah tittade på Guy. Inte verkade han så våldsam. Han log tillbaka.

- Det handlar om en balansgång, sa hon. Ifall en man här inne gör en gäst någon förtret, ska han givetvis straffas. Sådana situationer bör undvikas eftersom det inte håller i längden. Männen får inte mista förtroendet för sin herre. Det är en risk vi inte kan ta.

- Det är för att ni bara har män här inne. Hade Dannviw velat, så kunde han bestämt att alla skulle ha var sin hustru. Då hade de blivit mer normala.

- Vi vill inte ha fruntimmer här inne, sa Guy kallt.

Visserligen var han inte en av dem som värnade om detta, men han tyckte inte gäster behövde lägga sig i inre angelägenheter, som de tydligen inte begrep.

- Nej, så är det, sa Dinah.

Ulrika skärskådade Guy under lugg.

- Jag antar att man får ge och ta, sa Rodriguez diplomatiskt.

Han trodde inte på teorin att en hustru automatiskt gjorde en man normal. Det kunde till och med vara tvärt om i somliga fall, tänkte han.

- Nu är Keeth en mycket snäll person, sa Dinah. Han begär nog inte bot, utan det räcker eventuellt med en ursäkt.

Ulrika sneglade på sin man, men han tyckte gott hon kunde be om ursäkt ifall det ordnade upp saken. Nu var han intresserad av något annat:

- Säg mig nu varför du är så intresserad av överfarten till LillaVilles?

- Jo, det är så att Dannviws resa dit kom lite hastigt på. Vi vet inte riktigt hur han tog sig dit bara att han klarat av det.

- Så ni vet inte ens var han är?

- Det var ju det jag sa! utbrast Ulrika. Han har något ljusskyggt för sig. Det är nog bättre att du inte vet, kära Dinah.

Rodriguez suckade och reste sig. Guy tog Dinahs hand och tryckte den tröstande. Han gav Ulrika en ogillande blick, vilken hon bara tog som uppmuntran.

- Om han har tagit sig över, sa Rodriguez borta från kartan, så måste det ha varit här någonstans.

Dinah och Guy gick ditt för att titta.

- Han kan inte ha simmat över, även om han är en duktig simmare.

- Inte en chans? undrade Guy.

- Det är för kallt. Varför just från åmynningen?

- En teori bara, sa Dinah. Han var där när han fortsatte sin resa.

- En energisk man kan ro över, förklarade Rodriguez tankfullt. Med strömmarna skulle han hamna här ungefär. Vid klostret. Eller längre bort, här. Det är också en fin strandremsa. Där ligger ett slott med mycket invecklad byggnadsstil. Urgammalt. Bra jakt i skogarna omkring. Det här är en stor hamnstad. Fin hamn med skyddande klippor. Sedan känner jag till vägen till huvudstaden, men där lär vara oroligt för tillfället. Gud vet om de inte behöver Cavanagh som håller dem i öronen.

10 Letandet över

Laurence hade gett sig ut igen. Han stod vid floden som rann kall mellan stenarna. Trädgrenar hängde långt ut över vattnet. De skulle kunna fånga upp något som flöt förbi. Det var därför han undersökte platsen så noga. Men han hade varit här förut. Samma klena resultat som var både lättande och oroande. Han lyfte några grenar så insynen blev fri ända till strandkanten. Inget. Bara att ta sig upp igen. I gläntan stannade han och såg sig omkring. Han blåste på sina kalla händer. Var fanns han nu? Det var ingens fel. *Ingens* fel. Han bara föll...

Det var så förbannat kallt. Vattnet var kallt. Han hade känt på det med fingrarna förut och de var inte varma ännu.

Man kanske borde bege sig hem... Det var sannolikt inte någon mening med att leta. De hade inte funnit fler spår på land längs med Marni. Han fanns inte i floden heller. De hade sökt igenom den flera gånger. Men ändå var den magnetisk. Blickarna drogs dit igen. På alla ställen det över huvud taget gick, måste han gå ner till floden och söka. Utforska varje vrå, varje nedhängande gren, varje bakvatten. Hela tiden med en önskan att få visshet. Hela tiden fruktade han att han skulle få det.

- Laurence!

Han såg upp över sin axel. Dags för ett övertalningsförsök igen.

- Inte den där minen, sa Leon.

158

Laurence såg bortåt floden istället. Leon kände honom för väl nu. Han fortsatte:

- Lyssna till vad jag har att säga istället.

- Jag lyssnar, mumlade Laurence.

- Dinah har fått ett brev från Dannviw. Det var bara kort, men skrivit av honom. Han finns på andra sidan havet i LillaVilles och mår bra. Kan du komma hem nu?

- Är det ett trick?

- Trick? Tror du verkligen att jag skulle låna mig till det?

- Men det stämmer inte...

Laurence såg sig omkring. Vattnet glimmade i solskenet på andra sidan grenverket. Han fortsatte sina tankar högt:

- Vattnet är för kallt. Han kan inte ha klarat det. Hur skulle han kunnat ha tagit sig till LillaVilles? Det är orealistiskt.

Leon insåg att han fick ta till en annan taktik. Han lade händerna i kors och huvudet på sned.

- Du tycker om att leta.

Det tog skruv. Han fick hela Laurences uppmärksamhet och passade på:

- Kommer du med hem och tittar på brevet?

Det var vådan av att ha lärjungar. De lärde sig mycket om sina mästare också. Med en suck följde Laurence med. Han var fruktansvärt trött och behövde värma sig.

Keeth hade repat sig. Han var inte en man som det var lätt att framföra en ursäkt till. Ulrika beklagade att hon tagit miste på hans avsikter och förklarade att hon inte menade att göra honom illa.

159

Hans blickar på henne var ogillande och gick uppifrån och ner. De klädde inte av, de framkallade distans. Det var inte särskilt uppmuntrande. Inte heller hans kalla kommentar:

- Illa menar ni nog, frun. En icke önskvärd effekt av ert mindre vetande. Det finns ingen mening med att försöka ändra på det, eftersom förutsättningarna för att lyckas inte existerar.

Rodriguez tappade andan. Han vände sig om för att hämta sig. Ulrika sa:

- Ska jag ta det som att min ursäkt är accepterad?

- Det är upp till er.

Hon var irriterad, för det kändes sannerligen inte så. Dinah sa att det var Keeths sätt att kräva bot och det var billigt.

Men kanske var det inte så trevligt ändå, för i fortsättningen undvek Keeth deras sällskap och snart saknade de hans underhållande sätt. Guy kunde vara underhållande, men det ansträngde han sig inte att vara nu.

- Fru Dinah.

Det var Creig som ville ha hennes uppmärksamhet. Ulrika tyckte inte om honom riktigt och drog sig undan med sin man. Han följde med henne, även om han hellre stannat för att höra vad som försiggick.

- Vi har meddelat männen som var ute och sökte, rapporterade Creig. De är hemma igen, eller på väg hem nu. Alla utom Ham. Honom kunde de inte hitta.

- Kan något ha hänt honom?

- Graham sa att han gett sig längre inåt land för att prata med folk i byarna. Han gav sig ut igen för att söka rätt på honom.

- Mår alla bra?

- Lite frusna bara. De är vana vid att ta hand om sig själva ute i naturen, utan att egentligen tänka på det. Nu är de väldigt lättade.

- Hoppas bara... Ibland är jag så orolig.

Han lade armarna om henne.

- Det ska du inte vara, tösen min. Det går bra, ska du se. Din man är fena på att klara kniviga situationer och Ham hittar vi snart igen.

Hon kröp in i hans famn och han ville så gärna skydda henne.

- Tycker du att det är besvärligt att ha gäster här nu? undrade han stilla.

- Nej. Det gör inget. De vill bara vara vänner och stötta mig. Snällt av dem och det finns ingen anledning att visa bort dem.

- Kanske får de dig att tänka på något annat också. Hur gick det med Keeth?

- Ulrika har bett om ursäkt, så det är utagerat.

- Och han var bitsk?

- Naturligtvis. Man kan beundra det om man inte är utsatt. Hans tillgift känner sig folk inte riktigt nöjda med.

- Å andra sidan tror folk att de kan behandla honom hur som helst. De kan gott känna av att det inte är så.

- Ja, på något sätt verkar det som om de tror, att han inte är som andra människor alls. Det kommer så konstiga uttalanden, som om han var en okänd ras av något djur.

- Skrämmande och spännande, om man inte kommer för nära.

- Just det.

- Men där har de stött på något giftigt. Titta här kommer en röd näsa. Vem kan den tillhöra?

161

- Var inte så vitsig, sa Laurence. Det är svinkallt ute nu.

Keeth kom in nu när Dinah inte hade gästerna där. Gabriel hade tagit hand om dem.

- Ni behöver inte vara ute och leta längre, sa Keeth. Värme, mat och vila rekommenderas.

Han såg hur trött Laurence var.

- Jag hörde att det kommit ett brev, sa Laurence lågt.

- Du kan få läsa det själv, sa Dinah.

Hon hade det naturligtvis med sig och hon visste att det var det enda sättet att övertyga Laurence. Han tog emot brevet, läste varje bokstav sakta och noggrant. Vecklade upp brevet och fördjupade sig i innehållet.

- Hur är det? frågade Creig Keeth omtänksamt.

- Inte får du känna efter i alla fall, sa Keeth.

- Giftig, som sagt, sa Creig till Dinah.

Hon log. Laurence såg frågande från den ene till den andre.

- Har det hänt något? undrade han.

- Varför går du inte och vilar istället, sa Keeth borta från fönstret.

Creig tittade oroligt åt hans håll. Laurence kände sig lite illa behandlad och det utan orsak. Det var han inte på humör för. Han gjorde sig beredd att bränna av några dräpande kommentarer, även om han visste att returen inte skulle låta vänta på sig. Men Dinah tog hans hand och viskade lågt:

- Du får veta sedan. Är du övertygad av brevet?

- Ja. Det är han som har skrivit. Får jag stoppa tillbaka det?

- Nej.

Hon tog det för säkerhets skull.

- Men hur i hela friden...

- Ja, det är något han får förklara när han kommer hem, sa Creig.

Laurence skakade på huvudet. Sedan lade han det mot Dinahs axel och mumlade:

- Tack gode Gud...

- Nå är du mest hungrig eller trött? undrade hon och lyfte hans huvud.

Då fann hon frågan onödig, så hon och Creig ledde honom till hans rum och bäddade ner honom där. Han sov när de gick.

- Så trött han var, sa Keeth från fönstret när hon kom tillbaka.

- Han sover nu.

- Har Ham kommit tillbaka?

- Inte ännu.

- Han borde vara här och vaka över dig nu.

- Graham hittar honom nog. Mår du bra?

- Jadå. Det var väl taskigt att ge sig på Laurence, men han behöver ju inte ha roligt åt det också.

- Ingen har roligt åt det som hände, Keeth. Det kan ju gå illa.

- De har så konstiga åsikter. Man blir helt enkelt förbannad.

- Med all rätt.

- Det är tacken för att man är vänlig och hjälpsam. "Antasta" henne! Vem skulle komma på en sådan idé? Rent önsketänkande!

- Man vet aldrig. Fast för min personliga del tror jag att de inte riktigt förstod vad som hände, när stämningen ändrades här inne. Det var positivt, men de tog det som fientligt. Hon överreagerade helt enkelt.

- Somliga fruntimmer är inte kloka.

Men han tittade ut och hans blick var sorgsen.

- Vad tänker du på Keeth? undrade Dinah mjukt.

- Skandalen kommer alltid att förfölja mig, sa han lågt. Folk tror sig förstå, på något förvridet sätt, att jag måste vara här. Att jag är här frivilligt kan de inte tänka sig. Jag är konstig och det ursäktar vilka olidliga frågor som helst.

- Jag undrar också hur de tänker ibland. Din bakgrund blir du aldrig kvitt. Inte när det gäller besökare ute ifrån. Det är ett öde som du tyvärr delar med alla straffade - det är svårt att tänka på er på det sättet.

- Det är vi ju.

- Man måste ju ha det i bakhuvudet när man har att göra med folk som kommer hit. *De* ser er så. De ser alla männen här inne som brottslingar, vare sig de är det eller inte. Det ursäktar inte omdömeslösa handlingar och kommentarer, men förklarar hur det kan bli så.

- Och det är vi som ska förstå. Vi ska förlåta världen utanför deras övertramp. Deras attacker på oss, som de redan har dömt.

- Bara i ringa omfattning. Orsaken till att ni måste lära er leva med ett ont förflutet är att ni ska förskonas från smärtan hos det. När det dyker upp vet du ju att det rör sig om förfluten tid.

- Inte för dem.

- Men det är för att de har missat allt som hänt emellan. De är okunniga. Men vi kan inte bryta kontakten, om inte vi också ska bli okunniga. Bli inte ledsen, Keeth. Du får inte låta dem göra dig illa.

Hon strök honom över håret och höll hans hand. Han lät henne göra det, för det fick honom på bättre humör. Vilket märktes när han kommenterade:

- Jag hoppas att Dannviw snart kommer hem, så vi andra får vara ifred.
- Du tycker ju om det.
- Jag tiger och lider.
- Ligger du i hårdträning för något särskilt?
Han log och började pyssla med hennes hår.
- Ren uppoffring. För att Dannviw ska få det lättare när han kommer.
- Och det tror du att du kan ordna?
- Man gör så gott man kan.
Han hoppade ner från fönstret samtidigt som dörren öppnades och gästerna kom in med Gabriel.
- Nu går jag, sa Keeth. Jag skickar in Guy.
- Tror du inte det finns risker med det?
- Inte inför dina gäster. En blick från mig blir en skandal som håller på i åravis!
- Så farligt är det inte.
Men Keeth drog sig tillbaka med en elegant kyss på handen. Strax efteråt kom Guy in istället.

Ulrika och Rodriguez hade samlat ihop sina saker. Dinah såg dem på väg över borggården. Gudmund kom ut med deras häst och spände den för deras vagn. Dinah gick fram till dem för att fråga vad som stod på.
- Ja, sa Ulrika. Vi lämnar det här huset nu.
- Tack för din gästfrihet, sa Rodriguez lågt.
- Är du missnöjd med något, frågade Dinah Ulrika.
- Nejdå. Men i fortsättningen kan vi nog inte umgås.
Dinah var idel förvåning och undrade om hon hört rätt, så hon frågade:
- Vad har blivit fel?

165

- Ingenting alls, kära Dinah. Men jag måste vara rädd om mitt rykte.

Laurence kom och ställde sig halvt bakom Dinah. Hon noterade det och fortsatte samtalet:

- Det ska man ju vara. Hur kommer det sig att det har blivit viktigare nu?

- Förr hade vi så mycket att diskutera, men tiderna ändras, sa Ulrika kryptiskt.

- Det var ju tråkigt att du känner så, men ni är välkomna tillbaka om ni vill det.

- Jag tror inte det. Men vi kan ju vara vänner ändå, på avstånd.

Rodriguez såg på sin fru men sa inget. De steg upp i vagnen och sa adjö. Dinah såg efter dem när de försvann ut, sedan tittade hon upp på Laurence och undrade:

- Vad i hela friden tog det åt dem?

- Inte vet jag, mumlade han. Verkar som de blivit stötta i kanten på något sätt. Hon kanske blev förnärmad när Keeth *inte* gjorde ett närmande... Inget att fästa sig vid. Snart kommer din make tillbaka till oss igen. De där är inte värdiga ert sällskap ändå.

Han kramade henne. I lättnaden över att Dannviw levde kunde han hissat henne i luften, men han antog att hon inte skulle uppskatta det. Hans hjärta jublade och med det där paret for också en hel del dissonanser, som han menade förekommit under deras besök. Fast Dinah tyckte inte det kändes riktigt bra ifall hon hade stött bort dem. Särskilt som hon inte visste vad det berodde på. Hon beslöt ändå att inte fundera vidare på det. Det hann hon inte heller, för nu spred sig en stilla glädje och en stor förväntan i borgen. Snart skulle deras herre komma hem. Då skulle de få veta vilka äventyr han hade varit med om. Och hon kände också som om något nytt var på gång.

Laurence gav sig ut för att hjälpa Graham att leta reda på Ham.

Det var inte svårt att finna Graham, svårare var det att hitta Ham, fast han borde vara mycket lättare att se. Men Graham kunde berätta var han redan letat och det var ju till viss hjälp.

- Längre in i landet kan han inte gärna söka, mumlade Laurence. Det är åt fel håll.

- Han är nog desperat, sa Graham tyst. Vi måste hitta honom och få hem honom. En ny by. Sandåkra. Vi frågar hos krukmakaren där. Han borde se vem som kommer in i byn.

Krukmakaren såg vresigt upp på dem från leran han tvättade. Han hade inte riktigt tid med avbrott. Det var kallt här ute och han ville bli färdig. Han fortsatte med vad han höll på med.

- Vi undrar om du kanske har sett en väldigt stor man komma in i byn, sa Laurence rakt på sak.

- Han är i kyrkan, sa mannen.

- Har han varit där länge? undrade Graham medan han försökte smälta informationen.

- Sedan i morse.

- Tack, sa Laurence.

Så fortsatte de tills de fick syn på den lilla kyrkan. De band hästarna utanför, men såg inte till Hams häst. "Stor" kunde ju vara olika för olika människor. Hoppet sjönk igen.

- Jag skulle verkligen vilja att det är han, sa Laurence lågt. Han får inte också försvinna.

167

- Eller bli dålig, sa Graham och böjde sig ner när han gick in genom porten.

Laurence kom strax efter och såg snart att det var Ham som satt där inne, i bön vid altaret. Prästen stod bredvid och såg bekymrad ut. De båda nykomlingarna bugade inför altaret och hälsade på prästen, som såg upp på dem. Här inne var ljust och något varmare än ute av alla ljusen som brann.

- Ham, sa Graham lågt.

Den store mannen vände sig sakta om och såg på dem. Att han inte hade något hopp längre kunde de tydligt se. Laurence sträckte fram sin hand mot honom, men han skakade på huvudet.

- Det finns ingen mening, sa han. Jag kan inte återvända utan den jag var satt att skydda.

- Vill du inte höra vad vi har att berätta? undrade Laurence.

Ham bara skakade på huvudet i hopplöshet. Prästen vred sina händer. Fanns det då inget han kunde göra för den här stackars mannen? Laurence satte sig ner så Ham kunde se hans ansikte och sa.

- Dinah har fått ett brev från LillaVilles. Det är skrivet av Dannviw. I det säger han att han mår bra.

Ham såg mycket riktigt upp på honom. Hans ögon var synnerligen skeptiska. Graham inskred:

- Det är sant. Du måste komma med hem.

Men Ham sa:

- Han kan inte finnas i LillaVilles. Det går bara inte.

- Hur det gick till får han förklara när han kommer hem, men så är det, sa Laurence. Var är din häst?

- Den står i mitt stall, sa prästen. Den behövde mat och vatten. Ett så präktigt djur får inte fara illa.

Det var sant. Hams häst var stor och kraftig för att kunna bära honom. Ett mycket tilltalande djur.

- Kom Ham, så far vi hem, sa Graham.

Nu reste sig Ham och prästen ryggade tillbaka, som om han blev överraskad över mannens storlek. Men Ham satte sig igen på ändan på golvet. Med en suck frågade han:

- Är det ett riktigt brev, som jag kan läsa när jag kommer till Gein?

- Det är det, fast du får be Dinah ta fram det, sa Laurence.

Vid det här laget hade Ham nästan accepterat att hans lille herre för alltid var försvunnen. Han hade bara att använda återstoden av sin existens till att leta efter hans kropp. Det tog tid att väcka liv i hoppet igen. Men han trodde inte att hans två vänner skulle ljuga för honom. Allt skulle ju uppdagas ändå när de kom hem. Hem... det var bara en grå och främmande, kall stenhög...

Prästen hade gått för att ta ut hästen. Den hade han blivit riktigt förtjust i. Foglig och lätt att ha och göra med. Stilig att se på. Han ledde fram den till kyrkporten. Graham och Laurence hade fått Ham med sig ut nu. Han stannade till när han fick hästens tyglar i sin hand.

- Är det sant att det har kommit ett riktigt brev som går att läsa? sa han.

- Det är alldeles sant, sa Graham. Kom nu.

Men Ham vände sig mot prästen och sa:

- Bed för min herre i fortsättningen också. Tack för att du tog hand om hästen och för att jag fick stanna här.

- Det är det kyrkan är till för, sa prästen lågt.

169

Ham lade en rejäl slant i hans hand och den tog han emot, med ett förvånat leende.

Så var de äntligen på väg. Ham hade inte brått. Han befarade att allt skulle visa sig vara något helt annat när han kom hem. Men till slut hörde de det frusna träet under hästarnas hovar och så var de inne på borggården. Gudmund kom emot dem och tog hand om hästarna. Han hälsade glatt Ham, som bara nickade tillbaka. Men att han var glad kunde betyda att det Laurence sa var riktigt... De letade rätt på Dinah, som slog armarna om den väldige mannen. Han satte ett knä i golvet och bad att få läsa brevet. När hon tog fram det förstod han plötsligt vad Laurence hade menat och log. Brevet fanns verkligen. Det hade Dannviws handstil på sig och när han läste insåg han, att det under som han bett om också hade skett. Hans herre levde! Ett jubel steg försiktigt genom hans kropp och växte sig allt större. Han slog armarna om Dinah och viskade:

- Milde himmel... Han lever verkligen. Han lever.

- Ja, sa hon. Och han ska få berätta hur allt det här gick till, när han väl lyckas komma hem. Han ska få tala om vad det är som sker där borta och när han väl kommer hem, ska han få så många kramar så han inte kan räkna dem.

- Ja, det har du verkligen rätt i.

Ham reste sig och lyfte henne med sig. Länge höll han henne så och bara tittade på henne.

- Nu stannar du väl hemma, sa hon till sist.

- Ja nu är letandet slut, sa Ham.

Han följde med Laurence och Graham för att träffa de andra och prata, men det var inte särskilt länge den uttröttade mannen orkade, innan han fann för

170

gott att uppsöka sin sovkammare, där han stupade i säng.

Den här morgonen var det nära på feststämning på Gein. Ham hade sovit mycket gott sedan han ramlade i säng. Sin tunika hade han i handen när han vaknade till mitt i natten för att han frös. Han hade glömt att släppa den och lägga filtarna över sig. Så han släppte plagget, vände sig om, drog filten över sig och somnade igen.

Han vaknade av morgonsignalen och snart infann sig en stilla lycka. En stund bara njöt han av den, tänkte igenom hur han fått veta, hur han kom hem och hur han fick läsa brevet. En massa ovidkommande detaljer trädde fram, som färger, dofter och att brevet var varmt.

Men så steg han upp och gick ner till dagens första måltid. Äntligen en riktig frukost. Han slog sig ner och ett stort fat med gröt bars fram till honom. Men han började inte på den med en gång, utan såg sig omkring i den välbekanta salen, på de välbekanta människorna. Glädje genomsyrade hela stämningen i matsalen. Ryan och Maxwell satt och pratade. Det var ingen vanlig syn. Laurence gick förbi bakom Garreth, böjde sig ner och sa något som fick vännen att ge upp ett klingande skratt. Yan hade kommit fram ur sin vintervila. Han satt bredvid Etienne. Ham undrade om de verkligen pratade med varandra, när Laurence slog sig ner bredvid honom.

- Skönt att vara hemma igen, sa han och tog artigt emot sitt grötfat.

- Skönt att veta att han lever och var han är, sa Ham.

171

Tyst begrundade de en stund detta faktum. Så frågade Laurence:

- Hur kommer det sig att du letade så långt inåt land?

Ham såg på honom som hastigast, blåste på sin gröt och smakade. Den var god.

- Hjulspåren du hittade, sa han. När jag förstod att han fallit i vattnet ville jag bara hitta honom och jag visste att tiden var knapp. Så jag letade längs stränderna, febrilt, utan en tanke på att leta efter spår som du gjorde.

- Förstår hur du menar, mumlade Laurence och åt av sin gröt.

- Men när jag var inne på - jag vet inte vilken gång jag lyfte på samma gren, kom tanken i fatt. Så småningom sjönk informationen in och han fanns ju inte i vattnet. Kanske hade han följt med en vagn. Kall och våt kunde det vara en möjlighet för honom att klara sig. Så jag gick igenom byarna allt längre från platsen. Ingen Dannviw, bara en ilsken man som ville anmäla att hans "badvagn" blivit stulen.

- Badvagn?

- Jag vet inte vad det är. Den skulle vara grå och försvann när han var inne för att få i sig något varmt.

- Vad hade den för dragdjur?

- Det sa han inte. Han blev ännu mer ilsken för att jag - om jag nu var från Gein - inte omedelbart letade upp den till honom. Själv är jag inte säker på att jag riktigt hörde vad han sa ens.

- Om det var spår efter den vagnen, så hade ju inte han den längre, så då kunde han ändå inte vara till hjälp.

- Jag försökte klura ut fler ställen att leta på. Till exempel om han krupit iväg. Då skulle han inte ha

kommit så långt. Då letade jag igenom varje snår...
Men du letade längs floden?
Laurence blåste på en sked gröt innan han svarade:
- Anledningen var nog att jag inte ville låta honom
ligga i vattnet. Det var ju inte säkert att det var han
på stranden. Det var ju...
- Inte helt säkert att han inte kunde ha spolats i igen?
Fast jag tror du har rätt där. Floden går inte så högt
upp.
- Det betyder att han inte kunnat spolats upp dit hel-
ler, konstaterade Laurence.
De åt en stund och såg på sina kamrater. Så sa Ham:
- Kan någon ha hjälpt honom?
- Men varför bara lägga honom där?
- Kanske för att hämta honom igen. Men hur? Och
vart?
Laurence suckade.
- Vi får nog tåla oss och hoppas att han har svaren
när han kommer hem.
Efter en stund sa Laurence:
- Jag har i alla fall lärt mig att inte lämna den jag är
satt att vakta.
Ham såg på honom. Han såg så skyldig ut att Ham
förklarade:
- Det berodde inte på tävlingen. Den hjälpte han själv
till att provocera fram. När ni pilat iväg, skyndade
inte vi oss över hövan. Han sa att ni skulle vinna
ändå.
- Som Garreth trodde. Det var mycket därför det tog
tid innan vi kom ut till er.
- Garreth?

- När jag började bli orolig sa han, att Dannviw inte tävlade för han visste att jag skulle göra allt jag kunde för att bli först.

- Smart kille det där.

- Han har bara tur i sina gissningar.

11 Adinaklint

et hördes ett ljud i mörkret. Dannviw satte sig upp i sängen. Dörren öppnades och in marscherade många mörkklädda män. Deras ledare sa:

- Klä på er. Ni ska följa med.

Oberon dök upp vid hans sida insvept i en tjock, lång rock.

- Det är bäst du gör som han säger, rådde han. Cavanagh är farlig att stöta sig med.

- Gå ut så kommer jag när jag är klar, sa Dannviw irriterat.

Ledaren tvekade, men Oberon sa:

- Vi väntar där ute.

- Jag är inte säker på att..., mumlade ledaren.

- Men människa! Har han sagt att han kommer så gör han det!

Dannviw glodde argt på dörren när den stängdes. Han skyndade sig inte precis, för han gillade inte att bli väckt på ett sådant sätt. Medan han klädde på sig hann han bli nyfiken på vem de var och vad de ville. Oberon visste. Det var tydligt, men vad hade Cavanagh med det här att göra? Ett tag funderade han på att slinka ut fönstervägen. Det var fullständigt möjligt. Men då skulle han inte få veta vad det här handlade om. Dessutom skulle han sätta Oberon i klistret och det ville han inte.

Ledaren hade vankat fram och tillbaka medan han väntade. När Dannviw öppnade dörren och flanerade ut, svängde han runt med orden:

- Jaså där är ni. Har ni allting med er?
- Knappast. Allt går inte att flytta, svarade Dannviw lätt.

Ledaren fnös irriterat. Han gick fram och tänkte klippa till Dannviw, men han hade fått order att inte använda våld. Det var synd. Den här spolingen skulle behöva en läxa. Oberon kikade försiktigt på sin gäst. Var han inte det minsta rädd? Han var nog förargad. Han följde med dem till hästarna, och sa lågt:

- Farväl och var försiktig. Jag hoppas vi ses snart igen.
- Under andra omständigheter. Farväl och lycka till, sa Dannviw.

Oberon gav honom en spontan kram, vilket förvånade Dannviw och gav honom onda aningar. De red iväg. Dannviw bredvid ledaren. Runt dem slöt vakterna upp. Det fanns ingen chans att rymma längre. När gryningen kom hade de hunnit en bra bit ifrån Oberons hus. Det kom ingen förklaring till vem de var eller vart de skulle. Skogen stod tät omkring dem. Dannviw sökte ett tillfälle att försvinna, men det gavs inte.

- Det är inte lönt att ni avviker, sa ledaren kallt. Ni hittar inte i skogarna här.

"Det är vad du tror", tänkte Dannviw.

- Vad skulle jag ha för anledning att lämna ert muntra sällskap? undrade han lågt.

Ledaren fick en konstig känsla, som han snabbt stålsatte sig mot. Vakterna förväntades ingenting höra, men en av dem såg sig nyfiket om över axeln.

Solen stod redan högt på himlen skymd av ett töcknigt dis, när de nådde fram till ett läger i skogsbrynet. De red in och eventuellt hopp om flyktchanser försvann.

- Sitt av, beordrade ledaren.
- Visst. När ni ber så fint.

Ledaren tog tag i Dannviws arm, men hejdade sig. Han övervägde om lusingar räknades som våld. Att ge en förintande blick gjorde det inte i alla fall, så en sådan gav han Dannviw. Han såg bara oförskräckt och förargat tillbaka. Ledaren gav upp. Det var inte utan förvåning Dannviw konstaterade, att mannen han fördes in till verkligen var Cavanagh i egen hög person. Vad i hela friden var nu det här? Ärkebiskopen såg upp från bordet han stod lutad över.

- Hej, sa Dannviw lätt. Vi skulle ha kommit tidigare, om vi bara inte tagit så många matpauser.

Cavanagh såg frågande på ledaren, som tydligt visade att han inte visste vad mannen pratade om. Han verkade förtretad. Cavanagh såg forskande på Dannviw. Skämtet till trots var den unge mannens ögon inte nådiga. Han var definitivt förtörnad över något. Kunde man inte skicka iväg sina underlydande för att hämta någon utan att de gjorde sig ovän med dem?

- Ja, ni måste vara hungrig, sa Cavanagh lågt.
- Strunt i det. Vad betyder det här?
- Jag ämnar föra er till hamnarna.
- Och för det måste era fångvaktare rycka upp en mitt i natten?
- I skydd av mörkret, heter det.
- Har ni inte glömt bort en sak? Jag är en fri och självrådande människa med egen vilja. Inte över huvud taget har jag lust att bli bortsnappad i ett. Kanske har ni ett syfte med ert egendomliga beteende, men det ursäktar ingenting. Det gör mig bara heligt förbannad.

177

Ledaren drog sig bakåt. Aldrig förr hade han hört någon gå tillrätta med ärkebiskopen. Han ville inte vara närvarande. Han försvann ut.

Cavanagh tyckte inte heller om att få bannor, men i det här fallet trodde han det var bäst att behålla behärskningen. Han fingrade nervöst på en dolk, som han använt att peka på dokumentet med.

- Ja visst finns det ett syfte, sa han lågt. Planerna har blivit ändrade.

- Om de involverar mig, skulle jag vilja veta vad de handlar om innan de sätts i verket.

- Lugna er nu. Det är inte säkert att ni kan förstå situationen.

- Ni har ingen susning om vad folk kan och inte kan förstå. För det är ni alltför upptagen av era egna affärer.

Cavanagh rynkade ögonbrynen och pekade på Dannviw med dolken.

- Det är faktiskt ert liv jag försöker rädda.

- Om ni tror att ni kan göra det genom att behandla mig som ett objekt, så tror ni fel. Jag kom hit mot min vilja. Allt som hittills har hänt har bestämts över mitt huvud. Nu har jag fått nog!

Cavanagh kunde bara reagera på ett sätt. Han blev arg. Med knivspetsen mot Dannviws bröst sa han:

- Jag kan verkligen inte tolerera den ton ni använder.

- Det rör mig mindre. Vill ni att jag ska tillrättalägga den, får ni handla annorlunda.

- Jag är faktiskt ärkebiskop! Jag kräver respekt!

- Jag känner till er ställning och det gör mig förvånad att ni nått dit.

Han såg ner på kniven vars spets rörde vid hans kläder.

- Skulle ni inte *rädda* mitt liv, sa han iskallt. Det är kanske också bara en pose som passar.

Sedan gick han därifrån och bort till bordet, på vilket ett stort dokument var utbrett, utan att ta notis om kniven.

Cavanagh tappade andan. Man brukade bry sig om hans ilska. Man brukade ta den på allvar, inte bara kallblodigt gå sin väg. Han brukade faktiskt inte ens behöva visa att han blev arg.

- Hör nu här...

Mitt i sin egen vrede tog Dannviw verkligen mannens ilska på allvar. Han hade redan förstått att den inte var att leka med, samtidigt som han insåg att den här mannens uppfattning om honom inte överensstämde med verkligheten. Sanningen kunde han emellertid inte bevisa just nu. Han förstod att det ville till något omskakande för att karlen skulle lyssna till vad en okänd främling, som han dessutom trodde var en bortkommen son till en herreman, hade att säga. Det var behärska sig han försökte när han gick, för med råskäll kommer man ingen vart.

- Vad föreställer det här? undrade han lutad över bordet.

Han ville inte se upp, för vreden hade inte lagt sig.

- Det är en karta, sa Cavanagh irriterat.

Lynneskast gillade han inte alls och han tog Dannviws försök till behärskning som just ett sådant.

- Det ser jag, men över vad?

- Över området där vi befinner oss.

En karl kom in med mat till dem.

- Sätt den här, sa Cavanagh utan att ta blicken från sin gäst.

179

Dannviw såg hastigt upp och med ens stod det klart, att det inte var lynneskast det rörde sig om. Egendomligt nog lugnade detta Cavanagh, som sa:
- Medan ni äter kan jag förklara.
- Ni ska också äta, sa mannen som burit in maten. Han hällde upp något varmt i muggarna. Sedan gick han ut.

En kort stund övervägde Dannviw om han kunde äta just nu. Det var lika bra att försöka, för tillfällena kom nog inte så ofta här ute. Han slog sig ner i stolen på andra sidan brickan och tog den varma muggen mellan sina händer.

- Jag har redan talat om vilka planer jag hade för er, sa Cavanagh och satte sig ner. Att det har tagit så lång tid beror på att det kom annat emellan. Det är inte alltid saker går som man planerat. Speciellt inte här och inte nu.

Han drack en djup klunk ur sin kopp och fortsatte:
- Ah. Det här värmer. Drick ni med. Jag har faktiskt inte tänkt på att äta innan. Har inte haft tid.
- Fru Bertha berättade en del, sa Dannviw.
- Ja, då vet ni lite allmänt.

Han såg länge på Dannviw, försökte omvärdera honom, innan han fortsatte:
- Målet var att genom vår kung ordna en säker återfärd för er. Han ser det inte alls på det sättet.

Här tvekade Cavanagh innan han fortsatte:
- Kungen ville istället träffa er, för han vet tydligen mycket väl vem ni är.
- Blev ni avundsjuk då - eftersom jag nu befinner mig enleverad här?

Cavanagh blev alldeles röd.

- Ni är rent ut sagt för djävlig. Jag blir mer och mer övertygad om att ni skulle kunna hugga er fri med er skarpa tunga.

- Betyder det att jag är fången?

- Inte ännu och inte av mig.

- Så länge inte kungen får som han vill?

Cavanaghs forskande blick mötte Dannviws vredgade, som nu svalnat en aning och blivit mer intresserad.

- Låt oss säga som så, sa Cavanagh och såg ner på vad hans händer gjorde. Jag anser det bättre om ni återbördas till ert land i det här läget. Jag arbetar mycket nära Hans Majestät och vill inte gärna ha några åsikter emot de beslut vi kommit överens om.

- Fast ni har det.

- Det är inget jag kan diskutera. Ni vill hem. Jag är beredd att hjälpa er på den punkten. Det bör räcka för er. Mina bevekelsegrunder är uteslutande mina.

- Det är ingen grogrund för förtroende och tillit.

- Vilket jag kan vara utan.

- Det är svårt att rädda någon, som inte litar på att det är just det man håller på med. Det är en sak som jag säkert vet.

- Ni får ta mitt ord på det, vilket bör vara fullt tillräckligt.

- Jag litar på ert ord, för att ni säger att jag kan det. - Nu över till kartan och varför vi är här.

- Mina planer var att sätta er på en båt i hamnen i Adinaklint. Jag har en bekant som sysslar med sjöfart. På så sätt visste jag att ni kom fram.

- En bror?

- En svåger. - Men nu är hela staden belägrad. Vi kan inte komma in.

181

- Ni har mycket folk med er.

- Inte tillräckligt. Deras trupper är större. Jag hade inte räknat med att det där folket skulle resa sig just nu.

- Folket?

- Det är egentligen mer adelns sätt att roa sig. De har egenartade åsikter, sluter sig amman i sekter, som de sedan tvingar sina underlydande att gå med i. Det blir värre och värre. Deras idéer är rent ut sagt morbida. Eftersom jag inte vill gå i strid med adeln, hade vi kommit fram till ett avtal, som nu har brutits. Hamnen är viktig och nu tänker Cardisterna ta den i besittning.

- Vad säger stadsborna?

- De väntar hjälp, men det kan ta tid innan den når hit. Folket där inne håller stånd, men vi kan inte ta oss in.

- Väntar vi på förstärkningarna?

- Eller ett tillfälle. Ni ser själv att det inte är någon tidpunkt att träffa och umgås med sina bekanta här nu.

- Blir saker och ting förklarade så kan man också förstå.

Cavanagh åt under tystnad ett tag. Han såg upp ett par gånger på Dannviw, som tankfullt såg mot kartan och snurrade muggen i händerna. Han hade inte rört maten.

- Jag hoppas att mina män behandlade er väl, sa Cavanagh till slut.

- Jadå. De höll sig på mattan hur retsamt deras offer än var.

Dannviw reste sig och gick fram till kartan. Den var inte så välritad som han strävade efter att få sina, men i ett land med ständiga oroligheter, kunde det vara svårt att få tillfällen att rita kartor.

- Mycket bra självbehärskning har de, sa han som för sig själv.

Cavanagh började undra över sin gäst. Han avbröt måltiden för att förklara för honom. Till hans stora förvåning ställde Dannviw motfrågor och kom med förslag, men de flesta hade han övervägt och förkastat. Han var emellertid klart imponerad av ynglingens begåvning och sinne för strategi.

- Det är lite svårt när man inte riktigt känner terrängen, sa Dannviw tankfullt.

- Det är därför vi har kartor, sa Cavanagh torrt. Nu äter vi.

När nästa dag grydde var läget oförändrat. Cardisterna fortsatte belägringen. Adinaklint vägrade att ge sig. Cavanagh väntade alltjämt på förstärkningar och kunde inte göra så mycket under tiden.

Han vaknade med tanken att Dannviws avresa kom mycket olämpligt. Han borde inte vara här alls, utan ligga hemma i sin säng, på sitt slott, uppassad av sina tjänare. Det var inte lönt att bli irriterad, men det innebar komplikationer med en utländsk ädling mitt i skottlinjen. Bara han höll sig lugn och gjorde som han blev tillsagd skulle det kanske gå vägen. Det verkade ju trots allt som han förstod allvaret framför kartan dagen innan.

Det var med stor förvåning han fann sagde obekväme ädlings säng tom och farhågorna ökade när han inte hittade honom någonstans. Vakterna runt lägret hade inte sett honom. Cavanagh vände upp och ner på lägret, men mannen stod inte att finna.

- Kanske har han gett sig av på egen hand, sa kaptenen inte utan en viss skadeglädje.

- Det ser inte bättre ut, mumlade Cavanagh.

- Han tror väl att han klarar det bättre utan oss.

- Du gillar honom inte?

- Bortskämd och obstinat.

- Din människokännedom är urusel. Bed att han klarar sig, för gör han inte det så är vi illa ute.

- Vem i hela friden är han då?

- På Gein hör han hemma. Styrkorna därifrån är ökända för sin råhet och hämndlystnad.

- Skulle de komma över vattnet?

- Om deras vrede väcks räds de inte något.

Han betraktade gryningsljuset från tältöppningen, sedan kastade han sig ner på en stol igen. Det var något mer. Själv var han inte överdrivet rädd för en invasion. Hans oro gällde den försvunne personligen och han tillät just nu ingen annan att vara nöjd med tingens ordning.

Vem kommer då strosande genom tältdörren? Jo, Dannviw. Kaptenens ögon blev stora och runda. Cavanagh betraktade gästen med stort tvivel, när han gick fram till bordet, hällde upp en mugg vatten och drack en klunk.

- Så bra att ni äntligen har stigit upp, sa han lugnt.

- Var har ni varit? frågade Cavanagh isigt.

- Om du inte blinkar så får du ont i ögonen, sa Dannviw till kaptenen. Jag har varit ute och sett mig omkring.

- Ensam? Mitt i natten?

- I skydd av mörkret, heter det.

Det var nära att Cavanagh log. Han hindrade det genom att dra en djup suck. Han förklarade:

184

- Är ni klar över att vi har fiender framför oss, ganska nära? Promenader är inget lämpligt tidsfördriv.
- Det skulle aldrig falla mig in att fördriva den tid Vår Herre har skänkt mig. Jag promenerade alltså inte.
- Det verkar inte som om ni ämnar berätta vad ni har gjort, även om det är jag som har hela ansvaret för ert liv!
- Vill ni inte höra?
- Snart kastar jag något på er! - Stå inte bara och glo utan försvinn!

Det sista gällde kaptenen, som snabbt verkställde ordern. Cavanagh fortsatte:

- Jo, jag vill höra.

Dannviw hade gått bort till kartan igen. Den intresserade honom mycket tydligen.

- Jag har varit uppe på berget här, sa han och pekade. Det ligger alldeles intill staden.
- Inte riktigt, sa Cavanagh och kom fram till honom. Floden skär igenom och skiljer staden från själva berget.
- En topp ligger här...
- Vad är det ni är ute efter?
- Man skulle kunna ta sig in i staden över floden.

Cavanagh skakade på huvudet.

- För stora nivåskillnader.
- Folket i staden är vänligt sinnade, eller hur?
- Ja, men vi kommer inte dit in. Ni måste ge upp vilken plan ni än har.
- Jag har inga meriter på området. - Här står en hög stod alldeles intill stadsmuren.
- Faktiskt innanför. Men dit kan man inte längre komma.

185

- Har jag rätt om jag tyckte mig se trappor i klippan?
- Det har ni. Den användes förr som offerplats och hängde samman med bergstoppen genom en smal stenbro. Prästerna gick över den med ljus omkring sig. Folk blev verkligen imponerade. Men stenbron rasade vid en jordbävning och floden äter sig allt djupare ner genom klipporna. Ni har verkligen varit där och tittat?
- Det sa jag ju. Blir det någon frukost?

Cavanagh visade på bordet. Dannviw gick dit och tog för sig.
- Ät ni också, sa han. Annars glömmer ni det bara.

Blicken han fick var onådig.
- Har ni tagit någon sorts pris i lustiga kommentarer? undrade Cavanagh syrligt och slog sig ner vid bordet.
- Finns det? Var anmäler man sig?

Nu log Cavanagh och skakade på huvudet. Så Dannviw fortsatte:
- Kanske vet ni var man tävlar i vansinniga idéer också, för det har jag en.
- Låt inte mig hindra er att berätta den.
- Det kan ni inte. - Ni har tillräckligt många män här, för att vi snabbt ska kunna bygga en bro över floden, från berget till stoden. Vi kilar över och tar bron med oss. Vi är inne och cardisterna fortfarande ute.
- Ni behöver inte tävla. Ni får priset direkt.

Cavanagh lade en stor guldpeng i Dannviws hand och sa:
- Ni skulle ändå ta hem spelet hästlängder före de andra.

Dannviw betraktade myntets båda sidor. Så kastade han upp det i luften och fångade det igen medan han sa:

186

- Om vi lyckas vinner ni det tillbaka.

Det kunde vara en fördel om den här unge mannen hölls sysselsatt. Cavanagh tänkte att Dannviw kunde få roa sig med sin idé, så länge det inte blev farligt för männen eller honom själv. Han hörde snällt på planerna. Han tänkte att den här sortens pigga unga adelsmän alltid formade vilda, ogenomförbara planer. Vad gjorde det dem om de misslyckades? Allt de strävade efter var att jaga undan ledan. Själv föredrog han att rekrytera sina män lite längre ner i samhällsklasserna. De männen gjorde som man sa och satte en ära i att kunna sitt jobb. De som dristade sig att komma med idéer, hade tänkt igenom dem ett antal gånger först.

- Vet fienden om att vi finns här? frågade Dannviw som märkte att stridsledaren var måttligt intresserad.

- Det gör de nog. De vet att vi är för få för att utgöra någon fara.

- Då får lägret vara kvar. Vi delar upp oss i smågrupper.

- Mhm. Ska vi alla dit upp menar ni?

- Det vore illa för de som blir kvar, när fienden märker att vi smitit in. Dessutom behöver vi arbetskraften i ett skede.

Cavanagh bet på läppen. Skulle han utsätta sina män för detta? Han hade mer tänkt att några få män kunde syssla med Dannviws plan en bit ifrån oroshärden.

- Tror ni inte att de märker när vi förflyttar oss? sa han skeptiskt.

- Det är ett känsligt skede. Därför delar vi upp oss och går olika vägar. Målet är att komma hit.

Han pekade på kartan.

187

- Där finns en dalsänka med höga träd. Men först delar vi upp oss i grupperna.

På något sätt övertygade Dannviws beslutsamhet. Det skadade inte att flytta på sig, så fienden inte riktigt visste var de fanns. Sedan fick man ju se. Ett antal ledare togs ut. Männen delades upp i grupper på sex - sju stycken i varje. Cavanagh valde speciellt ut de män som skulle ingå i gruppen kring Dannviw. Dem instruerade han att lyda den unge mannen, men främst att se till att skydda hans liv. Den ordern tyckte han inte att hans gäst behövde veta om.

Av Dannviw blev ledarna för de olika grupperna insatta i vad de skulle göra. Nu lyssnade Cavanagh uppmärksamt.

- Om någon grupp blir upptäckt, frågade kaptenen.

- Då har ni ingen aning om var de andra är, sa Dannviw. Styrkan har splittrats. Ingen förstärkning kom. Men främst rädda er själva. Vi kan inte räkna med deras välvilja om vi lyckas.

- Ni vill att vi ska fly?

- Låt oss säga så här: Så få liv som möjligt ska spillas. Ni kommer att behövas alla lite senare. Förstärkningar är på väg, eller hur? Det är inte fråga om flykt utan om att ni lierar er med dem när de kommer.

Cavanagh böjde på huvudet. Han hade börjat bli intresserad av denna vansinniga plan och kunde inte ta blicken ifrån Dannviw, när han på ett helt naturligt sätt fördelade uppgifterna. Dessutom verkade ingen ifrågasätta att han gjorde det.

- Vi behöver få fram ett meddelande till förstärkningarna, sa han.

188

En man anmälde sig genast. De flesta var entusiastiska när de skingrades för att göra sig klara.

- Vi behöver en sambandsman, eftersom jag inte känner er alla, sa Dannviw. Det är bra att veta när alla grupperna ger sig av och när de når målet, så vi inte blir av med någon.

- Ni får dem att lyda, konstaterade Cavanagh.

Dannviw såg upp på honom.

- Det är ju tvunget.

Han visste att Cavanagh hade fel uppfattning om honom, men inte hur fel den var.

- Ni vet hur, även om ni inte använder gängse metoder, sa Cavanagh.

- Jag har hållit på att bestämma vad folk ska göra i nästan trettio år. Något borde jag ha lärt mig.

Cavanagh log. Förmodligen började han redan som spädbarn att linda sin mor kring fingret. Dannviw betraktade kartan och såg inte den ordlösa kommentaren. Han sa:

- De som i vanliga fall ska lyda mig, är inte de mest lätthanterliga varelserna på jorden. Man är helt enkelt tvingad att använda en annan teknik.

Geins män. Men Cavanagh kunde inte tänka sig att den här unge mannen hade det direkta befälet över dem.

Diset övergick i regn. Det skyddade dem från upptäckt såtillvida att fienden drog sig in i sina tält. De trodde inte att någon frivilligt gav sig ut i blötan. Medan de tog sig fram till dalsänkan, hade de ingen kontakt med de andra grupperna. Dannviws grupp visade sig ha en ledare som inte alls var bortkommen i skogen. Han förde dem snabbt den enklaste vägen till den plats han valt ut. De började arbetet med en gång.

189

Männen var tjänstvilliga och märkte snabbt att deras egna förslag var välkomna. De blev en ledningsgrupp för de andra när de dök upp. Kaptenen fick i uppgift att kontrollera att alla kom fram. Så var han sysselsatt. Cavanagh kom sist med sin grupp. De var reducerade. Han var irriterad, men när hans kapten uttalade kritik mot vad de höll på med, blev han arg.

- Vi har börjat på det här, då ska vi göra det så bra som möjligt, sa han. Din negativa syn är inte till gagn för något.

De betraktade Loure, som kommit med Dannviw, när han klättrade upp för stammen på ett träd utan att använda dess grenar. De satt alltför högt upp. Caius ledde redan arbetet med den andra brodelen. Cavanagh bara stirrade. Aldrig förr hade han sett dem arbeta på det här sättet. Dannviw kom fram till dem och torkade undan sitt blöta hår.

- Har alla kommit nu? frågade han.

- Alla utom tre i Cavanaghs grupp, sa kaptenen.

- Vad hände med dem?

- De togs av fienden och dödades, sa Cavanagh.

Dannviw tog märkbart illa vid sig, så han tillade:

- De försökte spela hjältar. Det var inte på sin plats. Vi fortsätter.

- Jag vill inte att fler ska offras, sa Dannviw lågt. Det är inte meningen.

- Man kan inte gärna göra detta ogjort. Vi kan inte sluta här.

- Nej det är rätt. Fienden kan ana att vi har flyttat på oss. Det är inte bra om de hittar oss innan vi är klara.

De arbetade idogt vidare. Bron blev klar och skulle på plats. Men här måste de ha hjälp inifrån Adinaklint. Frågan var hur det skulle ordnas.

- En man kan klättra in, var ett förslag.

- Det tar alltför lång tid, mumlade Dannviw i tankar.

- Saknas det någon? sa Escalus.

De som varit i arbete hela tiden hade inte kunnat se efter om alla kom.

- Tre saknas, sa kaptenen lågt.

- Vi skulle behöva få ett meddelande in där, men hur? sa Dannviw.

- Det kan jag ordna, sa Clonn. Min långbåge har stor räckvidd.

- Han har rätt, sa Cavanagh.

- Richi är inte här, konstaterade någon.

- Har ni något att skriva på? undrade Dannviw.

Cavanagh plockade fram det han önskade. Dannviw hittade en flat sten som han kunde använda som underlag.

- Josef är inte heller här, sa Clonn.

- Skriver ni själv? sa Cavanagh till Dannviw.

- Ja, det blir enklast så, svarade denne utan att se upp.

- Fionn. Var är Fionn viskade Clonn bävande.

- Vad hände med de som saknas? frågade Escalus.

- De dog, sa kaptenen.

- Dog? Är Fionn död?

- Det var hans bror, förklarade Loure lågt för Dannviw.

Han var också orolig. Snart var alla upprörda. Dannviw såg bekymrat på dem. Han hade förutsatt att Cavanagh talade om för alla vad som hänt, men han hade inte haft tid att kontrollera det. Så här kunde man ju inte göra...

- Nu vill jag inte ha mer tjafs! utbrast Cavanagh. De bar sig dumdristigt åt och fick betala för det. Vi kan vara glada för att det inte blev värre. Nu fortsätter vi!

Clonn lämnade dem. Dannviw återfann honom längst ut på branten, med blicken riktad ut över staden.

- Jag beklagar djupt din sorg, sa Dannviw lågt.
- Du bär ingen skuld, mumlade Clonn.
- Kan du skicka iväg meddelandet?
- Jag både kan och ska.

Han torkade bort regn ur ansiktet, men också tårar innan han tog pilen med meddelandet och spände bågen.

- För Fionn, vars liv de tog, mumlade han.

Bågen spändes lite till och så ven pilen genom luften.

12 In i staden

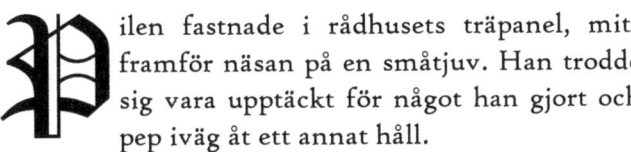

ilen fastnade i rådhusets träpanel, mitt framför näsan på en småtjuv. Han trodde sig vara upptäckt för något han gjort och pep iväg åt ett annat håll. En jägare som kommit till staden för att sälja skinn, fick syn på pilen och drog ut den. Genom sitt yrkeskunnande drog han slutsatser. Läsa kunde han inte, men han visste vem som kunde. Men med det var inte problemen lösta. Staden var villig att hjälpa de här männen in. Behövde de något, som rep och dylikt, så ställde man gärna upp. Men kliva upp på offerberget var ingen beredd att göra.

Förstärkningar tog de gärna emot och dem behövde de verkligen, men hur? Stadens ledande män samlades för att överlägga. Snart rörde sig frågan om *vem* de skulle skicka. Valet föll på Eglamour, för han hade kommit i klammeri med rättvisan. För att bli fri måste han utföra uppdraget. Han gjorde det inte gärna. Med tunga steg började han vandringen uppför berget, lastad med det som hjälparna rekvirerat. Var det sedan en list från fiendens sida, så var han den rätte att offra, tyckte stadsborna.

Eglamour hade ett par egenheter. Han kunde inte tala och han räknades därför som svagsint. Dock kunde han läsa och skriva, tvingad till det av sin fysiska tystnad.

Så fort de blöta männen på berget såg att någon dök upp på offerberget, satte de igång med nästa steg. Ett rep sändes över med instruktioner om att det skulle bindas stadigt fast. Loure tog sig över hängande i repet. Escalus tyckte att den förbindelsen räckte, men det gick inte Dannviw med på. Inte i det här vädret över en så bred klyfta.

Loure blev inte särskilt glad, när han insåg vem han skulle samarbeta med, men nu var tiden knapp. Fienden hade satt sig i rörelse, eftersom de misstänkte att något var på gång och var på väg att spåra ärkebiskopens styrkor. Detta fick Cavanagh veta för att de lämnat en man att hålla ett öga på cardisterna. Med hjälp av rep och stöttor kom bron på plats. Ovanför bron ett stadigt rep, som männen kunde hålla sig i. Så började de ta sig över och ner för offerberget på andra sidan.

Det var bara Clonn, Archibald, Caius och Escalus kvar förutom Cavanagh och Dannviw, när de hörde larm i skogen intill dalen nedanför.

- Ni går över först, sa Cavanagh till Dannviw. Den här gången vill jag se att alla mina män kommer med.

Dannviw gick. Argumenterande fördröjde bara proceduren och det hade de inte tid till. Han stannade och tog emot de sista männen. I samma ögonblick som han uppmanade dem att fälla ner bron, fick han fånga upp Cavanagh som vacklade till.

- Ni är skadad, sa han.

- Det finns de som råkat värre ut, sa han bara.

Fienden dök upp på den andra sidan. Deras förtrytelse över att ha blivit dragna vid näsan hördes över klyftan. En skur av pilar, ivägskickade i vredesmod, missade sina mål.

- Låt oss komma ner, sa Cavanagh.

Pilarna regnade över berget medan Cavanaghs män tog sig ner för trapporna. Till alla lycka fanns trappstegen på stadssidan av berget, så det var inte stor risk att pilarna träffade. Det verkade mer som om det var ett sätt för fienden att bli av med sin ilska. När de kom ner samlades de i Adinaklints vackra kyrka. Där fick de värma sig. Munkarna som hade sitt kloster intill kyrkan, såg till att de fick mat och inkvarterades över natten. Även om Cavanagh tyckte att det nu var onödigt, så fortsatte Dannviws lilla grupp att hålla sig i närheten av den som han beordrat dem att skydda. Ärkebiskopen blev omplåstrad av munkarna, men han var inte nöjd med framgångarna, utan mest irriterad hela tiden.

Natten föll. Allt var tyst och stilla. Dannviw utbytte tankar med Eglamour, som stadsborna nu inte visste riktigt vad de skulle göra med. Han visste mycket väl vad som väntade honom, men inte varför det blev så. Att han tvingats gå upp på Offerberget skulle inte vara nog. Hela hans sätt att vara skrämde stadsborna, så de skulle fortsätta att hitta på nya straff för annat han gjorde. Accepterad skulle han aldrig bli vad han än gjorde.

Sedan hade Dannviw ett långt samtal med Clonn, som var tvungen att komma tillrätta med sin sorg. Det irriterade Dannviw att Cavanagh inte brydde sig om vad hans män kände. Ett sådant förhållningssätt var inte bra i längden. Ärkebiskopen var bara vresig och tvär i stället för att ta hand om dem som behövde det.

Tidigt nästa morgon tassade en munk fram till Dannviws bädd och väckte honom. Solen sken matt genom fönsterrutorna. Han steg upp och strax syntes Cavanagh i dörren, bistrare än någonsin.

- Jag hoppas att ni inte använde hela natten till att tjattra med mina underlydande, sa han.

- Om så vore var det väl använd tid. Ni borde pröva det någon gång, sa Dannviw och samlade ihop sina saker.

- Vi befinner oss i strid. Det här är inget sällskapsspel.

Dannviw bara såg på honom. Om han brydde sig så lite om sina män, varför var han då så irriterad?

- Inte undra på att ni blir förvånad över att mina metoder fungerar. - Här. Ni vinner priset tillbaka.

Han gav guldmyntet tillbaka till Cavanagh, som kom av sig.

- Hm. Er båt går med tidvattnet. Vi har inte mycket tid på oss.

- Jag är klar.

De skyndade genom gatorna där ett hektiskt liv rådde.

Nere i hamnen höll en smäcker båt på att göra klart för avfärd. Ärkebiskopens kapten och ett par av männen följde med till kajen.

- Jag skulle vilja veta vad som händer i Adinaklint efter det här, sa Dannviw lågt. Om vi har lyckats eller ej.

- Var är han nu, mumlade Cavanagh utan att lyssna.

Han såg sig omkring, motade samtidigt Dannviw över landgången och följde själv efter.

- Stanna på kajen, sa han till sina män.

Båtens kapten, Cavanaghs svåger, trängde sig fram till dem.

- Det var i sista ögonblicket, sa han. Ska du också med?

- Nej. Jag kliver i land. Den här mannen ska du föra till Andomin. Se till att han kommer helbrägda fram.

- Det ska jag.

- Sköt om ert sår, sa Dannviw till Cavanagh.

- Jag klarar mig nog, morrade han till svar.

När han vände sig om för att gå i land, såg Dannviw hur en eldpil satte kyrkans tak i brand. Folk rusade till under rop och skrik. Styrmannen kom fram och sa lågt något till sin kapten. Cavanagh vände sig mot Dannviw, såg hans engagemang och sa strängt:

- Ni måste iväg!

Kaptenen sa:

- Cavanagh, kungens budbärare undrar om du har sett till en herr Dannviw, eller vet var han är.

- Nej. Kasta loss!

Han vände sig igen och var på väg att hoppa i land, när en pil ven genom luften och träffade honom. Hans kapten på stranden såg det och ropade, men båten hade redan kastat trossarna och gled nu snabbt allt längre från kajen. Det var för långt för att han skulle kunna göra något. Hans rop drunknade i larmet från staden. Dannviw såg till att Cavanagh hamnade i båten.

- Vi måste ge oss av, sa hans svåger. Annars blir det för sent.

- Han får följa med, sa Dannviw som just undersökte hur illa skadad Cavanagh var.

- Är han död?

- Nej, men jag behöver en del saker för att ta ut pilen och göra såret rent.

- Kan ni sådant?

- En del kan jag.

En av matroserna kom fram och berättade att fientliga skepp kom seglande emot dem.

- Vi är snabbare, sa kaptenen.

Han koncentrerade sig helt och hållet på att segla ifrån de fientliga skepp de sett. Snart gav förföljarna upp och lät honom komma undan. Eftersom det inte var något slagskepp, såg de det inte som viktigt att hindra det. Dannviw var upptagen av den skadade, men när han såg upp var ett fiendeskepp alldeles nära. Han kunde se dess flaggor. Det förbryllade honom, men just då hade han inte tid att tänka på vad som inte stämde.

Först mitt ute på vattnet vaknade Cavanagh till. Han var matt och omtöcknad, men inte tillräckligt för att ha överseende med var han nu befann sig.

- Sätt omedelbart i land mig! beordrade han.

- Men det går ju inte, sa hans svåger Joakim och tittade ängsligt på Dannviw.

- Vi befinner oss snart i Andomin och ni bör ta det lugnt, sa Dannviw.

- Jag har varken tid eller lust med det här! sa Cavanagh irriterat.

- Ibland får man göra annat än bara det man har lust med.

- Herr Dannviw...

Svågern såg på dem båda, drog slutsatser och sa:

- Det här kommer att innebära trubbel med kungen.

- Inte så mycket som om han hade fått som han ville i det här, morrade Cavanagh.

- Sitt stilla, sa Dannviw och tryckte bandaget mot såret. Det vill inte sluta blöda.

- Nå, jag får väl försöka följa med nästa båt tillbaka.

Dannviw såg på honom. Om det trodde han vad han ville. Cavanagh lutade sig tillbaka. Han tyckte det var skönt att slippa hoppa i land, för det snurrade så obehagligt i huvudet.

Det blev heller ingen snabb tur tillbaka. Joakim tyckte att han verkade alltför svag.

-*Jag* tar honom inte med, sa han. För jag vill inte vara den som bär fram honom som död inför hans familj.

- Annars verkar du inte rädd av dig, sa Dannviw.

- Det är en märklig släkt och de är många. Han är mäktigast av dem alla. Visserligen har jag mitt och hans syster är en utmärkt hustru, men alla ser de upp till ärkebiskopen och skulle inte se nådigt på den som skadar honom.

- Men det har du inte gjort.

- Och skulle inte heller, men han har fiender överallt. För det är alla misstänkta.

- Jag tar honom med till Gein, så får vi se om vi kan kurera honom.

- Gein? Är det bra?

- Det är det bästa vi kan göra. Kan inte Johannes bota honom, så vet jag ingen bot.

- Bor du där?

- Ja.

- Aha. Då förstår jag. - Vi kan gå så nära som möjligt.

- Närmaste hamn duger bra. Där kan vi få tag på en vagn och lägga honom i.

Men Joakim var en äventyrare. Han hade bestämt sig för att hjälpa till och då stod han inte att hejda. På floden kunde man segla ganska långt in. Det hade gjorts förr, innan handelsplatsen flyttade till Åmynda, med dess djupa och skyddade hamn.

199

Joakim ville hemskt gärna prova om man kunde segla på floden. Lite närmare Gein kom de, men det var ändå en bra bit kvar landvägen. Joakims båt var liten och lätt. Han förde henne långt upp för floden. Folk stirrade lite konstigt, när de lade till vid den gamla landningsplatsen vid Åköpinge med en så stor båt. Dannviw ordnade en vagn och fick två av Joakims sjömän till hjälp.

- Jaha, sa Joakim nöjd. Man kan väl anta att forna tiders skepp var som detta, snabba och lätta så de kunde ta sig in där djupet var mindre.

- Men de visste hur de skulle ta sig ut igen, sa Dannviw tetigt.

- Här har aldrig varit så stora båtar, sa en fiskare. Han betraktade skådespelet och hjälpte dem med vagn och den skadade.

- Jag vet nog hur jag ska ta mig ut, sa Joakim. Farväl och sänd oss bud om hans hälsa.

- Det ska jag, sa Dannviw. Skicka underrättelser om hur det går för Adinaklint. Farväl.

Dannviw väntade inte för att se om han verkligen kunde ta sig ut. Han gav sig iväg med sina följeslagare mot Gein så fort han kunde.

Det var ganska mulet, tungt och grått. En smygande dimma gjorde att det blev rått och kallt även under fällar och filtar. Cavanagh vaknade och rös. Det kändes som om han inte orkade någonting mer. Vagnen stötte och det stack som glödande nålar i hans sår.

- Är du vaken? hörde han Dannviws mjuka röst. Han lyssnade länge efter den utan att svara. Den kom tillbaka:

- Vi är snart framme nu.

Han såg upp på den smutsige unge mannen, övertygad om att de inte skulle hinna. Han ville ge honom guldmyntet och säga att de aldrig skulle nå fram. Som ett vad.

Att han hade rätt blev han övertygad om när han hörde sång långt borta. De kom för att hämta honom. Han tog upp slanten. Men Dannviw gav honom ett strålande leende, lade in den i hans hand och slöt den om myntet.

- Vi kommer fram, sa han.

Sången blev allt starkare. Män kom ridande dem till mötes och slöt upp vid deras sida. När vangen rullade upp på en träbro, började även de sjunga. De hördes som mest när de rullade genom en port med många säkerhetsanordningar. Ja, det var Gein. Fängelset! Men vem var det som sjöng?

Sången övergick i jubel när de kom in på en kringbyggd gård. Dannviw blev lyft och kramad. Glädjen visste inga gränser.

- Dinah, möt ärkebiskop Cavanagh, sa Dannviw till en dam invid vagnen.

Hon log och tog hans hand, som hon höll och kände på.

- Välkommen till Gein, sa hon.

- Jag tror något är kvar i såren, anförtrodde Dannviw henne.

- Johannes förbereder sig redan. - Å vad jag är glad att du kom tillbaka.

Hon kysste hans kinder och händer. Han tog inte blicken ifrån henne.

Cavanagh höll sig vaken hela tiden, eftersom han undrade vad de skulle göra och anade att han skulle

201

bli inblandad. I minnet letade han efter vad han visste om Gein, men han kunde inte koncentrera sig. Allt han visste gled hela tiden undan i ett egendomligt töcken.

Så var han i ett rum. En munk började klä av honom. Han ville påpeka det olämpliga i det och hävda respekten för sin person och sin rang, men allt föreföll fjärma sig från honom. Undersökningen av såren gjorde otroligt ont, men han bet ihop tänderna. Vagt förstod han att munken hittat något där inne, så det var nödvändigt att skära upp och ta ut. Men smärtan dröjde sig kvar långt efter det att ett nytt tjockt förband med läkande örter lagts på. Han hamnade i en säng som hade varit mycket skön, om det inte varit för pinan.

- Nu ska ni bara vila er, sa Dannviw när de bäddade ner honom.

Cavanagh slöt ögonen och lät sig slutligen föras bort i den sugande virveln som hela tiden lurat på honom.

Dannviw lämnade Cavanagh att vila och mötte de sina. Tillfredsställelsen över att vara tillbaka var oändlig. Hade hans män fått bära honom på sina händer hade de gjort det, men Dannviw kunde gå själv. Glädjen över hans återkomst var inte att ta miste på. De kramades, dunkade i ryggen, klappade på axeln, sjöng och hurrade. Det var rena karnevalsstämningen. Laurence kom fram och tog hans hand. Vad tänkte han nu hitta på?

- Ja, sa han stilla. Det här bevisar väl att jag hade rätt.

Dannviw undrade vad han pratade om och fick en förklaring:

202

- Den sida av floden som vi tog var betydligt snabb-
bare, konstaterade Laurence.
Dannviw slog armarna om honom och sa:
- Ja, det har du rätt i.
Laurence höll kvar honom en lång stund. Han var så
jublande glad.
Ham hade inte lämnat sin herres sida. Han hade tu-
sen frågor, men de kunde vänta. Och visst skulle de
få svar. De samlades i matsalen och så snart de bara
funnit var sin plats blev det alldeles tyst. Dannviw
började berätta. Sedan svarade han på frågor och det
höll på tills Cederik kungjorde att mat var på väg in.
Dannviw upptäckte att han var glupande hungrig och
längtade efter just Cederiks mat. De fördelade sig
kring borden och maten bars in. Naturligtvis blev det
rena festen. Geins kock hade också saknat sin herre.

Dannviw och Dinah var äntligen ensamma. Han
lade armarna om henne och höll henne hårt intill sig.
Hon ville att han aldrig skulle släppa henne. Det var
så obeskrivligt underbart att han var tillbaka hemma.
Det var en omstörtande, berusande lycka att åter vara
i hennes famn. Ord behövdes inte. Fast när det lilla
brevet han skrivit till henne föll i golvet när hon tog
av sig, kunde han inte låta bli att le och kommentera:
- Har du det där?
- Sedan jag fick det, erkände hon. Det var det enda
beviset på att du levde. Det enda som fick männen
att sluta leta så febrilt efter dig. Det fick förvaras på
ett säkert ställe.
- Jag är ledsen för att jag gjorde er oroliga, sa han lågt
och ångerfullt.

- Kan du gott vara, sa hon och kysste honom ömt igen. Ingen kunde norpa det där.

- Det hoppas jag verkligen.

Hon tog upp brevet och såg länge på det. Han betraktade henne. Det var verkligen tur att han lyckats få iväg det. Hon tänkte på när hon fick det och något annat:

- Fast jag har nog stött bort ett par av våra vänner.

- För att de inte fick ta brevet? undrade han oskuldsfullt.

- De fick inte ens läsa det. Ulrika och Rodriguez kom på besök och stannade ett tag. De undrade naturligtvis var du var. Jag ville inte berätta vad som hänt.

- Hur kommer det sig? Vi brukar ju kunna prata om allt.

Han tog henne i sin famn. Hon fick inte vara för långt borta från honom nu.

- Tja, säg det, sa hon. Det blev ju mycket svårare att förklara ju längre tid som gick. Men så kom ditt brev och jag kunde säga att du var på en resa. Männen som letade kom äntligen hem igen. Man kunde känna hur stämningen förändrades. Från sorg och förtvivlan till... förväntan och lycka.

Hon såg hur han log och tänkte att det inte var lönt att försöka få honom att förstå den biten. Hon fortsatte:

- Jag tror att de kände av den förändrade stämningen, men de förstod inte vad det handlade om. Strax därpå gav de sig av.

- Kan de ha trott att de var hotade?

- Jag förklarade att det inte var så. Men Ulrika tyckte inte att vi kunde umgås längre. Hon sade sig vara tvungen att tänka på sitt rykte, så de kunde inte komma hit mer. Hon befarade att hennes make nu skulle släppa henne, men han flyttade sig ännu närmare och höll henne tätt intill sig. Efter en stund sa han:

- Mycket underligt. Jag hade fått uppfattningen att de tyckte om diskussionerna vi hade. Vad sa Rodriguez?

–Han höll sig i bakgrunden.

- Kanske har de hela tiden trott att Gein var något annat. Det verkar ju så. Eventuellt dåligt rykte lär inte komma i framtiden, om hon inte redan råkat ut för det, efter alla besök hos oss. Det måste finnas en annan förklaring...

Han funderade en stund, sedan sa han:

- Hon sa det när de var här i alla fall, istället för att gement skriva ett brev när hon kom hem. Vi slipper härmed det eviga försvaret av grundtankarna, när hon tycker att vi gör fel. Och det tycker hon ju alltid. Ulrika har hela tiden velat ändra på Gein efter vad hon anser att det ska vara. Hon kan helt enkelt inte förstå tankarna bakom. Kanske insåg hon att det inte behöver ändras, att i så fall är det deras tankar som måste bli annorlunda. Det kan ha blivit ett hot.

Han vände hennes ansikte mot sig och sa:

- Stackars dig. Då har du ensam fått försvara mina tankegångar.

- Det är inte svårt för dem som står nära dig och har hört dig förklara. Gabriel och Keeth var till stor hjälp. De vet precis när de ska leda samtalet i en annan riktning. Mycket beundransvärt. Egentligen var det bra att ha tankarna på något annat...

- Om inte?

- Ja - Ulrika är mycket för det oanständiga. Skandaler får henne att leva upp. Finns de inte så får man hitta på dem. Alltså kom det många förslag på vad du gjorde, varför du hade rest och varför det tog tid att komma hem.

Han kramade henne hårdare.

- Det vet du att du inte behöver vara orolig för, sa han in i hennes hår. Det är dig jag vill ha. Är du inte där får det vara.

- Jag vet.

- Men upprepade insinuationer är ju alltid tråkiga.

- Jag visste ju inte ens om du levde. Då är det inte så roligt med slippriga undermeningar. Hennes röst sjönk till en viskning:

- Och så hade jag en dröm... Där en yppig kvinna kom in till dig.

Nu släppte han henne och såg ingående på henne. Hon blev rädd att hon sagt något som sårat honom, men så drog han henne intill sig igen och frågade:

- När då?

- Ja, det var väl strax innan gästerna kom.

- Hm. - Mannen som rodde över till LillaVilles lämnade mig i klostret Darbar. Då var jag så dålig att han väl inte kunde ha med mig längre. När jag väl vaknade upp kom det in en nunna i rummet. Hon drog av sig kläderna och tänkte - ja, vad hon tänkte kan man ju undra. Jag var inte i skick för några som helst aktiviteter. Men hon hade nog världens största bröst. Jag blev bara helt matt.

- För att du fick se ett par stora bröst?

- Nej, för att jag inte kunde fly och definitivt inte göra det hon uppenbarligen ville. Som tur var kom abbot Innocentio in och fick ut henne. Visserligen hade han nog egna planer, efter vad jag senare har förstått, men han verkställde dem inte. Sedan kom Cavanagh en stormig kväll och räddade mig.

- Ärkebiskopen där nere. Han är ganska illa däran.

- Två gånger blev han sårad, men han tillhör den sorten som fortsätter ändå. Utan minsta tanke på, att den lilla tid det tar att sköta om ett sår, innebär att han kan kämpa bättre och längre med det han vill sedan. Till och med på båten hit skulle han upp och av, men då var vi för långt ifrån kajen som tur var.

Efter en stund sa han mycket lågt:

- Berätta mer om vad som har hänt här hemma.

Hon berättade. Han blev mycket fundersam när hon berättade om attacken på Keeth och gästernas teorier kring det efteråt.

Dannviw hade planerat att titta på sin hustru under hela tiden hon berättade. Men de var alltför trötta båda två. Snart snusade de tätt intill varandra i välbehövlig sömn.

13 Förklaringar

Ham stod och hängde utanför deras rum när det blev morgon. Han njöt av en stilla lycka över att allt var som det skulle igen. När Dannviw kom ut fick han en spontan kram. Borgherren insåg att han skulle bli utsatt för fler ömhetsbetygelser en lång tid framöver. Han fick helt enkelt ha tålamod. Men det fick honom också att ana lite av den betydelse han hade för sitt folk. Så även brevet Dinah så ömt gömde vid sitt bröst. Ham ställde frågan som han undrat över så länge:

- Hur gick det egentligen till när du föll i vattnet?

- Jag halkade på en våt gren precis när jag skulle hoppa upp på stranden. Du hade just burit kvinnan i säkerhet. Det gick väldigt snabbt - och vattnet var rysligt strömt. Det gick inte att simma. Vet du hur hon hamnade mitt i floden?

- Hon och hennes väninnor skulle tvätta ute på bryggan, men den var rutten och bröts loss. De andra damerna kom rusande och tog hand om henne. Hon ville gärna tacka dig - men du var inte där. Bara din handske, flytande på vattnet. Jag letade förtvivlat, för jag insåg att tiden var knapp. Några män hade sett dig ligga på stranden, men där var också bara en handske kvar när jag kom dit. Hur kunde du hamna där?

- Ingen aning. När jag vaknade låg jag i en underlig vagn. En inte mindre underlig man hade plockat upp mig.

Laurence kom och satte sig hos dem, eftersom han hörde vad de pratade om. Det här var han intresserad av. Han frågade:

- En vagn dragen av en mulåsna?

- Ja. Den var inte bekväm att sova i, men den hade en anordning så man kunde bada bakom en skärm.

- Badvagnen, sa Ham. Då var det den mannen som plockade upp dig. Liten, kraftig - ilsken av sig? Dannviw skakade på huvudet.

- Ganska lång, tror jag, smal och han hade långt hår med pärlor i.

Laurence letade fram pärlan han hittat i gräset och frågade:

- Som denna?

Dannviw tog den och undersökte den. Han kände åter det obehag han hade känt då. Han såg länge tyst på pärlan innan han lågt konstaterade:

- Ja, det är hans. Långt hår med glittrande pärlor som vatten. Lite hår sitter kvar...

- Då måste han ha stulit vagnen, fastslog Ham.

- Kunde tro det, mumlade Dannviw. Han var på flykt från något.

- Varför stannade han då och tog med dig? undrade Laurence. Du kunde ju inte gärna hoppa i själv.

- Det är en gåta, sa Dannviw tankfullt. Likaså det faktum att han inte dumpade mig om jag sinkade honom.

- Vilket vi är tacksamma för nu, sa Laurence. Förklarade han det inte?

- Nej, men han tyckte om det vackra. Antingen var det en konstig komplimang eller så tyckte han det såg skräpigt ut när jag låg där. Jag försökte få honom att släppa av mig.

- Du hade kanske inte kommit så långt om inte vi hittat dig med en gång, sa Ham lågt.
- Istället tog han med mig till LillaVilles. Det blev inte precis lättare med en svimmad person extra, när han skulle ro över havet.

Han blev fundersam. Fortfarande kunde han inte förstå varför. Inte heller vad det var som plågade mannen, eller vad han flydde ifrån. Det gick inte att hitta något svar på det.

När Cavanagh vaknade satt Dannviw invid hans säng och läste. Nu var han rentvättad och hade nya rena kläder. Han låg en stund och tittade på honom. Han verkade så flärdfri och sorglös, men det kunde ju inte helt stämma om han var herren till Gein. Tankarna vandrade från den läsande mannen till hans egen situation. Hjälplös, långt ifrån det land som behövde honom så väl. Det gjorde honom ordentligt arg. Ligga här och maska medan andra gjorde jobbet! Det dög verkligen inte. Han försökte resa sig, vilket inte alls gick. Det vekade inte som hans kropp hade någon kraft över huvud taget.
- Ni får nog vila lite till, sa Dannviw mjukt och rättade till täcket

Hans ögon var oroliga. Munken dök upp lite längre bort, men drog sig tillbaka på en gest av Dannviw.
- Jag kan inte bara ligga här...
- Det är faktiskt det bästa ni kan göra just nu. Ni var i mycket dåligt skick redan när vi kom hit. Hade ni inte varit så hårdnackad, är det inte sannolikt att ni klarat krisen.

Cavanagh sansade sig och tänkte efter. Dannviw fortsatte:

210

- Om ni försöker ta det lugnt nu, så kan ni snabbt återhämta er helt.
- Men Adinaklint faller...
- Då har de inte tid att ta hand om er där. Det är inte mycket ni kan göra nu ändå.
- Ger ni er av kommer ni inte fram, mumlade Johannes från sina sysslor.
- Tror ni att jag överlever kunskapen om vad som händer folket i staden där borta?
- Ja, sa Dannviw. Det gör ni. I rena ilskan. De kommer att behöva er när ni väl kan återvända.
Ärkebiskopen slöt sina matta ögon och befann sig strax mittemellan dröm och vakenhet.
I det tillståndet hörde han åter jublet Dannviw möttes av när han kom hem. Han såg hustruns älskande blickar. När han slog upp ögonen igen hade han sovit en lång stund, även om han inte själv uppfattade det så. Han kände sig mer utvilad och det gjorde mer ont där han var sårad.
- Det hade jag aldrig föreställt mig, sa han.
Till Dannviw trodde han, men nu var det Gabriel som satt invid hans säng.
- Vad är det som förvånar er? undrade han.
Rösten var inte alls rätt. Cavanagh tittade upp.
- Vem är ni?
- Mitt namn är Gabriel. Jag är en av herr Dannviws rådgivare.
- Vad gör ni här?
- Min herre vill inte att ni ska vara ensam ännu. Han kommer strax tillbaka.
Cavanagh funderade över det. Han visste ju inte hur lång stund han sovit innan han vaknade. Kanske hade den blide borgherren varit hos honom hela

211

tiden. Naturligtvis behövde han sköta annat också, nu när krisen var över. Gabriel verkade inte oäven och han pratade språket flytande, även om han inte såg ut att höra hemma i Andomin heller, utan mer söderut.

- Vad förbryllar er? undrade mannen.

- Välkomnandet av er herre när han återvände hem, sa Cavanagh.

Gabriel log och förklarade:

- Vi vill att han ska känna hur välkommen han är. Den här gången var vi mycket oroliga för att vi kanske hade mist honom.

- Ni fick väl brevet han skrev?

- Ja. Det kom så småningom. Men innan dess visste vi inte alls vart han hade tagit vägen, utan fruktade det värsta.

- Han ramlade i vattnet?

- Det var svårt nog att få veta det. Ham, hans vän och livvakt, var helt förtvivlad. Han letade febrilt och våndades över att hans herre kunde ha fastnat under vattnet, där vi aldrig kunde få tag i honom. Vi blev förvånade när brevet kom. Vi räknade ju inte med att han befann sig i ett annat land.

- En karl hittade honom och rodde över med honom. En bedrift i sig, även om den verkar aningen obegriplig.

- Även för Dannviw, kan jag försäkra.

- Han återhämtade sig i klostret Darbar. - Det är ett problem. Jag vet inte hur jag ska tackla det, det måste jag erkänna.

Det sista mumlade han för sig själv, men Gabriel hörde och frågade:

- Klostret? Är det ett problem?

Han såg upp på Gabriel en stund. Det kunde inte skada att berätta:

- En massa oegentligheter händer där. Jag vet det ryktesvägen, men har inga bevis. Och alla är ju tysta...

- Munkarna och nunnorna har avgivit tysthetslöften?

- Ja. Somliga är nog inblandade, men andra... Det har förekommit att folk har gjort av med sig, fast det är ingenting som Innocentio vill kännas vid. Hm...

- Kan ni göra något när ni får visshet?

- Ja. Det finns lagar att följa.

- Skicka in en spion.

- Som munk?

- Eller som hantverkare. Någon som kan vara där utan att märkas.

Cavanagh låg länge och tittade på Gabriel. Han kunde förstå att Dannviw gärna tog den här mannens råd.

- Är ni född här? undrade han.

- Nej. Jag är född och uppfostrad i en ansedd familj i kretsen kring vårt kungahus.

- Men ni valde att inte förlägga er karriär dit?

- Min karriär var förlagd dit, som förväntat var. Tills jag gav ett råd som kungen inte tyckte om.

- Ändå litar herr Dannviw på era råd?

- Han tänker inte på samma sätt. Han vill inte ha ett råd som han själv tänkt ut, utan han vill se om det finns andra möjligheter.

- Är ni i opposition mot er kung?

- Nej. Jag ger en annan herre mina råd. De ska alltid vara de bästa möjliga, aldrig riktade *mot* någon. Det får min personliga besvikelse inte påverka och har aldrig fått.

- Så ni föll oförskyllt?

213

- Jag har kommit över det nu. Det är ingen hemlighet. Faktiskt passar det mig utmärkt.

- Det kan nog vara bättre att arbeta för en man som herr Dannviw. Han hälsas ju som en kung, vilket inte alltid kungarna gör.

- På somliga sätt är han mäktigare, även om det inte är något han spelar på. För oss är han högaktad och många här inne lyder ingen annan.

- Revolutionärer?

- Nej. I självförsvar. Alla andra har försökt skada dem.

- Vem *är* han?

Just då kom Dannviw in. Det var lite dunkelt vid dörren. Cavanagh kunde inte avgöra om han precis kommit eller stått där en stund. Något ljud av dörren hade han inte hört.

- Vem är vem? undrade Dannviw.

- Du, sa Gabriel glatt. Det svaret vill jag också höra.

- Igen? Fast du vet så väl?

Gesten Gabriel gjorde var vältalig för hans herre och avsedd att retas med honom.

- Tja, sa rådgivaren svävande. Kungens kusin, adel, välboren, son till Dahni och Wiv-Angelina, men vad säger det egentligen? Du äger Gein, men är det allt?

- Nu har du nog annat att uträtta, sa Dannviw.

- Inte före svaret.

Han slog sig ner på sängkanten och Cavanagh blev förvånad över att Dannviw inte gjorde något åt hans trots. Han förklarade istället för sin gäst:

- Detta är Gein, som ni redan har hört om. Ett hem, ett livsverk, en idé. Den som vill veta vem jag är ser det där. Fast somliga går blundande i väntan på att bli ledda - då i bästa fall fel, eller hur min käre Gabriel?

Dannviw lyfte hans huvud. Bådas ögon glittrade och Cavanagh fick en vision av en lekfull kamp.

- Du vinner, som vanligt, sa Gabriel glatt. Jag kom på att jag har mycket att göra.

Han försvann. Dannviw såg efter honom.

- En av Geins grymma män? undrade Cavanagh.

- Ja, det råder ju delade meningar om dem. Vad i hela friden har ni pratat om?

- Om er.

- De kan inte låta bli det.

- Men mest om honom. Han har fallit från konungens gunst.

- Vår kung ser inte guldet under sina ögon. Gabriel är för ärlig för hovet. Berätta om cardisterna.

Cavanagh gjorde det bekvämt för sig och började:

- Namnet har de fått efter en uppkomling vid namn Cardiet. Han är en underhållare som snabbt blev enormt populär. Med sina sånger förledde han den yngre adeln att följa ett ont ideal. Det har blivit en sorts sekt för moraliskt förkastliga värderingar, som promiskuitet och normfientlighet. Giftermål förordas inte. De som lyder under en adelsman - det gäller främst män, det finns damer också men färre - är till för hans personliga tillfredsställelse på olika områden. Har han lust för våld, ska han ostraffat få bruka det. Har han lust för förnedring, ska det vara fullt tillåtet och så vidare. Som om människorna vore hans ägodelar. Deras manifest finns i en rad sånger skrivna av Cardiet. Omåttligt festande är deras främsta ritual och det sprider sig som en löpeld genom de yngre leden. Först togs det som en nyck, ingenting att ta riktigt på allvar. Det skulle gå över. Men nu har det etablerat sig. Cardisterna har rest sig

215

för att påtvinga resten av folket sina - ideal. De är fler än vi trodde. Ja, jag hade mina dubier, men vår kung anklagade mig för att se allt i svart. Problemet är kinkigt med tanke på vilka det rör sig om. Jag ska använda mitt folk och min makt för att slå ner detta uppror. Sönernas mot deras fäder. Utan att orsaka ett inbördeskrig. Det var därför jag inte kunde ägna er all min uppmärksamhet där hemma. Jag var tvungen att inhämta adelns tillstånd att bekämpa deras söner. Ibland med hot, ibland med mutor, ofta med oändliga förklaringar. Och det är ont om tid. Ryktet gick att de skaffat sig kontakter utomlands, från det land ledaren kom ifrån. På något sätt lyckades de också få iväg ett bud till sina allierade där. Dessa ställde upp med förstärkningar som kom till deras hjälp sjövägen. Det var dem vi såg när vi lämnade Adinaklint. - Ändå bevakades alla hamnar...

Dannviw lyssnade intresserat och försökte få in den här berättelsen i sina egna erfarenheter. Det fanns en *aning* bakom, men han kunde inte reda ut vad den handlade om. Men tecknet han skymtat på det fientliga skeppet borde ge en vink.

- Det ligger något i det här som vi inte kan se, sa han lågt.

Det kunde Cavanagh skriva under på.

- Hur gör man något åt det man inte kan se? frågade han tyst.

14 Yannis hemtrakter

annviw fann att fången Yanni, som an-
länt till Gein för att eliminera dess herre
men kommit på bättre tankar, hade blivit
inlåst medan han var borta. Förklaringen
till det var att han ville det själv, för att känna sig
säker i stämningen som blev när borgens herre sak-
nades. Han blev hjärtans glad när Dannviw låste upp
hans dörr. Han skulle velat ge honom en riktigt varm
kram, men det vågade han inte.

De satte sig att prata och Dannviw fick än en gång
berätta vad som hänt honom. Yanni var en mycket
god lyssnare. Dessutom ställde han inte samma frå-
gor som alla andra. Det var intressant. Sedan berät-
tade han att han hunnit tänka väldigt mycket medan
han satt på sitt rum.

– Det är inte alls behagligt att gå tillbaka till det som
har hänt mig förut, sa han lågt. Men jag tror att det
är nödvändigt.

– Fick du fatt på fler detaljer när det gäller dina
hemtrakter? frågade Dannviw.

För hur de än hade resonerat hade alla minnen av det
försvunnit i ett töcken.

– Det fick jag. Du frågade om något otäckt hänt mig
och man kan ju tänka att bara leva inte är otäckt, men
för mig var det så. Inlåst här, så jag inte kunde
komma bort från allt det fina i den här borgen, kunde
jag gå tillbaka en liten bit i taget. Jag tror att jag vet
vägen dit.

217

– Så bra. Kan vi ta oss dit kan vi också få namn på allt som finns där.

Yanni såg länge på honom. Han skrattade inte eller hånade för allt det som egentligen var fruktansvärt pinsamt. Den här mannen kunde man inte låta bli att tycka om.

Men ge sig iväg ensam med Yanni fick Dannviw inte. Det trodde han inte heller, men kanske räckte det med Ham och kanske Laurence, som inte gärna lämnade honom ur sikte nu. Det räckte definitivt inte. Antonius insisterade på att han skulle ha fler med sig. Dannviw vände sig till Creig, som höll med.

– Om inte för annat så för att hålla reda på dig, morrade Creig. Ethelred, Guy och Ola följer med.

Dannviw gav sig. Annars skulle de aldrig komma iväg. Eftersom folket där borta var så erbarmligt fattiga, tog geinmännen med sig lite som de kunde behöva. Yanni trodde emellertid inte att hans familj skulle ta emot det. På något sätt hade han fått för sig att de ville dväljas i elände.

Det blev en trevlig resa, på grund av alla som följde med. Vädret var ruggigt och när de kom utanför Glochnessin blev trakten allt tröstlösare. Yannis föräldrar bodde i utkanten av en liten by. Allt där var gråbrunt. Husen, vägarna, växtligheten verkade vara täckt med lera. Det var inte svårt att förstå att en sådan omgivning satte sin prägel på folket som levde där. Det kunde krävas alltför mycket för att göra något åt det. Medel fanns förmodligen inte. Kanske inte kunskapen heller.

– Där bor mina föräldrar om de finns kvar, sa Yanni lågt.

Det hördes att han inte var glad över att vara tillbaka. Han fortsatte:

– Vi kan nog inte rida in i byn...

– Nej, det är nog bäst att du pratar med dem själv, sa Dannviw. Försök ta reda på så mycket som möjligt.

Yanni tvekade. Så sa han:

– Får jag följa med tillbaka till Gein?

– Det är klart att du ska. Jag, och inte minst du, vill bara veta mer om dig. Vi är utanför mitt område nu, så det är inte mycket jag kan göra för det här folket, men du kan göra något för din familj. Tag med den här ränseln.

Yanni tummade på den. Det var verkligen tur att han inte lyckats ta livet av den här herren. Nu gav han honom en förstulen kram innan han satt av sin häst och började vandra fram till huset.

När han gick där upplevde han samma känslor som han fylldes av när han bodde här. Misär och hopplöshet. Vad man än gjorde ledde det ingen vart. Man var aldrig mätt, aldrig varm. Men nu hade han ett annat hem. Han var här med en annan uppgift. Dannviw hade inte sagt det, men han var nog mycket intresserad av den agiterande farbrodern.

Efter viss tvekan knackade han på dörren. Mor öppnade. Hon skulle ha barn igen.

– Yanni? sa hon frågande. Var har du varit?

Hon visade att han skulle gå in. Far kom fram och hälsade med en nick.

– När är det dags? frågade Yanni och kämpade emot fåordigheten som hemmet utstrålade.

– Om ett par månader, sa hans mor och rodnade.

– Var är de andra?

– Syster din tjänar piga.

– Vilken? sa Yanni.

– Lisen, sa hans far lågt.

– Kande, bror din, är hos smeden, sa mor.

– Hur många är vi nu?

– Det här blir det elfte. Sex har Vår herre tagit tillbaka.

– Bor någon kvar hos er?

Det kändes konstigt att bara sitta och prata så här med människor som knappast sagt ett ord medan han bodde här.

– Kora bor kvar, sa far.

– Hon är ju ofärdig.

Ja, hon hade något fel på en arm, mindes han nu. Det var hon som mest tagit hand om honom när han var liten.

– Då har ni inte så många munnar att mätta nu?

– Det är svårt nog ändå. Far har ont i foten.

– Kallar ni aldrig varandra vid namn?

De såg på varandra. Situationen var främmande även för dem. Så här mycket hade de aldrig pratat förr och inte med Yanni, som var butter och tyst. De trodde knappt han kunde prata.

– Skulle jag kalla far Sande och han mig Soli? Vad skulle det vara bra för?

–Yanni log bara. Han tog fram ränseln och sa:

– Jag tog med lite som ni kan behöva. Här är lite pengar också, men dem får ni nog gömma undan och ta fram efter hand som ni behöver.

Med frågande ögon öppnade hans mor ränseln och drog fram klädesplagg, finare än hon någonsin sett. De var inte riktigt hela, för det var sådant som

220

egentligen skulle slängas, men de var helare än de kläder paret hade på sig.

– Var har du fått tag på det här? sa Sande anklagande.

– Det var synd att de skulle kastas, när de kunde användas mer. Jag fick ta dem.

De hade heller inte råd att säga nej. Och så mycket pengar hade de inte sett förr. Blicken Yanni fick gjorde att han förklarade:

– Jag har lagt undan av min lön.

Det var enklast att förklara det så. Sedan fortsatte han:

– Din bror, har han varit här på sistone?

– Elve? sa Sande. Inte på ett tag. Det är jag glad för. Han vill att vi ska "resa oss". Att vi ska slåss. För vad? För att bli av med gården och hamna i fängelse?

– Varför vill han det?

– Kanske har han rätt i att herrarna tar allt, men vad kan vi göra? De har ju makten. Själv går han runt i staden och tar vilka jobb som helst. Så vill inte jag ha det.

– Vilken stad är det?

– Alstervada.

– Berätta om alla mina syskon.

De ville egentligen inte det, för de tog inte lätt på att deras barn dog efter hand, men de berättade. Sedan sa han adjö och lämnade dem igen. Han visste mer, men det gjorde honom definitivt inte gladare.

Innanför skogsbrynet väntade Ola och Guy. Dannviw hade konstaterat att detta var Guntrams område. Det förbryllade honom att det var så misskött. Hans residens låg inte långt därifrån, så han tog Ham, Ethelred och Laurence med sig för att prata med honom. Det var inte mer uppmuntrande att komma in på godsets gård.

– Man känner sig flyttad tillbaka till herr Gisles hus, sa Ham lågt.

Han hade rätt. Det var väldigt tydligt vilka som tjänade och inte hade några rättigheter. Det fanns ingenting som helst som försökte göra den här gården trevligare. Tjänarna som befann sig där ute glodde fientligt på dem. Ledin kom ut på gården och tog emot dem:

– Va' fan gör ni här? Detta är inte ert område, så håll er härifrån.

– God dag, Ledin, sa Dannviw artigt. Jag söker husets herre, din far Guntram.

– Vad jag vet har han inga affärer med er, så ge er iväg igen.

Men i samma ögonblick kom Guntram ut på gården och han var av en helt annan uppfattning:

– Herr Dannviw! Så roligt att se dig igen. Kom in. Har du inte bjudit in herrarna?

Frågan var ställd till Ledin, som svarade:

– Jag vill inte ha dem här.

– Vad är det för nonsens? Gå och ta emot skattmästaren. Han väntar på dig utanför ladan.

Ledin gick. När han gjorde det kom en man fram till honom och meddelade honom något och han tog mannen med sig när han gick. Dannviw lämnade kvar Ethelred hos hästarna, medan de gick in och pratade med Guntram.

– Vad för dig hela vägen hit, min vän? frågade Guntram medan de slog sig ner i ett stort, hemtrevligt rum.

222

– Jag behövde veta mer om en av mina fångar, sa Dannviw. Hur kommer det sig att ditt område är i så uselt skick?

– Tycker du? Ja, här finns väl inte samma förutsättningar som i Glochnessin, Men så uselt är det väl inte. Jag håller på att lämna över allt mer till Ledin nu. Han är ofta vid hovet, men han har satt in folk som sköter området. Det kan han, för det är inte ofta han frågar mig om råd.

– Har du inte en son till?

– Marvin. Men honom är det ingen reda med. Han har dessutom kommit ihop sig med Ledin, annars kunde det vara bra om de skötte gården tillsammans. Särskilt nu när Ledin är i kungliga rådet.

– Har du varit ute och tittat på ditt område på senare tid?

– Min hustru har varit krasslig – ja, jag vet att det inte är någon orsak, men hon blir mer och mer förvirrad. Hon behöver någon som ser till henne hela tiden, men Ledin vill inte ha vem som helst i närheten av sin mor.

Det sista viskade han, för damen i fråga kom in och stängde dörren noga om sig.

– Åh, sa hon. Har vi gäster?

– Det är herr Dannviw som har haft godheten att titta in Tora, sa hennes man.

Hon lät sig presenteras och hälsade på dem. Sedan satte hon sig och konverserade och verkade inte alls förvirrad. De frågor Dannviw ställde svarade hon på och berättade glatt vidare. Hon var bekymrad över att hennes söner inte kom överens längre:

– Inte för att de någonsin har kunnat dra riktigt jämnt, men nu säger den ene saker om den andre som jag absolut inte kan tro på. De har väl kommit ihop sig om något. Jag hoppas att de snart kan reda ut det igen. Jag vill gärna att Marvin också är här.

– Han har skaffat sig ett arbete hos en annan herre, sa Guntram förklarande till henne.

– Det vet jag. Han arbetar som rådgivare hos Chain nu. Men jag vill ändå kunna träffa honom ibland.

Dannviw och hans män var mycket förbryllade när de lämnade paret ute på gården. Vid porten såg Dannviw en man till som verkade bekant, men han kunde inte placera honom. De begav sig till skogsbrynet där Ola och Guy nu hade fått sällskap av Yanni igen. Han berättade vad han fått veta om sin familj och nu, när de var på väg bort från området igen, kunde han vara glad åt vad han fått veta. Mörkret runt honom skingrades allt mer och det fanns minnen, som inte bara var elände och förnedring.

Väl hemma samlade Dannviw sina rådgivare. De som varit med på resan var också med. Han berättade vad som hade hänt och alla fick tala om ifall de gjort några andra iakttagelser. Yanni berättade då:

– Jag tog reda på lite om min farbror också, för jag tänkte att du nog ville veta det. Han heter Elve och bor i Alstervada, där han tar diverse jobb. Det verkar som om han vill att far ska resa sig mot överheten... Ja, det vill han ju. Det har jag själv hört. Problemet är att far inte förstår vad han skulle vinna med det.

Dannviw log.

– Det var bra att du frågade om det. Alstervada... Han funderade en stund. Det var bara en liten stad, belägen inte långt ifrån Ljungbäck. Sedan sa han:

– På gården till Guntrams hus såg jag en bekant prata med Ledin. Det såg ut som Grim, men det kan lika gärna ha varit Wyrm. Men det kan vi kontrollera. Det fanns en till med bekant utseende. Den jag tänker på är Lukanus från Mattvattnet. Vi träffade honom i Frendlinge.

– Det var där jag hade sett honom, sa Ham. Men då hade han inte ett fult ärr över hela ansiktet.

– Han hade inte det, men det kan Syrus ha, han som slapp undan den gången.

– Det ger två skumma typer på samma ställe, sa Laurence lågt.

– Hur upplevde du Tora, Laurence.

– Ja, inte som förvirrad i alla fall.

– Ham?

– Hon berättade och frågade på ett tydligt sätt. Men ibland kan sådant komma och gå. De kan ha klara stunder också.

– Det är sant. Men något känns inte bra.

– Hela området känns inte bra, sa Ethelred. Värre misär har jag inte sett på länge.

– Marvin hade kanske åsikter om det inför sin bror, sa Laurence. Därför kom de ihop sig.

– Jag måste prata med Claudin om detta.

– Det handlar ju inte bara om ett privat område, där man gör som man vill, sa Antonius. Han kan inte lämna över om sonen inte klarar det.

– Det ryktas att Ledin är ivrig att ta över, sa Gabriel. Vad kan det här handla om.

– Det är kanske han som är förvirrad, trodde Elm.

Äntligen kunde samtalen med Yanni bli mer kreativa. Han berättade om minnen av sina syskon,

225

efterhand som de kom till honom, som hans syster Koras roll i hans uppväxt. Hon hade lärt honom mycket och han mindes hur roligt han tyckte det var. Dannviw kunde inte låta bli att le, när han såg hur glad Yanni var över att han haft det långa samtalet med sina föräldrar och att han hade kunnat hjälpa dem lite. Han fick också berätta mer om farbror Elve och vad han hade sagt. Vid de tillfällena fick Yanni kämpa hårt mot mörkret, som hotade snärja in honom igen i sin dimma. Det kändes inte alls bra att försöka komma ihåg hans ord, med tanke på vad det hade lett till. Men ville Dannviw veta, kunde det hjälpa honom, så skulle han försöka minnas.

15 Cavanagh tillfrisknar

avanagh hade äntligen blivit så pass frisk att han kunde sitta uppe. Han tyckte inte alls om daltandet med honom, som han upplevde det, utan blev förtretad. Men när han nu fick tillåtelse att gå till biblioteket, för att komma undan allt detta daltande, märkte han hur svag han blivit. Han fick stanna flera gånger för att hämta krafter. Gabriel, som följde honom, blev orolig. Dock hade han nu insett, att det var bäst om den här mannen fick göra som han ville. Gabriels uppgift blev då att se till så han fick det så bekvämt som möjligt när de väl nådde biblioteket.

Inkommen i detta vackra rum blev Cavanagh på mycket bättre humör. En man som lade sina rikedomar på böcker kunde han verkligen uppskatta. Visserligen hade han själv sällan tid att läsa, men han ansåg att kunskap var ovärderlig. Å andra sidan kunde det handla om något helt annat...

- Läses de här böckerna eller är de till för att imponera? frågade Cavanagh barskt.

Medan Gabriel svarade drog han fram en pall som Cavanagh kunde ha fötterna på:

- Visst läses de. Herr Dannviw skulle sitta uppkrupen i en stol och läsa hela dagarna om han kunde. Alla som kan läsa här inne har tillgång till bibliotekets böcker. Det kommer till och med kunskapssugna hit från andra håll i landet.

Cavanagh ägnade sig åt att titta på alla hyllorna som gick från golv till tak en stund, medan han kämpade emot en infernalisk trötthet. Han hörde Gabriel fråga:

- Är det något ni vill läsa?
- På ert språk? Inte just nu...

Men Gabriel kom snart till honom med en bok på hans eget språk. Cavanagh blev imponerad.

- Jag vet att din herre talar mitt språk mycket bra, men kan han läsa det också?
- Han läser många språk, sa Gabriel.

Cavanagh undersökte boken. Ja, nu hade han i alla fall tid.

Men han hann inte börja läsa förrän Dannviw och Dinah kom in. Han noterade att de verkade mycket fästa vid varandra. Hon hade ett handarbete som hon satte sig med. Han såg till att hon fick det bekvämt, medan hon frågade:

- Hur mår ni nu?

Dannviw damp ner i stolen bredvid henne och drog upp ena foten. Ham slog sig ner invid sin herres stol.

- Jag är så otroligt matt, sa Cavanagh. Märkte det först nu, när jag var på väg hit.
- Er kropp försöker fortfarande återhämta sig efter läkningen av era skador. Det tar tid.
- Jag har insett att det inte är lönt att insistera på att jag måste hem.
- Det är det inte. Vi släpper inte folk som kommer att kollapsa på vindbryggan.
- Det blir så skräpigt, inflikade Dannviw alldeles allvarligt.

Cavanagh bara såg på honom med höjda ögonbryn.

- Hm, sa han. Jag undrar hur det går för folket i Adinaklint.

- Det kan jag berätta om. I alla fall en del, sa Dannviw. Jag bad nämligen din svåger Joakim att skicka uppgifter om det, när han kom tillbaka dit. Det har han också gjort. Det sista vi såg var att skeppen som anlöpte hamnen, attackerade oss och kyrkans tak fattade eld. Den elden lyckades folket släcka, men reparationer behövs. Skeppen skulle inta staden, men det lyckades inte. Det största av dem sänktes. Joakim skrev att det verkade som om de inte visste riktigt vad de skulle göra. Förstärkningarna som vi väntade på nådde så småningom fram. Tillsammans med stadens folk lyckades de jaga bort cardisterna. Adinaklint är alltså befriat.

- Den ska inte vara obelönad som har del i det.

- Ändå är allt inte frid och fröjd, fortsatte borgherren. LillaVilles kung Fagiel önskar träffa dig med det snaraste. Han har nåtts av ett obekräftat rykte att du skulle ha, mot hans uttryckliga vilja, fört ut en högättad främling, som kommit till landet på okänt sätt.

- Det känner väl du till, morrade Cavanagh.

- Inte hur han kom dit, men det skulle jag vilja veta och inte minst varför. Det jag med säkerhet vet är, att han är djupt tacksam för att du förde ut honom som du gjorde.

Cavanagh såg roat på sin värd.

- Det verkade minsann inte så då. Ilsken och snar till hugg, som en kobra.

Dannviw såg mycket glad ut. Gabriel kommenterade förvånat:

- Har ni lyckats få Dannviw så arg? I sanning en bedrift. Hur bar ni er åt?

- Så du ska kunna göra likadant, mumlade Ham mellan knoparna.

- Det var frågan om en grundläggande missuppfattning, förklarade Dannviw.
- Ja, det kan man nog säga, sa Cavanagh. Det inser jag nu. Jag insåg inte vem - vad - du var. Men det kunde du ha talat om.
- Jag berättade att jag är ledare för alla de råa männen på Gein, men du trodde inte att det var så. Men det gör inget, så länge det inte skapar obehag.
Cavanagh kunde hålla med om att det inte kändes särskilt sannolikt, när han först mötte Dannviw.
- Det fanns inga bevis att tillgå, fortsatte borgherren. Jag kunde inte styrka vad jag är. Men jag hade inte lust att stanna i lägret tills situationen ändrades av sig själv.
- Nehej? Då började du fundera och av alla vansinniga idéer...
- Men den fungerade. Och jo, jag har prövat den tidigare, så det var inte ren tur.
Cavanagh såg tvivlande på honom, medan han gick igenom allt det där i huvudet. Det ledde till kommentaren:
- Du leder dem verkligen själv?
Dinah inflikade när hennes man såg frågande ut:
- De råa männen.
Nu log han brett och svarade:
- Jag gör ju det. Men de lyder inte blint. De följer mina idéer sedan jag har förklarat för dem. Själva ledandet delas upp på fler. Det är mer praktiskt så.
- Jag skulle gärna vilja titta närmare på ditt Gein, men det blir nog inte tid till det, sa Cavanagh.
- Du får börja röra dig ute, så försiktigt, när du orkar. Då kan jag visa dig en del. Det gör jag gärna.
- Så det är inget hemligt med hela er effektivitet?

230

- Definitivt inte.

- Vi är mycket stolta över vårt Gein, sa Gabriel. Vi förklarar gärna. Men det krävs vilja för att kunna förstå hur det kan fungera.

Det blev så. Först var det Dannviw och Gabriel som visade och förklarade. Men när Cavanagh kunde klara sig själv, fann han andra att fråga. Hela tiden ökade hans respekt för folket här inne, borgherren och hans idéer. Han började också undra över vad kung Fagiel kunde vilja med denne herre. Att han var mäktig och omtalad kunde vara ett skäl att vilja träffa honom, men Cavanagh trodde inte det var hela förklaringen. Ingen visste ju om att Dannviw fanns i Lilla Villes. När ärkebiskopen kom in på tanken, att hans kung kunde vilja använda en utländsk adelsman i någon sorts förhandling, blev han alldeles kall. Vid de senaste mötena hade han haft en så underlig inställning.

Dannviw hittade honom i djupa funderingar invid övningsbanorna.

- Du har väl inte blivit sämre, sa han oroligt.

Cavanagh vaknade upp ur sina tankar.

- Nej. Inte alls, sa han.

- Vad är det då du grunnar på?

- Att jag måste hem med det snaraste. Allt fler frågetecken hopas.

- Vi håller på att ordna det också. Men du får ta det lugnt. Ännu har du inte återhämtat dig helt. Även om du klarar resan hem, måste du vila när du märker att det behövs och äta åtminstone en gång om dagen, även om ingen uppmanar dig att göra så.

231

Cavanagh fnös. Men han fick nog ändå försöka ta det lugnt om det här skulle gå vägen.

- Vad är det för frågetecken du tänker på? undrade Dannviw.

- Det som har hänt och följderna av det. Du vet redan om det mesta. Men jag har börjat undra över varför Hans Majestät var så ivrig att träffa dig.

- Och det kan inte vara för att jag är så himla trevlig?

- Det vet han ingenting om.

- Han kan ha hört ett rykte.

- Visserligen, men enligt min erfarenhet kan det ligga helt andra saker bakom.

- Som?

- Fördel i förhandlingar. Jag vet inte om det är så, men jag måste undersöka det. Som det är nu vet jag bara, att jag gjorde alldeles rätt som såg till att du kom därifrån.

- Det tycker jag också. För detta är jag dig verkligen djupt tacksam. Inte minst för att jag fick sända iväg ett brev, som förklarade var jag hade blivit av. Det hade mycket stor betydelse för mitt folk här hemma.

- Jag förstår det, sa Cavanagh.

Han hade hört en hel del om hur det var när borgherren försvann och om hur de letade. Han förstod mycket väl vad det betydde. Han var ganska bra på att tolka människors natur. Det var han tvungen till. Oftast fick det gå snabbt, men här i lugn och ro, kunde han se nyanserna, även om han inte var närmare bekant med de här människorna.

Dannviw fick ett meddelande från en man med underligt fjälliga händer.

- Tack Nicolas, sa han.

Han läste meddelandet och sa sedan:

- Joakim angör hamnen om några dagar. Så det är dags att göra sig klar. Mina män följer dig dit och ser till att du kommer ombord. Jag ser gärna att du hör av dig och berättar vad som pågår i Lilla Villes.
- Det ska jag göra. - Det har verkligen varit intressant att göra din bekantskap och att få se allt det här. Han gjorde en vid gest som innefattade hela borgen. Han funderade en stund innan han fortsatte:
- Mycket intressant, men jag tror inte det går att överföra dina idéer till andra platser hur som helst. Visserligen fick du även mina män att lyda. Det var antagligen för att du ansåg det som självklart att de skulle göra det. Men hela idén... Underlydande i allmänhet är nog inte mogna för att ta ett så stort ansvar själv.
- Inte med en gång. Det du ser här har vuxit fram över en lång tid. De ledare jag har närmast...
Han gjorde en gest mot Creig som stod intill dem.
- ...trodde från början att de skulle få rädda situationen själva, eftersom deras herre var alltför ung och oerfaren.
- Så är det fortfarande, kommenterade Creig helt allvarlig.
Dannviw tittade menande på honom och han ryckte på axlarna och slog ut med händerna. Så sa han:
- Men idéer hade han. Den om att bygga badrummen befarade jag skulle skapa myteri.
- Orsaken var att jag ville se vem det var jag pratade med och det var ju svårt innan.
- Han har alltid någon sorts baktanke, sa Ham. Han har bara svårt att komma fram med den, så man kan värja sig.

233

- Eller så säger jag det inte för att ni inte ska kunna det, replikerade Dannviw.

Cavanagh lyssnade och log. Det som nu hände framför hans ögon fanns inte med i deras förklaringar. Ändå klargjorde det mycket tydligare vilken betydelse den smale mörke mannen hade. Tänkte han sedan tillbaka på med vilken översvallande glädje Dannviw hälsades vid sin återkomst, var det inte svårt att föreställa sig sorgen hans försvinnande åstadkom. Han insåg allt klarare att han avvärjt en katastrof. Ja, han hade handlat alldeles rätt när han hjälpt denne man. Då fick man ta alla eventuella efterräkningar med jämnmod. Han sa med ett leende:

- Just nu undrar jag om inte lydnaden är en ren illusion.

Kommentaren möttes av ett unisont hyssjande från alla utom Dannviw, som sa:

- Samspelta är de i alla fall. Det kan man inte klaga på. Dinah vill ta farväl och sedan är det dags att ge sig av.

Det var fler som ville säga adjö. Cavanagh blev nästan generad. Men så var de färdiga och åtta män följde honom mot hamnen, förutom Joakims besättningsmän som stannat kvar tills nu. Där trodde han att geinmännen skulle lämna honom, men fyra återvände hem, medan de andra fyra följde honom ända till Irmelden. På så sätt kunde de återvända till sin herre och tala om att Cavanagh var tillbaka där han skulle vara.

16 Claud

F rosten hade knappt hunnit lägga sig på vindbryggan igen, sedan Cavanagh ridit iväg med sina följesmän, förrän det kom en kallelse från Claudin att Dannviw skulle infinna sig på Engenau. Det gällde rikets säkerhet.

Dannviw fick inte bege sig dit själv om han trodde det. Att bara kila dit och se vad det vad det rörde sig om blev det inte tal om. Han fick ett ordentligt följe med sig. Det var lätt att förstå varför de ville ha det så och Dannviw tog det med jämnmod. Det kunde dessutom vara trevligt med sällskap. De färdades i behaglig takt och kunde prata om allt som föll dem in.

Claudin såg oroväckande barsk ut när han tog emot dem. Han var inte i stånd att uppskatta den välregisserade, unisona bugningen de hälsade honom med. Irriterat sa han:

- Jag ser att du har ett passande antal följesmän med dig. Är det menat som försvar?

- Ack nej. Jag har varit ofrivilligt försvunnen en tid, därför vill de hålla ögonen på mig nu. Jag var övertygad om att det inte innebar en fara att komma hit.

- Försvunnen ja. Eller på resa i vårt grannland. Jag vill inte att du gör sådant på eget bevåg.

Claudin var uppenbarligen upprörd.

- För att?? frågade Dannviw allvarligt.

- Det landet präglas av oro och mer behöver inte tillföras! Min kollega Fagiel undrar varför du reser runt i hans land, men vägrar träffa honom när du får en inbjudan att göra det!

Dannviw suckade. Han vände sig om och lät de flesta i följet gå iväg, vilket gjorde Claudin allt mer irriterad. Bara Ham och Laurence stannade kvar. Alla tre satte sig ner och Claudin undrade:

- Tror du att du kan ta dig tid att förklara varför du ger dig till att skapa kalabalik i LillaVilles?

- Om du ger mig tillfälle till det. - Först: Jag har inte rest runt i LillaVilles och det står inte i min makt att skapa mer kalabalik där.

- Skulle alltså brevet vara falskt?

- Lugn, Claudin. Det är det säkert inte. Jag ska förklara från början: När jag en dag var på väg hem ramlade jag i floden Marni. Vattnet är kallt vid den här tiden och alltid mycket strömt, så sedan saknas det en del information om vad som hände, men i alla fall tog en man hand om mig. Under vilda protester, så vilda de kunde bli i det tillstånd jag befann mig, fördes jag av honom till LillaVilles och lämnades i klostret Darbar.

- Innocentios kloster. Jag känner till honom, morrade Claudin.

Ännu visste han inte om han skulle tro på sin kusin eller på sin kollega.

- Alla utom jag verkar känna till honom. Efter vad jag har förstått hade han nog inga planer på att släppa iväg mig. Inte ens brev gick att få iväg därifrån. Men så råkade ärkebiskop Cavanagh komma dit och han tog mig med sig när han for.

- Honom ska du akta dig för. Han har sänkt skepp, som kom till Adinaklints undsättning, när han stormade staden.

- Hm. Så var det inte riktigt. Verkar vara mycket desinformation i omlopp, mumlade Dannviw.

Men kung Fagiel kunde inte ha hört Cavanaghs version av händelserna ännu. Det han hört måste komma någon annanstans ifrån. Borgherren fortsatte:

- Men vi kommer till det. Vad Cavanagh tänkte göra var att begära företräde för mig hos kung Fagiel. Han ansåg att jag borde ut ur landet med det snaraste och där var vi helt överens. Det finns i landet en sektlik rörelse, som kallas cardister. De har vuxet sig allt större och nu har det gått så långt att de måste bekämpas. Vilket inte är så lätt. De består till största delen av adelns söner, som är i opposition mot sina släkters sedvänjor, och även alla andra vedertagna normer. Uppgiften att reda ut detta gjorde att Cavanagh balanserade på randen till katastrof.

- Han är inte pålitlig. Bara för att du har mött honom som hastigast, betyder det inte att du känner honom.

- Lyssna istället. I väntan på företräde hos kungen hamnade jag på Cavanaghs gods Amradal hos hans halvbror Augustin. Där kom och gick viktiga personer hela tiden och jag träffade en bekant till mig. Samtidigt stötte jag på den allt mer utbredda desinformationen. Hm. Just det. Eftersom Augustin är Fagiels svåger, kan de ha pratat...

Så kunde det vara, för det verkade inte som Cavanagh hade kommit så långt som att be kungen om audiens för Dannviw. När borgherren blev tyst och fundersam sa Claudin:

- Jag lyssnar. Fortsätt.

- Jag besökte min vän, eftersom jag ändå var i närheten och allt verkade ta sin lilla tid. Därifrån hämtades jag abrupt av Cavanagh igen. Nu ville han inte

237

alls att jag skulle träffa kungen. Han ville att jag istället skulle hem. Vi kunde inte vara mer överens. Problemet var nu bara att vi inte kom in i hamnstaden Adinaklint, från vilken han hade tänkt att jag skulle segla iväg. Cardisterna hade belägrat staden.

- Så då stormade ni staden?

- Ingalunda. Vi tog oss in, det gjorde vi. Cavanagh väntade på förstärkningar för att *befria* staden, så allt kunde återgå till det normala, men de tog tid på sig. Och jag ville hem - det erkänner jag. Det var alltså inte Cavanagh som stormade staden. Det var *cardisterna*, när de insåg att han tagit sig förbi dem och in i Adinaklint. Och något skepp hade han inte möjlighet att sänka. Han blev illa sårad när vi steg ombord på hans släktings skepp.

- Augustins?

- Nej, en svåger. Skeppen kom för att undsätta cardisterna, inte staden. Hm. Jag tror inte det är det sista vi hör om dem.

- Varför det.

Det fanns ett tecken som ett av skeppen bar. Dannviw tyckte sig känna igen det, men han kunde inte placera det. Han sa:

- Bara en känsla.

Claudin gav honom en misstänksam blick. Så sa han:

- Så Cavanagh är död?

- Hoppas jag inte. Han har varit på Gein till alldeles nyss. Jag har precis sänt hem honom frisk och redo att ta nya tag.

- Han har varit på Gein?

- Utan att vare sig du eller Fagiel visste det. Så det är mer än flyktigt jag känner honom. Enligt min mening behövs han verkligen i LillaVilles.

238

Claudin lutade sig tankfull tillbaka i stolen. Han hade ingen anledning att misstro sin kusin. Om han velat slingra sig, hade han väl inte kommit med en så underlig historia. Han brukade inte ljuga. Undanhålla det som han tyckte att man inte behövde veta, men ljög direkt gjorde han inte. Claudin såg på honom. Han såg fundersam ut.

- Vad tänker du på? undrade Claudin.
- Var jag har sett tecknet som ett av skeppen bar. Det måste ju vara en av LillaVilles provinser...
- Hur kommer det sig att kung Fagiel är så felinformerad då?

Dannviw såg på honom. Han undrade över samma sak. Claudin räckte honom brevet så han själv kunde läsa. Vad Dannviw kunde se så var brevet äkta. Han sa lågt:

- Jag antar att det finns folk i hans närhet som säger fel saker och har nytta av det.

Claudin höjde ett skeptiskt ögonbryn. Dannviw lämnade tillbaka brevet och fortsatte:

- När jag var i Amradal stötte jag på ett oroväckande fenomen. Folk kom med information, men när den skulle föras vidare, förvreds den på ett obehagligt sätt. Först trodde jag att jag missförstod alltihop, men snart förstod jag att det verkligen var så. En del av människorna där vände helt medvetet på sanningen. Det var svårt att se varför och vem som vann på det. Jag var inte där för att reda ut det och gjorde det inte heller. Men jag fick veta att Cavanagh försöker få till ett samarbete mellan landets ledande personer. Några av dem var inblandade här.

- Skulle någon medvetet sabotera det?
- Det ser inte bättre ut.

- Ja... Det har ju hänt förr...

Dannviw såg hastigt på honom innan han konstaterade:

- Ett faktum är, att sprida missämja och förvrida sanningen är cardisternas signum.

- Vad är de för några egentligen?

Så Dannviw berättade vad han hade hört, sett och vilka slutsatser han dragit. Claudin ställde frågor. Han började inse hur stora problem det fanns i Lilla-Villes. Det kunde leda till problem även för Andomin, men att veta lite om av vilken natur problemen var, gjorde Claudin lugnare. Men brevet och dess innehåll fick Dannviw att vilja tänka vidare. De lämnade Claudin och gick ut. Laurence behövde gå ifrån dem en stund och sa:

- Jag söker upp er, men gå nu inte och dratta i vattnet.

Dannviw log, men hade annat att fundera på. Han och Ham gick längs med kanalen vid slottet. De gick över en bro för att titta lite på Ljungbäck i fruset tillstånd. Promenaden fortsatte utmed den andra sidan av kanalen och de pratade om samtalet de nyss haft, brevet och händelserna i LillaVilles. Dannviw försökte få fatt aningen som lurade i det fördolda.

När de skulle gå över kanalen igen, upptäckte de att den närmaste bron var under ombyggnad. De kunde inte komma över där, så de stannade vid kanalkanten och fortsatte sitt samtal. Ham spanade efter en annan bro. Dannviw visste var den fanns, men de hade ingen brådska in. Luften var frisk och skön. Frosten bildade glittrande kristaller på allting.

De lutade sig mot muren och tittade över till slottsgården. Här var kanalen ganska bred för att båtar skulle kunna lägga till utanför slottet. De gjorde så

240

vid högtidliga tillfällen. På andra sidan roade sig någon med att bada i kanalen. Det var lite väl kallt för det, så det blev ett avbrott i samtalet när de två upptäckte det. Ham undrade:

- Vad håller de på med?

- Där är Cox, sa Dannviw.

Han hade just upptäckt att narren var en av de som dök i vattnet.

- Skulle det vara lustigt? kommenterade Ham lågt.

Dannviw hörde det inte för en krypande, otäck känsla av att allt inte stod rätt till. Någonting tog för lång tid. De var på fel sida och kunde inte snabbt ta sig över.

- Vi måste dit, mumlade Dannviw. Vilken väg är snabbast...

- Va' f... Laurence tänker också bada! sa Ham.

Dannviw tittade snabbt dit och såg hur Laurence tog av sig det tyngsta och sedan snabbt hoppade i det kalla, smutsiga vattnet. Det kunde inte vara för nöjes skull, det visste de båda. De sprang så fort de kunde till nästa bro, över den och sedan tillbaka längs andra sidan, till den plats där männen dök. Känslan av annalkande katastrof blev starkare när de såg, att en del av männen på kajen var kungens egna livvakter. De var så uppskärrade, att det inte gick att få kontakt med dem. På frågan om vad som hänt fick de endast ett halvkvävt:

- Han kan inte simma...

Innan de hann fråga mer dök Cox upp ur vattnet. Han hämtade luft och dök igen. Laurence kom simmande med någon.

- Herre Gud, det är Claud, viskade Dannviw.

Med ens förstod han att katastrofen var ett faktum. Claud kunde inte simma. Han hade varit i vattnet för länge.

Ham sträckte sig ner och lyfte upp pojken. Fler händer hjälpte till. De lade honom på någons kappa på stenarna. Dannviw slog sig ner på knä bredvid. Han mer kände än såg att Mikkel satte sig bredvid honom.

– Vad har hänt, frågade han tyst.

– Han ramlade i vattnet.

När Ham lämnat ifrån sig Claud, sträckte han Laurence sin hand, men denne skakade på huvudet och sa:

– Jag måste hämta en till.

Så dök han.

Dannviw och Mikkel kunde bara konstatera att Claud var död. Han var blek och stilla, alldeles kall redan. Försiktigt lade Dannviw kappan om pojken och lyfte honom i sin famn, som för att värma honom. Mikkel höll hans hand och grät. Davy var där. Lågt undrade han:

– Är han...?

Dannviw bara böjde på huvudet och viskade:

– Ja. Det finns inget mer vi kan göra för honom.

Men han höll kvar den döde pojken i sin famn.

Under tiden hade Laurence fått tag på Cox, som spottade, hostade och drog efter andan, men var fast besluten att dyka igen. Laurence höll på att tappa greppet om honom.

– Jag måste hitta honom, sa Cox förtvivlat. Släpp!

– Han är uppe, sa Laurence.

Då fick han Cox med sig till stranden. Det var tur att Ham var där och kunde dra upp honom, för väl uppe

242

föll han kraftlös ihop i en hög. Ham gav Laurence ett handtag, så han också kom upp.

- Fy fan va' skitigt, spottade han.

Han var våt, kall och arg för han anade, att de inte hade kunnat rädda den förste de fick upp. Ham lade hans kappa om honom. Laurence såg på Dannviw som höll Claud i sin famn. Dannviw såg upp på honom och svarade hans frågande ögon med en nästan omärklig huvudskakning.

- Fan också, muttrade Laurence uppgivet.

- Ta hand om Cox, Ham, sa Dannviw.

Han sträckte Laurence handen. Laurence tog den.

- Du gjorde ditt bästa, sa Dannviw lågt. Han hade varit i för länge när du dök.

Nu kom folk från alla håll. Dannviw lyfte upp Claud och Ham lyfte upp Cox. De överlämnades båda till kungens livmedikus, när de kom in. Mikkel ville inte lämna Claud ännu. Dannviw stannade för att ta emot prinsens mor och far.

- Hm, sa läkaren. Det är bättre att du går. De kommer att hålla dig ansvarig, när de hör att du kom in med honom. Det blir bara värre om du är här när de kommer.

- Det är inte så mycket att göra åt det, sa Dannviw lågt. Jag har ingen anledning att smita undan.

- Bli inte upprörd över deras reaktioner.

- Jag är redan upprörd, om det nu är rätt uttryck. Dörren rycktes upp och in kom Claudin och Beatrice. Beatrice kastade sig över sin son och gav luft åt sin sorg. Claudin höll på sin värdighet.

- Finns det inget ni kan göra, sa han till läkaren.

- Jag kan bara beklaga. Livet har flytt, sa läkaren med en bugning.

- Du då, sa Claudin till Dannviw. Du brukar ju blåsa liv i dem som drunknat. Gör det nu!
- Det går inte när någon väl har drunknat, sa Dannviw stilla. Man kan inte blåsa liv i döda.
- Men du har gjort det med andra. Varför vill du inte rädda min son?
- Det är för sent, Claudin. Det går inte.
Han slog armarna om sin kusin och Claudin brast i gråt mot hans axel. Dannviw tolkade läkarens stirrande ögon som att han helt klart trodde, att Claudin blivit vansinnig.

Snart spred sig nyheten om vad som hänt och förstämningen sänkte sig över Engenau. Den skulle sakta sprida sig över hela landet. Claudin bad Dannviw skicka efter Dinah och Johannes. Visserligen fann borgherren denna önskan lite underlig, men han efterkom den ändå. Dels kunde Beatrice behöva extra stöd och hon hade tytt sig till Dinah förr. Dels mådde varken Cox eller Laurence bra efter sina simturer och Dannviw hade naturligt nog mer förtroende för Johannes än för andra läkare.
Han gick för att se hur det var med Laurence. Han låg nerbäddad under fällar, men darrade ändå av köld. Dannviw satte sig ner på hans säng. Ham såg till att brasan i rummet tog sig lite bättre.
- Var det bara jag som inte fick dratta i vattnet, undrade Dannviw lågt medan han strök undan Laurences hår.
- Jag drattade inte, sa Laurence. Jag hoppade högst medvetet.
- Jaha, så om jag hade gjort det...?

244

- Det är bara vissa som *får* göra det. Usch vad jag mår dåligt. Hur gick det för Engelbrekt?
- Han mår väl ungefär som du, men han lever. Hur det än gick, så var det bra att du fick upp Claud också. Laurence muttrade något och kröp längre ner under fällarna.

Landssorg utlystes, fast Claudin ville inte det. När han senare träffade Johannes och Dinah förstod Dannviw varför. Claudins tilltro till den på Gein samlade kunskapen om läkekonst, visade sig till och med större än Dannviws. Eller kanske mer orealistisk. Han förhörde Dinah om det fanns växter som kunde uppväcka döda. Det fanns inte några som hon kände till. Sedan frågade han ut Johannes på liknande sätt. Nu var Claudins egen livmedikus beredd att förklara kungen otillräknelig, även om Dannviw klargjort det där med att blåsa liv i drunknade:
- Det är lätt att tro att de är döda, men de är inte det ännu, förklarade Dannviw. Genom att blåsa in luft hjälper man dem att börja andas igen. Låter man dem vara däremot, så dör de. De kan inte själv klara sig ur det tillstånd de hamnat i. Men döda är de inte än.
Läkaren blev aningen lugnare då, men nu tog hans oro fart igen. Claudin borde förstå att hans son inte bara hamnat under vattnet och råkat dra in det i lungorna. Vem som helst kunde se vad som hänt.
Johannes förstod genast vad kungen var ute efter. Han sa mycket skarpt:
- Döda kan man inte väcka till liv igen! Det är en fåvitsk tanke. Det Herren har tagit från oss måste vi släppa.
Nu insåg Claudin vad han höll på med.

245

- Ja, du har rätt, Johannes, sa han. Det är inte vår vilja som gäller...

Beatrice behövde verkligen Dinah just nu. Det lyste naturligtvis en del hovfolk i ögonen, men de fick bearbeta sin förtrytelse själva. Drottningens första hovdam Iza var glad att ha Dinah till hjälp i det här. Det blev Dannviw som fick ordna med det praktiska runt begravningen. Johannes fick ta hand om de sjuka. Claudin var ömsom den klartänkte monarken och ömsom den förtvivlat sörjande fadern. Dannviw insåg att han inte kunde lämna Engenau, även om Johannes gav klartecken till att Laurence kunde följa med hem. Han vågade inte lämna Claudin i det sinnestillstånd han råkat in i. Det betydde att han fick lyssna till klagovisor och anklagelser, sorgesånger och utredningar. Han fick också förklara för Davy att det inte var vansinne.

- Inte ännu i varje fall, sa Dannviw.
- Mycket tröstande att det kommer, mumlade Davy.
- Han måste få stöd liksom alla som sörjer.
- Jag tycker det är otäckt. Lämna oss inte ännu.
- Det ska jag inte, Davy.

Men det var svårt för Claudin, som inte hittade någon att ge skulden för det inträffade. Att ösa sin sorg och vrede över Dannviw visste han att det inte var rättvist. Mannen förstod, men skulle hans tålamod räcka? Claudin ville inte att kusinen skulle lämna dem. Han ville heller inte vara beroende av att han stannade. Den konflikten gjorde bara allting värre. Och så var det Beatrice...

246

Claudin hade ännu en gång anklagat Dannviw för passivitet och fått samma svar som så många gånger redan:

- Claud var redan död när han kom upp ur vattnet, sa Dannviw lågt. Det fanns inget mer någon kunde göra.

Davys ögonbryn drog förargat ihop sig. Dannviw såg lugnt på honom. Laurence satt i ett hörn och läste. Han andades fortfarande tungt, men fick vara hos sin herre om han höll sig lugn. Han såg trött upp från boken.

- Som om det är en tröst, fortsatte Claudin irriterat. Lät ni honom bara drunkna?

- Ingen har anledning att vilja Claud så illa, Claudin. Många var de som försökte rädda honom.

- Men inte du.

- Jag var inte där när det hände.

- Att många försökte låter tvivelaktigt när ingen lyckades.

Davy såg allt mer irriterad ut. Det blev inte bättre av att Claudin sände Laurence en blick. Men denne svarade bara:

- Vattnet där ute är så skitigt, att det är ren tur om man hittar något alls i det. Mer dy än vatten.

Han fick ett hostanfall, så Ham gick för att hjälpa honom.

- Så du hade tur då?

- Jag hade otur som alls var där!

Ham lugnade Laurence.

- Men narren fick du upp, fortsatte Claudin. Var är han nu? Skulle inte stämningen behöva muntras upp i detta ögonblick? Kanske är uppgiften för svår?

Nu hade Davy fått nog. Innan någon av de andra hann bemöta Claudin, sa han mycket argt:

- Nu får du väl ändå ge dig! Alla här inne har gjort allt de har kunnat för att hjälpa dig. Det är sorgtyngt att du har förlorat din son, men om du nu vill ha en muntrare stämning, så bidrar inte ditt agerande till det. Tvärt om. Det gör folk förbannade. Och Cox ligger hemma och kippar efter andan, efter att förtvivlat ha dykt efter Claud. Honom kan du inte gärna ställa till svars för att stämningen är som den är. Den kommer av att du uppför dig - ovärdigt.

Han försvann ut och smällde igen dörren. Claudin såg efter honom länge. Så satte han sig framför Dannviw och frågade:

- Är han sjuk?

- Davy?

- Cox.

- Ja. Vattnet är både kallt och ohälsosamt. Han kämpade som ett djur tills alla krafter var slut. Hade inte Laurence lagt märke till det, så hade du förlorat din narr också.

Men Davy hade fel. Cox låg inte alls hemma. Han borde göra det, men sorgen och oron över vad som hänt drev honom att leta upp sin kung. Davy mötte honom utanför dörren, men narren vägrade låta sig ledas tillbaka till sjuksängen. Istället följde Davy honom in. Tunn och blek kom han in och föll på knä framför sin kung.

- Jag kunde inte få upp honom, viskade han. Jag kunde inte se honom.

Claudin gav Dannviw en hastig blick innan han tog Coxs hand och ville att han skulle resa sig.

- Jag vet. Res dig upp, sa han.

248

- Det är tryggare närmare golvet, sa Cox vars huvud snurrade av ansträngningen att ta sig dit.

- Sätt dig ner då och berätta vad som hände.

Så Cox satte sig på golvet med benen i kors. Hade han inte berättat? Kanske hade han bara gått igenom det i tankarna gång på gång.

- Vi var ute och gick. Han tycker om att diskutera det han håller på att studera. Särskilt när han inte håller med. Så skulle han balansera på räcket när vi passerade. Där är alldeles för halt just nu. Han har gjort det förr och jag med, men inte när det är halt och slipprigt. Jag hann inte ens varna honom. Han halkade och föll i. Några av vakterna fanns i närheten. Två av dem kunde dyka i och leta med mig. Man ser ingenting alls. Jag såg Laurence när jag hämtade luft. Han pratade med vakterna på kajen och slet av sig vapen och ytterkläder. Jag bara registrerade det innan jag dök igen. Tills jag inte orkade ta mig upp igen, men jag tänkte att det inte gjorde något. Då högg Laurence tag i mig. Han sa att Claud var uppe. Jag hann tänka att han kunde simma ändå, han hade bara inte sagt något, sedan såg jag att Dannviw värmde honom i sin famn och tänkte att det kunde han behöva, innan jag tuppade av... Fast han kunde inte simma...

- Nej. Han kunde inte det, suckade Claudin.

Han såg hur Cox svajade och sa lågt:

- Du borde nog gå hem igen och vila dig. Jag vill inte mista dig också.

- Förlåt att jag inte lyckades...

- Du gjorde ditt bästa. Det är det som är viktigt.

Cox fick hjälp upp av Davy, som höll en arm om honom för att han inte skulle falla. När narren vände

249

sig om fick han syn på Laurence. Han drog med Davy fram till honom, bugade djupt och sa:

- Tack min vän för din hjälp och för att du räddade mitt liv.

- Det är bra, sa Laurence. Försiktigt nu...

Rörelsen var alltför ansträngande för Cox. Det snurrade betänkligt i hans huvud när han reste sig och det syntes.

- Jag leder hem honom, sa Davy och gjorde så.

Dannviw såg efter dem med en suck.

- De sörjer också, sa han. Det är inte heller konstigt att du gör det. Du har mist en son, en vän, en tronarvinge. Många sörjer med dig.

- Det är inte bara det, sa Claudin lågt. Han var sin mors ögonsten. Jag ville så gärna ge henne tillbaka den hon älskar så högt.

- Stöd henne i hennes sorg istället. Ni behöver varandra nu.

- Du får inte lämna oss.

- Snart måste jag det. Men ni har hela hovet omkring er.

- Davy förstår inte.

- Han vill att du ska agera som den kung du är. Men just nu är du mer en far, som har mist sin son. Jag ska prata med honom.

Iza var mycket tacksam över att Dinah kommit till Engenau. Hon ville gärna ha borgfrun som gäst i sitt hus, men det var inte ofta hon lämnade Gein. Nu fanns både Dannviw och Dinah här och hon passade på att bjuda in dem. Det var med stor glädje de kom. Efter att gästerna hälsat på hos Cox och hans fru Hazzel, för att se hur de bodde och höra hur det var

250

med hovnarren, blev det samling i Izas kök. De var många runt bordet och stämningen var gemytlig, som om de träffades ofta och trivdes med det. Davy hade också kommit, för han var sur på Claudin just nu. Det hann bli ganska sent på kvällen innan han kom fram med det.

- Tar du Mikkel med dig till Gein? frågade han Dannviw.

- Ja, han vill det.

- Synd. Han är en rolig kille. Skulle behöva honom här nu, när Claudin är som han är.

- Hur menar du?

- Man undrar ju vad han håller på med, muttrade han. Du säger att han inte är vansinnig, men jag tvivlar på det. Han kanske inte kan hantera en sådan förlust.

- I början kan man inte det, sa Dannviw. Han måste följa samma mönster som alla andra människor, även om han har en hög ställning.

- Men han kan väl inte vara förbannad på andra för att det har hänt en olycka?

- Egentligen är det inte det han är. Inledningsvis har man svårt att acceptera vad som hänt. Plötsligt har han ingen son längre. Han vill inte att det ska vara så.

- Vill och vill. Det vill väl ingen, men kan han inte förstå att det är så?

- Det har inget med förstånd att göra, Davy. Det är därför han behöver dig så mycket nu. Du känner honom. Du har alltid varit där. Det är den tryggheten han behöver, medan han vilt förnekar det som han vet är sant. Medan han önskar tillbaka det som inte längre finns. Medan han vill hämnas för det som hänt, fast ingen finns att hämnas på. Det är inte det

251

minsta bekvämt för honom, särskilt som han har krav på sig att behärska det mesta, hantera alla situationer på ett föredömligt sätt. Det blir kaos när han försöker mitt i sorgen.

- Vad ska jag göra då?

Nu lyssnade alla, till och med Iza och Dinah som varit inbegripna i en egen diskussion.

- Ska jag låta honom tro att pojken kommer tillbaka? undrade Davy skeptiskt.

- Om inte Claudin sett honom själv, vore det att ge falskt hopp. Men han har sett sin son, så då blir det en lögn istället och det är inte vad din vän behöver. Han vet att Claud är död. Han vill bara inte acceptera det. Det som har hänt har hänt och det kan ni diskutera när Claudin vill det. Skynda inte på honom även om du blir irriterad. Det här kan ta tid.

- Då skulle jag inte farit ut som jag gjorde..., sa Davy lågt och ångerfullt.

- Du är ingen övermänniska du heller. Jag tror att det gjorde att han vaknade till. Han kan inte få vara elak mot omgivningen heller hur som helst.

- Hur länge ska det vara så här?

- När han väl tagit in det som hänt och inser att hans son och arvinge är borta för alltid, kommer sorgen och förtvivlan att bli ännu större. Hela framtiden måste planeras om. Hoppet som grusats måste investeras i någon annan, med allt vad det innebär.

- Ja, vem ska ta över tronen nu?

- Inte bara den biten, även om den är väsentlig. Det finns många andra hopp knutna till ett barn.

- Sedan då? Ska jag råda honom?

- Om han ber om det, men råd är inte vad han behöver. Det är mer någon som lyssnar och är hos honom.

Han kommer att inse att det behövs en ny framtid och att det är dags att planera för den. Det blir inte det lättaste. Han kan bli mer irriterad och sorgsen, för att det han ville skulle finnas inte längre finns att lita till.

- Ännu mer irriterad. Det vet jag inte om jag kan ta.

- Minns att irritationen inte är riktad mot dig. Allt du behöver är tålamod. Sorgen över Clauds död kommer alltid att finnas kvar, men Claudin kommer att kunna bygga upp en ny framtid. Det krävs av honom och möjligheterna har han. Skulle det gå alldeles fel så vet du var jag finns.

Davy suckade djupt. Den bana han valt i livet hade lett honom in på saker som han ansåg sig vara dålig på att klara.

- Ja. Han har skällt förr, utan att ens ha någon ordentlig anledning. Jag kan nog klara det om jag vet vad det handlar om.

- Och vi finns här om det skulle behövas, sa Iza som hårt höll i Dinahs hand.

Dannviw hade mycket att fundera över nu och strövade runt på Engenau med Ham vid sin sida.

– Herr Dannviw!

Boyd skyndade fram för att hälsa.

– Boyd, sa Dannviw med ett leende. Jag trodde att vi pratat tillräckligt mycket för att "herr" skulle falla bort.

– Ju mer man hör ju mer respektfull blir man.

– Nå, du har funnit dig tillrätta?

– Ja. Jag kan inte nog tacka för den möjlighet jag fick. Fast nu, när jag har fått veta mer, inser jag hur illa det var att följa Ulvang. Det är så svårt att förstå att jag inte reagerade – det gjorde jag ju förstås, men att jag inte satte mig upp emot det han sa.

– Det skulle nog inte tagits väl upp, trodde Dannviw.

– Men att bara acceptera att "man brukar inte göra som lagen säger" är ändå i naivaste laget.

Dannviw ryckte på axlarna. Vad skulle han säga? De promenerade tillsammans ut i Engenaus trädgårdar, vaktade av Ham, som ingenting sa.

– Du har fått andra uppgifter nu, sa Dannviw.

– Ja, jag har fått flera förtroendefulla uppdrag. Det är fantastiskt när folk frågar och lyssnar på svaret. Jag hade börjat vänja mig vid att det inte skulle vara så. Det var verkligen hyggligt av Laurence att följa mig hit. Claudin har stor respekt för honom.

– Det har de flesta och med all rätt. Han tyckte du såg för klen ut för att klara resan själv.

Boyd såg länge på honom. Så sa han:

– Jag tror att han ville kontrollera om jag var värd dina omsorger.

– Tror du? sa Dannviw lätt förvånad.

Men vid närmare eftertanke kunde det mycket väl vara så.

– Det tror jag. Dessutom fick han mig att bättre förstå varför dina män reagerade som de gjorde.

– Jaha?

Men Boyd förklarade inte närmare. Han ändrade istället samtalsämne:

– Det finns en sak som oroar mig. Jag har pratat med Claudin, men... Ja, efter Clauds död verkar han inte riktigt bry sig om saker. Det är kanske fel men...

– Det är nog en alldeles riktig iakttagelse.

Boyd såg på honom, så sa han:

– Jag upplevde inte dem som särskilt nära. Den ende han verkligen är nära är Cornell.

– Det finns en förklaring till det. Claudin sörjer sin son och alla förhoppningar som fanns kring honom. Även att de nu inte *kan* komma närmare varandra. Vad är det som oroar dig?

– En rådsherre vid namn Ledin. Hans far verkar helt ha lämnat över till honom nu och det är väl som det ska, vilket Claudin påpekade. Ändå... Den mannen säger så underliga saker. Fadern har aldrig, som jag har hört, ådagalagt sådana åsikter.

– Kan du ge något exempel?

– Ja, som "bara de som förtjänar det ska ha makt" eller "det är fel att ärva makt". När han säger det är det som om han anser sig själv som rätt man att bedöma vilka som ska bestämma och vilka som ska sorteras ifrån.

– Hur reagerar de andra rådsmedlemmarna på det?

– Som om de inte vill diskutera det. Kanske är det rätt förhållningssätt, men om någon vidhåller något sådant, upprepar det... Det *verkar* inte bra.

– Kanske skulle jag prata med honom.

– Han har rest till Lilla Villes och kommer inte tillbaka på ett tag.

– Jag ska fara dit för att ta hand om en familjeangelägenhet. Kanske kan jag träffa honom där, eller så får jag försöka prata med honom när jag kommer tillbaka.

– Det är kanske bara jag som reagerar för häftigt.

– Det får vi veta då. Det är bra att du berättar när saker oroar dig.

– Jag vet inte vem jag kan vända mig till annars, nu när Claudin inte förmår lyssna. Jag har pratat med min lärare om att någon kan vilja ta tillfället i akt, men han bara muttrar att så illa behöver det inte vara. Det verkade närmast som om han var lika orolig han, tänkte Dannviw som kände honom.

– Jag har också nämnt det för Taupin, fortsatte Boyd. Han är klok och jordnära, men jag vet inte hur han tolkade det.

– Det är det inte många som kan avgöra. Han brukar hålla ett öga på vad som sker. Finns han här nu?

Boyd skakade på huvudet.

– Han är på besök hos en släkting just nu.

– Viktigast är att Claudin, hans familj och närmaste tjänstefolk mår bra. Det blir din uppgift att se till den närmaste tiden, innan det går att kontrollera vad som är i görningen. Är du beredd att ta dig an den uppgiften?

Boyd blev mycket stolt över uppdraget. Han hade förstått att borgherren gjorde allt för att få landet att fungera. Trots att Boyd en gång motarbetat honom, var Dannviw beredd att ge honom detta ansvar.

– Tror du kungafamiljen är hotad? undrade Boyd försiktigt.

– Jag vill inte att de ska vara det. Men de är ju födda till sin ställning.

– Vill du så tar jag reda på mer och meddelar dig.

– Det kan du göra om du stöter på något uppseendeväckande, men var mycket försiktig. Skickar du brev så gör det bara med bud du helt litar på och håll en låg profil. Det är bättre att rädda undan så många som möjligt, än att dödas i ett försök till hjältedåd.

– Tror du det är så illa?

Boyd blev förskräckt.

– Vi vet ju inte det. Ledin har inte kommit till sin plats på något orätt sätt. Hans åsikter *kan* delas av många. För dem kan det synas som om han talar för betydligt fler än som verkligen delar hans åsikter. Han tillhör adeln lika mycket som jag, så troligast är att han har någon dold plan bakom sin agitation. Han har alltid tyckt om att säga emot, samtidigt kan man inte slå sig till ro med att det bara är det han vill.

17 Besökare

annviws följe hann komma hem och berätta den om det sorgliga som hänt, vilket skapade förstämning i hela borgen. Männen som följde Cavanagh var hemma igen. Deras herre var nöjd med deras företagsamhet. Nu visste han att ärkebiskopen var säkert hemma på Irmelden hos sin syster.

Då kom en man till portarna och visade upp ett brev med Dannviws namn. Han sa inget men ville heller inte lämna ifrån sig brevet. Så de visade in honom till borgens herre.

- Ett brev med vidhängande brevbärare, förkunnade Vince.

Dannviw såg upp. Mannen som kom in kände han igen:

- Eglamour! Välkommen. Har du ett brev med dig?

Mannen bugade artigt och log glatt, men han sa inget. Han räckte fram brevet och visade samtidigt att han hade något att berätta. Dannviw ordnade fram skrivdon och skrivark.

- Sätt dig här vid bordet, sa Dannviw medan han öppnade brevet.

I det stod helt kort:

"Dannviw.
Den här mannen bär med sig ett meddelande från mig. Det är kanske bättre om han stannar hos dig sedan. Folket i Adinaklint är elaka mot honom.

Cavanagh."

258

Eglamour hade redan börjat skriva med sirlig och tydlig piktur. Dannviw satte sig bredvid och läste medan han skrev. Han ställde frågor som gästen besvarade direkt. På så sätt fick borgherren veta att Cavanagh haft ett möte med kung Fagiel. Denne hade blivit förvånad när han infann sig, för ett envist rykte visste att förtälja att ärkebiskopen fallit i striderna vid Adinaklint. Visserligen dementerade hans familj detta, men de hade ju intresse av att han fanns i livet. I och med att han nu visade sig leva fick han stå till svars för att han, utan att hörsamma sin kungs önskan, fört ut en ädling på besök i landet. Att han visste så mycket om detta kunde bara bero på att Augustin berättat det, för Cavanagh hade själv aldrig framfört den begäran han först tänkt. Sedan tillkom att allt det majestätet visste om Adinaklint och händelserna där var helt förvridet, vilket fick Cavanagh att tänka på det Dannviw berättat om sin vän och hur det var på Amradal. Ärkebiskopen såg det som helt nödvändigt att ta reda på mer om vem som spred falska rykten och förvred sanningen.

Staden Adinaklint hade kungen beslutat straffa med handelsförbud, sedan han fått veta att de sänkt ett handelsskepp som anlöpte deras hamn från - Andomin.

Här kom en störtskur av frågor från Dannviw. Eglamour höjde händerna för att visa att han inte kunde skriva fortare.

- Förlåt, sa Dannviw. Det är bara saker som klarnar och andra som blir mer oklara. Fortsätt att skriva. Jag ska vara tyst.

Han fick ett leende och ett skrivet "det behöver du inte". Sedan fortsatte han sin berättelse:

Cavanagh hade rett ut turerna kring Adinaklint och fått kungen att tro honom. (Verkade det som), skrev Eglamour inom parentes som en egen reflexion. Han hade fått kungen att upphäva bestraffningen av staden. Han hade också förklarat att ädlingen ofrivilligt hade kommit till LillaVilles och därför måste han tillbaka så snart som möjligt. (Och här kommer anledningen till att han skickade mig och inte bara skrev ner allt och sände med sitt ordinarie bud.) Det verkade som om någon nära kung Fagiel var intresserad av att få en avtalsfördel, genom att behålla ädlingen i landet.

- Hur då? undrade Dannviw andlöst.

(Kungen kunde naturligtvis erbjuda ädlingen att stanna. Artigheten bjuder att du skulle göra det. Jag tror inte att de hade vågat ta dig tillfånga. Under tiden kunde förhandlingar hållas, underförstått att du inte skulle släppas om de inte fick sin vilja igenom. Jag vet inte. Det är mina egna funderingar. Cavanagh kunde inte säga mer just nu.)

Dannviw lutade sig tillbaka och funderade en god stund på vad han just fått veta. Sedan såg han på Eglamour och frågade:

- Har du lust att stanna här på Gein?

Med viss tvekan böjde han på huvudet till ett ja.

- Du behöver inte bestämma dig med en gång. Stanna kvar och titta på allt. Känn hur det känns. Sedan kan du bestämma dig.

Det kunde Eglamour tänka sig.

Så var det juletid och Gein hade en speciell tradition. Hur det började är väl inte riktigt klart, men det hade för alla blivit en höjdpunkt på året. Det var ett av de få tillfällen då borgen hölls stängd och alla samlades. På morgonen och förmiddagen arbetade alla som vanligt. Men vid något tillfälle gick var och en ifrån sina sysslor och ner till Gudmund, för att binda sig en liten halmfigur. Det kunde vara enkla små saker som vem som helst kunde göra, eller mer avancerade för dem som ville det. Var och en bestämde och det fick ta den tid som behövdes. När arbetet var slut för dagen, ringdes i klockorna för gudstjänst. Alla hade sin halmfigur med sig och medan klockorna klämtade gick de fram i ett långt led, för att lägga figurerna i en stor skål med ett ljus i mitten. De sjöng julhymner tills alla återvänt till sina platser och medan Johannes gick fram i kyrkan. Han bad en bön för dem alla. Stämningen var lugn och fridfull. Männen vittnade ofta om hur en stilla ro sänkte sig över dem.

Så läste Dannviw ur bibeln, en stor illustrerad bok som låg på ett särskilt bokställ framme vid altaret. Han läste Lukas evangeliet om Jesu födelse för dem alla. Det var en högtidsstund som ingen ville vara utan.

Egentligen skulle det vara slut där, men männen ville inte riktigt det. De sjöng fler hymner och Johannes bad en bön om skydd och välgång för kommande år. Vid det laget hade ljuset i skålen brunnit ner och antänt halmfigurerna. Under tystnad såg de sitt offer sändas iväg. När Johannes läst välsignelsen lämnade de lågt sjungande kyrkan.

Den kvällen åt alla julgröt innan de kröp till kojs. Ingen mindes annat än att det var den läckraste gröten på hela året, fet och smakrik med gräddmjölk till och ett stort stop mörkt öl.

För männen betydde den här kvällen gemenskap och stilla glädje. Alla var med, även de som inte var religiösa eller rentav bekände sig till andra religioner. Eglamour deltog storögt fascinerad. Var det så här i den här borgen, ville han stanna.

Biblioteket låg i skymning. Dannviw satt och läste. Han hade gjort så en lång stund. Boken var en moralisk debatt och de olika argumenten var mycket intressanta. Dessutom hade Johannes varit inne om och irriterat kommenterat att han inte borde läsa sådant dravel. Att en del böcker blev farliga om de lästes fel stod klart, men man behöver ju inte låta allt färga av sig på det man själv ser som riktigt.

Dörren gled upp och Nicolas tassade in, något som borgherren bara var halvt medveten om.

- Två herrar har just kommit. Har du tid att prata med dem?

- Javisst, sa Dannviw. Boken springer inte sin väg.

- Men du verkade helt uppslukad av den.

- Det är intressant att fördjupa sig i hur folk lika hett kan förfäkta helt motsatta idéer.

- Är det vad Johannes går och muttrar om?

- Helt säkert. Han har varit inne och upptäckt vad jag läser.

Nicolas log och sa:

- Jag hämtar gästerna.

Dannviw lade undan boken och försjönk i funderingar över den, tills han väcktes av att en bekant gestalt kom in.

- Loure! sa han. Så trevligt att se dig igen.

De hälsade hjärtligt på varandra och Dannviw frågade:

262

- Vad ger mig denna ära?

- Jag har länge velat se dig i din egen miljö, sa Loure.

Dannviw såg sig omkring och undrade:

- Och vad tycker du?

- Den är passande. - Fast överraskande.

- Vem har du med dig?

Loure väntade på att han skulle tala själv, men han teg så Loure sa:

- Den här mannen är anledningen till att jag är här. Han bad om hjälp att komma till dig. Det var en chans för mig, så jag hjälpte honom gärna.

- Du kunde ha kommit utan skäl.

Han vände sig till den andre mannen, som stod envist tyst. Han var otroligt ovårdad och trasig.

- Vem är ni?

- Eftersom jag räddade ditt liv, dristar jag mig att be dig rädda mitt.

Rösten var bekant på något sätt, men var för forcerad för att kännas igen. Dannviw försökte se igenom smutsen, men förmådde det inte.

- Bara du vill tala om ditt namn så har du mitt beskydd.

- Du minns mig inte? Efter allt det?

Dannviw lade huvudet på sned. Han försökte verkligen leta i minnet. Det enda var att han förnam en svag olust.

- Kan du inte ge mig en ledtråd?

- Jag kan inte glömma. Var inte erbjudandet om en fristad allvarligt menat?

- Du kan väl säga ditt namn, sa Loure.

- Ett av dem, sa mannen uppgivet. Vilket är du beredd att ge ditt beskydd?

- Ah! Zelind - Zenner, sa Dannviw och insåg vad
obehaget berodde på.
- Nej, det heter han inte, sa Loure förbryllad.
- Jag vet Loure. Jag ska ge dig mitt beskydd, min vän.
Varför behöver du det? Vem jagar dig?
Men något svar fick han inte, för den stackars man-
nen segnade ner i en hög på golvet.
Dannviw tog honom i sina armar och försökte få liv
i honom igen. Och han slog verkligen upp ögonen,
men verkade helt borta. Loure fick fatt på en mugg
vatten, som han försökte ge honom. Han drack ett
par klunkar.
- Vi får kanske vänta med förklaringar tills ni har vi-
lat en stund. Du är säkert trött och hungrig.
- Om! Han vet inte vad raster är, muttrade Loure.

Det blev inget samtal förrän senare på kvällen, när
båda gästerna ätit en god måltid och Zelind blivit ba-
dad och uppklädd i hela och rena kläder. De hade sla-
git sig ner vid brasan igen. Zelind njöt på ett över-
spänt sätt, som om det inte var tillåtet. Loure, på
Dannviws andra sida, var märkbart belåten.
- Nu måste du tala om hur det gick i Adinaklint sedan
vi seglat iväg, sa Dannviw.
- Jag undrade lite vart du tog vägen, fast jag visste att
Cavanagh hade färdiga planer på hur din avresa
skulle gå till. Vi skulle försvara staden. Förstärkning-
arna var på väg och vi kunde släppa in dem, medan
cardisterna försökte göra om vår bedrift med bron.
De lyckades inte och återvände till portarna lagom
till vi stängde dem. Cavanaghs plötsliga försvin-
nande var ett streck i räkningen. Kaptenen visste att
vi var tvungna att fortsätta, men han förmådde inte

riktigt leda oss. Men det gjorde Clonn. Med sitt ur-
sinne över sin förlorade bror, ledde han oss till en se-
ger som folk inte kommer att glömma i första taget.
Han var lysande. Storartad. Men sedan fick han se
sin bror... Vad de förbannade cardisterna hade gjort!
... Han har inte pratat sedan dess.

- Om det bara fanns något jag kan göra för honom.

Loure skakade på huvudet.

- Fionn var en förnämlig krigare, en ypperlig båg-
skytt. Han visste vad han gjorde när han gav sig ut i
strid och var inte rädd att ge sitt liv.

En lång stund betraktade de elden. Dannviw kikade
på Zelind, som såg mycket sorgsen ut.

- Vet du om, sa Loure, att det var Cavanagh som tog
livet av de som blev fångar hos cardisterna?

Dannviw skakade på huvudet och frågade:

- Vet du varför?

- Ja. De gör likadant med levande som med döda, av
ren lust att göra illa. Därför är det bättre om deras
fångar dör. Cavanagh är en skicklig bågskytt han
med. Det var den enda utvägen. - De släpper aldrig
fångar.

Nu grät Zelind tyst i sin stol. När de andra männens
uppmärksamhet flyttades över på honom, torkade
han diskret sina tårar.

- Det är mycket lättare att känna igen dig nu, sa
Dannviw till honom.

- Jag är ledsen att jag inte var så proper som jag skulle
vilja när jag kom hit, men jag har fått gå igenom en
del.

- Det var ju enkelt att göra dig proper igen, så det har
ingen betydelse.

- Vårt land är oroligt, kommenterade Loure. Många far illa.
- Du får inte tro mig om att vara otacksam, för det är jag inte, sa Dannviw.
- Jag förstår det.
- Men jag vet också att du inte heter Zelind eller Zenner eller vad du nu kallar dig. Jag vill veta ditt riktiga namn.
- Det kan jag inte säga.
- Men jag måste få veta vem jag ger mitt beskydd.
- Jag vill inte att Loure ska höra det.
- Loure?
Han såg på denne innan han fortsatte:
- Är du rädd att han ska göra dig illa? Det får han inte här inne och inte du honom. Jag vill att han ska höra vem du är.
En stund stirrade Zelind stelt in i elden innan han kastade allt över bord:
- Mitt namn är Cardiet.
Loure blev verkligen upprörd. Han ville kasta sig över den andre, men då dök Ham upp från ingenstans och hindrade honom. Okvädningsorden var många. Dannviw lät honom hållas en stund innan han vänligt men bestämt bad honom sätta sig ner igen. Borgherrens intresse var nu större. Han hade den man här, som hela konflikten i LillaVilles handlade om.
- Jag tycker att vi lyssnar på Cardiets förklaringar, sa han.
- Vilken förklaring han än ger så är det en lögn, sa Loure hätskt.
- Jag vill höra den ändå och bedöma själv.
Nu satte sig Loure motvilligt, bevakad av Ham.

266

- Jag har inte gjort något ont. Det svär jag på, sa Cardiet.

- Varför är du då jagad? frågade Dannviw.

- Det är ett missförstånd. Ända från början.

- Berätta.

Han gav Loure en sned blick innan han sa:

- Jag har bara sjungit.

- Sjungit! fräste Loure. Viglat upp adelssönerna!

- Tyst nu och låt honom berätta, sa Dannviw lugnt.

Cardiet lekte nervöst med ett band. Han sa:

- Jo, sjungit har jag. Jag skrev lustiga sånger om sådant som man *inte* gör. De var ironiska, men på ett försåtligt sätt. Jag trodde det var orsaken till att de blev mäkta populära. Jag kände mig firad och hyllad. De kunde aldrig få nog. Det var ett roligt sätt att skriva och jag kunde aldrig föreställa mig att de kunde tas på allvar. Visst var det överraskande, men samtidigt trevligt att vara så efterfrågad.

- Adelssönerna följde dig?

- Nej. Den rörelsen bildade de själva. Jag har faktiskt aldrig varit deras ledare. Jag är inte cardist.

- Du ljuger! spottade Loure.

Hams hand på hans axel hindrade honom från att göra något annat.

- Det gör jag inte! utbrast Cardiet förnärmad. Tror inte heller du mig?

- Hittills förefaller inget felaktigt, konstaterade borgherren. Vad gjorde du i Andomin då?

- Våndades.

- Brukar du åka hit och våndas?

Han fick en mörk blick som han mötte med allvar.

- Han skaffade förstärkningar till sitt horribla anhang, sa Loure hatiskt.

267

- Ja, sa Cardiet. Du har rätt där.

Loure ville slå honom sönder och samman, men fick inte det. Dannviw tog hans hand och höll den. Visst fann han det egendomligt, men också lugnande. Cardiet hade sett ner och märkte inte av vad som skedde, utan fortsatte:

- Men det var inte syftet med min resa. Jag var här på friarstråt, trodde jag. Inte för egen del utan för en ung adelsmans räkning.

Han såg upp från bandet, som blivit en hård snurra och fortsatte:

- Han heter Aldor, son till en högättad herre vid namn Augustin.

- Som residerar på Amradal? frågade Dannviw.

- Ja. Känner du honom?

- Lite lätt. Fortsätt.

- Aldor hade stort förtroende för min sångkonst. Han bad mig skriva några lovsånger till den sköna Gwyneth och det gjorde jag. Han blev nöjd, men för att vara på den säkra sidan skickade han med brev till flickan och till hennes far, samt presenter till dem båda. Det var bara för att utföra detta uppdrag jag for hit.

- Hur gick detta ditt uppdrag?

- Jag träffade flickans far och lade fram förslaget. Han var inte helt emot. Patrik är redan en välbärgad man. Några presenter ville han inte ta emot. Han lät mig träffa Gwyneth.

Snöret hade utvecklat sin fulla längd igen och Cardiet såg drömmande in i elden.

- Det var den vackraste flicka jag någonsin sett. Jag förlorade mitt hjärta till henne. Lovsångerna kunde jag sjunga med verklig inlevelse. Dikter kunde jag läsa och skriva medan jag var där. Alla vackra ord rann upp obehindrat i mitt minne. Ännu mer som hon log och välkomnade dem. En ljuvare tid i livet kan jag inte få. En ljuvare tid i livet kan jag inte minnas, även om hennes kusin, en mager man med diamanter som gnistrade när han andades, var med hela tiden. Han iakttog och viskade i hennes öra. Men det är klart att hon inte kunde lämnas ensam med en vilt främmande karl. En dag, när jag trodde mig vara ensam med henne, yppade jag min längtan. Jag sa att det var lätt att till hennes ära skriva kärlekssånger, som jag mer än gärna framförde, men de skulle blivit ännu vackrare, om det inte var för en annan mans räkning jag friade. Det var en förkastlig handling, som jag sedan ödmjukt bad om ursäkt för. Då dök kusinen fram från ingenstans. Han undrade om jag var förtjust i labyrinten de hade i sin trädgård, vilket jag erkände att jag var. Flickan föreslog att jag skulle bege mig dit samma natt i månens sken.

Cardiet tystnade. Han hade blivit allvarlig.

– Det låter nästan som om kusinen var hennes blivande man, sa Loure som ryckts med av berättelsen.

– Nej, sa Cardiet. Jag frågade hennes far om det. Han tyckte de var alltför nära släkt för att han skulle tilllåta ett äktenskap mellan dem.

– Gick du till labyrinten? undrade Dannviw.

– Ja. Med jublande hjärta. Beredd att i månskenet få sjunga denna ljuva varelse lovsånger. – Men det var ett bakhåll. Där stod män beredda att döda mig. Klädda i mörka kläder, med huvor över sina ansikten, syntes de bara som skuggor i månljuset. De omringade mig. De fångade mig. De sade sig ha i uppdrag att döda cardisternas ledare, på order av Aldor. Jag kunde inte förstå vad de menade, vem de menade. Aldor hade tröttnat på en ledare, som bara totade ihop visor och inte lade ner sin själ i rörelsen. Vidare ansåg han att hans tilltänkta brud kunde bli både skändad och mer om inte sändebudet togs av daga direkt. Jag tänkte att det var mitt övertramp de menade. Men de förklarade att de skulle segra med det som de kallade mina idéer, men de behövde renodlas så de blev fria från moral och romantiskt dravel.

Han tystnade och betraktade bandet.

- Det var mitt första möte med cardister. Det var det första jag hörde om dem. Det var då jag började ana, att det jag skrivit kunde läsas på ett annat sätt. De berättade utförligt hur de skulle döda mig och varför. Jag förstod ingenting.

Han såg på Loure och fortsatte:

- De har redan gedigna traditioner på området. Jag skulle bli mer värdefull för dem som "martyr" än jag var i livet, resonerade de. - Men jag delade inte deras mening, så jag avvek från mötet. Labyrinten kände jag, efter många strövtåg genom den. Jag visste vilka genvägar man kunde ta. Men de ämnade inte låta mig komma undan, det förstod jag. Tidigt nästa morgon lade jag mig till med mulan och vagnen, samt med en stor kappa som dolde mig. Det gick inte att tänka klart längre, men när jag nådde floden trodde jag att de inte följde efter mig i alla fall. Det finns andra sätt att hitta folk. Jag antog att de bevakade hamnarna, så dit kunde jag inte gå. Men jag insåg att jag måste tillbaka hem och förklara att de missförstått mina sånger, att de inte fick göra så. Eftersom det var ont om tid var jag tvungen att ta med dig till LillaVilles.

Det gjorde ont att inse hur illa det gått, vilken ondska det lett till.

- Det var ju inte tvunget att ta med mig dit.

Cardiet skruvade på sig och gav honom en hastig blick. Det var något han inte riktigt hade rett ut ännu. Han sa:

- Inte kunde jag bara lämna dig. Tänk om de hade hittat dig. Jag ville se så du hade det bra.

- Det hade ordnat sig ändå.

- Jag ville inte det... Men du stannade inte i klostret. Jag kom tillbaka för att hämta dig och då var du inte kvar.

- Varför lämnade du mig där?

- För att det var det enda stället jag visste, där du kunde få vård och bli bra igen. Jag ämnade inte låta dig stanna där.

- Sa du det till Innocentio?

- Ja visst! Ett par dagar senare hörde jag av mig för att få veta hur du mådde. De sa att du blivit sämre, men de gjorde allt de kunde.

- Hur länge stannade du där?

- Min hand var skadad så jag fick vara kvar en tid. Då vakade jag vid din bädd. Så många rykten kom - jag kunde inte bara vänta.

- Jag vet inte när jag vaknade, men jag undrar om han talade sanning.

- Det klostret är ökänt, sa Loure. Är du deras vän förklarar det allt, Cardiet.

- Jag undrar det, sa Cardiet vasst.

- Cavanagh kom på besök en stormig kväll. Han tog med mig därifrån, förklarade Dannviw.

- En stormig natt... Cavanagh! Har du varit i klorna på honom? Jag borde aldrig ha lämnat dig!

271

- Fullt så ömtålig är jag inte, log Dannviw. Det var han som såg till att jag kom hem.
- Det hade jag också gjort, bara du hade blivit tillräckligt frisk.
- Säg mig, varför klagade du så hjärtskärande under resan?

Cardiet tvekade. Så förklarade han:
- De... Tror du inte insikten om vad som hänt i mitt namn och sveket från den jag förlorat mitt hjärta till, är tillräckliga skäl för högljudd veklagan?
- Jo... Lyckades du ställa något tillrätta?
- Jag befarar att det inte står i min makt. Det är förmodligen något jag inte har kunnat påverka på hela tiden.
- Du är ju för djävla dum! utbrast Loure.

Han skakade på huvudet och pustade uppgivet. Dannviw såg på honom, men fortsatte prata med Cardiet:
- Där har du förmodligen alldeles rätt. Det kan hända att dina sånger väckte en idé. Kanske var det ett lysande tillfälle för dem som redan var på väg att sätta igång den här rörelsen. Dina sånger blev en täckmantel, ditt namn ett skydd för dem som verkligen står bakom rörelsen. Din tro på människorna gjorde att de kunde operera ostört.
- Jag *är* oskyldig. Det svär jag, kved Cardiet.
- De visste nog att du skulle vakna upp en dag, inse vad som skett och inte vilja vara med längre.
- Så de försökte göra sig av med mig. Jag är inte önskvärd mer. Allt är förlorat. Jag kan inte återvända hem...
- Något straff kan du gott ha, mumlade Loure nu betydligt mer blidkad.

272

- Här är din situation inte på något sätt unik, så här kan du stanna, sa Dannviw.

Men Cardiet blev inte lyckligare för det. Bandet blev tummat om och om igen, medan tårar sakta rullade över hans kinder i takt med att insikterna kom till honom.

Cardiet drev omkring ensam och olycklig över hur livet hade blivit. Det var väl bra att han kunde stanna i den här borgen, men han var inte längre fri att resa vart han ville. Nu försökte han reda ut hur det hade kunnat bli så här. Det kändes som om han inte hade alla fakta. Dannviw hittade honom sittande i kyrkan, med blicken drömmande riktad mot bibeln på sitt stiliga bokställ. Han ryckte till när Dannviw började tala:

- Vad är det du funderar på? - Förlåt, det var inte meningen att skrämma dig.

- Jag hörde inte när du kom, sa Cardiet lågt. Det är så svårt att förstå hur det kunde bli så.

- Att de använder dina sånger på det sättet?

- Ja. Kanske är det värst att jag inte såg. Jag förstod inte att jag skickades iväg för att dö. Trodde bara det var ett ädelt frieri och tänkte göra mitt bästa.

- Vet du vad kusinen heter?

- Nej. Det var nog inte viktigt att jag skulle veta. Kanske skulle jag veta så lite som möjligt. Det gjorde så fruktansvärt ont att inse vad som blev av mitt lilla övertramp.

- Jag tror knappast att det hade någon betydelse. Förmodligen var hela syftet med att just du blev budet, att du skulle röjas ur vägen.

273

- Jo, det har jag insett. Men mötet hon arrangerade och... vad de gjorde...

Han såg sorgset på ärret på sin hand. Den kändes inte bra ännu. Det fanns fler...

- Vad gjorde de? undrade Dannviw.

Men det var inte Cardiet beredd att berätta. Han såg hastigt upp på Dannviw, innan han betraktade den stora boken igen.

- De plågade, sa han bara. Jag hade bara ett för ögonen, att fly. Fast övertygad om att de skulle följa efter och avsluta det de börjat på.

- Men varför lät du mig försinka dig?

- Jag vet inte. Det gick inte att tänka. När jag såg dig på marken visste jag bara att jag måste rädda dig. Du var våt och kall, men jag kunde inte komma på vad jag skulle göra för att ändra på det - mer än lägga dig i vagnen och lägga en filt över.

- Vagnen hade du stulit.

- Jo, det kan man väl säga. Jag trodde att du hade avslöjat mig när du påstod att den var ful.

- Gjorde jag det?

- Du sa att jag inte kunde ha den för att den var vacker i alla fall.

Just det.

- Var det därför du hällde vattnet över min fot?

Nu såg Cardiet upp, mycket ångerfullt.

- Förlåt. Jag var rädd att du skulle fördöma det jag gjort. Som de. Det kändes som om de skulle dyka upp ur buskarna när som helst och fortsätta - där de slutade. Jag såg något de kunde använda i allt omkring mig. Det var förlamande. Som om jag inte kunde röra mig, för då skulle de upptäcka att jag var där. Men jag

ville inte att du skulle vara rädd. De skulle inte få tag
på dig.
- Vilka var det?
- Männen i de svarta huvorna. De i labyrinten. När
jag kom till LillaVilles var vi i säkerhet. Det visste
jag. Då.
Han satt tyst en lång stund och vaggade lite vagt från
sida till sida. Så sa han ångestfyllt:
- Men det var vi inte...

Dannviw hade sammankallat sina rådgivare för att
diskutera vad allt nytt som hänt kunde betyda och
om det hängde ihop på något sätt.
- Du måste hjälpa mig! sa Cardiet nervöst när han
kom inskuttande mitt i mötet. Du måste gömma
mig!
- Lugna ner dig lite grand, sa Laurence.
- Du kan väl gömma dig själv, föreslog Garreth. Vi
kan leta upp dig när vi är färdiga.
Creig kunde inte låta bli att le.
- Det är inget roligt, sa Cardiet argt.
Dannviw lämnade de andra, lade sin hand på hans
axel och undrade lågt medan de gick en bit bort:
- Vad är det du måste gömma dig för?
- Kusinen.
- Vems kusin?
- Gwyneths kusin. Han vill att jag ska dö.
- Är han här?
- Ja. Han kom just och hälsades välkommen av dina
män. Jag vill inte träffa honom.
- Han får inte skada dig här. Det gäller alla.
- Han kommer att försöka när han får se att hans plan
inte lyckades.

- Taupin kommer med dokumenten nu, sa Ham till sin herre.

I det ögonblicket insåg Dannviw vem kusinen var och vad det var för dolda insikter som gäckat honom.

- Taupin? Ham vill du ta med dig Cardiet till Johannes?

- Jag är inte sjuk, protesterade Cardiet.

Men i samma ögonblick kom Taupin in. Cardiet drog upp luvan på sin jacka och skyndade med Ham. Taupin såg förbryllat efter dem, tills Dannviw hälsade:

- Välkommen min vän. Vi väntade just på dig.

- Dannviw! Det är alltid ett sant nöje att träffa dig. Jag skyndade mig så gott jag kunde. Dokumenten har jag här. Det *borde* finnas ett till efter vad jag tycker. Du får se om det stämmer.

De gick bort till de andra och snart var diskussionen i full gång.

Mötet var över. De andra gick ut efter hand. Taupin gjorde sig beredd att leta upp Keeth.

- Jag vill prata ett par ord med dig innan du försvinner, sa Dannviw.

- Visst. Det får du gärna, sa Taupin.

- Säg mig, har du en kusin som heter Gwyneth?

- Ja. Det har jag.

- Har du träffat henne nyligen?

- Vi träffas regelbundet.

- Vad är ditt förhållande till henne?

Taupins ögon blev svarta och *det* kunde de verkligen bli.

- Hör nu här, sa han kallt. Jag högaktar dig och har mycket att vara tacksam mot dig för. Mitt privatliv är jag ändå inte beredd att lämna ut och jag trodde faktiskt att du förstod att hålla dig utanför.

Dannviws blick vek inte undan, vilket fick Taupin att bli både arg och nervös. Hade den här mannen verkligen rätt att kränka hans integritet? Nej! Han gav inte någon den rätten! Det kändes skönt när Dannviw vände sig bort, men bara ett ögonblick.

- Känner du någon vid namn Cardiet?

Taupin tittade mot dörren. Han var det!

- Vet du vem den mannen är!? sa han med hetta. Ger du honom ditt beskydd, så...

- "Så" vad då?

Taupin såg i golvet. Hans häftiga andhämtning fick diamanterna att glittra i alla regnbågens färger. Dannviw var vänlig och trevlig, men också mäktig, därför inte helt ofarlig.

- Det var han som gick ut? sa Taupin.

- Ja.

- Han kommer att förgifta allas sinnen här. Det är så han gör. Inga gränser, ingen hänsyn, ingen moral...

Han blev knallröd även om det inte behövdes.

- Du har fel, sa Dannviw lugnt. Men jag vet att ni har träffats och jag vill veta vad som hände då.

Taupin strosade fram till en stol och slog sig omständligt ner.

- Vad har han sagt?

- Det behöver du inte veta. Jag talar om när versionerna inte stämmer.

- Vad som hände? Han kom för att fria till Gwyneth för Aldors räkning. Han är en välbärgad ädling från LillaVilles. Min morbror såg med blida ögon på ett giftermål. Det finns många gemensamma intressen i familjerna. Gwyneth vill nog se sin tillkommande

277

innan hon bestämmer sig förstås. Cardiet gjorde verkligen bra ifrån sig. Hon fann honom trevlig, men eftersom jag vet vem han är, avrådde jag från romantiska tankar när det gällde den mannen.

- Och satte upp ett bakhåll.

Taupin visste inte var han skulle bli av.

- Ett av breven innehöll en uppmaning till det.

- Från vem kom det?

- Aldor, förmodligen.

- Han är en mycket god vän till Cardiet.

Taupin såg ingående på Dannviw som fortsatte:

- I skenet av det, vill jag att du talar om i vilket förhållande du står till din kusin.

En stund hördes bara eldens knastrande. Sedan tog Taupin till orda:

- Vi är mycket goda vänner. Hon är den vackraste flicka jag någonsin sett. Vi har alltid stått varandra mycket nära.

- Älskar du henne?

- Jag antar att jag gjorde det när jag var yngre.

- Men hennes far vill inte att ni ska gifta er?

- Han tycker att vi är för nära släkt. - Det är inte alls som du tror, Dannviw...

- Jag tror ingenting. Du måste bara ha en godtagbar förklaring när du behöver den.

- Keeth behöver väl inte veta det...

- Jag har ingen önskan om att han ska få veta det, men det finns heller inga garantier för att han kan hållas utanför. Han har fått genomlida ett stort svek och jag vill inte att det ska ske igen.

- Men det är inget svek mot honom! Jag försäkrar. Mina känslor för honom är de samma. Inte heller *jag*

278

vill att han ska tro sig bedragen, särskilt när så inte
är fallet.

- Vi behöver nämligen honom som rådgivare. Han är
alltför känslig för att ta för många sådana smällar.

- Det vet jag, sa Taupin och såg in i elden.
En bekymrad rynka uppkom i hans panna. Han vred
på sin ring så den kastade blixtar av färg i rummet.

- Du sa att Cardiet var vän med Aldor, sa han lågt.

- Ja. Aldor är en av hans största mecenater. Därför
föll valet på honom när det gällde frieriet.

- Det betyder att...

- Till skillnad från Cardiet är Aldor cardist.
Taupin teg länge och rynkan blev mer bekymrad.

- Skickade din morbror förstärkningar till dem? und-
rade Dannviw.

- Nej. Aldor begärde hjälp för att bekämpa trosfien-
der i ett annat land. De skulle avsegla dit för att
hjälpa en vän till honom.

- Deras första anhalt var LillaVilles?

- Nej. De skulle segla direkt och möta Aldors skepp
halvvägs.

- Då har nog även din morbror blivit lurad.
Taupin såg tvivlande på honom.

- Du har Cardiet här. Allt han säger är lögn.

- Jag tror inte det. Ni ska få prata med varandra. Ef-
tersom ni förmodligen möts fler gånger, så måste ni
i alla fall vara sams.

Det hade hunnit bli kväll när de samlades för att
prata. Ham fanns med, liksom Laurence och Creig.
Dinah satt i ett hörn och broderade. Cardiet tyckte
att det var en garanti för att allt skulle gå lugnt till-
väga. Taupin var visserligen nyfiken på den här

279

mannen nu, men han hade hellre sett att bakhållet lyckats. Dannviw bad dem slå sig ner. Just då gled Gabriel in och slog sig ner hos Dinah.

- Det finns en del ouppklarade händelser mellan er två, sa Dannviw. Jag vet att Taupin har en del frågor, men det finns också saker som Cardiet vill veta. Vi försöker behandla varandras frågor och svar med respekt.

- Jag vill gärna veta varför du vill döda mig, sa Cardiet lågt.

- För att du är cardist, svarade Taupin kort. Till skillnad från de flesta i Andomin visste han en del om denna rörelse.

- Jag är Cardiet och det verkar som om jag är den ende i kretsarna där jag umgicks, som inte är cardist.

Taupin fnös och fick en varnande blick av Dannviw.

- Vad gjorde du hos Gwyneth då?

- Det vet du. Jag bar fram Aldors frieri, och det med den äran, om jag får säga det själv.

- Aldor är din vän, eller hur?

- Jag trodde det. Annars hade han inte gett mig det förtroendet. Om han verkligen har sett den vackra Gwyneth, denna pärla bland flickor, så borde han ha friat utan mellanhand, för det var en stor risk han tog. Hade jag inte vetat hur taktlöst det är att göra en sådan sak, så hade jag lagt fram mitt hjärta för henne istället.

- Det syntes nog ändå, muttrade Taupin.

Hans ögon var alldeles svarta.

- Inte ens din kärlek kan hindra andra män från att förlora sitt hjärta till henne. Ingen kan förbjuda att man sjunger en vacker kvinnas lov.

280

Taupin svalde hårt och sneglade på Dannviw. Cardiet suckade och konstaterade:

- Men det var för Aldors räkning jag var där. Det kunde ingenting ändra på.

- Din lojalitet mot honom återgäldar han inte.

- Nej. Jag har förstått det.

- Det han uppmanade oss att göra i brevet, fick du inte ens uppleva skuggan av.

Cardiet teg. Taupin fortsatte arg för vad han tvingats avslöja:

- Var det frågan om en maktkamp i ledningen för cardisterna?

- Jag tillhör inte dem.

- Hur kan du påstå det!?

Cardiet såg hjälplöst på Dannviw, som sa:

- Du förklarar det bäst själv.

- Om du vill lyssna, så ska jag berätta, sa han. Jag gjorde misstaget att till bra musik skriva ironiska texter och framföra dem inför folk, som inte kunde lyssna på det sättet. Det som sångerna sa var precis motsatsen till det som jag anser som rätt. Det var det lustiga med dem...

- Vad är det för sånger du pratar om? frågade Taupin irriterad.

- De som jag blev berömd för. De som alla ville höra och alla sjöng. De som ligger till grund för den berömmelse som fick till följd, att jag valdes ut att sjunga den vackra flickans lov. Jag är underhållare, inte politisk agitator. Jag var den som sist fick veta vad jag ställt till med. Då var det för sent att ändra på något. De stal mitt verk, vände det ut och in för att kunna misstolka det och jag kan ingenting göra.

Taupin tittade tvivlande på Dannviw, sedan på Cardiet igen. Han visste inte vad han skulle tro om detta.

- Menar du alltså att du skrev - sånger?

- Du har uppfattat det korrekt.

- Var kommer cardisterna ifrån då?

- Så kallar sig de som använder mina texter som manifest för sin rörelse.

- Detta är inte sant!

Hans gest talade sitt tydliga språk.

- Av hela mitt hjärta önskar jag att du hade rätt.

- Alla de här vidrigheterna beror på att du sjöng om dem?

Taupin var van vid konstigheter, men det här tog priset. Emellertid försökte han applicera beteendemönstret på unga adelsmän han kände och kom till slutsatsen att det kunde vara så.

- Förresten, sa Cardiet trött, borde nog den väna flickan inte svara ja på Aldors frieri.

Det hade oroat Taupin hela tiden. Det var ingalunda behagligt att få det konstaterat.

- Men lägga fram det för henne kunde du! sa han hätskt.

Cardiet tittade förvånat på honom.

- Då trodde jag på vad jag gjorde. Jag har inte gjort något som jag inte har trott vara rätt.

Taupin såg mörkt och tankfullt framför sig. Cardiet tillade lågt:

- Men i skenet av det jag nu vet, måste jag ändra det som går att ändra.

18 Komplikationer

tenen kändes kall under hans bara fötter. Kanten vass, fast stenen var stor. Kanske var det bara som den kändes för att han var på gränsen till det hisnande djupet. Vinden höll honom uppe med en smeksam hand och fick pärlorna i hans hår att klinga, som de gjort när han dansat där borta bland ädlingarna. Bördsadeln. Vilka avstånd! Vilka hisnande djup. Vattnet glittrade lockande. Han var inte längre fri. Hans berömmelse var en önskedröm. Om man ändå aldrig kunde använda de språk man behärskade, så att människorna förstod, då var allt en chimär. Man behärskade dem inte. Då kunde man alltså ingenting, var ingenting till. Börja om orkade han inte...

- Du ska inte stå så långt ute. Du kan ramla ner.

Det var Keeths röst. Han stod lutad mot muren i en ledig pose, men hans blickar var mörka. Cardiet såg på honom, sedan ner i vattnet under sina fötter och på det vidsträckta, vackra landskapet.

- Dannviw tycker inte om att det händer olyckor. Det blir så skräpigt i vallgraven.

Nu steg Cardiet ner från kantstenen. Han lade märke till fientligheten.

- Har jag gjort dig något ont? undrade han mjukt.

- Inte det jag märkt. Vad hade du tänkt göra?

Han väntade inte på svaret, utan gick. Som från ingenstans materialiserade sig den behaglige, tystlåtne unge Lorinn.

283

- Han tror att jag vill honom illa, sa Cardiet mest för sig själv.

- Du har redan gjort honom illa, fast du omöjligt kan veta något om det, sa Lorinn mjukt.

- Förstår han inte det då?

- Det gör han, men ibland riktas vreden i vanmakt åt fel håll.

- Hur i hela friden kan jag ha sårat honom? Jag har inte sjungit här och inte gett din far några råd. Inga flickor finns att kurtisera, eller var han i sin fantasi Gwyneths tillkommande?

- Inte flickan, men Taupin är hans hjärtas val.

Cardiets ögon blev stora och runda.

- Du måste veta det om du ska kunna reda ut det här och jag tror inte du missbrukar den kunskapen.

- Nej, nej. Jag blev bara lite... överraskad. Han - han gillar alltså män.

- Tycker du det är förkastligt?

- Nej, det är det väl inte... men jag kan ändå inte se hur jag har gjort honom illa.

- Han visste med all säkerhet inte om kusinen.

- Gwyneth. Den undersköna flickan. Men...

Han slog sig ner och tog på sig skorna. Alldeles som sin far störde Lorinn inte hans tankar, utan stod tyst bredvid.

- Han visste inte om att Taupin är kär i sin kusin, eller hur? Men vad kan jag göra åt det?

- Det vet jag inte, men jag vet vad du gjorde. Du talade om det.

- Men jag visste ju inte...

- Nej. Du har ingen skuld i det egentligen. Men det är förklaringen till hans inställning.

284

Keeth passerade Dannviw i korridoren.

- Cardiet försökte hoppa från muren där uppe, sa han i förbifarten.

Dannviw såg upp från dokumentet han gick och läste. Keeth hade passerat.

- Keeth.

Han stannade motvilligt och såg över axeln.

- Var är han nu? frågade borgherren.

- Det är något som jag inte lägger mig i.

- Kom här.

- Jag har faktiskt inte tid.

- Gör som jag säger.

Keeth vände tillbaka. Dannviw sporde:

- Vad är det med dig egentligen?

- Med mig? Jag sa åt honom att gå ner och det gjorde han. Skulle jag göra mer?

Han tyckte inte alls om Dannviws rynkade ögonbryn.

- Jag bara gillar honom inte, mumlade Keeth med sänkt huvud.

Dannviw tog hans händer.

- Varför?

- Det han står för.

- Men han står ju inte för det som ryktet säger.

- Han har slagit blå duster i ögonen på dig, käre herre.

Dannviw log.

- Nej. Jag lärde känna honom innan jag visste om hans berömmelse. Hans fel är att han inte misstror sin omgivning.

Keeth såg bort. Han ville inte ha någon förklaring.

Dannviw försökte en annan väg:

- Har du pratat med Taupin?

Ah. Det var där felet låg.

- Ja, han berättade om en kusin han har. Vad jag nu har med det att göra.

- Är du arg på honom?

- Nej. Det var väntat.

Keeth log, drog till sig sina händer och gick. En iskyla klämde åt om Dannviws hjärta. Här gällde det att se upp, om inte Keeth skulle vara näste man som försökte hoppa.

Men han hade ingen chans att koncentrera sig på det. Cardiet hade fått veta varför Keeth hade aversioner mot honom och måste försöka rätta till eventuella missförstånd. Han funderade ut olika sätt som Keeth kunde tänka på, utifrån vad han nu visste om honom. Under tiden letade han rätt på honom. Han befann sig i kyrkan. Kanske förberedde han musiken, kanske sökte han tröst. Cardiet gick inte in för att avgöra vilket. Han hade hittat den han sökte.

- Keeth, sa han. Jag vill förklara en sak.

- Jaså, sa Keeth utan att vända sig om. Han letade efter rätt notblad.

- Jag försäkrar att jag aldrig har menat att såra dig.

- Det hoppas jag.

- Jag vet att du är underhållare liksom jag, men jag kom ingalunda hit för att ta din plats.

- Det kan du inte ändå.

- Inte heller för att konkurrera med dig.

- Det gör mig inget.

- Och vad det gäller Gwyneth, så säger hennes far att Taupin är för nära släkt med henne, för att han skulle tillåta ett äktenskap.

Keeth blev stel, men det märkte inte Cardiet. Inte heller att han bara skiftade om notbladen nu.

- Han har redan förklarat det för mig, vad nu det har för betydelse.

Cardiet andades ut. Då var det inte det.

- Inte heller om honom konkurrerar jag med dig, sa han försiktigt.

- Det vet jag, sa Keeth, vände sig om och stack sina hatande ögon i honom. Han avskyr dig lika mycket som jag. Skulle du vilja låt bli att störa mig nu, om du har anförtrott dig färdigt.

Cardiet drog sig därifrån bedrövad. Han sprang rakt i famnen på Dannviw, som undrade:

- Religiösa problem?

Cardiet skakade på huvudet, oförmögen att uttrycka något alls just nu.

Där inne slängde Keeth noterna i golvet så det small.

- Varför så avig? undrade Johannes.

Han hade hört samtalet när han var på väg upp på läktaren.

- Jag vill inte ha din dom över det, sa Keeth.

Han började plocka upp noterna.

- Visserligen har jag hört en del om cardisterna, men Cardiet förtjänar inte dina aversioner.

- Du tycker inte det?

- På mig verkar han sympatisk.

- Jag delar inte din uppfattning.

- Nej, jag har förstått det, men jag vill inte att du ska ta detta som ett försök att döma dig. - Det är inte min sak. - Men jag anar att din reaktion kan gå stick i stäv med andras arbete. Jag försöker hjälpa dig.

I samma ögonblick ropades Keeths namn och han fick veta att Dannviw ville prata med honom.

- Det var som jag anade, sa Johannes.

Keeth såg hjälpsökande på honom, men han skulle inte förstå några förklaringar.

– Försök bara att ta det lugnt, rådde Johannes. Han kommer att förstå.

– Jag vet inte vad det är, sa Cardiet upprörd. Jag vill inte honom illa, men om tecknen jag ser stämmer, så vill sannerligen han mig illa.

Han hade varit utom sig sedan chocken släppt och försökte febrilt reda ut härvan han nu hamnat i.

– Varför vill folk mig illa?

– Vi ska reda ut det, sa Dannviw. Jag tror inte att det beror på att han vill dig illa egentligen.

– Folk missförstår vad jag säger. Här också. På något sätt vänds orden innan de kommer fram.

– Nej, Cardiet. Så är det inte. Försök att förbli lugn.

– Det kan du säga som aldrig upplevt att bli missförstådd.

– Det har hänt det med. Sätt dig här.

– Nej jag vill inte.

Han ryckte till sig handen som Dannviw försökte ta och drog sig längre bort.

– Cardiet. Lugna dig.

Skrämt såg han på Dannviw.

– Inte heller du tror mig.

– Jag tror på att du upplever det så, men jag känner Keeth. Han har fått lida svårt på grund av svek. Han säger inte bara vad han känner. Om han inte kan begripa det, så kan det ta sig underliga uttryck.

– Som jag framkallar?

– Det är inget unikt. Här inne händer det ofta. Du har inte gjort något fel.

288

Han envisades med att hålla fram handen mot Cardiet, som till sist tog den. Han lät sig föras fram till stolen och satte sig där.

- Jag förstår inte, klagade Cardiet. Lorinn säger att Keeth är förtjust i Taupin, men när jag försäkrar honom att jag alls inget hot är, på något område, så blir han bara argare. Vad gör jag för fel?

- Vi ska fråga Keeth direkt vad det är som stött honom.

- Nej!

- Sitt ner.

- Jag vill inte träffa honom igen.

- Då blir jag tvungen att låsa in en av er och det vill jag inte.

- Hellre blir jag inlåst. Där kan ingen missförstå.

- När jag sa att jag inte vill, så blir det inte så.

Dannviw sa det inte med skärpa, han tittade inte ens upp, men Cardiet såg storögt på honom.

Keeth knackade försiktigt på dörren och gled in. Han satte sig på anvisad plats. Det var fantastiskt hur de löd sin herre här. Häpnadsväckande hur gärna man gjorde det.

- Keeth, du har blivit giftig. Det är inte bra.

Keeth sneglade under lugg på honom.

- Du har blivit godtrogen, mumlade han till sist.

- För att jag inte misstror folk jag inte känner?

- Man kan lära känna folk genom rykten.

- Du är bättre förtrogen med min natur än så. Jag är ute efter det verkliga problemet, ingen retorisk utredning av allmänna förhållningssätt.

- Om det finns ett problem, skulle jag vilja veta det också.

Förmodligen var det för att Cardiet var närvarande som han vägrade samarbeta.

- Jag vill att Cardiet också ska få veta varför du hugger när han kommer i närheten.

- Han behöver ju inte vara i närheten.

- Hur ska han då höra?

Cardiet var beredd att erbjuda sig att lämna rummet.

- Om vi säger så här, sa Dannviw och iakttog Keeth oavvänt. Taupin har valt dig framför sin kusin.

Färgspelet i hans ansikte var intressant att se.

- För att hans morbror vägrar låta dem gifta sig, sa Keeth knappt hörbart.

- Med lite energi kunde de trotsat det.

- Inte Taupin. Han är så ordentlig.

- Borgar inte det för din trygghet?

- Varför har han inte berättat det förut. En som han tycker så mycket om. En *flicka*. Förtvivlan hördes tydligt i hans röst och Cardiet måste ingripa:

- Men hon har ju varit där hela tiden. Sedan han var liten. Han måste ha valt dig *fast* hon fanns där förstår du väl.

Ett vasst svar formulerades snabbt. Dannviw såg det och lade handen på hans arm.

- Cardiet har rätt, sa han stilla.

- Men ändå, viskade Keeth. Inte ett ljud. Som om det vore hemligt.

- Han har kanske inte tänkt på det.

- Inte tänkt på henne här och inte tänkt på mig där...

- Inte så, Keeth. Vänta tills vi verkligen vet hans skäl. Han får lov att förklara.

- Men han är ju borta! Ni sa att hon var i fara och då pep han iväg som en vessla.

- Han kommer tillbaka. Då frågar vi honom. Försök att inte spä på din oro. Fantisera inte fram oförrätter du inte har fått lida. Jag vet att det är svårt, men det är viktigt.

- Fast man vill vara beredd och kanske tänker ut det värsta därför, så får det inte hindra att man kan ta emot sanningen när den kommer, annars förstör det allt, sa Cardiet.

- Du måste förstå att Cardiet är oskyldig till det du genomlider nu, även om han ofrivilligt tjänstgjorde som budbärare, sa Dannviw.

- Visst. Ofrivilligt. Han talade vitt och brett om vad han visste.

- Men inte för att såra, Keeth.

- Det andra han har gjort då?

- Du menar det dåliga, som att rädda mig till exempel?

- Det vet du att jag inte menar.

- Du som också skriver sånger, borde kunna förstå hur underbart det är, att lyftas av folkets hyllningar. Du borde kunna förstå hur det känns, att det man gör missförstås. Tänk om det hände med dina sånger.

Keeth rodnade. Visst förstod han hur det kändes att bli missförstådd, när folk vände orden man sa. Det var därför han nu var på Gein, men han sa mycket lågt:

- Jag skriver inte sådana sånger.

Dannviw log och strök över hans arm. Keeth ville att han skulle göra det flera gånger, så att han hade något som tröst tills han funnit visshet.

Taupin kom tillbaka, medförande den vackra fröken Gwyneth, som han presenterade för borgens herre.

- Detta är alltså min kusin, Gwyneth, sa han och rodnade lätt. Jag vet att kvinnor inte får komma hit, men det här är ett specialfall. Hon måste få stanna.
- Det får hon inte, Taupin, sa Dannviw. Det är absolut ingen aversion mot er, fröken Gwyneth, men er kusin borde aldrig ha tagit hit er. Ni får stanna som min gäst tills vi ordnat något annat.
- Men du sa att jag skulle kunna vara hos dig, protesterade hon till Taupin.
- Det måste gå att göra ett undantag, sa Taupin.
- Jag gör ju det. Gabriel!
- Ja, herre.
Kan du ta med dig fröken Gwyneth till Dinah. Ni behöver säkert vila er efter resan.
Hon log mot honom och följde med Gabriel. Taupin såg efter dem tills de hade försvunnit. Så sa han hetsigt:
- Du *kan* bara inte kasta ut henne. Hon är inte säker mer än här.
- Taupin, min käre vän, om det inte har undgått dig så är hon flicka. Det betyder att här inne är hon *inte* säker. Hur kan du komma på en sådan befängd idé att ta hit det stackars flickebarnet?
- Jag hade inget val. Jag ska berätta. Cardiet sa ju att hon kanske inte borde gifta sig med Aldor. Jag hade redan funderat på det. Om Aldor är cardist står han för allt det där, som jag trodde att Cardiet stod för. Hans brev till oss den gången talade också för det.
- Vad innehöll det?
- Är det viktigt?
- Ren nyfikenhet.
- Jag vägrar att återge innehållet. Det var otäckt nog att läsa det en gång.

- Nå, vad gjorde du?

- Jag for till LillaVilles för att kontrollera ett par saker. Landet är en enda röra, men eftersom jag känner många högt uppsatta personer, kunde jag få veta vad jag ville. Han är cardist och en ledande sådan. Det är oftast han som bejakar våld och promiskuitet. Han har redan ett antal älskarinnor - slavinnor - hustrur. Det är lite olika vad de kallas. Han använder mycket riktigt Cardiets sånger som ett slags manifest, fast han har ändrat dem där han fann dem för veka. Att de är tonsatta får bara folk att lättare lära sig vad som gäller. Det är ett svart och sorgligt elände alltihop. Fast de har blivit slagna vid Adinaklint håller de på att växa sig starkare igen. Underjordiskt, i hemlighet. Många vet, men de här människorna har en ställning som gör dem oantastbara. Det blir hela tiden de oviktiga som offras. - Med den här kunskapen for jag till min morbror och bad honom annullera trolovningen mellan Gwyneth och Aldor. Det ville han inte alls. Dessutom var den unge mannen i antågande med hela sitt följe.

- Trodde han inte på vad du sa?

- Inte ett ögonblick. Det var tjafs som besvärade honom. Jag var tvungen att ta henne med mig. Patric vet om mina andra gods, men hit in kan han inte komma och hämta henne.

Dannviw placerade Taupin på en bänk vid fönstret.

- Ett par små detaljer som spelar stor roll, sa han. Vad tycker flickan?

- Hon har ändrat sig och vill inte gifta sig med Aldor.

- Ändå är hon dotter till Patric. Mellan honom och Aldor finns ett avtal som måste annulleras först, om

jag inte har alldeles fel för mig. Sist men inte minst:
Hon kan inte bo här.

- Om du vill...

- Att hon har kommit hit är illa nog, Taupin. Har inte
Keeth berättat för dig?

- Han vill inte höra berättas om Gwyneth.

- Om flickor i allmänhet.

- Jo, men hon är ingen vanlig flicka.

- På vad sätt skiljer hon sig från dem?

Taupin såg länge, utmanande på honom, men kom
inte på något svar som borgherren skulle kunna ac-
ceptera och Dannviws blick vek inte undan. Den var
inte arg eller irriterad, bara vänlig. Taupin såg ner.

Om Taupin trodde att hans morbror Patric inte vå-
gade sig till Gein, så trodde han fel. Han kom med
sitt privata följe, men han ville inte ha med sig Aldor
och hans män, som denne erbjudit. Herr Dannviw
var ingen man tvingade och när det gällde övertal-
ning litade han bäst till sin egen förmåga. Varför
Taupin skaffat herr Dannviw som mecenat förstod
han inte riktigt. Han hade tillräckliga egna tillgångar
och en bra plats vid hovet. Men det kunde naturligt-
vis vara bra att ha en fot inne på båda ställena. Borg-
herren var stabilare än kungen, särskilt nu när hans
arvinge gått hädan, så draget var nog smart.

Patric blev vänligt mottagen och det var inte svårt att
få träffa borgherren själv, vilket Patric antog berodde
på hans egen höga ställning. Däremot blev han över-
raskad av Dannviws ringa ålder. Han såg inte alls ut
som Patric hade föreställt sig.

- Välkommen till Gein, hälsade Dannviw.

Patric lystrade genast. Samtidigt kom han av sig.

- Tack, herr Dannviw. Det är verkligen en upplevelse att befinna sig innanför murarna på Gein, sa han.

- Överraskande?

- Ja, jag hade inte riktigt tänkt mig det så.

- Vad hade ni tänkt er?

- Mer enkelt - rått...

- Fängelselikt?

Han fick en hastig blick, men eftersom det inte verkade som om borgherren hade blivit provocerad, sa Patric ärligt:

- Ja, man tänker väl så. Det skulle förstås vara olidligt för er.

- Mer än för mig. Slå er ner. Här kommer förfriskningar.

Ham kom in med en bricka. Vad som fanns på den lade Patric inte märke till. Han såg bara den väldige Ham. Laurence och Hannes, som redan fanns i rummet, var stora nog för honom. Han följde Ham med ögonen tills han hade slagit sig ner bredvid Dannviws stol.

- Var så god och ta för er, sa Dannviw. Berätta vad som fört er hit.

- Min systerson Taupin har tagit med sig min dotter Gwyneth och gömt henne för att han är emot att hon gifter sig. Finns min dotter här?

- Gein är ingen lämplig plats för flickor. Hon finns inte här.

- Kan jag möjligtvis få tala med Taupin?

- Inte heller han finns på Gein.

- Jag har hört att han brukar vara här.

- Vi har nöjet att ta emot honom ibland. Det är biblioteket här som lockar honom och trevligt sällskap, hoppas jag.

295

- Ja han är en ovanligt klok ung man. Det är därför jag inte riktigt kan förstå hans handlingssätt.
- Han har inte förklarat sig?
- Jo, men man kan inte bara ändra mening stup i ett. Nu är det så att flickan är bortlovad till den noble herr Aldor. Ömsesidiga löften har getts. Han är en rik och välsedd man, som man inte trampar på tårna ostraffat. Dessutom vill jag inte upplösa avtalen, inte ens om Taupin tycker det.
- Vad ger han för skäl?
- Att Aldor skulle vara cardist. Men jag vet att Taupin har ett gott öga till min flicka. Han vet att jag inte går med på äktenskap mellan dem. De är kusiner. Det är för nära. Ni får säga vad ni vill, men det är vad jag anser och det står jag för.
- Det är nog en bra ståndpunkt, men jag tror ändå ni har fel, när ni tror att Taupin handlar i egen sak. Visserligen lär han vara förtjust i flickan, men så långt som till äktenskap vill han inte gå.
- Ni känner honom inte. De har varit förtrogna sedan späd ålder. Han kan inte se henne i en annan mans armar.
- Inte när mannen är ledande cardist. Aldor *är* verkligen det.
- Vad har det med saken att göra?
- Det innebär bland annat att er dotter inte kommer att vara hans enda hustru. Tror ni verkligen att hon kommer att trivas som denne mans egendom, för det är vad hon kommer att bli.
- Kvinnan ska lyda mannen. Det kan hon behöva lära sig. Kan han få ur henne alla griller som Taupin har satt i henne, så är det bara bra. Vi har ett avtal och det ska gälla.

- Ni anser hans vandel som klanderfri?
- Det gör jag. Taupin har ärvt sitt guld. Han tror sig veta bättre än vi som har skapat vårt med egna händer. Men Aldors namn kan vara bra för hennes barn.
- Om ni backar tror jag inte det blir problem med att finna henne ett ansett namn ändå.
- Men jag backar inte!

Han slog näven i stolens armstöd. Det stänkte vin från bägaren i hans andra hand, men han märkte det inte.

- Är det för att han använder stridshjälpen ni sände som hållhake på er?
- Varför skulle han göra det. Skeppen behövdes för att befria en stad från otrogna. Det är behjärtansvärt vem som än sänder hjälpen.
- Till LillaVilles?
- Det var inte alls dit.
- Staden var Adinaklint och de otrogna var stadsbefolkningen, som inte godtog cardismen.
- Så har inte jag uppfattat det.
- Jag hoppades det, men så var det.
- Var har ni hört det?
- Jag såg själv era skepp löpa in i hamnen, när striderna rasade som värst vid stadsportarna. De kom inte för att idka handel.
- Hm. Var finns de nu då?
- Staden tog dem i beslag, eftersom cardisterna förlorade slaget. Alla utom ett går att lösa ut. Ett av skeppen, det största, sänkte cardisterna när de såg vartåt det lutade.
- Och besättningen?
- De brukar roa sig med tortyr när andan faller på. Jag har faktiskt inte kunnat ta reda på hur det gick med

297

besättningen, var de hamnade om de inte följde med i djupet.

Patric var blek.

- Måtte det inte vara så, viskade han.

Hannes blev orolig för honom och hällde upp mer vin.

- Tack, tack, sa han. Det är bara så att befälhavaren på det skeppet är min son. Ja, hans mor och jag var aldrig gifta. Det var en ungdomssynd, men jag har haft all anledning att vara stolt över att jag begick den.

- Vi kan bara hoppas att de finns i förvar hos stadsborna.

- Borde jag inte hört någonting från dem då?

- Jag undrar om folket i Adinaklint vet hur de ska göra. Meddelar de vår kung, så betyder det att Andomin har skickat stridande styrkor till cardisternas hjälp mot LillaVilles kung. Det kan skapa problem.

- Cardisterna är ett allvarligt problem i det där landet, eller hur?

- Ja. Det är den informationen Taupin har försökt få fram till er.

- Men han är mycket förtjust i flickan och har alltid varit.

- Som vän. Ni har rätt så till vida, att han nog inte skulle få förbli en vän till henne ifall hon gifter sig med Aldor. Han står inte ut med tanken på vad hennes öde kommer att bli.

- Därför har han gömt henne.

Patric funderade en stund, medan han åt och drack. Så sa han:

- Jag vill prata med honom. Vet ni var han är?

- Inte för stunden, men det går att ordna.

- Eftersom ni anser att nära släktskap inte bör stå i vägen för äktenskap, har jag ett förslag till honom.

- Jag föredrar att avgöra det från fall till fall. I det här är det er åsikt som gäller.

- Nåja. Man kan ju ändra sig. Det är en ordentlig pojke, om än något i allvarsammaste laget. Men min dotter vill jag ha tillbaka, kosta vad det kosta vill.

Den förtärande svartsjukan åt med god aptit på Keeth. Han kunde inte äta och inte sova. Hela tiden ville han ha Taupin under sina ögon, men det tyckte denne var lite obehagligt. Tillsammans med andra bekymmer han hade, blev det för mycket. Han fann affärer som tvingade honom iväg. Men Keeth var inte dum. Gwyneth fanns i klostret i närheten. Naturligtvis var affärerna förlagda dit. Den uppkomna situationen var både ovan och obehaglig för Taupin och han visste inte vem han skulle vända sig till. Dannviw var ett alternativ. Han var en vis man, men honom hade han stött med sitt handlande. Andra var inte insatta i situationen.

Visst försökte Keeth lyssna på vad hans vänner sa, men oron och ovissheten drev honom utanför det som var passande. Han såg till att befinna sig där diskussioner om hans vän förekom, gömd, utan Dannviws godkännande. Visst var det fel, men nu tog han hellre straffet.

Taupin anlände till Gein i svart samhet och diamanter. Smal, strikt och allvarlig. Han hälsades av sin morbror Patric, som med stigande oro för konsekvenserna av sitt tidigare handlande, hade sänt iväg bud om att trolovningen var bruten. Aldors reaktion var han inte rädd för. Nu gällde det kung Claudin och hans åsikt om skeppen utanför Adinaklint, samt den saknade besättningen.

- Taupin, sa han. Jag är ledsen att jag inte trodde dig, men det var osannolika nyheter du kom med.

- Du är inte ensam om att tycka så, sa Taupin artigt. Han hade den air av yrkesmässig skicklighet, som Dannviw kände igen från hovet.

- Nu har jag annullerat äktenskapsplanerna för Gwyneth. Jag hoppas att hon får komma hem nu.

Men Taupin ville först se Aldor lämna landet, därför tvekade han. Patric sa:

- Jag har också ändrat mig på andra punkter. Jag har bestämt mig för att erbjuda dig hennes hand - även om jag tycker släktskapet är för nära. Det kan ju gå bra, även om jag har sett fall där det inte har gjort det.

- Du behöver inte ändra dina åsikter om det för min skull, Patric. Jag ämnar inte ta Gwyneth till maka.

Förvåningen i Patrics ansikte var omisskännlig.

- Du har ränt efter henne så länge jag kan minnas, sa Patric uppgivet.

- Inte ränt. Vi har alltid varit nära vänner och så vill jag att det ska förbli.

- Det är en bra grund att bygga ett äktenskap på, Taupin. Jag vet att du inte behöver gifta dig till mer guld, men det är ingen nackdel att skaffa en välbärgad hustru, även om det guld hon ärver har arbetats ihop.

- Jag vet det och jag uppskattar verkligen ditt erbjudande, även om jag inte kan ta emot det. Inte för att jag på något sätt förringar dig, utan av rent personliga skäl.

- Har du redan en trolovad?

Taupin såg hjälpsökande på Dannviw, som inte gärna kunde förklara hans personliga skäl. Istället

300

fick han söka inspiration hos utsikten och se, den kom:

- Jag är jämt på resande fot, Patric. En hustru skulle lämnas ensam alltför ofta. Om jag introducerade henne vid hovet skulle hon visserligen ha sällskap, men hennes skönhet är alltför stor för att inte bli föremål för avund med åtföljande förtal. Det är ingen plats för henne. Gein besöker jag ofta i mitt arbete. Hit kan hon inte följa mig. Alltså skulle jag tvingas placera henne långt från hennes vänner, för det mesta ensam.

- Det går att lösa.

- Och så är vi alltför nära släkt.

- Men ni, herr Dannviw, sa ju...

- Jag sa bara att Taupin nog vill ha kvar Gwyneth som sin vän, sa Dannviw. Inget annat.

Patric funderade. Så skakade han på huvudet och sa:

- Nåja. Jag far hem och ser till att Aldor förstått mitt budskap. Jag förväntar mig att du återbördar flickan till hennes hem.

- Det ska jag, sa Taupin.

Han bugade artigt.

- Jag tar er som vittne på det, herr Dannviw.

- Jag tror nog att Taupin håller sitt löfte ändå, sa Dannviw.

Patric lämnade rummet med sina rådgivare. Han hade dem med för säkerhets skull, men tog sällan råd från dem.

Taupin stod villrådig mitt i rummet. Han hade ett par frågor till Dannviw, men såg sig tvungen att formulera dem noga, så borgherren hann fram till dörren. Då kom Keeth framhoppande från någonstans i rummet och slog armarna om sin vän.

301

- Var kommer du ifrån, utbrast Taupin häpet.
Det fick Dannviw att vända sig om. Han rynkade
ögonbrynen och pekade på Keeth, som inte ville titta
på honom.
- Gör aldrig om det, sa borgherren mycket bestämt.
- Det behövs inte, sa Keeth.
- Jag bedömer vad som behövs.
Så gick han, eftersom han redan var på väg. Taupin
hann aldrig ställa sina frågor. Men han hade tillfälligt
glömt dem för en annan insikt:
- Du tjuvlyssnade, sa han lågt till Keeth.
- Jag ville veta ditt svar på hans förslag. Allt tvivel,
alla misstankar måste undanröjas.
- För det kan du riskera din herres gunst?
- Han förstår, Taupin.
- Ibland är du tokig.
- Tro inte det

19 Arvet efter Gwendoline

Det skulle visa sig att Dannviw var tvungen att resa tillbaka till LillaVilles, även om han inte hade tänkt sig det. Inte så länge Claudin kunde behöva honom, även om han klarade sig ganska bra nu. Han hade ju pålitligt folk omkring sig. Men Derrinns hustru Gwendoline kom från LillaVilles och arvet efter henne fanns där. Det tillföll hennes ende arvinge, Derrinn, när tiden var inne för henne att tillträda det, men han förmådde inte ordna med det. Det blev alltså hans far som fick se till att det kom i rätta händer. För att det inte skulle bli fel den här gången, meddelade han Claudin att han gav sig av. Men han brydde sig fortfarande inte om någonting. Eric gav borgherren tillåtelse att fara.

Han ville inte ha ett för stort följe med sig, för så offentlig var inte resan. Gabriel skulle följa med för att sätta upp och läsa igenom eventuella dokument. Ham var självskriven. Laurence tänkte inte låta sin herre fara utan honom och Garreth blev utvald oavsett vad han tyckte. - Han tyckte det skulle bli spännande att följa med. Kanske skulle han få se någon av platserna Dannviw berättat om när han kom hem därifrån sist. Derrinn och Sasha skulle följa med, för Derrinn hade beslutat sig för att fortsätta sina studier. Det såg Dannviw som ett stort steg i rätt riktning.

Garreth fick inte se de platser hans herre berättat om, för universitetsstaden Lundum låg långt ifrån oroshärdarna. Derrinn ville inte följa med och prata om sitt arv, så de begav sig först till akademin för att lämna de två pojkarna där. Kanske kunde han göra ett besök senare. Det fanns alltför många minnen där. Istället hyrde de ett litet rum nära Latinakademin, där Derrinn skulle gå.

– Behöver du något så sänd bara ett meddelande, sa Dannviw.

– Jag vet, sa Derrinn och kramade honom hårt. Det kommer att gå bra.

– Ja, det gör det säkert. Du får din vetgirighet stillad.

Sasha följde dem ner på gatan.

– Märker du att något blir fel, vill jag att du meddelar mig med en gång, sa Dannviw till honom.

– Jag ska hålla honom ifrån förrädiska böcker, sa Sasha.

– Du vet vad jag menar.

Sasha lade händerna på hans axlar och sa:

– Var lugn, herre, jag kommer att vaka över honom som en drake över sin skatt. Han ska inte komma i närheten av någon flicka.

– Sasha, jag...

– Och inte ha en chans att grubbla. Lita på mig.

Han kramade Dannviw lite lätt och vände honom om, så han skulle följa med sina män.

– Man kan säga "det får du inte" till sina barn, om man tror att de inte ska klara det, sa Garreth.

– Han klarar det nog, men gör jag? sa Dannviw lågt.

Garreth klappade honom på ryggen till tröst.

Gwendolines egendomar fanns lite utanför Lundum. En domare som var hennes förmyndare skulle ha hand om allt, tills det var dags för den unga damen att ta över. Han hade ingen rätt att fortsätta med det, när hon väl nått den ålder då hon tillträdde sitt arv. När detta bestämdes var de säkra på att hon skulle kunna ta över. Nu visade den gamle mannen dem runt, så de fick en uppfattning om vad det rörde sig om. Dannviw blev förvånad över hur stort det var. Det fanns många gårdar, ett gods med anställda, skog och en sjö som var rik på fisk med fiskare omkring. De slog sig ner hos domaren för att diskutera vad som borde göras. Han kunde förklara hur området fungerade nu. Dannviw föreslog att inom de verksamheter där allt fungerade, skulle den organisation som fanns permanentas. Han förklarade varför Derrinn inte ämnade bo i området. Domaren avrådde från att sälja det.

- I dagsläget finns det så många egendomliga intressenter, som inte kan ta hand om ett område som detta, sa han. Jag har bott här hela mitt liv och kände Gwendolines föräldrar mycket väl. I och med att hennes kusin överträdde lagen, hade han inte längre någon rätt att göra anspråk på något av arvet efter dem. Han var aldrig riktigt att lita på i livet heller, även om flickan gärna ville tro det.

- Är det Gwendoline som arvet är skrivet till från början? undrade Dannviw.

- Ja, det är det. Hon var beredd att dela, men det var inte han.

- Finns det några anvisningar om hur det ska tas omhand? frågade Gabriel.

Domaren tog fram dokument och förklarade vad de innebar. Gabriel gick noga igenom varje verksamhet. Riktlinjerna han fått var att området skulle klara sig

305

utan sin herre, så han såg till att det kunde bli så, om det inte var så redan. De skrev nya dokument som både skulle finnas i Lilla Villes och i Andomin. När de var klara lutade sig domaren nöjt tillbaka och sa:

- Det är ett rent nöje att förhandla med er, herr Dannviw. Jag tror nog att er son hade blivit en utmärkt herre över detta område, om han hade velat det.

- Med er hjälp hade han säkert klarat det utmärkt, sa Dannviw. Men det som har hänt har han tagit mycket hårt. Han försöker hålla minnet ifrån sig genom att ta avstånd.

- Ja, så blir det nog, sa domaren lågt. Det var en fruktansvärd historia. Helt horribel. Det var svårt att tro på de nyheterna när de kom. Denna oskyldiga lilla flicka... Och barnen. Det var en evig tur att ni avslöjade den nidingen. Det skulle varit gjort för länge sedan...

Han tystnade, såg tankfullt rakt framför sig och mindes när nyheten kom. Obehaget kunde han känna ännu. Så suckade han och sa:

- Med det är som det är. Nu får vi se till att inte fler drabbas.

- Efter vad jag kan se verkar det som om vi har lyckats med det, sa Gabriel som läst igenom allt de skrivit. En förvaltare finns redan och han kan förbli i sitt yrke...

- Jag har kallat hit honom, så ni kan prata med honom själva.

Lite senare kom förvaltaren. Geinmännen bedömde honom som en bra karl, som gjorde sitt bästa. Ändå ville både han och domaren att Derrinn någon gång skulle komma till sitt område, så de åtminstone kunde få träffa och prata med honom. Dannviw önskade också att det kunde bli så någon gång.

De lämnade området i förvissning om att det skulle fortsätta att vara välmående. Lågt diskuterade de sina intryck. De kunde inte komma på något som inte hade blivit bra.

- Jaha, då har din familj en förläning i LillaVilles också, sa Garreth.

- Ni borde inte behöva söka tillstånd när ni åker mellan era egna egendomar, sa Ham filosofiskt.

- Där blev det knepigt för kungarna att håll koll på mig, sa Dannviw. Men vad gör man inte för att slippa göra som andra säger.

Laurence såg på honom och log brett. Nu gällde det att komma hem igen. Första uppgiften var att ta sig ut ur landet. Men det blev inga problem med det. De använde inte Adinaklint, utan en mindre hamn. Ett handelsskepp skulle just segla och tog dem gärna med.

På Gein

En snabb, svart häst bar sin ryttare målmedvetet mot Geins vindbrygga. Det var lätt att känna igen Taupin fast han inte bar några yttre tecken på vem han var. En spenslig figur på en spenslig häst kunde inte vara någon annan. Ett snabbt ljud, som en trumvirvel, av hästens hovar mot vindbryggans trä och mannen var inne på borggården. Han satt säkert i sadeln, trots att hästen stegrade sig när han tvingades stanna så abrupt. Gudmund fick hästen lugn medan Taupin satt av. Han svepte sin pälsbrämade kappa tätare omkring sig och såg att Elm kom emot honom.

- Välkommen, Taupin, sa Elm. Vad har fört dig i ilfart hit?

- Jag tycker om att rida snabbt, sa Taupin. Mitt ärende präglas nog mer av vankelmod. Det är herr Dannviw jag vill dryfta ett par saker med.

- Han är inte här för tillfället. Är det något jag kan hjälpa till med?

Tveksamheten drabbade Taupin med full kraft igen. Fundersamt sa han:

- Hm. Jag tror inte det. Kommer han tillbaka snart?

- Det vet jag inte, men hans ärende borde inte ta så lång tid. Han är i Lilla Villes och diskuterar sin sons arv.

Han fick förklara det närmare. Under tiden gick de in. Först tänkte Taupin vända tillbaka med en gång, men Elm tyckte inte han behövde ha så brått. Dessutom behövde hästen vila. Eftersom Taupin nu ändå var på Gein, såg han ett bra tillfälle att besöka biblioteket och titta efter ett par böcker han tänkt på. Han ville också gärna träffa Keeth. Han trodde emellertid att Dannviws närvaro på Gein behövdes för det. Elm lugnade honom med att det gick bra ändå. Då hade gästen med ens inte så brått hem längre.

- Vad hör jag, sa Keeth godmodigt. Du kommer inte för min skull?

Han kom in i biblioteket där Elm placerat Taupin, som såg upp från boken och log varmt mot honom.

- Det är en lockelse i sig med din närvaro här, sa han. Men den här gången var det främst Dannviw jag ville träffa.

- Alla vill bara träffa honom alltid, sa Keeth och slog sig ner på bordskanten. Det är inte rättvist mot oss andra.

308

Han bläddrade ointresserat i en bok. Taupin såg oavvänt på honom tills han tittade upp, då återgick hans blickar till boken. Keeth log och undrade:

- Vad ville du honom då? Ett brev?

- Nej. Det är mer något som jag har hört och tänkt på. Det oroar mig ibland, men det är egentligen bara dumheter.

- Berätta.

- Jag undrar om det ens är värt besväret.

Hans blick förlorade sig i fjärran. Keeth såg på honom en stund. Så föreslog han:

- Elm är bra på att avgöra sådant. Tala om vad som oroar dig för honom. Så kommer dessutom Dannviw att få veta det så fort han kommer hem.

- Njae...

Men när Taupin tänkt över saken, fann han att det var en bra lösning. Han ville ju att Dannviw skulle veta och själv avgöra om det var något att fästa sig vid eller inte. Så de sökte upp Elm. Keeth hade frågat om det gjorde något att han hörde och det brydde sig Taupin inte om, så han stannade.

- Egentligen låter det bara som dumheter, började Taupin, men hela tiden kommer jag i minnet tillbaka till det. Kanske för att jag retar mig på vad som sades. Det är så fåvitskt. Man bör inte uttala sig om saker som man inte orkat sätta sig ordentligt in i. Och ändå... Är det värt att spilla tid på?

- Du har bestämt dig för att det är det, sa Elm.

- Ja. Hur ska jag börja?

- Vem har uttalat sig?

- Hans namn är Ledin. Han har nyligen efterträtt sin far i rådet. Fadern heter Guntram och är en vis och pålitlig men. Med ålderns rätt har han dragit sig tillbaka. Hans hustru är visst krasslig också.

- Sonen är inte helt ung?

- Nej, han har uppnått mogen ålder. Det är säkert en bidragande orsak till att hans far tyckte att han kunde dra sig tillbaka och lämna över till sonen.

- Men sonen har åsikter?

- Ja, suckade Taupin. Han har varit med på ett par rådsmöten och andra möten i all tysthet. Men så kom det här. Det slog mig med en gång hur korkade hans uttalanden var och att ingen kunde ta dem på allvar. Men det kan ju vara farligt, eftersom ingen då reagerar förrän det är för sent. Det första han sa var att Gein borde ifrågasättas som militär resurs. Geins styrkor var inte tillräckligt stora eller skickliga för att räknas i större sammanhang. Männen här inne är före detta fångar och de kan inte styras i en kritisk situation. Dessutom används ingen hållbar stridsstrategi.

- Hur menar han då?

- Det utvecklade han lite senare. En här som leds av en kung, ska kämpa och dö för sin kung. Att bara ha seger för egen del för ögonen skulle då vara helt förkastligt, eftersom det är en ära att dö för sitt land. Hjälpen från Gein är inte mycket värd, eftersom deras taktik går ut på att segra för egen del, utan manspillan. Det skulle då innebära att det är andra än män från Gein som ska gå i döden först.

- Han har nog missförstått alltihop.

- Dessutom anser han Dannviw som alltför vek för att få bovarna som han tar till Gein, att ändra sig. Så länge han håller sig till att dalta med dem innanför murarna så är allt väl, men de lär inte offra något för landet eller kungen. Att detta får fortgå beror på att Dannviw är Claudins släkting. Även om det är bekvämt för kungen att låta borgherren ta hand om bovarna, så bör det inte få fortsätta. Släktband är ingen ursäkt för den här sortens experiment.

- Som ändå framgångsrikt har hållit på i en herrans massa år, sa Elm.

Han kände också oro över den här mannens agerande och undrade:

- Vad säger Claudin om saken? Han anklagas för att favorisera sin släkting.

- Han säger inte mycket, Elm. Det är inte heller bra. Sedan Claud dog har han inte varit sig lik. Det är som om han tappat lusten för allting. Det är ytterligare en sak som jag vill att Dannviw ska veta.

- Han ska få veta alltihop. Visserligen har alla de här aspekterna gåtts igenom och förkastats tidigare, men det är bra att vi får veta när de dyker upp igen.

- Men herr Dannviw lyder inte under kungen?

- Så långt han själv vill.

- Jag undrar om Ledin har klart för sig vad han pratar om. Kanske vill han bara vara emot allt.

- Han verkar lite för gammal för det. Det brukar komma när ungarna ska frigöra sig från föräldrarna.

- Men hans far hade alltid vettiga åsikter, sa Keeth. Hans råd fanns det alltid anledning att följa. En klok man.

- Känner du honom? undrade Taupin.

- O-ja. De flesta rådsmedlemmarna. Särskilt de som var synnerligen välbärgade. Guntram är en sådan man. Visste att placera sina tillgångar, hur man skulle spara och spendera. Det var välkänt vid hovet, även om han personligen inte ofta rörde sig där. En man som ingav respekt på ett positivt sätt redan då och vad jag vet så är det fortfarande så. Han har två söner, som väl har fått allt utom tillsägelser. Jag kan tänka mig att han har fullt förtroende för den son som tar över.

- Ja, nu vet du det här. Mer kan vi inte göra.

Loviken, på väg hem

En bra bit från Gein satte Dannviw och hans resesällskap äntligen fötterna på Andomins jord igen. Resan hade gått bra och Dannviw var nöjd med hur Gwendolines arv sköttes. Egentligen kunde de inte vara annat än belåtna, men även om det var roligt att ge sig ut på resa till andra platser, så var det skönt att komma hem igen.

I Loviken stannade de för att äta en bit mat i byns gästgivargård. Men Vita Gåsens ägare gjorde inget trevligt intryck på dem, så de ångrade att de gått dit. Hade de inte varit så hungriga, så hade de vänt igen. Den fete, tröge gästgivaren hälsade dem med orden:

- Jag hoppas att *ni* inte ämnar slå sönder det här stället.

Sedan blev de placerade långt inne i ett mörkt hörn, varpå han tycktes ha glömt dem helt. Efter en stund sa Laurence irriterat:

- Vad gör vi här egentligen? Mat blir han ju ändå aldrig färdig att servera.

- Vi är här för att detta är bland de charmigaste ställena i landet, sa Ham. Positivt och vänligt bemötande är karaktäristiskt för Vita Gåsen.

- För att vi är hungriga, förklarade Dannviw tålmodigt. Och hade hoppats att ändra på det.

- Ska vi påminna honom? frågade Gabriel. Vi kan ju slå sönder stället för att få uppmärksamhet.

- Han borde väl veta att han har ett gästgiveri och vad man brukar göra där, sa Garreth tvivlande.

- Jag menade...

Gabriel hann inte längre. Maten serverades och den visade sig vara mycket god, vilket blidkade geinmännen lite. När de nästan var klara, drogs deras uppmärksamhet till ett par män som kom in. De var inte precis diskreta, utan ropade högt på gästgivaren, som masade sig dit utan brådska.

- Ville mina herrar beställa? frågade han.

- Så vänlig kan man vara mot somliga, sa Garreth lågt.

- Det är inte därför vi är här, sa den längste av de två. Vi söker en man - ett sällskap.

- Jag har ingen sådan verksamhet, kom det kort och ampert från gästgivaren.

Ett vapen glimmade till. Det var den kraftigare av de två som riktade en lång böjd kniv mot värdens hals.

- Du har ingenting för att vara lustig! väste han hotfullt.

- Det är mig helt främmande, sa värden med beundransvärd behärskning.

- Man blir inte förvånad, mumlade Laurence.

Men nu var de vaksamma, beredda att ingripa. Gästgivaren fortsatte:

- Säg vad ni är ute efter istället.

Den längre tog över:

- Ett sällskap med en ledare vid namn Dannviw. De kommer från Gein.

313

- Gein har sina affärer med Engenau, sa gästgivaren.
De kommer inte här förbi. Det blir en alltför lång
omväg. Varför söker ni dem?
- Sköt dina egna affärer.
- Borgherren hittar ni säkrast i hans borg.
- Inte just nu. Lustigt nog föredrar vi att träffa honom
på landsvägen.
- Försök med vägen till Engenau. Där är väl oddsen
de bästa.
- Om du tar oss för dumma, så gör du ett misstag!
Har de varit här?
- De lär inte komma hit, säger jag ju.
- Om de skulle göra det och vi inte skulle få veta det,
kommer du att råka väldigt illa ut, sa den kraftige.
Liksom de andra i ditt hus.
- Hur ska jag få tag på er då?
Nu verkade gästgivaren skärrad. Laurence hade en
teori, att det först nu hade gått upp för honom att han
var hotad.
- Vi kommer tillbaka, sa den långe.
De avlägsnade sig lika bråkigt som de kom. Gabriel
satt bäst till, men kunde inte se hur de såg ut för de
hade vida kappor med huvorna uppe. Geinmännen
såg allvarligt på varandra.
- Vad var nu detta? undrade Garreth lågt.
De var glada för gästgivarens tröghet. Lätt skulle han
annars kunnat identifierat dem och berättat vad han
visste. Men där tog de grundligt fel. Värden seglade
upp vid deras bord med fyllda ölstop till dem. Han
råkade spilla och började att omsorgsfullt torka upp,
medan han sa:

314

- Jag skulle rekommendera att ni använder bakdörren. Era hästar kommer att vara klara. Ta stigen bakom ladan in i skogen.

- Vet ni vem de är? frågade Dannviw.

Gästgivaren såg länge på honom. Så sa han:

- Jag vågade inte fråga mer. Men jag vet vem ni är. Skynda er nu och ta er i akt. Er måltid står jag för.

När han gick därifrån mumlade han något om att kräva nattlogi utan att kunna betala. Medan de inväntade ett bra tillfälle, undersökte Dannviw lampan som stod på bordet. Obemärkta slank de därefter ut bakvägen. Stallpojken hade deras hästar klara. Dessutom fanns ett främmande knyte fastsatt vid varje sadel. Gabriel började knyta loss sitt.

- Det är matsäck, sa stallpojken. Värden sa att de skulle med. Inga pengar - det är sådant de skulle se som bevis.

- Har de varit här förut? frågade Dannviw.

- Hos andra. Håll er från vägen en bit. Ta en annan väg.

Han var ivrig att få iväg dem så ingen såg dem prata. Det skulle bli repressalier.

- Tack, sa Dannviw. Bed din herre släcka lampan i kväll.

- Det ska jag.

Fast pojken förstod inte vad det skulle vara bra för. Alla lampor släcktes på kvällen. Det var ingen mening med att bränna olja i onödan. Men han framförde hälsningen. Gästgivaren var redan upprörd över gäster som bara stack och inte betalade. Han orerade över luffare och vägstrykare, som inte kunde tigga på ett ärligt sätt.

315

En man, som kommit in efter de två hotfulla männen och suttit nära dörren hela kvällen, följde allt med intresse. Han gick sist och innan han lämnade lokalen stoppade han värden, ryckte till sig hans börs och slog ut innehållet på bordet. Det var tydligt att han inte fått betalt för att han hjälpt någon. Förtretad stoppade mannen mynten i sin egen ficka och kastade den tomma börsen i ansiktet på gästgivaren. Sedan försvann han ut. Gästgivaren och hans medhjälpare for efter, men boven red iväg i sporrsträck därifrån, ignorerande deras ilskna rop. Det var bara att gå in. Hela dagskassan borta. Hur skulle detta gå? Visst kunde man säkert få hjälp från Gein som tack, men det tordes gästgivaren inte be om. Dessutom skulle det ta tid. Det var tacken! Det här var tacken för att man höll på det goda!

De sopade undan, diskade och torkade borden.

- Släcka lampan, fnös gästgivaren. Spara på oljan. Jo, det kan behövas.

Men när han släckte lampan vid geinmännens bord, tyckte han att den stod lite på sned och skulle rätta till den. Han lyfte lampan och fann att foten var fylld med mynt.

- Herre Gud..., utbrast han. Här är mer än flera dagskassor. Nu är det ingen tvekan om vem det var. Inte bara rösten... Det här är för bra...

Nu kunde han gömma pengarna på ett säkert ställe och hans anställdas löner var säkrade.

Geinmännen red snabbt in bakom ladan. Där fanns en smal stig, som hade en hög häck på den ena sidan.

- Vi kan inte fortsätta genom skogen i natt, sa Garreth. Man ser ju ingenting.

- Så länge det är lite ljus så kan vi följa stigen, sa Laurence. Men vi måste snart hitta ett nattläger.

De fortsatte snabbt och tyst en bra bit till. Mörkret tätnade. De fann en liten glänta med en porlande bäck. Den fick bli deras lägerplats. Nu fick de också tillfälle att prata om det som hänt.

- Vilka i hela friden var de där två typerna? undrade Gabriel lågt.

- Vem jagar dig i ditt eget område? frågade Ham.

- Ja, det kan man verkligen undra, mumlade Dannviw. Jag tycker inte att jag har hittat på något speciellt på sista tiden.

- De vet att du inte är på Gein, sa Laurence.

Tanken på att någon kunde ha varit där var inte precis behaglig, men det skulle mycket till innan det skulle vara någon fara för folket i borgen.

- Undrar hur många de är, fortsatte Laurence.

- Mer än de två, för de kan väl inte tro att du har gett dig av ensam. Om du så bara har Ham med dig, så behöver de vara fler, sa Gabriel.

- Kanske är de övermodiga, sa Ham.

- Vi kan inte räkna med det, sa Garreth.

- Frågan är vem och varför? sa Dannviw.

Han försökte gå igenom vad som hänt den sista tiden. Men alla affärer där han eller Gein var inblandade var avslutade.

- Vi sover, sa Garreth. Väl innanför murarna kan vi reda ut det här. Men vi lär inte komma dit om vi inte är på alerten.

- Jag tar första vakten, sa Ham.

Han behövde också tänka.

Natten förflöt utan intermezzon. De turades om att vakta i den stilla natten. I gryningen hittade de en god frukost i knytena från värdshuset.

- Han var nog inte så trög ändå, sa Laurence om gästgivaren.

- Jag hoppas att han inte råkar i tråkigheter för det här, sa Ham.

- Det påminner mig om något, sa Gabriel.

- Vilket? undrade Dannviw.

- Förmodligen råkar han i tråkigheter vare sig de ser honom som skyldig eller oskyldig. - Eller rättare sagt, de ser honom som potentiellt skyldig hur han än gör. Därför kommer de att trakassera honom. Det påminner mig om något...

- Att jag får sända hit folk för att rätta till förhållandena, sa Dannviw. Vi skulle kanske gjort det istället.

- Och riskerat att de norpade dig? Sällan! sa Ham tvärsäkert.

- Jag kanske inte låter mig norpas så där utan vidare, sa Dannviw.

- Gästgivaren ville att vi skulle gå, sa Garreth. Det kunde blivit värre för honom om vi inte gjort det.

- Dessutom vet vi inte vad vi har emot oss, sa Laurence. Två syntes där, men sannolikt är de fler. Det är bättre att veta vad man har att göra med först.

- Vi får hålla ögon och öron öppna, sa Ham. Låt oss fortsätta.

De gjorde det. Genom skogen bar färden och ut till en annan väg, som närmade sig Gein från ett annat håll. Det var ett härligt väder. Fåglarna kvittrade och en räv slank över vägen. De hade just börjat njuta av färden, när en bonddräng kom ridande i skritt emot dem. Han gjorde ett tecken att de skulle stanna. Med ens var geinmännen på sin vakt igen. Detta kunde vara ett bakhåll. Dannviw svepte kappan tätare omkring sig, men drängen sa:

- Herre, ni bör lämna vägen.

Samtidigt som han tog av sig mössan och böjde huvudet.

- Varför det? undrade Dannviw.

Drängen såg upp. Han svarade:

- Det kommer tre karlar ridande hitåt och de har frågat efter Geins herre.

- Låt oss lämna vägen.

De red in en bit i skogen, upp på en kulle varifrån de kunde se vägen utan att synas själv. Drängen verkade tycka det var hedrande att få följa med. Dannviw hade frågor till honom och ställde dem medan de väntade.

- Vem är du? var den första frågan.

- Jag heter Hans och arbetar som dräng hos en bonde en bit härifrån.

- Varför varnar du oss?

- För att ni är områdets herre och det vill jag gärna att ni är i fortsättningen också.

- Så det skulle ändras annars?

- Ja, de här karlarna är ute efter att ändra på det. Det kan till och med en enkel bonddräng förstå.

- Hur fick du kontakt med dem?

- Hm. Jo, jag är ju ofta på Vilda Åsnan, för där jobbar en piga som - är så fin... Dit har de där karlarna kommit flera dagar nu och frågat efter er. De stjäl och är ohyfsade.

- Tyst. Det kommer någon, sa Laurence.

Inte för att de kunde höras ner till vägen, men de satt tysta på sina hästar ändå. Nedanför dem passerade två män till häst. De påminde mycket om de två på Vita Gåsen. Medan de red spanade de åt alla håll.

- Jag tyckte du sa tre, sa Ham.

- De skickar ibland tillbaka en för att se så ingen lurar dem, sa Hans.

- Hur vet du allt detta?

- Jag stod och selade på min häst när de kom till Vilda Åsnan. De söker längs med vägarna efter er, så att ni inte ska komma hem igen. Ingen vågar göra något eller säga något, för de är så hotfulla. En karl som opponerade sig, brände de med ett ljus. Det - verkade som om de tyckte det var roligt.

De började rida i riktning mot Gein igen.

- Skulle du vilja följa med oss? frågade Dannviw Hans.

- Till Gein? O nej, det kan jag verkligen inte.

- Du behöver inte följa med in om du inte vill, men du skulle kunna utföra ett uppdrag åt oss.

- Snälle herr Dannviw. Jag är ingen modig person. Jag törs inte göra något sådant.

- Du får lön för mödan.

- Skulle de där upptäcka det så slår de ihjäl mig. De plågar alla som vill hjälpa er.

- Jag tror ändå att du har fel, Hans. Du är en modig man, men jag vill inte riskera ditt liv och din hälsa. Det finns andra lösningar.

- Vet du vad de här männen är för typer? undrade Gabriel.

- Nej. Jag har ingen aning, sa Hans. Jag har aldrig sett dem förut.

- De kommer alltså inte här ifrån?

- Tror inte det, men de är inga bonddrängar som jag. Det skulle mer vara troligt att ni kände dem.

- Adelsmän?

- De passar inte in i byarna. Men herremännen här omkring passar inte heller in i småbyarna. Jag kan inte säga riktigt vad som är fel.

- Det var intressant.

- Byfolket använder inte sina resurser till att jaga en herre de är nöjda med ändå, sa Laurence.

- Ja vi är nöjda med er, herr Dannviw.

Dannviw log mot honom.

- Så är det meningen att det ska vara, sa han.

- Men jag törs inte ta till Gein.

- Du behöver inte det, men betalt ska du få. Göm pengarna och använd dem först när faran är över, så är det ingen risk. Du kan behöva dem när du har friat till pigan.

Hans blev röd om kinderna. Blygt sa han:

- Om hon säger "ja".

- Kan vi lämna dig här?

- Det går bra, men håll er från vägarna och värdshusen.

- Tack för rådet.

De skildes åt. Hans for hem till sin kammare, där han tittade i börsen han fått. Den innehöll långt mer än han förväntat sig, långt mer än han tyckte att hans lilla tjänst var värd. Han borde inte nekat dem en till när de behövde den. Men nu var det för sent att fara efter dem. Han visste inte ens var de blivit av. Men pengarna gömde han säkert.

- Vad hade du tänkt att Hans skulle göra? undrade Garreth.

- Lämna bud till Gein, sa Dannviw. Men vid närmare eftertanke är det nog alltför riskabelt.

- Med den inställningen de har, så skulle blotta kontakten med Gein dra ner deras hämnd över honom, oavsett varför han for dit.

- Behöver vi bud till Gein? undrade Gabriel.

- Vi vet inte vad som har hänt där, sa Ham.

- Skulle det vara farligt att bara rida in?

- Det kan vara bättre att inte göra det, sa Dannviw. De red tysta länge. Det fanns mycket att fundera över. Vad hade hänt som skapat den här situationen? Vad var det de råkat in i? Gällde det mer än Gein och dess herre?

- Vart är vi på väg? undrade Gabriel som märkt att hans herre inte var på väg hem.

- Det finns en lösning - kanske, svarade Dannviw kryptiskt.

Skymningen föll. De lämnade hästarna i en stor inhägnad med friskt, tjockt gräs. Den sista biten gick de till fots, förbi en ruin av ett kloster, med siktet inställt på ett litet kapell.

- Vad har hänt här? frågade Garreth.

- Klostret brändes ner en gång i tiden och plundrades på sina rikedomar. Av vem är det ingen som riktigt vet längre, förklarade Dannviw.

En bit längre bort låg kapellet. Det lyste i fönstren.

- De är vakna, sa Laurence.

- Här brinner ljusen alltid, sa Dannviw.

Laurence hade fel. Två munkar fanns i kapellet. Den ene sov i sakristian. Den andre på en bänk vid väggen. Stillheten var total. Geinmännen störde den inte nämnvärt när de gled fram till altaret, bugade och försvann in bakom. Dannviw tog en nyckel som låg i en nisch, låste upp en dörr och lade nyckeln på ett annat ställe. Försiktigt öppnade han dörren och de slank in utan minsta ljud. Dörren stängdes efter dem med en dov suck. I det trånga rummet där de nu befann sig, fanns en trappa som gick nedåt. Det kom in en aning ljus någonstans ifrån, men när de nåde rummet i slutet av trappan var det kolmörkt. Dannviw letade och fann en fackla. Han tände den. Ett ganska stort bergrum blev synligt. Det fanns ett par naturliga pelare i mitten. De gick förbi dem och fann en grov trädörr. Den tycktes inte ha något handtag, men Dannviw visste var mekanismen fanns som öppnade dörren. Den stängdes också noga efter dem. Ett svagt klick talade om att den gått i lås igen.

- Så. Nu kommer vi inte ut, sa Garreth som inte var helt till freds med den här vägen.

- Jodå, sa Dannviw. Men vi ska inte ut just nu. Det får bli en annan gång.

Han höjde facklan och skyndade iväg ner för många låga trappsteg. Gången krökte sig. Den var inte särskilt smal och väggarna pryddes av ett enkelt mosaikmönster. De hann inte studera det ordentligt, för deras herre tycktes ha bråttom.

Högt ovanför dem vaknade munkarna till och gick sina rituella rundor i det lilla kapellet. De fann att nyckeln flyttats och blev alldeles ifrån sig, men de låste dörren som de skulle och lade tillbaka nyckeln i nischen. Sedan sände de upp klagotoner och bad att Herren inte skulle sända olycka till landet, för detta omen var verkligen tydligt. Omstörtande händelser var i antågande.

- Ah, sa Gabriel. En av Geins hemliga gångar, eller hur?

- Det är rätt, sa Dannviw utan att sakta farten.

- Det lär finnas flera hundra.

- Nja, det stämmer inte riktigt. Då skulle marken inte vara säker att gå på.

- Varför tänkte du inte på den här i första hand? undrade Laurence. Istället för att skicka pojken?

- En del av de hemliga gångarna har rasat samman, förklarade Dannviw. Det går inte att ta sig igenom dem mer. Sedan gäller det ju att de ligger på rätt sida.

- Några är inte så trevliga, sa Ham som utan svårighet mindes en som han varit nere i.

- Måste du rusa iväg så hastigt? frågade Laurence som ville titta lite närmare nu när de ändå var här.

- En fackla varar inte hur länge som helst, sa Dannviw. I mörkret hittar vi inte.

Gången gick i krokar, så de förlorade helt uppfattningen om riktningen. Ett rum öppnade sig. Dannviw tog här en ny fackla och tände på den gamla. De fortsatte ut i en bred gång med upphöjt, stenbelagt golv. Väggarna var av naturligt berg och dröp av fukt, som samlades i rännorna längs med det upphöjda golvet, så de kunde gå torrskodda ändå. Den här gången var verkligen välbevarad.

Så började de låga trapporna igen. Det bar uppför och väggarna kom närmare.

- Nålsögat, sa Dannviw och höll upp facklan.

Det var en trång passage som de fick lirka sig igenom en och en.

- Synd man inte är kamel, muttrade Ham.

Han kom nätt och jämnt igenom. Nu var de i ett nätt litet rum i vars ena sida fanns en murad portal in till en trappa, som gick i spiral uppåt. Ett nytt litet rum med en dörr, som Dannviw tittade på ett tag, innan han släckte facklan i en kruka som stod där. Sedan öppnade han dörren. Den gick trögt och han fick sticka ut handen för att plocka undan saker som stod i vägen, så de skulle kunna komma ut.

Nu befann de sig i en vrå där de brukade ställa spjut. Att det fanns en dörr i ena sidan hade ingen upptäckt.

- Det var som..., mumlade Laurence.

Garreth gav ifrån sig en ljudlig suck av lättnad. Dannviw såg på honom.

- Mår du inte bra? undrade han.

- Jag är inte särskilt begeistrad över underjordiska gångar, förklarade Garreth lågt.

- Är du rädd? frågade Laurence.

- Inte direkt. Jag undviker dem.

Laurence var inte hånfull utan bara intresserad av det faktum, att folk kunde ha aversioner mot de mest konstiga saker. Som Tyrs motvilja mot småkryp... om det nu var så.

Det var mitt i natten nu. De hade svårt att bedöma hur länge de befunnit sig under jorden. Allt verkade vara som vanligt. De lyssnade och iakttog.

- Det är väldigt svårt att avgöra mitt i natten hur det är, när alla sover, sa Ham lågt.

- Vi tar ett bad, sa Laurence.

- Nu? Garreth tyckte det var ett underligt förslag.

- Varför inte? Har någon tagit över Gein, så får vi säkert ingen chans att bada sedan.

- Det är sant...

Dannviw stod och rev sig på armen. Han längtade efter att rusa in till Dinah och krypa ner bredvid henne. Samtidigt hade han allt för mycket att tänka igenom. De andra ville också gärna prata. Då var de tomma badrummen i källaren en bra plats. Så istället för att sätta sig i något rum ett slag, så följde de

Laurences förslag. Snart satt de nedsänkta i var sitt varmt bad. De hade flyttat karen nära varandra, så de obehindrat kunde fortsätta sitt samtal. De gick igenom allt de fått reda på hittills. De lade upp olika teorier och försökte besvara frågor som uppstod. Till slut kom de inte längre. Då hade de ställt i ordning och torkat upp efter sig.

- En sak är säker, sa Ham. Folk kan ta sig in och bada utan att de märker något på det här stället.

- Ja, det är för sorgligt, sa Dannviw. Det får åtgärdas. Vi ska se om vi kan sova utan att de märker något också.

- Ja, inte du i alla fall, sa Gabriel.

- Inte jag heller, sa Garreth. Jag vet några som håller vakt över sovsalen i sömnen.

- Du sover hos mig, sa Laurence. Ham har eget rum, liksom Gabriel. Dinah vet om allt är som det ska här inne. Du kontrollerar det, Dannviw. Vi kan dyka upp i morgon vid morgonsignalen, om allt är som det ska.

- Då gäller det bara att ta sig osedda till sina rum, sa Garreth.

En stund stod de och lyssnade ut i tystnaden. Sedan önskade de varandra god natt och lycka till, innan de smög iväg för att sova. Från ett fönster såg Laurence att portarna var stängda. Det var ett gott tecken. Gabriel fick slinka undan från en av nattvakterna. Det tog han som ett gott tecken. Ham var trygg i sin förvissning om att Gein var ointagbart. Det krävdes mer för att ta över den här borgen än en skock ohyfsade halvädlingar.

Dannviw smög in i sitt rum och fann sin hustru lugnt sovande. Han betraktade henne en stund i det svaga skenet från elden. Så kröp han ner hos henne. Hon vaknade till och mumlade:

- Kommer du?

Så drog hon honom till sig och stoppade om honom för han kändes kall. Det tog Dannviw som ett gott tecken. Snart sov de båda i varandras armar, medan stormen tilltog utanför och munkarna i det lilla kapellet på så sätt fick sina farhågor bekräftade.

20 Hemma

annviw vaknade av att Dinah låg och tittade på honom. Han drog henne till sig, kramade och kysste henne.

- Har det hänt något här inne medan vi har varit borta? undrade han med slutna ögon. Dinah berättade och det var inga omvälvande saker som hänt. Inget som inte kunde lösas i Dannviws frånvaro.

- Du är det finaste jag vet, sa hon som avslutning.

Han log.

- Kom du fram till det nu när jag var borta?

- Det har alltid varit så, men nu har jag inte kunnat titta på dig på länge. Varför dröjde ni?

- Vi var faktiskt klara och tillbaka i landet tidigare än vi räknat med. Sedan kom problemen.

Han berättade vad som hänt och hon lyssnade noga.

- Hm. Det hänger nog samman, sa hon. Tre karlar var här och ville tala med dig. Två följde med Elm in och han förklarade att du var på resa. Den tredje försökte gömma sig undan, men var bevakad och fick följa med de andra ut.

Det var inget ovanligt att folk kom och ville prata med områdets herre i något ärende. De kunde vara trevliga, men de kunde också vara ohyfsade, ruvande på någon oförrätt de trodde sig råkat ut för.

- För säkerhets skull stängde vi grindarna även mitt på dagen, fortsatte Dinah. Det kom två främlingar till, men de fick inte komma in och då blev de mycket otrevliga. Så Elm bestämde sig för att ta reda på vart

328

ni tagit vägen. Han gav sig av mot hamnen för att möta er eller vänta in er. Han skulle kanske inte gett sig iväg ensam.

- Nej, det är inte bra, men å andra sidan vet jag att han helst ger sig iväg ensam. Kanske kan han klura ut något. Det skulle vara bra att veta vad det här handlar om.

En diskret knackning på dörren förvarnade om Hams ankomst. Han stack in huvudet och undrade.

- Är allt som det ska?

- Ja, sa Dannviw. Du kan meddela de andra.

Ham försvann igen. Strax efteråt hördes morgonsignalen.

- Vad jag har längtat efter dig, sa Dannviw mycket lågt och drog Dinah till sig.

På väg till matsalen försökte Dannviw få reda på om Dinah sett något speciellt hos besökarna, men hon hade inte tagit emot dem. Det var Elm. Allt hon kunde säga var:

- Men de var inte bönder.

De hade nått fram till matsalen när de blev upphunna av Ham, Laurence, Garreth och Gabriel, som alla var tvungna att krama Dinah innan de gick in. Det var i lättnaden över att Gein var som vanligt, även om hon inte precis hade ordnat det. Men den stora överraskningen kom när de blev upptäckta av männen i matsalen. De släppte allt för att ställa sig upp, jubla och applådera.

Dannviw sträckte ut armarna i en gest som om han ville ta dem alla i famn. Han log glatt. Detta var en av de goda sakerna med att återvända till Gein.

Välkomnandet när man kom hem. Det kunde se ut på olika sätt, men det var alltid varmt och hjärtligt. Det blev många kramar under förmiddagen. Deras herre hade begett sig ut i ett alldeles normalt ärende, men när han dröjde stegrades farhågorna om att något hade hänt. De hade nyss fått honom mirakulöst tillbaka, kanhända som ett lån tänkte de, nu kanske de till och med hade mist honom. Lättnaden var stor när han välbehållen kom tillbaka.

- Då behövde vi ju inte badat, sa Garreth som om det skulle varit något obehagligt.

- Du blir snart skitig igen, tröstade honom Laurence. Efter frukost hade de ett möte där de pratade igenom vad som hänt. Dannviw fick citerat för sig vad männen, som inte fick komma in, hade sagt. Verkligen inget som mera tunnhudade önskade få höra. Männen kunde inte låta bli att fundera över vad det var för typer som uppförde sig så.

- Det påminner vagt om något, sa Dannviw. Jag kan inte komma på vad det är.

- Hade inte de som jagade Cardiet svarta kappor? funderade Ham.

- Precis som de som har jagat oss, mumlade Gabriel. Kan det hänga samman?

- Men inte kan de veta att han är här? Och de jagar inte honom, de jagar Geins herre.

Alla hade tystnat och Dannviw såg på dem. De blev varse detta och Ham sa:

- Cardisterna, uppförde inte de sig ohyfsat? Och de var inte heller bönder.

- Men de finns inte här, sa Gabriel.

- De som jagade Cardiet fanns här. Vi får höra vad Elm har att säga när han kommer, sa Dannviw mycket lågt.

Omstörtande grupper behövdes verkligen inte också i det här läget. Det kunde leda till precis vad som helst.

Att Elm var ute och letade ensam var en källa till oro, men han kom tillbaka. Sista biten blev han jagad av några karlar till häst. De hade mörka kappor med huvorna uppe, så man inte kunde se vem de var. De såg ganska skrämmande ut. Men Elm var inte spökrädd. Han var en skicklig ryttare och när Geins vakter såg honom komma öppnade de grindarna. Förföljarna tvärstannade på andra sidan vindbryggan, men en av dem slängde iväg en pil från ett litet armborst. Elm blev träffad, men han skrek:
- Skjut inte tillbaka!!
Så vakterna sänkte sina bågar. Elm var i säkerhet. Demonstrativt släppte de ner fallgallret så det klang i järnskoningen. Det hade verkan. En av ryttarna hukade fast han inte var i närheten. Inga fler pilar avlossades. Karlarna vände hästarna och försvann åt samma håll de kommit från. Elm steg ur sadeln. Dannviw skyndade emot honom, liksom flera andra.
- Vi kunde ha gjort slut på dem, sa en av väktarna.
- Och startat ett inbördeskrig, sa Elm. Det ska vi inte.
Han var irriterad. Det gjorde ont.
- Ta rätt på pilen, sa han. Var har du varit?
Det sista var riktat till Dannviw, som börjat undersöka hans arm. Pilen hade rivit upp ett ordentligt sår.
- Det tänkte jag fråga dig, sa Dannviw lugnt. Vi går till Johannes först.

- Jag har en del att berätta.
- Mhm. Det blöder för mycket för det.
Elm såg ner. Nu blev han varse varför det gjorde så
ont. Han följde med.
- Vet du vilka de är? frågade Dannviw när han place-
rat Elm på britsen hos munken.
- De är adelssöner, bortskämda ungherrar som kom-
mit snett i livet, berättade Elm. Därför kan vi inte
döda dem. Det skulle sätta hela adeln emot dig.
- Men de sköt först, sa Nicolas som följt med.
- Visst. För att få den stora krigarborgen att anfalla,
sa Elm. Yrkeskrigare skjuter ner en liten lekfull äd-
ling, som råkade skicka iväg en pil. Det skulle bli
smaskens för deras ryktesspridning.
- Berätta, sa Dannviw.
Johannes jobbade på snabbt och skickligt, samtidigt
som han lyssnade uppmärksamt.
- Det kom tre på besök, sa Elm. De ville prata med
dig. De hade en massa att säga, som jag inte ens vill
återge. Ditt ärende i utlandet handlade om fruntim-
mer, visste de att berätta. Du lurade till dig skatter du
inte hade rätt till och så vidare och så vidare. Rena
amsagor som man egentligen kan skratta åt, men om
de går omkring och tragglar om samma sak på olika
ställen, sår de onda frön som kommer att växa. Jag
tänkte ta upp det med dig när du kom. Till dess
stängde vi grindarna, med borgfruns tillåtelse. Så dök
det upp ett par nya karlar, som skrek ut sina ankla-
gelser på vindbryggan. Efter en stunds funderande
beslöt jag att möta er, för det där verkade farligare än
jag först trott.
- Ensam? sa Dannviw som i förbigående.
Elm sneglade på honom en stund innan han sa:

332

- Ja, jag brukar få veta mest när jag är på egen hand. Dessutom ville jag inte utsätta någon annan för fara. Men i hamnen fann jag er inte. Det tog en stund innan jag fick veta att ni redan varit där och gett er av. På de flesta gästgivargårdarna ville de inte prata högt alls om Gein eller dess herre. Jag blev indragen i mörka vrår, där gästgivarna viskade till mig att du inte varit där och att jag skulle göra allt som stod i min makt för att du inte skulle komma dit. Folk uppförde sig verkligen underligt. På "Vita Gåsen" blev det napp, även om informationen var kryptisk. Nu hade jag lärt mig att vara diskret. När gästgivaren försäkrat sig om att jag var din vän sa han: "Genom skogen. Jag sänder honom min eviga tacksamhet." Sedan ville han inte prata mer, utan begärde betalt för ölet i mynt och inte i tjänster. Stallpojken visade mig vägen ni tagit. En del spår kunde jag följa, men jag valde att ta mig fram till värdshusen längs vägen för att lyssna på nyheter. Några gånger stötte jag på kappförsedda ryttare som uppförde sig otrevligt. Jag höll mig undan. Spåren försvann en bra bit från Gein åt det hållet.

Elm pekade och fortsatte:

- Jag försökte få nattlogi hos några munkar som rår om ett litet kapell, men deras oro smittade av sig, så det var svårt att komma till ro.

- Varför var de oroliga? undrade Dannviw.

- De hade fått uppleva ett tecken, som de bara hört talas om förut. Nu tog de det som ett omen om ofärd. Redan samma kväll blåste det upp till storm och ett stort träd föll i gläntan. Men de trodde det kunde komma mer.

- Vad var det för tecken?

- Det lyckades jag inte klura ut. Sedan begav jag mig hem. En bit härifrån dök de där ryttarna upp. När de förstod att jag var på väg till Gein och inte tänkte stanna, så blev jakten på allvar.

- Så. Försök hålla armen stilla, sa Johannes som var klar.

- Tack. Det ska jag, sa Elm.

- Jag har bett männen samlas så vi kan besluta om vad vi ska göra, sa Dannviw. Du är inte för trött?

- Det klarar jag nog. Men det är inte allt jag har att berätta. - Hm ...

Han slog sig ner i en fönsternisch och såg mycket fundersam ut. Dannviw betraktade honom en stund. Så undrade han:

- Blev du tveksam?

- Va'? - Nej, det dyker upp mer hela tiden.

- Vad dök upp nu?

- Taupin.

Dannviw lade huvudet på sned.

- Det blev inte helt klart, sa han.

- Nej - Taupin var här en tid efter att du hade gett dig iväg. Han ville prata med dig och titta efter någon bok i biblioteket - ja, eller träffa Keeth. Men det var något han hade tänkt på och när jag frågade om det var något särskilt han ville meddela dig, så berättade han om ett möte han inte kunde sluta oroa sig för. Egentligen ansåg han det så dumt att man borde ignorera det, men samtidigt ... Kanske hade han rätt ...

- Elm. Koncentrera dig.

- Förlåt. En ung ädling vid namn Ledin har tagit sin fars plats i rådet.

- Jag vet vem det är. Hans far känner jag väl.

- Han ifrågasätter Gein som militär resurs. Han tycker att man ska slåss för att dö till ära för sin kung och aldrig ha som mål att överleva själv. Det verkade som om han tyckte att särskilt en nära släkting till kungen borde beakta detta.

- Han har tydligen inte lyssnat på sin far.

- Dessutom ville Taupin att du skulle veta, att Claudin inte har varit riktigt sig själv på sista tiden.

- Han tog naturligtvis Clauds bortgång hårt. Men hur kom du nu in på detta?

- Claudin är avsatt.

Dannviw blev alldeles kall. Det skulle kunna vara en förklaring. Elm fortsatte:

- Det är vad som ryktas.

- Låt oss prata med de andra.

Meddelandet om vad som hänt med Claudin skapade förstämning i borgen, men de visste vad de hade att göra. Borgen stängdes. Gränserna sattes under bevakning. Geins män rustade sig.

- Men vilka är ryttarna? undrade Laurence. De går någons ärenden, kanske Ledins, men varför?

Cardiet hade suttit uppkrupen i fönstret och verkat ointresserad av allt. Han tyckte inte om att vara inlåst, som han uttryckte det. Därför ägnade ha sig ofta åt att sitta och sörja. Han satt där när de kom in och de hade faktiskt inte lagt märke till honom. När han nu hörde vad som skulle hända sjönk hans humör. Nu var han inlåst på riktigt. Fängslad. Begränsad. Men när han hörde Laurences fråga blev han förvånad. Han vände sig om och det lätta klirret av pärlor drog deras uppmärksamhet till sig.

- De är cardister, sa han självklart.

- Är det dina kompisar? sa Laurence förvånat.

Cardiet gled ner.

- *Jag* är inte cardist! sa han och var på väg ut.

Men Dannviw sträckte handen mot honom. Han tvekade, men kom sedan sakta fram och tog den.

- Jag har inte lust att bli anklagad för något som jag inte har del i, sa han irriterat.

- Förlåt, sa Laurence. Jag undrade bara om du kände dem.

Cardiet såg på Dannviw, som förtydligade:

- Hur kan du veta att de är cardister?

Cardiet var åter beredd att lämna rummet, men Dannviw höll hans hand mellan sina.

- Du vet mer om det här än vi, sa Dannviw vänligt. Vi skulle uppskatta om du vill berätta.

Med en suck förklarade Cardiet:

- Klädseln är typisk. De har en vid kappa med huva för att dölja sin identitet. De tillhör inte samhällets lägre skikt, ty *de* har inte råd att omfatta deras tankar. De är beridna, besuttna, befängda...

- Hur kommer det sig att de är här? undrade Creig. Var det inte en rörelse i LillaVilles? Hänger det samman med att du är här?

Nu var det Cardiet som kramade Dannviws hand medan han viskade:

- Jag är *inte* cardist...

- Det är tveksamt om de vet att Cardiet finns här, sa Dannviw.

- Cavanagh kan ha fått veta det.

- Han lär i så fall inte berätta det för cardisterna. Det är mer troligt att han låter dem tro att deras påstådda ledare är borta. I så fall vet de inte att han är här - om de inte har sett dig.

Cardiet skakade på huvudet:

- De såg mig inte, det såg jag till. Inte många här vet hur jag ser ut och jag tror inte det har betydelse för dem. Det är makt de är ute efter, inte mig.

- Hur kom de till vårt land då? undrade Leon.

- Ni tror inte på vad jag säger! utbrast Cardiet argt.

- Jo, sa Dannviw. Vi behöver dina tankar om det här.

Cardiet lugnade sig igen, kramade Dannviws hand och tänkte efter.

- Adeln har ofta förankringar i många länder. De gifter sig med en kvinna från grannlandet, för att det är lukrativt. Eller gifter bort sin dotter med en välbärgad adelsman någon annanstans ifrån. Trender färdas mellan länderna tillsammans med dessa släktband, bak på hästryggen eller i vagnen. Vi pratar om folk så högt uppe i hierarkin, att inga gränser finns...

- Men hur kan en sådan lära ha slagit rot här? frågade Gabriel.

- Andomins unga ädlingar är väl lika dekadenta som de i LillaVilles. Trodde du inte det?

- Jag tror att aningslöshet kan spela en stor roll, sa Ham. Taupin tyckte ju det han hörde var alltför dumt och hans kusins far anade inte vem han försökte gifta bort sin dotter med.

- Det är rätt, sa Creig. Aningslöshet och falska förespeglingar. For Aldor tillbaka till sitt land?

- Förmodligen, eftersom det inte blev något äktenskap.

- Männen som var här, vad uppgav de för namn? frågade Dannviw.

- Det har nog ingen betydelse, insköt Cardiet och såg på honom. De använder inte sina rätta namn alltid.

- Olika namn för olika möten?

337

- De har inte fantasi nog att omfatta den filosofin. Sina åsikter stjäl de och anser att de inte behöver stå för någonting. Alltså uppger de falska namn för att dölja sina egentliga, när det behagar dem.

- Du *är* insatt, sa Laurence.

Han fick en blixtrande ilsken blick av Cardiet, som försökte rycka till sig sin hand, men till hans förvåning gick det inte. Han kom av sig. Dannviw förklarade lågt:

- Jag vill att du svarar.

- Till min häpnad har jag sett mina ord vändas. Förtvivlat har jag förstått att meningen i dem förvrängts till oigenkännlighet. Saker som jag aldrig har tänkt, inte ens vill röra vid, har lagts mig till last av dessa notoriska lögnare, som använder mitt namn som sitt signum. Ja, Laurence! Jag vet precis varje ord jag *inte* har använt på det sättet. Varje tanke jag *inte* har tänkt så. Det är så vidrigt att jag måste veta - måste vara medveten... för att undvika.

- Den här mannen har räddat mitt liv, sa Dannviw. Jag vet att han inte är ond.

Han satte sig ner och Cardiet sjönk ihop bredvid hans stol, som om all luft gått ur honom.

- Nej, han verkar inte mer ond än vi andra, sa Laurence. Men det är bra att veta sammanhangen. Om Claudin är avsatt, så är vi hotade. Det gäller inte bara Dannviw, kungens kusin, Geins mäktige herre, eller vilket man nu vill åberopa. Det gäller lika mycket var och en som är här inne. Frivilligt eller ofrivilligt. Så det gäller alltså även dig.

- All hjälp vi kan få behöver vi, för att lösa den här situationen, sa Creig. Helst med så lite blodspillan som möjligt.

Cardiet tyckte det var en konstig kommentar från denne ärrade man. Han såg inte ut att vara den som drog sig för att spilla blod.

– Det skulle Ledin hört, sa Elm.

– Så arbetar vi och det kommer vi att fortsätta med, vad han än tycker, sa Creig.

– Frågan är var Claudin finns nu, mumlade Dannviw.

– Det skulle jag inte tänka på om jag var du, mumlade Cardiet till honom.

– Det måste jag, sa Dannviw lågt och klappade honom på axeln. Vet du mer om det Elm?

– Allt är bara rykten, förklarade Elm. Ledin skulle enligt dessa ha tagit makten och kräver nu total underkastelse. Ingen vågar göra något mot honom - av någon anledning som inte framgick. Folk i landet är mer skärrade än glada. Han kommer förmodligen att få hålla dem stången med våld.

– Kanske har de inte insett vad som hänt, sa Ham. Kan han försvara sin position om de reser sig?

– I så fall har de oss bakom sig, sa Leon. På Gein kommer han inte in.

– Han har nog redan varit här, sa Cardiet.

Dannviw såg frågande på honom.

– Den som blev kvar på gården och försökte sticka sig undan, hade samma skäggsträng på hakan som Ledin.

– Känner du honom också? sa Laurence.

– Jag har sett honom, sa Cardiet. Han har varit i Lilla-Villes och festat. Jag har sjungit mina ironiska sånger och han har lyssnat. Men jag är inte säker på att det var han.

– Säkert han inte såg dig? undrade Dannviw.

- Helt visst. Han träffade inte dig heller. Kanske är det bättre att du förblir försvunnen ett tag till.
- Hur skulle det vara någon fördel?
- Gein förblir stängt för att de här inne väntar på dig, inte för att du har reagerat på ryktena. Du behöver inte fatta något beslut förrän du vet vad det handlar om - och sannolikt handlar han snabbare om han tror att borgen saknar sin herre och alltså är ett lätt byte.
- Hm. Kanske det.
- Vi har kraft nog att handla öppet, sa Gabriel. Du har makt nog att sätta honom på plats.
- Och ta kronan själv? Det är det sista jag vill.
- Vi får vänta på deras nästa drag, sa Creig.

Men det blev inte länge de behövde vänta. Ett meddelande kom med en mycket ung ryttare, som begärde att få träffa herr Dannviw. Han fördes darrande in till dem innan mötet hann avslutas.
- Jaha, sa Dannviw. Vem är du?
- Mitt namn är Tim, sa pojken och bugade djupt med mössan i handen.
Det syntes tydligt att han var rädd.
- Vad är ditt ärende?
- Det kan bara framföras till borgens fruktade herre.
Han bugade igen. Det var tydligt att han lärt utantill vad han skulle säga. Det var inte hans egna ord.
- Varför fruktade? undrade Dannviw.
Men det ingick inte i de svar han lärt sig, så han såg helt förvirrad ut.
- Jag är borgens fruktade herre, sa Dannviw milt. Du kan tala om ditt ärende.
Nu såg pojken ännu mer förvirrad ut, så Laurence beslöt att hjälpa honom på traven:

340

- Eller ska vi slå det ur dig?

- Laurence, sa Dannviw lågt tillrättavisande.

Men han log, för tanken att Laurence skulle ge en liten pojke stryk var orimlig. Det var den inte för Tim.

- Jo, sa han snabbt och letade innanför tröjan. Jag har ett bud från den noble herr Ledin.

Han sträckte fram ett förseglat brev och bugade igen.

Gabriel kommenterade:

- Det måste vara hans far du menar.

Men insinuationerna gick helt förbi den rädde lille pojken, som förskräckt sa:

- Nej, herr Ledin skulle det vara.

- Du behöver inte vara rädd, sa Dannviw medan han öppnade förseglingen. Du har gjort precis som du blev tillsagd.

Tim slappnade av och ville gå, men där blev det stopp.

- Stanna ett tag, sa Dannviw.

Han läste. Brevet var mycket riktigt undertecknat "Ledin". I det krävde mannen som kallade sig landets nye folkvalde regent, att Dannviw totalt underkastade sig hans styre, för nu var det slut med släktfavörerna. Gein skulle inta en passande plats i landet och rätta sig efter att det var Ledin som bestämde med rådet bakom sig. Om Dannviw mot förmodan vägrade att frivilligt erkänna den nya regeringens överhöghet, skulle det komma att ske med tvång.

- Ville ni skicka ett svar? undrade Tim försiktigt.

- Något svar väntas nog inte, sa Dannviw. Vem gav dig detta?

- En av herrarna i byn. De brukar vara på värdshuset. Där säger man att du är död.

- Det är överdrivet. Lite trött kanske.

341

Tim kunde inte låta bli att le. Det var svårt att vara rädd för den här mannen, svårt att tro på att han snart skulle få lida under ett godtyckligt straff, som männen påstod att han skulle utdela.

- Vet du vad det är för herrar?

- De är inte från byn. Mycket noga med att inte säga sina namn. Pojkarna får slantar om de springer ärenden åt dem, så det är många som vill. Mest handlar det om - flickor.

Något som Tim tyckte var helt absurt, det var tydligt.

- Har du sprungit många ärenden åt dem?

- Nej, jag har mest lyssnat. De pratar om förändringar. Folk kommer att vara glada för att de hjälper dem. Det ska bli som folket vill.

- Med vad hjälper de?

- Kanske med slantarna de betalar för tjänsterna. Jag vet inte riktigt. De är ju mest till förtret. De pratar högt och stör när de blir fulla och de vuxna tycker inte riktigt om det.

- Säger de inte till då?

- Då slår de. Man får inte säga emot.

- Men det här uppdraget tog du?

- Nja - inte precis. Ingen ville gå, för det var ett självmordsuppdrag. Då råkade de få syn på mig.

- Vad väntar du nu ska hända?

Tim slog ut med händerna och såg ner i golvet.

- Tim, se på mig.

Han tittade försiktigt upp. Dannviw fortsatte:

- Kan du stanna här inne en tid? Jag vill att du ska veta att det är frivilligt...

- Du kan inte släppa ut honom, sa Cardiet förskräckt. De kommer att döda honom för att bevisa att de har rätt. Du kan bara inte det!

Dannviw såg på Cardiet och sedan på Tim.

- Är det sant? frågade pojken.

- Förmodligen, sa Dannviw.

- Men ni slår mig inte?

- Varför i hela friden skulle vi det? frågade Ham.

- De säger att ni gör det.

- De har aldrig varit här, Tim. Är du hungrig?

Det var han alltid. Han följde gärna med för att få en bit mat och snart brydde han sig inte om att han inte skulle få lämna Gein på en tid. Här fanns så mycket att undersöka, så det var ingen brådska med det.

- Det här kommer de att använda som bevis, sa Gabriel.

- Eller så producerar de bevisen som de inte har, genom att slå ihjäl honom och skylla på oss, sa Creig. Då är det bättre så här.

21 Ökad disharmoni

Vi måste göra något! Det var Keeth som kommit in i rummet där Dannviw satt och diskuterade med Ham, Laurence och Carlot.

- Vad tänkte du dig? undrade Laurence. Han blev irriterad. Vad var nu Keeth ute efter?

- Vi kan inte bara sitta overksamma medan landet tas över av banditer.

- Det är en fråga om att *ta reda på mer* innan vi handlar, sa Carlot lugnt.

- Och medan vi väntar på att mer information ska trilla in, går landet under.

- Tror du vi sitter overksamma? frågade Laurence argt.

Dannviw lade handen på hans axel och blev lite förvånad över hur arg han var. Pulsen slog snabbt. Men Laurence lade sin hand över sin herres ändå.

- Keeth, Taupin klarar sig, sa Dannviw stilla. Han är ingen människa som provocerar i sammanhang som detta.

- Du tror det är bara det, sa Keeth betydligt lugnare.

- Jag förstår att du är orolig, men öppen handling från vår sida i det här fallet, kan skada mer än det hjälper.

- Jag vill veta...

- Du får ge dig till tåls, som vi andra, sa Carlot.

Elm kom in.

- Chiron anländer, sa han. Vad kan detta betyda?

- Låt honom komma in, sa Dannviw.

Men att få stanna och vänta på vindbryggan, var inte Chirons åsikt om välkomnande. Han var märkbart irriterad när han, Hart och Godhardt kom in. Följeslagarna försökte se anständigt allvarliga ut, men sanningen var den att de var glada över att se Dannviw välbehållen.

- Vad är nu detta? frågade Chiron. Är jag inte längre välkommen i det här huset?

- Klart du är, sa Dannviw. Portarna öppnades så fort jag visste vem som stod utanför. Läget är sådant att jag hellre släpper in dig än någon från mitt eget land.

- Hur ska jag ta det?

Fast nu var Godhardt tvungen att ta Dannviw i famn.

- Vi har hört rykten om att du skulle vara försvunnen eller rentav död, sa han. Gud ske pris att det inte är så!

Hart var också tvungen att hälsa ordentligt.

- Det var inte så att du var lite orolig för mig? frågade Dannviw Chiron.

- Nej min själ! svarade Chiron. Jag var *fruktansvärt* orolig för dig.

Så kramade även han Dannviw.

- Kul någon är det, sa Dannviw när de slog sig ner.

- Ja, det är väl inte ofta, sa Chiron nu på bättre humör.

Ham och Hart hade satt sig att samtala lågt. Carlot och Laurence satt på var sin sida om Dannviws stol, medan Chiron och Godhardt slog sig ner mitt emot honom.

- Det är ju så, förklarade Chiron, att landet kan anses stabilt så länge Gein står. Faller Gein är Andomin inte pålitligt längre. Jag var tvungen att själv se efter hur det var med den saken, eftersom jag hört att Claudin har störtats.

– Jag kom tillbaka från en resa till det beskedet, sa Dannviw. Det var en otrevlig upplevelse att inte vara välkommen i sitt eget land.

– Du är så känslig.

Dannviw log och fortsatte:

– Jag har folk ute för att undersöka hur allvarligt läget är och vad vi kan göra.

– Vem är kuppmakaren? undrade Godhardt.

– Han heter Ledin. Han har sänt ett meddelande om att han vill ha min underkastelse. Jag tror inte att det blir så.

– Du har inte på något sätt ditt finger med i spelet? undrade Chiron.

Dannviw kände i luften hur hans män stelnade till, men han förstod varför Chiron frågade.

– Inte medvetet, sa han. Jag har ingen önskan att se Claudin störtad, eller ännu mindre Ledin på tronen. Jag tror inte han är kapabel att styra landet, annat än in i kaos.

– Jag har inte skrivit på något fredsavtal med den där mannen, sa Chiron. Det är lätt att ändra på sakernas tillstånd.

– Nej, för allt vad du gör. Det måste redas upp med varsam hand, så att så få som möjligt blir skadade. Jag vill definitivt inte att du råkar illa ut här, när du behövs som en fast punkt i Roamin. Dessutom är vi så nära inbördeskrig vi kan komma och behöver inte råka i fejd med andra länder.

– Bara om du behöver hjälp.

– Chiron, min vän, det är så lätt att starta fiendskap och så svårt att sprida försoning.

346

- Var är Claudin? Är han död?

- Jag hoppas verkligen inte det. Honom måste jag finna, annars är jag illa ute.

Det var Chirons tur att le. Han hade fått kämpa för sin ställning och ville inte ge upp den. Den här mannen behövde bara behållit kronan, men han ville inte ha den. Chirons tankar hindrades från att löpa vidare, när Godhardt sa:

- Har du någon aning om vad som hänt dem?

- Inte ännu. Vi letar, men ingen vet var de befinner sig, så det försvårar en hel del. Ryktet säger att de är fångar och det är inte en så trevlig tanke, när man vet lite mer om Ledins folk.

Han berättade om cardisterna, hur de uppstått i Lilla-Villes och sedan spridit sig över havet. Chirons ögonbryn rynkades allt mer. Han fann inget löjligt i en rörelse, ens om den uppstått ur en ironisk visa. Han insåg till fullo vad överseende med sådant kunde leda till.

- Ja, jag har redan sänt bud att jag inte godkänner den nya regimen i det här landet, sa han argt. Gör inte du något, så gör jag det.

- Jag ber dig att vänta. Det är mer jag behöver veta. Mycket mer. Var min gäst så länge.

Keeth blev inte lugnare även om han blev förstådd. Hans oro märktes på de bitska kommentarer han kom med. De behövdes verkligen inte i det här läget. Stämningen var inte precis på topp och Dannviw såg mycket klart, vilken balansgång det var att ha dessa män samlade här inne. Det var nu dagligen ledarna fick medla mellan män som råkat i luven på varandra. Han samlade dem för att klargöra hur läget var och mana till lugn. Att alla visste vad som hände ansåg han var det bästa. Och det hjälpte, men ändå övervägde han att sända hem Chiron och hans följe. De skulle vara säkrare där om kaos uppstod, även om han inte skulle ha någon direkt kontroll över vad kungen tog sig till.

En liten pojke kom gående över vindbryggan. Det här verkade vara småpojkarnas tid... Han blev insläppt och det visade sig att han hade med sig ett brev till Dannviw.

- Ännu mer tråkigheter, som vi kommer att ombedjas att stå ut med, sa Keeth kallt.

- Vad vill du att jag ska göra? undrade Dannviw tålmodigt.

Han hade öppnat brevet och blivit konfunderad över innehållet, men så kände han igen handstilen. Han visade Keeth och frågade:

- Känner du kanske igen stilen?

Keeth stirrade en stund, kände igen den och ryckte till sig brevet, men Dannviw ryckte tillbaka det med kommentaren:

- Mitt brev.

- Vad står det?

Dannviw läste en rad högt. Keeth bara stirrade.

- Du ser ju att han lever och är fri att meddela sig med omvärlden, sa han sedan och slog sig ner.

- Jag vet inte om det är lugnande, sa Keeth tveksamt.

- Det är skiffer.

Så hämtade han en bok. Han fördjupade sig en stund i arbetet. Så suckade han tungt och sa mycket lågt:

- Å, Herre Gud...

- Vad är det? undrade Keeth oroligt.

Ham såg upp från boken han läste, medan han höll ett öra på Keeth och sin herre.

- Claudin och hans familj hålls mycket riktigt fångna, men Claudin för sig och hans familj för sig. Om någon försöker befria någon av dem, kommer de andra omedelbart att dödas.

- De lever, sa Keeth. Står det var de är fångna?

- Nej. Kanske kan vi få veta det när mina spejare kommer tillbaka.

- Bara de inte gör något överilat.

- De ska bara skaffa information.

- Står det något mer?

- "Behåll budbäraren på Gein".

- Inget mer?

- Han tycker du ska läsa den här boken.

Dannviw sträckte fram en liten bok till Keeth, som bara såg konfunderad ut.

- Vad kan han mena med det?

- Det är väl du som ska veta det, sa Dannviw. Inte jag.

Ett något tumultartat besök från byn Äppelboda fick männen i borgen att rysa inför vilka följderna nu skulle bli. Borgens män var både fruktade och beundrade av de unga männen i byn. När nu adelsherrarna levde om och satte skräck i alla, beslöt bypojkarna i Äppelboda att ta lagen i egna händer. Då reflekterade de över vad Geins män skulle ha gjort - och gjorde det. De lyckades också att övermanna de tre ungherrarna som fanns i byn och ta dem tillfånga. Fångarna förde de sedan till Gein och gjorde det inte särskilt varsamt.

- Vad hade ni tänkt skulle hända med de här männen nu? frågade Dannviw när han mötte dem på borggården.

- De förtjänar att sitta fängslade, sa Jesse.

Han var den som tagit på sig ledarrollen. Creig var hans stora idol, fast det skulle han aldrig erkänna. Nu höll han mössan i hand och förde sig artigt, som han visste att man skulle.

- Vi har inte folk fängslade här så som du menar, sa Dannviw och slog ut med händerna.

- Inte för sent att börja. De kan inte vara i byn, sa Jesse. De är på alla töserna. Det tycker vi inte om.

Jens kände sig tvungen att förklara närmare:

- Garreth var i byn. Han sa att sådana skulle buras in.

- Nu är det ju så att de inte kan få fortsätta, sa Jesse - som egentligen hette Jens han med. Visst är de adliga, som ni och ni vill kanske inte stöta er med deras släkter, men vi kan inte bara se hur de håller på.

- Jag önskar att det vore så enkelt, Jesse, sa Dannviw. Men det är betydligt mer komplicerat än så. Ni har naturligtvis handlat alldeles rätt. Det krävs mod för att sätta sig upp mot överheten, även om man inte vet riktigt vad det innebär.

- Kommer de att hämnas, menar ni? Det är ju därför vi tog hit dem, sa Jesse.

- De är med i en större organisation, som försöker förgifta folks sinnen, med början hos adelns söner. Precis lika glad som jag är över er sunda reaktion, precis lika rädd är jag för vad som kommer att hända i byn nu.

- Du kan hjälpa oss, sa Harald som var mest tyst.

- Det är klart att jag ska, men det går nog inte att bara förlita sig på det.

Jesse bytte fot. Han anade att de gjort något fel, eller något som inte var bra. Men han kunde inte ångra sig.

- Vill du inte ha dem här, burar vi in dem själv! sa han.

Dannviw såg upp från sina funderingar.

- Nej, jag vill verkligen inte ha dem här, men det kan vi inte ändra på nu. Kom med in och ät en bit mat, så får vi göra upp en plan.

De blev lite förvirrade, men den här chansen fick de inte missa. Fångarna hade redan låsts in i en av fängelsehålorna. Där lämnades de. Ingen pratade med dem.

Till och med Ham blev förvånad över hur mycket bypojkarna kunde äta. Det var bara vinet som borgherren inte var frikostig med. Jesse märkte att Dannviw själv inte åt särskilt mycket. Han sa:

- Ni kanske tycker att vi är glupska?

- Det är kanske inte så ofta ni får mat som den här. Ät ni bara. Jag bjuder inte för att ni ska säga nej.

Det lugnade dem. Jesse fortsatte artigt:

- Ni har en utmärkt kock.

- Det behövs för att hålla männen nöjda.

- Men ni ville diskutera något. En plan?

- Ja. Jag kommer att behålla rötäggen här. När de nu har försvunnit, så låter vi dem vara försvunna. Det är bra om ni inte pratar så mycket om det.

- Vi låtsar att vi ingenting vet?

- Just det. Berätta nu precis hur ni gjorde.

Det behövde han inte be om två gånger. Han fick en utförlig beskrivning, ur vilken han utläste mer än de någonsin kunde ana. Men fler hade sett vad som

351

hänt. Dannviw rådde dem att försöka få alla som visste att vara så diskreta som möjligt.

– Nu är det viktigt att ni håller vakt över byn oavbrutet, sa han. Främst är ni, som utförde handlingen, i farozonen. Men de drar sig inte för att hämnas på byn, som lät det ske.

– Men de är ju oskyldiga, sa Jens.

– Hade de brytt sig om det, så hade jag bara behövt behålla er här inne. Men de håller sig inte till några vedertagna regler. Det har ni själva kunnat se.

– Vi ska hålla vakt över byn, sa Jesse.

Det kändes lite övermäktigt, men han förstod att det var så de måste göra.

– Ni kommer att få se till att det blir gjort, så ni kan få den hjälp ni behöver när ni behöver den.

Jens och Harald började tycka det var otäckt. De trodde inte Dannviw märkte det, men han sa:

– Det kan kännas skrämmande nu, men ni ska veta att ni inte står ensamma. Det ni har gjort är beundransvärt, även om jag aldrig skulle gett någon rådet att göra så. Vi får göra det bästa av situationen och hoppas på tur.

– Tur trodde jag inte att ni förlitade er på, sa Jesse.

– Man behöver alltid en god portion tur, även om skicklighet och planering är grundläggande. Kan du skriva?

– Jag kan skriva, sa Harald.

– Skicka mig bud om hur det går när ni kommer tillbaka. Jag behåller budbäraren här.

– Vi kan skicka min lillebror, sa Harald.

– Jag kan inte göra mer nu utan att allt blir värre. Lycka till!

De tackade mycket artigt och gav sig av, oroliga för vad de hade startat. Men när de kom till byn igen hälsades de som hjältar.

- De blev minsann skraja när vi kom dit med våra fångar, sa Jens. Men vi fick träffa herr Dannviw själv.

Männen i byn ställde sig tvivlande till att borgens män skulle frukta fångarna.

- Herr Dannviw tyckte inte om att vi tog dit dem, vidhöll Jens.

- Han är en bra karl, sa Jesse. Han tyckte att vi gjorde rätt. Nu vill han att vi ska hålla vakt här.

Andorill var en bestämd man, som inte sa så mycket i vanliga fall. Hans respekt för Gein och dess herres beslut var stor. Han ville arbeta i ro. Att borgherren lastade över sådana uppgifter på byns unga, ansåg han för otroligt.

- Varför vill han det? frågade han och alla lyssnade.

- Han trodde att fångarnas gelikar skulle hämnas på byn, sa Jesse. Men det verkar inte som de skulle komma med militära styrkor, utan smyga sig in och förstöra på något annat sätt. Han påstår att de inte följer samma regler som vi.

- Nej någon moral verkar de då inte ha, sa Andorill. Han förstod också nu vad Dannviw var rädd för. Han fortsatte:

- Det är nog bäst att vi håller ögonen öppna allihop. Ifall någon frågar så vet vi ingenting.

- Men de är ju inte här, invände någon.

- De kan ha gett sig av till Ljungbäck. Det är väl där de utgår ifrån. Som herr Dannviw tror så gäller det här våra liv. De är sådana som hämnas tusenfalt och på alla sätt.

- Ska vi då bara se på vad de gör? undrade en annan.
- Borgherren handlar alltid i rätt tid och på rätt sätt.
Det kan vi lita på. Han godkänner inte det de håller
på med. Den dag Gein slår till, kommer de definitivt
inte tillbaka.

Någon morrade en låg protest, men Jesse hade fattat
galoppen:
- Han vill att vi ska vara vaksamma, för det är det
enda sättet. Här gäller det att hålla ihop. För det var
bra att vi blev av med dem. Vi ska inte finna oss i att
några sådana kommer tillbaka.

Alla var med på det. Andorill såg på den agiterande
unge mannen, med höjda ögonbryn. Här slumrade
oanade förmågor. En äldre gumma trängde sig fram
och frågade:
- Frågade ni vad de gjort med min Tim, om de tagit
livet av honom, som de där inkräktarna påstår.
- Vi frågade om det farmor, sa Jesse. Borgherren ville
ha honom kvar i borgen just för att ingenting skulle
hända honom. Han lever och mår bra. Ham sa att in-
kräktarna har ihjäl folk själv och sedan skyller de på
geinmännen.

Den gamla damen var inte hans farmor, men alla kal-
lade henne så ändå. Hennes hem var öppet för alla
Äppelbodas ungar. Nu frågade en gammal man:
- Var det verkligen borgherren ni träffade? De säger
att han är försvunnen.
- Honom känner man igen, sa Jesse. Jag tror att de
vill att han ska vara försvunnen, men det är han inte.
Det behöver de inte veta heller. Inget inkräktarna sä-
ger kan man lita på. Det måste vi komma ihåg om
nya kommer hit.

Byn antog planen som en man. Bud skickades till Gein om hur det hade gått och stillade Dannviws oro för byinvånarna något. Men naturligtvis hade han folk ute, inte patrullerande som vanligt helt öppet, utan i all hemlighet. De blev satta att avvärja de värsta avarterna av cardisternas uppförande.

Att olusten var stor även innanför murarna visar händelser, som den när Leon och Garth kom ihop sig med varandra. Leon försökte få Garth att lugna ner sig, men han ilsknade till när Garth visade sig mer obstinat än vanligt. Folk samlades runt dem. Flera försökte få dem att lugna sig, men det var som förgjort. Dannviw kom ut tillsammans med Chiron och undrade vad de höll på med. När han kom fram till dem kunde det lika gärna ha slagit blixtar på riktigt kring dem, för de var ilskna tillräckligt. Inte nog med det. Nu hade knivarna kommit fram och Dannviw visste att Garth behärskade detta vapen betydligt bättre än Leon. Han sa till dem på skarpen att sluta, men de lyssnade inte. Då gick han in mellan dem och Harts reflexer var inte tillräckligt snabba för att hindra det. I samma ögonblick utdelade Garth det första hugget. Han hann se Dannviw och väjde undan, så det träffade inte Leon, som duckade och höll andan. Istället skar den vassa eggen tvärs över fingrarna på baksidan av Dannviws hand. Det sved till och han blev tvärarg.
- Blåsvidda jävlars glödheta helvete! svor han. Vad *fan* tar du dig till?
Det blev knäpptyst på hela borggården. Ham hade snabbt låst armarna på Garth. Cheer hade gjort det samma med Leon. Dannviw höjde sin skadade hand,

355

där blodet började ta sig ut genom det smala strecket. Hela borgen tycktes hålla andan inför herrens vibrerande ursinne.

- Ni drar inte kniv mot varandra en gång till! sa Dannviw så intensivt att Garth släppte kniven.

Nicolas smög varsamt fram, tog av sin halsduk och sträckte sig tyst och försiktigt efter Dannviws hand. Först nu upptäckte borgherren vad det var som sved och lät Nicolas vira om tygstycket. Ham lämnade över Garth till Laurence och tog hand om sin herre istället. Han tog med honom till Johannes. Det var fortfarande tyst. Chiron som hade kommit ut tillsammans med Dannviw var villrådig. Det var inte ofta han blev rädd, men den här gången blev han det. Han stannade kvar där ute för att se vad som hände, beredd på vad som helst. Men alla dröp tysta av, så han gick in för att tänka över händelsen.

Johannes konstaterade snabbt att kniven bara nuddat handen och inte orsakat några stora skador.

- Du hade tur, sa han. Garth är snabb.

- Han försökte undvika mig, sa Dannviw.

Nicolas tittade förvånat på honom. Nu verkade han nämligen helt lugn igen.

- Jag tvättar av och binder om, så är det snart läkt, sa Johannes. Gör det ont?

- Det svider, men jag kan nog stå ut med det, sa Dannviw och log.

En stund senare satt Ham och Hart och spelade ett spel, medan Dannviw och Chiron satt framför brasan, läste och småpratade. Chiron hade fortfarande en kvardröjande känsla av att Dannviw var en annan än den han hade lärt känna. Han tvekade länge om han skulle nämna den tidigare incidenten eller inte, men så beslöt han sig och sa lågt:

- Du kan inte bli så arg på dem.

Ham log. Hart såg på honom. Dannviw svarade:

- Jag undviker det, men nu behövdes det, för de lyssnade inte.

- De kan vända sig emot dig.

- Om jag känner dem rätt, så är de mer rädda *om* mig än *för* mig. De vänder sig mot den som de anser bär skulden.

- Vad ska du göra med honom? undrade Chiron.

Men Dannviw hann inte svara, för just då kom Laurence in med Garth, som hade ett illrött märke på kinden. Garth gick direkt fram till Dannviw, föll på knä och tog hans hand. Hastigt såg han på bandaget om den, innan han varsamt lade den mot sin panna och bad om förlåtelse. Dannviw sa mycket mjukt till honom:

- Du måste lyssna. Inte ska du dränka min hand i salta tårar...

Garth torkade ögonen med sin andra hand. Dannviw höll om hans huvud och studerade det noga.

- Jag vill inte att ni ska slå honom, sa han.

- Han kunde ha skurit handen av dig, sa Laurence lågt.

- Man kan inte straffa folk för att det kunde gått värre. För att man blir rädd.

- Han ska inte dra kniv mot någon här inne.

- Det vet du, eller hur? sa Dannviw till Garth.

Han nickade tyst.

- Du är förlåten, Garth, sa Dannviw.

Men Garth höll kvar hans hand utan att resa sig.

- Det är över nu, Garth, sa Dannviw vänligt. Allt gick ju bra.

Garth reste sig, bugade och försvann ut. Laurence såg på Dannviw en stund och skyndade sedan efter Garth.

- Jag behöver inte göra något alls med honom, sa Dannviw till Chiron. Däremot gäller det att hindra vad andra vill göra.

- Tar du så lätt på det? frågade Chiron.

- Det var en olyckshändelse och ska behandlas så.

Nu kom Leon in följd av Creig. Leon visade också sin lydnad med samma gest som Garth.

- Tog det illa? undrade han när han fingrade på Dannviws bandage.

- Nej, det är inte så farligt. Hur förklarar du det som hände?

- Jag blev arg för att han inte lyssnade. Naturligtvis borde jag ha lugnat ner mig - behärskat mig.

- Vad tänkte du göra med din kniv?

Leon såg i golvet. Creig ingrep:

- Männen har inte det tålamod de brukar ha för närvarande. Ovissheten frestar på.

- Vad är det de inte vet? undrade Dannviw. Vad som gäller här inne?

Leon såg på Creig, som inte tog blicken ifrån Dannviw.

- De gjorde fel och oron är förklaringen till att det blev så, sa Creig. Hotet kommer ute ifrån och vi vet inte vari det består.

Nu var Hart på sin vakt. Ham märkte det och lade handen på hans arm, en gest som denne man inte väntade sig.

- Jag kände mig tvingad att hindra Garth, förklarade Leon. I mitt upprörda tillstånd insåg jag inte att det var fel sätt. Jag ber om ursäkt för det. Det som följde har gjort att insikten om mitt misstag – inte kommer att glömmas.

Rösten bröts. Han ville resa sig och kila ut, men Dannviw höll hans hand i sina.

- Jag vet att du gör ditt bästa, sa han. Ni får inte ta till våld, för då har fienden ändå segrat. Jag vet att du vet det. Ingen skada är skedd ännu.

Leon såg på honom en stund, reste sig, bugade och gick ut följd av Creig.

- Tyckte du verkligen att den mannen bar den största skulden? frågade Chiron som förstod Leon bättre än han förstod Garth.

- Det är inte skuld vi talar om här, sa Dannviw. Leon har en högre ställning än Garth och följaktligen större ansvar. Han är medveten om det. Garth är den som mest behöver skyddas nu.

- För att han skadade dig? Av dig?

- Mhm. Så fungerar det här.

- Det hade jag haft svårt för, mumlade Chiron.

- Det har jag klart för mig, sa Dannviw med ett stort leende.

Chiron började tvivla på att dagens händelser verkligen hade skett. En egendomlig overklighetskänsla infann sig.

En stund senare gav sig Dannviw iväg för att prata med både Leon och Garth, men se det gick inte så snabbt efteråt.

- Se, nu har du gjort Garth ledsen, sa Ham och försökte låta så anklagande som möjligt.

- Ja, det var ju inte meningen, kommenterade hans herre.
- Och Leon vill inte prata alls.
- Nästa gång ska jag absolut inte gå emellan. Tror du de blir glada då?
- Nä. Då tror jag rent av de kan bli sårade.
- Där fick du till det.

Men senare på kvällen ordnade Dannviw ett möte och de pratade länge. Leon kom över sin skam och Garth kom över sin förtvivlan, när båda förstod hur den andre reagerat. De insåg också att en fiende mycket väl kunde vända männen här inne mot varandra. Då skulle Gein bli ett lätt byte.

- Men de har inte räknat med dig som en enande kraft, sa Leon.
- Man kan kanske inte alltid göra det, sa Dannviw. Ni måste kunna samarbeta ändå.
- Jag tycker inte alls om sådana hotfulla förutsägelser, sa Garth stilla.
- Det handlar inte om hot, utan om att ni *måste* kunna överleva, vare sig jag kan leda er eller inte. Det får inte bero på mig.

Garth strök försiktigt över hans bandagerade hand.
- Jag håller fullständigt med Garth, sa Leon.

Dannviw förstod att han nått dit han ville.

Chiron fick till sist tag på Dannviw. Han hade letat efter honom sedan han haft ett långt samtal med Godhardt. Ärkebiskopen tyckte det var dags att lämna Gein. Den händelse som utspelat sig på borg-gården visade tydligt, att det kunde bli mer än farligt att stanna. Han trodde att Gein befann sig på randen till upplösning och de kunde ingenting göra här.

Chiron hade trott att det bara var han som fick en så otäck känsla när allt tystnade, men Godhardt hade också befunnit sig där ute och han hade precis samma upplevelse. Han insåg snabbt att de befann sig på fel ställe med alldeles för lite folk. Kungen måste övertalas att resa hem. Hart var bara sur, så den vägen gick det inte att gå. Han erinrade sig att Dannviw förut hade uttalat farhågor för Chirons säkerhet. Honom skulle man kunna få med sig. Det var bara det att Godhardt just nu inte ville närma sig Dannviw. Så han fick prata med kungen själv och det lyckades över förväntan.

Men när Chiron nu hade Dannviws alltigenom behagliga person framför sig och de obehagliga händelserna på avstånd, blev han tveksam. Det tedde sig fegt att ge sig av och lämna den här mannen i sticket.

- Är allt väl? undrade han som inledning.

- Ja, nu är allt lugnt igen, sa Dannviw leende.

Men de var alltför få för att slå ner ett myteri på Gein ändå. Var nu allt lugnt, så var det inte fel att fara hem.

- Jag önskar att jag kunde göra något..., sa Chiron

- Det är inte mycket att göra just nu mer än att vänta, sa Dannviw. För att kunna handla måste jag veta mer.

- Och under tiden stiger oron.

Dannviw såg hastigt på honom.

- Det är inte värre än att vi kan hantera det, sa han.

Men han visste också att kungens säkerhet kanske plötsligt inte skulle gå att garantera. Det vore bättre om han befann sig i trygghet i Roamin, utan att känna sig utkastad.

- Säg mig, sa Chiron, vad var det de kom ihop sig om?

- Garth hade vaktat våra fångar. De hade lyckats reta upp honom och han hade förslag på vad man kunde göra med dem. Leon försökte få honom att ta reson. När han vägrade, tappade Leon tålamodet och resten vet du.

Dannviw slog ut med händerna och ryckte på axlarna.

- Jag förstår att det är oerhört viktigt att de följer reglerna som gäller.

Chiron såg fundersamt på Dannviw, innan han sa:

- Skulle det vara till hjälp om jag tog dina fångar med mig till Roamin?

En plan formades i hans huvud. Tre unga ädlingar kunde man ha mycket nytta av, när man ville utverka något i framtiden.

- Vad hade du tänkt dig? frågade Dannviw.

- Där kan de inte gärna bli befriade och inte har de något för att försöka provocera fram något.

- Jag vill inte att de blir illa behandlade. De ska levande och oskadda kunna lämnas tillbaka till sina släkter.

- Jag har ingen anledning att behandla dem illa.

- Du har ingen anledning att ta dem med dig alls. De är i säkert förvar här inne.

- Tills de har retat gallfeber på någon som råkar ha en kniv till hands.

Jo, det visste Dannviw. Det var precis vad som höll på att hända.

- Ämnar du fara hem nu? undrade Dannviw.

- Om du inte behöver min hjälp.

- Jag ser hellre att du är i säkerhet i ditt land. Du får gärna ta fångarna med dig, men se till att de behandlas väl, även om de inte gör sig förtjänta av det.

- Bra. Då säger vi det.
Godhardt blev väldigt nöjd med beslutet.

22 Ett oväntat möte

Joqinn stod med ryggen mot fönstret när Dannviw kom gående i korridoren. Det var inget konstigt med det och Dannviw var just på väg att säga ett par ord, när Joqinn kopplade ett järngrepp om hans handled. Nu märkte Dannviw att han var arg och irriterad.

- Jag måste prata med dig om en sak, sa han mycket lågt.

- Som du vill, sa Dannviw och vände tvärt.

Joqinn ledde in honom i biblioteket utan att lätta på sitt järngrepp. Det gjorde ont, men just nu var det inte på sin plats att gnälla över det. Joqinn var inte ofarlig i det här läget. Den vän han dränkt var ingen liten spenslig typ. Det var en välväxt och kraftfull yngling. Dannviw insåg klart hur den händelsen kunnat ske och nu blev han mer nyfiken på vad som orsakat Joqinns vrede, än mån om att komma loss.

Ham såg dem komma och gled efter dem in i biblioteket, vaksam och osynlig. Joqinn kontrollerade att de var ensamma.

- Vad vill du mig? undrade Dannviw vänligt.

- Jag tycker inte om att kungen är här, sa Joqinn och klämde åt ytterligare.

- Släpp min hand. Jag stannar.

- När du lovar se till att han ger sig iväg.

- Joqinn...

Han lyfte Dannviws hand, men denne gjorde ingen ansats att försvara sig. Joqinn stirrade honom rakt i ögonen, men Dannviws blick vek inte undan. Där

fanns ingen fruktan eller vrede, bara en vänlig fråga.
Så Joqinn kände att hans vrede riktats åt fel håll. Situationen var med ens främmande. Han förklarade:

- Han orsakar oro här inne.

Greppet om handen lossnade mer och mer.

- Hur har du märkt det? undrade Dannviw.

- Männen är på sin vakt mot varandra, lyssnar inte, brusar upp för småsaker och... tar till vapen. Oron märks tydligt. Du måste ha märkt den.

- Jag har märkt den. Vad får dig att dra slutsatsen att Chiron orsakar den?

Joqinn släppte handen. Dannviw iakttog honom hela tiden.

- Du tror mig inte, sa Joqinn sorgset.

- Oron fanns här innan Chiron kom. Något har hänt. Berätta.

- Han tycker inte om folket här inne. Kanske har han respekt för dig, m-men... att han ser ner på oss andra är tydligt.

- Vilka uttryck tar det?

- H-hatiska blickar. Nedvärderande kommentarer. Till sin följeslagare s-sa han att han ville döda mig... Joqinn såg forskande på Dannviw, som inte verkade tro honom riktigt. Det kunde vara hämnd för att han tagit för hårt. Borgherren såg mycket fundersam ut och gned mycket riktigt sin handled. Joqinn kände hur vreden svepte honom med sig igen. Det var otäckt, men det enda sättet att få rättelse.

- D-du t-tror mig inte! sa han och ämnade tvinga honom igen.

Han blev riktigt ordentligt rädd när han kände ett fast grepp om sin nacke.

- Du rör honom inte! sa Ham mycket tydligt.

Joqinns ilska bara försvann. Vad hade han hållit på att göra?

- Försiktigt, Ham, sa Dannviw lågt.

Till Joqinn sa han:

- Jag har ingen anledning att inte tro dig, men Chiron känner *inte* dig, så varför skulle han vilja döda dig?

- H-h-han s-s-sa d-d...

Nu tog Dannviw hans händer. Det var inte samma Joqinn som nyss...

- Lugna dig, Joqinn, sa Dannviw.

Ham flyttade sitt grepp från hans nacke till överarmen. Av någon anledning, som han inte riktigt förstod, blev karlen ändå allt mer upprörd. Dannviw frågade vänligt:

- Vad sa Chiron? Sa han bara att han ville döda dig utan vidare? Hur uttryckte han sig?

- D-det är h-han som har gjort fel, inte jag. Jag gjorde inget mer än t-talade om d-det f-för d-dig.

Dannviws tankar arbetade hela tiden. Han placerade Joqinn på en stol och satte sig framför honom, och med ens visste han.

- Nej, du har inte gjort fel, sa han. Berätta precis vad han sa.

Joqinn drog ett djupt andetag och såg upp i taket, varpå hans ögon började rinna över.

- "Är *du* här" sa han först mycket ovänligt, sa Joqinn. Han försökte mörda mig med ögonen men lyckades inte. Då sa han "En annan gång. Du ska inte tro att allt är glömt". Så vände han sig mot sin följeslagare och sa "Jag kan inte döda honom här, men..." Så gick de. Det var ingen tvekan om hatet, och det riktades direkt mot mig.

Han kunde åter känna hur otäckt det var att helt oförskyllt få detta mot sig. Hotet fanns kvar, men Dannviw log och kramade hans händer. Förstod han inte? Tyckte han det inte var något?

- Hatet var nog både tydligt och äkta, sa Dannviw, men hur otroligt det än låter, så är det inte riktat mot dig.

Joqinns tårar blev ymnigare. Hans herre förstod inte.

- Tro på mig, Joqinn. Chiron har misstagit sig. Han trodde du var Pasqall, som han har ett horn i sidan till ännu. Dessutom fick jag i och med detta veta hur illa det är, fortfarande. Fast det var inte så bra att du skulle bli utsatt för det här. Jag ska prata med Chiron. Skulle du kunna tänka dig att prata med honom själv också?

- Nej. - Det skulle vara ifall jag måste ta emot hans ursäkter.

- Han får inte göra dig illa och ska det inte heller. Förstår du?

- Jag brukar inte ha problem med det.

Borgherren log.

Dannviw behövde inte leta rätt på Chiron, för kungen sökte mycket irriterad upp honom istället.

- Ah, dig vill jag prata med, sa Dannviw när Chiron kom skyndande emot honom i matsalen.

- Och jag vill prata med dig! sa Chiron. Jag vet att du tycker om att testa gränserna, men det finns lämpliga och mindre lämpliga tillfällen. *Just nu* tillhör den senare kategorin.

- Som tur är tror jag att jag vet vad du talar om, men tala i klartext.

- Det är högst olämpligt att hysa vissa oroselement här, när det än sker, men särskilt nu.
- De bor ju här.
- Jag syftar på den opålitlige bedragaren Pasqall.
- Han är inte här.
Det blev alldeles tyst. Chiron vände sig till Hart, som bara kunde bekräfta vad kungen sett.
- Vet du inte om att han är här? undrade Chiron misstroget.
- Jag vet att han *inte* är här, sa Dannviw lugnt.
- Om du försöker slå blå duster i ögonen på mig, eller om det är någon sorts experiment, så är *detta* inte tillfället. Han kommer att dö!
- Du ska inte döda någon. Inte Pasqall och inte hans dubbelgångare Joqinn, som du över huvud taget inte känner.
- Skulle det här vara någon sorts skämt?
Han spekulerade i om Dannviw kunde ha gett honom ett annat namn, för att han därför skulle vara fredad. Bodde han alltid här - gömd under ett alias? Dannviw kunde mycket väl vända på saker sådär, men detta var lite väl fräckt!
- Nej, det är inget skämt. Joqinn har redan berättat för mig att han kände sig provocerad av dig. Han är definitivt inte ofarlig, även om han inte är Pasqall. Joqinn bor här och kan inte bo någon annanstans.
Chiron såg länge på Dannviw, som för att utröna om han talade sanning. Så beslöt han att pröva den här teorin och undrade:
- Vem är den här Joqinn då?
- Han är sångare och musiker. Vida känd en gång i tiden. Men så dränkte han sin sångarvän och hamnade här, utan att minnas vad som hänt. Nu har jag

en känsla av att jag vet hur det gick till, sa Dannviw och visade upp sin röda handled.

Man kunde få känslan av att Gein var ett vanligt adelshus, kanske lite trevligare än andra, men så var inte fallet. De som bodde här inne var inte som invånarna i andra högre stånds hus. Det var så rysligt lätt att glömma. Chiron insåg nu klart vad sådan glömska kunde leda till.

- Det var inte meningen att någon skulle skadas, sa han. Jag ber om ursäkt.

- Det är inte mig du ska be om ursäkt, utan den som verkligen tog illa upp när han oförskyllt blev hotad.

- Men de är så otroligt lika.

- Fast något stämmer inte, mumlade Hart.

De hörde hur någon började öva på balkongen ovanför dem. En konstfull melodislinga över harpans strängar.

- Det där är Joqinn, sa Dannviw lågt.

Musiken fortsatte, nu med sång av en mycket fin röst. Chiron kunde lätt konstatera:

- Sådär låter inte Pasqall.

Om han nu kunde sjunga över huvud taget. När han talade hade han en mycket tilltalande röst. Den använde han sig också av i sina bedrägliga dåd!

De gick längre ut i salen. När Joqinn fick syn på dem tystnade han tvärt.

- Kom Joqinn, sa Dannviw och sträckte handen mot honom (inte den med märken på).

Tveksamt kom Joqinn ner. De stod framför varandra igen. Chiron kände vreden mot Pasqall igen, men nu tvingade han sig att se skillnader, ty detta var inte Pasqall. Ögonen! De var inte desamma. Där fanns någon skillnad. Vilken visste inte Chiron, men de

369

här var vanliga, just nu ogillande, kanske i en annan färg.

- Det här är alltså Joqinn, en av våra utmärkta musiker och sångare, presenterade Dannviw.

- Jag vet redan att ni är Chiron, kung i Roamin, sa Joqinn kallt

- Det gläder mig faktiskt att göra er bekantskap, nu när jag vet vem ni är, sa Chiron. Med en stor lättnad inser jag, att ni inte är den jag tog er för. Jag ber om ursäkt för mitt misstag.

Dannviw såg förvånat på Chiron, som med en aldrig så liten bugning bekräftade det han sagt. Joqinn blev mycket nöjd när han förstod att hotet passerat.

- Misstag gör vi alla, Ers Majestät, sa han och bugade lika avmätt, innan han gick upp för att fortsätta öva.

- Det är ju skrämmande, sa Chiron när de var på väg ut. Så lika!

- Inte minst för honom, sa Dannviw. Trodde du att jag gömde Pasqall här för att reta dig?

- Mer för att du ville det. Jag kan ju inte bestämma här och det blir på så sätt mycket tydligt.

- Du vet ju det. Då behöver jag inte skriva dig det på näsan.

- Kontakten med din vilja kan få en att undra ibland.

- Åja.

De gick tysta en stund. Hart och Ham småpratade bakom dem. Ibland undrade Chiron vad det var för mycket de hade att prata om. Ham stod alltid på sin herres sida, men hur skulle Hart välja, om de nu var så såta vänner? Han hade valt osolidariskt förr. Tankarna gled över på Pasqall och hans manipulationer. Han fick vän att stå emot vän!

- Du vet var Pasqall bor? sa Chiron.

- Ja, svarade Dannviw kort.

- Här i landet?

- Det har ingen betydelse, för du ska inte söka upp honom.

- Hur kan du tro att jag skulle vilja det?

- Om du fortfarande vill döda honom, när du tror att du ser honom, finns det anledning att befara att du skulle eliminera den som väcker din fruktan. Eller hur?

- Jag är inte rädd för honom! fnös Chiron.

- Låt honom vara då.

- Han förtjänar inte att leva, mumlade kungen.

- Det vet du ingenting om. Överlåt sådana bedömningar till Den Allsmäktige. Han har lite bättre överblick än vi.

- Såg han då inte vad den mannen gjorde?

- Både vad han gjorde och vad han råkade ut för, det är jag övertygad om.

- Och ändå kan du...

- Chiron, försök förstå det här. Jag är mån om att ha er båda som vänner. Försök att inte använda *mig* för att förgöra *honom*. Jag *vill* inte att han försvinner, lika lite som jag vill att du gör det. Ni befinner er skilda åt. Ni kan inte nå varandra i ondska eller i godhet. Låt det bli vid det.

- Och agerar jag tar du hans parti?

- Ja.

Chiron suckade. Den här mannen lärde sig aldrig vad som var bäst för honom.

- En dag möts ni kanske här och trivs bra med det, sa Dannviw med ett stort leende och glittrande ögon.

- Och du undrar varför jag är misstänksam!

371

- Det är ett grundläggande drag i din karaktär. Men det vore bra om du lärde dig att behärska det.

Chiron fnös.

En lång och konstfull harang av svordomar undslapp Leon.

- Tycker du det är rätt makt att åkalla? undrade Laurence.

- Inte, men han infinner sig nog när cardisterna upptäcker vad som har hänt i byn.

- Ja, de har inte en susning om vad de har satt igång. Vi kan bara hoppas att de tar Dannviws råd på allvar och är vaksamma själva. Man anar att hämnden kommer att smygas på dem från det mest oväntade håll.

- Har vi folk ute ifall något händer där? undrade Leon och spanade ut genom porten de stod vid.

- Jadå. Vi har folk ute lite överallt. Det ser ut som om några av våra spanare återvänder.

Han gjorde en gest med huvudet ut genom porten.

- Ja. Hoppas de har snappat upp något, så vi kan skrida till handling.

- Mm. Det vore ju bra, sa Laurence.

Han skyndade iväg till Dannviw, för det var dit de två återvändande var på väg. Många var de som ville göra något åt situationen. Att sitta overksamma när hoten bara blev större gjorde dem rastlösa. Men Laurence visste att det inte gick att bara rusa iväg och göra något. Det skulle med all sannolikhet sluta i katastrof. Bara en sådan sak som bypojkarna gjort kunde orsaka mycken sorg. Skulle förmodligen göra det.

Han steg in i ett av de mindre rummen, där Dannviw satt och pratade med Chiron. Ham och Hart spelade ett brädspel. Brasan brann gemytligt. Scenen andades frid. Laurence stannade upp och önskade att sådan frid verkligen skulle råda snart igen. Vilken underlig önskan för en krigare...

- Laurence. Har något hänt? undrade Dannviw.

- Två spanare är på väg tillbaka. De kommer strax hit.

- Är du så ivrig att handla?

Laurence gick fram och satte sig bredvid hans stol.

- Det är just det, sa han. Antingen börjar jag bli gammal, eller så har jag dvalts för länge i ditt sällskap. Jag kom just på mig själv med att önska frid och ro.

- Jag kan inte precis ta det som något negativt. Inte att man åldras eller är hos mig heller. Kan jag påverka någon att bli mer fredsälskande, så är det bara till glädje.

- Men vi ska ju vara farliga krigare. Helt hänsynslösa. Det säger alla. Vad ska Ledin säga när vi inte vill slåss och dö för honom heller?

- Det behöver ni verkligen inte vilja.

- Idag har det varit ganska lugnt hittills. Jag tror alla förstår att vi måste vänta.

- Bra. Vi får ge samtliga kontinuerlig information, så de vet hur vi tänker.

Elm kom in med de två nyanlända. Det var Vince och Lynnett. Båda hälsade artigt på kungen och sin herre. De hade en del att berätta om sina spaningar, ty de hade mött cardister, även om de inte hade varit utsatta för dem. De berättade också att ryktet spridit sig om Dannviws försvinnande. Cardisterna ansåg att borgherren var död och förberedde ett övertagande av Gein. De ville bara vänta lite till för att vara säkra och samla sina styrkor. Samtidigt blev de allt fräckare och bar sig allt mer illa åt. Ledin bedömde att rådet nu helt stod på hans sida. De stora godsen i Engenessin hade underkastat sig. Men några nyheter om var Claudin eller hans familj befann sig hade de inte. Däremot hade de mött Taupin det sista de gjorde innan de lämnade huvudstaden. Han skickade med dem ett brev.

Dannviw fick brevet, öppnade det och läste. Den här gången var det en lång vers. Laurence, som blivit nyfiken, kikade över Dannviws arm. Det var en känd vers, lång och mycket tråkig.

- Har han blivit tokig? mumlade Laurence lågt.

Spilla tid på att återge en vers, som ingen egentligen orkade läsa!

- Inte helt, sa Dannviw som ögnat igenom de första raderna.

Versen kände han mycket väl till, men den här gången hakade han upp sig på ord som inte hörde dit.

- Vad är det du har fått tag i? undrade Chiron.

- Han *har* blivit tokig, vidhöll Laurence som läst vidare.

Dannviw svarade Chiron:

- Det är en dikt som nog alla i landet kan, en del utantill trots att den är olidligt lång. Den handlar om två älskande som skilts åt och hamnat på varsitt ställe. De klagar och ropar till månen och stjärnorna om natten och solen om dagen. En fjäril hör dem - bara en sådan sak - och sänder bud med en myra till deras vän. Hm.

Han läste under tiden. Flickan var inte ensam här. Det var två myror...

374

- Mycket intressant, sa Chiron. Jag är böjd att hålla med Laurence.

- Man kan lätt vara det, men då gör man ett misstag, sa Dannviw.

- Jag ska komma ihåg det där, mumlade Laurence.

- Fortsätter naturskildringen? ville Chiron veta.

- O ja. Den som skrev denna vers var verkligen förtjust i naturen. I flera strofer berättar myran - här är det myrorna.

Han såg på Lynnett och Vince och fortsatte:

- Var de två är fängslade.

Nu blev alla idel öra. De förstod att meddelandet var dolt i den tråkiga dikten, som ingen skulle läsa igenom, särskilt som Taupin börjat med orden "Här är dikten du frågade om. Den är verkligen inte värd att läsa, långt mindre att skriva ner, men jag kunde inte gärna skicka med hela boken. Vad i hela friden ska du med den till?"

Han lät dikten sluta med "Nu har jag sagt mitt sista ord och drar mig bort från denna jord". Snarlikt men inte rätt.

Dannviw reste sig och gick till biblioteket, det rum där det fanns kartor. Alla i rummet följde efter på ett långt led. De samlades runt bordet och Dannviw letade rätt på den karta som han behövde. Keeth var där inne och hjälpte honom, innan han undrade vad han skulle med den kartan till. Dannviw läste de aktuella verserna högt och förklarade vad han kommit fram till. Nu fick Keeth syn på brevet, kände igen stilen, tog det och läste.

- Du har utvecklat en ful ovana att ta mina brev, sa Dannviw lugnt utan att se på Keeth.

- Å, förlåt, sa Keeth. Men det är från honom, eller?

Han hade blivit tveksam när han såg dikten.

- Säger du att han är tokig, så berättar jag det för honom, sa Dannviw medan han letade på kartan.

Keeth visste inte vad han skulle tro.

- Här måste det vara, sa Dannviw. Claudin skulle alltså vara fången här.

- Mitt ute i skogen? sa Vince.

- Det ligger faktiskt en ruin efter en borg här. Det kan mycket väl hända att någon del kan användas som fängelse.

Han skickade Keeth att hämta en bok medan han läste nästa vers och letade på ett annat ställe på kartan.

- Då skulle "flickan och de små" vara gömda här, sa han och pekade. Långt ifrån varandra.

- Nära gränsen till mitt land, sa Chiron.

- Det är för att ingen ska hinna befria någon på det ena stället innan de får veta på det andra, sa Hart.

Keeth, som nu hade fått brevet att läsa, hade kommit till slutet och undrade oroligt:

- Vad kan han mena med det?

- Bara att det inte blir fler meddelanden, sa Dannviw utan att se upp.

De diskuterade lågt fram och tillbaka. När Keeth hade kommit över det första tvivlet som brevets innehåll orsakade, så läste han igenom det en gång till. Nu på ett annat sätt. Han hade själv använt dikten som underlag för lustiga sägner och dråpliga berättelser. Den var tacksam att använda. Han kände således väl till den. Så sa han:

- Vad vi än gör så får vi handla snabbt, för tiden rinner ut.

Han visade Dannviw var han utläst detta.

- Jaha. Då kan man inte planera i lugn och ro, kommenterade denne.

- Varför gav du honom brevet? undrade Ham.

- Ja, nu missade ni att luta er tillbaka och fundera i en vecka, kontrade Keeth.

Chiron rynkade ögonbrynen. Det var verkligen inte rätt tillfälle att skämta. Men han underskattade sina vänner. Dannviw höll som bäst på att fundera ut en plan och skämt störde honom inte, utan gav näring åt hans fantasi.

- Vi måste dela upp oss i två grupper som handlar samtidigt, sa han.

Han beräknade hur lång tid det tog att ta sig fram till de två platserna och sa:

- Om vi slår till i gryningen om två dagar, så befriar vi dem samtidigt. Sedan gäller det att få dem oskadda hit.

- Beatrice lär inte rida i sporrsträck, sa Chiron lågt.

- Nej, hon är inte van vid sådant och barnen är med henne.

- Det var längesedan hon hälsade på hos mig, sa Chiron. Jag kan snappa dem med mig. Då kommer de dessutom att färdas åt ett håll som cardisterna inte räknar med.

- Är det verkligen en bra idé, när du har tre cardister med dig?

Godhardt hade befunnit sig i biblioteket och blivit intresserad när sällskapet kom in till kartorna. Nu var han med i planläggningen:

- Jag kan ta ungherrarna med till min borg, sa han.

Dannviw visste, att där skulle det varken bli bekvämt eller roligt för dem. Godhardt var en hård man och han höll fångar inlåsta.

- Det kunde bli en läxa för dem, sa Chiron som hade tänkt att det skulle bli så ändå.

- Jag vill att de ska behandlas väl, sa Dannviw.

- Det har de inte gjort sig förtjänta av.

- De måste trakta efter att bli behandlade som cardisterna behandlar andra, sa Godhardt.

- Men behandlar vi dem så, handlar vi på ett sätt som vi fördömer. Det ska vi inte. Behandlas de inte väl hos dig, så får de stanna här, sa Dannviw lugnt.

- De ska behandlas väl och de ska också få reda på vem som önskar det, sa Godhardt.

- Men inte ännu, sa Chiron. Jag tror inte det är lämpligt att avslöja Dannviws välbefinnande så med en gång. Vi kan ju handla i hans anda, om inte annat så för att retas.

- Bra, sa borgherren. Jag ämnar inte gömma mig, men vill de inte se mig så är det deras sak. Då väljer vi ut vilka som ska följa med.

23 Handling

De handlade snabbt, för nu var tiden dyrbar. Problemet med att få veta om aktionerna lyckats löste sig, för en av geinmännen kom från det område där Beatrice hölls fången. Han kände väl till det och ville gärna följa med som vägvisare. För säkerhets skull sändes spejare ut till båda ställena, för de beslöt att inte lämna något åt slumpen. Godhardt och hans män gav sig iväg med de tre fångna cardisterna. De var försedda med svarta huvor så de ingenting såg, samt omsorgsfullt bundna. Det såg Godhardts män till och som en extra accent kedjade de ihop de tre fångarna med varandra, med en tung järnring om foten på var och en. Dannviw såg sig föranledd att påminna om att de skulle behandlas väl. Godhardt lugnade honom med att det skulle de.

- De kommer inte att ha en aning om vad som händer eller var de hamnar, sa han.

- De hör väl när ni pratar, trodde Laurence.

- Deras fångvaktare är stum, sa Godhardt.

De satte sig i rörelse. Sist, en bit ifrån de andra, red två män med de tre fångarna. Den ene var ökänt fåordig och den andre alltså stum.

- Det är skönt att de ger sig av, sa Guy när han såg dem rida bort.

- Deras sätt mot fångvaktare visar tydligt på vilken sida av gallret de hör hemma, fastslog Gus.

Beslutet att de skulle fara iväg togs ju just därför. När Chiron erbjöd sig att ta dem med sig, var det för att hos honom kunde de inte befrias utan att det blev konflikt med Roamin. Hans baktanke var att använda dem som påtryckning, ifall något hände Dannviw. Det var bra att ha en hållhake på adeln i Andomin just nu och han var säker på att de ville ha sina söner tillbaka, vad de än hade gjort. Men den biten av sin plan berättade han inte för Dannviw.

Nu var inte Dannviw riktigt så blåögd. Han insåg hur kungen tänkte och lät honom få som han ville. Dels var fångarna i säkert förvar, dels blev inte hans egna män längre provocerade. Det kunde vara bra att ha ett kort till att spela ut, ifall det behövdes. Enda oron gällde att de skulle behandlas råare än vad som behövdes. Risken var stor när de hamnade hos Godhardt, men så fick det bli.

Spanarna som sänts ut återvände. De kunde ge utförliga rapporter om var och hur kungligheterna hölls fångna. Medan de rapporterade kom en kurir med ett brev direkt från Ledin. Han släpptes in till Dannviw, presenterade sig och såg mycket misstänksamt på borgherren.

- Ni är herr Dannviw? frågade han.
- Ja, sa Dannviw. Ni hade ett brev till mig?
Kuriren var fortfarande starkt misstänksam. Han såg sig runt. Men så beslöt han att lämna fram brevet. Dannviw läste det. I det krävde Ledin att Geins herre omedelbart infann sig vid hans hov, för att förhandla om villkoren för Gein i fortsättningen. Skedde inte detta, skulle Dannviws släktingar komma att dö, vilket härmed helt gällde som hans ansvar.
- Jag måste ha... hm... ett svar med mig tillbaka, sa kuriren.

- Är ni cardist? frågade Dannviw.

- Hurså? Det har väl inte någon betydelse i det här?

- Jag vill gärna veta vem jag sänder svaret med.

- Jag tjänar den noble herr Ledin, som jag träffade i LillaVilles. Ifall det är min pålitlighet ni ifrågasätter måste jag påpeka, att den aldrig, *någonsin*, ifrågasatts förut. Jag sätter en ära i att korrekt utföra de uppdrag jag får.

- Det var inte svar på min fråga.

- Cardisterna står inte för pålitlighet och jag är inte säker på att min herre vill förknippas med dem.

Dannviw såg upp på honom. Medan han skrev undrade han:

- Vad vill din herre förknippas med då?

- Det som är rätt. Makt, rättrådighet, hjältemod men också vänlighet och godhet.

- Det blir svårt, men det var skönt att inte höra er nämna sanning. Ni är i grunden lurad, men det vill ni kanske inte veta.

- Somliga saker kan man förstå ändå.

För när Dannviw själv skrev svaret på Ledins brev, förstod kuriren att denne man inte var den högättade borgherren. Detta var ett klart bevis för att borgen försökte hålla skenet uppe, för att folk skulle tro att dess herre fortfarande levde.

Dannviw förseglade brevet och lämnade över det med orden:

- Om ni är så oförvitlig som ni vill ge sken av, så lämna denne herre så fort ni någonsin kan.

- Jag är inte här för att be om råd, sa han bara.

Så bugade han djupt och lämnade rummet. Det sista han hörde var när Ham sa:

- Jaha, då var den hemligheten ute.

Han log, för han tänkte att de förstod att han inte lät sig luras så lätt.

Men hemligheten - vilken den än var - kom inte så långt. Kuriren föll ihop när han skulle kliva upp på sin häst. Johannes fann att han hade mycket hög feber och han satte genast igång att försöka få ner den. Under tiden samlades Dannviws och Chirons män i en av de stora salarna och gick igenom sina planer. De analyserade noggrant alla fakta som spanarna inkommit med. Chiron gav sig först iväg, för hans mål var längst bort. Men Dannviw dröjde inte alltför länge. Kom de i god tid, kunde den användas till att undersöka närmare hur de skulle göra. Innan de gav sig av försökte Johannes övertala Dannviw att stanna på Gein, för det var säkrast.

- När Claudin befrias vill jag vara där själv, sa Dannviw. Är han inte säker så är jag det inte heller.

- Men Gein behöver dig, sa Johannes lågt.

- Jag vet det, Johannes och jag kommer tillbaka. Jag behöver Gein, det är därför jag vill se till att det här lyckas.

- Vad gör jag med kuriren?

- Så fort han blir frisk så släpper du iväg honom. Vi behöver inte ta fångar i onödan och han är inte i fara när han kommer ut.

- Sköt om dig. Var försiktig.

Det hade Dannviw redan lovat Dinah att han skulle, men han fick inga innerliga kramar och kyssar, som han tyckte så mycket om, av Johannes - vilket han också uppskattade.

De gav sig av rakt in i skogen och där, borta från allfarvägen, höll de sig hela tiden. De färdades snabbt och tyst och var inte alls så många som Chirons följe.

382

De vilade när de kom fram och slog läger en bit ifrån det som var Claudins fängelse, i väntan på rätt tidpunkt. Att det fanns väktare vid ruinen visade att de hittat rätt. Snart visste de allt de behövde veta om omgivningarna. Allra helst ville Dannviw befria Claudin, utan att hans väktare märkte det. Snart stod det klart att det inte skulle gå. De fick helt enkelt döda vakterna, så att inget meddelande skulle komma därifrån. Detta som en försiktighetsåtgärd, ifall det skulle behövas mer tid för att befria Beatrice och barnen.

Gryningen kom och geinmännen smög sig tyst på de slumrande fångvaktarna. Men väktarnas kapten kände igen Dannviw och hans glädje var inte att ta miste på.

- Herr Dannviw! Mina innerligaste böner har blivit hörda, viskade han, tog av sig hjälmen och böjde knä inför borgherren i en gest av djup vördnad.

- Ingebrand, sa Dannviw när han såg vem det var. Vad är det du håller på med?

- Vaktar vår kung, sa Ingebrand. När så skulle ske såg jag till att få jobbet. Han behöver just nu inte fler motgångar.

- Vi är här för att befria honom.

- Se till att göra vad vi måste och snacka inte, muttrade Creig.

- Vad måste ni? undrade Ingebrand.

- Döda alla vakterna, sa Dannviw. Bud får inte nå Ledin att Claudin är befriad.

- Det finns ett bättre sätt. Mig känner du ju, men de andra kan vi låsa in istället för Hans Majestät. Sedan låtsas vi att ingenting har hänt. Då får ni längre tid på er.

- Det är inte bättre att de dör sakta inlåsta utan mat.

- Jag vaktar dem.

Dannviw visste att Ingebrand var pålitlig, men besvikelsen över att finna honom här satt kvar.

- Ni tvekar, men det ska ni inte. Ledin kontrollerar dagligen att inget har hänt här, men det betyder bara att jag meddelar dem det. De kontrollerar inte själv. Vi kan hålla skenet uppe i flera dagar.

- Sedan är du i livsfara.

- Jo, men vad gör det. Då är Hans Majestät i säkerhet hos er.

En av de andra som sövts av välriktade slag, började piggna till igen, men det ändrades snabbt av Laurence som åter sövde honom.

- Det ger oss mer tid, sa Dannviw nyktert. Är Claudin i dålig kondition?

- Deppig, men samtidigt har han nog märkt att han kan förlora allt om han inte tar sig ur det nu. Vi har pratat så mycket vi har kunnat. Han kan nog färdas snabbt. Det är Davy jag är orolig för. Honom har de klått upp ordentligt och jag vet inte vad mer jag ska göra.

- Får han ingen vård?

- Endast av Majestätet. Skulle jag verka rädd om dem rapporteras det omedelbart. Han lämnar mig inte ensam med så betydelsefulla fångar. Jag är kontrollerad.

Han pekade med tummen på de andra vakterna, medan han låste upp Claudins cell.

- Ska vi bära in dem här? frågade Ham.

- Nej, här är en cell bredvid, sa Ingebrand. Så vet de inte när det har skett. Den har inget fönster, eller glugg utåt och bara en liten matlucka vid golvet.

Den låste han nu upp och lät geinmännen bära in hans före detta kolleger i cellen. Sedan låste han omsorgsfullt dörren och lade naren för.

Dannviw hade gått in till Claudin. Det var svårt att se något alls i dunklet. Var det bättre klass på detta rum, för att det fanns ett fönster, så var det inte mycket som krävdes. Claudin kände igen sin kusin efter en stund och tog honom tyst i sin famn.

- Nu har jag ingen familj alls kvar, viskade han.

- Vi får se, sa Dannviw och kramade honom hårt. Det får vi se.

Han vågade inte lova något som sedan skulle visa sig vara fel. De visste inte hur det hade gått för Chiron.

Ute ifrån hördes ljud. Ingebrand bad dem hålla sig stilla, medan han tog hand om saken. Geinmännen höll sig dolda och var beredda. Om de tvingades att döda en budbärare, skulle de inte ha lång tid på sig att komma undan. Ledin verkade ha lagt ner sin själ i att snabbt få information om det han ville veta. Mycket riktigt var det hans kontrollanter som ville ha reda på om allt stod rätt till. Ingebrand gav dem samma svar som vanligt. De fann inget anmärkningsvärt, så efter en kort inspektion med sträckt hals från hästryggen, gav de sig av igen.

- Om jag är samarbetsvillig så hinner de ta några stop öl i byn innan de återvänder, sa Ingebrand. De är mer noga med det än med att deras herre ska få rätt information.

- Märkte de inte att vakter saknades? undrade Laurence.

- Ibland är de inte på sina poster just när det blir inspektion. Naturligtvis borde de anmärka på det, men om de väntar tills allt är som det borde, så hinner de inte till byn.

- Inga hemliga tecken? frågade Creig.

Ingebrand hade fått stor respekt för honom.

- Nej, för Guds skull! Hur jag än gör så blir det repressalier. Man kan inte ställa sig in hos ondskan. Bättre då att skjuta upp det.

- Fly till Gein när det är dags, sa Dannviw. Var är Davy?

Det var inte en av Claudins starka sidor att ta hand om sjuka och skadade. Fick han dessutom inget till sin hjälp, så lättade det inte upp situationen. Stackars Davy var illa däran. En blödning hade stoppats med en halsduk och några sår hade blivit tvättade med vattnet de fick att dricka. Det var inte tillräckligt rent.

De hade en extra häst med sig till Claudin. Att Davy var där hade de inte räknat med. Han baxades upp framför Dannviw, som var den lättaste av dem.

- Klarar du dig nu? frågade Dannviw Ingebrand.

- Det ska nog gå. Bry er inte om det. Se till att få rätt man på tronen igen. Det är huvudsaken.

- Jag hittar dig sedan, sa Dannviw.

De gav sig av och färdades så fort de kunde. Dannviw pratade lågt med Davy, som började ge livstecken ifrån sig.

- Dannviw, är det du herre? klämde han fram.

- Det får du veta om du håller dig vid liv tills vi kommer fram, svarade Dannviw.

De gled fram genom skogen i en jämn lunk, på stigar som de väl kände till. Månen visade dem vägen genom natten. Om dagen ökade deras vaksamhet. Så öppnade sig landskapet och framför dem reste sig

Gein, från vars bröstvärn man spanade efter tecken. Det gavs i skogsbrynet och när de närmade sig öppnades portarna. Johannes mötte dem och Davy blev snabbt omhändertagen. Munken tog sig även en titt på Claudin och förband ett par sår som han fått men inte brytt sig om alls. När Johannes försvann ut ett tag sa Claudin:

- Hur kan han kritisera en för att man inte har skött om sina sår, när man inte har haft minsta chans att göra det?

- Bry dig inte om det, sa Dannviw. Han gruffar alltid när han är orolig.

- Ja, han är ju duktig...

Johannes kom in igen. Han fortsatte med Davy och innan han hann börja beklaga sig över hur vanskötta hans skador var, sa Dannviw:

- Hur gick det för budbäraren som blev kvar?

- Han piggnade till efter ett par dagar, när han fick ett medel mot febern. Konstigt egentligen. Den försvann lika fort som den kom. Då blev det fart i honom och han måste iväg. Jag tyckte han kunde lugna sig, så han inte blev sjuk igen, men nej. Vi släppte honom på tredje dagens morgon, från när ni gav er av.

- Har ni ändrat tideräkningen efter när jag gav mig av?

Han fick en lång blick från Johannes.

- Inte ännu. Ni är nog hungriga efter den långa resan.

Men det gick inte. Claudin ville inte lämna Davy. Dannviw stannade kvar och hjälpte till. Dinah kom in och välkomnade dem, samt diskuterade med Johannes om behandlingen av Davys skador.

- Kommer han att bli bra? frågade Claudin lågt.

- Vi ska göra allt som står i vår makt för att han ska bli bra igen, sa Dinah. Det lovar jag.

Efter ett par dagar, kom Chirons vägvisare Oisin tillbaka. Han kunde meddela att kungens aktion hade förlupit enligt planerna. Beatrice och barnen var oskadda och hade förts till Roamin. Detta budskap hälsades med jubel. Alla vakter där hade dödats, men det fanns risk för att även detta fängelse kontrollerades regelbundet.

Han hade snappat upp en sak till på vägen hem, eftersom det tog lite tid och han fick ta en annan väg.

- Det ryktas att kungen och hans familj har blivit tillfångatagna av någon annan, som nu ämnar begära lösen för dem.

- Säger du det? sa Dannviw. Vem ska betala lösen för dem? Inte Ledin. Han kanske retar sig på att han inte får ta livet av dem själv, men annars gör det nog ingenting.

- Jag tror det bara är spekulationer, sa Oisin. Men det kanske betyder att ryktet om deras befriande har nått fram till nuvarande regeringen.

- Det kan vara så, om inte det uppstått tidigare.

Johannes klev in och ville prata. Oisin bugade och försvann ut.

- Jag skulle behöva hjälp med en sak, sa Johannes.

- Kan jag hjälpa dig så gör jag det gärna, sa Dannviw.

- Det gäller Claudin. Han behöver vila och borde lämna vakandet till någon annan.

- Jag tror att han ser Davy som den ende han verkligen har kvar. Visserligen är det inte hans familj, men deras vänskap sträcker sig långt tillbaka i tiden.

- Jag vet det och därför kan jag inte tvinga honom. Men det verkar som om Davy inte uppskattar situationen, om du förstår vad jag menar.

- Jaha. Så kan det naturligtvis vara. Han har aldrig visat sig svag inför Claudin. Jag kommer.

Davy låg tyst och orörlig i sängen. Claudin såg upp när Dannviw kom in. Han såg mycket trött ut.

- Claudin, sa Dannviw. Det hjälper inte att du oavbrutet vakar. Tvärt om. Du blir också sjuk.

- Jag vill vara här, sa Claudin.

Han ville förklara närmare, men det blev bara en trött gest.

- Davy behöver tid på sig för att återhämta sig. Du kan lika gärna vila du också.

- Jag gör ju inget ändå.

- Kom.

Dannviw sträckte honom sin hand och efter en stund följde han med.

- Jag vill att han ska leva, Dannviw, sa Claudin när de gick ut.

- Han kommer att leva, sa Dannviw.

- Allt känns så hopplöst...

- Har Johannes berättat att Beatrice och barnen är i säkerhet?

- Nej. Han sa något om en vägvisare och Chiron, men jag måste tillstå att jag inte förstod vad han menade. Jag är för trött.

- Därför ska du vila. Men först ska jag förklara vad Johannes försökte berätta.

De hade kommit in i det rum Claudin fått, men som han knappt använt. Dannviw hjälpte honom av med den fotsida kappan han bar över en lång skjorta.

389

- Jag fick veta att du och din familj hölls fångna på olika ställen långt ifrån varandra. Om någon försökte befria fångarna på det ena stället, skulle de andra dödas omedelbart. Så vi var tvungna att befria er samtidigt. Sedan var det den farliga vägen hit. Eftersom Chiron befann sig här just då, löste vi det med att han befriade sin syster och era barn och tog med dem till Roamin. Hon var fängslad nära gränsen och så fort de passerat den var de i säkerhet. Mina män befriade dig och tog med dig hit. Vi kunde ta vägen genom skogen.

Claudin verkade inte glad ändå. Han sa:

- Hon känner nog ingen befrielse om hon har hamnat där.

Han blev placerad på sängkanten och Dannviw lyfte upp hans ben i sängen.

- Det kan vara bra att hon är långt ifrån händelsernas centrum just nu, sa Dannviw. Där är de i säkerhet medan vi reder upp situationen.

- Vad är det för framtid i det, mumlade Claudin. Tronföljaren är död.

- Du har fler barn.

- Du vill se Chirons blod på tronen här med.

- Jag vill inte se hans blod alls, Claudin. Det är en sak vi kan diskutera när du är utvilad, men ett faktum är att din ätt inte har upphört.

Nu hade han lyckats placera Claudin på kuddarna och stoppade täcket om honom.

- Varför sände du efter Chiron nu då?

- Han kom själv, för han ville veta vad som stod på i landet. Han framhåller att han inte har någon fredspakt med Ledin.

- Den spolingen. Hans far borde hållit honom i öronen bättre.

- Där har du alldeles rätt. Alla som har resurserna verkar först och främst vilja skämma bort sina barn, utan minsta tanke på om det är bra för dem. Nu ser vi resultatet av det.

Dannviw satt kvar en stund och pratade lågt, men det tog inte lång tid innan Claudin hade somnat. Dannviw lät någon sitta hos honom hela tiden, ifall han skulle vakna.

Sedan skyndade han till Davys sjukbädd, för att höra vad Johannes hade att säga om honom. De valde att samtala lågt utanför dörren, för man visste aldrig om den sjuke kunde höra när man pratade i rummet. Vad som sades kunde påverka utgången.

- Det borde ha blivit en förbättring, sa Johannes. Men istället är tillståndet precis det samma. Så kan det inte hålla på hur länge som helst. Det kan ju också bero på inre skador som vi inte ser.

- Gud give att det inte är så. Gör det något om jag sitter hos honom en stund?

Det trodde inte Johannes. Så Dannviw gjorde som innan. Han satte sig vid sängen och pratade lågt då och då om olika saker. Det tog inte lång tid innan Davy slog upp ögonen och trött såg på borgherren.

- Jag är glad att du sitter här istället, sa han.

Sedan blev det inte mer. Emellertid förbättrades hans tillstånd nu. Det gick sakta, men han var en seg man som inte gav upp i första taget.

Snart kom det en delegation till Gein för att förhöra sig om ifall Beatrice var där. De fick prata med Gabriel. Han sade sig bara ha hört att hon hölls fången, men han visste inte var. Han förnekade att hon skulle finnas på Gein. Männen försvann igen för att fortsätta sitt letande. Vilken sida de tillhörde kunde Gabriel inte avgöra.

Dannviw sände diskret ut folk för att undersöka hur godsägare och adelsmän ställde sig till att Claudin kom tillbaka som regent. I Glochnessin fanns ingen tvekan. Alla ville ha tillbaka sin gamle kung på tronen. Utanför borgherrens område fanns det fler som föredrog Ledin, även om det verkade som om de inte insåg vad han stod för. Men också där ville övervägande delen ha tillbaka den förre regenten.

De utsända fann att ryktena var högst skiftande om vad som hänt kungafamiljen. Ingen visste riktigt hur det hade gått, inte ens om de ofta besökte hovet. Det hade blivit svårt att få någon tillförlitlig information om någonting. De som skickats ut kunde redogöra tydligt för vad de sett och hört, men deras berättelser var ändå inte samstämmiga.

- Hm, muttrade Gabriel. "Vår noble regent" sänder ut desinformation, för att ingen ska förstå hur läget är. Vi skulle behöva information från insidan.

Han tyckte det verkligen var synd att Taupin, som var en klarsynt och korrekt man, inte tordes fortsätta med sina meddelanden. Detta råkade han nämna i närheten av Keeth, som omedelbart blev upprörd och häftigt försvarade sin väns handlande. Han ansåg att det var bättre att Taupin var i säkerhet, än att han spelade hjälte och blev avslöjad, med Gud vet vilka följder!

Gabriel tyckte inte att han förtjänade Keeths vassa kommentarer. Han vandrade småstött över borggården och försökte övertyga sig själv om, att det var

Keeths oro som talat genom hans mun. Vid portarna stannade han och tittade ut genom gallret över vind-bryggan. Allt var glittrande vackert, täckt av rimfrost med tumstora kristaller. Han märkte att det var kallt, men han frös inte. Det kändes bara friskt och skönt. Då kom en mager typ gående över vindbryggan. Han blev bara en siluett och på något sätt overklig i det vackra landskapet. Kanske var det aningen om vem det liknade som gjorde Gabriel tveksam, men när mannen kom närmare övergick gissningen till viss-het. Det var Engelbrekt som kom vandrande emot honom, omgiven av frostglitter och solljus. Gabriel gav tecken att han skulle släppas in eftersom han var alldeles ensam, vilket också väckte en undran.

- Va' fan gör du här? frågade Gabriel följaktligen.

- Trevligt att se dig också, sa Engelbrekt och fick sin bror att se skamsen ut.

Han fortsatte:

- Jag kommer med bud och det är sänt till Gein och inte till dess herre. Men mitt hjärta åstundar att träffa Dannviw om det går.

- Säg inte att du också är kär i Dannviw...

Engelbrekt ilsknade till inför Gabriels plumphet, men numera kunde han behärska sig. Så han visade ingen reaktion, men frågade förstående:

- Är det orsaken till att du lever här utan familj? Det har jag länge velat ha en förklaring till.

Gabriel blev knallröd och svarade irriterat:

- Jag har valt att ägna mitt liv åt mitt arbete här. Jag kan mycket väl tänka mig att skaffa familj, ifall den rätta dyker upp, vilket inte har hänt ännu! Jag ska föra dig till Dannviw.

- Så han lever?

393

- Det är klart att han lever.

Dannviw blev verkligen glad över att se Engelbrekt. Lika glad som narren var över att se borgherren. Många var de vänner vid hovet, som borgherren nu inte kunde få information om. Detta kunde kanske Engelbrekt ändra på.

- Jag är verkligen glad att se dig igen, sa Dannviw.

- Och jag dig, sa Engelbrekt. När jag nu fick tillfälle att se om ryktena talade sant, måste jag ta det. På gott eller ont.

- Vilka rykten tänker du på?

- Det är Gein jag sändes till - inte till dig. Du lever och en sten faller från mitt hjärta.

Dannviw log. Vid det här laget trodde han att det där ryktet var dementerat. Så var det tydligen inte.

- Det blir kanske en överraskning för mer än en, sa han. Hur går det för er där borta? Jag har verkligen varit orolig för er och det är svårt att få veta något.

- Tror jag det. "Min herre"...

Engelbrekt blev Cox och bugade teatraliskt innan han fortsatte:

- Har ett alldeles särskilt sätt att sprida - låt oss säga "kunskaper" omkring sig. Så jag beslöt att stanna och bevaka händelserna. Det var i akt och mening att vänta på rätt tillfälle att ändra på historien. Storartat tänkt om jag får säga min mening. Visserligen tror Gabriel här att jag kommit för att jag delar hans förälskelse i dig, men jag har faktiskt blivit sänd hit med ett meddelande.

Dannviws ögonbryn höjdes i förvåning och han tittade på Gabriel, vars reaktion fick honom att le. Tydligen någon sorts intern vits dem emellan, så han undrade:

- Nå vad är det för meddelande du har till Gein?

- "Min herre"...

Samma teatraliska bugning.

- ... anser att Gein snarast bör meddela honom sin totala underkastelse. Som den enda enhet som ännu inte gjort det och som Gein nu saknar ledning, finns det inga förmildrande omständigheter för ett dröjsmål. "Min herre" (bugning) samlar sina styrkor och kommer inom en mycket snar framtid att ta med våld det som inte överlämnas frivilligt. - Och han jobbar verkligen på det.

- Har du sådan respekt för Ledin som det framstår?

Engelbrekt slängde sig ner på en kudde vid Dannviws fötter och sa:

- Nä - det kan man inte. Han vet ju inte vad han själv ljuger om från gång till gång.

- Tror du inte att misstankar kan falla på dig när du går med bud hit?

- Jag är bara en dum narr, som jämt klantar till det. Det var därför Claudin gillade mig. Jag är klantigare än han är! Och det var verkligen inte frivilligt jag gick hit. Du anar inte hur många invändningar jag hade. Det var nästan så att jag övertygade mig själv om, att jag inte ville ha det här uppdraget och jag blev nästan rädd att han skulle vekna. Men jag bedömde hans karaktär rätt. Han vill ingen gott och ju mer jag inte ville, desto säkrare blev han på att jag skulle.

- Din familj då?

- De hälsar på släktingar ofta nu. Det verkar vara som vanligt. Men vi vill inte lämna varandra helt heller. Vi saknar våra riktiga arbetsgivare.

- Planerna är att de ska komma tillbaka, sa Dannviw.

- Lösen har begärts. En otroligt hög summa, men ingen är beredd att betala den - utom du kanske.

Han såg hoppfullt på Dannviw, som undrade:

- Hur begärdes lösen?

- Ett brev kom med en kunglig ring. Är de döda?

- Nej. Alla lever och är inte fångna, men det behöver vi inte prata högt om just nu.

- Är det du som begär lösen?

- För att förvirra fienden? De verkar tillräckligt förvirrade ändå. Nej, jag skulle behöva veta lite mer om vilka som kan tänka sig stödja kungen och vilka som står bakom Ledin.

- Det vet jag, sa Engelbrekt.

Så började han berätta om allt han snappat upp vid hovet. Han rörde sig fritt och förekom nästan överallt - även där han inte visade sig. Han förklarade vilka som hela tiden varit drivande och vilka som så småningom kapitulerat, när rykten kommit om att kungafamiljen dödats och Gein var på väg att falla. Dannviw frågade om var och en i rådet. Engelbrekt förklarade. Det fanns de som hårdnackat förblev motståndare till Ledin. De spärrades in. Om fäderna inte var medgörliga, sattes sönerna på deras platser. Om sönerna tänkte klart och deras far var senil, behöll Ledin fadern. Det var en fråga om medgörlighet. Fast senila gubbar kan vara svåra att styra och om detta kunde Engelbrekt också berätta. Så Dannviw fick veta mycket mer än han trott det gick att ta reda på. Till slut sa Engelbrekt:

- Claudin oroar jag mig för.

- Det behöver du inte.

- Jag vet nämligen att hämnd har utkrävts på hans väktare.

396

- Hur kommer det sig?

- De som begär lösen skulle ha fritagit Beatrice - som det var planerat - har alla dödats där Claudin hölls fången. Allihop...

- Kom.

Dannviw tog Engelbrekt med sig. I biblioteket satt Claudin och läste. Han blev förvånad över att se sin narr komma ingående vid Dannviws sida. Engelbrekt ställde sig framför honom och visste inte riktigt hur han skulle uttrycka sin glädje och lättnad.

- Cox, sa Claudin och reste sig. Har de inte tagit livet av dig?

- Herre! sa Engelbrekt och slog armarna om Claudin. Så stod de en bra stund och höll hårt om varandra innan de släppte varandra igen.

- De tycks ha större tålamod än ni, sa Engelbrekt.

Claudin log.

- Det rör sig nog om klenare förstånd, sa Claudin.

- Rent önsketänkande. Klart de känner igen en urdum narr när de ser en. Inget att fästa sig vid.

Han berättade vad han gjorde på Gein och Claudin undrade över hur de kunde skicka någon som de ansåg som så dum.

- Det råkar jag också veta, sa Engelbrekt. Om inte Gein svarar i tid, anfaller de helt oförberett. Det är stor risk att en som jag glömmer bort sitt uppdrag och då kan de anfalla med gott samvete, eftersom Gein inte behagat svara.

- Och en sådan lyder du?

- På mitt sätt, herre. På mitt sätt. Den dag ni åter sitter på tronen ber jag er, att inte lyssna till allt folk kommer att säga om mig.

- Hm. Du spelar ett högt spel, min vän.

- För att nå samma mål som er lille kusin vill nå... och ni hoppas jag.

- Genom dig har vi fått ovärderlig information, sa Dannviw. Nu vet jag hur jag ska handla. Jag ska sända Ledin bud att jag ämnar inställa mig för honom.

- Det kan jag ta med mig tillbaka, sa Engelbrekt.

- Återvänder du?

- Hur gärna jag än vill stanna här, dit oro och bekymmer inte når, måste jag återvända för att inte riskera välbefinnandet för dem som är kvar.

- Så fridfullt är inte Gein just nu.

- Då kan det ju kvitta...

Dannviw log och sa:

- Du måste vara mycket försiktig, för den herre du skenbart lyder följer inga regler.

- Det vet jag redan. Jag kan inte stanna.

Dannviw hade bara att acceptera hans beslut. Han hämtade skrivdon och något att skriva på.

- Ja, låt för all del inte mig störa genom att jag sitter här och läser, helt oinsatt i vad som händer, sa Claudin.

Engelbrekt satte sig vid hans fötter och log varmt mot honom. Dannviw log också medan han skrev. Claudin fortsatte:

- Jag sitter faktiskt gärna kvar i lugn och ro medan ni

- agerar - eller vad ni ska göra.

- Du ska med, sa Dannviw. Din krona är inget som jag vill ta, ens för att överlämna till dig igen.

- Så giftig är den väl inte?

- Jag vill inte att det ska vara någon tvekan om vem som har rätten till den, vems den är.

- Vad skriver du nu då?

- Bara helt kort och artigt att jag nu kommer att inställa mig hos Ledin, för att diskutera läget.

- Han vill nog inte diskutera, sa Engelbrekt.

- Säg mig en sak, sa Dannviw eftertänksamt. För en tid sedan kom en kurir tillbaka från Gein med ett brev till Ledin. Vet du något om hur det gick?

- Ja, det minns jag, för det var då stenen hamnade i mitt bröst.

Dannviw såg frågande på honom. Han märkte det inte eftersom han undersökte en tofs, utan fortsatte:

- Visserligen hade Leonid släppts in och pratat med borgens herre, men han förstod med en gång att den han pratade med *inte* var borgherre. Dessutom hade han antytt att kuriren var grundlurad och en man i rummet hade sagt något om att nu var hemligheten ute. Det var alltså Geins försök att hålla skenet uppe, att dess herre fortfarande levde och verkade. Kuriren, en skarpögd och pålitlig man, såg små tecken och drog slutsatser. Så fick Ledin veta att borgherren var död, men borgen ändå hårdnackat vägrade underkasta sig. Ledin trodde honom - och jag trodde honom också.

- Vilka envisa rackare, sa Ham förvånat.

- Det kan man säga, sa Dannviw. Jag träffade honom personligen, skrev brevet och undertecknade det inför hans ögon. - Men å andra sidan var hans beskrivning av Ledin mycket verklighetsfrämmande.

Dannviw förseglade brevet han skrivit.

- Åh, Herre Gud! utbrast Engelbrekt. Då kanske jag befinner mig bland de döda! Vad ska min fru säga? Hur gick det här till?

- Så bra, då kan jag ta din portion middag, sa Ham.

- Ja, man ska ju alltid ta vara på fördelarna, sa Claudin stilla.

Mätt och belåten efter en god måltid, var Engelbrekt på väg att lämna Gein igen. Han kände sig lite sorgsen, för här hade han verkligen velat stanna. Slippa komma tillbaka till falskhet och dubbelspel, förnedring och illvilja. Gabriel gick bredvid. Han hade blivit nästan normalt sällskaplig mot sin bror. De kom ut på borggården och Gabriel undrade:

- Vart är du på väg?

- Nu ska jag tillbaka igen, sa Engelbrekt.

- Och bli dödad?

- Det tänkte jag undvika. Det har gått hittills.

- Jag tycker du ska stanna här. Försynen har låtit dig komma undan. Fresta inte ödet.

Dannviw var på väg ut med brevet i sin hand.

- Jag måste ge mig iväg, Gabriel, sa Engelbrekt som absolut inte ville bli övertalad. Vad ödet har lagt i min väg får vi se.

- Stanna här, sa Gabriel strängt.

Men det var fel taktik.

- Det ska jag inte...

- Du är så förbannat korkad...!

Risken för att bli övertalad var nu minimal. Dannviw var framme hos dem och undrade:

- Vad är det frågan om?

- Jag måste tillbaka för min familjs skull, förklarade Engelbrekt.

- Det vet jag, sa Dannviw och överlämnade brevet.

- Är inte jag din familj! sa Gabriel och slog ut med händerna i en gest av hopplöshet.

Engelbrekt vände sig ilsket om och skulle gå. Dannviw vände honom mot sig igen och gav honom en kram.

- Du ska väl inte gå hela vägen, sa han lågt.

- Inte kan en som jag rida... Men jag har en häst i skogen. Imagen är viktig.

- Farväl och var försiktig, sa Dannviw.

Engelbrekt kramade honom hårt tillbaka. Sedan bugade han torrt och artigt mot sin bror och gick. Gabriel slog ut med händerna igen och såg bekymrat efter honom.

- Att hänvisa till gamla tider i ord och handling är kanske inte rätt tanke, sa Dannviw stilla. Engelbrekt gör som han finner bäst.

- Och blir dödad, sa Gabriel upprört. Du uppmuntrar honom!

- Jag har inte makt att hindra honom, min vän. Fruktar du för hans liv, borde du ta avsked på ett vänligare sätt.

- Hans liv *är* i fara.

- Han har undvikit livsfara förr. Jag litar till hans förmåga och önskar honom all lycka. Det borde hans köttslige bror också göra.

- Det gör jag, men...

Gabriel blev inte kvitt sin oro så lätt och en yngre bror tänkte sig inte alltid för. Så var det. Då måste äldre ta hand om dem.

24 På Engenau

et är konstigt, tyckte Ledin. Claudin omgav sig med en massa bra folk, men när man behöver dem så går det inte att hitta en enda vettig människa att skicka. Leonid tyckte att kritiken var orättvis. Han kunde ha begett sig till Gein igen. Han hade gärna gjort det, för att ha lite kontroll över vad som hände där. Istället skickades en vimsig narr vid namn Cox. Vad i hela fridens namn kunde han uträtta - om han ens fann målet.

- Jag utför gärna tjänster åt dig, sa Leonid.

- Jag vet det, sa Ledin. Den här gången ville jag bara vara korrekt och skicka en varning.

Leonid rynkade ögonbrynen. Han förstod inte vad han kunde ha missuppfattat.

- Ah, sa Ledin. Här kommer narren ändå. Jag trodde att han kommit bort under uppdraget. - Fast har han verkligen hunnit till Gein och tillbaka på den här korta tiden?

Det verkade inte troligt att han varit där alls, för han strövade runt som han brukade göra - utan någon plan, till synes lätt förvirrad. Att han skulle ha skyndat iväg och tillbaka med ett meddelande, föreföll helt orimligt. Ledin förmodade att han glömt bort det, precis så som han trodde att det skulle bli. Han kallade till sig Cox.

- Nå hur var det på Gein? frågade han försåtligt.

- Åh, sa Cox med en elegant bugning, underbart som vanligt! Trevliga människor, god mat, sköna sängar...

Ledin avbröt hans utläggning:

- Träffade du herr Dannviw?

- Visst träffade jag honom, och min bror och en kung och...

- Det räcker! sa Ledin som försökte undvika svammel till förmån för eventuella fakta. Det räcker alldeles utmärkt. Fick du något meddelande med dig därifrån?

- Visst ja, sa Cox och började leta innanför sin dräkt. Han fann vad han sökte efter en stund och drog sakta och varsamt fram ett brev. Vördnadsfullt sträckte han fram det till Ledin, som frågade:

- Vet du hur Dannviw ser ut?

- Ja, det är klart, jag såg honom ju alldeles nyss. Han skrev ju brevet.

Ledin gav honom en misstänksam blick. Han visste mycket väl att narrar inte var att lita på, men han undrade mycket över vad den här egentligen hade gjort.

- Kan du beskriva honom? frågade Ledin medan han läste.

- O-ja. En sorts svarta stövlar med päls och silverspännen - jättesnygga. Dräkten var mörkblå med broderade silverlöv. Mjuk och fin. Helt säkert sydd till honom, och ...

- Kläder har väl alla människor. Hur såg karlen ut?

- Mörk var han väl. Mörka ögon, tror jag...

Han funderade.

- Har du varit där?

- Ja minsann!

- Hur hann du det?

- Jag gick fort - sprang...

Det var sant det med. Han hade lämnat staden till fots lugnt spatserande. I skydd av de sista husen hade han sprungit så fort han kunde till en bekant, där han lånade en häst. Den fick visa hur fort den kunde springa både dit och tillbaka, sedan den vilat i skogen medan han var inne i borgen. Han kunde springa tomma bakgator nästan ända fram till slottet, för att spatsera in i samma takt som han lämnat Engenau. Ledin hade någon baktanke med budet och Cox ansåg att förvirring alltid var bra att omge sig med nu för tiden.

Ledin fnös ljudligt. Han visste att narren lämnat Engenau till fots och inte särskilt snabbt. Beräknad ankomsttid till Gein låg fortfarande i framtiden. Leonid läste brevet. Han kunde till sin glädje konstatera att borgherren hörsammat kallelsen. Men det var samma handstil i brevet som i det meddelande han själv haft med sig tillbaka för en tid sedan.

- Ni tror mig inte, dyre herre, sa Cox med ett stänk av förtvivlan.

- Inte för ett ögonblick. Frågan är var du har ordnat brevet.

Nu hade Cox all anledning att bli sur, så det blev han. Ledin tog det som att han försökt lura dem och nu surade han för att han misslyckats. En triumf alltså.

- Det ser ut som samma handstil, sa Leonid.

- Säkert en skrivare han känner till, sa Ledin.

- På Gein?

- Han kan omöjligt ha varit på Gein, Leonid. Ingen människa går så fort. Du sa själv att mannen du träffade där inte var Dannviw, eller hur?

404

- Jo.

- Alltså bor han på närmare håll egentligen.

- Långsökt.

- Ren tur. Allt Cox behövde var ett brev.

- Så herr Dannviw kommer inte.

- Troligtvis inte, eftersom han inte är där. Så jag kan ta över Gein när jag vill.

- Ta över? - Ättlingarna då?

- Dem har man inte hört mycket om. Välartade skolungar. Dem tar vi hand om när de kommer hem.

Leonid tyckte inte om alla grymheter som avslöjades efter hand som tiden gick.

- Hur då? undrade han.

- De kan säkert få någon uppgift inom det nya systemet, sa Ledin efter en snabb blick på honom. Skolat folk kommer alltid väl till pass.

- Om han kommer?

Då skulle brevet vara äkta och allt svammel runt omkring ha en annan innebörd. Inte särskilt troligt.

- Då får jag ordna ett bakhåll, sa Ledin lågt.

- Du ville ha förhandlingar, sa Leonid.

- Dannviw har aldrig lytt under någon och kommer knappast att underkasta sig ens för sitt eget bästa. Men det är hans egendom jag vill ha, inte hans underkastelse. Dessutom är han inte på Gein, så du behöver inte oroa dig för hans välbefinnande.

Leonid bugade och drog sig tillbaka. Han tyckte inte om det här. Hela tiden hade han beundrat Ledin för hans framåtanda, hans förmåga att ta initiativ och ha perspektiv. Det var lätt att se att han skulle komma att gå långt. Nu hade han kommit så långt han kunde komma. Ändå ville han ha mer. Bara för sin egen personliga del. Det var inget storartat i det längre.

Cox hade dragit sig en bit ifrån. Han valde att tjura, så han kunde höra vad de planerade. Han visste att Dannviw skulle komma, om han inte redan var på väg. Ett bakhåll var inte precis vad han ville att de skulle råka in i. Så fort han ansåg det passande drog han sig därifrån. Han sökte efter någon pålitlig person. Den förste han mötte var Sassa.

- Kom, sa han. Jag måste prata med dig.

- Äh. Du narras bara, sa Sassa men följde med.

Han trivdes inte med hur det hade blivit sedan Claudin försvann. Alla var så underliga och han hade inte ro för de studier han borde vara sysselsatt med.

- Vad är det du vill? undrade han när de stod i gången mellan hovdamen Izas hus och Coxs.

- Vi måste ha iväg ett meddelande till Gein omedelbart, sa Cox.

- Som säger?

- Att Ledin lägger ut ett bakhåll för Dannviw när han är på väg hit.

- Gör han? Det var det djä...

- Passa din tunga.

- Mor är inte här. Jag kan ge mig iväg nu. Du får förklara för de andra.

- Det kan jag göra.

Han beskrev var Sassa kunde hyra en häst och gav honom pengar och instruktioner.

- Minns du meddelandet? undrade Cox.

- Ett bakhåll. Var?

- Det vet vi inte. Undvik vägarna. De patrulleras av cardister. Dem måste du se upp med.

- Jag vet. Farväl.

Sassa fann uppdraget otroligt spännande. Nu skulle han också komma till Gein och dit ville hans mor absolut inte att han skulle fara.

- Sassa, sa Cox.

Pojken vände sig om.

- De kan vara på väg redan.

Sassa nickade och försvann. Nu stod Cox inför uppgiften att förklara detta för pojkens föräldrar Isolde och Linton. Det skulle inte bli lätt. Han kände i sina fickor efter något som kunde inspirera. Men han fann bara en liten flöjt, som han tagit från en av musikerna för ett bra tag sedan. Den fick honom att minnas Keeth och hans undervisning. Många minnen flöt förbi, men det enda han kom fram till var, att flöjten naturligtvis måste lämnas tillbaka. Men just nu var ingen hemma i huset, så han satte sig på ett bra ställe med en bok och väntade. Då kom Leonid strosande.

- Precis den jag söker, sa han.

- Jag pratar inte med folk som inte okritiskt tror på vad jag säger, sa Cox torrt.

Han visade demonstrativt att han koncentrerade sig på boken.

- Om jag säger att jag tror på att du varit på Gein, pratar du med mig då?

- Bara om du verkligen menar det.

- Kan du läsa?

Cox tittade utanpå boken och lyckades omärkligt vända den upp och ner, samtidigt som Leonid kunde uppfatta en tyngre text i den.

- Klart jag kan, sa Cox självklart. Man måste kunna det, precis som man måste kunna spela.

Han drog fram flöjten och spelade en kort trudelutt skriande falskt. Leonid rynkade ihop hela ansiktet. Så frågade han:

- Känner du verkligen igen Dannviw?
- *Herr* Dannviw. Det är klart. Jag såg honom ju för en aldrig så kort tid sedan.
- Han måste ofta ha besökt hovet?
- Inte om han har roligare hemma och det sägs att han har det.
- Du har ofta varit där?
- En kung behöver sin narr för att kunna regera. Andra herrar får skaffa egna narrar. Där har jag aldrig varit narr.
- Men är du säker på att mannen du träffade på Gein är D... herr Dannviw?
- Det är klart. Det skrev han ju. *Han* skulle aldrig narras.
- Sa han att han var herr Dannviw?
- Naturligtvis inte. Alla visste ju det. Han skrev det väl?
- Ja, han skrev det. Enligt mina erfarenheter skriver inte höga herrar själv. De har skrivare.

Leonid pratade mer till sig själv än till Cox, som tyst såg på honom. Så sa han:

- Skrivaren kanske heter likadant?
- Hm. Om någon säger att din herre inte fattar kloka beslut, vad säger du då?
- Att det är hans affär. Ingen tar ett råd från en narr ändå. Från min synvinkel är alla beslut obegripliga. Klokhet är inte mitt område.
- Om han inte spelar rent spel?

- Så det låter illa? Kanske kan någon stämma hans instrument. Eller så har det låtit så hela tiden. Det är du som lyssnar på ett annat sätt.
- Han sa att jag skulle lämna min herre om jag var oförvitlig. Han frågade om Ledin var cardist.
- Pratar du för dig själv?
- Jag tänkte högt. Skulle du säga att Ledin är cardist?
- Skulle jag säga att vem är vad?
Leonid studerade honom. Han såg verkligen helt oförstående ut. Så bra kunde ingen spela.
- Han sa att jag var i grunden lurad, sa han sedan.
- Vem har varit inne på narrens område?
Cox anlade en passande upprörd min över detta, men det såg inte Leonid, utan funderade vidare:
- Om det var herr Dannviw...
- Hans ord är i sanning sanning.
- ... I så fall lever han och har hörsammat kallelsen. Som anständigheten bjuder. Så läggs det ut ett bakhåll...
- Nä va' taskigt! Gick du med på det?
- Jag?
Leonid väcktes ur sina funderingar.
- Så kan säkert bara en sådan där som du sa göra, fastslog Cox förnumstigt.
Leonid såg på narren, som oskyldigt undersökte en mönsterdetalj på sitt ben.
- Och när jag inte ser det är jag i grunden lurad, mumlade Leonid.
- Nu pratar du sådär konstigt för dig själv igen. Jag har faktiskt ensamrätt på gyckel här.
Leonid lämnade honom. Det gick inte att avgöra om mannen hade något vett eller inte. Hela situationen kändes mycket obehaglig. Han såg inte hur Cox tittade efter honom.

409

Det var i LillaVilles. Leonid hade blivit imponerad av Ledins idéer, när han dök upp i ett av de finare husen. Leonid såg klar tanke och handlingskraft utöver det vanliga. Det gick inte att förknippa honom med cardisterna, som nu spred sitt manifest över landet. Det skamlösa sätt att leva som de propagerade för, ledde inte framåt utan till kaos. Ingenting att sträva efter. I kaos kunde inget samhälle fungera. Cardisterna hävdade att detta var folkets vilja, vad alla tyckte, men det tvivlade Leonid på. De kunde kanske hålla på så länge deras föräldrar skötte samhället, men om de kom till makten föll allt samman. Ledin däremot, hade planer för riket. Han hade mål och visste hur man skulle nå dem. Att några som inte förstod fick offras var ju klart och Leonid ville gärna vara med och bygga det nya samhället som Ledin planerat. Redan hade han nått så långt man kunde nå. Något dekadent leverne kunde man inte upptäcka hos honom. Hos dem han lierat sig med var det mer regel än undantag, men det var frågan om att dra nytta av dem. Man måste ändå ha respekt för de regler man satte upp.

Kunde makten nu ha berusat honom till den milda grad, att han inte såg vad han höll på med? Att han inte strävade efter att spela rent spel mer?

En sak var säker. Man måste ta hänsyn till andra, även om man ville använda dem på något sätt, kanske särskilt då. Så hade kungen tagits i förvar, för att användas som påtryckningsmedel. Det betydde inte att man bar sig illa åt mot honom, eller lät någon göra det. Att hans familj användes som säkerhet för att kungen inte skulle bli befriad, var heller ingen förkastlig idé. Det var helt enkelt nödvändigt i maktspelet. - Men alla inblandade *respekterades*. Om det inte var så skulle det uppstå ett oönskat hämndbehov.

410

Sådant var svårt att kontrollera och ibland ogörligt att ställa tillrätta igen. - Det fanns släkter som höll på med att utkräva hämnd på hämnd i generationer. De ville aldrig glömma en oförrätt.

Leonid fick uppfattningen att Ledin insåg riskerna med sådant. Hittills hade det också bekräftats. Tills nu, när han ville ingå ett avtal med en undersåte. När denne äntligen gick med på ett samtal, så ämnade Ledin på ett bedrägligt sätt ordna ett bakhåll för honom och hans folk. Syftet var att annektera hans egendom och bara det. Vad ämnade han använda detta fängelse och dess manskap till? Kunde han styra dem?

Leonid gick i djupa funderingar. Ännu värre tankar kom för honom. Det här kändes inte bra. Inte alls bra. Kanske fanns det en förklaring. Herr Dannviw lydde ingen. Men räckte det? Fanns det en anledning? Ledin fick syn på sin tankfulle vän och kallade honom till sig.

- Du har pratat med narren, sa han. Om vad?

Leonid blev förvånad över frågan. Varför måste Ledin veta det? Men han svarade:

- Jag försökte utröna om han verkligen träffat herr Dannviw eller inte.

- *Herr* Dannviw. Jaha? Du ska inte bli för nära bekant med den där. Han är slipad.

- Det har jag svårt för att föreställa mig. Han svamlar mest och har inte förmågan att tyda ett ord på mer än ett sätt. Min tanke är att han har levt i en skyddad värld hos sin husbonde. Nu är han herrelös och förvirrad.

- Så han gav ingen förklaring?

- Vi står på samma fläck som tidigare.

- Nåja. Man kan inte vara nog försiktig, sa Ledin.

- Borde du inte lyssna på vad borgherren har att säga i alla fall? När han väl är här, så är det lätt att fånga in honom, som Claudin.

411

- Du ömmar väldigt mycket för honom. Jag undrar varför.
- Det hör till reglerna att förhandla först, sa Leonid tillrättavisande.
- Reglerna? *Jag* formar reglerna. Och om du jämför med Claudin, så var är han nu?
- Någon närig typ vill ha ut en lösensumma för honom. Det är något som inte vi har med att göra. Personen i fråga har missuppfattat situationen fatalt.
- Om inte *herr* Dannviw löser ut sin släkting.
- Kan han ju göra, men han kan inte gärna sätta honom tillbaka på tronen. Fruktar du att förhandla med honom?
- Jag fruktar ingenting, Leonid, för att jag inte har något att frukta. Jag är bara inte särskilt intresserad av att höra vad han har att säga.
Leonid funderade. Ledin iakttog honom oavvänt. Slutligen sa Leonid:
- Vore det inte effektivare att tala om det för honom?
- Nu börjar jag tröttna på ditt argumenterande.
Han gjorde en gest och två vakter tog tag i Leonid. Han blev alldeles paff.
- Vad är detta? undrade han. Du har väl alltid lyssnat till olika infallsvinklar i ett ämne?
- Bara när det har främjat mina egna åsikter. Jag vet redan hur jag ska göra, så det här finner jag totalt ointressant.
Han lät dem föra bort Leonid, som bara teg argt. Men då var Cox där:
- Det är rätt herre, sa han. Den där bara ställer en massa konstiga frågor.
- Jaså, där var du. Vad frågar han nu då?
- Karlen frågar om det som man redan berättat, så man kan tro att han vill veta något som han inte ska ha reda på.
Ledin stirrade på Cox, som tillade:

412

- Om ni förstår vad jag menar.
Det kunde inte Ledin säga rakt ut att han gjorde.
Istället sa han:
- Försvinn härifrån.
Vilket Cox gjorde - delvis.

25 Budbäraren

assa var bra på att rida. Det var en sak som föll sig naturligt för honom och han hade tyckt om det ända sedan han var liten. Han nådde Gein innan Dannviw hunnit ge sig av mot Engenau. Som ensam ryttare blev han insläppt och dundrade över vindbryggan. Men när han stigit ur sadeln stannade han, utan att veta riktigt vad han skulle tro, för mannen som mötte honom var Laurence. De som såg dem kunde lätt konstatera, att det såg ut som om en äldre och en yngre upplaga av samma person hade mötts genom något trick av tiden. Sassa kände igen allt för mycket av sig själv för att det skulle vara behagligt. Laurence insåg genast vem det var som kommit.

- Välkommen till Gein, sa han vänligt och lät en förundrad Gudmund ta hand om hästen. Vilket ärende för dig hit?
- Jag måste prata med... Jag har ett bud från Cox...
Sassa visste inte riktigt hur han skulle framföra det här. Men han fick strax hjälp, för Keeth hade fått syn på honom och kom emot dem:
- Sassa! sa han. Så glad jag är att se dig igen!
De omfamnade varandra.
- Och jag dig, sa Sassa. Dig har jag verkligen saknat.
Under tiden drog sig Laurence diskret därifrån. När Sassa såg sig omkring var han borta.
- Vart tog han vägen? undrade pojken.
- Laurence? Han har mycket att göra. De står i begrepp att ge sig av.

414

- Ja, jag måste prata med herr Dannviw om en sak. Cox skickade mig.
- Ja, det kan jag tro. Ibland är där inte en tanke när den mannen.
- Det är mycket viktigt.
- Då får vi väl söka upp Dannviw då.

Han tog med sig pojken på en vindlande promenad, medan han berättade. Det var visserligen fascinerande, men till slut undrade Sassa:
- Vet du var han är?

Keeth avbröt sig i sin utläggning, log och sa:
- Ja, jag vet var han är.

Han öppnade dörrarna till ett rum och med en elegant gest konstaterade han:
- Här.

Där stod flera män, storväxta och med liknande kläder, även om man inte kunde säga att de var likadant klädda ändå. Mitt ibland dem med ett dokument i handen, stod den minste av dem och Sassa kände igen honom som Dannviw, fast det var inte ofta han sett honom och ganska länge sedan sist. Många av männen höjde på ögonbrynen.
- Hm, sa Creig.

Anledningen undgick Sassa. Han ville få fram sitt budskap innan de gav sig av. Keeth presenterade honom:
- Får jag presentera Izaskar, Isoldes son.

Sassa kom av sig och stirrade på honom.
- Å förlåt, sa Keeth. Sassa ska det vara - men det är inte ditt dopnamn.
- Strunt i det, sa Sassa. Jag har ett meddelande till herr Dannviw. Ni ska bege er till Engenau, men Ledin har ordnat ett bakhåll för er innan ni kommer dit.

- Hur har du fått reda på detta? frågade Creig.

Man kunde se samma reaktion som hos Laurence ifall man ifrågasatte honom.

- Cox hade fått veta det. Han sände mig.

- Det stämmer säkert, sa en man med pärlor i håret. Ledin är inte till att lita på.

- Ni får tro vad ni vill, sa Sassa. Nu rider jag tillbaka.

- Lugn i stormen, sa Dannviw. Jag ifrågasätter inte det du säger. Det är emellertid bra att veta var uppgifterna kommer ifrån. Vi är skyldiga dig ett stort tack för att du meddelar oss detta, eftersom vi är på väg till en förhandling och inte till en strid.

Sassa bugade artigt. Dannviw gick fram till honom. Han hade verkligen växt sedan de sist sågs.

- Men du kan inte ge dig av utan att både du och hästen har fått vila, sa Dannviw.

- Det är bättre att du stannar här tills detta är över, sa Keeth.

- Nej, jag måste hem igen, sa Sassa. Men lite vila behövs nog.

- Varför skickade Cox dig då?

Keeth tänkte att han kanske ville ha pojken i säkerhet av någon anledning.

- Jag var förmodligen den förste han stötte på. Ingen i familjen fick veta något, så jag får väl hem och rädda honom undan deras vrede.

- Först vill jag veta vad du såg på vägen hit, sa Dannviw. Du är säkert hungrig, så vi kan äta lite också.

Den här mannen tyckte Sassa om. Han fick förtroende för Dannviw med en gång. Det gick så många historier om honom vid hovet, att Sassa inte kunnat undgå att höra en del av dem, men som han hade träffat borgherren, ansåg han sig veta bättre och sållade

416

bort det han inte instämde i. Han hade höga förväntningar, men kunde inte få dem bekräftade, eftersom hans mor vägrade släppa iväg honom till Gein. Så nu, när Cox behövde ett sändebud, var han alltså inte nödbedd. Men det var först Keeth han frågade om det som förbryllat honom sedan han kom:

- Laurence - Är vi släkt på något vis?

- Har någon av dina föräldrar - eller någon alls - pratat med dig om det? undrade Keeth.

- Slingra dig inte. Svara på min fråga.

- Svara på min först.

- Nej. Ingen har pratat med mig om något angående Laurence.

De var alltför lika, tänkte Keeth. Han sa:

- Laurence är den som avlat dig. Men Linton är den som har varit din far hela tiden. Jag är inte säker på att din mor vill ha det annorlunda.

- Varför skaffar hon ungar med andra då?

- Det är en fråga som inte jag kan svara på. Dessutom vet jag inte om Linton har klart för sig hur det har gått till. Däremot vet jag att han älskar dig som sin egen son.

- Är det därför mor inte vill att jag ska fara hit?

- En av anledningarna.

- Det var inte meningen att jag skulle veta.

- Fast det är nog bra om du vet, sa Keeth stilla. Laurence har fler barn och några riktigt vackra flickor. Det är ju inte uteslutet att du möter någon av dem och risken är stor att ni känner samhörighet.

- Är han någon sorts häradsbetäckare, eller?

- Laurences förhållande till kvinnor är speciellt. Han behandlar dem alltid med respekt och de barn han känner till har generösa underhåll - om deras mödrar vill ha det så.

- Men de får gärna hålla sig härifrån?

- Jag tror inte han har bestämt sig för att det ska vara så. Att du kom hit ogillade han inte alls, det vet jag.

- På mig verkar inte hans leverne vara särskilt beundransvärt.

- Kanske är det därför din mor har låtit bli att berätta. Hon vill inte att du ska ta efter honom.

- Det tyder på missnöje.

Keeth såg på honom.

- Fråga henne, sa han. Det är nog det bästa sättet. Men fråga Isolde först och få en förklaring innan du går vidare.

Sassa hade berättat allt han visste och allt han sett på vägen dit för Dannviw. Nu ville han bara ta farväl innan han gav sig av. Han väntade tills borgherren hade skickat iväg dem han talade med.

- Varför så sorgsen? undrade Dannviw när han fick syn på pojken.

- Jag har just mist min far, sa Sassa lågt.

Dannviw blev verkligen bestört när han hörde detta. Han kände Linton väl.

- Vad har hänt? undrade han och tog pojkens händer. De var alldeles kalla.

- Linton är inte min far. Keeth bekräftar det.

Borgherren drog en suck av lättnad, även om han insåg att situationen ändå var knepig, fast på ett annat sätt.

- Linton kommer alltid att vara din far, ty han har alltid varit det, sa Dannviw. Behåll honom som den han har varit i ditt sinne. Laurence kan bli din vän, om du vill.

- Ni anar inte hur det känns att vara en oäkting.

- Du är precis samme pojke som innan och något oäkta finns det inte hos dig Du vet nu en sak mer, som det kanske var meningen att du skulle veta.

- För att jag inte ska bli kär i någon syster!

- Ja, kanske det. Kanske mer än det.

- Varför kunde jag inte fått veta? Alla andra tycks ju veta om det!

- Det förvånar mig att inte Isolde har berättat hur det ligger till. Vem som helst kan se hur lika ni är.

- Hon ville väl inte att jag skulle tala om det för fa... Linton.

- Fortsätt du att kalla honom far. Den ställningen har han all rätt till. Tycker du om honom?

- Ja, det gör jag, sa Sassa med böjt huvud.

- Låt honom då stanna kvar i ditt liv som den han alltid har varit.

- Men hur kan Laurence och mor göra så mot honom? Varför erkänner inte Laurence mig?

- Ah, det är inte säkert han kunde det då. Det är inte alls så enkelt som det ser ut. Men om det får de två berätta själva vad de tycker du behöver veta. Fråga Laurence.

- Jag ska ge mig av nu. Jag kom bara för att säga farväl.

Dannviw såg på honom tills han tittade upp. Då sa han:

- Sörj inte över din nya kunskap, min vän. Det gör på inget sätt dig till en sämre person, tvärt om. Det blod som flyter i dina ådror är långt dyrbarare än någon anar. Kom och besök oss igen.

- Det kan nog dröja. Tack för er gästfrihet.

Han drog försiktigt till sig sina händer, bugade djupt och försvann ut med raska steg. Dannviw såg fundersamt efter honom.

Det var i djupa funderingar Sassa satte av hemåt. Snart förstod han att det inte gick att grubbla under hemfärden. Det skulle vara om han bara kunde låta hästen ta raka vägen, medan han själv hängde med på dess rygg. Men då skulle han hamna rakt i bakhållet och det fanns ingen anledning att tro att de skulle skona honom. Visserligen hade hans liv vänts upp och ner, men dö var han inte beredd att göra. Så han lämnade vägen och sökte sig på hemliga stigar mot Engenau. På ungefär en dagsresas avstånd från Gein, såg han hur massor av män i långa kappor med huvor samlades. Han stannade ett ögonblick och iakttog deras förehavanden. De hade ordnat en olycka på vägen, så att geinmännen blev tvungna att stanna. Vad Sassa kunde se så skulle det bli svårt att passera över huvud taget, men han insåg också att de förväntade sig, att geinmännens naturliga hjälpsamhet här skulle locka dem i en fälla.

Sassa vände tillbaka mot Gein och mötte Dannviw och hans män halvvägs.

- Inte kallar du väl det här för lång tid, sa Dannviw och såg på honom med glittrande ögon.

- Folk kan väl ändra sig, sa Sassa och fick ett stort leende till svar. Han fortsatte:

- Ni undrade var bakhållet var. Det vet jag nu och hur många de är - just nu.

Han berättade och männen lyssnade. Ett par kompletterande frågor ställdes och fick sina svar klart och tydligt.

"Nej, du behöver verkligen inte skämmas för vem du är", tänkte Dannviw. Högt sa han:
- Nu tänker jag inte släppa iväg dig förrän vi passerat bakhållet. Vägarna är inte säkra längre. Blir du upptäckt så gör de processen kort. Följer du oss?
- Jag tycks inte ha något val.
Men han log och rättade in sig i ledet. Där hamnade han bredvid Laurence, som frågade:
- Vart tog du vägen?
- Jag trodde inte du ville prata med mig, sa Sassa.
- Det vill jag mycket gärna. Jag behövde förstås hämta mig från förvåningen över att du kom.
- Nej, det hade du inte räknat med. Du har en del att förklara.
- Jag ska göra mitt bästa. Det lovar jag.
En liten stund senare slog de läger för att vila en stund. Meningen med bakhållet var att de skulle nå fram till platsen ordentligt trötta. Det fanns en bra rastplats lite längre fram och cardisterna förutsatte att Dannviw kände till den. Eftersom de förmodligen var få, en förhandling krävde ju inte så många, ville de troligtvis få det hela överstökat så fort som möjligt, så de antog att geinmännen inte skulle vila mer än nödvändigt. Men nu hade Dannviw ändrat planerna. Visserligen antog han att de tänkt i just de banorna när han fick veta om bakhållet. Men nu visste han mer exakt och geinmännen kunde planera mer detaljerat.
Sassa hängde inte riktigt med på de här planerna. Dannviw gav order - eller rättare sagt "vinkar" och männen löd. De lämnade vägen för att inte gå rakt i fällan. Det var inget konstigt. Sassa hade hört om deras okonventionella metoder. Men sedan slog de

läger och tog igen sig, som om de hade all tid i världen. Borgherren hade överläggningar med några av sina män, men de verkade inte ha någon brådska efteråt heller. Laurence kom fram till honom. Sassa blev ofrivilligt imponerad av den här mannen.

- Du undrar vad vi gör? sa Laurence vänligt.

- Ja, sa Sassa. Borde ni inte anfalla nu när ni vet?

- Vi är för få för det efter vad du har berättat.

- Få men vältränade krigare.

- Om vi rider på i samma takt, eller fortare, kommer vi att vara rejält trötta när vi kommer dit. Vilket de säkert räknar med.

- Så ni tar er förbi dem? De får stå kvar och vänta?

- Å nej, så oartiga kan vi verkligen inte vara, sa Dannviw som kommit fram till dem. Det vore illa om de skulle missa det högtidliga överlämnandet av kronan till dess rätte ägare.

- Vad ämnar ni göra då?

- Ta dem med. Allihop. Vi får se om Ledin tycker att de borde dött för honom istället, men i det får han inte vår hjälp.

Det skulle verkligen bli intressant att se. Men de skulle behöva allt folk de kunde få.

- Vill ni att jag ska hjälpa till? undrade Sassa.

- Inte i bakhållet på bakhållet. Skulle det hända dig något så förlåter din mor oss aldrig. Men du ska få en uppgift. Du ska få passa kungen.

- Men det är ingen som vet var han är, om han lever...

- Jag är här, Sassa, sa Claudin och fällde tillbaka sin hätta.

Sassa föll genast vördnadsfullt på knä och hälsade sin kung.

422

- Res på dig pojke, sa Claudin vänligt. Jag får inte heller vara med i stridens hetta. Antagligen har han där andra obehagliga planer för mig.

- Ers Majestät, sa Sassa. Vad glad jag är att se er. Det är en glädje vi trodde aldrig skulle förunnas oss igen. Claudins ögonbryn höjdes och han log.

- Vi måste ha honom med om vi ska kunna utsätta honom för obehaget att få tillbaka kronan, sa Dannviw.

- Vill ni inte ha den? frågade Sassa förvånat. För honom var Claudin ingen som skämtade, ingen som man skämtade med.

- Det bryr vi oss inte om, fastslog Dannviw. Claudin förklarade:

- Dannviw skojar bara. Det är klart att jag vill ha kronan tillbaka.

- Folk vill att ni ska vara kung igen, sa Sassa. Ledin är en konstig en och ibland förstår jag inte varför folk gör som han säger. I hemlighet säger de att de vill att ni kommer tillbaka, ändå lyder de honom.

- Så du har uppfattningen att han inte har många anhängare? sa Dannviw.

- Mm, men man vet ju inte hur de reagerar när det gäller.

- Det är sant, sa Claudin. Dannviw såg allvarligt på honom. Han fick fortfarande perioder av dysterhet. Det här var inte rätt tillfälle.

- Ibland får man kämpa för det man har rätt till och bevisa att det är rätt, sa Dannviw. Han tog med sig Claudin för att prata med honom. Laurence var kvar med Sassa. Han var stolt över sin

423

sons föredömliga uppförande inför en kunglighet.
Sassa såg efter Claudin och sa:

- Tänka sig att jag får rida i kungens följe.
- Nu har du till uppgift att hålla reda på honom dessutom, sa Laurence.
- Vad kan hända?
- Om någon får nys om att han är på väg, kommer de förmodligen att vilja hindra det.
- Jag ska skydda honom med mitt liv.
- Nja, det är bättre om du säger till oss.
- Är du också rädd för mor?

Laurences förvåning syntes tydligt.

- Nej, inte alls, sa han. Vem är rädd för henne?
- Herr Dannviw.
- Han är inte ens hälsosamt rädd för det som verkligen är farligt. Men vi vill inte orsaka din familj sorg, genom att låta dem mista dig.
- Varför gifte du dig inte med mor?
- Hon var redan gift, så det gick inte.
- Var det bara ett tillfälligt nöje då?
- Ja, du har verkligen rätt till en förklaring...

Sassa ville ha den nu. Väntade han så skulle det hända något, som gjorde att han aldrig fick Laurences version, det visste han. Laurence satte sig på en låg gren och fortsatte:

- Ett nöje var det och jag hade gärna tillbringat resten av livet med Isolde, men hon ville inte det. Vi kommer väldigt bra överens och jag kan respektera de villkor hon sätter upp. Varför hon vill ha det så får du fråga henne om. Hon vill vara gift med Linton. Han har aldrig gett henne några barn, så det fick bli på ett annat sätt.

424

- Det var väldigt bekvämt för dig. Att inte behöva erkänna din son.

Laurence gav honom en hastig blick. Sassa tyckte nästan den verkade sårad. Det kunde han gott vara!

- Praktiskt, skulle jag vilja kalla det, sa Laurence. Hon kan inte bo på Gein, så vi hade fått bo någon annanstans. Jag vill gärna vara kvar på Gein. Hon ville helt enkelt ha ett barn inom det äktenskap hon redan ingått. Då valde hon en man som hon var vän med...

Han slog ut med händerna. Hur förklarar man sådant? Hur tänkte hon egentligen?

- Och du slapp ansvaret.

- Hon ville inte ha någon inblandning och du har haft det bra.

- De andra barnen du har då? Har du erkänt dem?

Hade Sassa känt Laurence, så hade han tagit varning av hans irriterade blick. Nu kände han bara ett lätt obehag, men ansåg sig ha rätten på sin sida. Laurence sa:

- Det är svårt att förklara kort, så vi kan kanske gå in på det en annan gång.

- Nej. Jag vill veta nu. Andra gånger kommer kanske aldrig och det ser ut som om vi har all tid i världen.

Laurence såg sig om på sina vilande kamrater, log hastigt och sa:

- En del kan jag berätta, men det finns saker som inte ens du ska veta. För din egen skull. Det är inte lönt att du frågar om det. Allt annat svarar jag gärna på. - De andra barnen har jag tagit väl hand om, ifall deras mödrar tillåtit det. Jag kan inte gifta mig och bilda familj, av just sådana orsaker som du inte ska veta. Det är inte mitt eget val. Kanske har jag barn jag inte vet om. Det är inget jag är ensam om på Gein. Men jag är mån om att följa upp vad som händer och ta konsekvenserna. Jag har mycket stor respekt för de kvinnor som ger mig kärlek och tar inte något olovandes.

- Utom deras oskuld.

- Nä du. De får väl ändå ha lite erfarenhet om det ska vara ett nöje.

Sassa blev röd om kinderna. Han satte sig bredvid Laurence.

- Jag vet bara inte vad jag ska tro längre, suckade han.

- Trivs du med ditt liv? Tycker du att du har det bra?

- Hittills har jag väl det.

- "Väl". Vad är problemet?

- Tills jag fick reda på att jag inte är den jag trodde mig vara.

- Är du inte det då?

- Du låter som herr Dannviw. "Du är den du alltid har varit". Men jag har ju inte vetat vem jag är!

- Jo, Sassa. Det har du. Du har inte vetat vem *jag* är och kanske borde Isolde berättat. Det är alltid bättre att veta hela tiden, men kanske inte i ditt fall. Det får hon reda ut. Men jag har något som jag vill att du ska ha.

Han tog fram en mycket vacker kedja som det hängde en sorts amulett i, eller en peng. Sassa tog den i sin hand och såg på den.

- Vad är det?

- Bevis på att vi hör ihop. Ett sorts erkännande, fast jag aldrig har förnekat dig.

- Tack...

Pojken undersökte gåvan noga, men han visste inte riktigt hur han skulle tolka den. Tecknen på det gyllene hänget kunde han inte tyda. Det såg ut som

426

runor. Så tog Laurence smycket och hängde det om sin sons hals. Sedan lade han armen om Sassa, som tyckte att det var riktigt tryggt och tröstande, och förklarade:

- Nu ska vi vila, så vi kan nå fram till bakhållet pigga och vid en tidpunkt som de inte räknar med. Om ett tag ska du få se Geins män i arbete.

- Du är stolt över dem?

- Ja, det är jag. Många av dem har jag tränat och alla är mina vänner.

- Alla har sina gemenskaper. Det är bara jag som står utanför.

Nu slog Laurence armarna om honom.

- Sassa, sa han. Du *är inte* utanför. Jag är glad att du kom till Gein, att du är här.

Claudin och Sassa placerades på en liten höjd inne i skogen. Därifrån skulle de kunna se geinmännen i aktion. Pojken fruktade att de inte skulle se någonting alls, men så dök månen upp och uppenbarade hela scenen. Han hade två till sin hjälp för att vakta kungen. Det var en uppgift som för honom helt uppvägde att han inte fick vara med där nere.

Först kunde han inte se några andra än männen i bakhållet. De verkade uttråkade. Den som skulle vara skadad stod och hängde mot vagnen. Det var väl för hårt att ligga ner hela tiden. Den döda hästen spärrade effektivt vägen. Hur hade de tänkt att olyckan skulle ha gått till? Hästen dog plötsligt och vagnen ramlade, eller vagnen gick sönder och rev omkull hästen. Arrangemanget där nere var inte helt tillfredsställande hur de än hade tänkt, men det var väl inte meningen att någon skulle få tillfälle att fråga.

Ett lågt, kvävt ljud hördes, men bara precis. Inget ändrades där nere. Var kunde geinmännen vara? Den kalla nattvinden svepte över deras ansikten.

- Jag borde slåss för mitt rike själv, mumlade Claudin med en suck.

Sassa såg på honom. Han verkade inte alls glad. Hade inte varit sedan Claud dog...

- Herr Dannviw vill nog inte att ni ska bli skadad, sa Sassa.

- För att han ska slippa kronan själv. Inte för något annat.

Han såg inte på Sassa, om han såg något alls.

- Han är glad för er.

- Eftersom jag är hans enda släkting.

Sorgsenhet och svartsyn var inget som Sassa förstod. Det kändes bara obehagligt. Dessutom verkade det som om kungen inte såg verkligheten. Det var besynnerligt.

- Herr Dannviw har fru och barn, konstaterade pojken. De är hans släktingar med. Barnen i alla fall.

- Ja, han har någon som kan ta över...

- Det har ni med, ifall ni tänker på er familj. Prinsessan Cornelia skulle nog bli en bra drottning en dag.

Nu såg Claudin på Sassa, som spanade ut i mörkret medan han undrade:

- Vad gör de där nere? Det verkar inte bli någon strid av. Har de ändrat sig?

- Nej, det blir ingen strid, sa Claudin. De eliminerar bakhållet, vilket innebär att de tar alla till fånga, om jag känner Dannviw rätt.

- Varför det?

Sassa hade förväntat sig en blodig strid, halvt med fruktan halvt med nyfikenhet. Så skulle det alltså inte bli.

- Han arbetar på det sättet, sa Claudin kort. Han orkade inte förklara kusinens ställningstagande. Det fick han göra själv.

- Men varför tycker Ledin inte om det då?

- Ledin, fnös Claudin. Han är en klåpare och har alltid varit. Hade hans far någon gång sagt till honom på skarpen, eller nekat honom något, så hade han kanske blivit bättre. Nu är han en bortskämd odugling, som ska ha allt han pekar på.

Sassa såg på honom en stund. Så sa han:

- Det är klart att ni måste ta tillbaka kronan från honom, innan allt går åt skogen.

Nu såg de i månljuset hur en figur smög sig upp bakom en av bakhållsmännen. Det hördes inget, ändå var han snabbt borta från scenen. Det blev en kort strid mellan mannen som skulle vara skadad och en geinman. Han skrek till när han blev skadad på riktigt. Så var bakhållet borta. De baxade undan hästen och kärran. Vägen var fri. Dannviw kom fram till dem.

- Bakhållet är undanröjt, Ers Majestät, sa han.

- Visst. Det var dig de låg i bakhåll för. Vad har du gjort på kinden?

Dannviw kände på sin kind och fick blod på fingrarna.

- Ojdå, sa han. Jag tyckte nog att det sved. Ja, ingen tror väl på att jag skar mig när jag rakade mig...

Med ens började Dannviws män att pyssla om honom. Någon kom med en mjuk trasa, någon hade blodstillande medel. Han lät dem hållas, för i deras omsorger såg han lättnaden över att allt gått bra.

- Varför dödar ni dem inte, herr Dannviw? frågade Sassa.

- Jag vill att de ska se att Claudin är den som är kung. De ska veta att de har gjort fel och inse vad som är rätt. Deras familjer ska förstå det. Om jag dödar dem kommer jag bara att bevisa att jag har fel.

Sassa förstod inte riktigt djupet i det, men det var klart att den som var död förstod ju ingenting mer. Men vore inte fiender bättre döda?

Dannviws svar kom utan att han frågade:

- Man kan inte vara rädd för sina fiender. Dem måste man också kunna behandla med respekt, även om det kan vara svårt. En död fiende är fortfarande en fiende. Han är inte övertygad och han har anhöriga, som kan bära hans svärd nästa gång.

- Fast har man en åsikt kanske man inte vill bli övertygad, sa Sassa filosofiskt.

- Olika åsikter kan man ha utan att man är fiender. Det är just den saken alla måste bli övertygade om.

En bit fram låg en by. I gryningen nådde de fram till den. Vid kyrkan stannade de.

- Jag tror att vi kan lämna fångarna här, sa Dannviw.

- Det vore bra, för de sinkar oss för mycket, sa Creig.

Ham och Dannviw satt av sina hästar och gick runt om kyrkan. De mötte prästen och en lärjunge till honom alldeles bakom hörnet.

- Herr Dannviw, sa lärjungen när han såg vem det var och bugade artigt.

Prästen hälsade också hjärtligt. Dannviw blev lite lätt förvånad över sin egen popularitet.

430

- Jag hoppas allt är väl, sa prästen Reginaldus. Det går en massa rykten om att det skulle ha hänt er något.

- Det är rent önsketänkande från det håll det kommer ifrån, sa Ham.

- Ja, den "nya regeringen", ja, sa prästen. De försöker skrämma folk till underdånighet. Adeln har de väl lyckats ganska bra med, men med kyrkan kommer det inte att gå så lätt.

- Vill han att kyrkan ska underkasta sig också? frågade Dannviw.

- Jomen. Kyrkan ska betala skatt direkt till den "folkvalde ledaren", sa prästen syrligt.

- Jaså minsann, han tänker så. Tror i sanning han börjar bli girig.

- Ni bor längre bort, herr Dannviw, och kan kanske skydda ert område. Här är det ingen som vågar opponera sig. Straffen är hårda.

- Lyder alla under Ledin nu då?

- Mer eller mindre frivilligt. Många straffas för att ni inte samarbetar. Det är ett fruktansvärt terrorstyre.

- En del av mina vänner har försökt förmå mig att gå med på Ledins villkor. Då förstår jag med ens varför. De har råkat ut för trakasserier.

- Ja, inte är det för att Ledin är så duglig. Det måste bli ett slut på det här, herr Dannviw. Horder, av mest män, som visst kallas cardister? drar runt i landet och gör precis som de vill och det finns inget sätt att få rätt på det. Om vi klagar lyssnar ingen, eller hänvisar till att det är vi som gjort något galet. Om någon av de där männen dödas blir det etter värre. Var är vår riktiga kung? Är han död?

- Nej, han är inte död, lugnade Dannviw honom. Jag tänker få ett slut på det här och ni ska få hjälpa till med en sak.

- Det gör vi mer än gärna, om så det innebär att ta till vapen.

Dannviw blev förvånad över hur hämndgiriga dessa kyrkans män nu var. Han förklarade att det var sina fångar han ville lämna där tills vidare. Han berättade vilka de var och att han inte ville att de skulle bli mer skadade än de redan var. De skulle bli hämtade så fort Ledin var avsatt och i säkert förvar. Prästen tyckte det var en utmärkt idé. De var fler präster och lärjungar. De kunde hålla vakt över fångarna i kyrkan.

- Vill ni ha dem därinne? undrade Ham.

- Låser vi in oss här med dem så kommer de inte ut, sa prästen.

När de ledde in fångarna förstod de vad han menade. Det var visserligen en relativt stor kyrka, men den var byggd för att tjäna som skydd för byborna i orostider. Man kunde lätt försvara sig om man förskansat sig där.

- Jag vill inte att de löses ur sina bojor och jag vill inte att de kommer till skada, sa Dannviw.

- Vi ska ta väl hand om dem, sa prästen. Läka deras sår både kroppsligen och själsligen. Ni har mitt ord på det.

- Ja, det räcker långt.

De hann bara utanför dörren innan de mötte en äldre adelsman vid namn Breitfild. Han hoppade av sin häst och rusade fram till borgherren, som han hälsade med en djup bugning, vilket förvånade Dannviw, eftersom han kände mannen i fråga och han brukade inte vara underdånig.

- Herr Dannviw, sa han alldeles andfådd. Jag hörde att ni var här och jag var tvungen att se det med egna ögon.
- Har ni haft så bråttom hit? frågade Dannviw. Varför det?
- Dels vet alla vid det här laget att ni är död.
- Ja - det är inte riktigt rätt.
- Gud ske lov och tack för det! Dels är ni det enda hopp vi normala människor har.
- Vad gör de onormala?
- Följer Ledin, det fanstyget. - Åh - ursäkta. Han hade fått syn på prästen, som emellertid verkade hålla med.
- Vad hoppas ni att jag ska göra? frågade borgherren.
- Störta honom! Ta kronan själv. Sätt någon annan dit. Vad som helst, men se till att han kommer därifrån!
- Har ni kommit ihop er?
- Jag har undvikit rådet sedan han tog över, av den enkla anledningen, att han inte vill ha några råd. Säger man inte ja till hans förslag, så har man inte där att göra. Men min yngste son, som alltid har försökt att driva sina föräldrar till vansinne - tja, kanske inte alltid - har tagit plats i rådet. Nu är han betydelsefullast i bygden, tror han. Detta underblåses av Ledin, som gärna ser missämja i familjerna. De följer någon "Cardiet", som har skrivit ett manifest. Ha!
- Så, lugn. Det kommer att reda ut sig.
Det var Claudin som sa det, för han började bli orolig för sin rådgivare, när ansiktsfärgen bara blev rödare.
Breitfild kände igen rösten och såg nu vem det var inne under huvan. Han bugade än en gång.

- Ers Majestät, sa han. Det gläder mig verkligen att se er igen. Det är *er* tron han solkar med sin närvaro.
- Det skulle hans far hört dig säga.
- Han är min vän fortfarande och han kan väl inte stå för vad sonen gör, när han nu ska kallas för vuxen. Det är frågan om han inte håller med mig.
- Då lyder inte du Ledin i alla fall?
- Verkligen inte. Tills nu har jag fått ligga lågt, för att inte någon skulle bli skadad. Tyvärr hann jag aldrig läsa uppmaningen att skriva till er, herr Dannviw, och råda er att underkasta er. Brevet brann upp.

Dannviw log.
- Är ni beredd att stå på vår sida? frågade han.
- Utan tvekan. Mer än så. Nu samlar jag mina män och tågar mot Ljungbäck. Behöver ni hjälp finns vi där.
- Jag vill inte att det kommer till strid om det inte behövs.
- Det behöver ni inte säga till mig. Som en av de som är mest kritiska mot Gein och de metoder som används där, är jag väl förtrogen med vad ni tycker.
- Hur ska jag tolka det?
- Jag vill inte slåss. Det är jag för gammal för. Men jag är beredd att göra det, om det blir enda utvägen, för att sedan få sitta ifred och fortsätta debatten.
- Ledin har verkligen inte sett värdet av opposition. Jag uppskattar att få er hjälp. Håll er beredda.
- Vi kommer när ni kallar.

Han satt upp. Dannviw sa:
- Vi har inte kommit för att strida, till det är vi för få. Det var en förhandling jag kallades till. Vi vet ingenting om var fienden finns eller vilka de är. Tar ni vårt parti, tänk på att det gäller er också då.

434

- Alldeles rätt. Rykten färdas alltför fort. Vi kommer att vara diskreta.

- Det är ju inte så roligt om ni inte når fram.

Breitfild bugade och gav sig av. Geinmännen lämnade också byn. De såg aldrig när byborna hämtade yxor, hackor, spett och tjugor och samlades för att vakta kyrkan så att ingen kunde ta sig ut och ingen kunde frita fångarna.

26 Makten

et började snöa så smått när de närmade sig Engenau.

- De tar inte emot oss med värme, mumlade Claudin och huttrade till.
- Trodde du det? undrade Dannviw.

Han frös inte. Geins män hade praktiska kläder som mer följde väderleken än modet.

- Fast jag ämnar inte medge att de har makt över vädret, tillade han.
- Ryttare, sa Laurence och pekade.

En ung man kom ridande emot dem. Han verkade ha brått. Väl framme höll han in hästen och hälsade:
- Herr Dannviw. Det var på tiden.
- Loftly, är du ute och rider? sa Dannviw.

Den här mannen kände han också väl, fast det var hans far som deltog i rådet.

- En liten fågel kvittrade att du var på väg och jag ville se om det var sant.
- Du skulle ha snackat med fåglarna också, sa Ham.
- Jag tänkte inte på det, sa Dannviw. Trodde du inte på fågeln då?

Loftly log med hela ansiktet.

- Jag kan inte språket flytande, replikerade han.
- Vi har försökt färdas så diskret som möjligt, eftersom den som sänt efter mig tydligen inte vill att jag ska komma fram.

- Det kan jag tänka mig. Därför ville jag se till att du verkligen gör det. Ledin tror att han kan manipulera som han vill. Far går i hans ledband. Gubben är senil och det passar bra, för då kan han inte tänka själv.

- Jag trodde du tagit över efter honom.

- Under kung Claudin, ja. Han såg inte senilitet som en tillgång. - Undrar vad som hänt honom.

- Han lever och tronen är hans.

Loftly tittade länge på Dannviw för att utröna om han skulle våga tro på det. Så sa han lågt:

- Man säger annat.

- I dagens läge ska du nog inte tro allt du hör - utom det fåglarna sjunger.

Claudin gav sig inte till känna. Loftly var ung. Han kunde ha tagit till sig de nya lärorna, även om det inte var troligt. Dannviw lät sin kusin välja som han ville.

- Vad har du tänkt göra nu? frågade Dannviw.

- Behöver du hjälp?

- Är det mer än du?

- Mina män är mig trogna. De är beredda att hjälpa till.

- Det är bra om ni håller er redo utanför Engenau. Jag tänker inte använda våld, men jag vet inte vad som väntar där inne.

- Som du vill. Vi ska vara beredda.

Han red med en stund och pratade med Dannviw, innan han red iväg en bit, gjorde en avskedsgest och försvann.

- Egentligen har han ingen hyfs, sa Claudin. Man tilltalar inte folk så. Men jag antar att det är bättre med en ohyfsad pålitlig, än en artig opålitlig.

- Han har alltid tilltalat alla som om han känt dem hela livet, sa Dannviw. Det är inget som jag bryr mig om. Titlar kan bli väldigt omständligt.
- Hm, ja. Jag glömde visst vem jag pratar med.
- För honom röjde du dig inte?
- Jag vet ännu inte om du tänker föra fram mig som en sköld eller hur du har tänkt.
- Det var en idé!
Sedan skrattade Dannviw för han kunde inte hålla sig allvarlig. Så sa han:
- Det är kanske på tiden att vi pratar lite om det.
Så invigde han Claudin i sina planer. I stora drag visste han redan, men detaljerna hade Dannviw bara gått igenom med sina män. Det fanns så mycket som var osäkert när de gav sig av. De dryftade också vad Claudin kände oro inför och Dannviw märkte att han nu var mycket mer fast besluten att återta sin förlorade ställning.

På slottet Engenau

Ledin vankade orolig fram och tillbaka i det rum han använde som arbetsrum. Det fanns saker han inte var tillfreds med, så nu gick han igenom allt från början, för att upptäcka någon ledtråd till svaret.
Barndomen var snabbt avklarad. Den flöt på från klarhet till klarhet på ett mycket behagligt sätt. Tills den dag den lille pojken insåg att hans intelligens vida översteg faderns. Det började med några små tecken, som visade att hans far inte tänkte riktigt lika långt. Visserligen sa mor att far hade rätt, men hon hade all anledning att hålla sig väl med sin man. Hon

438

var bara alltför snäll och godtrogen. Det är ofta så med kvinnor. De lärs upp till det. Det är deras roll.

När man inser att den äldre generationen bör träda tillbaka självmant för att bereda plats för en ny, bör man arbeta för att det blir så innan det blir pinsamt. Det var hans övertygelse.

Här kom Ledin att tänka på rådet. Ibland var inte den yngre generationen kapabel att ta över. Det var den naturliga gången, även om det ibland blev fel. Det kunde vara att de unga inte hade kommit så långt att de hade fått insikt. Kanske inte kunde komma så långt. Det var hans plikt att omge sig med folk som inte hindrade hans framstegstankar.

När Guntram inte frivilligt lämnade över till sin son, åkte Ledin till Lilla Villes. I sanning ett lyckokast! Där stötte han på de idéer han länge försökt formulera. Sjungna av en naiv sångare, som inte hade en aning om vad han åstadkommit. Fortfarande kunde Ledin känna upphetsningen när han insåg vad han funnit den gången. Dagen efter, när ruset lagt sig, försökte han rekapitulera det han upptäckt. Men det tog tid innan han kom tillbaka till den lysande sanningen...

Som tur var hade han skaffat många vänner där borta. Särskilt en kunde han diskutera sina tankar med. Problemet med honom var, att han tänkte mest på att erövra kvinnor. Alltför lätt gick alla tankar över på det, när de försökte renodla budskapet som fanns i sången. Han såg mer till texten och orden, fann det vara det mest betydelsefulla. Särskilt om han fann en osedlig vinkling av ett uttryck. Det blev på alldeles fel nivå. Men dessa hans vänner visste vem sångaren var och kunde bjuda in honom till olika tillställningar. Med ens var han populärast i landet! Alla trodde då att det var hans uppträden som var målet och de hyllade allt han gjorde. Men det lilla kräket sjöng inte sina sånger likadant två gånger! Inte ens en nedskriven version av just den sången var likadan som den kvällen. Sångaren Cardiet njöt av sin popularitet och trodde felaktigt att allt han skrev skulle bli succés. Vännerna tog sig glatt namnet "cardister" och levde efter hans sånger på ett - ja - perverst sätt. Ledin hade ofta undrat vad de var ute efter, om de inte såg budskapet.

Cardiet försvann i röran som uppstod i LillaVilles. Vid det laget hade Ledin vaskat fram det han ville ha. Det lyste inte så kraftigt som den kvällen, men var tillräckligt bra. Det var så svårt att fånga precis de rätta formuleringarna igen. Klart att en omedveten poet hade råkat göra det en gång! Själv fick han jobba vidare med de bitar som inte stämde.

Nästa steg var att ge andra del av det som han hade fått. Inte av godhet utan av nödvändighet. Äntligen insåg hans far, att han borde lämna rådet och låta sin son komma till. I rådet kunde man höra de mest imbecilla saker! Men det skulle ändras. Han försökte att bara lägga fram allt - som en gåva. Men den ledande personen var en kung, född till makt och rikedom Han hade inte gått igenom ett enda prov för att visa vad han dög till! Det märktes tydligt. Och han dög inte till mycket, förstod inte alls. Men bevakade sin position det gjorde han. Ledin började förtvivla, när han märkte hur inskränkta folk runt honom var. Hur de statiskt höll på sitt, utan förmågan att se fördelen med den förändring han förespråkade. De verkade rädda för den.

440

Tills ödet grep in och tronarvingen dog. Då var tillfället inne att ta makten.

Det var inte bara kungen som hade svårt att förstå storheten i vad de stod inför. Kanske kunde det skyllas på adelns dekadens. De var alla födda till makt och rikedom och ville inte ha förändringar. Sönerna ärvde fädrens plats i rådet. Ärvde också ofta deras idéer. Det ville våld till att övertyga. Aldrig trodde han att det skulle gå så trögt. Det var som om folk inte ville veta av något bättre, som om de inte kunde förstå det som var så lysande klart. Inte ens hans far förstod.

Här tog Ledin fram sina nedskrivna dokument, för att se vad som kunde vara oklart.

Om kungen hade lyssnat hade han kunnat sitta kvar. Fast det var bäst att själv ta plats som spindeln i nätet, så att allt blev rätt gjort. Man vänjer sig lätt vid att folk inte förstår, att man får förklara om och om igen. De icke utvalda har svårt att få grepp om det som är för stort för dem. Som tur var hade han en invigd skara, med vilka han kunde diskutera sitt manifest. Den gemytliga samvaron med dem gav näring åt tålamodet, när sedan dessa ändlösa förklaringar blev nödvändiga. Dessutom tog dessa invigda på sig att göra allt som behövdes för att Ledins planer skulle gå i lås. De gav egna impulser också. Det blev ett perfekt samspel.

Därför var det obegripligt när Leonid satte sig till motvärn. Denne man som i allt var så ordentlig och pålitlig. Från att ha varit framstegsvänlig, föll han nu tillbaka på gamla regler, som skulle följas fast det bara var till hinder! Gein var lukrativt. Det passade Ledin utmärkt att lägga det under sig. Visst kunde det ha fortsatt att styras av sin herre, men den mannen hade svårt för att lyda. Förmodligen förstod inte han bättre än resten av adeln. Erbjudanden förkastades. Snart förstod Ledin varför. Borgherren var inte där! De vågade helt enkelt inte svara i hans ställe. Vid närmare undersökning av landets och Geins tillgångar, visade det sig att hela Glochnessin var Dannviws privata egendom. Något som säkert fick fortgå bara för att Claudin var hans släkting. De hade delat upp landet mellan sig. En ovanligt flat kung! Det skulle ändras och tillfället var det rätta när ställets ägare var bortrest. Ledin såg inget fel i att annektera andras egendom. Det var för rikets bästa och han var dess överhuvud. Ett rykte om borgherrens död var också lägligt uppkommit. Svårt att kontrollera, men faktiskt hade ingen av cardisterna som tagit på sig att hålla vakt sett honom komma tillbaka. I Lilla-Villes hade Ledin vänner som visste hur man tog hand om sådana problem utan för mycket samvete och det var i LillaVilles borgherren befann sig, efter vad ryktena sa. Han skulle aldrig lämna landet.

De konstiga idéer som Dannviw omfattade kunde Ledin absolut inte förstå. Gein skulle vara ett fängelse. Vem ville göra om sitt hem till ett fängelse? Dessutom bjuda in erkända och dömda förbrytare för att - göra dem vettiga igen! Till vilken nytta? Ledin ansåg att en förbrytare skulle man bara nacka, så var det problemet ur världen. Det fanns ingen anledning att göra något annat. Dannviw trodde väl att om han ställde sig in hos banditer och strök dem medhårs, skulle de försvara hans ynkliga person. Ett tydligt tecken på hur fel han har, är att dessa hans skyddslingar inte kan stå upp i strid för honom. Så ogärna offrar de sina liv för den, som valt att ägna sitt liv åt att rädda deras!

Sedan kan man ju i en efterkonstruktion tala om andra sätt att strida, men det är att rätta sig efter omständigheterna. Geins strategi kom när bovarna vägrade slåss för sin herre. Det var en sak som Ledin såg tydligt. Hans far hade kallat det trams, vilket bevisade intelligensnivån hos den äldre generationen. Ledin höll på att bli upprörd, vilket han inte ville. Det var mycket bättre att hålla huvudet kallt och tänka klart, men när han stötte på dumhet hade han svårt för det. Folk som inte lät sig övertygas av hans kloka och väl genomtänkta idéer, på grund av sin egen låga intelligens! Fast inte var det lönt att bli upprörd egentligen, för något människorna inte var kapabla till...

Ledins tankar hamnade på Leonid. Han blev snopen när han fördes bort. Det kunde vara en läxa för honom. Ett enda besök på Gein och han var beredd att ifrågasätta Ledins metoder. Man kan undra om det ligger någon magi i det, undrade Ledin ironiskt. Folk sa det, men folk sa så mycket. De sa vad man ville de skulle säga - som ett eko utan förstånd. Någon ville att de skulle ge Gein ett mystiskt skimmer och det var de mer än villiga att göra. Det fanns inget som lockade de dumma så mycket som mystik - men det var lätt att förstå. Det man inte kunde begripa fick helt enkelt bli övernaturligt. Nå. det skulle bli slut på det när Ledin tog över.

Det var anledningen till att Ledin såg ner på kyrkan också och dess karriärsugna präster, som spred mystik omkring sig. Skingras kunde mystiken bara genom deras förklaringar. De ville hålla folket i okunnighet, för att själv komma så högt som möjligt. De hade folket till att försörja dem - men vem hade valt dem till det? Inte folket. Inte Gud. Det var ett sätt att passera systemet och bli försörjd på ett otillbörligt sätt, genom att - luras!

Nu var Ledin upprörd igen. Han hade velat välja en kyrklig karriär, men det var en sak hans far förbjöd. Då smet han iväg för att genomföra sina planer ändå. Det blev stopp redan vid de inledande frågorna. På frågan "Vem lägger ut din väg för dig?" svarade Ledin "jag själv" för att vara obstinat. Han trodde det rätta svaret var "min far", så han förstod att de blev upprörda. Men när de sedan frågade om han var beredd att avstå från allt för att följa den väg hans *Fader* hade stakat ut för honom, så svarade han ärligt att det inte var det han hade tänkt sig. Då rådde de honom att söka en annan karriär. Det goda med hela företaget var att hans far blev ordentligt arg när han fick veta det. Kanske förstod han att hans son hade en egen vilja redan då, att hans sons begåvning var okuvlig och inte gick att bestämma över. Men han var så ung då. Nu var hans far bara en lallande fåne, som dillade om att ge kungen de bästa råden, vara artig och belevad för att inte orsaka skandal. Han var nästan lika yr som Cox, narren. *Den* karlen förstod nog inte ens att landet bytt regim. Vad trodde Leonid att han skulle kunna komma med i informationsväg? Varför ville han prata med honom? Man pratar strategi med sin herre, inte med en narr. Folk hade börjat handla så underligt...

Ledin gnagde på nagelbandet vid sidan av tumnageln. Han anade att han var sanningen nära, ändå kunde han inte få tag på den. Ovant för en man som räknade

444

med sitt eget förstånd som överlägset. Han visste att det var ovanligt stort, om inte störst i landet, kanske i världen. Men nu reagerade omgivningen egendomligt. - Det kunde ha ett samband. Det fanns de som backade inför bra idéer. De kunde inte ta dem till sig. Insåg väl att de var - ädlare - än de själva. Kunde detta ha hänt nu? Idéerna var för högtstående, för fulländade för folket? Det gällde även de högre stånden, alltså backade de.

Men Dannviw var inte medgörlig. Ledin försökte minnas vad han hört om honom. Det gick inte så bra, för han hade alltid ignorerat allt folk sa om den mannen. Deras beundran var stor. Ledin tyckte att den som omgav sig med en så stor beundrande skara var en löjlig man. Det behövdes verkligen inte. Realism och intelligens! Det var honnörsorden. Inte beundran och respekt. Kanske skulle det ändå vara intressant att möta den herren. Låta honom försöka mäta sig och, naturligtvis, komma till korta.

Han lämnade arbetsrummet och gick ner till tronsalen. Det var ett annat favoritrum. Men tronen hade han inte suttit på. Han sade sig att det var fördummande att låtsas vara någon som skulle sitta på en tron. En sorts upphöjd stol som bevisade ens storhet. Löjligt. Kung ville han inte vara. Han stod över det. Högt över allt vad adel och kunglighet hette. Det kunde vara insikten om det som fick folk att bete sig konstigt. Utom Cox. Han *var* konstig!

Cox kom hjulade in, som om han var ekrarna i ett hjul och brukade ta sig fram så. Helt naturligt stannade han på fötterna och stirrade på Ledin.

- Såg er inte, sa han och ämnade hjula iväg igen.

- Stopp ett tag, sa Ledin. Jag vill prata med dig.

Nu säckade narren ihop i sittande ställning på golvet. Hans kläder var mycket eleganta. Ovanligt för en narr, tyckte Ledin.

- Om vad? undrade Cox.

- Om religion, sa Ledin.

Det oroade honom nämligen, att under tillbakablicken fick han en känsla av att prästerna talade om något annat än han talade om. En narr kunde mycket väl vända till det, så man fick nya infallsvinklar.

- Ah, religion är en allvarlig sak. Det är inget som jag kan något om, sa Cox.

- Du behöver bara svara på mina frågor.

- Som ni vill.

Han hade ju inget val och det visste han.

- Är det rimligt att tro på en Gud?

- Folk gör det ju utan att det är rimligt. Det är kanske inte rätt mått. Men å andra sidan finns det folk som inte gör det och det kan inte ses som orimligt.

- Du behöver inte förlora dig i filosofier. Det blir bara rörigt för dig. Är tro förenligt med intelligens?

- Jag trodde Gud var den högsta intelligensen. Men å andra sidan...

Ledin höjde handen som tecken på att den sidan inte behövde tas upp här.

- Ingen filosofi, sa Cox.

- Kan en klok människa tro på annat än sin egen förmåga?

- Det gör han nog klokast i.

- Hur menar du?

- Kanske skulle ni be hit en präst istället, som kan ge er rätt hjälp i ert tvivel.

- En prästs svar kan jag förutse. De försöker bara pracka på en sin egen tro.
- Deras jobb, förmodar jag.
- Jag vill veta hur en narr tänker.
- Det kan inte ens en narr svara på, för det skulle betyda att det fanns en plan.
- Gör det inte det?
- Ingen som helst. - Hoppas jag, men å...
Ledins hand stoppade honom igen.
- Varför gör en klok man klokast i att tro? frågade Ledin.
- Nu låter ni som en narr.
- Svara på min fråga istället.
Cox såg fundersam ut. Det skulle verka som om han ville ge ett klokt svar, men han undrade vart den här mannen ville komma. För den som fått hans ögon påsig brukade dagarna vara räknade. Cox förklarade omständligt:
- Det krävs, enligt min mening, ett stort mått av klokhet för att veta vad man ska tro på.
- En Gud?
- Hur man ska nå insikt om det.
- Och intelligens?
- Kan vara bra att ta sig fram med på jorden.
Med ens insåg Cox vad problemet var. Det gick kalla kårar utmed hans rygg. Han rös till. Ledin såg det och undrade:
- Vad är det med dig?
- Jag tål inte att tänka för mycket. Jag är inte van.
- Kommer du från en fin familj?
- Idel narrar, sa han stolt.
- Vill du att Claudin ska komma tillbaka?

447

- O-ja! Han var så rolig att narras med. Kan ni ordna honom tillbaka?

- Han kastar dig i fängelse när jag berättar hur bra du och jag kom överens.

- Så gör man inte. Nu blev jag sur!

Han såg en anledning att gå därifrån och det gjorde han. Hjärtat slog våldsamt över det han trodde att han upptäckt. Men han vände sig om och sa:

- Förresten har Geins herre hörsammat er kallelse och är snart här, så det är bäst ni snyggar till er.

Så slank han ut. Han höll på att säga "vässar er intelligens" men då hade han avslöjat sig. Nu slank han in i en alkov, så att han i lugn och ro kunde pröva sin teori. Riktigt vansinniga människor kunde han inte hantera. Nu mumlade han:

- Han tror att han är Gud. Det är det han gör.

Ledin skyndade sig att arrangera detta möte. Han valde att ta emot Dannviw omgiven av rådsherrarna och sina trogna meningsfränder. Detta ögonblick hade Ledin sett fram emot med både spänning och bävan. Att möta en man som Dannviw, som tänkte så annorlunda. Hur kunde han göra det? Var han vansinnig? Eller var anledningen en annan? Vad var han för en och hur skulle han försöka förhandla? Skulle han kapitulera inför någon som var honom så vida överlägsen? Var han kapabel att förstå det?

Ett tag hade Ledin vant sig vid tanken på att det inte skulle bli några förhandlingar. Borgherren ville inte, eller så kunde han helt enkelt inte. Då kunde Ledin planera ett övertagande av hans egendom utan vidare omsvep. Många av hans trogna var för den strategin. Ju mer han tänkte på det, desto säkrare blev han på att den var bäst. När nu borgherren ändå kom, tedde sig hela situationen overklig. Planerna var kastade över ända. Ledins närmaste fick konstiga idéer, som om allt de trodde på gick att ifrågasättas. Det var en omskakande känsla.

Dannviw stannade mitt i rummet. Runt honom stod många välväxta, högresta män, som inte alls liknade några bovar. De var stiligt klädda, vilket gav en föraning om vilka rikedomar som fanns där borta. Ledin kände ett styng av missunnsamhet. Allt det där borde varit hans nu. Han tänkte inte i första hand på att det skulle bli hans och det förargade honom, ty han erkände inte på något sätt någon underlägsenhet gentemot denne man.
Eftersom Dannviw hälsade honom var han tvungen att hälsa tillbaka.
- Ni tog god tid på er att hörsamma min kallelse, sa Ledin mästrande.
- Det tog tid att undanröja det som var menat att hindra oss, svarade Dannviw vänligt.
- Eftersom ni har spillt min tid, hoppas jag att ni är desto mer samarbetsvillig.
- Det beror på vad det är ni vill.
- Det har stått klart uttalat i breven jag sänt er.
Dannviw iakttog honom en stund innan han konstaterade:
- Inte i min vildaste fantasi kan jag föreställa mig, att någon förväntar sig av mig, att jag ska överlämna Gein i någon annans händer. Tanken är så absurd, att jag räknar med att få en mera rimlig förklaring till att ni stör mig i mitt dagliga arbete, genom att kalla mig hit.

449

- Jag förväntar mig att ni förstår en så enkel sak, att er intelligens är stor nog för det.

- Den är större än så.

Fast han undrade över varför mannen talade om intelligens i sammanhanget. Det fanns mer dräpande kommenterar han kunnat ta till, om han var elak.

- Då förstår ni säkert att samarbete är bästa taktiken från er sida, sa Ledin och försökte låta myndig.

Men han hade inte pondus nog för det. Dannviw förklarade

- Vi pratar inte mer om den saken, eftersom jag tycker att jag har uttryckt mig tillräckligt tydligt. Istället vill jag se er lämna över tronen ni annekterat till den som har rätten till den.

Ledins ögon blev stora och han bytte blickar med sina trogna.

- Det låter sig inte göras, eftersom han, som en gång var kung, inte finns ibland oss mer, sa han. Dessutom ämnar jag inte förhandla om min ställning med någon mig underställd.

- Då går det bra, eftersom jag inte har och inte kommer att erkänna er som min herre. Det skulle vara intressant att veta med vad rätt ni har satt er över andra.

- Min rätt finns här!

Han hade tagit fram en bokrulle som han slog i sin hand. Det var manifestet han låtit skriva ner. Av någon anledning fann han det mer respektingivande med en bokrulle. Det skulle bli trovärdigare om det stod skrivet i en sådan. Och egentligen var det förmodligen gammal kunskap, som han hade uppdagat. Han förklarade:

- Detta är det manifest som jag har låtit skriva ner som ledning för folket.

- Det cardistiska manifestet? Cardiets sånger.

Den kommentaren var inte bra. Den orsakade svindel. Ledin sa föraktfullt:

- Cardiet var en förvirrad poet, vars liv inte gick att rädda. Han hade råkat snubbla över gammal visdom, som han mycket riktigt framförde som sånger. Det ledde till detta manifest, vilket han blev förföljd för. Därefter föll det i glömska i många år. För att sedan hittas av mig och förädlas till sin nuvarande form. Det är detta som ger mig rätten att förfoga över den makt som kommer av *duglighet* - inte arv! Detta ska spridas över jorden och folken ska erkänna mig som sin herre.

- Jag tror ändå vi återinsätter Claudin på tronen, sa Dannviw. Det finns nämligen några felaktigheter i det ni säger. Cardiet är inte död. Han lever och mår bra. Han har inte skrivit annat än ironiska sånger, som han har hittat på själv. Folk som inte förstår bättre, har funnit för gott att missuppfatta dem. Bokrulle eller ej - det är något som ni helt själv har skrivit ihop, för att det ska passa era syften. Vad det gäller Claudin så befinner han sig mitt ibland oss. Eftersom han inte har abdikerat är kronan obestridligen hans.

Ledin blev alldeles tyst. Förstod inte den här mannen att kronan var helt ointressant. Här skulle finnas en oemotsäglig förklaring, ett knivskarpt svar som fick *alla* att rätta in sig i leden. Men tankarna flög runt i ett enda virrvarr. Han kunde inte längre hitta beviset. För många hade ställt sig bakom Dannviw. Det verkade som om de drogs dit, flyttade sig försiktigt efter hand. Men Ledin trodde på sin sak och han ville ha klara besked. Han sa:

- Nå. Låt folket välja. Ni kan inte gå emot folkets vilja.

Samtidigt såg han och blev varse betydelsen av såret på Dannviws kind. Cardisterna använde gift på sina vapen, för att orsaka så mycket lidande som möjligt. Det undanröjda hindret betydde att de skadat den här mannen.

- Ja, varför inte, sa Dannviw.

- Och när giftet har verkat genom såret på er kind, ska den som höll i vapnet få Gein som belöning.

- Om det inte blir så?

- Det blir så. Cardisternas vapen är alltid förgiftade. Efter ett tips i Cardiets sånger.

Men borgherren verkade inte ta hotet på allvar. Han bad bara folket i salen att tala om ifall de stod på Claudins eller Ledins sida. Det blev en översvallande seger för Claudin. Bara några få fanns kvar som fortfarande höll på Ledin. De ämnade slinka ut, men utgångarna var bevakade. De hämtades tillbaka. Lugnt tog Dannviw till orda igen:

- Mitt förslag är att ni lämnar ifrån er allt ni lagt beslag på och ger upp. Om ni skulle tveka, kan ni från fönstret där borta se hur trupperna väntar på kungens order att anfalla.

Att trupper skulle ha samlats trodde Ledin var en lögn. Han gick till fönstret, beredd att se sina egna anhängare visa segertecknet när de såg honom. Så säker var han på att han hade läget i sin hand. Men det var inga män i mörka kappor med huva som samlats där ute. Han såg på Dannviw och frågade i en anklagande ton:

- Vad har ni gjort med dem?

- Cardisterna? De är i säkert förvar. Ingen vill att de ska gå lösa, sa Dannviw sakligt.

- Och vad händer med mig om jag överlämnar mig.

- Ja, inte har ni kvalificerat er för att hamna på Gein. Folk som begått högförräderi vill vi inte ha där, eftersom vi är måna om förbindelserna med vår kung.

- Högförräderi...

Han visste vad straffet var. Men det kunde inte räknas som högförräderi att ge makten åt folket. Han ensam representerade folket. Även om folket inte *förstod* att det var så och vad som skett...

Hans tankar blev avbrutna, för det ven till och han var träffad av en pil. Dannviw skyndade fram, medan hans män bevakade resten av folket i rummet. Cox hade stått i en undanskymd vrå. Han skyndade också fram till den skadade.

- Pilen kom ute ifrån, sa han lågt.

Dannviw såg hastigt ut. Det skulle vara omöjligt att få fram den skyldige, om han inte angav sig själv. Ledin slog upp ögonen och såg på Cox.

- Kungen kommer att hänga dig för att du har gått ärenden åt mig, sa han ansträngt.

- Åh, han känner mig bättre än så, sa Engelbrekt lugnt.

Ledin försökte resa sig.

- Ligg stilla, sa Dannviw. Läkaren är på väg.

- Högförräderi? Det blir dödsstraff om du driver den linjen.

Han famlade med handen och Dannviw tog den och sa:

- Det blir inte aktuellt.

Engelbrekt spanade efter läkaren och frågade lågt var han blev av, för han insåg att det var bråttom.

- Om jag lämnar över allt kan vi låta udda vara jämnt? tyckte Ledin.

Samtidigt kom det för honom att det kunde finnas en annan orsak. Sakta bemäktigade sig honom paniken. *Han* var på väg att dö! Han grep efter pilen, men Dannviw tog hans andra hand också.

- Var stilla, sa han mycket mjukt. Det är inte till någon nytta.

- Jag kommer att dö, eller hur? Låt mig gå! Du vill att jag ska dö!

- Nej, det vill jag inte.

- Du kommer inte att sörja mig!

- Jag känner dig inte på ett sådant sätt att jag önskar dig död. Dessutom är det så mycket jag vill fråga om...

Ledin ville snäsa åt honom, att han aldrig skulle få svar eller ens *begripa* dem, men det kändes tryggt att hålla i en hand just nu. Den sensationen blev starkare än viljan att hävda sig. Han kände hur krafterna ebbade ut. Paniken ökade, men han kunde ingenting göra. Han grep hårdare om de händer som nu var den enda fasta punkten i en kaotisk värld och han önskade att de skulle rädda honom.

- Så, stilla, viskade den melodiska rösten. Snart är det över.

- Jag vill inte! Jag är inte beredd...

Läkaren kom utan någon större brådska och satte igång, men det var inte mycket han och hans medhjälpare kunde göra. Dannviw höll kvar den skadade mannens händer en stund efter att de släppt sitt grepp.

Han reste sig med en suck. Geinmännen hade hållit vakt hela tiden, så alla stod orörliga kvar som de hade stått. Några såg vilsna ut, nu när deras ledare hade fallit. De flesta var mycket allvarliga, även om det fanns de som såg opassande glada ut också.

- Ämnar ni ta fram den skyldige, eller var det meningen att det skulle bli så här, sa en av hans trogna i rådet.

- Så här skulle det inte bli och hade inte blivit om det inte funnits en missnöjd cardist där ute, sa Dannviw. Pilen kom från en av era egna.

Det gick ett sus genom salen. Dannviw fortsatte:

- Naturligtvis kommer vi att leta efter den skyldige, men det blir svårt att finna honom om han inte väljer att träda fram själv.

- Han var av hög ätt, sa en annan. Han kan inte ligga ohämnad.

- Hämnd är inte något som vi sysslar med.

Läkaren kom fram till Dannviw och meddelade mycket lågt att Ledin var död. Dannviw meddelade alla detta och folket stod tysta med sänkta huvuden medan Ledin bars ut. Därefter togs hans trogna till fånga. Claudin återtog sin tron och hälsades av folkets jubel. När folket som samlats utanför förstod vad som hänt, hördes deras jubel in genom fönstren. Kungen hälsades välkommen tillbaka, men han kunde inte bo i sina rum ännu, för det var inte säkert.

- Jag kan inte gärna ta dig med till Gein igen, sa Dannviw - Vi pratar med Iza.

- Du kan bo hos mig om du vill, sa Engelbrekt.

- Det ordnar sig, sa Claudin lågt. Jag är inte så orolig för egen del, som för såret på din kind. Jag tror inte

455

det var ett påhitt att deras vapen är förgiftade. Du verkar inte orolig alls.

- Det var en gren jag rev mig på, sa Dannviw. Den var inte giftig.

27 Hos Iza

Både hos Engelbrekt och hos Iza saknade Dannviw folk. Bara Izidore och Sassa fanns kvar i Izas hus. Men Izidore tittade strängt på Sassa och frågade skarpt:

- Jaha, unge man. Och var har du varit?

Sassa såg ut som han ville fly. Izidore skällde aldrig. Han brukade förstå. Men den här gången svarade Dannviw, som om frågan naturligtvis måste gälla honom:

- Jag har varit hemma hela tiden.

Han hann precis före Engelbrekt, som också var på väg att ta på sig frågan. Izidore såg strängt på Dannviw, som försäkrade:

- Det är säkert. Jag for direkt hem från Lilla Villes.

- Nu var det kanske inte dig jag menade, sa Izidore. Hans mor kommer inte att ta väl upp att han har varit hos dig.

- Hans mor? undrade Engelbrekt. Är inte hon död?

Han tittade frågande på Dannviw, som nickade bekräftande.

- Var inte så himla lustiga, sa Izidore. Det här gäller Sassa och han kommer att märka att hans mor inte är död när hon kommer hem.

- Isolde? Vad har hänt med henne? undrade Engelbrekt oroligt.

Men skämtet avslutades snabbt när han fick en vass blick av Izidore. Han sa:

- Ni är alla välkomna, särskilt Sassa, men jag vill veta varför du gav dig av till Gein.

- Hur vet du att jag har varit där? mumlade Sassa.

- För att herr Dannviw kommer med dig hit.

- Du behöver inte vara ett dugg skamsen över vad du gjort, sa Dannviw. Berätta du.

Sassa såg upp på honom, sedan på Izidore.

- Engelbrekt skickade mig med ett brådskande meddelande till Gein. Det fanns inte tid att skaffa tillstånd. Han kunde inte gärna veta att jag är förbjuden att fara dit - eller visste *även han* varför?

- Bara skyll på mig, en stackars narr, sa Engelbrekt.

- Ja man undrar ju varför du sände iväg just honom, sa Izidore till Engelbrekt.

- Han är pålitlig och snabb. Dessutom var han den förste jag träffade och tiden var knapp.

- Lite senare hade det nog inte gått, sa Eric som var med. Ledin var en försiktig typ.

Eric hade hållit sig underrättad om allt, men stannat diskret i bakgrunden.

- Var? sa Izidore.

- Han dog för en liten stund sedan, sa Dannviw.

- Puh! utbrast Izidore lättad. Vem tar över nu?

- Det blir Claudin som ni får dras med.

Just då kom Claudin också in följd av Ham.

- Det var då för väl! Var hälsad konung! Och varmt välkommen.

Izidore bugade djupt. Claudin log och sa:

- Det var värst vad du har blivit artig.

När han fick syn på Sassas bistra min fortsatte han:

- Du ska veta att detta har din systerdotterson en stor del i. Utan hans ingripande kunde det gått mycket illa.

Färgen steg på Sassas kinder.

- Hm. Ja, egentligen är jag inte arg på dig, sa Izidore till Sassa. Det kunde väl inte gärna vara skadligt för dig att fara dit. Jag blev bara så in i hoppsan orolig.

- Jag klarar mig, sa Sassa. Engelbrekt berättade väl vart jag begett mig?

- Jo, det gjorde han ju... Kom in för all del och slå er ner. Lite öl och bröd kan jag ordna.

- Var är Iza? frågade Dannviw.

Det var Sassa som svarade:

- De har alla farit till en släkting på landet. Iza ville inte tjäna Ledin eller någon i hans närhet. Hon tog alla damerna med sig och for iväg. Det blev bara gamle mormorsbror och jag kvar, för att hålla ett öga på vad som hände.

- Gamle mormorsbror, va'? sa Izidore. Hut pojke!

- Ja och så narren Cox, som har spridit förvirring så gott han har kunnat, fortsatte Sassa oberört.

- Smickrare där, sa Engelbrekt med en passande generad min.

De slog sig ner kring det stora bordet. Izidore och Sassa dukade fram inte bara öl och bröd utan en massa annat gott också. De pratade igenom vad som hänt och fick fler infallsvinklar på förloppet. Det stod klart att landet varit mycket närmare katastrof än någon anat. Dannviw och Claudin bytte mycket ofta blickar. Eric såg allt mer bekymrad ut. Till slut sa han:

- Tänk om vi hade fått dras med Ledin i fortsättningen också!

- Så blev det inte, sa Dannviw. Det jag sörjer över nu är att vi aldrig får reda på Ledins motiv.

459

Engelbrekt såg allvarligt på honom och förklarade stilla:

- Han ville vara Gud. Han trodde att han *var* det!
- Så enkelt är det nog inte, mumlade Dannviw. Han hade någon bärande idé, som han blev mycket förvånad över att den inte höll.
- Han upptäckte att han inte var Gud, muttrade Engelbrekt.
- Dannviw har rätt, sa Eric. Jag tror att hans planer gick över styr, för att han inte tagit med allt i beräkningen. Han såg en del saker som självklara.
- Jag är inte särskilt intresserad av hans idéer, sa Claudin. Men är du nu så nyfiken, kan du väl fråga hans anhängare.
- Det ska jag, sa Dannviw. Inte bara för att stilla min nyfikenhet, utan även för att kunna parera liknande tendenser i framtiden.
- Så du tror att de kommer?
- Idéerna är spridda och kan ha fått fäste på andra håll.
- Cardisterna finns ju överallt nu. De kom ju från LillaVilles och där finns de väl kvar, sa Izidore.
- Ja, fast det är inte riktigt samma sak, förklarade Dannviw. Ledin konstruerade och följde ett manifest. Cardisterna försökte leva efter Cardiets ironiska sånger. Det finns ett samband, men det var kanske bara Ledin som visste vari det bestod. Jag har manifestet här, men man behöver veta mer om sångerna för att se likheter och skillnader.

Han hade tagit fram den lilla bokrullen och löste nu upp dess band. Cardiet var född i Andomin, men hans sånger var inte så kända där som i LillaVilles. Ingen i Izas kök kände texterna tillräckligt väl.

Dannviw läste i bokrullen, men det gjorde ingenting klarare, tvärt om. Det stod snart klart att Ledins lysande teser, var lysande endast för honom.

- Karlen kanske var vansinnig? föreslog Engelbrekt förhoppningsfullt när han såg Dannviws förbryllade min.

- Det är inte helt uteslutet, mumlade borgherren. Claudin satte sig bredvid honom och läste han med. Inte heller han fick rätt på innehållet. Engelbrekt försvann för att se till att hans lägenhet blev uppvärmd innan Claudin kom dit. Eric såg till att Dannviw och hans män blev inkvarterade. Izidore sände iväg ett bud till husets damer.

Av detta märkte Dannviw och Claudin inget, där de satt med huvudena ihop och försökte lösa bokrullens mysterium. Sent på kvällen fick de avbryta sina försök att klura ut vad Ledin kunde ha menat.

Damerna återvände. Claudin fann sig omhuldad av Engelbrekts fru Hazzel och hon var bättre på sådant än han var. De hade fyra barn. Louis var äldst, sedan kom tvillingarna Noa och Ale. Yngst var lilla nyfödda Lind. Claudin visste att det hade fötts barn i narrens familj, men han hade inte träffat dem allihop så här. Eftersom han var ganska förtjust i barn så trivdes han utmärkt. Han kunde bära runt på den lilla flickan, medan Hazzel skötte matlagning eller något annat. Noa och Ale hade hjärtans roligt tillsammans. De använde många privata tecken och ord. Louis satt helst och läste. Det kunde han redan ganska bra, för han var mycket vetgirig.

Solen flödade genom de höga fönstren. Claudin var förvånad över att finna en så vacker lägenhet inom hans Engenau. Den var egentligen Izas man Amnets och deras hus var sammanbyggt med slottet. Här var rogivande att vistas. Dessutom trivdes han i Engelbrekts trevliga familj. Det var en sådan han själv skulle velat haft. Visst älskade han Beatrice, men hon var drottning och barnen hade hon knutit till sig, inte som mor utan som drottning till sina prinsar och prinsessor. De var bortskämda och egensinniga. Inte som Engelbrekts barn. De klängde på honom så fort han kom hem. De ville prata, krama, vara nära. Lyckan lyste ur deras ögon - och ur hans! Hazzel verkade ha all tid i världen för dem, fast hon hann allting annat också. Alltid leende vänlig, aldrig irriterad. Snabbt hade barnen inlemmat Claudin i familjen också. Ytterligare en att fråga, tröstas av och leka med.

Engelbrekt kom och satte sig bredvid honom.

- Vad tänker du på? undrade han.

- Hur lyckliga ni är, sa Claudin. Det är skönt att se. Man blir lite avundsjuk.

- Det är ingen bra känsla...

Claudin höjde händerna.

- Jag vet. Jag vet. För ett ögonblick glömde jag att du är skolad på Gein hos min käre kusin.

Engelbrekt log.

- Jaså han har också kommit på det? Kan vara ett tips från mig dessutom ...

- Det tror jag inte. Jag undrar vad han håller på med förresten. Han har bara varit här ett par gånger och då bara visat sig som hastigast.

- Han håller på att kartlägga vilka som fortfarande är fientligt stämda. Du blir nog snart kallad till honom för att redovisa din inställning.

462

- Å, det är ingen brådska. Jag trivs bra här.

- Det var ju roligt att höra...

Det knackade och Hazzel öppnade för Dannviw.

- V skulle aldrig ha sagt något, sa Claudin. Nu har vi svurit fram honom.

Dannviw kom fram till dem. Han tyckte också om ljuset och friden här inne.

- Ville du inte att jag skulle komma? sa han leende.

- Här är så skönt att vara, sa Claudin.

- Du kan nog stanna ett tag till, om du får för Engelbrekt. Slottet är så gott som säkert nu och bud har sänts till Chiron, att Beatrice kan komma tillbaka. Fångarna vi tog på vägen hit har kommit och jag har sänt bud efter Cardiet. *Han* måste ju kunna sina texter.

- Hur går det med rådet?

- Det måste rekonstrueras. Du ska vara med på alla förhör vi håller. Flera höga herrar har kommit för att betyga dig sin lydnad. De har hållit sig undan medan Ledin var här. När du försvann kunde de inget annat göra, men det fanns långt gångna planer på att träffas för ett rådslag.

- Tillbaka till verkligheten.

- Ja, njut så länge du kan. - Var är dina ungar?

- Hazzel läser sagor för dem, sa Engelbrekt. En stund av frid inställer sig.

- Klaga inte, sa Claudin. Du har världens gulligaste ungar.

- De har adopterat honom, förklarade Engelbrekt för Dannviw.

Dörren rycktes upp och for igen med en smäll bakom Sassa. Men han hann inte långt förrän dörren rycktes upp igen och in kom en tvärilsken Isolde. Hon smällde emellertid inte igen dörren, utan stängde den försiktigt medan hon lågt och argt sa:

- Du går inte ifrån mig när jag vill tala med dig!

- Du talar inte, du skäller, sa Sassa.

- Har jag en gång förbjudit dig något, så ska du inte heller göra det. Inte ens när du blir lämnad ensam. Kom med nu.

- Nej, det ska jag inte.

- Sassa!

Han stod med armarna i kors och hakan framskjuten, på ett mycket bekant vis. Men de kom av sig när Dannviw dök upp mellan dem.

- Kom så går vi ut, sa han. Ungarna ska sova.

De såg lite förvånade ut, för de hade inte höjt sina röster. Men de följde med när Dannviw föste ut dem.

- Vad är nu det här? frågade Isolde föga blidkad av inblandningen.

- Ni kan fortsätta, sa Dannviw.

Hon gav honom en misstänksam blick innan hon fortsatte vänd till sin son:

- Att få stanna kvar innebar ett förtroende som du har brutit.

Sassa flyttade blicken från Dannviw till sin mor och sa kallt:

- Är du den rätta att prata om missbrukat förtroende? Eller äktenskap innebär inget förtroende?

- Vad menar du?

- Vet Linton om att han inte är min far? Hur känner han inför det du gjorde?

I halvdunklet syntes det inte att Isolde bleknade. Hon gav Dannviw en hastig blick innan hon sa:

- Det är ingenting som du kommer att förstå...

- Ta inte det för givet, sa Dannviw till Isolde. Berätta för honom istället.
- Det var ingenting som jag skulle veta - bara alla andra! fräste Sassa ilsket. Vet han om att du har bedragit honom?
Isolde vände sig om och höll om sig själv som om hon frös. Lågt sa hon:
- Jag vet inte...
Sassa snurrade runt henne.
- Vet inte? Har du inte talat om det?
- Nej. Du skulle vara vårt barn och han älskar dig som sin son. Det skulle jag aldrig vilja förstöra. Laurence
- bryr sig inte.
Dannviw tänkte att hon inte skulle vara så säker på det heller.
- Det blir inte mer rätt för det, sa Sassa obarmhärtigt.
- Han *kan* ju inte få några barn själv, sa Isolde.
- Det känns ju inte bättre för mig ändå.
- Du skulle aldrig farit till Gein!
Hon gick in i Izas kök. Sassa såg på Dannviw, som lågt sa:
- Det kan ta tid.
- Förbannade...
Sassa tystnade när Dannviw satte fingret för hans mun och skakade på huvudet.
- Tänk på vad du säger. Det är bara en gammal situation i ett nytt ljus. Förstör inte mer än du måste och inte det du tycker om.
Sassa knep ihop läpparna och gick efter Isolde. Där inne hade Engelbrekt just fått en utskällning. Han kom ut med orden:

465

- Så räddar man landet och vad gör hon? Skäller som en bandhund. Jag kan väl inte hjälpa att hennes son liknar Laurence mer än Linton.
- Visste du om hur det var när du skickade honom? frågade Dannviw.
- Inte tänkte jag väl på det. Laurence blev kanske förvånad.
- Det betvivlar jag. Han visste.
- Nu får han sina fiskar varma i alla fall.
Dannviw skyndade in i Izas kök, medan Engelbrekt slank in till sig igen.
För en gångs skull stod Iza mycket tyst och blek invid spisen. Sassa hade ställt sig bredvid henne, för mitt på golvet stod Isolde med händerna i sidorna och skällde ut Laurence, som intog samma pose som Sassa nyss, med armarna i kors. Hans ögon hade smalnat betänkligt och det var en varning som hans herre kände igen. Han tyckte inte om det. Dannviw ställde sig bredvid Sassa och sa lågt:
- Här kan du se vilka anlag du bär på.
Sassa såg länge på honom.
- Hålla mig borta från honom? sa Laurence. Det är kanske så att jag vill ha tillbaka pojken nu.
- Du skulle bara våga insinuera något sådant, när du inte haft någon del i hans uppväxt! fräste Isolde.
Laurence rynkade ögonbrynen och öppnade munnen, men Dannviw sa lågt:
- Det räcker nu, Laurence.
Så han såg ett ögonblick på sin herre innan han sa:
- Ja, du har hållit honom för dig själv medan han vuxit upp. Det är alltså jag som är förloraren. Jag har inte fått vara med honom på hela den här tiden. Inte ens se honom.

466

Isolde höjde hakan men teg och svepte ut. Laurence bara såg efter henne. Iza trädde fram och sa:

- Hon är så orolig just nu...

Men Laurence avbröt henne:

- Isolde får själv förklara varför hon uppför sig som hon gör. Jag kom hit för att leta efter Dannviw. Cardiet har kommit. Han är mycket ängslig.

- Jag kommer, sa Dannviw.

- Men är inte Cardiet..., började Iza.

- Ni ska få träffa honom också. Jag kommer tillbaka senare.

- Min fru - Sassa, sa Laurence och bugade för de båda. De försvann.

- Herre Gud, vilket arv, sa Sassa.

- Vad menar du nu? undrade Iza.

- Bli inte förvånad om jag blir arg så det slår gnistor.

Hon log och slog armarna om honom.

- Jag *är* förvånad, över att du är så lugn som du är.

- Kanske påverkan från Linton ändå.

- Ja, hur ska han ta det här...

- Tror du inte han vet?

- Då skulle han väl sagt något. Men nu måste han få veta i alla fall.

- Ja, det är inte roligt att vara den ende som inte har en aning.

- Å stackars min lille Sassa.

Hon vaggade honom tröstande i sin famn och han tyckte verkligen att han behövde det.

Isolde sökte upp Laurence lite senare, när de kunde prata enskilt.

- Kom inte hit och börja igen, sa Laurence skarpt när han såg att hon kom.

467

- Förlåt mig, Laurence, sa hon. Allt är så upp och ner just nu.

- Så du tycker du har rätt att skälla ut folk för det?

- Inte precis. Jag kunde bara inte ta mer. Beatrice är någonstans - vi vet inte var och inte vad hon varit med om. Vad har hänt med barnen? Allt är så osäkert. Claudin har kommit tillbaka, men allt är inte *normalt* för det. Så får jag veta att Sassa har varit på Gein och mött dig. Jag ville inte att det skulle bli så.

- Du ville inte att vi skulle mötas alls.

- Jo, jag ville inte att han skulle göra det ensam. Som jag fruktat är han mycket upprörd.

- Tror du det hjälper att klandra honom då?

- Det vet jag väl att det inte gör. Men - vad kommer nu att hända?

- Du borde berättat från början. Både för Sassa och för Linton.

Hon slokade.

- Se inte ut sådär, sa han. Jag kommer inte att krama dig. Då tar du bara något som du undanhåller i åratal sedan.

- Typ.

Han strök med handen över hennes arm.

- Jag vet väl att jag borde berättat, sa hon. Men det är så lätt att skjuta upp det. Så går tiden och man inbillar sig att allt är bra ändå.

- Ja nu måste du tala om alltihop i alla fall. Sassa känner sig sviken, men jag har talat om att jag på inget sätt har tagit avstånd från honom.

- Nej, jag vet det. Jag är så orolig.

- Få det överstökat då. Dina skäl kan inte jag berätta om. Men tala sanning, för jag kommer inte att ta på mig någon skuld.

- Vad hjälper det att skylla på dig.

Han strök henne försiktigt över armen igen till tröst. Hon tog hans hand, klappade den och höll den en stund.

- Du är inte arg mer? undrade hon.

- Nej. Men du får nog klargöra för Sassa ordentligt.

- Det ska jag. Jag tycker så mycket om honom. Om Linton med. Jag vill inte att de ska tro fel saker.

- De kan nog förstå om de får förklarat för sig.

Hon gick. Ham kom ut genom dörren Laurence vaktade.

- Vem pratade du med? undrade han.

- Isolde, svarade Laurence lågt.

- Förklarade hon sig nu då?

- Ja. Det är lite splittrat för alla här nu. Är ni klara, så går jag och knoppar in.

Dannviw och Cardiet hade också kommit ut, liksom Creig och Leon.

- Gör du det, sa Dannviw. Vi är hos Iza.

Cardiet var upprörd när han satte sig vid bordet, efter att ha hälsat lite avvaktande på Iza och hennes familj. Nu hade Amnet och Linton också kommit och Engelbrekt dök upp från motsatt håll.

- Var är Claudin? frågade Isolde.

- Han sover, sa Engelbrekt och smög demonstrativt fram.

- Jaha, här är den Cardiet som åstadkommit allt rabalder, sa Amnet. Det ska bli intressant att höra sanningen bakom det här.

- Ja, han har förvrängt till och med det jag har förvrängt, sa Cardiet uppgivet.

- *Det* klargjorde allting, sa Engelbrekt tvärsäkert.

469

- Har ni inte läst manifestet? Det skulle bygga på mina sånger. Det gör det verkligen *inte*.
- Ingen här har läst manifestet, sa Linton. Det var en bokrulle som Ledin använde till att hålla i handen och peka med, inte läsa upp.
Cardiet såg förvirrad ut.
- Varför ville du att vi skulle hit? frågade han Dannviw.
- För att illustrera alltihop, tänkte jag att du skulle sjunga en av dina sånger.
- Nej. Det gör jag inte. Jag sjunger aldrig mer.
- Det är synd, för du har en vacker röst. Men jag förstår dig.
Isolde satt mycket nära Linton och höll hans hand emellanåt. Hon undrade:
- Varför vill du inte sjunga om du kan?
- Jag gjorde det och blev hyllad i LillaVilles. Men snart förstod jag att det inte var mig de hyllade utan texterna. Men inte mina texter som jag menat dem, utan förvrängda versioner av dem. De skulle leva efter texterna. De handlade om dekadens och allt som *inte* var lämpligt att göra. Inte förstod de att det var ironi. De stal min musik. Jag har *inte* lett dem. Jag *har* inte det.
- Lugn, sa Ham. Vi vet det nu.
- Det är lika bra att börja sjunga igen, sa Engelbrekt. För att bevisa din oskuld.
Cardiet såg länge och tyst på honom.
- Är det sant som han säger? undrade Izidore.
- Ja, starkt förenklat är det så, sa Dannviw. Jag har just försökt jämföra Ledins manifest med Cardiets text. Likheten är inte längre särskilt stor, men man kan vagt se ett mönster av missförstånd.

- Så det var vad han ämnade styra landet efter? sa
Amnet och rös.
- Det skulle vara intressant att få ett litet smakprov
på dessa hemska sånger, som driver folk så långt, sa
Iza.
- Instrument kan ordnas om det behövs, sa Izidore.
Inte då med en gång, men när Cardiet hade lugnat
ner sig och ätit och druckit gott, så efterkom han de-
ras önskan. Det var inte alls underligt att han blev
berömd, för både sång och musik var verkligen njut-
bar. I det svaga skenet från nattens ljus som kom in
genom fönstret, glittrade pärlorna i hans hår när han
rörde sig. Dannviw mindes med en rysning mannen
som räddat honom och inte ville släppa honom igen.
Cardiet lyssnade inte den gången.
- Är något fel? undrade Ham lågt när han märkte sin
herres reaktion.
- Bara ett minne, sa Dannviw tyst.
Nu hade Cardiet blivit varm i kläderna. Han ville
framföra någon av de ironiska låtar han blivit så be-
römd för. Dittills hade han bara sjungit traditionella,
ofarliga sånger. Inte nog med det. Han ville framföra
den sång som manifestet byggde på.
- Är det verkligen tillrådligt? mumlade Creig till sin
herre.
- Det är ingen besvärjelse, sa Dannviw. Lyssna noga.
Nu kan vi kanske äntligen få veta.
- Vad i hela friden har du bjudit honom på? frågade
Engelbrekt Iza.
För den upprörde, motvillige mannen var nu helt för-
svunnen. Istället hade det för Cardiet blivit ett inspi-
rerat ögonblick. Dannviw såg sig omkring på de fa-
scinerade åhörarna, på den besjälade sångaren med

471

sitt vattenglittrande hår och kände stämningen i det gemytliga rummet. Med ens insåg han vad som var farligt med denna sång. Den som var tillräckligt dekadent och därtill tänkte på fel sätt, skulle mycket väl kunna låta sig uppmuntras av den här sången. Han såg också en likhet med manifestet, som inte framgick om inte sången sjöngs. Det fanns ironi både i texten och musiken, tonläget, hur varje ord framfördes. Cardiet besatt en hisnande skicklighet, när det gällde att få allt att stämma. Ledin hade helt enkelt översatt det han upplevde, när han hörde sången, till egna ord. Det blev en blek kopia. Sången och manifestet liknade inte längre varandra. Det var detta som störde Ledin, men undermeningen kunde ju sägas vara den samma, beroende på hur man tydde sångens ironi.

- Dannviw tog snabbt fram papper och skrivdon.

- Inga fler manifest, sa Ham varnande.

- Jag sa ju att det kunde vara farligt, sa Creig.

- Vad gör du? undrade Amnet medan applåderna avtog.

- Hur skulle ni tyda det ni just hört? frågade Dannviw.

- Nej hör nu här..., började Cardiet.

Men Dannviw fick sångaren att sätta sig ner bredvid honom. Så började en diskussion om sången och Dannviw ställde provocerande frågor. Linton och Amnet förstod snabbt vart Dannviw ville komma och var generösa med alternativa uttydningar. Isolde kramade Lintons hand hårdare. Iza satte sig nära Amnet. Sassas ögon blev allt större och med ens förstod Cardiet hur en sjuk, eller onykter, hjärna kunde få det han just framfört till det cardisterna utfört.

- Alltså, det är rätt skrämmande att du förstår fienden så bra, sa Creig och såg på sin herre med glimten i ögat.

- Ja, är det inte, sa Dannviw. Det skulle de visst.

- De hinner aldrig uppfatta det, sa Ham självklart och tog en klunk öl.

- Men hur kommer det sig att du inte trodde att Cardiet var drivande i det här? sa Iza.

- För att jag träffade honom innan jag stiftade bekantskap med effekterna av hans texter. Det sades att han illvilligt låg bakom allt vad cardisterna gjorde. Men jag visste att han inte var illvillig. Senare fann jag att just cardisterna var ute efter att döda Cardiet. Då behövde saken undersökas lite närmare, för det var något som inte stämde där.

- Det gör mig så ont..., mumlade Cardiet.

- Det är inte ditt fel att folk gör så, sa Isolde. De måste ha letat efter något som gav dem rätten att göra illa. Man kan ju inte förbjuda ironi för att folk kan få för sig att missförstå.

- Det värsta var att Ledin inte var cardist, sa Amnet sakta.

- Ledde han då inte allt detta? frågade Izidore upprört.

- Amnet har rätt, sa Dannviw. Jag undrar om han förstod vad han ställde till med.

- Han var definitivt inte okunnig om vad som skedde, sa Linton.

- Nej, cardisterna handlade med hans goda minne. Han trodde kanske att han kunde styra dem. Tyckte att ändamålet helgade medlen...

Ham såg på honom och visste att han gärna hade velat fråga Ledin om detta. Det gick ju inte nu.

- Man behöver inte veta allt, sa han lågt.
Dannviw såg på honom.

28 En gammal hemlighet

et var bara Linton och Dannviw kvar vid bordet. De fortsatte att småprata om allt möjligt och kom in på Sassas tur till Gein. Dannviw undrade:

- Tyckte du det var fel att han blev skickad dit?

- Inte egentligen, sa Linton. I sådana tider måste var och en göra det de kan. Det är Isolde som satt upp det förbudet och det brukar vara någon mening med det hon gör. Det är därför hon blir så arg när något går henne emot. Hon skapar inte regler för reglernas skull. Men han börjar ju bli vuxen och då måste han få frihet efter det och förklaringar till förbud.

- Han har verkligen handlat som en mogen man i det här, sa Dannviw. Ni kan sannerligen vara stolta över honom. Hade han inte varnat oss, så hade vi förmodligen förlorat flera män.

- Ja, han har blivit en förståndig pojke. Det är heller inte ofta han har trotsat.

- Han har vuxit upp i en bra miljö. Hur länge har du vetat om att han inte var din son?

- Jag har vetat det sedan han föddes, sa Linton med en suck. Vi skulle aldrig få barn ihop, Isolde och jag. Men hon ville ha mig ändå. När hon sedan blev havande, trodde jag ett tag att jag hade fel. Kanske hade det skett ett under. Så småningom gav jag upp den tanken och ett tag kontrollerade jag noga hur trogen hon var. Men hon var inte med andra karlar och hennes känslor för mig tycktes bara ha blivit hetare, så jag accepterade den familj jag fått. Jag fick aldrig reda på vem som var fadern. Vi pratade aldrig om det.

- Anade du ingenting när Sassa inte fick besöka Gein?

- Till det finns det så många andra anledningar. Man skickar inte ordentliga söner till Gein, det är den allmänna meningen - om du ursäktar.

- Jag vet vad folk tycker. Och det är inte bara negativt att adelns söner undviker Gein. Vad anser du om Laurence nu?

- Det var inte den sämste hon valde. Pojken har fått stolta anlag, men det kan dölja sig ett hett temperament bakom den diskreta fasaden. Han har hittills inte behövt visa det.

- Sassa har redan avslöjat att temperamentet finns där. Han gillade inte hemlighetsmakeriet kring hans tillblivelse och det fick Isolde veta.

- Oj då. Ja, jag håller med honom. Det kan inte vara roligt att få veta det nu först.

- Han tog det som om alla visste utom han, tills han av en händelse mötte sin spegelbild på borggården, där han inte fick gå in.

- Hur tog Laurence det?

- Han trodde att Sassa visste. Sådant är inte hemligt för honom, även om han kan vara diskret om det behövs.

- Laurence är en bra karl. Det är inte svårt att förstå att hon valde honom. Jag skulle bara vilja ha en förklaring till varför hon gjorde så. Det trodde jag hon skulle ge mig någon gång, men jag väntar fortfarande.

- Kräv en av henne, sa Dannviw. Hon har säkert en förklaring. Även om hon tycker det är hennes ensak, så är fler inblandade. Då får man berätta hur man tänker. Är du arg på henne?

- Nej. Jag var väl sårad i början, men det har jag kommit över. Hon är ändå min Isolde och ska så förbli.

Leonid blev hämtad från fängelset så fort Dannviw fick reda på att han fanns där. Han kom in smutsig och förvirrad. Dannviw kände alltför väl igen uppträdandet hos den som inte vet vad han straffas för. När Leonid fick syn på Dannviw stramade han upp sig och bugade på ett korrekt sätt.

- Herr Dannviw? sa han. Ers Majestät. Mina herrar. Jag är medborgare i landet LillaVilles, som Andomin inte ligger i strid med. Jag kräver att få veta vad jag dömts för.

- Ni ska få veta mer än så, sa Dannviw. Först vill jag att ni slår er ner.

Det fanns en bekväm stol framsatt för dem som skulle berätta om sin roll i detta. Men Leonid ville inte använda den.

- Jag kommer inte på något sätt att underkasta mig era domar, vilka de än må vara, sa han och stod rak och trotsig.

- Det finns ingen dom emot er vad jag kan finna, sa Dannviw. Jag vill att ni berättar om er roll i den här historien. Var träffade ni Ledin?

- I LillaVilles.

- Stiftade ni bekantskap med hans idéer där?

- Ja.

- Hur kom det sig att ni följde honom hit?

Leonid såg på alla som satt där. Han slappnade av en aning.

477

- De idéer han hade var utmärkta. Jag kunde se att han skulle gå långt, eftersom han var en person som satte sina planer i verket. Han fick saker gjorda.
- Var ni inte kritisk mot hans manifest?
- Han höll på att finslipa sina teser. Jag har faktiskt aldrig läst dem. Han framhöll att han hade åstadkommit ett lysande program, som skulle förändra världen. Mummel uppstod. Dannviw frågade:
- Hur ville han förändra världen?
- Det är bättre om ni frågar honom själv.
- Ni har inte fått veta att han dog för ett par dagar sedan? sa Claudin stilla men kallt.

Leonid stirrade på honom. Sedan vacklade han till stolen och satte sig.
- Nej, det har jag inte fått veta, sa han tyst.
- Så ni kanske kan svara på min fråga, sa Dannviw.
- Han ville ha en bättre värld. Mer rättvis, där fler hade en möjlighet att nå dit de ville. Det skulle inte finnas några hinder i form av stelbenta regler och lagar. Allt byggde på driftiga människors vilja att nå sina mål. Det var intelligens som räknades. De intelligentas värld...
- Ville han inte förändra LillaVilles?
- Han kommer härifrån. Det är här han vill börja.
- Ni var beredd att hjälpa Ledin att nå sina mål?
- Ja. Jag var beredd att kämpa för de mål han hade i sina visioner.

Han lät tveksam. Det var nu alldeles tyst i salen. Det blev Dannviw som ledde förhören, även om han inte tänkt sig det så. Det var meningen att Claudin skulle hålla dem, men när han ingenting sa så tog Dannviw över. Det blev med all säkerhet inte samma sak, men

478

borgherren fick svar på mycket av det han undrat över. Nu frågade han:

- Men det var inte de målen han hade i verkligheten?

- Nej, kom det mycket tyst.

- Vad är det som inte stämmer?

- Man kan inte rasera alla regler i ett samhälle och tro att det fungerar ändå. Visserligen kan man i ett inledningsskede utnyttja oppositionella grupper, men man måste ha kontroll över dem. Våld och förtryck är inte förenligt med intelligens. Jag förstår fortfarande inte varför han lät grupperna som kallar sig cardister hållas. I början kanske de röjde väg, men sedan var de bara till förfång.

- Kunde det vara för att tvinga folket till underkastelse?

- I inledningsskedet kunde det behövas. Men bara genom hot och statuerade exempel. Cardisterna bar sig alltid illa åt i alla sammanhang. De lät sig inte kontrolleras.

- Så Ledin var inte cardist?

- Ni har frågat det en gång innan. Det fick mig att fundera på varför ni ställde den frågan. Nej, han var inte cardist. Varför skulle han vara det?

- Han bygger sitt manifest på Cardiets sånger. Det är upprinnelsen till alltihop.

- Ja, kanske inte sånger så mycket som teser. Cardiet är en gammal filosof som kom fram till kloka slutsatser genom att ifrågasätta allting. Han är död för länge sedan.

- Han skulle ha varit död, om cardisterna fått sin vilja igenom. Men han lever, är musiker och sångare. Det är från en av hans ironiska sånger som Ledin fått idén till sitt manifest.

- Det är inte sant! Ledin är... var en lysande beläst man. Han skulle aldrig ta sina idéer från något så trivialt! Ni vill bara svärta ner hans minne sedan ni dödat denne noble man!

- Det var en av cardisternas pilar som dödade honom, sa Claudin.

Men Leonid var så upprörd att de fick låsa in honom igen, för att han skulle kunna lugna sig. Den här gången blev det i ett rum där han kunde vila ordentligt. När han lugnat sig fick han tillfälle att snygga till sig.

Förhören fortsatte. Det var mer en fråga om att folk fick berätta vad som hänt. När Dannviw frågade berättade de gärna, även om det fanns fler som hörde på. Alla män med domsrätt över sina områden fanns med. Cox och Cardiet höll sig i bakgrunden, men hörde vad som sades. Cardiet blev allt mer nedslagen. Cox sa till honom:

- Det är kanske bra att du vet hur de tänker.

- Så jag inte gör om samma misstag?

- Nej, mer så du inte tror det var ditt fel.

Men Cardiet insåg att anklagelsen alltid skulle hänga över honom, att det var *han* som orsakat detta. I en paus smög han fram till Dannviw och undrade:

- Måste jag byta namn på grund av det här? Det jag har kommer alltid att vara förknippat med katastrof.

- Ja, sa Dannviw leende. Vilket ska du välja? Ett eller många?

- Äh, det var en teori som uppkom när jag inte kunde bestämma mig.

- Håll du fast vid ditt namn. Vi får försöka att få det förknippat med bättre saker.

Det skapade kalabalik när Chiron anlände oanmäld mitt under förhören, tillsammans med Beatrice och barnen.

Breitfild hade just i skarpa ordalag talat om för sin gnällande son, att det var tur att det var Geins herre som fångat in dem. Hade det varit han personligen, så hade det inte räckt med att få gå till huvudstaden. Då hade det blivit betydligt mer plågsamt. Han fortsatte med att högt och tydligt tala om vad han tyckte, när det gällde bortskämda adelsbarn och det moraliska förfall deras föräldrar låtit dem hamna i. Hans inpass var långt.

Man kunde tydligt se hur en del av de församlade skämdes.

Loftly spädde friskt på med att förfallet inte bara gällde de unga. Han framförde en teori om, att de som sällat sig till cardisterna välkomnat ett tillfälle att leva ut sina perversa lustar under denna täckmantel, i skydd av deras svarta kappor.

Dessa brandtal orsakade protester och Dannviw ämnade avbryta, när dörrarna slogs upp och Chiron marscherade in med stora steg.

- Är det ingen som tar emot här heller? frågade han barskt.

Men Dannviw såg glimten i hans ögon och svarade med ett leende:

- Portarna var i alla fall inte låsta. Ni ska vara varmt välkomna. Jag tror att vi avslutar förhören för idag. Breitfild och Loftly är värda allas vårt stora tack för sina insatser, även om inte alla uppskattar era åsikter. Det är ändå viktigt att det framgår hur illa det upptas att lagarna i landet inte följs. Så blir det tydligt att

dessa lagar, som cardisterna såg som hindrande, om-
huldas av flertalet.

Chiron hade gått tillbaka och bjudit Cornelia sin arm,
medan Beatrice höll i Godhardts arm. Claudia höll
lillebror Cornell i handen. Han gick stel och tyst och
tycktes inte lägga märke till någonting. Efter dem
gick Hart. Med dem kom också de cardister som
Godhardt tagit hand om, fortfarande med ögonbind-
lar. De såg inte ut att må särskilt bra, även om man
inte precis kunde säga vad som var fel. Dannviw blev
inte till freds när han såg dem.

För en gångs skull brydde sig Claudin inte om kon-
ventionerna. Han gick fram och slog armarna om sin
hustru. När första överraskningen lagt sig, kramade
hon honom hårt tillbaka. Snart var även deras barn
inlemmade i kramen. Chiron såg på dem och log med
händerna knäppta framför sig.

- Nå, det var väl inte så dumt, sa han innan han vände
sig mot Dannviw och sa:

- Så var hela er kungafamilj återbördad. Jag hoppas
du under tiden har undanröjt alla fientliga element.

- Lite mer grundligt än det var tänkt, sa Dannviw.

Claudin och hans familj gick iväg och deras hov
följde dem. Chiron och Dannviw slog sig ner i den
snart tomma salen. Borgherren förklarade vad som
hänt.

- Var du glad för det, sa Chiron som mycket väl för-
stod att Dannviw inte velat ha det så. En så sjuk
hjärna kommer alltid med något nytt. Man vet inte
om det kan vara farligt att känna sådana personer för
nära.

Fast glad kunde Dannviw inte vara över att någon
dött.

482

Sent den kvällen tog Iza med Dannviw till Beatrices gemak. Hon såg ovanligt frisk ut.

- Dannviw! sa hon och kom emot honom. Det är naturligtvis du som ligger bakom allt det här. Säg mig, hur fick du Chiron att befria mig?

- Han erbjöd sig själv, sa Dannviw sanningsenligt.

- Han sa det, men jag trodde honom inte.

- Varför inte det?

- Tja...

Hon såg på Ham som slagit sig ner innanför dörren och fortsatte:

- ... det är inte likt honom.

- Hur var det på Rosarinn?

- Det var fantastiskt att vara tillbaka. Chiron har inrett en del av slottet i Gein-stil, vet du det?

- Ja, det vet jag. Berätta vad som hände här.

- Usch. Ledin kom till rådet. Ibland är jag med och lyssnar på vad de säger. Efter Clauds död har det varit ganska ofta. Claudin tröstar inte, men det är ändå skönare att vara i närheten. Den här gången verkade det som om Ledin hade tubbat flera andra att gå emot allt vad Claudin sa. Han ville också att kungen skulle fördöma det Gein sysslade med och dra in hela egendomen till kronan. Claudin bara suckade. Han ämnade förklara hur det låg till, när två vakter kom fram bredvid honom. Ledin gav order och de förde honom med sig. Claudin verkade bara resignera! Jag rusade till mina rum, för jag trodde mig ha tid att göra upp en plan. Det var fel. De väntade på mig där. Barnen kunde de bara plocka där de befann sig, intet ont anande. Jag tror att Iza samlade ihop alla

483

hovdamerna och gav sig iväg, när hon förstod att vi förts bort.

– Ja, det gjorde jag. Det är er jag tjänar och ingen annan, sa Iza.

Beatrice log mot henne och fortsatte:

– Vi stoppades in i en vagn och jag väntade mig att få se Claudin när vi kom fram, för han var inte med oss. Men han fanns inte där heller. Först stannade de vakter som tagit oss dit. Var vi befann oss har jag ingen aning om. De talade vänligt om att vi inte skulle försöka rymma, för då skulle vi komma vilse i skogarna omkring. Vi låstes in var och en för sig. Det var inte det trevligaste stället de hade valt ut, men de talade om att vi kunde vara glada att vi levde. Det skulle vi inte göra när Ledin inte hade nytta av oss längre. Jag var inte glad. Jag var mest arg och det var Claudia också. Inte trodde jag att hon kunde sådana ord som hon använde där. De sa åt henne att tiga. Jag önskade att hon skulle lyda dem, så de inte gjorde henne illa. Sedan byttes vakterna ut och situationen blev betydligt mer otrevlig. Vi kunde höra dem diskutera vad de skulle göra med oss. Jag insåg då att vi endast befann oss där levande som säkerhet för att Claudin inte skulle bli befriad. Var han befann sig vet jag inte, men det skulle inte gå att först befria den ene och sedan den andre. Ett tag brydde jag mig inte om vad som hände, för allt verkade ändå nattsvart. Så kom Chiron. Jag hörde hur vakterna dog utanför. Det gjorde mig inget, men jag tänkte på att nu skulle Claudin också dö. Jag har liksom vant mig vid honom. Blivit lite beroende.

– Det kan inte vara så att du tycker om honom?

484

- Tja, nu när du säger det. Det kan vara så. Jag ville ju inte att han skulle dö. Inte ville jag bli lämnad ensam med Ledin och det han stod för. Det var till min stora förvåning Chiron som öppnade min dörr. Jag blev mycket misstänksam, men då sa han: "Se inte så betänksam ut. Jag kom faktiskt för att befria dig. Ska du med eller inte?" Så det fanns inte så mycket att välja på. Kvar där ville jag ju inte bli. Resan till Roamin var lång och tröttsam, men Chiron tog det lugnt. Hela tiden hade han Cornell framför sig på hästen... Jag trodde att han... avskydde pojken lika mycket som jag...

- Det tror jag inte han gör. Cornell ska inte behöva lida för era misstag.

- Jag kan inte ta honom till mig.

- Jag vet. Låt Claudin göra det. Men låt honom för Guds skull inte göra pojken till tronarvinge.

- Tror du han vill det?

- Han vill det, men Cornell kan inte klara det. Han kommer aldrig att klara en sådan uppgift.

- Han har gått tillbaka, sa Beatrice sorgset.

- Ja, det är inte underligt. Det här var inte precis det lugn och den ro han behöver. Vi får försöka reparera det.

- Stackars pojke... Vi kom till Rosarinn alldeles utmattade. Det berodde nog på att vi insåg att vi faktiskt var räddade. Min misstro mot Chiron kom ordentligt på skam. Han var hur trevlig som helst. Vi hade långa samtal om förr i tiden, om hur det är nu och vad som hade hänt oss. Han bad om ursäkt för vad han gjorde den där gången... Jag undrar fortfarande vad som flög i oss.

- För mycket vin blandat med oförrätter. Det fördunklar omdömet.

- Ja, så var det väl. Jag har undvikit att tänka på det tills under nätterna på Rosarinn. Där hade vi vackra rum och uppassning. Han gav oss alla presenter och hade långa diskussioner med Cornelia. Vi fick träffa hans dotter Azurlin. Hon är en mycket intelligent flicka. Mycket allvarlig. Lite synd, för annars är hon söt.

- Skämmer det att hon är allvarlig?

Hon såg på honom en lång stund innan hon sa:

- Nej, det kanske passar bättre när hon blir drottning, att inte vara för uppsluppen. Det kom ett rykte om att du var död. Det gjorde oss mycket oroliga. När hon sagt det mindes hon berättelserna om hans odödlighet, dem som hon hört för länge sedan. Hon fruktade att han bara skulle ge henne ett outgrundligt leende och inte förklara något alls. Övernaturliga saker gillade hon inte längre. Hon såg på Ham och där fick hon leendet, så hon såg snabbt på Dannviw igen. Han såg alldeles vanlig, om än något fundersam, ut när han frågade:

- När hörde ni det ryktet?

- När vi befann oss i fångenskap.

Han såg på henne och förklarade:

- Cardisterna försökte hindra oss från att komma tillbaka till Gein från Lilla Villes. Det måste ha varit i samma veva som Claudin togs tillfånga. Jag valde att inte gå genom portarna när jag kom hem, så de drog slutsatsen att jag inte var där. En slutsats som de omhuldade i det längsta, så innerligt att de förnekade att det var jag när de såg mig. Det gagnade Ledins syften.

- Då blev de snopna när det var du ändå.

Hon funderade medan Iza kammade hennes hår.

- Jag undrar verkligen hur han tänkte, sa hon. Hur kan man tro att man kan genomdriva sin egen vilja, om den inte åtminstone är förankrad delvis hos andra? Som ung kan man få för sig sådant. Det hör väl till. Men Ledin var inte så ung. Det verkar som om han inte kunde tänka riktigt - färdigt.

- Han var uppfylld av en lysande idé. Jag tror att den genom sin lyskraft fördunklade allt annat. Denna idé skrev han ner i sitt manifest. Först verkade det som han ledde cardisterna, men han lät dem bara hållas.

- Cardisternas dominerande fäste ligger väl i Lilla-Villes?

- Ja. Det är en härva. Det är svårt att reda ut hur en organisation fungerar, när den inte är organiserad. Istället verkar alltihop fylla ett behov hos unga människor, som inte har något annat att göra. I opposition mot alla som bestämmer, följer de den som säger att de ska göra tvärt emot. Plötsligt är det legitimt...

- Har de ingen ledare då? Cardiet?

- Han är inte deras ledare och vägrar ha med dem att göra. Men någon borde finnas...

Dannviw såg djupt tankfull ut och hon såg på honom en lång stund innan hon sa:

- Ledins mor är en mycket trevlig människa. Hans far likaså. Undrar vad de tänker nu. Jag tror att jag ska prata med dem.

- Det kan ju vara bra efter allt som hänt, så de ser att de inte behöver ta på sig skulden, sa Iza och lade undan kammen.

Dannviw såg upp. Ja, det kunde väl inte skada.

- Är Tora förvirrad eller sjuklig? undrade han.

-Nej, verkligen inte, sa Beatrice. Varför frågar du det?

– Guntram påstod det. Undrar varför.

– Hm. Det får jag undersöka.

När bud kom till prästen i den lilla kyrkan, att deras fångar skulle till kungen för att förklara sitt handlande, bestämde han och hans medhjälpare att fångarna skulle få gå dit. Detta skedde under mycket knot och klagan. När de väl kom fram protesterade de vilt mot den respektlösa behandling de fått utstå. Claudin hade nu tagit över som förhörsledare. Detta gjorde dem snopna, för de hade inte räknat med att han skulle komma tillbaka alls. När de sedan insåg att den ledare som låtit dem få fria händer nu var död, blev det tyst i leden. Sakta gick det upp för dem, att de synder de hade begått skulle de också få sona. En skrivare läste upp vad de anklagades för. Det var en lång lista. Några hängde med huvudet. Andra stod trotsigt beredda att försvara en sjuk sak.

Domarna drog sig tillbaka för att överlägga. Dannviw tillfrågades vad han tyckte var lämpligt att göra. Skulle alla få samma straff och kastas i fängelse? Ingen cardist stod för något ensam, så hur skulle några kunna skiljas ut, när de handlat i grupp? Kunde man inte helt enkelt skicka alla till Gein?

Dannviw höjde avvärjande händerna:

– Bevare mig väl, sa han. Det skulle vara som att belöna dem. De har inget ont förflutet. Ingen har missförstått dem eller behandlat dem illa. De har inte lidit, utan haft allt de kunde önska sig. Detta har gjort dem illvilliga och likgiltiga iför medmänniskorna. För att skaffa lite spänning har de ägnat sig åt sådant som de vet inte är tillåtet. Det var för att roa sig de gjorde livet surt för andra. De ville testa om någon tordes sätta gränser för vad de fick göra, vilket de ansåg att ingen hade rätt till - inte ens deras föräldrar. De här männen är bortskämda små barn, som aldrig har lärt sig vilka normer som gäller. De tror inte att de ingår i samhället, utan har fått för sig att de står över det. Som de är nu är de helt odugliga, för att inte säga skadliga, för vårt samhälle. Antingen får de fostras eller försvinna. Det är inte upp till mig att välja vilket.

- Försvinna... avrättas, sa Loftly med obehag.

- Det kan vi inte, sa Breitfild.

Han ville kanske ge sin son ett kok stryk när andan föll på, men definitivt inte avrätta honom. Hans mor, och moster! skulle bli rasande.

- Då återstår fostran, sa Loftly stilla. Vem hade du tänkt skulle göra det?

- De som borde ha gjort det från början, sa Dannviw.

- Hör nu här, sa Breitfild upprörd. Skulle vi bara lämna tillbaka dem till deras familjer? Så föräldrarna kan hötta med ett finger och se arga ut medan de säger "nu gör du inte om det min lille älskling". Vad är det för nytta med det? Det lär de inte ta lärdom av.

Allihop log, för de kunde framför sig se den scen som Breitfild spelade upp. Dannviw undrade:

- Vad skulle du göra, när din son kommer tillbaka?

- Jag skulle se till att han fick ett av de hårdaste jobben på en av de primitivaste gårdarna. En folkilsken karl skulle få hålla honom i öronen och se till att han gjorde det han skulle. OCH så skulle jag förbjuda honom att träffa sin mor och hennes syster!

- Då ser jag inga risker med att släppa hem honom till dig. Din plan för honom kommer att nedtecknas och kontrolleras att den följs.

- Men det finns de som inte bara har sökt spänning i ett tråkigt liv, sa Claudin som annars var ganska nöjd med Dannviws lösning.

Kunde man få familjerna att göra upp planer för sina vilsegångna medlemmar, så var det utmärkt. Burade han in adelns söner, skulle det ge ett negativt eko långt fram i tiden.

- Därför måste vi hålla förhören med alla och skicka ut folk, som kan ta redogörelser från de som drabbats, sa Loftly.

- Förhören med de anklagade hålls av domarna i respektive område, sa Claudin. Men vem ska samla in uppgifter från drabbade?

- Du har mycket folk, Dannviw, sa Loftly.

- Visst kan vi hjälpa till, sa Dannviw. Men det behövs fler.

- Jag ska min själ sprida ryktet att jag vill höra om sådant cardisterna gjort, sa Breitfild. Så kommer de till mig och berättar istället.

- Inte en helt förkastlig idé, sa Dannviw.

29 Brev från LillaVilles

Ett brev anlände till kung Claudin från LillaVilles. Hur allvarligt det var stod klart, när de såg med vem det skickats. Kungen blev inte lugn precis när ingen mindre än Cavanagh trädde inför honom. Han hade hört mycket om den krigiske ärkebiskopen och hade ingen önskan om att träffa honom, men mottog honom väl. Han blev förvånad när Dannviw artigt hälsade honom välkommen.

- Det gläder mig att se er vid god hälsa, sa borgherren vänligt.

- Vilken jag åtnjuter mycket tack vare er, som ni vet, sa Cavanagh. Mitt ärende här är inte vänskapligt, det måste ni veta.

- Det är väntat, sa Dannviw som då förstod vad brevet som Claudin läste innehöll.

- Vad är nu detta? frågade kungen. Mig veterligt har jag inte beordrat någon krigshandling mot ert land. Efter vad det står i det här brevet skulle flera skepp ha seglat mot Adinaklint.

- Vilket jag själv har bevittnat, sa Cavanagh. Kung Fagiel vill ha en förklaring.

- Jag kan inte annat än förneka detta, sa Claudin. Det är vår strävan att ha goda förbindelser med LillaVilles och er kung.

- Så skeppen skulle ha sänts utan er vetskap, eller från annat håll?

- Utan min vetskap, men varifrån kan jag inte uttala mig om.

Cavanagh begrundade detta. En i hans sällskap tyckte det tog för lång tid för ärkebiskopen att fördöma denna handling. Han trädde fram och sa:

- Det är förvisso ett faktum att detta land sänt krigsskepp mot staden Adinaklint. Detta kan och skall inte förnekas. Om någon kan förklara detta så är det den herren.

Han pekade mot Taupin som stod en bit bort med en bunt dokument i händerna. Från en undanskymd plats iakttog Cardiet sina landsmän tillsammans med Cox. Nu drog han efter andan och viskade:

- Aldor...

- Någon bekant? undrade Cox.

- Den herre som jag friade till Gwyneth för. Han är *ond*!

Taupin hade bleknat. Han såg på Dannviw som omärkligt skakade på huvudet.

Claudin tittade förvånat på Taupin och sa:

- Min arkivarie? Varför skulle han kunna förklara det? Taupin?

- Det kan jag inte, Ers Majestät, sa Taupin artigt.

- Så? Då var det inte er släkting Patriks skepp, som löpte in i Adinaklints hamn? frågade Aldor vasst.

- Skulle inte Patrik bättre kunna besvara det? sa Taupin sakligt.

- Jo, sa Claudin. Vi ber honom komma hit och reda ut det här. Under tiden hoppas jag få se er som min gäst herr Cavanagh.

Men det tyckte inte Aldor, som uppfattat blicken Taupin gav Dannviw. Han sa:

- Det är inte meningen att en så viktig fråga ska uppskjutas bara för att herr Dannviw tycker så! Låt den anklagade svara omedelbart.

Dannviw höjde ett ögonbryn. Cavanagh vände sig mot Aldor mycket irriterad och sa:

- Jag vet inte vem som bett dig ta över i det här. Därtill är du verkligen inte kompetent!

Claudin höjde handen och sa:

- Vad jag vet har inte herr Dannviw tyckt något alls i den här frågan ännu. I det här landet är det jag som avgör vems åsikter vi behöver lyssna till och det kan mycket väl bli hans, med eller utan ert medgivande. Däremot vill jag höra vad den man har att säga, som har sin hand med i det här, och det är definitivt inte Taupin.

- Jag accepterar er gästfrihet i väntan på svar från rätt person, sa Cavanagh och bugade aldrig så lite.

När han drog sig tillbaka kom han i häftig diskussion med Aldor, som inte ville att ärkebiskopen skulle ha tillfälle att prata för mycket med för många. Därför hade han sett till att komma med när Cavanagh sändes med budet. Men han var inte med när Cavanagh sökte upp Dannviw i hans rum. Ärkebiskopen kom ensam och knackade försiktigt på dörren. Han blev insläppt av Ham.

- Vakter utanför dörren? sa Cavanagh. Litar ni inte på kung Claudin?

- Jodå. Han utgör inget hot så länge han sitter tryggt på tronen, sa Dannviw och bjöd honom att sitta framför brasan.

- Blir han kinkig annars?

- Låt oss säga som så, att det är lugnast för alla om han får vara kung i fred. Han trivs och det är det fler som gör.

- Hm, sa Cavanagh som inte förstod hur han menade, så han bytte samtalsämne:

- Jag förstår inte vad som for i Aldor. Han vill skynda på den här affären och vad jag kan se skulle det leda till fiendskap mellan våra länder.

- Kan han ha nytta av det på något sätt?

- Inte vad jag omedelbart kan urskilja. Menar du att han vill skapa fiendskap?

Det knackade igen och Claudin blev insläppt. Han tvärstannade när han fick se Cavanagh, men Dannviw sa:

- Kom och slå dig ner. Jag tror att jag vet vad du vill prata om.

- Ja, kanske kan vi reda ut alltihop mindre offentligt, sa Cavanagh.

- Jag antar att du vet mer om det här än jag, sa Claudin till Dannviw.

- Lite mer vet jag, men Patriks förklaringar behövs också, sa Dannviw.

- Jag har pratat med Taupin, men om han vet något så säger han inget. - Hm - har du bett honom att hålla tyst?

- Nej. Han behöver inte förklara sin morbrors handlingar, när Patrik kan göra det bättre själv. Han är inte här, så det kan ta lite tid innan vi får höra den versionen, vilket ger oss tillfälle att lägga fram allt vi vet hittills för varandra.

- Som det kan bli...

- Ja, är det inte konstigt?

- Ska vi be Taupin komma? Du kan säkert få honom att tala.

- Det behövs inte just nu. Han säger med all sannolikhet inte mer för att jag frågar.

Claudin mumlade sitt tvivel på det. Cavanagh tog upp tråden där den släppts:

- Du tror att Aldor skulle ha nytta av att våra länder blir fiender?

- Jag vet inte det, men han kan gå i hämndtankar gentemot Patrik och - inte minst - Taupin, sa Dannviw. Om de har gjort något som kan orsaka fiendskap mellan våra länder, kommer de verkligen att falla i onåd och mista allt. Det skulle vara en praktfull revansch. Att länderna hamnar i krig mot varandra, bryr han sig nog inte så mycket om.

- Aldor är en släkting till mig, påminde Cavanagh.

- Vilket inte gör honom ofelbar, eftersom inte du har haft hand om hans uppfostran, kontrade Dannviw eftersom han ansåg den uppgiften som ovidkommande.

Cavanaghs ögonbryn for högt upp och han skakade lätt på huvudet.

- Förklara varför han skulle vilja hämnas, sa Claudin.

- Aldor ville ha Patriks dotter Gwyneth. Han sände en man för att fria till henne för honom. Han valde noga för att lyckas. Den han sände hade också framgång med sin uppgift, men förlorade samtidigt sitt hjärta till den sköna. Hm... Trubaduren hade med sig ett brev från Aldor, med utförliga instruktioner om vad som skulle göras med trubaduren, när han framfört giftermålsanbudet. Helt oskuldsfullt trodde han att det ingick i frieriet och anade inte att det innehöll anvisningar om hur han skulle dödas. Taupin bekräftar detta, men han fann innehållet i brevet så motbjudande att han inte vill återberätta det. Allt utfördes inte heller - men en del... Dannviw tystnade. För sitt inre öra kunde han höra klingandet av pärlor och klagolåten långt borta i natten, när han fördes bort av Cardiet. Nu förstod han den bättre. Han skakade av sig obehaget och följde Cavanaghs låga uppmaning att fortsätta:

- Trubaduren kom undan. Han flydde för sitt liv och återvände till Lilla Villes. Han förstod att hans förälskelse avslöjats, fast han inget visat. Han förstod, att för det ville de honom illa. Denna insikt gjorde honom alldeles förvirrad.

- Han flydde i en båt och tog med er, sa Cavanagh.

- Alldeles riktigt. Taupin har sin kusin Gwyneth mycket kär. Han fick veta att Aldor inte var någon lämplig make till henne och han försökte avstyra äktenskapet. Patrik ville inte höra talas om det. Avtalet var redan underskrivet. Då gömde Taupin sin kusin för att hon inte skulle råka illa ut. Patrik försökte få mig att tala honom till rätta och vid det tillfället framkom det, att han verkligen skickat beväpnade skepp till Aldors hjälp. Han var övertygad om att de skulle användas till att kämpa mot otrogna i fjärran länder, för det var avsikten han fått veta. Han blev bestört när han fick höra att Adinaklint var målet. Då upplöste han också äktenskapskontraktet, vilket Aldor inte uppskattade.

- Varför skulle Aldor inte vara lämplig som make? frågade Cavanagh.

- För att han är cardist och en ledande sådan.

- Nu skojar du!

- Om det vore så ändå. Efter hans besök här spred sig cardismen även i vårt land.

- Här?

- Vi håller just på att reda ut den härvan, sa Claudin lågt.

- Jag mötte trubaduren igen, sa Dannviw. Han kunde berätta mycket, som klargjorde en hel del jag undrat över.

- Vem är den här trubaduren då?

- Håll i er nu. Trubaduren som jag mötte när han räddade mitt liv, lärde jag känna bättre än han önskade, även om han inte var riktigt sig själv och det var inte jag heller. Han kom hem till sitt land för att finna, att de som tidigare hyllat honom nu stod efter hans liv. De hade tagit hans livsverk, hans poesi och musik och av det konstruerat ett manifest som de nu levde efter, för att kunna bryta alla lagar.

- Cardiet! Du har träffat Cardiet. Var det han skulle jag inte lita ett dugg på hans ord. Hellre tror jag då på Aldor, deklarerade Cavanagh.

Claudin iakttog sin kusin mycket intresserat. Han frågade:

- Var det Cardiet som sa att skeppen sänts till Adinaklint?

- Nej, sa Dannviw. Dem såg jag när vi flydde från staden. Patrik bekräftade att han skickat dem till Aldor, som han då trodde var hans blivande måg.

- Vem anklagar Aldor för att vara cardist? frågade Cavanagh.

- Cardiet har god inblick i en del av rörelsen, sa Dannviw. Han är själv inte cardist, men innan han insåg vad som hänt, var han en populär underhållare bland adelns unga. Någon ledande ställning bland

497

dem hade han aldrig. De fann att han nu visste för mycket, samt samarbetade dåligt. Åter planerade de att döda honom, men han flydde igen.

- Till dig, fyllde Claudin i.

- Du har honom på Gein? sa Cavanagh.

- Han har mitt beskydd och det har lett till, att vi har kunnat reda ut en hel del av cardisternas rörelse här, till och med hur det kunde bli så, sa Dannviw.

- Han tog med sig sin rörelse hit, det är inte svårt att se!

- Han gjorde inte det. Han tar bestämt avstånd från allt de gör. En man vid namn Ledin var cardisternas ledare här. Han var inte heller cardist, men han använde dem för sina egna syften, för att till slut förlora kontrollen över dem.

- Du inser inte vilka risker du tar när ni hyser en sådan man, sa Cavanagh.

- Det är väl inte precis några dunungar jag omger mig med i vanliga fall. Han är en mycket duktig musiker.

Claudin såg intresserat från den ene till den andre. Han fick intrycket att Cavanagh ville beskydda Dannviw. Men det verkade inte som om borgherren ville att ärkebiskopen skulle veta var trubaduren fanns. Claudin konstaterade:

- Jag har hört honom sjunga och det kan han verkligen. Men de förvridna hjärnor som har startat rörelsen med hans namn, skulle säkert funnit inspiration någon annanstans om de inte stulit hans musik.

Cavanagh såg på Claudin. Han verkade inte särskilt smart, inte slipad, men jordnära. En man som skulle lyssna på musiken för dess skönhet och inte analysera texterna eller tonarterna. Om han kunde uppfatta Cardiet som harmlös, så kunde han mycket väl vara det. Dannviw däremot, skulle se det som en utmaning att diskutera med en livsfarlig Cardiet.

- Jag berättar detta, sa Dannviw, för att det kan vara bra att känna till när Patrik kommer.

- Han är heller ingen krigshetsare, sa Claudin.

- Det kan vara bra att känna till så mycket som möjligt om bakgrunden till det här, sa Cavanagh. Men att Aldor skulle vara cardist, det är svårt att smälta.

- Det förklarar en del andra saker också, sa Dannviw. Augustin är en trevlig man och hans hus är gästfritt. Han har kontakter med en man som heter Abelard. Jag råkar känna hans bror. De är samma andas barn.

- Bra karlar båda två, men envisa, mumlade Cavanagh.

- Jo, det är sannerligen ett utmärkande drag hos dem. En sak som jag lade märke till hos Augustin var, att det Abelard sa vändes till något negativt på ett obehagligt sätt.

- Var det därför du lämnade Amradal?

- Oberon bad mig och jag ville inte att han skulle drabbas av spelet bakom hans rygg, om jag kunde hindra det.

- Ers Majestät. Styr han det här landet med?

- Så ni har märkt det? sa Claudin uppgivet.

- Ja, jag vet att jag lägger näsan i blöt, sa Dannviw. Men jag har inte förmågan att bara se på när mina vänner far illa.

- Nå, det är ju beundransvärt, morrade Cavanagh. Claudin log glatt.

- Jag har redan medlat mellan dem, fortsatte Cavanagh. Inte för att jag kan begripa vad det går ut på när de håller på så.

- Inte jag heller, sa Dannviw. Augustin kunde inte gärna vinna på det. Blandar vi däremot in en cardist, så är det lättare förklarat. Folk som följer lagarna och är ärliga blir i deras ögon löjliga. Det blir en lek, att försöka dra dem i smutsen. Cavanagh visste att det var sant. Aldor hade svårt för att hålla sig på mattan. Det var en massa små skandaler som kantade hans stig, medan det i Abelards familj fanns framgångsrika och rättrådiga avkomlingar. Där fanns en styrka och en vänskap som Aldor ofta talat mycket illa om. Ja, Aldor var som klippt och skuren för att bli cardist. Inte konstigt om man inte kom tillrätta med dem, när de gömde sig alldeles bakom ens egen rygg! Ledarna höll sig dolda. Underhuggarna offrades, för att ersättas av nya dekadenta adelsmän och de tjänare som de hade makt över.

- Men vad vinner cardisterna på det? undrade Cavanagh.

- De har möjlighet att gå i opposition och att vara emot ger dem tillfredsställelse. De trotsar föräldrar och samhälle, vilket ger dem en känsla av spänning. Står man utanför - eller över - lagen, har man makt att göra vad man vill. Man har obegränsade tillgångar, för man kan ta vad man vill. På alla områden. Cavanagh satt tyst en lång stund med fingertopparna mot varandra, och stirrade in i elden. Så sa han:

- Vad har ni tänkt göra med dem?

- Vi håller på att bestämma det nu, sa Claudin. Det blir ett för stort avbräck i återväxten om vi avrättar dem - och så får jag adeln på halsen. Istället låter vi föräldrarna sätta igång med den fostran som de har glömt att ge sina glyttar. På så sätt blir det tydligt, att det är allas ansvar att samhället fungerar. Det är

500

föräldrarnas uppgift att lära sina barn. Barnen ska lyda samma lagar som föräldrarna. Allt det är något gott, inte något ont som man ska förstöra, eller låta någon förstöra. Nu var Cavanagh imponerad. Ja, var inte dessa två släkt? Då rann väl delvis samma blod i deras ådror. Dannviw skulle förmodligen inte acceptera en dum kung på tronen i hans land. Han ville inte styra själv och det skulle han få göra då.

- Hur ska vi komma till rätta med problemet i vårt land, mumlade han. På samma sätt?

- Det har aldrig varit så utbrett här, sa Dannviw. Men sök i kretsarna närmast er kung först.

- Sända in en spion? Er man Gabriel gav det rådet när det gällde Innocentios kloster.

- Ingen dum idé. Gabriel är en bra rådgivare.

Claudin gjorde en min mot Dannviw när Cavanagh inte såg.

Leonid hade varit Ledins närmaste man, därför var han intressant för fler förhör. Dessa lät Claudin Dannviw hålla, eftersom mannen gav mer utförliga svar till denne. Det blev allt tydligare att den bärande idén som Ledin arbetade efter, hade förändrats med den ökade makten han vann. Detta var främmande och oacceptabelt för Leonid, som fullständigt tagit till sig den ursprungliga versionen. I sina visioner hade han sett ett bättre och rättvisare Andomin. Sedan skulle LillaVilles se med beundrande ögon på sin granne och ta efter. Han hade kunnat tänka sig att fara hem och agera rådgivare till den som var makthavare. Det skulle inte bli en kung, för sådana gick inte att ha som ledare enligt Ledin. En duglig ledare skulle utses ur adelns led - det var vad Ledin tyckte. Men Leonid kunde tänka sig en ledare ur vilket samhällsskikt som helst, bara han - eller hon... - var duglig. Det krävdes förstås utbildning och ett tränat intellekt och det var ju inte alla som hade möjlighet att få det. Det var det som begränsade vilka som kunde komma i fråga. Folkets mening om saken tyckte Leonid var självklar. Alla skulle få det bättre. Alla skulle få fler möjligheter. Alltså måste de vara positivt inställda till denna förändring. Kanske skulle det bli kaos i början, men ur detta kaos skulle det mest lysande samhälle resa sig! De som förlorade på det, var bara de som inte unnade andra framgång.

Men så insåg han sakta och motvilligt att den som var hela idéns gallionsfigur, den ursprunglige ledaren, lät sig berusas av makten så till den milda grad att han fördärvade hela idén! Ledin började undanröja dem som kunde föra diskussionen vidare, utveckla idéerna och finslipa organisationen. En efter en försvann de som tog upp något problem till debatt. Det hade blivit Ledins ord som gällde oemotsagt, istället för grundtanken som dittills gällt. Ledin hade förfallit till begär efter makt och rikedomar! En sådan skam!

- Jag såg inte honom som förlorad ändå, sa Leonid lågt. När jag fördes bort trodde jag att jag bara behövde få honom att lyssna.

- Såg ni det som en kraftmätning mellan er åskådning och hans? undrade Dannviw.

- Inte alls. Det var den ursprungliga idén jag kämpade för. Den ursprungliga idén var hans.

- Den var kanske inte färdig?

- Vi diskuterade hela tiden. Med sådant kan man inte bara plötsligt gå vidare själv, utan att mäta förändringarnas hållbarhet med andra. Det måste ni förstå.
- Förstod han det när han väl tagit makten?
Leonid såg länge på Dannviw, sedan flyktigt på de andra.
- Det är det jag har funderat på när jag har suttit inlåst, sa han tveksamt. Kan det vara så, att han inte trodde sig behöva folkets godkännande, för att göra det han skulle göra? Det skulle förklara att han lät cardisterna hållas.
- Vad tyckte ni om det?
- Han förklarade att han behövde dem. Aldor var en mycket god vän till honom och de var överens om att samhället behövde skakas om.
- För att skapa kaos?
- Snarare för att skapa en grogrund för idén. På något sätt hängde det ihop. - Ja, det var Cardiet som gav idén - men det stämmer ju inte nu...
Han blev förvirrad. Cardiet var ju inte den han först trott. Dannviw frågade:
- Vem var Aldor?
Claudin ville göra ett inpass här, men lät bli. Leonid svarade mycket tveksamt:
- Han... han är cardisternas ledare i LillaVilles. De har arbetat med manifestet tillsammans.
De fick intrycket att ingen fick berätta om det. Men när nu Leonid hade försagt sig, var det lika bra att fortsätta.
- Hur har det blivit så? undrade Dannviw.
- Han saknar hämningar. Allt måste prövas, särskilt om det är otillåtet eller farligt. Inte så att han riskerar *sitt* liv, nej det farliga vill han att andra prövar. Det

är en man med en stenhård vilja, hal som en ål och totalt samvetslös. Jag tror att han skapade cardisterna för att se om han kunde.

- Är Aldor cardisternas grundare?

- Det kan man säga. Jag förstod aldrig varför en begåvad man som Ledin stod ut med hans sällskap och åsikter. Jag förstår inte den rörelsen alls, inte nyttan med att låta dem hållas.

Patrik anlände. Inte precis diskret, eftersom han hämtats av väktare och förts dit mot sin vilja. Han var upprörd och förstod inte med vad rätt detta skedde, vilket han tydligt talade om.

- Jag kräver att få veta vad jag står anklagad för! sa Patrik argt.

- Det ska du få om du väntar lite, sa Claudin.

- Nej, det behagar mig icke! Jag vill veta det omedelbart!

Claudin såg på honom och Dannviw kunde se att han blev irriterad. Stilla meddelade han:

- Landsförräderi och krigshets.

Patrik blev spak. Han såg på Dannviw, som han haft högre tankar om, än att han skulle springa och skvallra för sin kusin.

- Herr Dannviw..., började han men det blev inte mer.

- Ärkebiskop Cavanagh har sänts med ett brev från kung Fagiel, sa Dannviw. Det är anklagelserna i det brevet du ska få bemöta.

- Är Cavanagh här? frågade Leonid förskräckt.

- Ja Cavanagh är här och han söker förklaringar, för att om möjligt förhindra en konflikt.

Både Patrik och Leonid hade blivit bleka. I Patriks fall förstod Dannviw, men vad hade Leonid för otalt med ärkebiskopen?

– Ifall du är klar med Leonid, så kan vi kalla hit Cavanagh, sa Claudin lågt till Dannviw.

Dannviw hade först velat reda ut Leonids förhållande till ärkebiskopen, men det blev inte så. De behövde inte kalla på Cavanagh. Han kom själv, för han hade fått höra att Leonid fanns på slottet. Det här var han mycket intresserad av. Han slank plötsligt ner bredvid Dannviw med orden:

– Har ni något emot att jag deltar?

– Egentligen är det interna förhör, sa Dannviw.

– Men nu blev det internationellt.

Han gjorde en gest mot Leonid, som iakttog Patrik.

– Hur känner ni varandra?

– Du kommer inte att tro det här, men vi är släkt.

– Det var ju verkligen oväntat, sa Dannviw. Han har varit fängslad här. Kommer du att hålla det emot oss?

– Jag undrar mer vad han gör här över huvud taget, mumlade Cavanagh. Samt vad han håller på med.

– Du kan nog få en del ledtrådar som du inte vill ha av den mannen.

Nu fick Leonid syn på Cavanagh och for upp så stolen välte. Han var alldeles blek. Två vakter var framme och fick honom att sätta sig igen.

– Ta det lugnt med honom, sa Dannviw lågt. Han har blivit bländad.

Claudin tog till orda:

Jaha. Då tar vi till protokollet att ärkebiskop Cavanagh från LillaVilles har anlänt och deltar i förhören.

– Skriver ni ner allt? viskade Cavanagh till Dannviw.

– Ja, vi gör så här för objektivitetens skull.

Detta gjorde intryck på Cavanagh. Det här skedde tydligen inte på en höft.

- Jag har ingenting mer att tillägga, sa Leonid lågt.

- Då kan ni sitta ner och lyssna, sa Claudin. Det kan finnas något mer ni vill tillägga senare.

- Det finns inget jag vill tillägga här.

- Vi kan behöva fråga er om Ledins göranden och låtanden, eftersom han inte kan svara själv.

Leonid öppnade munnen för att kommentera, men Claudin fortsatte:

- Inte för att plikta för det han har gjort, utan mer som sakkunnig i frågan.

Leonid satte sig. Claudin vände sig till Patrik och gjorde en gest som visade att han skulle sätta sig i stolen, vilket han tveksamt gjorde. Claudin sa:

- Det har kommit till vår kännedom att du har sänt krigshjälp, som använts mot staden Adinaklint i LillaVilles. Har du någon förklaring till detta?

- Ja, det har jag. De skepp jag sände skulle användas för ett korståg mot otrogna i främmande land.

- Hur kunde de hamna utanför Adinaklint?

- Dit skulle de inte. Då hade jag inte lånat mig till att rusta dem. Det behövs inga korståg till LillaVilles, eftersom de sköter sina angelägenheter själv.

- Om de bett om hjälp, skulle du sänt skeppen dit?

- Nej. Det är er sak att bestämma om sådant.

- Men inte om "korståg"?

- Jag såg det som en hjälp till kung Fagiel. Han hade redan gett sin välsignelse till den unge mannen. Kunde jag hjälpa honom att göra en mer heroisk insats för sitt land, så var det bara bättre.

- Kan du namnge den unge mannen du talar om?

- Aldor heter han. Av respekterad och fin familj. Det var vad jag hade hört och jag hade ingen anledning att misstro honom eller ifrågasätta hans motiv.

- Nämnde han vart han ämnade sig med era skepp?

- Han ville inte precisera det. Främmande land var uttrycket han använde.

Ett mummel uppstod. Claudin tog till orda igen:

- Men om han skulle bli din måg, var det väl inte bra att han gav sig långt iväg?

- Det var hans sätt att välsigna äktenskapet och visa sig värdig min dotter, enligt vad han sa. Det hela var mycket trovärdigt då.

Taupin stod stilla, halvt dold och iakttog sin morbror oavvänt. Han fnös när han hörde detta. Cox såg på honom.

- Då? sa Claudin. Inte nu längre?

- Sedan har det kommit fram saker som hindrar mig att skänka honom min dotters hand. Hans handlingar är inte så klanderfria som han förespeglat.

- Något exempel?

- Jag har fått veta, att hans moral är synnerligen låg. Han skulle vara någon sorts uppviglare och att skeppen inte användes där de skulle.

- Du visste det?

- Bara ryktesvägen.

Han sneglade hastigt på Dannviw och fortsatte:

- Jag ville inte tro att någon kunde vara så fräck.

- Vad säger du om att skeppen dök upp i LillaVilles?

- Hade jag haft en aning om att de skulle dit, så hade jag aldrig rustat dem! Jag har affärer med LillaVilles. Jag är mån om att stå på god fot med dem.

Nu tog Cavanagh till orda:

507

- Det finns folk som säger att ni var väl medveten om vart skeppen skulle.

- Det är en lögn! utbrast Patrik upprört. Vem sprider ut sådant?

- En för mig mycket välbekant person, nämligen Aldor själv.

Medan Patrik sakta insåg att fällan slog igen om honom, reste sig Leonid och sa:

- Ni kan inte gärna tro på något Aldor säger, herr Cavanagh.

- Och varför skulle jag inte det?

Leonid var så blek att de befarade att han skulle svimma. Han sa:

- Har ni frågat er varför han lät rusta skepp till strid mot Adinaklint? Han har fört även er bakom ljuset. Det är han som står bakom hela cardiströrelsen, som ni så frenetiskt bekämpar. Han är deras ledare och skrattar bakom er rygg. Har gjort det hela tiden.

- Det är inget som du kan bevisa!

Dannviw såg på Cavanagh och undrade över att han blev så arg. Han visste ju detta redan.

- Det är inte upp till mig att göra det, sa Leonid trött och satte sig ner.

- Vad är det vi ser? viskade Claudin till Dannviw. Är det en släktfejd på uppseglande?

- Det är mer än jag vet, mumlade Dannviw tillbaka. Men något är det.

Högt deklarerade Claudin att han såg Patrik som oskyldig. Däremot kunde man skönja att Aldor var en förrädare. Frågan var om han skulle prövas i Andomin eller LillaVilles. Cavanagh ville ha svar på en del frågor redan nu. Han var ingen man som gick undan och skötte detta diskret. Männen här kunde gärna få höra Aldors förklaringar och beroende på vad som framkom, skulle han sedan ställas till svars i LillaVilles.

Aldor däremot, ansåg inte att det främmande landets herrar hade rätt att fråga honom om någonting, vilket han tydligt deklarerade när han hämtades in. Cavanagh sa bara kallt, att det var han som ville ställa frågor.

- Jag förklarar allt ni vill veta vid ett senare tillfälle, sa Aldor värdigt.

- Har du inget att dölja så kan du svara nu, fastslog Cavanagh torrt.

Nu fick de en uppvisning i den totala samvetslöshet som Aldor besatt. Han hävdade att Patrik ljög. Han hade talat om precis vad han behövde skeppen till. Bevis på mannens trolöshet var det sätt han lockade med sin dotter, för att när han fått en burgen man i sitt garn, utnyttja honom till just sådant som detta. Vid långa samtal i förtroende hade Aldor lockats att röja, hur Adinaklint kunde intas och med staden som fäste skulle Patrik ha en utmärkt handelsplats utan tullar och avgifter. Dottern hade han gömt undan, och vägrade att fullgöra kontraktet, detta för att intagandet av staden misslyckats.

Man behövde bara titta på Patrik för att förstå vad han ansåg om saken. Han blev allt mer högröd i ansiktet, när en ordentlig ilska ersatte den första förvåningen.

- Jaha, sa Cavanagh bara. Hur ställer du dig till uppgiften att du skulle vara cardisternas ledare?

Nu fick Leonid en ilsken blick. Sedan förklarade Aldor att hela den rörelsen var en myt. Det fanns ingen Cardiet och alla sådana problem i det här landet var

509

utslag av att rättsväsendet inte kunde klara av sin uppgift.

Bakom en pelare konstaterade Taupin:

- Han ljuger som en häst travar.

Så fick han se Cardiet och undrade:

- Vad är det med dig?

- Nu finns jag inte heller, sa Cardiet sorgset.

- I den här soppan vet jag inte om det kan betraktas som en nackdel.

- Det är det som kallas "tillintetgjord", upplyste Cox förnumstigt. Du är inte bara död för länge sedan, du har aldrig funnits.

Men inte blev Cardiet gladare för det.

- I LillaVilles då? frågade Cavanagh vidare.

Nu blev Aldor lite tveksam. Så sa han lågt:

- Abelard, en herre inom Augustins område, har mycket konstigt för sig. Han har förbindelser med Andomin - höga herrar här...

Ett lågt sus gick genom salen. Cavanagh var tyst en lång stund och verkade begrunda vad han hört, innan han sa:

- Så Abelard skulle vara cardisternas ledare, om de nu finns, i LillaVilles?

- Jag vet inte, men han har konstiga åsikter, sa Aldor.

- Vad är det för höga herrar här han umgås med?

- Någon var hos honom strax innan Adinaklint blev anfallet, kunde Aldor avslöja. Det är nog inget sammanträffande.

- Hur vet du allt detta?

- Man hör saker. Ibland är det inte meningen. Abelards brorson är ganska lösmynt.

Aldor visste nämligen att Cavanagh hade höga tankar om Abelards familj. Det vore bra om de fick skenet emot sig.

- Ett par små detaljer bara, sa Cavanagh stilla. Bara för ordningens skull. Hur kommer det sig att du över huvud taget rustade skepp som skulle hjälpa cardisterna att inta Adinaklint, vare sig du berättade vart de skulle eller inte? Om nu Cardiet inte finns, hur kunde du skicka honom till Patriks dotter för att fria till dig?

Dannviw tyckte att han lät för lugn och såg på honom, men han tittade förstrött i några dokument han hade framför sig. Men så tittade han upp och borgherren förstod tillfullo att folk kunde vara rädda för honom. Aldor såg också onåden i sin släktings ögon. Han svalde och visste inte vad han skulle säga. Cavanagh tyckte inte om att man ljög för honom. Men han löste Aldors problem med att säga:

- Det finns inte mer att säga, eller hur? Det finns inte tillstymmelse till sanning i det du har sagt och plötsligt tog lögnerna slut. Jag kan försäkra dig, att det här ska du få stå till svars för när vi kommer hem!

- Ni har inte rätt att döma...

För LillaVilles hade inte samma system som Andomin. Så mycket visste Aldor.

- Inför hans majestät konung Fagiel! Du ska dömas för högförräderi!

Cavanaghs folk fängslade Aldor med en gång. Han gjorde inte mycket motstånd, för han insåg att spelet var förlorat.

Dannviw såg tydligt hur arg ärkebiskopen var. Till sist såg han upp och mötte borgherrens blick. Om det

hade passat sig så skulle han ha svurit, men istället
såg han bort och sa:

- Min egen släkting! - Men vi fick tag på cardisternas
ledare till slut...

30 Samtal med Cavanagh

Förhören var slut för dagen. De hade förflyttat sig till ett annat rum. Cavanagh slog sig ner medan han sa:

- Jag har märkt att det är dina män, Dannviw, som håller vakt här. Hur kommer det sig.

- De är tränade att hantera udda situationer, sa Dannviw. Det faller sig naturligt att de gör så. Dessutom är Engenaus egen vaktstyrka under utredning. Vi lämnar inte vår kungafamilj i vilka händer som helst.

Dannviw lutade sig bekvämt tillbaka och lade upp fötterna. Cavanagh betraktade honom. Han tänkte att den här mannen var ganska ensam om, att kunna så fullständigt slappna av i de mest skilda situationer. I alla fall såg han ut att göra det - men han verkade fundersam. Vilket ju inte var så konstigt, med tanke på hur läget i landet såg ut.

- Du sände tillbaka Eglamour, sa han.

Dannviw väcktes ur sina tankar. Han var fullt upptagen med att lösa problemen med de laglösa ungdomarna.

- Ja, jag hade en del saker som jag ville att du skulle veta, sa Dannviw lågt.

- Han hjälpte oss mycket vid Offerberget, så jag ville inte att han skulle lönas illa. Hur gick det här hos dig?

- Inte friktionsfritt.

Dannviw satte sig upp igen och fortsatte:

- Han får gärna stanna hos mig om han vill. Han är en mycket god iakttagare och har ett unikt minne för

513

detaljer. Ditt meddelande fick jag mycket klart och tydligt och svar på saker jag undrade över. Han valde att stanna, som du föreslog och en tid hade han fullt upp med att bara se sig omkring. Männen på Gein är vana att ta emot nytillkomna. Eglamour hade ganska snart blivit vän med Garreth, som inte var inne på att handleda någon. Ändå hade han blivit lite av den stumme mannens beskyddare.

- Det är viktigt att undvika konflikter i inledningsskedet så långt det går, fortsatte Dannviw. Det är meningen att de nya ska känna sig välkomna och bli visade tillrätta på ett bra sätt. En man tog på sig detta. Hur de kommunicerade vet jag faktiskt inte. De talar inte samma språk.

- Så han acklimatiserade sig?

- I början. Men så började det gnissla.

Garreth kunde inte förklara vad som hänt och Eglamour ville inte. Men han hade gett sig på Ethelred, som ofta var på uppdrag i utlandet för Dannviw, men som var hemma för tillfället. Hans uppdrag berodde på att han kunde flera språk, bland dem Eglamors. Det var ganska meningslöst att ge sig på Ethelred, eftersom han inte kände det, men han undrade vad mannen sysslade med. Garreth samlade snabbt ihop hans armar bakom honom, så ingen blev skadad. Eglamour blev väl inte precis lugnare av det, men Ethelred kunde prata med honom. Dannviw berättade vidare:

- Han hade snabbt lärt sig en del ord på andominion och drog slutsatsen att männen inte gillade honom. Det var svårt att få fram hur han menade. - Det brukar gå att rekonstruera händelserna för att förklara dem. Men han ville tillbaka till Lilla Villes. Eftersom han inte är fånge hos mig, beslöt jag att skicka honom till dig med informationen jag hade. Men jag talade tydligt om, att jag ville att han skulle komma tillbaka.

- Hm, sa Cavanagh. Det var väl väntat. Han är udda. Men att hantera det med våld känns inte som en riktig lösning.

- Jag förstår att han försvarar sig, men jag vill veta vad det är mot. Jag vill visa honom hur unik hans förmåga är, så han kan se hur han kan ha nytta av den.

Cavanagh nickade. Så sa han:

- Vet du om att han kan uttrycka sig nästan klanderfritt på ditt språk? Frånsett några stavfel som är lätta att förklara.

- Det visste jag inte. Jag visste att han kunde några ord, för Garreth kan inte hans språk. Det är mannen som har tagit hand om honom.

- Frågan är nu om du vill göra ett nytt försök.

Dannviw såg på honom och försökte smälta det han just hört.

- Det första har inte upphört, sa han. Vi ska inte börja om, utan fortsätta. Problem som uppkommer är till för att lösas.

Kunde det verkligen vara så, att Eglamour lärt sig ett nytt språk på så kort tid. Det var helt fantastiskt. Det gav ju också en helt ny vinkling på problemet.

Cavanagh betraktade honom och tänkte, att han förmodligen gjorde samma saker för Andomin som han själv gjorde för LillaVilles. Kanske var det tvunget att det fanns någon, utanför regeringen, som såg till att det fungerade. Någon som såg allt från en annan synvinkel. Dannviw mötte hans blick och frågade sig:

- Om det nu är så att han vill komma tillbaka.

- Jag tog honom med mig. Han tvekade. Du hade sagt att han skulle återvända, men det fanns något han inte var till freds med. När jag frågade vad det var, blev svaret "jag vill inte skriva det".

- Ah... Det var ju skillnad mellan att säga något i förtroende och att skriva ner det - en gång för alla.

- Fast det kan vi nog lösa, fortsatte Dannviw. Det viktiga är att han får det bra.

- Du tror att du kan reda ut det?

- Det borde gå. Det är så stor skillnad mellan när jag arbetar tillsammans med honom och när han får sysselsätta sig själv. Man kan förstå att folket i Adinaklint blev betänksamma. Deras reaktioner mot honom har etablerats hos honom. Det tar tid att ändra på. Men tid har vi.

- Det är så du arbetar? sa Cavanagh. När det gäller somliga av männen på Gein, räcker det med en blick för att håret ska resa sig. Det gäller att låta bli att reagera på det.

Dannviw såg förvånat på honom och undrade så smått vem han hade tittat på. Han sa:

- Enligt min erfarenhet, behöver den som känner att han är betydelsefull inte slåss mot omvärlden. Hemma hos mig är det ofta en balansgång. Det beror mycket på vem de känner sig attackerade av. En gäst får ingen röra.

- Men det verkar inte som de ryker ihop med varandra heller. Inte som jag såg i alla fall. Bara organiserade kamper med, efter vad jag förstår, stränga regler.

- Även om en kamp är regelstyrd kan de få ut sina aggressioner i den. Samtidigt har de nytta av dem. Istället för att slå ner någon och bli blåslagen själv, lär de något vid varje tillfälle och blir skickligare hela tiden. Det de gör är tillåtet och de kan fråga instruktörerna om de tycker att något känns fel.

- Men beaktar de detta när de är ute bland folk, eller får de inte lämna Gein?

- Inte om de inte beaktar det. I början har de någon med sig när de är utanför murarna.

- Då är inte alla fångar?

- Alls icke. De flesta är krigare och tränade för det.

- Hur i hela friden kom du på en sådan idé?

Cavanagh lutade sig tillbaka. Han kunde beundra någon som höll på med det som Dannviw och besättningen på Gein gjorde, men var fick han sitt tålamod ifrån? Det måste ju kosta en hel del möda, bli många bakslag och ge mycket lite tillbaka. Men Dannviw log och sa:

- Som ger mig bekymmer utan att ge avkastning? För att så är det inte. Förr hade Gein fångar inlåsta och som liten satt jag och pratade med dem. En dag släppte jag ut en för att se om det gick. Han var med på det. Snart uppstod svårigheter, men jag ville inte bara låsa in honom igen. Jag ville veta varför det blev fel. Under långa samtal tog jag reda på vad han tyckte, hur han ville ha det, vad som borde ändras. Sedan rättade vi till miljön och fick med alla i besättningen på det. Sedan kom fångar ute ifrån och vi arbetar vidare med att se till så de kan stanna.

- Allt för att släppa ut dem igen?

- Nej inte alls. Det är bra om de kommer så långt, men meningen är att ge dem ett meningsfullt liv inom de begränsningar samhället tvingats sätta upp för dem.

Han såg vad Cavanagh tänkte och fortsatte:

- Belöningen då? Det är den subtila tillfredsställelsen i att samspela med någon, vinna deras förtroende, kunna ge dem mening i livet, få dem att fungera igen. De som valt att bli handledare talar om samma knappt märkbara belöning. Man måste veta vad man ska leta efter för att se det, men kan man känna det så ger det gränslöst mycket tillbaka.

Cavanagh log och skakade på huvudet. Nej det systemet kunde han inte överföra på sitt folk. Där var belöningen penningar eller tjänster. Inte ett dugg subtilt. Han såg mot dörren när Claudin kom in och slog sig ner hos dem.

- Utredningarna är nästan klara, sa Claudin. Till dess ser jag gärna Geins män här som säkerhet om du inte har något emot det.

- Ni är aldrig rädd för att de ska ta över? undrade Cavanagh.

- Jag kan alltid lita på dem. De har andra bevekelsegrunder än mina egna väktare.

- De skulle kunna lämna över kronan till Dannviw.

Han såg forskande på borgherren.

- Nej, sa Dannviw kort.

- Du strävar inte efter att ta makten själv?

- Nej.

- För att du tror att folket hellre vill ha Claudin på tronen?

- För att jag inte vill ha regeringsmakten.

- De lyder honom, sa Claudin. Det är deras bevekelsegrund.

Cavanagh nickade. Han förstod Dannviw i den här saken. Det var besvärligt nog att hålla i alla trådar utan att ha kronan och allt vad det innebar dessutom.

Men det fanns annat han undrade över:

– Om folket hade velat behålla Ledin som landets regent, vad hade du då gjort?

Dannviw log och sa:

– Ingenting.

Han fick en skeptisk blick av Claudin.

– Du hade inte hävdat arvsrätten då? frågade Cavanagh.

– Nej. Jag hade befriat Claudin och hans familj, men hade folket enats om en annan regim, så hade kungamakten varit bruten.

Claudin fnös. Så frågade han:

– Om han insisterat på att få Gein då?

– Det gjorde han, svarade Dannviw. Gein är stängt.

– Hur vet du att folket ville ha tillbaka kungadömet? frågade Cavanagh.

– Det tog jag reda på långt innan jag gjorde något annat, sa Dannviw. Det var en sak som jag höll mig underrättad om hela tiden.

Claudins fråga hade väckt fler undringar hos Cavanagh. Nu frågade han:

– Hade du överlämnat Gein till den nya regeringen om folket hade velat det?

– Nej. Gein går inte att överlämna. Det är både min lycka och min sorg, svarade Dannviw lågt.

– Hur då?

– Lycka för att jag alltid får vara där. Sorg för att det inte finns någon som vill ta över de bärande idéerna, som gör att Gein kan existera.

519

- Det är väl inte så många som kan det heller, kommenterade Claudin.

Dannviw såg länge på honom, men han såg inte upp.

- Hur kommer det sig att ingen vill ta över Gein? undrade Cavanagh. Vad jag har hört så är det en god affär.

- Geins *rikedomar* är det många som vill ta över, sa Dannviw. Men de verkligt stora tillgångarna skulle bli en besvikelse, för den som inte vet att de inte består av guld. Det är sättet att arbeta som ger avkastning. Använd tillgångarna fel och avkastningen uteblir.

- Så den lyx man ser på Gein har du alltså ärvt?

Fast "lyx" var inte rätt ord och Dannviw log igen. Cavanagh skulle gärna velat höra tankarna bakom de glittrande ögonen, ty de fick honom att inse hur lite han själv förstod. Men Dannviw var alltid beredd att förklara:

- Det pågår alltid arbeten på Gein med förbättringar och försköningar. Många av männen där inne tycker, att det vi har omkring oss ska vara vackert. Det skapar harmoni och det är en viktig del av vårt arbete. Du kan själv tänka dig, hur få av människorna omkring oss, som skulle låta någon som de såg som brottsling, uppleva harmoni i livet. Allt för många vill att denna sista chans de får i sitt liv, ska vara chansen att uppleva evigt straff. Men straffet har de redan fått. De får inte lämna Gein. De får inte vara bland andra människor och inte stanna hos sina vänner.

- De kan ju inte det, sa Claudin stilla.

- Så du ser dem helt enkelt inte som brottslingar, sa Cavanagh. Kan det inte vara farligt?

- Man måste alltid vara medveten om med vem man har att göra, sa Dannviw. Det förutsätter också att man verkligen tar reda på det och inte låter sig matas med andras åsikter. - Även om man gör klokt i att lyssna på dem också. Jag måste veta vilka attityder de har emot sig. Vad deras gensvar beror på. Det är viktigt att respektera den man tar in på det här sättet, visa vem man själv är och stå för det man vill. Ingen är något utom i samspel med sin omgivning.

- Det måste finnas de som inte accepterat villkoren, sa Cavanagh.

- Det finns. De är inte kvar.

- Jag inser att det kan vara svårt att hitta en ersättare. Den ädla tanken att ge någon en sista chans, måste vara allvarligt menad och inte bara en gest. Inte många är villiga att verkligen, i sitt hjärta, ge någon detta tillfälle till bättring. Det brukar tyvärr vara mer tomma ord, för att bevisa att personen i fråga kommer att misslyckas - för att han i grunden är ond. Precis som man hela tiden visste och därför gjorde rätt i att straffa. Självupphöjande på andras bekostnad.

- Det är kanske inte så mycket fråga om ädla tankar, som ett brinnande intresse för människor och hur de fungerar.

- Ah! Rena experiment alltså!

- Det är det inte alls, invände Claudin. Dannviw vet precis vad han gör.

Cavanagh såg förvånat på Claudin. Det gjorde Dannviw också, men hans ögon lyste.

- Med ett gott syfte naturligtvis, sa Cavanagh.

- Claudin väljer emellanåt ut och skickar iväg fångar till Gein, sa Dannviw. Han vill inte framstå som någon som skickar iväg dem för att experimenteras med. Naturligtvis skulle han aldrig samarbeta, om han ens misstänkte att det var så. Vilket är alldeles rätt. Han vet att det inte gäller experiment.

Claudin vände sig bort. Bara Dannviw såg att han rodnade en aning. Cavanagh hade redan vänt sin uppmärksamhet mot Dannviw och undrade:

- Hur väljs männen ut? Vilka kommer i fråga?

- Det är det sista alternativet. De som väljer ut männen har bildat sig en uppfattning om att de skulle kunna leva ett annat liv, om de fick en verklig chans. Är uppfattningen fel kan fången inte vara kvar. De måste emellertid vara mentalt friska och helst vid god hälsa.

- Inga krav på att de ska respektera ditt arbete?

- Det gör de sannerligen inte från början. Det finns de som är ordentligt rädda och de som avskyr allt jag står för. Jag måste bevisa för dem, att det finns ett annat alternativ och att de själv kan välja detta, utan att någon tvingar dem.

- Bara att de annars mister sitt liv.

- Det är vad de har uppnått på den väg de hittills gått, sa Dannviw oskyldigt.

Cavanagh var glad att han inte var en av dessa dödsdömda. Han insåg också att denne man inte lämnade en fruktbar plan av tveksamhet. Han kom till insikt om hur Adinaklint kunde räddas och då blev han inte sittande overksam, även om varken landet eller kriget var hans egentligen. Ärkebiskopen väcktes ur sina funderingar av borgherrens fråga:

- Skulle du själv ge en dödsdömd brottsling en allvarligt menad chans att leva ett annat liv?

Insikten att han inte skulle kunna det irriterade Cavanagh, eftersom han långt inne anade att svaret borde bli ett klart och otvetydigt "ja".

- Jag arbetar inte alls med sådant, sa han kort.

Medan Dannviw såg ner försökte Cavanagh utröna om det låg någon kritik i frågan, men när Dannviw såg upp och mötte hans blick, var det med vänliga ögon och ett leende. Kritiken kom möjligtvis från Cavanaghs eget samvete.

Claudin reste sig och sa:

- Jag drar mig tillbaka för en stunds vila, om ni inte misstycker.

- Det kan vi alla behöva, sa Cavanagh.

Kungen lämnade rummet. Dannviw hade blivit tankfull igen. Det verkade som han inte märkte att kusinen gick. Cavanagh begrundade hur fel han haft, när han först träffade denne man. Då vände han ödet istället för att vara till hinders. Det fick ärkebiskopen att tänka på en annan sak:

- Jag tror att Eglamour är i Blå salen.

Dannviw såg upp och Cavanagh fortsatte:

- Han är ju fri att gå vart han vill, men där verkar han trivas bäst. Jag antar att han är kvar där.

- Den salen har mycket han kan titta på. Jag ska gå dit och fråga om han följer med mig.

Han reste sig och gjorde så, men innan han och Ham gick till Blå salen, hämtade de skrivdon och något att skriva på.

Blå salen på Engenau var ett mindre rum för fest eller mottagningar, alltså inrett för uppvisning. Det var rikt dekorerat och många tavlor prydde väggarna. Det fanns verkligen mycket att titta på där.

Eglamour var helt upptagen och hörde inte när de kom. Han hoppade till när någon i rummet började prata:

- Det gläder mig att du följde med tillbaka - å förlåt. Jag skrämde dig. Det var inte min mening. Eglamour var någorlunda blidkad, men borgherren hade sett mer i hans reaktion än att han bara blev skrämd. Det var så tydligt att Ham blev vaksam. Hans närvaro hindrade emellertid handgripligheter. Dannviw fortsatte vänligt:

- Det finns många fina saker här inne. Är du intresserad av konst?

Eglamour skakade på huvudet och såg i golvet. Han hade all möda att komma över avbrottet och Dannviw såg det.

- Jag sökte upp dig för att fråga om du vill komma med mig hem igen? sa han.

Den allt överskuggande känslan av att ha gjort något som var helt fel, dövade han med att visa fram skrivmöjligheterna för mannen han gjort olustig. Nu log Eglamour, tog sakerna och satte sig på golvet vid den stora öppna spisen. Ingen eld brann där just nu. Rummet var kallt och så även golvet. Han skrev "Jag vet inte".

Dannviw hade pratat andominion och Eglamour skrev svaret på samma språk - utan fel, vilket Dannviw, fortfarande förundrad, noterade. Han sa:

- Jag vill erbjuda dig att använda dina gåvor i min tjänst.

Av det förslaget blev Eglamour bara konfunderad. Han skrev "Vilka gåvor?"

Dannviw slog sig ner bredvid honom och förklarade:

- Du har en unik förmåga att lära dig språk och memorera meddelanden.

Det hade han aldrig betraktat som en gåva. Det var helt och hållet ett sätt att överleva. Cavanagh sände honom med bud just för att han inte kunde *prata*. "Är det en gåva?" skrev han.

- Sannerligen är det så, försäkrade Dannviw. Om något har blivit fel mellan dig och någon på Gein, så reder vi ut det. Om du inte vill skriva det så här, så finns det andra sätt, där texten inte finns kvar.

"Men inte är jag väl fri i din borg?" plitade Eglamour.

- Visst är du fri. Ingen dom hänger över ditt huvud. Visst var det så, att de skulle ge dig fri om du gick upp med hjälp till oss på Offerberget?

Eglamour nickade och såg i golvet.

- Då är du också fri, sa Dannviw.

Nu såg mannen upp. Länge betraktade han Dannviw. Att avtal inte hölls när de ingicks var han van vid. Det hade alltid varit så, att han skulle göra saker för att få något tillbaka. Sällan hade han fått det man förespeglat honom. Långt inne var han klar över, att orsaken var deras antagande att han inte förstod. Händelserna vid Offerberget var inget undantag. Att han då mött Dannviw, en person som tänkte annorlunda, ändrade ingenting. Att han gett den fruktade ärkebiskopen ett handtag, ändrade heller inget. Det var bara något han tvingades att göra för att ingen annan ville. De ansåg att dumma människor kunde man lova vad som helst. De skulle ändå inte förstå att kräva löftenas infriande. Och han kunde ju inte tala. Dessutom hade han efteråt gripits av misstanken, att turen upp på Offerberget skulle straffa sig

525

själv, enligt vad man trodde i Adinaklint. Alltså kunde man lova vad som helst...

- Så, vill du följa med mig hem? frågade Dannviw.

Eglamour nickade. "Jag vill pröva igen" skrev han. För med ens mindes han julen på Gein, stämningen, sångerna, att Dannviw läste ur den stora boken. Det ville han uppleva igen om det gick. Det var en underbar stund.

När Leonid kom med sina vakter gick han fram till Dannviw, trots att vakterna försökte hindra honom. Borgherren undrade om det verkligen var nödvändigt att hålla hans händer bundna.

- Herr Dannviw, sa Leonid lågt. Finns det någon möjlighet att avtjäna det straff jag oundvikligen får på Gein?

- Av vilken anledning vill ni det? undrade Dannviw.

- Ärkebiskop Cavanaghs onåd är alltför obehaglig att leva under.

Dannviw såg på honom under lugg och förklarade:

- Inte vill jag dra på mig hans ogillande för någon, som vill ta kronan från mitt lands kung. Skulle den dubbla onåd jag hamnar i då vara lättare för mig att bära?

- Ni behöver inte rätta er efter andras åsikter.

- Riktigt så enkelt är det inte. Jag värdesätter vänskapen från både Claudin och Cavanagh. I ert fall måste jag först höra den senares åsikt. Jag gör mig inte oven med honom för er skull.

Leonid bugade stelt. Cavanagh hade fått syn på dem och undrade vad hans släkting höll på med. Det syntes tydligt att Leonid inte ville ha hans inblandning, men Cavanagh kom fram till dem och såg frågande på Dannviw. När denne inte förklarade situationen, sa han till Leonid:

- Jag vill inte att du förstör mer än vad du redan gjort.
- Mitt lands fiende ber mig om husrum, sa Dannviw. Hur ska jag ställa mig till det?

Cavanagh såg länge på Leonid innan han flyttade blicken till Dannviw.

- Skulle du verkligen vilja ha honom innanför Geins murar? undrade han.
- Vad är det han fruktar så förtvivlat hos dig? Har du rätten att straffa?
- Inte i allmänhet. Aldor kommer att dömas av våra domare, men Leonid kommer att tillrättavisas inom släkten.
- Ni har en stor släkt?
- Som du har märkt.
- Hur ställer du dig till att han följer med till Gein?

Först fick Dannviw en hastig blick, sedan blev Cavanagh mycket fundersam. Han tog borgherren utom hörhåll från Leonid medan han sa:

- Jag vet inte riktigt... Skulle du verkligen vilja hysa honom där?
- Han är inte farlig, sa Dannviw. Mycket plikttrogen och ordningsam.
- Det verkar vara ett blåögt sätt att betrakta en fiende. Det har visat sig att han inte är helt ofarlig.
- Han har följt fel stjärna. Det är lätt hänt när man bärs av en idé och får syn på något som verkar stämma.
- Kanske är du mannen som kan ha nytta av honom. Jag vet inte om han kan ta något straff. Han verkar förvånad och upprörd över att någon kan se hans handlingar som fel. Vanliga straff kan resultera i vad

som helst... Det är kanske som du säger, att han har blivit bländad. Men han får absolut inte tro att han kan komma undan sitt ansvar. Tar du hand om honom, så får han också stanna där.

- Som fånge?

- Han är begåvad nog att inse konsekvenserna av det han planerar, även om han inte tycks ha gjort det.

- Du kan själv kontrollera vad jag gör om du vill, sa Dannviw. Även om du inte kan få lägga dig i pågående arbete.

Han fick en prövande blick av Cavanagh igen innan denne sa:

- Jag kommer att kontrollera det. Först måste jag se till så att Aldor hamnar i rätta händer och reda ut härvan där hemma. Sedan vill jag se hur det går för den här gynnaren.

Så blev alltså bestämt. Leonid böjde sorgset huvudet inför beskedet, att det blev som fånge han skulle få följa med till Gein, men inom sig jublade han över att han slapp det straff som Cavanagh kunde utmäta.

31 Straff

Han kom marscherande fram till Dannviw utan att bry sig om att väktarna försökte hindra honom. Ham och Laurence var med ens beredda. Mannen hade inga vapen, det var väktarna vid portarna mycket noga med nu, men det var tydligt hur förargad han var.

- Jag vill ha en förklaring till vad det är ni håller på med! sa han argt.

- Herr Tannhaus, sa Dannviw och bugade lätt till hälsning. Ni får nog precisera er lite närmare, om förklaringen inte ska bli lång.

Den arge herren var inte upplagd för skoj, men Dannviw verkade helt allvarlig, så han fortsatte:

- Om ni ämnar helt knäcka den kommande generationen, så är ni på helt fel väg. Jag trodde inte er om att ni i avund eller oförstånd ville våra pojkar illa.

Mannens son var bland dem som tagits till fånga, när de försökte ordna ett bakhåll för Dannviw och hans män.

- Er son sitter i förvar för att svara för handlingar han utfört, liksom många andra unga män. De har gjort fel och de ska få förklara sig. Jag kan inte se, att de i allmänhet skulle knäckas av att behöva ta ansvar för vad de gör. Är er son kanske särskilt vek?

- Det är han verkligen inte! sa mannen indignerat. Och jag tror nog att han kan förklara sig. Men innan han ens har gjort det, utsätts han och hans kamrater för den mest skändliga behandling.

- Det kan jag inte minnas. Istället för att döda dem för deras svekfulla handlingar, togs de tillfånga. Är det vad ni menar med skändlig behandling?

Ham och Laurence ilsknade till, men Dannviw blev allt mer intresserad. Hur tänkte den här mannen?

- Min stackars son vore bättre död som en hjälte, än skrämd från vettet.

- Det kan ordnas, mumlade Laurence och fick ett snett leende av Tannhaus' väktare.

- Trodde han sig stå över straff för lagöverträdelser? Väntade han sig inte att bli fånge? undrade Dannviw förbryllat.

- Enligt min mening var ni medveten om, att ni lämnade över era fångar till sadister och det gör er medskyldig!

Han hötte ilsket med ett darrande finger. Nu tyckte väktarna att det fick vara nog och ledde bort honom. Han vände sig om och sa över axeln:

- Ni visste vad de fick gå igenom! Ni *visste!*

Dannviw såg mycket fundersam ut.

- Va' *fan* pratar han om? utbrast Laurence.

- Nej, jag visste inte, sa Dannviw. Jag har fortfarande inte en aning.

- Tycker jeppen att vi skulle ha dödat ungarna? undrade Ham klentroget.

- Ge mig namnet på sonen, så ska jag strypa honom med en gång, morrade Laurence.

- Nej, det ska du inte - är du irriterad över något?

- Fruntimmersaffärer, föreslog Ham och fick en mycket nedvärderande blick.

- Kan man inte bli det, när man gör allt för att skona deras ligister till söner och så hävdar de att döden i *ära* vore bättre. - Som om de kom i närheten av något sådant.

Dannviw log.

- Han är inte längre helt klartänkt, enligt sin äldste son Loftly, sa Dannviw. Men det lär inte vara honom han oroar sig över, utan sin yngre son Beau, som han alltid har favoriserat.

- Vad kan ha skrämt denne lille favorit så illa då? undrade Ham.

- Undrar jag med, sa Dannviw. Jag tror minsann vi får fråga honom.

Laurence ville säga till honom att strunta i det. Vilka otäckheter de än råkade ut för, så hade de förtjänat dem. Men han suckade bara och följde med.

- Nu ska vi få veta vad vi egentligen har gjort, förklarade Ham lågt för honom.

- Hallå, herr Dannviw! hälsade föreståndaren för den nya fångavdelningen glatt och bugade djupt.

Det var en prestation, för denne man var nästan helt rund, något som inte tycktes besvära honom det minsta.

- Adalbert, sa Dannviw. Hur har du hamnat här?

- Det behövdes någon som kan lägga tyngd bakom sina ord, för att vakta de här små grynen. De är inte riktigt bekväma i sin nya roll, så det är mycket gnäll. Så kommer föräldrarna och klagar på hur vi behandlar deras små barn. Då får man kunna säga ifrån.

Dannviw insåg att detta var rätt man för uppgiften. Han sa precis vad han tyckte och var fullständigt omutbar.

- Kommer föräldrarna hit? frågade Laurence.

- Jajamän. Jag hade varit en rik man om jag hade gjort som de - kräver. Det är ju fint folk. De ber inte om något.

- Tannhaus har varit här? sa Dannviw.

- Ja, flera gånger. En hel påse med penningar. Han är upprörd. Av sönerna föredrar han den som är ett riktigt rötägg, honom vi har här.
- Kanske har han blivit rötägg för att han alltid har varit favorit, föreslog Dannviw.
- Resultatet är det samma, ädle herre. Om det är far som har format honom till rötägg, eller han är ett rötägg och därför beundrar far honom. Lika stor skada i båda fallen.
- Har det hänt något med pojken här?
- Nej, alla behandlas likadant. Men något konstigt är det faktiskt. Han sitter i ett hörn på britsen och stirrar vilt omkring sig. De andra två som delar rum med honom, låter mig inte komma i närheten av honom.
- Mår han inte bra?
- Jag har faktiskt inte varit så ivrig att kontrollera det. De var alla stirriga när de kom, men de har lugnat sig. Vill de två där inne sköta det, så får de.
- Kan jag prata med honom?
- Om du tar Ham och Laurence med dig in.
- Du skulle sagt "nej" där, sa Laurence stilla.
- Det hjälper inte ändå, sa Adalbert. Det vet du.

De blev insläppta i rummet och omedelbart reste sig två unga pojkar, men de drog sig tillbaka igen när de såg Ham och Laurence.
- Vad vill ni? frågade den ene.

Misstron lyste om dem.
- Finn-Björn, hälsade Dannviw med en knapp nick. Vad tycker din mor om det här?
- Det är bra om hon inte får veta allt, mumlade den långe mörke pojken.
- Blu-soll, hälsade Dannviw den andre som var ljus och välväxt.

Han hade ett betydligt längre namn, som skulle spegla ögonblicket han föddes, i hans familjs ögon ett välsignat tillfälle. Det var många som tyckte det kunde ifrågasättas. Han var en helt vanlig pojke, som utnyttjade sin ställning och sitt fördelaktiga utseende så ofta det gick.

Så svarade Dannviw på Finn-Björns första fråga:

- Jag vill tala med Beau.

- Det skulle vi också vilja, men det går inte, sa Finn-Björn lågt.

- Ni ska ge er iväg härifrån och inte ställa till mer... Blu-soll stegade fram. Om han hade tänkt gå till handgripligheter, så blev det inte så. Ham hade med ens låst hans armar. Finn-Björn bad honom hålla sig lugn och ett tag visste han inte riktigt hur han skulle reagera. Dannviw såg fundersamt på honom innan han fortsatte prata med Finn-Björn:

- Hur kommer det sig att Beau inte går att prata med? Har något hänt honom?

- Inte mer än det som hänt oss andra, men en del klarar inte sådant.

- Vad är det han inte klarat?

- Spökerierna i kyrkan.

- Vad för något?

Det var tydligt att detta var något som borgherren inte visste något om.

- Hade ni inte arrangerat det? undrade Blu-soll och satte sig ner, släppt men fortfarande bevakad.

- Vi lämnade över till prästen i byn och hans medhjälpare, för att vi behövde färdas fortare än vi kunde med er som fångar. Jag kan inte tänka mig att prästen skulle försöka skrämma livet ur er.

- Det är kanske... lika bra ni går, sa Blu-soll.

Han tänkte resa sig men ändrade sig snabbt och satt kvar. Till och med han insåg att det inte var lönt att visa sin indignation och ilska just nu.

Finn-Björn betraktade Dannviw en stund med sina mörka ögon - han påminde en aning om Chiron. Så tog han till orda med armarna i kors över bröstet:

- Det gick väl bra ända till skymningen. Vi fick mat och dryck. De som blivit skadade fick sina sår omskötta. En som hostade mycket fick något för det. De sjöng psalmer och bad böner hela tiden för våra själars skull. Så började det skymma. Översteprästen tände ett ljus och satte det i en nisch. De fick brått - det verkade som om allt skulle göras med en gång. De bevakade ljuset, det var tydligt. När det brunnit ner lämnade de alla kyrkorummet med välsignande tecken över oss.

Han tystnade och såg i golvet. Så vände han sig mot fönstret och fortsatte mycket lågt:

- Jag vet inte vad som hände sedan. Man kan tolka det som man vill. Beau är övertygad om att de döda kom upp ur golvet och höll mässa. De tyckte inte om att det fanns levande människor där.

- Vad tror du att det var?

Han vände sig hastigt om och fräste:

- Jag vet inte vad det var!

Ögonen skulle vara lågande, men de var bara rädda.

- Håll dig lugn, morrade Laurence.

Men det hade motsatt verkan.

- Hur ska jag kunna vara lugn, när vänner sitter i hörnen och darrar och jag kan inte ens hjälpa dem med en förklaring?!

"Vänner sitter i hörnen". Laurence såg på Blu-soll. Han såg envist i golvet. Det var tydligt att även Finn-Björn var rädd trots sitt sakliga förhållningssätt.

- Du vinner mest om du låter bli att visa humör, kommenterade Laurence stilla.

- Kan du förklara vad du såg och hörde? undrade Dannviw.

Finn-Björn såg hastigt på Beau, sedan gick han så långt ifrån de andra som möjligt. Dannviw följde med. Lågt försökte pojken beskriva vad han hört, sett och även känt de nätter de suttit fångna i kyrkan. Det var en fantastisk berättelse, som kunde få vem som helst spökrädd, men Dannviw ifrågasatte ingenting. Att prästen och hans medhjälpare själv verkade vara rädda för att stanna kvar, accentuerade misstanken om att det inte var lämpligt. Dannviw undrade om det var medvetet. Det såg ut som om de gått för långt.

- Jag vill prata med Beau, sa Dannviw.

- Inte om det här, sa Finn-Björn. Han bara - sluter sig.

- Din omsorg om dina kamrater kommer att tala till din fördel.

Dannviw gick bort och satte sig på britsen bredvid Beau. Pojken flyttade sig försiktigt längre in i hörnet, även om det var svårt.

- Jag både hör och förstår vad ni säger, sa han. Jag är faktiskt inte mindre vetande.

- Det är bra att du inte försöker spela på något sådant, sa Dannviw. För vi vet att det inte stämmer. Har du pratat med din far?

- Ja! Och han kommer att ställa er till svars för att ni håller oss här!

- Du inser inte att ni gjort något fel?

- Jo - men...

Han svalde och ville inte prata om det. Blicken vandrade demonstrativt ut genom fönstret.

Dannviw hade träffat Beau förut. Han var en självsäker och uppstudsig ung man, som kunde hävda en åsikt långt efter att han blivit överbevisad. En åsikt blev rätt när han hade den, hade han lärt sig. Precis som Ledin sökte han motstånd, men fick det inte. Alltså rättade sig världen efter honom. Ja, utom hans bror, som därför var ett rötägg i Beaus ögon. Nu skulle pojken inte erkänna att han var rädd. Alltså tänkte han inte tillbaka alls. Dannviw sa vänligt:

- Du behöver bara tänka igenom vad du gjort, inte det du inte förstår.

I vanliga fall hade Beau aldrig erkänt att det fanns något han inte förstod och han vände sig häftigt mot Dannviw. När han mötte dennes vänliga blick, såg han bara tillbaka. Rädslan i hans ögon var mycket tydlig. Dannviw reflekterade över hur han tagit det som hänt. Blu-soll uppfattade blicken från Beau och obehaglig till mods sa han:

- Kan ni inte låta honom vara?

Han ville resa sig och blev förargad när Ham hindrade honom.

- Ser ni inte hur illa det redan är, sa han.

Dannviw gick fram till honom och sa:

- Ibland hamnar man i situationer som man inte räknat med. Därför gäller det att vara beredd och väl medveten när man handlar, så att det man startar inte slår tillbaka på ett fatalt sätt. Du har alltid ett ansvar för dina handlingar, även om du bara följer. Att vara emot är ingen åsikt. Agerar du bara för att rasera finns det inget försvar. Du måste alltid vara beredd på, att andra kan göra likadant mot dig som du gör mot dem.

Dannviw lämnade rummet med sina män. De hörde Blu-soll fråga:

- Vad menade han?

Finn-Björn svarade:

- Raserar du andras liv så raserar de ditt.

Det kom en upprörd ordström från Blu-soll och lugna svar från Finn-Björn.

- Jag måste nog prata med dem igen, sa Dannviw lågt när han stängt dörren. Men först måste jag ta reda på vad som hände i kyrkan och hur mycket fader Reginaldus vet om det

Prästen och hans medhjälpare var just på väg att lämna Engenau, men Dannviw hann få tag på dem vid portarna.

- Herr Dannviw, sa Reginaldus glatt. Vi är just på väg tillbaka efter väl förrättat värv.

- Jag vill tacka er för era insatser, sa Dannviw. Ni har varit till ovärderlig hjälp.

- Det är alltid en sann glädje att hjälpa dig, herr Dannviw. Vi gör det så gärna.

- Jag skulle vilja prata med dig om en sak.

- Jaså?

De gick och satte sig på en bänk. Reginaldus sa:

- Det är en ren välsignelse att ni har återinsatt Claudin på tronen. Vår Herre håller sin hand över dig. Lycklig var den dag då du föddes.

- Det tycker många föräldrar när deras barn föds. Det är ju bra om andra också får anledning att tycka det.

Han tänkte på Blu-soll.

- Jo, alla liv som förds är väl menade att välsignas och tas väl hand om. Ibland blir det fel, trots ivrig omsorg, sa Reginaldus. Vad var det du undrade över?

- Vad hände med fångarna i kyrkan?

- Precis vad du sa åt oss. De fick medicin, såren förbands, de fick mat och vatten. Sedan bad vi en hel del för deras själar.

Dannviw kunde konstatera att prästen såg lite konfunderad ut.

- Vad innebar det lilla ljuset i nischen?

Reginaldus gav honom en hastig blick.

- Har de beklagat sig?

- Några har blivit rejält skrämda.

- Jaså? Nå, det var väl inte meningen... Men inte kan man bli skrämd för det? Nej, men de verkade - förändrade. Jag trodde att det var bönerna som gjorde verkan. Att de började tänka över vad de hade gjort och ångrade sig.

- Förändrade?

- Ljuset i nischen var en av mina elevers idé. Kyrkorummet är heligt, men våra fångar respekterade inte det. De svor och hädade. Då satte vi ljuset där och låtsades att det var den sista lilla tiden innan kyrkan egentligen skulle vara tom. Det var enbart ämnat att inge respekt för Skaparen och Hans hus. Gärna hela Hans skapelse också.

- Gjorde ni något mer?

- När ljuset, som vi hela tiden tydligt bevakade, hade brunnit ner, välsignade vi dem och lämnade dem för natten.

- Har du många elever?

- Javars. Vi har en fin utbildning och en hel del rara böcker. Dessutom lär vi upp illustratörer och kalligrafer, eftersom vi har flera skickliga personer på området.

- Skulle de kunna tänka sig att skoja med fångarna?

- Inte mer än vi gjorde. Vi sover inte så länge, så när de verkligen får göra det så missar de inte tillfället. - Vad är det de säger egentligen?

- De säger sig ha upplevt spökerier i kyrkan.

- Ah! - Och nu tror du vi har spökat för dem. Det har vi inte.

- De tror att ni har iscensatt något för att skrämma dem - på min inrådan. Men jag tror inte ni skulle göra så och jag vet att jag inte har uppmanat er.

- Det skulle förklara deras förändring.

- Hur förändrades de?

- Ja, nu när du har berättat detta, kan jag identifiera det som rädsla. Jag antog att de fått sundare tankar och skämdes för vad de gjort. De tystnade och blev vaksamma.

- Men ni gjorde inget mer än tände ett ljus för att inge respekt.

- Det svär jag vid Vår Herres heliga skrift.

- Det behöver du inte. Det räcker med att du säger det. Men mysteriet tätnar.
- Ja, jag tror då inte att det spökar i kyrkan. Det är en fridfull, helig plats som läker själen och lyfter den upp mot högre höjder.
- Alla spöken jag har mött har det funnits något annat bakom, sa Dannviw.
- Vill du att jag ska undersöka saken?
- Det behöver du inte. Det kommer säkert fram så småningom ändå.
- Hm, ja - kan det leda till eftertanke så är de spökerierna inget att fördöma.
Fast om det ledde till att folk slutade tänka alldeles, så var det inte så bra. Fader Reginaldus ville ingen människa illa. Det krävdes med all sannolikhet övertalning även för den lilla leken med ljuset.
De sade farväl och såg Reginaldus och hans följe ge sig iväg hemåt.

- Det har uppstått komplikationer, sa Eric till Dannviw när de var på väg in igen.
- Allting är komplicerat just nu. Vad är det som utmärker sig? undrade Dannviw.
Eric log. Han visste att borgherren längtade efter att få lämna ett normalt Engenau och styra kosan hemåt.
- Nådiga fru Torhild har åsikter om vad som ska ske med hennes son.
- Aj, aj. Då fick hon reda på det ändå, sa Ham.
Eric tittade förvånat på honom.
- Det är klart, sa han.
- Pojken hade föredragit om vi hållit henne utanför, sa Dannviw.
Eric suckade ljudligt.

- Det visar hur lite medvetna de är om vad de har ställt till med, sa Dannviw.

- Så jäk... - omedveten *kan* man inte vara!

- Vad tycker Torhild då?

- Hon vill prata med dig.

- Sa du inte att vi inte blandar oss i det här? undrade Ham.

- Jag hade inte chansen att säga särskilt mycket, sa Eric.

Dannviw log och frågade:

- Är hon här?

- Ja, hon har anlänt.

- Var kan jag träffa henne?

- Å-nej. Ni går till Blå salongen, så ser jag till att hon kommer dit. Annars tror hon att hon kan linda dig runt fingret som hon vill.

- Mhm? Gör det något?

- Hon behöver motstånd.

Mitt i eländet blev Dannviw full i skratt, men det syntes bara på hans tindrande ögon. Han gick med på arrangemanget. Laurence, Ham och han fanns i Blå salongen när fru Torhild visades dit. Att hon var arg dolde hon inte. Hon var en respektingivande kvinna, som var van att styra. Nu svepte hon in tillsammans med en karl, som nästan försvann i hennes sällskap. Eric tänkte stanna, men hon tyckte inte det.

- Ni kan vänta utanför eftersom det här inte rör er, sa Torhild och pekade på dörren.

Eric slank ut. Hon vände sig mot Dannviw som satt på bordskanten. Han hälsade henne med en lätt bugning.

- Ni ville tala med mig, fru Torhild, sa han vänligt.

- Ja, sa hon och drog djupt efter andan för att dämpa ilskan. Min son finns inspärrad här för att förhöras om vilka dumheter han gjort.

- Det stämmer. Har ni pratat med honom?

- Det behövs verkligen inte. Han har uppfört sig så fruktansvärt dumt, så jag vill över huvud taget inte prata med honom. Inte förrän han kommit på andra tankar.

- Så hans bevekelsegrunder är inte viktiga?

- Inte det minsta. - Ni har resurser att få honom på rätt spår. Jag vill att ni tar hand om honom.

- I det här har jag försökt hålla Gein utanför, eftersom jag inte vill ta hand om de som står i opposition mot kungen.

- Gör inte era fångar det?

- Det är inte orsaken till att de är där.

- På kung Claudins inrådan?

- Det är helt mitt eget beslut. Ett sätt att tydligt visa att jag står på *hans* sida.

- Det har ni tydligt visat ändå, sa Torhild efter en kort fundering. Vad jag ber er om är att ta med Finn-Björn till Gein och lära honom vad som är rätt och fel. Jag har ägnat hela hans uppväxt åt det, men han har ingenting förstått!

- Vad får er att tro att jag skulle ha bättre lycka med det?

- Jag menar alltså inte att ni ska ta med honom dit och tala honom till rätta, förklarade hon. Det ska vara ett straff. Han måste lära sig konsekvenserna av sitt handlande.

- Förstår han inte det?

Hon såg forskande på honom. Hon visste redan att han varit hos pojkarna och undrade om han inte redan bildat sig en uppfattning. Så beslöt hon att svara: - Jag har en mycket klar uppfattning om den pojkens förstånd. Det kan mycket väl vara så att han helt enkelt struntat i konsekvenserna. Då måste han få klart för sig att det inte går. Inser han vad han har ställt till med måste han tydligt se, att det inte är en väg som är acceptabel. Han är ung och begriper inte allt, även om resurserna nog finns. Jag kan väl erkänna, att jag inte klarar av att ruska om honom så att han begriper allvaret i situationen. Det kan ni, eftersom ni tagit det till ert yrke. Dessa unga adelssöner är vana att särbehandlas. Det vore bra om de inser att denna särbehandling är förknippad med ett stort ansvar. Tydligen räcker det inte att tala om det och visa det på ett vänligt sätt.

- Ni är medveten om, att den som kommer som fånge till Gein inte har någon rättighet att återvända till samhället utanför, sa Dannviw. De är fullständigt underkastade mina intentioner. Det är jag som bestämmer över deras liv och död.

- Om de har en dödsdom över sig.

- Vilket är det adekvata straffet för den som har försökt störta kungen.

- Om de nu tänkte så långt.

- Det står helt klart vad de strävade efter att göra, även om de inte inser vilka konsekvenser det fått om de verkligen lyckats.

Fru Torhild såg i golvet. Det syntes att hon kämpade med sig själv. Så mumlade hon:

- Jävla unge!

Så såg hon stadigt på Dannviw igen och sa:

542

- Då är det dags att han ser vad det innebär. Han har följt fel stjärna, men det fråntar inte honom ansvaret för det han har gjort.

Dannviw böjde på huvudet.

- Om jag beslutar mig för att gå med på att ta honom med mig?

- Jag har min skrivare med mig, så vi kan sätta vår överenskommelse i skrift.

Nu skakade Dannviw på huvudet och gled ner från bordskanten.

- Ni får helt enkelt lita på mitt ord, fru Torhild. Om jag tar er son med mig till Gein kommer han att behandlas väl. Jag kan inte låta något skrivet dokument hindra mig från att göra det ni ber mig göra.

Nu stod hon tyst och såg mycket forskande på honom. Hon insåg att han visste precis vad hon tänkte och kände, men ämnade han ta hänsyn till det, eller bestraffa henne för det? Han kunde göra som han behagade när han fått hennes son i sitt våld. Hon kunde inte utläsa vilket det skulle bli, utan fick gå efter vad hon hade hört. Så sträckte hon fram handen och sa:

- Som ni vill.

Han tog hennes hand och det blev ett fast handslag mellan två viljestarka människor. När hon var på väg ut vände hon sig om och sa:

- Jag vill inte att han ska dö.

- Han kommer inte att dö, sa Dannviw vänligt.

När dörren stängts var det tyst en stund innan Laurence ljudligt andades ut, som om han hållit andan hela tiden. Dannviw såg frågande på honom.

- Eric har rätt i sina farhågor, sa Laurence. Hon får som hon vill.

- Fast visst var hon tveksam, sa Ham.

- Den kvinnan älskar sin son högt, sa Dannviw. Hon kan inte förmå sig att låta honom gå till spillo.
- Du kunde sagt nej, sa Laurence.
- Hon fick ju veta alla nackdelarna, ändå såg hon Gein som bästa alternativet, sa Dannviw. Det är faktiskt hedrande.
- Men varför ville du inte skriva något? Det kunde du ha nytta av ifall hon ändrar sig.
- Nu tror jag inte fru Torhild har för vana att ändra sig, men jag tänker inte tvinga pojken ifall han absolut inte vill. Det är inte min sak att göra folk av andras barn. Gein är ett fängelse och det är något helt annat att få fångar på bättre tankar. Men kan hon lita på mitt ord och vårt handslag, så ska jag försöka få honom med mig.

Finn-Björn såg lätt irriterad ut när de kom in igen. Han fäste blicken på Dannviw på samma forskande sätt som sin mor och det var henne han ville prata om.
- Torhild har varit här, sa han lågt. Hon vill att ni ska ta hand om mig, men jag förklarade för henne att det inte är er sak.
- Du kan inte tänka dig en sådan lösning? undrade Dannviw.
Finn-Björn studerade honom. Så sa han:
- Vi är på väg att dömas av domarna från vårt område.
- Naturligtvis avvaktar vi domen, men Torhild har pratat med mig också. För min del går det bra.
Nu visste pojken inte vart han skulle ta vägen. För en gångs skull trodde han att han visste bättre än sin mor. Han hade hört en hel del om vad som försiggick,

för han var bra på att ta reda på saker han ville veta. "Gein lade sig inte i" sade man. "Herr Dannviw står på kungens sida och tar inte till sig upprorsmakarna". Detta hade varit en lättnad. Opponerar man sig mot en auktoritet, så vill man inte hamna under en annan. När hans mor sedan kom och förelade honom vad som skulle ske, på sitt självklara sätt, kunde han tala om för henne att så kom det inte att bli. Hon argumenterade inte. Han fick samma känsla som vanligt att hon skulle få som hon ville, men den här gången visste han bättre. Nu kom borgherren och stjälpte allt över ända. Hade hon dompterat honom också?

- Jag har ingen som helst åstundan att fara till Gein! sa Finn-Björn tvärsäkert.

- Då är det i alla fall ingen slug plan från din sida, sa Dannviw. Det var tänkt som ett straff och det kommer det att bli. - Om du inte föredrar att hängas förstås.

Finn-Björn svalde så diskret som möjligt, men det undgick inte Dannviw som inte släppte honom med blicken. Pojken sa:

- Det verkar som om jag inte har något val.

- Jag kommer inte att tvinga dig. Du kan välja att stanna.

Pest eller kolera! Kan man verkligen kalla det valfrihet? Torhild brukade säga att man fick välja efter förmåga och det var få som klarade att välja helt fritt. Var det för att de var samma generation? Samma åsikter! Pojken slokade håglöst.

- Jag ser det inte som om jag kan välja, sa han. Vem väljer att dö?

Han talade mycket lågt. Det verkade som om han gav upp helt, vilket faktiskt oroade borgherren mer än om han hade trotsat. Men nu lade Blu-soll sig i samtalet. Heroiskt deklarerade han:

- Finn-Björn går ingenstans utan att jag följer med!

Dannviw hörde Hams låga kommentar:

- Vi kan alltid bära honom.

Men Blu-soll var alldeles för upprörd för att lägga märke till den.

- Det är inte säkert att dina föräldrar går med på det, sa Dannviw.

- Det struntar jag i. Jag följer Finn-Björn. Jag är på intet vis slav under mina föräldrar, även om de tror att de ska staka ut min väg.

- Så du ämnar följa honom hur han än väljer?

Blu-soll tvekade först *efter* att han svarat ett tvärsäkert och tydligt "ja!". Tänk om vännen hellre valde döden – fast det var inte särskilt troligt.

- Du får stå ditt kast och tänk på, att det är du själv som väljer, sa Dannviw. Det kommer inte att kunna göras ogjort.

Nu blev Beau nästan hysterisk. Han ville inte bli lämnad åt domarnas godtycke.

- Det här är en parodi, suckade Laurence.

När de väl kom ut ur rummet sa Ham:

- Jaha, då fick du alla tre på halsen istället.

- Tja, jag har ju resurser att klara av det i alla fall, filosoferade Dannviw.

- De tänker bilda en fientlig cell, med Gein som bas, sa Laurence och gjorde vida, hotfulla gester.

Dannviw såg på honom och skakade på huvudet. De såg alla tre otillbörligt glada ut när de mötte Adalbert.

- Ni har väl inte varit inne och retat upp fångarna, sa han.

- Värre än så, sa Laurence. Vi hotade dem med straff.

- Jag slår vad om att de blev förvånade.

- Mycket.

- Det är en till förälder som vill prata med er, herr Dannviw.

- Blu-solls pappa? undrade Dannviw.

- Alldeles riktigt. Han sitter där inne.

Adalbert gjorde en gest med huvudet bortåt korridoren, där en dörr stod öppen.

- Vad kan han vilja?

- Ni har blivit deras nye frälsare. Ett ord från er och deras söner går fria.

- Hittills har jag fått en ny fånge. Han får ta sitt straff på Gein. Jag lägger mig annars ogärna i domarnas arbete.

För äntligen hade han fått förhören att fungera fast han bara satt med. Ett par råd hade de bett om i början, nu flöt det fint. Kontrakt sattes upp och de mest oförståndiga skickades med sina föräldrar, eller någon annan som kunde hålla dem i örat. De som planerat och genomfört illdåd fick ordentliga straff och det verkade som om domarna lyckades bortse från vem de var. Det var bra. Hårresande åsikter kom fram bland de förhörda. Bleka anförvanter satt tysta och väntade.

Vid det här laget hade Cavanagh begett sig hem, allt ilsknare över vad hans släkting ställt till med ju fler förhör han övervarade. Samtidigt fick han en idé om hur han skulle gå tillväga för att få ett slut på plågan i sitt eget land.

Cardiet fanns ofta med som åhörare. Tyst och först allt mer nedslagen. Sedan allt mer intresserad, för han insåg att han lärde sig något om människorna här och även om sig själv.

När Dannviw kom in i rummet stod Regin med ryggen mot dörren. Han såg ut genom fönstret. Händerna rörde sig i otålig väntan bakom hans rygg. Det slog Laurence hur ogärna dessa välbärgade människor gav sin tid. Var de lika ovilliga att ge sina barn den tid de behövde från sina föräldrar, var det inte konstigt om det blev så här. Adalbert hade följt med dem. Han ställde sig vid dörren och presenterade med hög röst:

- Herr Dannviw!

Borgherren såg lite frågande på honom när han passerade och fick ett varmt leende till svar. Regin snurrade runt och fick syn på besökarna.

- Ah! Herr Dannviw. Jag vill gärna tala med er om ett delikat problem.

Dannviw hälsade också honom med en lätt bugning.

- Det går bra, sa han.

Men varken Laurence eller Ham visade några tecken på att vilja gå ut, så han förtydligade:

- Ett mycket delikat problem...

Ingen reagerade. Ham ställde sig bekvämare och Laurence försökte låta bli att se ännu mer intresserad ut, vilket var hans första impuls. Det var den här sortens små vinkar, som de här människorna förväntade sig att folk skulle lyda. Utan vittnen skulle det utformas en överenskommelse som visade, att de inte var underställda lagarna så som andra. Man talade med den man trodde hade makten, för att slippa ta det ansvar man skulle ta.

- Handlar det om okända familjehemligheter? undrade Dannviw oskyldigt.

- Nej, nej! För all del, sa Regin och blev alldeles röd. Det gäller min son. Ni har precis pratat med Sollei?

- Ja. Han kommer att svara för sina brott i sinom tid.

Regin vred sina händer.

- Det är just det. Detta drar vanära över honom. Hur ska någon kunna respektera en ung man, som råkat ut för något sådant? Dömd och fängslad har han ingen framtid.

- Nå, då har han valt att kasta bort den.

- Han har blivit förledd. - Ja, inte av vännerna där inne, utan mer av ett ideal som han inte förstod.

- Visst är han intelligent nog för att förstå vad han gör och ta ansvar för sina handlingar.

- J - jo visst är han det. Men ungdomen har inte våra erfarenheter. De ser inte när löften är falska. De tror på orimligheter, om rösten som säger dem är övertygande nog.

- Ni gav honom inga råd?

- Föräldrar går bara sina egna ärenden, enligt ungdomarna. De förbjuder allt som de gärna själv vill, men inte kan. Allt som är roligt.

- Hur skulle jag kunna hjälpa er? Ni har haft lång tid på er att visa vägen, men inte lyckats få honom in på den. Vad råd kan jag ge?

- Jag skulle vilja att ni tar honom till er som... en fosterson.

- Nej. Det kommer jag inte att göra.

- Men jag kan inte straffa mitt eget barn!

Hellre gav han då bort det. Dannviw såg på honom en stund. Så sa han:

- Regin, han måste svara för det han har gjort.

- Men fängelse... Det är väl hårt. Och vanäran efteråt. Ni kan inte mena att han ska utstå det.

- Jag ser honom inte på riktigt samma sätt.

Nu insåg Regin, att det bara var han som hade en fars känslor för den här pojken. Alla andra såg de fel han gjorde utan några ursäkter. De hade gjort det hela tiden. Det var en insikt som gjorde ont. Värre var det när han samtidigt förstod, att det skadade ännu mer när en far bara slätade över och urskuldade.

- Vad kommer att ske? frågade han lågt.

- Beroende på hur skyldig han är, kommer ett kontrakt att skrivas med er, hans föräldrar. Ni kommer att få ansvaret för att han lär sig leva bland andra människor och kan följa de lagar vi har. Har han haft en ledande roll döms han till fängelse.

- Han har inte haft en ledande roll i det här. Det måste *ni* förstå.

- Det bedömer domarna. Inte jag.

Regin vände sig mot fönstret igen. Händerna var lika oroliga ännu.

- Jag kommer aldrig att kunna bestraffa honom, sa han lågt.

Så vände han sig igen och fortsatte:

- När han väl blir fri vill jag bara hålla honom i min famn. Jag kan inte göra honom illa.

- Det har ni redan gjort, är jag rädd. Ibland är det värre, att bara för att det känns obekvämt för en själv, inte göra det man ska göra. Ett barn söker gränser i sitt liv. Finner han dem inte fortsätter han sökandet - allt mer förtvivlat. Det man kan acceptera från små barn, är det svårt att fördra hos vuxna. Men då kan det ha blivit så, att den vuxne aldrig har fått veta varför det han gör är fel, ty det han skulle lärt som barn undanhölls honom. Man visar inte sin kärlek till ett barn genom att tillåta det allt. Det är ett utslag av ren egoism.

Regin såg på honom länge och försökte komma tillrätta med vad han kände. Så nickade han och sa fundersamt:

- Ja, han är stor nu. Vi får försöka...

Han bugade och försvann ut.

- Stackars ungar som inte har några föräldrar, sa Laurence. Bara kompisar.

- Man undrar mycket hur pojkarnas uppväxt har varit, sa Ham.

- Ja det gör man verkligen, sa Dannviw.

Han hade börjat fundera på om han inte ändå skulle ta några ungdomar med sig hem och ta reda på mer. Finn-Björn var en. Han skulle nog följa med. Men det *var* inte hans sak. Gein var ingen plats för dessa bortskämda ungdomar. De var inte de rätta typerna. Men de hade inte hunnit långt där de gick och småpratade, innan Regin hade hunnit upp dem igen.

- Herr Dannviw, sa han. Pojken är fast besluten att följa sin vän Finn- Björn till Gein. Den unge mannen ska ta det som straff, är det korrekt?

- Han följer med som fånge till Gein, sa Dannviw.

- Har han valt det?

- Det skulle han nog inte komma på själv, för han vet inte vad det innebär. Han ska ta sitt straff där.

- Så låt då... min pojke ta sitt straff på samma sätt. Han kan kanske bli respekterad efter det.

- Man kommer inte ut från Gein, förklarade Laurence. Det är sista anhalten. De som inte anpassar sig där blir avrättade.

En levande man kunde nog inte bli blekare än Regin blev då, men han sa:

- Låt det bli så då.

- Som ni vill, sa Dannviw. Då tar vi honom med oss som fånge.

Regin bugade igen. Han stod kvar och såg efter dem. Det här tyckte han inte om, men pojken gav sig inte. Ännu en eftergift.

- Du kan säga nej, sa Ham. De kan sitta av tiden här i fängelset istället.

- Ja, jag vet, sa Dannviw. Men det är en sak som har väckt mitt intresse. Jag måste tala med Claudin.

Claudin brydde sig inte mycket om ifall det följde några fångar med till Gein. Men han var på dåligt humör.

- Jag väntade mig att du skulle göra något sådant, sa han. De är ju i opposition.

Dannviw höjde förvånat på ögonbrynen.

- Ja, sa han så. Kanske har de några idéer om hur man kan ersätta dig utan att blanda in mig.

- Det har vi redan sett att de har.

- Men det ska fungera och det gjorde det inte.

Claudin blängde.

- Är du sur? undrade Dannviw.

Nu suckade kungen.

- Man blir på så dåligt humör när man ser hur ungdomarna far illa. Det är så tragiskt. Men det är ju inte ditt fel. Förlåt.

- Det gör inget. Men jag vill att du ska veta vilka jag tar med mig.

- Varför vill du ha dem där?

- Jag vill veta vad det är som får dem att följa en sådan ledare. Vad tycker de är fel och vad ser de hos honom? Planerar de framtiden alls?

- Ja, det kan vara bra att veta. Men se till att de får straff på något sätt.

- De är nog inte särskilt tillgängliga som det är.

- Men vad säger föräldrarna?

Dannviw berättade. Han förklarade också att han och hans män gjorde sig klara för att lämna Engenau.

- En liten fest måste vi väl ha först, sa Claudin. Jag måste få tacka dig på något sätt.

Så blev det, men så var geinmännen äntligen på väg. Två unga män tog de med sig. Beau vägrade lämna sitt hörn, så han stannade. Åter passerade de fader Reginalds kyrka. Då kom en våldsam reaktion från en av fångarna de hade med sig.

- Nej! Aldrig i livet!

Finn-Björn såg på sin vän. Han hyste samma motvilja mot att närma sig kyrkan, där de upplevt så skrämmande saker. Ändå hade han i Dannviws sällskap kunnat besöka platsen igen. Men Blu-soll var inte inne på den linjen. Han fortsatte upprörd:

- Ni vill ta oss dit bara för att skrämma oss igen. Som en förnedring. Som ett straff!

- Du vill inte alls veta vad som egentligen hände? undrade Dannviw.

- Nej, verkligen inte! Det vill ingen av oss. Har inte det framgått?

Laurence fick ta över ledningen för geinmännen och fångarna, medan Dannviw och Ham gjorde en avstickare till byn. De hälsades välkomna som förra gången och några frågor behövde de inte ställa, för en av dödgrävarna var den förste de träffade. Han hade något som han brann av iver att få berätta. Nu hade äntligen den kommit, som han ville berätta för.

- Herr Dannviw! hälsade han med en djup bugning med mössan i handen. Ni har inga fångar med er idag?

- Om ni inte vill se Ham som en sådan, sa Dannviw.

- Det var det värsta, sa Ham godmodigt.

- Nej, honom känner vi som en rekorderlig karl, snar till hjälp om man behöver den.

- Jo, han är ganska lätt att ha och göra med. Vad hade ni tänkt er för typer då?

Den andre dödgrävaren kom fram till dem och såg oförskämt glad ut. Den förste svarade:

- Rötägg som inte respekterar vare sig lagar eller folk. Sådant straffar sig så småningom.

- Under tiden kan de förstås hinna ställa till med obotlig skada, sa den andre.

- Var ni med och vaktade fångarna vi tog hit? undrade Dannviw.

- Vi var så! sa den förste dödgrävaren stolt.

- Hur gick det då?

- Ja vi fick ju vara några stycken som höll ögonen på dem hela tiden. Prästen och hans hjälpredor kunde inte gärna göra det själv. De är goda män som tror folk om gott. Lätt kunde de låtit sig luras och släppt iväg de sluga rötäggen en efter en.

Dannviw tvivlade starkt på det. Fullt så blåögda var inte Herrens tjänare på det här stället. Men han sa:

- Men ni såg till att det inte skedde?

- Ja. Dessutom tyckte vi att de kunde visa mer respekt för kyrkan och dess tjänare. De skötte bara sin uppgift och det bättre än de flesta skulle ha brytt sig om. Svordomar och tillmälen förtjänade de inte.

- Det kan vara svårt när man inte förstår tro och vad den innebär, sa Ham.

554

- Det man inte förstår ska man inte prata om och definitivt inte håna, sa dödgrävaren. Dessutom bära sig illa åt mot den som ger hjälp. Man undrar ju. De verkar inte vara de vassaste spjuten i samlingen. - En av de yngre eleverna fick också nog. Han ville att de skulle sätta ett litet ljus på ett ställe och låtsas att de inte vågade vara kvar när det brunnit ner.

- Hur reagerade fångarna på det?

- Det skapade förvirring. De visste nog inte vad de skulle tro, men vi hade ett förslag.

Han såg extra klurig ut, så Dannviw frågade:

- Hur såg det ut?

- Man kan få det till att tjuta ganska rejält i hela byggnaden, om man öppnar ett spjäll på ett ställe. Det låter vedervärdigt. När ljuset släckts öppnade vi spjället. Draget tog med sig damm som låg innanför. Jag undrade vad det var och lyste med min lykta för att se. Det blev dödstyst där nere på kyrkgolvet. Den här typen tog på sig ett vitt skynke och gick en sväng på läktaren.

Han gjorde en gest mot sin kollega och fortsatte:

- Det bar sig inte bättre än att han snubblade över ett rep och fick en ljuskrona att svänga våldsamt.

- Jag var rädd att den skulle trilla ner på dem. Det var ju inte meningen. Men bara ett par ljus föll av, sa den andre dödgrävaren.

- Vi hittade på något varje natt, sa den förste. Det var riktigt roligt. Ett lysande pulver blåste vi in genom en ruta. Det blev nästan vackert. Vi drog rasslande kedjor över golvet, men sedan blev vi rädda att förstöra den tjocka altarmattan, så vi lade kedjan under.

- Inte så bra det heller.

- Vi gjorde fladdermöss av svarta tygstycken. Jag har aldrig förstått varför folk är rädda för fladdermöss. Gjorde vi något mer? Den andre dödgrävaren funderade.

- Var det bara ni två som spökade? undrade Dannviw.

- Nej, vi hade flera av byborna till hjälp.

- Tänkte ni på hur de kunde känna det, instängda utan möjlighet att ta sig ut?

- Vi hade inga samvetsförebråelser. De har stulit, trakasserat, misshandlat och tagit de flickor de fick lust till. Vi hade gärna gjort dem illa, men ni ville inte det.

- Det är jag tacksam för, sa Dannviw. Men jag kan också berätta att de blev ordentligt rädda.

- Då vakade vi inte förgäves. Vad händer med dem nu?

- Det beror på vad de gjort. Ni ska få berätta det ni vet att de har gjort för domarens män när de kommer hit. Det är viktigt att de här ungdomarna ser att lagarna gäller. Både mot dem och till deras fördel.

- Ni tyckte inte om det vi gjorde? frågade dödgrävaren.

- Jag ville bara veta vad som egentligen hände, eftersom jag inte har hört om att det skulle spöka så våldsamt i den här kyrkan. Ni skulle kanske missförstå mig om jag sa att ni gjort något bra, men jag tänker definitivt inte fördöma det heller. Har ni berättat för fader Reginaldus?

- Han skulle nog inte förstå.

- Det kan vara så. Nåja - tack för att jag fick veta det här. Det kan vara till stor nytta för oss, även om inte alla behöver veta.

Men innan de skildes var de tvungna att ta var sitt stop öl, vilket Ham tyckte var på tiden. De pratade om allt som hänt och fader Reginaldus dök upp med en av sina medarbetare. Så bar det iväg för att de skulle hinna ifatt Laurence och de andra.

- Det var det jävligaste..., sa Ham glatt.

- Där fick vi förklaringen, sa Dannviw. De var verkligen kreativa de där två.

- Inga dödgrävartyper...

De kunde inte låta bli att skratta, när de tänkte på hur dessa män tagit tillfället i akt och hämnats på sina plågoandar.

- Det är kanske bäst att vi håller tyst om det här, sa Ham.

- Jag tror det med. Vi vill inte ha någon evigt pågående vendetta.

32 Ett missförstånd utreds

Väl hemkomna igen ordnade Dannviw en vaxtavla och en stylus till Eglamour. Sedan hade de långa samtal och då fick borgherren reda på vad som hänt den där gången. Det visade sig vara en kommentar från Garreth som var orsaken. Eglamour hade fått syn på Cardiet, som alldeles obehindrat strosade omkring i borgen. Det gjorde honom upprörd, eftersom han mycket väl visste vem denne man var. Han gjorde ett tecken till Garreth om detta, men han förklarade att Cardiet hade all rätt i världen att strosa omkring där. Sedan hade han sagt att Eglamour inte skulle vara så aggressiv, vilket Eglamour missuppfattade. När sedan Ethelred skämtsamt kommenterade det, egentligen till Garreth, så gav sig Eglamour på honom. Garreth fick komma in och förklara sig, vilket Eglamour gick med på efter lite övertalning, för han tyckte egentligen bra om Garreth. Han i sin tur blev alldeles ifrån sig när han förstod hur det hade blivit och utbrast:

- Men... Murre, jag menade inte alls så. Inte trodde jag att du ens förstod vad jag sa, men det har ju ingen betydelse. Fast hade jag vetat hade jag kunnat förklara då. Jag ber tusen gånger om ursäkt...

"Murre??"skrev Eglamour och höjde på ögonbrynen. Garreth såg ner och kunde knappt låta bli att skratta, men det var inte lämpligt just nu. Enligt hans erfarenhet hade den här mannen ingen humor. Alla kallade numera Eglamour för Murre, men detta hade nog ingen talat om för honom, trodde Garreth. Han kikade upp under lugg på vännen. Jo, han visste nog.

558

Och skoj tålde han, om han visste att det var skoj. Ändå var det nog välkomnandet, när Eglamour mötte Garreth igen då han kom tillbaka med Dannviw, som avgjorde saken. För att Garreth blev väldigt glad, det syntes tydligt. Eglamour skrattade och skrev "Som du vill. Murre." Efter den här incidenten blev emellertid Garreth betänksam. Skulle han verkligen fortsätta som handledare. Var det så lätt att sabotera alltihop, var han inte säker på att han - kunde. Men Murre var inte tveksam. Det var till Garreth han vände sig när han undrade över något, så det löste sig ändå.

Däremot så var det Dannviw som fick förklara det här med att Cardiet fanns på Gein i full frihet. Till det Dannviw berättade hade Murre många invändningar, men även de gick att förklara. Sångaren hade fortfarande svårt för att hantera det han varit med om, så han höll sig ofta för sig själv, sörjande över sitt förlorade liv. Sakta försökte han reda ut hur det kunde bli så, om det fanns tecken han borde ha sett. Ibland sökte han sig till Dannviw för att gå igenom något han inte fick rätt på. Utan tvekan var det en lisa för själen att sitta framför brasan i biblioteket tillsammans med borgherren, medan Ham höll på med något i rep, trä eller läder. Vad gjorde han med alla saker han förfärdigade?

Vid dessa tillfällen kunde även Dannviw ställa frågor om färden i vagnen och resan över havet. En mycket obehaglig tid i hans liv, som han behövde veta mer om.

En dag fann Dinah Murre i ett av tornrummen. Hon såg att dörren stod på glänt, så hon gick in. Inte på något sätt tyst, för hon hade hört av Dannviw att den här mannen inte gillade överraskningar. Han stod och jobbade med sin vaxtavla och såg upp när hon kom närmare.

- Vad gör du? frågade hon vänligt.

Nu var hon så nära att hon såg att han höll på att rita på tavlan. Han visade henne inte, men dolde det inte heller. Och det behövde han sannerligen inte. Förtjust utbrast hon:

- Så fint! Har du tecknat det?

Lite onödig fråga eftersom han stod med ritstiftet i vaxet. Men han ryckte på axlarna. Sedan suddade han ut det han gjort.

- Å nej, sa hon. Fast tavlan behöver du ju till annat. Tycker du om att rita?

Han nickade.

- Här är verkligen fin utsikt. Nej, nu ska du få fortsätta, sa hon och sedan försvann hon.

Han stod kvar och såg efter henne. Så tittade han på utsikten, på den nu tomma tavlan och sedan började han rita igen.

Inte trodde Murre att det skulle bli mer än att borgfrun visste att han kunde rita, men där hade han fel. Nästa dag sökte hon upp honom igen.

- Jag har något till dig, sa hon.

Hon sträckte fram ett ritstift och några ark att rita på fästa på en tunn träskiva. Tveksamt tog han emot det. Det var ju meningen att han skulle kunna skriva saker som inte behövde finnas kvar. Dinah förklarade:

- Om du tycker om att rita så måste du få göra det. Jag ritar också.

Hon visade bilderna i örtboken som hon och Johannes använde och förklarade:

- Vi behövde en bok, där man tydligt kunde se vilka växter som skulle användas, vilka delar, hur de ser ut... Det är skönt att avbilda saker, eller bara försöka fånga något ur sin fantasi. En del saker vill du kanske inte skriva och ha kvar, men dina bilder kan du sannerligen spara.

Det kom en rynka mellan hans ögonbryn. Han undrade "Har Dannviw berättat för er vad jag skrev?" I samma stund kom han på, att de flesta damer inte behövde kunna läsa. Men det visade sig att den här kunde. Hon svarade:

- Det gör han inte. Han sa att du behövde en vaxtavla att skriva på bara. Vad du skrev vet bara han och du. Efter vad jag förstår, så var det vad som var meningen.

Han nickade och såg ner, upptäckte ritsakerna han hade i handen och skrev "Tack". Sedan tog han hennes hand och tackade. Hon log varmt.

- Var så god och lycka till.

Namn

Abelard – Oberons bror, Lilla Villes
Adalbert – fångvaktare, Engenau
Adinaklint – hamnstad i Lilla Villes
Aldor – uppviglare, släkt med Cavanagh, Lilla Villes
Ale – Coxs son
Alienor – äventyrlig flicka
Alstervada – stad nära Ljungbäck
Amnet – Izas man
Amradal – Cavanaghs gods, Lilla Villes
Andomin – Claudins I land
Andorill – rådig Äppelbodabo
Antonius – vis man, Gein
Archibald – Cavanaghs krigsman, Lilla Villes
Augustin – förestår Amradal
Azurlin – Chirons dotter, Roamin
Baltzar† – förrädisk rådgivare i Andomin
Beatrice – Andomins drottning
Beau – ligist
Bertha – förestår Irmelden
Blu-soll/Solei – ligist
Blå salen – mindre festsal på Engenau
Boyd – domarbiträde, Engenau
Breitfield – rådgivare till Claudin
Caius – Cavanaghs krigsman, Lilla Villes
Cardiet/Zellind/Zenner – trubadur, Lilla Villes
Cardister – ligistsekt
Carlot – rådgivare, geinman
Cavanagh – ärkebiskop, härförare, Lilla Villes
Cederik – kock, Gein
Chain – rådsherre, Engenau
Cheer – smed, Gein

562

Chiron – Roamins kung
Claud – Claudin II, kronprins
Claudia – Claudins dotter
Claudin I – Andomins kung
Clonn – Cavanaghs krigsman, Lilla Villes
Colin – Duvalls son, Francis' bor
Connell – budbärare, Gein
Cornelia – Claudins dotter
Cornell – Beatrices son
Cox/Engelbrekt – Narr, Engenau
Creig – rådgivare, Gein
Dahni† – Dannviws far
Dannviw – borgherre på Gein
Darbar – kloster vid Lilla Villes kust
Davy – Claudins närmaste man
Derrinn – Dannviws son, Gein
Dinah – Dannviws hustru, Gein
Divina Mercedes – Pasqalls dotter, Saint Crossin
Duvall – adelsman, Andomin
Egeus – äventyrlig pojke, Glochnessin
Eglamour/Murre – stum hjälpare, Adinaklint
Elm – rådgivare, Gein
Elve – Yannis agiterande farbror
Engenau – Claudins slott
Eric – Claudins rådgivare
Escalus – Cavanaghs krigsman, Lilla Villes
Ethelred – sändebud, Gein
Etienne – allt i allo, Gein
Fagiel III – kung i Lilla Villes
Finn–Björn – ligist
Fionn† – Cavanaghs krigsman, Lilla Villes
Francis – Duvalls son, Colins bror
Frendlinge – fiskarby, Glochnessin

Gabriel – rådgivare, Gein
Garreth – stridsman, Gein
Garth – stridsman, Gein
Gein – Dannviws borg, Glochnessin
Gisle – Chirons rådgivare, Roamin
Glochnessin – Dannviws domän
Glochnia – djup skog, Glochnessin
Godhardt – ärkebiskop, Roamin
Graham – stridsman, Gein
Grim – Taupins assistent
Gudmund – hästskötare, Gein
Guntram – Claudins rådgivare, Engenessin
Gus – stridsman, Gein
Guy – stridsman, Gein
Gwendoline† – Derrinns hustru
Gwyneth – Taupins kusin
Ham – Dannviws närmaste man
Hannes – rådgivare, Gein
Hans – bonddräng, Glochnessin
Harald – pojke i Äppelboda, Glochnessin
Hart – Chirons närmaste man, Roamin
Hazzel – Engelbrekts fru, Engenau
Hugo – äventyrlig pojke, Glochnessin
Immanuel – Oberons son, LillaVilles
Ingebrand – väktare, Engenau
Innocentio – abbot i klostret Darbar, LillaVilles
Irmelden – Cavanaghs gods, LillaVilles
Isolde – Izas dotter, hovdam, Engenau
Iza – hovdam, Engenau
Izidore – Izas bror, Engenau
Jens – rådig pojke i Äppelboda
Jesse (Jens) – rådig pojke i Äppelboda
Joakim – kapten, LillaVilles

Johannes – munk/läkare, Gein
Joqinn – musiker, Gein
Josanna – nunna, Darbar
Joseft – Cavanaghs krigsman, LillaVilles
Kande – Yannis bror, smed
Keeth – musiker/rådgivare, Gein
Kora – Yannis syster, hemmadotter
Latinakademin – läroverk, LillaVilles
Launce – Oberons kusin, LillaVilles
Laurence – rådgivare/tränare, Gein
Ledin – upprorsledare, Engenessin
Leon – tränare, Gein
Leonid – Ledins närmaste man
LillaVilles – Fagiels III land
Lind – Engelbrekts dotter
Linton – Isoldes make, Engenau
Lisen – Yannis syster, piga
Ljungbäck – Andomins huvudstad
Loftly – ung ädling
Lorinn – Dannviws son
Louis – Engelbrekts son
Loure – Cavanaghs krigsman, LillaVilles
Loviken – hamnstad, Glochnessin
Lukanus – bov, Mattvattnet
Lundum – universitetsstad, LillaVilles
Lynnett – stridsman, Gein
Marni – flod, Glochnessin
Marvin – Ledins bror
Mattvattnet – liten by, Glochnessin
Maxwell – geinman
Mikkel – Clauds vän, egentligen geinman
Nicolas – geinman
Noa – Engelbrekts son

Oberon – hertig, LillaVilles
Offerberget – berg intill Adinaklint
Oisin – geinman
Ola – geinman
Pasqall – vinodlare, Saint Crossin
Patrik – affärsman, Andomin
Regin – Blu-solls far
Reginaldus – präst
Richi† – Cavanaghs krigsman, LillaVilles
Roamin – Chirons land
Rodriguez – bekant till Dannviw och Dinah
Rosarinn – Chirons palats
Ryan – geinman
Sande – Yannis far
Sandåkra – by nära floden Marni
Sasha – Derrinns vän
Sassa (Isaskar) – Isoldes son, Engenau
Sebastian – Pasqalls tjänare, Saint Crossin
Soli – Yannis mor
Syrus – bov, Mattvattnet
Tannhaus – Claudins rådgivare, Beaus far
Taupin – Claudins arkivarie, Engenau
Tim – budpojke
Tinson – astronom, Amradal i LillaVilles
Tora – Ledins mor
Torhild – Finn-Björns mor
Tyr† – musiker/sagoberättare, Gein
Ulrika – vän till Dannviw och Dinah
Ulvang – Boyds förre arbetsgivare
Vilda Åsnan – värdshus, Glochnessin
Vince – geinman
Vita Gåsen – värdshus, Loviken
Wiv-Angelina†– Dannviws mor

Wyrm – bedragare, Grims tvilling
Yan – vis man, Gein
Yanni – fånge, Gein
Åköpinge – Gamla handelsplatsen vid ån Gavin
Åmynda – handelsplats vid ån Gavin
Äppelboda – by i Glochnessin